푸른사상 평론선  35

# 분석과 해석

권영민 權寧珉

　충남 보령에서 태어나 서울대학교 문리과대학 국어국문학과를 졸업하고 문학박사
학위를 받았다. 서울대학교 인문대학 국문학과 교수로 재직하였으며 미국 하버드대
학교 초빙교수, 일본 도쿄대학교 외국인 객원교수, 단국대학교 석좌교수 등을 역임했
다. 현재 서울대학교 명예교수, 미국 버클리대학교 겸임교수로 활동 중이다. 주요 저
서로는 『한국현대문학사』(1,2) 『한국계급문학운동연구』 『이상 연구』 등이 있으며, 평
론집으로 『소설과 운명의 언어』 『문학사와 문학비평』 등이 있다.

# 분석과 해석

초판 1쇄 인쇄 · 2021년 4월 25일
초판 1쇄 발행 · 2021년 4월 30일

지은이 · 권영민
펴낸이 · 한봉숙
펴낸곳 · 푸른사상사

주간 · 맹문재 | 편집 · 지순이 | 교정 · 김수란, 노현정 | 마케팅 · 김두천, 한정규
등록 · 1999년 7월 8일 제2-2876호
주소 · 경기도 파주시 회동길 337-16 푸른사상사
대표전화 · 031) 955-9111(2) | 팩시밀리 · 031) 955-9114
이메일 · prun21c@hanmail.net
홈페이지 · http://www.prun21c.com

푸른사상
평론선

35

*Analysis and Interpretation*

# 분석과 해석

권영민

푸른사상
PRUNSASANG

비평이란 문학의 의미와 지향을 정당화하기 위한 일종의 인식 행위에 해당한다. 비평이 문학과는 별개의 영역으로 독립하여 존재한다는 주장이 없는 것은 아니지만, 궁극적으로 문학을 위해 존재하는 것이 비평이다. 비평의 본질과 그 방법을 놓고 본다면 문학의 예술 미학적 요건을 규정하기 위한 비평의 기능을 부인하기 어렵다. 비평이라는 말에는 예술작품의 미적 특질을 식별해내고 평가를 한다는 뜻이 포함되어 있다. 비평은 문학을 문학의 자리에 온전하게 자리할 수 있도록 식별의 기능을 강조한다. 문학의 전체적인 모습을 있는 그대로 드러내어 보여주어야 하는 것이 비평의 일차적인 역할이다. 비평이 의도하는 것은 문학을 어떤 다른 사상으로 대치시켜놓는 일이 아니다. 비평은 문학이 문학으로서의 존재 의미를 가능하게 하는 여러 가지 속성을 밝혀주는 작업이다. 최고의 비평은 문학에 대한 객관적 분석과 해석을 통해 확립된다.

이 책은 나의 다섯 번째 평론집이다. 책의 전체 내용을 4부로 구분하였다. 1부는 평단의 주변에서 가장 인상적으로 읽었던 소설에 대한 새로운 비평적 독후감이다. 소설적 기법과 주제의 결합이 하나의 성과를 드러내고 있는 작품들이라는 판단이 이 글들에 담겨 있다. 2부는 해방 이전의 소설 가운데 문학사적 의미를 지니는 소설을 골라 작품 분석과 해석을 새롭게 시도했다. 이들 작품에 대해서는 어떤 통념이 생겨날 정도로 고정된 해석과 평가가 되풀이되고 있기 때문에 독자들이 나의 독법을 얼마나 새롭게 받아들일지 걱정이다. 3부는 한국 근대시 가운데 비평적 논란의 대상이 된 문제작들을 깊이 읽고 분석한 글이다. 텍스트의 정밀한 분석이 비평의 핵심이라는 사실을 강조하고 싶다. 4부는 지난 50년 동안 지켜본 소설문단의 중요 경향을 역사적으로 정리한 글이다. 말미에 수록한 두 편은 작가와 시인의 면담 내용을 정리한 것이지만 여기 함께 공개한다.

이 책을 『분석과 해석』이라는 이름으로 출간해준 푸른사상사의 한봉숙 대표님께 감사드린다. 코로나19로 엄중한 상황임에도 모든 출판 절차를 도맡아준 푸른사상사 편집부 김수란 팀장께는 각별한 고마움을 표한다. 부끄러운 일이지만 올해로 내가 문단에 등단한 지 50년이 된다. 이 책이 마지막 평론집이 될 것이라는 생각을 하면서 지나간 원고를 정리했음을 밝혀둔다.

2021년 봄
권영민

■ 책머리에    5

## 제1부

## 제2부

## 제3부

## 제4부

제1부

비평이라는 말에는 예술작품의 미적 특질을 식별해 내고 평가를 한다는 뜻이 포함되어 있다. 비평은 문학을 문학의 ㅅ
하게 자리할 수 있도록 식별의 기능을 강조한다. 문학의 전체적인 모습을 있는 그대로 드러내어 보여주어야 하는 것이 비평의
인 역할이다. 비평이 의도하는 것은 문학을 어떤 다른 사상으로 대치시켜 놓는 일이 아니다. 비평은 문학이 문학으로서의 존재 의미를

# 「총독의 소리」와 소설의 정치성

## 1

최인훈의 문학세계는 한국 현대문학사의 유별난 문제 영역에 속한다. 그가 다루고 있는 문학적 소재도 예사롭지 않으며, 그가 활용하고 있는 문학적 장치도 간단하지 않다. 어떤 경우 그는 관념의 미학을 추구하는 작가로 분류되기도 하고, 이데올로기에 대한 비판을 바탕으로 하는 강한 정치주의 성향을 지닌 지식인 작가로 평가되기도 한다. 세태와 현실보다는 인간 존재의 본질 문제에 더 많은 관심을 기울이는 지식인으로 지목된 적도 있고, 다양한 언어체의 활용을 통해 산문 예술의 가능성을 끊임없이 시험해 보인 예술가로 내세워지기도 한다. 이 모든 평가는 최인훈 문학의 속성을 이해하는 데에 있어서 어느 것도 버릴 수 없는 중요성을 지니고 있는 것이 사실이지만, 최인훈 문학의 요체가 이 모든 견해를 함께 아울러 보아야만 그 접근이 가능할 정도로 포괄적이라는 점에 주목해야 할 것이다.

최인훈의 문학에서 특징적으로 드러나고 있는 것은 작가의 정치적 태도 문제다. 소설이라는 양식이 지니는 서사성의 본질적 속성으로 본다면, 작가의 존재는 소설적 상황에서 언제나 부재하는 것으로 되어 있다. 다만 서술자의 입장이라는 허구적인 자아의 형상이 작가를 대신할 뿐이다. 최인훈의 소설은 이러한 허구적인 서사적 자아의 형상과 경험적 자아로서의 작가가 특이하게 대치함으로써 아이러니의 국면을 연출하게 되고, 그러한 상황적 아이러니가 작가의 정치적 입장과 태도를 암시하게 된다. 특히 그의 소설적 공간이 정치적 상황과 밀접하게 연관되고 있는 점은 이러한 특성을 암시해주는 근거가 된다고 할 것이다.

> 문학은 인사(人事), 자연, 명계(冥界) 어떤 것이든 소재로 삼을 수 있다. 따라서 인사의 일부분인 정치도 예외는 아니다. 소재로서의 정치를 택하는 경우에도 작가의 태도는 여러 가지일 수가 있다. 다만 모든 경우에서 불가결한 단서는, 작가의 정치적 입장은 현실의 어떤 정치 이론, 정치 현실이라 할지라도 백지위임적(白紙委任的)인 신임, 절대적인 신뢰를 부여하는 것이어서는 안 된다는 점이다. 작가의 정치적 입장은 '정치적 유토피안'의 그것이어야 한다고 표현하면 어떨까. 어떤 현실의 정치도 궁극의 것으로 받아들여서는 안 된다는 것이 근대인의 정치감각이기 때문이다.[1]

최인훈은 문학이 삶의 모든 국면을 소재로 다루고 있듯이, 정치적인 소재를 얼마든지 택할 수 있다고 생각하고 있다. 이 경우에도 물론 작가의 관점과 태도를 중시한다. 작가의 정치적인 입장은 현실 정치에 절대적인 가치를 부여하는 것이 아니라, 정치적인 문제에 대한 유토피아적 견해 표명이 되어야 한다고 믿고 있기 때문이다.

최인훈의 문학에서 그의 정치적 입장을 구체적으로 확인해볼 수 있는 예는 적지 않다. 그러나 그는 정치적 현실에 대한 직접적인 참여를 시도하지 않고 그의 견해를 문학적 형식을 통해 구체적으로 형상화하고 있다. 그가 정치적인 문학에 관심을 기울이게 된 것은, 삶의 현실과 모든 국면이 정치적인 상황이 될 수밖에 없다는 판단에서 비롯된 것으로 보인다. 모든

---

1  최인훈, 「정치와 문학」, 『최인훈 전집 12권』, 문학과지성사, 2009, 292쪽.

인간이 자기 삶의 과정 속에서 마주치게 되는 현실과 그 현실을 극복하기 위해 내리는 나름의 결단도 모두 정치적인 것으로부터 자유로워질 수가 없다. 최인훈의 경우에도 그의 문학세계 자체가 그 자신의 정치적인 선택에 의해 의미가 규정되고 있음을 부인할 수 없을 것이다.

이 글은 최인훈의 「총독의 소리」를 중심으로 정치적 문학의 성격과 그 의미를 규명하고자 하는 데에 목표를 둔다. 정치적인 문학은 정치 자체가 아니라, 정론성의 문학적 형상화를 지향하는 것이다. 작가의 정치적 관점과 견해가 어떻게 문학적 장치 속에 포괄되고 있는가를 확인하는 데에 「총독의 소리」가 좋은 본보기를 제공할 것이다.


2

「총독의 소리」는 일종의 연작이다. 모두 네 편의 작품으로 이어져 있으며, 연작의 형식에서 중시하고 있는 연작성의 요건도 어느 정도 갖추고 있다. 그러나 이 작품은 서사의 기본적인 요소로서 반드시 필요한 행위 구조를 결여하고 있으며 어떤 하나의 이야기 형태를 일관되게 드러내지는 않는다. 가상적 인물로서 총독의 존재만이 설정되어 있고, 그의 모습은 일련의 연설 형태로 표현된 담화의 내용 속에 감춰져 있을 뿐이다. 주동적 인물이 벌이는 행위가 없으므로 구체적 사건도 없고, 사건이 없으므로 그것을 뒷받침해주는 배경도 상정할 수 없다. 오직 담화의 상황 자체만이 작품 내적인 구조를 지탱하게 되어 있으므로, 유사한 조건과 상황의 반복을 통해 연작으로서의 성격을 규정받을 수 있게 된다.

「총독의 소리」의 서술 구조는 독특한 어조로 이어지는 담화 형식으로 이루어져 있다. 담화는 화자(話者)와 청자(聽者)가 있고, 담화의 내용을 이루는 메시지가 있어야 한다. 그리고 메시지의 내적 상황과 외부적인 국면을 설정하기 마련이다. 「총독의 소리」에서 우선적으로 주목되는 화자의 존재는 담화의 소리 속에 감춰져 있는 총독이다. 한국 내에 비밀 조직인 조선총독부 지하부가 있고, 이 비밀단체가 비밀 방송을 통해 총독의 담화 내용을 내보내는 것으로 상황이 설정되어 있다. 해방 이후 오랜 세월이 지난 후에 다시 조선총독부 지하부라는 조직의 존재를 내세운 것 자체가 다분히 풍자적이지만, 총독의 담화 내용이 역설적으로 한국의 현실 정치와 연관된 여러 문제를 거론하는 것도 의도적인 고안임을 알 수 있다. 특히 이 작품에서 활용하고 있는 담화의 방식이 청자의 입장을 거의 무제한적인 불특정 다수의 청중으로 삼고 있는 것은 매우 중요하다. 이 작품의 성패가 바로 그 청중들의 반응에 의해 결정될 수 있기 때문이다.

그런데 이러한 「총독의 소리」의 허구적 장치는 작가 자신이 현실 세계에 대해 갖고 있는 정치적 이념과 태도를 위장하기 위한 하나의 수사적 고안이라고 할 수 있다. 우선 작품 내적인 상황 설정에서 중시되는 조선총독부 지하부와 총독의 존재 설정에서부터 그 정치적 의도를 분명히 알 수 있다. 한국인에게 있어서 일본은 한국 근대사의 왜곡된 전개를 획책한 제국주의의 부정적인 표상이다. 조선총독부는 일본 제국주의의 한국 침략과 식민지 지배 과정에서 한국인의 증오 대상이 되었고, 그 책임자인 총독도 마찬가지 존재였음은 물론이다. 작가는 바로 이러한 존재를 한일관계가 타결된 1960년대 후반 한국의 정치 현실 속에 가상적으로 설정하고 있으며, 허구적인 구도를 통해 민감한 현실 문제의 추이를 새롭게 부각시키고 있는 것이다.

실제로 「총독의 소리」의 내용을 보면 네 편의 작품이 모두 구체적인 현실 문제를 중심으로 한국의 정치적 위상을 심각하게 논의하고 있다. 「총독의 소리 1」의 경우는 이 작품이 발표된 1967년의 선거와 국내외적인 문제들을 다루고 있다. 총독의 연설 내용은 당시의 한국 현실을 식민지 시대의 연장선상에서 파악하고 있으며, 신식민주의의 도래와 함께 매판성의 시비를 불러일으켰던 당시 한국의 정치와 경제 문제를 그 반대 입장에서 설명

분석과 해석

하고 있음을 보게 된다. 「총독의 소리 2」에는 1·21사태로 잘 알려진 무장 공비 침투 사건과 미군 함정 푸에블로호 납치 사건 등 대북 관계에 관련된 문제들이 다루어지고 있다. 여기서는 분단의 과정과 그 고착 상태를 논의 하면서 경제 건설과 군사 안보의 동시적 추진을 일본의 시각에서 역설적 으로 비판한다. 그 가운데에는 미국의 한반도 군사정책에 대한 비판이 포 함되어 있다. 「총독의 소리 3」은 정치적인 현안 문제가 아닌 민족의식 또 는 민족성 문제가 중심을 이룬다. 1968년도 일본 작가 가와바타 야스나리 가 노벨문학상을 수상한 것과 때를 같이하여 일본이 지켜온 '일본적인 것' 의 의미를 강조하고 있기 때문이다. 국수주의와 민족주의의 범주를 생각 한다면, 한국의 경우 몰주체적 문화 인식이 오히려 문제가 되고 있음을 알 수 있다. 「총독의 소리 4」는 앞의 세 작품이 발표된 시기로부터 무려 10년 가까이 긴 시간이 지난 후에 발표된다. 1976년에 다시 쓰인 「총독의 소리 4」는 7·4공동성명과 그 후의 남북관계의 진전을 다루고 있다. 제2차 세 계대전 이후 강대국들의 정치적 흥정에 의해 희생된 국가들 가운데에서 한국이 처하고 있는 위치를 논하고 있는 이 글에서 제국주의의 팽창과 냉 전논리가 비판적으로 규명되고 있다.

「총독의 소리」는 결국 당대 현실의 정치적 상황을 중심으로 그 내용이 짜여 있다. 작가는 일련의 허구적 장치로서 독특한 담화 형식을 통해 가상 적인 역사 상황을 작품 내적인 공간으로 설정한다. 이러한 허구적 구도가 현실에 대한 역설적인 비판을 포함하고 있다는 점에서 그 주제의 확립이 가능해지고 있음은 물론이다. 그러므로 「총독의 소리」는 작가 자신의 정 론적 입장과 태도에 대한 역사적 이해가 중요하지만, 그 형식 자체에 대한 미학적 해명도 필요한 것이다.

「총독의 소리」에서 반드시 검토되어야 할 특징은 담화라는 독특한 산문 형태의 문체론적 변형이다. 이러한 형식은 작가의 태도와 현실 문제의 상 충을 통해 또 다른 정치적 비전을 제공할 수 있는 가능성을 보여준다. 우선 「총독의 소리」가 보편적인 서사적 양식에서 벗어난 담화 형식으로의 변형을 이룸으로써 새로운 담화의 공간을 형성하고 있음을 주목할 필요가 있다. 역사적인 현실에 대한 역설적인 가정은 바로 그 대상이 되는 현실을 지향하기 마련이다. 현실 사회에서 예기치 못한 측면의 문제성이 인식 가능한 상태로 제시되기 때문이다. 더구나 「총독의 소리」는 그 표면적 형식으로서의 총독의 담화를 통해, 작가의 이데올로기와 현실 정치 상황의 이념적 분열과 그 긴장을 드러내고 있다. 이 같은 이데올로기의 충돌이 「총독의 소리」 자체의 의미 지향을 더욱 분명히 해주고 있음은 물론이다.

「총독의 소리」에서 작품 형태의 근간을 이루고 있는 담화의 형식은 그 자체가 다분히 사회적인 성격을 띤다. 누구의 담화이며, 누구를 대상으로 하며, 무엇을 말하고자 하는 것인가를 생각하지 않을 수 없도록 만드는 독특한 담화적 공간을 상정해야 하기 때문이다. 담화의 형식은 화자와 청자 사이의 일련의 사회적 관계 안에서 그 용법과 의미가 규정된다. 물론 모든 언어 형식 자체가 가상된 현실 공간에서 이루어지고 있으므로, 담화적 공간으로서의 상황 설정이 중요한 의미를 지닌다. 이 작품에서 진술되고 있는 모든 내용이 관념론적인 견지에서 이루어지고 있는 것이 아니라, 사회적으로 구속된 실천적 의미를 담고 있다는 사실은 「총독의 소리」가 지닌 또 하나의 강점이라고 할 수 있다.


3

「총독의 소리」는 문학이라는 제도와 관습을 해체하고 정치적 이데올로기의 허위성에 도전하고 있다. 이 작품은 이미 앞에서 언급한 것처럼 서사성의 규범을 뛰어넘는 방식으로 서사를 해체하면서 형태적 파격을 드러내고 있다. 이러한 문학적 규범의 파괴는 문학에 대한 인식 방법 자체에 대해서도 상당한 충격으로 작용하는 것이다. 그러나 무엇보다도 중요한 것은 이 작품이 지니고 있는 정치적 효과라고 할 수 있다. 작가의 정치적 입장과 태도가 정론적인 형식의 담화를 통해 역설적으로 제시되고 있기 때문에, 정치 이데올로기의 횡포에 대한 대응의 방법으로 문제시되는 것이다.

「총독의 소리」에서 강조되고 있는 작가의 정론적 입장이란 무엇인가? 이를 확인하기 위해 작가 최인훈의 정치적 견해를 다시 정리해본다는 것은 불가능한 일이다. 그는 정치가가 아니라 한 사람의 지식인 작가이며, 그의 정론적 입장은 어떤 논리적인 체계를 갖추었다거나 지속적인 발전을 보였다고 할 수 있을 정도로 고정되어 있지 않다. 그 자신이 밝힌 대로, 그는 한 사람의 '정치적 유토피안'이 되고자 했을 뿐이다. 그러나 「총독의 소리」에는 작가 최인훈의 독특한 정치적 감각이 드러나 있으며, 그것이 작품 형식을 통해 증폭된 정치의식으로 나타나 있는 것이다.

「총독의 소리」는 1960년대 후반기 한국의 정치 현실을 비판적으로 개진하고 있다. 작가는 '귀축(鬼畜) 영미(英美)'로 대변되고 있는 서구 제국주의의 팽창과 '러시아'로 지칭되고 있는 국제 공산주의의 야욕, 그리고 '조선총독부'의 존재를 다시 재현시킨 일본의 성장 등을 국제적인 역학관계로 설정한다. 이 가운데에서 작가가 응시하고 있는 것은 분단 한국의 현실이다. 작품 내적인 구조로 볼 때, 「총독의 소리」는 한국인들에 대한 일본 총독의 담화로 꾸며져 있으므로, 표면적인 일본의 입장을 중심으로 그 내용이 채워진다. 물론 이러한 상황 설정 자체가 하나의 역설이지만, 한일회담 이후 한국에 대한 일본의 영향력의 확대를 생각한다면 그것은 설득력 있는 고안이라고 할 수 있다. 특히 일본의 입장이라는 가정된 상황을 설정함으로써, 경쟁 관계에 놓여 있는 미국이나 소련에 대한 언급이 보다 자유로워질 수 있게 되었다는 점을 주목해야 할 것이다.

최인훈이 당대의 정치적 현실에 대해 우려하고 있는 부분은 신식민주의의 도래 문제이다. 분단의 현실 속에서 추진하고 있는 근대화 작업이 변질될 수밖에 없다는 비판적 인식 아래에서, 그는 일본의 정치적 · 경제적 영향력의 확대를 비판하는 「총독의 소리」를 쓰고 있는 것이다.

　　오늘날 우리는 분단된 두 개의 주체가 각기 근대화를 위해 각기의 길을
가고 있다. 모든 한국 사람들은 또다시 분열증에 걸려 있다. 분단된 상태에
서 근대화라는 것이 과연 가능한가 하는 문제이다. 일본 점령하에서 많은
사람들이 비슷한 문제 때문에 걸려서 넘어졌다. 그때의 문제는 주권이 없
어도 개화는 가능한가 하는 문제였다. 지금으로서는 그 문제는 양자택일의
문제가 아니라 변질된 개화였다고 대답할 수 있을 것이다. 그러므로 일본
점령하에서 살았던 사람으로서는 당시에 진행된 개화의 어떤 영향은 개화
의 이름으로 불러도 좋고, 어떤 추세는 그렇지 않다든가, 한 가지 일에서
그런 양의적(兩義的)인 파악을 해야 한다는 그야말로 분열증적인 의식을
지니고 살았어야 했다는 것이 아마 지금으로 맞는 이야기일 것이다.
　　분단의 상황 하에서 진행되고 있는 오늘의 우리 역사도 역시 마찬가지
원리로 분석되어야 옳지 않을까. 분단이 현실인 이상 그래도 근대화는 행
해져야 한다. 그러나 분단이라는 저해요인이 작용하고 있는 이상, 그러한
근대화는 필연코 변질될 수밖에 없다는 사실만은 분명히 알고 있어야 할
것이다. 할 수 없어서 그런 궤적을 따르고 있는 '풍속'을 원칙론대로의 '이
념'이라고 우긴다면 바로잡을 길이 어려워지기 때문이다.[2]

　앞의 글에 나타난 최인훈의 역사의식이 「총독의 소리」의 이념적 토대가
되고 있음은 부인할 수 없는 일이다. 작가는 제국주의의 확대에 민족주의
의 원칙으로 대응하고 있으며, 전체주의적 경향에는 자유주의적 태도로
견제한다. 「총독의 소리」에는 분명 신식민주의 논리에 의해 한국의 근대
화 과정에 다시 정치적으로 영향을 미치기 시작한 일본을 향한 경계가 드
러나 있다. 그리고 분단 상황을 초래한 미·소 강대국의 제국주의적 태도
에 대한 비판을 보여준다. 이것은 현실 정치의 이면에 숨겨진 갈등을 독자

---

2　최인훈, 「역사와 상상력」, 『최인훈 전집 11권』, 문학과지성사, 2010, 159쪽.

에게 폭로하고 그 비판적 인식을 강조하고자 하는 것임을 알 수 있다.

「총독의 소리」는 결국 그 문학적 성과가 정치적 효과로 집약될 수 있다. 이 작품의 텍스트가 보여주는 형식적 요건이나 그 미학적인 요소는 모두 정치적 효과를 위한 고안으로 생각될 수 있기 때문이다. 그러므로 이 작품의 속성은 비역사적인 추상화의 방법으로는 규정하기 힘들다. 오히려 당대 현실 속에서 이 작품에 제기하고 있는 문제의식의 지향이 갖는 정치적인 효과를 생각해야 할 것이다. 여기서 말하는 정치적 효과는 이 작품 텍스트를 통해 파악되는 역사적인 현실 공간과의 구체적인 관련성 속에서 추출할 수 있다. 이 작품은 정치 이데올로기에 의해 정당화하고 일반화되는 현실의 문제들을 희화하고 전복시키며 폭로하는 기능을 갖추고 있다. 그리고 작품 속에서 끊임없이 새로운 담화의 형식으로 재생산되어 상이한 정치적 효과를 지속시킬 수 있는 것이다. 그러므로 「총독의 소리」의 정치적 효과가 무엇인가를 묻는 것은 그 효과가 무엇으로 될 수 있느냐 묻는 것으로 바뀌어야 한다. 이 작품의 의미가 역사적 현실 속에서 역동적인 반작용을 거듭하고 있기 때문이다.


4

하나의 문학작품을 논하는 자리에서 정치를 끌어들이는 것은 불필요한 일일지도 모른다. 문학은 이미 그 자체 속에 어떤 의미의 정치성을 포함하고 있다. 그럼에도 불구하고 「총독의 소리」에서 정치적인 것이 논의의 중심이 되는 이유는 이 작품이 정치적인 담화 형식을 통해 정치 현실을 비판하고 있기 때문이다.

「총독의 소리」는 그 내적 형식 자체가 일반적인 서사 양식의 미학적 규범을 지키고 있지 않다. 이것은 담화의 형식이 지니는 정치사회적 속성과 직결되고 있다. 소설의 구체적 형상성이라는 원칙을 통해 구현되는 보편성의 의미는 이러한 담화 형식 속에 끼어들기 어렵다. 담화의 형식은 언제나 특수한 역사적 상황 속에서 정론적 입장을 표시하는 언어 형식일 뿐이다. 더구나 이 형식에서 화자와 청자의 입장도 모두 어떤 정치적 지위를 부여받게 된다는 점에 본다면, 「총독의 소리」의 정치 지향적인 속성은 당연한 귀결이라고 할 수 있다.

물론 「총독의 소리」는 담화의 방식을 통해 그 소설적 주제를 직접적으로 표출하지는 않는다. 오히려 그 주제는 정치 이데올로기의 허위를 역설적으로 드러내도록 설정된 담화적 공간 속에서 생산된다고 할 것이다. 이 작품은 그 정치성의 효과 면에서 볼 때 비판적인 목소리가 위주가 된다. 이 작품이 결코 혁명적인 의식을 생산하지 않으면서 기성의 정치적 이념에 도전적인 의미를 지탱할 수 있는 것은 그 비판성의 가치에서 비롯된다. 그러나 「총독의 소리」는 1960년대 후반기의 상황에서 요구되는 새로운 이념의 공간을 소설적으로 열어주지 못하고 있다. 작가의 자유주의적 이념과 휴머니즘의 태도가 엄숙주의의 정치 이데올로기에 대응할 만한 유연성을 유지할 수 있는 여유를 누리지 못하기 때문이다. 「총독의 소리」가 다급한 '목소리'의 문학으로 기록될 뿐, 실천적 가치와 이념의 틀을 제대로 드러내지 못하는 것은 당대 정치의 이념적 고정성과 폐쇄성에서 기인하는 것임은 물론이다.

# 『아리아리 강강』과 '숨김'의 변증법

## 1

이청준의 장편소설 가운데 『아리아리 강강』은 평단의 주목을 제대로 받지 못한 작품이다. 이 소설은 「소문의 벽」, 『당신들의 천국』, 「살아 있는 늪」, 『자유의 문』 등으로 이어지는 이청준의 소설 세계와 맞닿아 있다. 특히 이 작품은 소설적 기법을 통해 존재의 '드러냄'과 '숨김'의 방법에 대한 특이한 인식을 보여준다. 이 작품의 서사 기법에 대한 논의가 이청준의 소설에 대한 새로운 조망의 시각을 열어줄 수 있는 가능성을 보이고 있다는 것은 주목할 만한 일이다.

이청준의 소설이 던져준 신선한 충격은 때로는 소설적 소재의 탐구에서, 때로는 소설적 기법의 실험을 통해 그 문학적 감동을 더해왔음이 사실이다. 그는 삶의 현실에서 문제시될 수 있는 여러 가지 요건들을 진지하게 추구하고자 하는 철저한 작가 의식을 소유하고 있다. 그는 자신의 소설을 어떤 고정적인 틀이나 특정의 이념에 묶어두지 않는다. 그의 소설은 하나하나가 각기 나름의 성격과 문제를 나누어 갖고 있다. 이러한 특징은 이청준 소설에 대한 어떤 유형화가 가능하지 않음을 말해주는 좋은 증거가 된다. 그의 소설은 꾸준한 자기 성찰과 삶의 현실에 대한 새로운 문제적 인식을 바탕으로 독자에게 소설적 새로움을 제시한다. 그의 소설에서 느낄 수 있는 긴장은 그가 삶의 충동을 새로운 방법으로 포괄하고자 하는 소설적 문법의 발견에서 비롯된다.

이청준의 소설은 서사의 영역에서 다룰 수 있는 모든 방법의 끊임없는 탐색과 그 심화 과정을 보여준다. 그의 소설적 무대는 6 · 25와 같은 전쟁의 상황을 통과하기도 하고, 외톨박이 장인(匠人)의 폐쇄된 자기 세계에 주저앉아 있기도 한다. 평범한 직장인의 일상적인 삶의 한복판으로 나서기도 하며, 글을 쓰거나 대학 강단에서는 지식인의 서재 주변에 머뭇거리기도 한다. 이러한 소재 영역의 다양성을 펼쳐내면서 그는 삶의 진실을 캐묻고, 인간의 존재 의미를 따지고, 예술의 본질을 문제 삼는다. 때로는 역사의 의미에 매달리고, 삶의 방식에 트집을 잡고, 이념의 실체에 도전하고, 인습의 틀을 뒤흔든다. 다시 말하면 소설적 소재의 범위를 넓혀가면서 그가 문제 삼고자 하는 주제의 다양성을 살려낸다.

이청준의 소설이 관심을 끌어모으고 있는 것은 그가 다루는 소설적 소재나 주제의 문제에만 국한되는 것은 아니다. 그의 소설에서는 소재의 속성에 맞는 소설적 기법과 장치가 동시에 실험됨으로써 이야기의 틀과 윤곽이 언제나 새롭게 구현된다. 그의 소설의 성과는 결국 소설적 기법의 성과라고 말할 수도 있는 것이다. 그러나, 소설적 기법의 문제를 내세워 이청준을 스타일리스트라고 할 수는 없는 일이다. 그는 오히려 이야기를 만들어내는 사람이다. 그는 자신의 소설을 위해 폭넓게 이야기의 소재를 찾고, 여러 가지 기법의 활용을 통해 다양한 주제에 접근하고 있다. 소설이라는 형식을 통해 새로운 삶의 가능성을 열며 하나의 소설의 완성을 통해 또 다른 삶의 창조에 도달하고 있는 셈이다.

이청준의 소설을 보면 모든 이야기가 이미 있었던 사실로 이야기되는 것이 아니라, 새로운 삶의 장면처럼 펼쳐진다. 독자는 그의 소설 속에서 주인공의 삶이 창조되는 장면들을 접하게 되는 것이며, 바로 그 창조의 긴장 속에서 인간 존재의 깊은 의미를 짚어보게 된다.

## 2

소설 『아리아리 강강』은 전통적인 서사 구조를 지켜나가는 이야기가 아니다. 장편소설의 양식에서 중요시되고 있는 역사성의 의미도 약하고 겉으로 보기에 서사 자체도 단조롭다. 이야기의 도도한 흐름도 찾아볼 수 없고, 영웅적인 주인공의 행위가 눈에 띄게 드러나지도 않는다. 게다가 소설적 공간도 극히 제한되어 있어서 이야기의 무대가 거의 한정된 공간을 넘어서지 못하고 있다. 그러나 이 소설은 제한된 서사 공간을 내면적으로 확대해 가는 특이한 긴장을 지니고 있으며, 단조로운 이야기의 내용을 역사적 지평에서 개인적 운명의 의미로 끌어올리는 힘을 지니고 있다. 서사적 요건으로서의 역사성이나 구성적 복합성을 떨쳐버린 대신에 서사 공간의 내적 확대로 이루어지는 상황의 대립성을 통해 소설적 긴장을 극적으로 구현하고 있다.

『아리아리 강강』은 일제 말기부터 해방에 이르기까지 격동의 과정에서 대원사라는 사찰을 공간적 배경으로 이야기가 전개된다. 전체적인 내용 가운데 1장부터 4장까지는 일제 말기에 해당하며 '은자의 숲', '나무꾼과 사냥꾼', '오이디푸스의 공간', '밤을 건너는 대지'라는 소제목이 붙어 있다. 마지막 5장은 '유전'이라는 소제목이 붙어 있다. 해방과 함께 새로운 반전을 보여주면서 이야기가 끝난다. 이 소설의 서사적 구조는 '쫓는 자'와 '숨는 자'의 관계를 통해 그 대립적 양상의 의미가 해명될 수 있다. 특히 일제 말기와 해방이라는 시대적 전환을 통해 이야기의 흐름도 크게 바뀌는 것을 알 수 있다.

이 소설의 전체적인 흐름은 '쫓는 자'와 '숨는 자'의 관계와 그 변화를 중심으로 이야기가 전개된다. 주인공 남도섭은 일제 말기 사상범 색출공작에 뛰어난 솜씨를 발휘하고 있던 안도 반장의 지령을 받고 신분을 위장하여 대원사 경내로 침투한다. 사찰 내부의 동태와 사람들의 내왕을 철저히 파악하기 위해서이다. 대원사에 곁달린 표충사 정잿간에 찾아든 남도섭은 그곳에서 일하고 있는 윤 처사의 도움으로 큰스님 우봉 대사의 허락을 얻게 되어 절간 기식을 할 수 있게 된다. 남도섭은 일본 경찰에게 쫓기는 도망자의 신세로 자신을 위장하고 우봉 대사의 행적은 물론 이 절간에 기거하고 있는 여러 부류의 사람들의 행태를 감시한다. 그리고 소영각에 얽힌 수수께끼와 같은 이야기를 들으면서 탐색을 계속한다. 한편 남도섭이 절간 안에서 이루어지고 있는 일들을 속속 안도 반장에게 연락하는 동안에 절간에서는 예기치 못한 도난 사건이 터지고 절간 사람들이 연행된다. 남도섭은 혹시 자신에게 어떤 피해가 닥칠지 모른다는 생각에 감시의 눈길을 피하고자 애쓴다. 그런데 남도섭이 주시했던 김 처사가 자살한 시체로 발견되고 절간의 사태는 더욱 흉흉해진다. 어느 날 저녁 남도섭은 절간 사람들의 기습으로 정신을 잃는다. 사람들은 남도섭을 자루 속에 넣어 산 아래 길가 나무에 매달아놓는다. 이러한 이야기의 전개는 주인공의 비밀스러운 활동과 절간 내부의 사정이 복잡하게 얽히면서 긴장이 더해지고 있지만, 여전히 핵심적인 사건의 고리가 무엇인지 인물 사이의 관계가 어떻게 이어지는지가 밝혀져 있지 않다. 우봉 대사의 역할과 윤 처사와 김 처사의 관계 그리고 외사채에 기거하던 '숨은 자'들의 정체가 무엇인지를 확인할 수가 없다. 물론 이야기의 흐름 자체는 공간화에 치중됨으로써, '쫓는 자'로서의 남도섭의 역할과 '숨는 자'들의 보이지 않는 대결 의식이 대원사의 은밀한 공간 안에서 팽팽한 긴장감을 살려낸다. 대원사 경내의 좁은 무대가 이야기의 내용 속에서 공간적으로 확대된다는 것을 같은 맥락에서 이해할 수 있다.

그런데 이 소설의 이야기는 마지막 단계에서 대반전을 이루며 그 결말에 도달한다. 5장의 결말은 대원사의 경내에서 시작되지만, 역사적 시대

분석과 해석

상황이 뒤바뀐 상태에서 진행된다. 태평양전쟁의 패배로 일본이 퇴각하자 한국의 해방 정국은 혼란을 거듭한다. 좌우익의 갈등과 충돌이 계속되는 가운데 친일파에 대한 처단 문제가 심상치 않게 대두된다. 남도섭은 자신의 친일 행각을 속이고 경찰 간부가 된 안도 반장을 찾아가 자신도 경찰에 투신한다. 남도섭은 경찰로의 변신에 성공하지만, 한국전쟁이 터지자 다시 쫓기는 신세가 된다. 그가 자신의 은신처로 다시 찾아든 곳이 바로 대원사다. 남도섭은 우봉 대사의 도움으로 소영각의 밀실에 숨어들게 된다. 남도섭은 그 밀실에 숨어들어 과거에 '쫓는 자'의 입장에 서서 '숨는 자'들을 찾아 나섰던 자신의 행각을 모두 다시 떠올린다. 그리고 비슷하게 쫓기는 처지가 되어 숨어든 윤 처사와도 우연치 않게 해후한다. 그는 윤 처사를 통해 일제 말기 자신의 위장된 신분에 대해 절간 사람들이 모두 눈치채고 있었다는 새로운 사실도 알게 된다. 당시 신분을 위장한 남도섭이 대원사에서 찾고 있던 사건의 주인공이 바로 자살한 김 처사였음도 밝혀진다. 특히 남도섭의 은밀한 공작에 대해서는 안도 반장이 우봉 대사에게 넌지시 알렸다는 엄청난 사실도 확인한다.

『아리아리 강강』의 결말 부분에서 드러나고 있는 이러한 상황의 극적 반전은 소설의 구성상으로 보아 흔히 활용되는 '역전(逆轉)의 수법'이라고 할 수 있다. 그러나 단순한 플롯의 장치가 아니라, 추리적 전개 방법의 도움에 의해 등장인물 스스로 자신의 상황을 인식하게 하는 데에 그 묘미가 있다고 할 것이다. 특히 위장된 상황과 사실의 위장 사이에서 주인공이 겪는 내적인 갈등은 결말 부분에서 독자가 만나게 되는 소설적 흥미를 충분히 더해주고 있다. 이 소설은 역사적 시대 상황의 대전환을 소설적 상황의 극적 반전으로 활용한다. 그리고 주인공은 자기 신분의 위장을 통해 '쫓는 자'와 '숨는 자'의 상반된 입장을 체험하면서 자신의 독자의 관심을 개인의 시대적 운명이라는 관념적 주제로 집중하게 한다. 이 경우에 특히 주목해야 할 것은 '쫓는 자'의 입장과 '숨는 자'의 처지 사이에 '숨겨주는 자'

의 역할에 대한 작가의 태도이다. 작가는 우봉 대사와 윤 처사라는 인물을 중간적 입장에 내세우고 대원사라는 은신처를 소설의 무대에 설정함으로써 어느 시대이건 '숨겨주는 자'의 넉넉한 아량이 역사의 무게를 지탱하는 힘이 될 수 있음도 암시하고 있다. 『아리아리 강강』이 첨예한 갈등과 날카로운 역사의식보다는 인간주의의 포용적 태도에 무게를 두고 있는 것처럼 느껴지는 이유도 여기에 있다고 할 것이다.


## 3

소설 『아리아리 강강』은 이야기의 서사적인 전개 과정을 대담하게 생략한 대신에 대립적인 상황의 긴장 관계를 예리하게 포착하는 데에 관심을 두고 있다. 이러한 수법은 장편소설의 서사적 요건으로서 이야기의 흥미로운 전개에 매달리는 독자에게는 거부감을 줄 수 있을지도 모른다. 제약된 공간 안에서 사건의 흐름에 변화 있는 진전이 이루어지지 않기 때문에 이야기가 제자리걸음을 하고, 인물은 고정된 것처럼 느껴지기 쉽다. 그러나 이 작품은 이야기의 전개를 중심으로 하는 서사적 요소보다는 내적 긴장을 살려낼 수 있는 분위기와 상황을 살려내는 데에 성공하고 있다. 절간 경내라는 공간 안에서 은밀하게 자신의 신분을 위장한 채 상대방을 관찰하고 감시하는 주인공의 행동과 그를 둘러싸고 있는 절간 사람들의 비밀스러운 태도가 서로 얽혀 긴장 상황을 고조시키고 있기 때문이다. 특히 소설의 결말에서도 그려낸 소영각의 밀실이라는 좁고 어둑한 공간은 주인공의 내면 의식을 확장할 수 있도록 분위기를 고조시키고 있음을 보게 된다.

주인공 남도섭의 성격의 이중성은 시대 상황의 변화와 전도되는 신분의 위장을 통해 극적인 의미를 구현하면서 긴장감을 드러낸다. 남도섭의 운명은 해방이라는 역사적 시대적 상황의 대전환과 얽혀 있다. 그러므로 그의 존재와 역할은 역사적 차원과 개인적 운명이라는 서로 다른 차원에서

분석과 해석

설명할 수 있다. 남도섭의 등장은 일제 말기 혹독한 사상 통제와 강압적인 통치 상황을 전제하지 않고서는 이해하기 어렵다. 고등계 경찰의 비밀 행동원인 남도섭은 스스로 자신의 신분을 일본 경찰에 '쫓기는 자'로 위장하여 대원사로 숨어든다. 그러므로 그의 모든 행동은 일제의 앞잡이라는 신분을 감춤으로써 그 이중적 태도가 자연스럽게 느껴진다. 물론 대원사에서 그가 수행한 임무라는 것도 보잘것없다. 그가 찾고자 하는 추적 대상이 구체적으로 포착되지 않는 가운데에서 '쫓는 자'의 역할은 심각성을 띠기도 어렵다.

그런데 이 같은 이야기의 전개는 그 자체가 우봉 대사의 위장술에 의해 더 크게 계획된 것임이 결말에서 밝혀진다. 말하자면 '숨겨주는 자'의 계략 속에서 모든 것이 위장되어 있었기 때문이다. '쫓는 자'로서의 남도섭의 정체는 이미 절간에 스며들던 날부터 남도섭을 제외한 절간 사람들에게 인지된 상태로 숨겨진다. 그가 일본 경찰의 밀정으로 절간에 들게 될 것이라는 정보를 안도 반장이 미리 대원사의 우봉 대사에게 전달했던 것이다. 남도섭은 '쫓는 자'의 신분을 숨긴 채 일제 경찰에 쫓기는 자로 위장하고자 한다. 그러나 자신의 행색을 감추고 '숨는 자'로 자처한 남도섭의 행각을 알아차린 절간에서는 오히려 남도섭에게 '쫓는 자'들의 속성을 끊임없이 암시해줌으로써 남도섭이 자신의 위장을 스스로 깨닫도록 한다.

여기서 주목해야 할 것이 이 소설의 이야기 구조에서 드러나는 특유의 아이러니이다. 작가는 이 소설에서 '숨는 자'와 '쫓는 자'의 역할과 그 상대적인 성격보다 오히려 '숨김'의 행위가 갖는 의미에 더 큰 비중을 두고 있다. 여기서 '숨김'이라는 행위는 거짓된 행동을 뜻하는 것이 아니라 모든 것을 감싸고 안는다는 불교적 포용의 개념에 가깝다. 사건의 전개 과정에서 매개적 역할을 담당하고 있는 윤 처사의 행동과 설명이 이야기의 비밀을 풀어가는 열쇠가 되고 있는 것도 그러한 의미와 연관된다. 윤 처사는 남도섭이 절간에 스며들어 '쫓기는 자'로 자신을 위장했을 때부터 남도섭이 숨기고자 하는 일제 경찰의 밀정이라는 본연의 모습을 알고 있었다. 그리고 해방과 전쟁을 겪은 뒤에 다시 '숨는 자'의 처지로 대원사 소영각 밀실에 은신하여 뒤바뀐 처지로 만나게 되자 남도섭에게 '숨김'의 큰 뜻을 말해주는 것이다. 남도섭은 '쫓는 자'에서 '숨는 자'로 입장이 뒤바뀐 자신의 운명에 대해 말할 수 없는 참담함에 빠진다. 이야기의 결말에서 우봉대사는 쫓고 쫓기는 자가 모두 남도섭의 내부에 있음을 말해줌으로써 '숨김'의 행위가 가지는 큰 뜻을 암시한다. 인간의 운명에 대한 인식이 이와 같은 것임을 말해주고 있는 셈이다.

불교적인 의미에서 모든 사물의 존재는 스스로 드러남이 없는 '공(空)'으로 인식된다. 그런데 '숨김'의 행위는 숨기고자 하는 것보다도 겉으로 드러내고자 하는 위장을 통해 그 본질이 명확하게 밝혀지는 것이다. 인간의 삶에서 '숨김'은 존재의 소멸이 아닌 순간적 은폐에 불과하다. 본질을 숨기고 위장을 드러내려는 시도는 자기 존재를 부정하는 것이므로 결과적으로 더 큰 운명적 전환의 고비를 자초하게 된다. 남도섭은 '쫓는 자'로 나타났다가 반대로 '숨는 자'가 되었지만, 실상은 모두 자신에 대한 '숨김'에 의해 오히려 자신의 존재를 운명적 상황으로 몰아넣는다. 이처럼 인간은 역사적인 현실에 적응하기 위해 어처구니없이 자신의 모습을 드러내기도 하고 감추기도 한다. 숨기고자 하는 일이 바로 드러내는 일이 되고, 드러내고자 하는 일이 오히려 자신을 숨기는 일이 될 수 있다는 아이러니의 상황을 생각할 경우, 남도섭의 행위와 운명적 반전은 시류에 따라 살아가는 모든 인간들의 삶에 감추어진 욕망의 본색이라고 할 수 있을 것이다.

『아리아리 강강』은 시대 역사적 요구와 그 전환이라는 구체적 상황 변화를 배경으로 하고 있지만 인물의 성격과 그 존재 의미에 대해서는 사회 역사적 판단을 유보하고 있다. 남도섭의 이중적 행위는 역사적으로 단죄되는 것이 아니라 불교적 운명론으로 받아들이도록 설명한다. 긴장된 역사적 공간을 자기 위장으로 살아가려는 한 인간의 모습을 운명론에 근거하여 설명해 보이는 작가의 태도를 어떻게 이해해야 할 것인가? 이 문제에 접근할 수 있는 가장 간단하고도 손쉬운 방법은 개인적 모럴의 요건을 문제 삼아 이 작품의 성과를 부정해버리는 길이다. 그러나 이런 방식의 소설 독법은 독자에게도 똑같은 도덕 윤리적 기준을 적용할 경우에만 가능하다. 이청준은 자신의 소설을 통해 삶의 방식과 존재의 가능성을 열어 보일 뿐이며 이미 존재했던 삶에 대해 어떤 판단해 보여주지 않는다. 그의 상상력의 탁월성은 결코 자기 윤리의 규범을 내세워 소설의 세계를 규정하려 들지 않는다는 점이다. 그는 오직 가능성의 삶으로 우리는 끌어들일 뿐이다. 실제로 이 소설에서 남도섭이라는 소설적 주인공에 대한 설명은 '덫에 걸린 즘생'이라는 상징적이고도 비유적인 말로 이미 끝난다. 그 같은 삶의 가치에 대한 판단은 누구에게나 자유로운 것이다. 소설 『아리아리 강강』은 운명적인 이야기이면서 동시에 인간의 삶에 대한 운명론적인 인식을 보여주는 이야기이다. 현명한 독자들은 이 소설에서 운명적인 삶의 가능성을 보게 될 것이고, 인간의 삶에 대한 운명론적인 인식의 가능성을 스스로 판별해보고자 할 것이다.

## 4

이청준은 흔히 관념의 작가로 지목된다. 동시대에 활동했던 김승옥의 소설에서 감촉되는 치밀하고도 세련된 언어의 감각은 이청준 소설의 단단한 문체에서는 느끼기 어려운 점이다. 그는 자신의 소설 쓰기를 '자기 구제의 몸짓'이라고 말한 바 있다. 여기에서 자기 구제라는 것은 두 가지 의미를 갖는다. 하나는 글쓰기의 본질적 의미에 대한 문답이며, 다른 하나는 자신의 존재를 규정하고 있는, 더 나아가 인간의 존재를 규정하고 있는 내외적 조건들에 대한 성찰이다. 이러한 그의 태도는 소설이라는 언어 자체에 관한 반성을 통해 지속적인 특성을 드러낸다.

이청준은 감성의 언어가 아니라 이지의 언어로 소설을 쓴다. 그의 초기 소설을 보면 현실과 관념, 허무와 의지 등의 대응 관계를 구조적으로 파악한다. 그는 경험적 현실을 관념적으로 해석하고 상징적으로 표현하는 경향이 강하다. 그의 진지한 작가 의식이 때로는 자의식의 과잉으로 나타나기도 하지만, 그의 소설 작업은 산업화 과정에서 한국 사회의 급격한 변화를 소설의 형태 속에 구조화하여 보여주고 있다. 그는 지적이면서도 관념에 빠져들지 않으며, 현실 세계의 부조리와 불합리를 냉정하게 포착하여 그 자신이 발견해낸 소설적 구도 속에 담아놓는다. 그가 지속적인 관심 대상으로 삼고 있는 것은 정치 사회적인 메커니즘과 그 횡포에 대한 인간 정신의 대결 관계이다. 특히 언어의 진실과 말의 자유에 대한 그의 집착은 이른바 언어사회학적 관심으로 심화되고 있다는 평가를 받고 있다.

　이청준의 소설은 사실성의 의미보다는 상징적이고도 관념적인 속성이 강하게 나타난다. 그의 후반기 소설을 보면 궁극적인 인간 존재의 의미와 삶의 본질적 양상에 대한 천착에 힘을 기울이고 있다. 인간 존재와 그 구원의 의미에 대응하는 신앙의 과정을 소설적 형식을 통해 추구하는 새로운 경향은 인간 존재에 대한 믿음과 그 신념의 깊이를 확인할 수 있는 근거가 될 것이다. 이것은 이청준의 소설적 시각이 상황의 극단에서 언제나 인간 존재의 의미라든지 인간 정신의 높은 각성을 강조하는 데 주안점을 두고 있음을 말해주는 특징이라고 할 수 있다.

　『아리아리 강강』은 이청준의 문학세계에서 성공적이라기보다는 문제적인 작품이라고 평가할 수 있다. 이 소설은 격변하는 시대적 상황보다는 그 상황 속에 휩쓸려가고 있는 개인의 운명에 대해 관심을 집중한다. 그리고 모든 상황 자체를 등장인물의 말을 통해 전달하고자 하기 때문에, 부분적으로 서술은 중복되고 설명이 지리하게 느껴지기도 한다. 구체적 갈등과 행위의 부재가 드러내는 서사적 공간의 약점이 바로 그런 것이다. 그러나 이 소설은 결말 부분에 이르러 숨겨졌던 모든 비밀이 드러남으로써 극적 반전의 효과를 보여준다. 소설적 기법의 승리라는 점을 생각한다면 당연히『아리아리 강강』을 주목할 필요가 있다.

『아리아리 강강』의 작품 구조와 서술 방식에서 두드러지게 드러나는 것이 '대조의 기법'과 '반전의 기법'이다. 이것은 남도섭이라는 인물의 이중성을 암시하는 데에 기능적으로 작용하면서 커다란 효과를 거두고 있다. 물론 대원사라는 공간의 단일성을 내적으로 확대하기 위해 절간에서 일어나는 사소한 사건들이 장황하게 늘어져 있다는 점을 지적할 수 있다. 이것은 이른바 '스토리 라인'이라고 하는 이야기의 흐름을 가늠할 수 있는 요소들이 감춰져 있는 데에서 비롯된 것이다. 사소한 삽화들의 느슨한 연결이라든지 인물에 대한 설명적 묘사가 지나치게 장황하다는 점 등은 이 소설을 읽어나가는 데에 부담을 갖게 하는 요소이다. 그러나 이런 문제는 비평적 관점에서 볼 때 '주제의 지연'을 위한 이야기의 서술 방식에서 비롯된 것이라고 보아야 한다. 이 소설의 참 주제는 이야기의 극적 반전을 보여주는 결말의 충격에서 드러나기 때문이다.

소설『아리아리 강강』은 소설적 기법의 새로운 탐구라는 점에서 그 의미를 재평가해야 한다. 한국의 근대소설은 서사적 모더니티의 의미를 획득해오는 과정에서 장르적 속성과 기법의 문제에 대한 혼동을 거듭해오고 있다. 작가 이청준의 경우에는 스스로 자신의 소설적 규범을 세우고 그것을 창작의 방면에서 실천하고자 하는 노력을 지속해온 것이 사실이다. 그의 이러한 노력은 소설 속의 이야기를 통해 다시 해부해 들어가는 특이한 액자구조를 정착시키기도 하였고, 추리적 기법을 관념적 주제의 소설에 적용하는 방법의 확대를 가능하게 한다. 『아리아리 강강』은 그와 같은 기법적 실험의 결과인 셈이다. 이 소설의 감동은 그 결말에서 암시하는 '숨김'의 참뜻을 발견할 때 얻어진다. 이 소설에서 자신의 기법을 통해 의미 있는 소설적 주제의 완성을 확인하는 것은 이청준의 작가적 역할이 아니라 독자의 몫에 해당한다.

# 『난장이가 쏘아올린 작은 공』의 연작 기법

1

조세희의 『난장이가 쏘아올린 작은 공』은 1970년대 한국 사회가 급격한 산업화 과정에 접어들면서 겪어야 했던 노동계급의 성장과 그 사회적 갈등을 여러 각도에서 비판적으로 관찰하고 있다. 이 소설은 모두 12편의 작품들이 연작의 방식으로 연결되어 커다란 한 편의 장편소설을 만들어낸다. 『난장이가 쏘아올린 작은 공』이 연작소설의 형태로 발표되기 시작한 것은 「칼날」과 「뫼비우스의 띠」로부터 비롯된다. 이 작품 가운데에서 난장이의 존재는 지극히 상징적인 소설적 장치로 그려진다. 「우주 여행」에서도 난장이는 비참한 삶의 주인공으로 표상된다.

이 소설 속에서 독립된 작품들이 연결된 순서를 따라가 보면 「뫼비우스의 띠」, 「칼날」, 「우주 여행」, 「난장이가 쏘아올린 작은 공」, 「육교 위에서」, 「궤도회전」, 「기계도시」, 「은강 노동 가족의 생계비」, 「잘못은 신에게도 있다」, 「클라인 씨의 병」, 「내 그물로 오는 가시고기」, 「에필로그」 등으로 이어진다. 여기서 「뫼비우스의 띠」와 「에필로그」가 전체 이야기의 서두와 결말을 담당하는 일종의 액자(틀)에 해당한다. 나머지의 작품들은 난장이 일가의 삶을 중심으로 급격한 산업화 과정에서 삶의 터전을 일구지

분석과 해석

못하고 도시 변두리로 떠밀려 나가는 노동자들의 비참한 생활과 절망적 현실을 여러 각도에서 인상적으로 묘사하고 있다.

여기서 활용하고 있는 연작 방법은 작품의 '계기적 결합'을 구성의 원칙으로 삼고 있다. 열두 편의 작품들은 각각 이야기의 전체적인 내용을 중심으로 내적인 결합이 가능한 서술상의 단계에 따라 배열된다. 여기서 중심인물의 행동과 사건의 전개를 근거로 하는 플롯의 개념이 살아난다. 이러한 연작 방법은 이 소설이 거두어들이고 있는 문학적 성과와 직결된다. 그것은 우선 '대조의 효과'라는 말로 규정할 수 있는 기법의 성공을 뜻하는 것이다. 『난장이가 쏘아올린 작은 공』에서 연작 방법으로 결합된 열두 편의 작품들 가운데 이야기의 도입부에 배치된 「뫼비우스의 띠」, 「칼날」, 그리고 「우주 여행」에서는 작품의 중심인물인 난장이의 존재가 전면에 등장하는 것이 아니라 지극히 작은 부분을 차지한다. 난장이는 「뫼비우스의 띠」에서 하나의 상징적 존재처럼 언급될 뿐이다. 「칼날」에서는 일상의 현실에서 무위의 삶에 부대끼는 한 젊은 주부의 눈을 통해 난장이의 존재가 발견된다. 그리고 도시의 철거민을 상대로 하는 아파트 입주권 사기 사건 속에서 난장이 일가가 드디어 정의로운 힘의 존재로 드러나기 시작한다. 「우주 여행」에서는 부유한 집안의 문제아가 된 윤호라는 젊은이의 눈을 통해 난장이 일가의 비참한 삶이 각인되기도 한다. 이러한 일련의 방법은 난장이로 표상되는 비극적 존재의 원근법적인 인식에 다름 아니다. 난장이는 이러한 과정을 거쳐 연작소설의 내용을 압도하는 주인공으로 자리 잡고 있기 때문이다.

이 소설의 표제작이 된 「난장이가 쏘아올린 작은 공」은 전체 이야기의 한가운데에 자리 잡고 있다. 난장이 일가의 두 아들과 딸의 시점에서 서술되고 있는 이들의 삶은 가난과 핍박으로 이어진다. 이들은 고등학교도 제대로 다니지 못하고 모두 노동 현장으로 내몰려 무자비한 노동과 착취를 감당해야 한다. 난장이는 자녀들을 노동 현장으로 내몰지만 자기 능력으로는 더 이상 할 수 있는 일이 없음을 깨닫고 엉뚱하지만 먼 우주로의 여행을 꿈꾼다. 그리고 무허가였던 집마저 헐리면서 삶의 터전을 잃게 된 후 난장이는 벽돌공장 굴뚝에서 떨어져 죽고 만다. 이 작품의 후반부는 난장이 일가가 아버지 난장이의 죽음 이후 도시에서 밀려나 '은강그룹'의 여러 공장에서 일하며 노동자의 권익을 찾기 위한 투쟁에 나서는 이야기를 다룬 「은강 노동 가족의 생계비」, 「잘못은 신에게도 있다」, 「클라인 씨의 병」 등으로 이어진다. 그리고 「육교 위에서」, 「궤도회전」, 「기계도시」 등에서는 중산층의 등장인물들이 노동계층의 삶에 객관적으로 접근하여 그 삶의 모순을 발견하게 되는 과정을 보여준다. 「내 그물로 오는 가시고기」는 자본가의 관점에서 노동계층의 투쟁과 그 폭력성을 비판적으로 인식하면서 자신들이 누리는 물질적 풍요의 세계를 그들만을 위해 지켜나가고자 하는 태도가 대조적으로 이어진다. 이렇게 삶의 현실은 언제나 어두운 그늘이 있는 반면에 더욱 밝은 부분이 있기 마련이라는 판단이 자연스러울 정도로 분열되어 있다. 이 대립되는 두 세계의 한복판에서 난장이는 삶의 고통에서 벗어나지 못하고 억압받는 존재로 표상된다.

연작소설 『난장이가 쏘아올린 작은 공』에서 그려지는 난장이 일가의 삶은 현실 속에서 차별당하며 짓밟힌 노동계층의 삶을 그대로 상징한다. 특히 난장이 일가의 고통스런 삶과 그 내면의 분열상이 이야기의 긴장과 이완을 절묘하게 유지할 수 있는 연작의 방식을 통해 다각도로 묘사되고 있다. 이 작품에서는 노동자와 고용주, 빼앗는 자와 빼앗기는 자의 갈등뿐만 아니라 인간의 욕망과 좌절, 삶의 어둠과 밝음 등으로 대별되는 현실의 양면을 작품의 서술 구조를 통해 극적으로 표현한다. 하지만 이 작품은 계층적 갈등과 대립과 투쟁을 그려내면서도 궁극적으로는 인간의 삶 그 자체를 위한 높은 차원에서의 화해를 꿈꾸고 있다.

## 2

『난장이가 쏘아올린 작은 공』에 연작의 방식으로 결합된 여러 이야기들은 각각 서로 다른 서술의 시점을 통해 사건을 이끌어간다. 그러므로 전체적인 이야기의 흐름을 이해하기 위해서는 전반부와 중반부 그리고 후반부로 나누어 각 부분에 나타나는 시점의 차이를 분명하게 인식할 필요가 있다. 여러 계층의 인물들이 이야기의 내용에 따라 각각 다른 자신의 시점을 기반으로 이야기를 이끌어가기 때문이다.

이 작품의 전반부에서 「뫼비우스의 띠」는 전체 이야기의 액자형 구조를 지탱하는 서두 부분에 해당한다. 고등학교의 수학 교사가 앞으로 전개될 이야기의 내용을 소개하는 역할을 담당한다. 수학 교사가 마지막 시간에 학생들에게 뫼비우스의 띠와 굴뚝 청소 이야기를 들려준다. 평면인 종이를 길쭉한 직사각형으로 오려서 이것을 한 번 꼬아 양끝을 붙이면 안과겉을 구별할 수 없는 특이한 곡면이 된다. 안과 밖이 구별되지 않는 뫼비우스의 띠다. 뫼비우스의 띠는 앞으로 전개될 이야기의 내용을 암시한다. 뫼비우스의 띠는 안팎의 구분이 없으므로 갇혔다고 생각한 세상도 갇히지 않는 곳이다. 억압되어 있다고 느껴 탈출을 시도해도 다시 되돌아올 수밖에 없는 특이한 곡면이다. 『탈무드』에 나오는 굴뚝 청소 이야기도 주체와 타자의 관계가 서로 뒤바뀌면서 마찬가지가 되는 상황을 연출한다. 콩밭길을 걸어가는 곱추와 앉은뱅이가 하나의 삽화처럼 등장한다. 이들은 자신들의 집을 철거당한 후 시에서 나누어준 아파트 입주권을 헐값에 팔아버렸다. 뒤늦게 속은 것을 알아차리고는 아파트 입주권을 되찾기 위해 나선 것이다. 둘은 몰래 입주권을 산 사내를 습격하여 그 사내의 몫을 뺀 나머지 이십만 원을 자신들의 몫이라며 찾아온다. 수학 교사는 자신의 수업시간을 마치면서 학생들에게 '인간의 지식은 터무니없이 간사한 역할을 맡을 때가 많으니 자기 입맛대로 쓰여지는 일이 없도록 하라.'고 당부한다.

「칼날」에는 신애라는 주부가 시점인물로 등장한다. 그녀는 처녀 시절에 꿈 많고 총명했으며, 책을 쓰는 게 소원이었던 현우와 희망을 품고 결혼했다. 그러나 죽어라 돈을 벌어도 살림은 늘 쪼들리고 일상을 허덕이며 지낸다. 지친 부부는 서로 의사소통도 제대로 하지 못한다. 남편 현우는 집에 오면 신문만 들고 있다. 큰아들은 학교 공부를 불신한다. 딸애는 라디오를 틀어놓고 책상 앞에 앉아 공부한다. 이들 가족은 자기 집을 갖고 있지만 도시의 중산층이라고 하기에는 생활이 벅차다. 주변의 공무원, 제과회사 차장 집들은 모두 돈이 많이 드는 자가 수도를 놓고 물 걱정 없이 지내지만 신애는 밤마다 수도꼭지를 틀어놓고 물을 기다린다. 신애는 수도꼭지를 낮춰 달면 물 받기가 수월해진다는 난장이의 말을 믿고 그에게 수도 고치는 일을 맡긴다. 자가 수도 설치 업자가 신애네 집으로 찾아와 자기네 영업에 방해가 된다면서 난장이를 폭행한다. 신애가 이들을 말리다가 부엌의 생선 칼을 잡고 그들에게 상처까지 입힌다. 사내들은 폭행을 멈추고 신애를 두려워하며 도망친다. 난장이가 수도꼭지를 고쳐 단 그날 밤 난장이의 말처럼 정말 수돗물이 흘러 나온다. 신애라는 주부의 눈을 통해 난장이의 모습이 처음 제대로 인식된다. 난장이의 진실된 언행도 수도꼭지 고쳐 다는 작업을 통해 사실적으로 드러나고 있다.

「우주 여행」에는 대학 입시를 준비하고 있는 윤호가 시점인물로 등장한다. 윤호는 율사인 아버지를 두고 있는 부유한 집안의 아들이다. 윤호 아버지는 아들이 A대학 사회계열에 반드시 합격해야 한다고 목표를 세운다. 그리고 윤호를 위해 지섭이라는 청년을 가정교사로 데려온다. 윤호는 가정교사 지섭을 만나면서 세상에 대한 새로운 인식에 눈뜨게 된다. 지섭은 당장 눈앞의 대학입시 준비에는 별로 마음이 없는 윤호에게 날개를 쓰지 않아 퇴화된 도도새 이야기를 해주기도 하고, 우주인을 만나게 해주겠다며 윤호를 데리고 자신이 살고 있는 동네에 갔다. 난장이와 그의 가족들이 살고 있었다. 그날 밤 윤호와 지섭은 달나라에 관한 얘기를 했다. 학교

분석과 해석

에서 배운 대로 산소가 없고 권태로운 달나라 얘기를 한 윤호와 달리 지상에 없는 행복이 달에 있을 거라고 지섭은 말했다. 윤호는 대학에 떨어졌고 지섭은 쫓겨났다. 이 대목에서 부유층의 아들인 윤호에 의해서도 난장이 가족의 존재가 인식된다. 윤호는 재수 생활을 시작한다. 그는 학원에 나가 강의를 받고 개인 그룹을 지어 족집게 특수 지도까지 받는다. 그룹 지도를 받는 아이들 가운데 은희와 친하게 된다. 그런데 윤호는 특수 그룹 지도를 함께 받던 인규로부터 예비고사장에서 답안지를 보여달라는 제의를 받는다. 인규는 시험지를 보여주면 자기가 점찍었던 은희를 윤호에게 양보하겠다는 것이다. 그날 밤 윤호는 자기 자신의 모습에 환멸을 느끼며 자살을 결심하고는 아버지가 숨겨둔 권총을 찾는다. 그때 은희가 윤호를 찾아온다. 윤호는 은희에게 권총을 쏴 자신을 달나라로 보내달라고 한다. 은희는 권총을 밀쳐낸다. 그리고 윤호를 위로하며 엄마처럼 두 팔로 윤호를 감싸 안는다.

이 소설의 중반부를 차지하고 있는 것이 표제작이 된 「난장이가 쏘아올린 작은 공」이라는 중편소설이다. 모두 3부로 나누어져 있는 이야기 속에서 난장이 일가의 피폐한 삶이 처음으로 전면에 소개되는데, 각 부에 따라 시점인물도 바뀐다. 1부는 난장이 일가의 장남인 영수가 시점인물이다. 난장이 가족이 사는 낙원구 행복동 무허가 집에 이십 일 안에 자진 철거하라는 구청의 철거 명령이 날아든다. 동생 영호는 우리 집에서 어디로 떠나느냐고 울분을 참지 못하는데 여동생 영희는 말도 못 하고 울기만 한다. 어머니는 문간에 붙여놓은 무허가 건물 번호가 새겨진 알루미늄 표찰을 떼어낸다. 구청에서는 이 마을 주민들에게 새 아파트 입주권을 발급한 상태다. 그러나 돈이 부족하여 아파트에 들어갈 수 없는 행복동 주민들은 하나둘씩 입주권을 팔기 시작한다. 그런데 입주권 가격이 날마다 치솟아 오른다. 난장이 일가도 입주권을 팔고 거기서 전셋돈도 빼주어야 한다. 하지만 난장이네 가족은 모두 나서서 돌을 나르고 시멘트를 발라 자기네 힘으로 세운 자기 집을 그대로 허물어버릴 수가 없다. 이웃집 명희 어머니는 죽은 명희의 통장에 남은 돈을 난장이네 집에 전셋돈 빼주라고 우선 빌려준다. 명희는 영수를 좋아했다. 명희는 영수가 공장에 나가지 않고 공부를 제대로 해서 큰 회사에 취직하기를 바랐다. 명희는 다방 종업원에서 캐디로, 버스 안내양으로 전전하다가 통장에 십구만 원을 남기고 자살했다. 2부는 둘째 아들 영호를 시점인물로 내세워 이야기를 전개한다. 영호는 형 영수와 함께 아버지가 나이 들어 더 이상 일을 할 수 없음을 알고는 인쇄 공장에 취직한다. 아버지는 가끔 길 건너 마을의 부잣집 가정교사인 지섭이라는 청년과 만난다. 지섭은 난장이에게 욕망의 소굴인 지구를 떠나 달나라로 가야 한다고 말한다. 그리고 『일만 년 후의 세계』라는 책을 빌려준다. 인쇄 공장의 사장은 경기가 안 좋다면서 불황을 빌미 삼아 공원들에게 일을 더 하라고 강요한다. 영호는 형과 함께 사장한테 항의하고 힘든 노동 조건에 대해 협상을 하려 했지만 오히려 공장에서 쫓겨난다. 아버지는 공장에서 쫓겨난 두 아들에게 큰일을 한 것이라고 추켜준다. 3부에서는 시점 인물이 딸인 영희로 바뀐다. 아파트 입주권 가격이 자꾸 올라가자 난장이네 가족은 이십오만 원을 받고 검정 승용차를 타고 온 남자에게 입주권을 팔아넘긴다. 집이 철거반에 의해 헐린 뒤에 영희는 검정 승용차를 타고 온 남자를 따라간다. 동네에서는 난장이와 영희가 사라졌다고 사방으로 찾아 나서지만 둘의 행방을 알지 못한다. 남자는 영희에게 말만 잘 듣는다면 많은 돈을 주겠다고 한다. 남자를 따라간 영희는 맛있는 음식도 먹고 남자가 시키는 대로 고분고분 말을 듣는다. 밤이 되면 남자는 영희를 덮친다. 영희는 남자의 집에 적응할 수 없음을 깨닫고는 몰래 남자의 금고에서 자신의 집 대문에 달려 있던 알루미늄 표찰을 되찾아 가지고 집으로 도망해 온다. 동사무소에 달려간 영희는 표찰을 내고 아파트 입주 신청서에 아버지의 이름과 주민등록번호를 적어 넣는다. 집도 헐리고 식구들도 모두 어딘가로 가버린 상태라서 영희는 지친 몸으로 거리를 헤맨다. 그때 이웃 마을의 신애가 나타나 부축한다. 몇 차례 마을에서 만난 적이 있는 신애는 영희를 데리고 자기 집으로 간다. 그리고 자리에 맥없이 쓰러진 영희를 돌보면서 영희에게 놀라운 소식을 알려준다. 아버지가 벽돌공장 굴뚝 속에서 죽은 채로 발견됐다는 것이다.

이와 같이 이야기의 전면에 등장하는 난장이 일가는 도시 하층민을 대변한다. '난장이'라는 말 자체도 이들의 짓눌려진 삶을 상징한다고 할 수 있다. 하지만 난장이는 현실적 삶의 모순을 있는 그대로 받아들이면서 차별이 없는 낙원으로의 우주 여행을 꿈꾼다. 제목에 등장하는 '공'은 난장이가 꿈꾸는 삶의 비상을 상징한다. 이 소설의 이야기처럼 난장이 가족에게는 고통의 현실 속에서 최소한의 삶의 조건도 허용되지 않는다. 난장이는 나이가 들고 힘에 부쳐서 더 이상 노동을 할 수 없게 되자 떠돌이 공연패에 끼어들 생각도 해보지만 그것도 여의치 않다. 결국 난장이는 자기 가족들의 손으로 지은 작은 무허가 가옥마저 철거당하자 먼 달나라 여행을 꿈꾸며 벽돌공장 굴뚝 속으로 뛰어내려 자살한다. 그리고 남은 가족들은 도시의 외곽으로 떠밀린 채 아버지 난장이가 없이 새로운 힘든 삶을 살아야 한다.

이 소설의 후반부는 「육교 위에서」로부터 시작되며 중년의 주부인 신애가 다시 시점인물로 등장한다. 신애는 병원으로 문안을 가는 길이다. 동생이 위가 나빠 병원에 입원해 있다. 신애는 혼잡한 도심의 사람들 틈을 빠져나와서는 육교 위에 오른다. 육교 위에서 동생이 일하는 직장의 건물을 건너다본다. 그리고는 문득 동생의 대학 시절과 동생 친구에 대해 생각한다. 동생은 친구와 함께 어떤 일이든 앞장서는 행동파다. 대학 캠퍼스는 물론 거리의 데모에도 함께 나선다. 둘은 자신들의 의사를 제대로 밝힐 수 없는 현실 상황을 비판하는 글을 작성하고는 대학 신문에 기고하기 위해 신문 주간을 맡고 있는 교수에게 그 글을 보여준다. 그러나 그 주간은 어용 교수로 이름이 나 있다. 당연히 그는 이들의 글을 신문에 싣지 못하게 한다. 글의 내용이 불온하다는 이유였다. 동생은 친구와 몰래 자신들의 글을 등사판으로 인쇄해서 교내의 학생들에게 나누어준다. 이 일로 문제가 커지자 교수는 두 사람을 불러서는 현실을 제대로 보고 행동하라고 야단친다. 주변의 학생들도 이 두 사람을 멀리하면서 둘은 따돌림을 당한다는 느낌을 받는다. 동생은 그렇게 대학을 졸업한다. 그런데 학교를 졸업한 뒤에 두 사람은 서로 처지가 달라졌다. 동생의 친구가 다니는 직장에는 대학 시절 신문 주간이었던 교수가 책임자로 부임한다. 주간은 자신이 끌어줄 테니 함께 일하자며 친구를 끌어들였다는 것이다. 그 후 동생 친구는 변했고 두 사람은 멀어졌다. 그 친구는 시키는 일에 열중이며, 결혼하여 아내와 함께 좋은 집에서 행복한 생활을 한다. 신애는 병원에 들러 동생을 만난다. 병실에는 동생네 아이들이 아무것도 모르는 채 웃고 있는 사진이 놓여 있다. 이 대목은 대학 시절 현실에 대한 비판적 태도와 새로운 가치와 이념에 대한 열정을 지녔던 동생과 그 친구의 달라진 모습을 보여준다. 평범한 직장인이 되면서 생활인으로 변모해버린 두 사람의 처지를 대비시켜 놓고 있다.

「궤도회전」에는 다시 윤호가 시점인물로 등장한다. 윤호는 아버지의 기대와는 달리 예비고사에서도 낙방한다. 아버지는 화가 나서 아들을 철사로 두들겨 팬다. 그리고는 아들을 내놓은 자식으로 치부해버린다. 윤호는 아버지의 관심에서 벗어나자 훨씬 자유를 느낀다. 윤호 아버지는 북한산 자락의 깨끗한 부자 동네로 이사한다. 윤호는 이곳에서 『노동수첩』이라는 책을 읽는다. 어느 날 길 건너 집에 살고 있는 고등학생 경애를 알게 된다. 뒤에 밝혀지는 일이지만 난장이 일가의 영수네가 새로 일하게 된 은강그룹의 손녀다. 경애는 윤호를 '십대 공원'이라는 토론 주제 모임에 초대한다. 윤호는 이 모임에 나가 자신이 만난 난장이 가족에 대해 얘기해준다. 은강시 공장에서 일하는 난장이의 아들, 딸에 대해 얘기를 하지만 아이들은 지루해하고 색다른 프로그램을 원하고 있다. 윤호는 경애에게 할아버지가 은강에서 공원들에게 제대로 대우하지 않은 점은 큰 죄라고 알려준다. 경애는 윤호와 함께 있고 싶어 한다. 얼마 뒤 경애의 할아버지가 세상을 떠나고 엄청난 조화가 늘어선다. 조문객들이 줄을 잇는다. 윤호는 자신은 누구를 사랑하고 존경하며 살아가야 할지를 머릿속에 떠올린다.

「기계도시」에서도 윤호가 시점인물로 등장한다. 윤호는 다시 대학입시를 위해 공부를 하지만 삼수(三修) 생활 중에도 전에 지섭을 따라가 보았던 난장이 일가가 살던 변두리 달동네를 생각한다. 윤호와 가까이 지내게 된 은희도 윤호의 생각을 받아들이면서 점차 노동의 현실에 눈을 뜬다. 은강은 서울에서 가까운 서해 반도부에 위치한 항구도시다. 소설 속의 지명은 '은강시'라고 표시하고 있지만 금속, 도자기, 화학, 유지, 조선, 갑문식 도크 등으로 유명한 인천시를 암시한다. 공장 지대는 이 도시의 북쪽 지역을 차지하고 있다. 공장 지역에서는 늘 매연을 내뿜고 엄청난 폐수를 쏟아낸다. 근처의 주민들의 고통이 이만저만이 아니다. 은강에서 일하는 대다수 공장 직원들은 가난하다. 하지만 공장에서는 이들을 제대로 대우하지 않는다. 자연스럽게 공장 직원들도 형편이 더 나아지기를 기대조차 하지 않는다. 난장이 일가의 장남인 영수는 공장에서 일하면서도 노동자들의 정당한 권익을 보장받을 수 있도록 독려하지만 아무런 효과를 보지 못한다. 영수는 윤호를 만났을 때 은강의 노동자들을 고통에서 해방시키기 위해 은강그룹의 경영주를 죽이겠다고 말한다. 그리고 윤호의 옆집에 사는 은강그룹의 경영주를 죽이겠다는 자신의 계획을 밝힌다. 영수는 윤호의 집에 머물면서 기회를 잡을 수 있도록 도와달라고 요구한다. 이 부분에서는 노동의 현장으로 뛰어들기 시작한 윤호와 노동 현장에서 일하고 있는 영수의 만남을 특별히 주목하게 한다. 이 두 청년의 연대를 통해 새로운 투쟁의 가능성이 예고되기 때문이다.

「은강 노동 가족의 생계비」는 난장이 일가의 영수가 시점인물이다. 영수는 은강자동차에서, 동생 영호는 은강전기 제일 공장에서, 막내 영희는 은

강방직 공장에서 일한다. 영희는 오빠인 영수에게 가끔 아버지의 이야기를 꺼낸다. 그리고 독일에 있다는 릴리푸트읍이라는 마을 얘기를 들려준다. 차별이 없고 불평등이 없는 난장이 마을에서 아버지가 살 수 있었다면 얼마나 좋았겠느냐고 영희는 벽돌공장 굴뚝 안에서 돌아가신 아버지를 떠올린다. 이들 남매는 모두 제대로 교육받지 못했기 때문에 특별한 기술이 없다. 그러니 공장에서도 가장 낮은 직급에 속하고 월급도 적다. 이 남매들의 수입으로 어머니는 가족의 살림을 빠듯하게 이끌어간다. 하루 종일 고된 노동에 시달리지만 잠깐의 휴식이 있을 뿐이다. 영수가 받은 월급의 명세서를 보면서 시간 외 근무 수당을 제대로 계산하지 않고 있다는 사실을 항의하고 부당하게 해고된 동료 문제를 따졌지만 아무 소용이 없다. 감독관은 노동자 편이 아니라 회사를 위해 일하는 사람이다. 영수는 부당한 회사의 처사를 항의하기 위해 동료들을 모으기 시작한다. 어머니가 정리하고 하고 있는 가계부에는 가족들의 생존에 필요한 최소 비용이 낱낱이 적혀 있다.

「잘못은 신에게도 있다」에서도 난장이 일가의 영수를 중심으로 이야기가 전개된다. 영수는 아버지가 난장이라는 모멸적인 대우와 차별을 당하면서도 자기가 할 수 있는 일을 하고 그 대가를 제대로 받고 가족과 함께 살아갈 수 있는 세상을 꿈꾸었다고 생각한다. 아버지는 가끔 개인적인 욕심으로 부당하게 부를 축적하는 것을 인간에 대한 사랑이 없기 때문이라고 말했다. 이런 사람들은 벌을 받아야 한다고 주장하기도 했다. 방직공장에서 일하는 영희는 제대로 환기도 안 되는 열기 가득한 공장 내부에서 졸면서 일한다. 작업반장이 졸고 있는 영희의 무릎에서 빨간 피가 배어나게 옷핀으로 찌른다. 공장에서는 불의의 사고로 공원들이 죽어가기도 한다. 노동조합 지부장이 끌려가고 공원들이 무더기로 해고당하는 좋지 않은 사태가 공장 내에서 일어나고 있었다. 영희가 새로 선출된 지부장을 영수에게 데리고 온다. 영수는 이 지부장과 함께 사측과의 만남을 준비한다. 노사 대표가 만나는 회의가 열렸다. 근로자 측은 노동에 대한 적정한 대가로 임금을 인상할 것을 요구하지만 사측에서는 오히려 근로자들의 요구가 도를 넘었다면서 이를 거부한다. 영수는 인간에 대한 사랑을 갖지 않는 사람을 벌하기 위해 법이 필요하다고 말했던 아버지의 말이 옳았음을 새삼 깨닫는다. 근로자들이 더 강한 투쟁의 길로 나아갈 수밖에 없는 것이다.

「클라인 씨의 병」에서도 영수가 시점인물로 기능한다. 영수는 은강방직에서 노동조합 운동을 하게 된다. 교회 목사로부터 다른 동료들과 함께 의식화 교육을 받는다. 근로자들에게 오는 손해가 공장 경영주에게는 오히려 이익이 된다는 지적에 놀란다. 낮은 임금으로 일하는 근로자가 늘어나면 늘어날수록 그 반대편에는 돈을 버는 부자가 늘어난다. 교회 목사는 명쾌하게 노동환경의 부조리를 설명한다. 그러므로 모든 사람들이 그를 믿게 된다. 어머니는 영수의 행동을 눈치채고는 공장에서 시키는 일만 착실히 하라고 말한다. 영수의 공장에 오랜만에 지섭이 나타난다. 지섭은 노동운동가로 변했다. 지섭은 영수에게 노동의 중요성을 설명하고 일자리를 지키는 것이 긴요하다는 사실도 일깨워준다. 지섭과 헤어진 후에 영수는 과학자가 만든 이상한 병을 보게 된다. 안과 밖이 따로 존재하지 않는 기묘한 형상을 한 '클라인 씨의 병'이다. 이 병에서는 안팎의 구별이 없다. 이 병을 보면 갇혀 있는 것도 아니고 열려 있는 것도 아닌 세계의 의미를 어렴풋이 짐작할 수가 있다. 여기서 '클라인 씨의 병'은 소설의 서두에 제시되었던 '뫼비우스의 띠'와 함께 현실의 부조리를 인식할 수 있도록 하는 하나의 상징적 표상에 해당한다. '뫼비우스의 띠'가 위와 아래가 없음을 말해주는 것이라면 '클라인 씨의 병'은 안팎이 없음을 말해준다. 세상의 모든 사람들은 이처럼 위아래의 차별이 없어야 하며 안팎의 구분이 없어야 한다. 모두가 그 자체로 하나여야 한다.

「내 그물로 오는 가시고기」는 은강그룹 경영주의 아들인 경훈이라는 미국 유학생을 시점인물로 등장시켜놓고 있다. 예고되었던 대로 은강그룹의 공장 직원이 은강그룹 회장으로 착각하여 경훈의 숙부를 칼로 찔러 죽인다. 은강그룹의 가족들은 살인자를 법적으로 처단하는 과정을 지켜보기 위해 재판을 참관한다. 범인은 은강방직에서 일하던 난장이 일가의 큰아들 영수다. 변호인 측에서는 살인 행위를 놓고 오히려 은강그룹 회장이 노동자를 탄압하고 노동의 대가를 착취한 세력의 중심에 있다는 점을 강조하면서 부정부패를 바로잡아야 한다고 살인자를 변호한다. 모든 절차가 끝난 뒤 재판정에서는 영수에게 사형이 선고된다. 재판 과정을 초조하게 지켜보던 은강공장의 공원들은 절망에 빠져든다. 재판정에서 그렇게 당당하던 변호인도 결과를 보면서 낙담한다. 하지만 경훈은 이 엄청난 일이 과연 무엇을 말해주는 것인가를 다시 고심한다. 그리고 공장의 공원들에게 필요한 행복과 돈 많은 부모님이 자기에게 주는 사랑의 의미를 다시 생각하게 된다.

「에필로그」는 전체 이야기의 결말 부분이다. 액자형의 구성 방식을 활용하고 있기 때문에 서두에 등장했던 수학 선생이 다시 나타난다. 그는 학생들의 예비고사 성적이 부진하다는 이유로 학교 당국으로부터 윤리 교사를 하라는 명령을 받는다. 수학 선생은 학생들에게 자신의 처지를 이렇게 몰아간 제도의 문제점을 설명한다. 그리고 그는 자신도 지구를 떠나 우주로 여행해야 할 것이라고 말해준다. 그리고 「뫼비우스의 띠」에 등장했던 곱추와 앉은뱅이의 뒷이야기가 이 소설의 대단원에 하나의 후일담처럼 제시된다. 곱추와 앉은뱅이는 난장이가 죽은 뒤 약장사를 따라간다. 그러나 약속했던 월급도 제대로 받지 못하고 라면으로 겨우 끼니를 때운다. 곱추와 앉은뱅이는 자신들을 따돌리고 도망쳐버린 사장을 찾아나선다. 그들은 난장이의 큰아들이 살인죄로 갇혀 있다 주검이 되어 풀려난 형무소 앞을 지난다. 곱추는 앉은뱅이에게 자신들을 배신하고 도망친 사장을 잡아 죽이기 위해 가슴에 품었던 칼을 이제 버리라고 말한다.

# 3

『난장이가 쏘아올린 작은 공』은 한국 노동문학의 성과의 하나로 손꼽히고 있다. 이 소설은 현실에 대한 비판적 인식, 반리얼리즘적인 암시와 상징의 활용, 독특한 단문형의 서술 문체 그리고 서술자와 서술 상황을 바꾸어 기술하는 시점의 이동 등이 연작의 형식과 조화를 이루고 있다. 그러나 이야기를 통해 두드러지게 강조되고 있는 점은 가난한 노동자들과 악덕 재벌로 대표되는 가진 자들의 대립과 갈등이다. 이 두 가지 세계는 '선과 악'의 대립으로 단순화할 수 있지만, 현실 속에서는 이러한 가치가 서로 다른 입장을 대변하는 계층의 인물에 따라 서술의 시점이 뒤바뀐 채 드러나기도 한다. 여기서 보이는 대립과 긴장은 결코 어느 한 편으로 수렴되지 않는다. 물론 작가는 현실의 분열을 극복하기 위한 여러 가지 도전적 방법과 상징적 장치들을 소설 속에 동원하기도 한다. 난장이 일가로 대표되는 노동자들은 분열된 현실의 통합을 꿈꾸지만, 그것은 한낱 이상에 불과하다. 자기 세계의 절대성에 안주하고자 하는 가진 자들의 횡포로 인하여 모두 좌절되고 만다.

이 소설의 전체 이야기를 따르다 보면 '난장이'와 '거인'이라는 존재 자체가 서술상 빈번히 사용되고 있는 비유임을 알 수 있다. 소설의 이야기 속에서 난장이는 중심인물인 아버지의 왜소한 외모를 지칭하는 말이지만, 경제적 궁핍과 부당한 사회적 대우에 찌들어 살고 있는 가난한 노동자를 상징한다. 난장이라는 말은 그와 대립되는 거인이라는 말과 함께 사용되는 경우 더욱 큰 대조 효과를 거두고 있다. 거인은 난장이를 억압하고 부당하게 착취하며 자신들만의 세계를 거대하게 꾸리면서 살아가는 자본가들 또는 부유층을 의미한다. 그렇지만 이 같은 외적인 의미의 대조에도 불구하고 실제의 난장이는 그들의 삶 속에서 결코 왜소한 존재가 아니다. 아버지 난장이는 그의 가족들에게는 언제나 진정한 거인의 모습으로 비춰지고 있기 때문이다.

이 소설에서 난장이 일가가 살고 있는 동네는 '낙원구 행복동'이라고 이름 붙여져 있다. 하지만 이야기 속의 난장이 일가가 살아가는 모습을 보면 이 동네는 결코 '낙원'이 아니고 이들의 삶도 또한 '행복'일 수가 없다. 이들은 자신들이 모두 지옥에서 살고 있다고 생각한다. 무허가 판잣집이 너절하게 이어진 이 동네의 난장이들에게는 진정한 인간적 가치를 인정받을 수 있는 낙원이 필요하고, 자기 존재를 인정받으면서 꿈꾸며 살 수 있는 행복이 필요하다. 이러한 특유의 역설은 아버지 난장이가 꿈꾸는 달나라와 우주 여행에서 더욱 빛을 발한다. 이 새로운 낙원은 차별과 멸시와 억압이 존재하지 않는 곳이다. 거기서는 낙원을 꿈꿀 필요가 없고 행복을 도모할 필요도 없다. 난장이 가족들은 마치 쓸모없는 잡초처럼 그려지기도 하지만 끈질긴 생명력을 자랑한다. 돈과 권력을 가진 자들은 이들을 잡초처럼 밀어버리고자 한다. 그러나 난장이 일가는 다시 그들의 삶의 땅을 찾고 뿌리를 내린다. 난장이 일가의 딸 영희에 대한 묘사에서는 늘 영희의 몸에서 나는 풀 냄새를 주목한다. 영희는 작은 팬지꽃으로 표상되기도 한다. 기름 냄새와 먼지 속에서도 영희는 생명의 냄새인 풀 내음을 지니고 있다. 추악하게 더럽혀진 오염된 환경 속에서도 생명의 냄새를 잃지 않고 자기 존재를 드러내는 건강성이야말로 그들이 보여주는 노동과 함께 주목되는 실천적 가치임을 알 수 있다.

『난장이가 쏘아올린 작은 공』은 모두 열두 편의 작품을 결합하면서 급격한 산업화의 과정에서 뒤처진 채로 자기 삶의 터전을 일구지 못한 도시 노동자들의 비참한 삶의 모습을 인상적으로 서술한다. 물론 이야기의 중심에는 난장이 일가의 피폐한 삶이 자리잡고 있다. 일생을 두고 떳떳한 직업을 제대로 갖지 못한 채 변두리를 전전하다가 자살해버리는 난장이의 뒤에는 그보다 더 큰 고통의 현실을 살아가는 가족들이 남아 있다. 노동의 현장에 뛰어들어 가계를 꾸려야 하는 난장이의 아내, 변변하게 공부도 못하고 공장을 전전하다가 마침내 노동운동에 뛰어들어 목숨을 잃어버리는 큰아들, 공장 직공으로 고된 노역을 마다하지 않는 둘째 아들과 막내딸 등이 모두 난장이 일가의 등장인물들이다. 이들은 모두 어둡고 암울한 현실 속에서 억눌리고 짓밟힌 채 좌절의 삶을 겨우 지탱해가고 있다. 이들이 살고 있는 변두리의 벽돌공장 근처의 집들은 언제 헐릴지 모르는 곳이다. 도시로부터 밀려오는 개발의 바람, 도덕과 규범의 불안전성, 사회의 천대와 굴욕 등으로 인해 난장이 일가의 삶은 언제나 뿌리가 없는 부침을 거듭하게 된 것이다.

『난장이가 쏘아올린 작은 공』에서 작가 조세희가 주목하고 있는 문제는 난장이로 대표될 수 있는 가난한 노동자들의 삶의 세계와 온갖 재벌로 대표되는 가진 자들의 악덕 세계의 대립이다. 이 두 가지 세계는 현실 속에 양립하면서 결코 하나로 통합되지 못한다. 작가는 현실의 분열을 극복하기 위한 여러 가지 도전적인 방법들을 동원하지만, 『난장이가 쏘아올린 작은 공』의 세계에서 그것은 한낱 이상에 불과하다. 노동자들은 분열된 현실의 통합을 꿈꾸지만, 자기 세계의 절대성에 안주하고자 하는 가진 자들의 횡포로 인하여 모두 좌절되고 만다. 난장이 일가의 구성원들은 자신들이 처해 있는 현실의 악조건을 벗어나려고 하지만, 개인적인 안위만을 위해서가 아니라 인간 세계에서의 공동체적인 삶의 가능성을 향해 독특한 신념을 유지하고 있다. 그러나 물신주의의 욕망, 비뚤어진 개인적 이기심 등이 난장이 일가의 사랑에 대한 기대를 모두 짓밟아버리는 것이다. 물론 작가는 이 같은 갈등의 현실을 극복하기 위해 새로운 사회계층의 등장에 대해서도 나름대로의 희망을 갖고 있다. 이른바 중산층의 등장과 그 형평성을 잃지 않은 시각이 바로 거기에 해당된다. 이 작품 속에서 두 편의 이야기의 시점인물로 등장하는 '신애'라는 평범한 주부의 형평성을 잃지 않는 시각이 바로 거기에 해당된다. '윤호'라는 인물의 성장도 마찬가지로 볼 수 있다. 물론 이들이 역동적으로 작용할 만큼 사회적 기반을 확대하지 못하고 있다는 점에서 하나의 가능성만을 상정하고 있는 셈이다.

　소설 『난장이가 쏘아올린 작은 공』에서 중시되고 있는 대립과 갈등, 화해와 사랑, 빼앗는 자와 빼앗기는 자의 거리, 의지와 좌절, 어둠과 빛, 가진 자와 가지지 못한 자의 관계 등은 모두 작품 구조의 특성과도 직결되어 있다는 점에서 그 연작 방법의 기법적 의미가 특히 주목된다. 이 작품이 활용하고 있는 연작 방법은 계기적 결합의 원칙을 따르는 것이다. 열두 편의 작품들 사이에는 이야기의 전체적인 내용을 중심으로 내적인 결합이 가능한 서술상의 단계가 고려되어 있다. 다시 말하면 인물과 행위의 연결을 근거로 하는 플롯의 개념에 따라 단편소설들의 결합이 가능해지고 있다는 점이다. 이러한 연작 방법은 이 작품이 거두어들이고 있는 소설적 성과와 직결된다. 그것은 '대조의 효과'라는 말로 규정할 수 있는 기법의 성과를 말해주는 것이다.

# 『미망』의 가족사적 서사 구조

1

한 작가의 생애 가운데 자신의 목표로 삼고 있는 소설적 주제와 운명적으로 대면하게 되는 경우는 대체 얼마나 되는가? 모든 작가는 누구나 자기가 쓰고자 하는 주제를 언제든지 쓸 수 있는가? 꼭 쓰지 않으면 안 될 주제라는 것이 존재하는가? 이런 질문은 소설을 읽는 독자의 입장에서 제기할 만할 일종의 호기심의 표현과 관계된다. 그러나 비평가적인 관점에 선다면, 이 같은 질문 방식은 문학 외적인 문제에 대한 지나친 관심으로 치부될 수 있고, 작품에 대한 불필요한 선입견을 조장하는 말로 무시되기 십상이다. 작가가 자신의 주제에 힘을 다해 몰입한다는 것은 너무나 당연한 일이며, 비평가가 작가의 창작 태도 문제에 연관되는 개인적 영역에 함부로 참여하는 것도 못마땅한 일로 생각하는 사람이 적지 않을 것이다.

박완서에게 『미망(未忘)』은 하나의 운명적 선택에 해당한다. 소설의 내용과 주제가 작가 박완서에게는 운명적인 것이며, 그 창작의 과정 자체 또한 운명적임을 부인할 수 없기 때문이다. 더구나 이 작품은 박완서의 작품세계를 지탱해준 정신적인 무대를 송두리째 드러내고 있다는 점에서 운명적이다. 1930년대 중반 일제강점기에 경기도 개풍군 청고면에서 태어난 박완서가 자신의 체험에 근거하여 지금은 가볼 수 없는 고향을 배경으로 『미망』을 썼다는 사실도 운명적이며, 개성 지방 특유의 정서를 바탕으로 하여 잊어버릴 수 없는 미망의 세월을 이 소설의 이야기 속에 담아놓고 있다는 점도 운명적이다. 자신의 삶과 그 뿌리를 드러내 보이면서 그것이 곧 우리 모두의 삶이라는 점을 새삼 깨닫게 해주는 박완서의 소설 작업이 이 작품의 집필 중에 개인적으로 겪어야 했던 운명적 시련과 중첩되어 있었다는 점 또한 『미망』의 세계를 운명적인 것으로 규정하게 한다.

소설 『미망』은 작가 박완서의 삶의 모든 것들이 모여 이루어졌고, 박완서적 경향이라고 말할 만한 소설의 대표적 형태로 규정될 만하다. 이 작품의 규모와 내용이 근대사의 격동기에 볼 수 있었던 우리 민족의 삶의 풍속도에 다름 아니라는 점은 소설의 독자들에게 또 다른 관심거리가 될 수 있다.

## 2

『미망』은 개성 지방을 중심 무대로 하여, 개성의 부호로 이름을 날리는 거상(巨商) 전처만 일가의 삶을 그려놓고 있다. 이 소설에서 작가가 다루고 있는 이야기의 시간은 19세기 중반부터 20세기 중반에 이르는 한 세기를 포괄하고 있다. 그리고 바로 이 시간적 단위가 민족사의 격동기를 모두 드러내고 있다는 점에서 그 역사성의 의미가 강조될 수 있다. 특히 이 작품의 전체적인 구도 자체가 당대 현실과 직접적으로 맞닿아 있는 지금의 현실에 대해 하나의 전사(前史)를 이루고 있다는 것은 본격적인 의미의 역사 소설의 개념과도 상통하는 점이다. 물론 소설 『미망』은 역사의 재구성이나 역사적 사실의 발굴과 확인보다 오히려 지나간 한 시대의 삶을 재창조해내고자 하는 작가의 꿈을 담고 있다. 이 작품 속에서 진술되고 있는 역사적 사건들, 이를테면 개항이나 일제의 강점, 만주사변, 해방과 6 · 25전쟁 등은 역사적 사실의 인식을 위해서가 아니라 삶의 배경을 위한 소설적 장치로 배열되어 있다.

『미망』은 개성 부호 전씨 일가의 가문을 중심으로 이야기가 전개된다. 시대적 상황의 변화와 함께 각 세대의 인물들이 보여주고 있는 변모 양상을 5대에 걸쳐 서술하고 있기 때문에, 이른바 '가족사(家族史) 소설'의 성격에 부합된다. 모두 8장으로 나뉘어져 있는 이야기의 흐름 가운데에서 전씨 일가의 인물들은 주동적 역할을 담당한다. 말하자면 전씨 일가의 삶과 그 역사가 세대의 변화와 함께 그려지고 있다. 그러므로 이 소설은 전씨 일가를 구성하고 있는 인물들의 삶의 모습을 통해 이들 가족의 역사를 말해준다. 여기서 가족 구성원들의 세대적 구별과 그 성격은 사회적 단위로서의 한 가문의 위치를 드러낸다. 이러한 서사적 특성으로 본다면 『미망』은 가족사 소설로서의 서사 양식의 형태를 갖추고 있다고 할 수 있다.

소설 『미망』에 등장하고 있는 인물들을 전씨 가문의 가계를 염두에 두고 세대별로 구분해 본다면, 전처만의 부친인 전 서방과 그의 아내는 1세대에 속한다. 이들은 이야기의 무대 전면에 등장하지 않고, 전처만의 회상을 통해 그 사회계층적 성격과 위치가 설명되고 있다. 상민 출신으로 가난한 소작인이었던 전 서방은 온갖 고역과 박해 속에서 아들 전처만을 살려낸다. 전 서방은 신분적 한계와 오랜 가난으로 인해 자기 시대의 속박 속에서 벗어나지 못한다.

전처만과 홍씨 부인은 2세대를 대표하며 이 소설의 전반부를 차지하고 있는 중심인물이다. 가난을 박차고 집을 나와 장사꾼의 뒤를 따라다니며 상업에 눈을 뜬 전처만은 개성 지방의 대부호가 되어 거상으로 전씨 가문을 일으켜 세운다. 그의 경제활동과 부의 축적 과정은 조선 사회의 봉건적인 경제 체제의 붕괴 과정과 자연스럽게 대응한다. 전처만은 스스로 자신이 속해 있는 중인계층의 상인으로서의 위치에서 자신의 분수를 착실하게 지켜나가는 절제 있는 인물로 고정되고 있으며, 자신의 상술에 대한 자부심을 키워나가고 있다. 그는 뛰어난 이재(理財) 능력과 빠른 판단력을 가지고 있으면서 비교적 합리적인 생활 태도를 보여주고 있다. 인삼 경작에 대한 그의 관심, 모리배적 상행위에 대한 비판, 일본 상인들의 불법적인 행동에 대한 반감, 일본인들의 협잡에 동조하는 한국인에 대한 비판 등은 모두 전처만의 인품을 짐작하게 하는 요소들이다.

전처만의 뒤를 이은 전씨 가문의 3세대는 요절한 장남과 정절을 지키지 못한 채 스스로 파멸의 길을 걷는 맏며느리가 있지만, 둘째와 셋째 아들이 이야기의 중심을 이룬다. 전처만의 두 아들은 부친의 뜻에 따라 조선 후기 산업의 중심을 이루는 농업과 상업에 각각 종사한다. 이들은 개성 지방의 특산인 인삼 재배를 중심으로 하는 농업과 전국적인 거래망을 갖춘 상업을 통해 토착 자본의 성장 가능성을 보여준다. 그러나 소설의 후반부에서는 일제의 수탈과 해방 직후의 혼란, 6·25전쟁 등으로 인하여 이들이 근대적인 상업 자본으로 성장하지 못한 채 좌절하게 되는 과정이 그려져 있다.

전처만의 장손녀 태임은 4세대에 속하는 여주인공이다. 태임은 아버지를 잃고 어머니마저 파멸하자, 조부 전처만의 슬하에서 삶의 법도를 익혀 나간다. 이 소설의 전체적인 내용 가운데에서 태임의 역할이 강조되고 있는데, 특히 중반부의 이야기는 태임을 시점인물로 거의 고정시켜놓고 있다. 태임은 몰락한 양반의 후예인 이종상과 결혼한 후에 전씨 가문의 풍속과 정신을 이어가며 의붓동생 태남을 찾고 조부가 물려준 재산으로 여러 사업에 손을 댄다. 북간도 지역의 독립운동에 자금을 대기도 하고, 상업적 자본을 생산적인 것에 투자하여 가내공업 형태의 양말공장을 남편 이종상의 힘을 얻어 운영한다. 그리고 뒤에는 고무공장을 세우는 데에까지 발전한다.

태임과 이종상 사이에 태어난 아들 딸은 5세대에 해당한다. 이들은 신학문에 눈을 뜨고 식민지 현실에 직면하여 각각 자신의 길을 스스로 선택한다. 가업을 잇기 위해 고무공장에 전념하는 아들과 신여성으로 우여곡절의 삶을 살아가는 딸의 활동은 이 작품의 후반부를 장식하고 있다.

이처럼 소설 『미망』은 전씨 가문 5대에 걸친 가족사적 변화가 그 중심축을 형성하고 있다. 하지만 작품의 내용을 풍성하게 하는 여러 계층의 인물들이 함께 등장한다. 전처만의 부친 시대는 가난한 소작농 전 서방이 겪는 계급적 갈등을 그리기 위해, 대립적인 위치에 서 있는 지방 토호 이진사를 등장시켰고, 전처만의 시대에는 그를 둘러싸고 있는 개성 상인들의 다양한 면모를 통해 당시의 상업 자본의 형성 과정을 구체적으로 재현하고 있다. 전처만과 연결되는 사돈댁의 이야기, 첩실 강릉댁의 생활 등은 모두 조선 말기 가족 구조의 특징을 드러내고 있으며, 몰락한 양반의 후예인 이종상, 친일 관료 박승재, 독립운동에 투신한 진동열 선생 등은 격변하는 시대 상황 속에서 부침하는 새로운 인간상을 대변하고 있다.

『미망』의 전체적인 이야기는 가족 구조의 변화를 바탕으로 시대적 상황에 따라 전변하는 가족의 운명을 강조하고 있다. 이 소설에서 가족 공동체의 구성원 사이에 이루어지고 있는 삶의 양태는 수직적인 차원의 가족 의식과 깊은 연관을 갖는다. 적수공권으로 재산을 모아 당대의 개성 부호가 된 전처만이 자손들에게 보여준 절제의 삶과 그 규모를 그의 후대에서 역경의 시대를 지내며 어떤 식으로 계승하고 있는가가 주목된다. 이것은 세대 간의 문제이면서 동시에 가계의 법도와 시대상의 대응에 해당되는 것이다. 그리고 가족의 삶의 풍속도를 확인할 수 있는 결혼 문제, 처첩의 관계, 적자와 서자 사이의 갈등 등이 모두 이야기의 장면 확장을 가능하게 하는 요소로 함께 연결되어 있다. 『미망』은 일종의 가족주의에 근거하여 한국 사회의 근대적 변화를 소설적으로 형상화함으로써 구한말부터 6·25 전쟁에 이르는 한 세기 동안의 역사적 격동이 개성 지방 전씨 가문 인물들의 삶을 통해 사실적으로 구현되고 있다. 여기서 소설 『미망』의 역사성을 재확인할 수 있게 됨은 물론이다.

3

『미망』은 가족사 소설이라는 양식적 특징을 드러내고 있지만 이야기 속에 등장하는 수많은 인물 가운데 전처만과 그의 장손녀 태임의 삶과 운명이 각별한 의미를 지니고 있음은 부인할 수 없는 사실이다. 이 두 사람은 전씨 가문의 중심인물이면서 동시에 각각 시대적 성격을 강하게 드러내는 전형성을 나누어 갖고 있다. 특히 전씨 가문 자체가 개성 지방의 상인이라는 사회 계층으로 고정되고 있는 점을 고려한다면, 이들의 위치가 사회 경제사적 측면에서도 상당한 흥미와 관심사가 될 수 있다.

이미 언급한 바 있듯이 전처만은 가난한 소작농의 셋째 아들로 태어나 궁핍과 압제 속에서 성장한다. 그는 무작정 집을 떠나 장사꾼 사이에 끼어들어 장사 일에 눈을 떴고 이재에 밝아 점차 재산을 모은다. 그리고 봉건 사회의 신분 질서와 사회적 제약에도 불구하고 토착 농업 자본의 한계를 벗어나 상업을 크게 일구어 부자가 된다. 이러한 전처만의 신분 상승은 한국 사회의 근대화 과정에서 초기 자본주의 체제가 성립되는 양상을 그대로 보여준다. 전처만은 스스로 중국과의 무역을 트기도 하고 국내에서 독점적인 인삼 판매망을 구축하여 재력을 쌓았던 것이다. 그런데 전처만은 조선의 개항과 일본 자본의 국내 침투 과정을 보면서 스스로 절제하고 상행위에 나서지 않는다. 그는 조선 후기 토착적인 상업 자본을 대변하는 개성의 부호로 자기 존재 의미를 드러낼 뿐, 새로운 세력의 자본계층으로 등장하는 일본을 외면함으로써 자신의 역할을 마감하게 된다. 결국 소설 『미망』의 이야기에서는 전처만의 존재로 대변되는 토착적 상업 자본이 일제의 세력 확대와 함께 위기에 직면하는 셈이다. 그는 전통적인 상업 형태와 유통 구조를 그대로 지키고자 하며 인삼 경작의 중요성을 강조하면서 일본 자본과 타협하면서 자신의 재산을 지키고자 하는 모리배적인 상행위를 멸시하고 배척한다. 이 소설의 중반부에서 전처만은 일제 식민지 치하에 들어가기 직전에 세상을 떠난다. 그는 자신이 일군 사업과 모은 재산이 식민지 상황 속에서 어떤 방식으로 해체되는가를 스스로 확인하지 못하였지만, 장손녀 태임에게 상당한 재산을 물려주고 자신이 지켜온 상도(商道)를 이어나갈 것을 당부하게 된다.

일제강점기는 전처만이 인삼을 통해 구축해낸 토착 상업 자본이 식민지 지배 체제에 예속되는 과정에 해당한다. 전처만의 두 아들은 아버지로부터 물려받은 재산을 지키기 위해 아버지가 외면했던 일본 세력과 적당히 타협하면서 재산의 유지에만 골몰한다. 그러나 장손녀 태임은 조부로부터 이어받은 개성 상인의 기질을 바탕으로 남편 이종상과 함께 새로운 시대에 적극적으로 뛰어들면서 일본의 자본 침략에 대응한다. 태임은 남편 이종상과 함께 두 가지 일에 나선다. 그녀는 자신의 재산을 제조업이라는 생산적인 일에 투자하기 위해 가내 수공업 형태로 양말공장을 운영하는 한편 만주 지방에서 일어나고 있는 독립운동에 자금 조달을 비밀리에 담당한다. 토착적인 상업 자본이 가내 수공업 형태의 제조업에 투자하여 양말이라는 소비 제품의 생산을 보게 되자, 그것은 국내 시장에서 대량의 수요를 창출하기에 이른다. 태임의 양말공장에서 만든 양말은 상당 기간 시장을 확대하게 되었지만, 일본에서 수입되기 시작한 면직물이 시장을 점령하면서 경쟁력을 상실하게 된다. 토착 상업 자본의 산업화로의 전환은 결국 양말공장의 실패로 좌절된다. 그러나 태임은 이에 굴하지 않고 다시 고무공장의 건립에 투자하면서 일시적으로 자본을 축적하게 되는데, 이것도 역시 일제 말기의 산업 합리화 정책이라는 명분에 밀려 크게 빛을 보지 못하게 된다.

개성 부호 전처만의 후손들은 일제강점기를 겪으면서 그의 선대에서 물려받은 재산을 제대로 지켜내지 못한 채 좌절한다. 둘째 아들은 일본 상업 자본의 확대와 금융 독점, 전통적인 상업 유통망의 강제 해체, 통화 조작 등으로 인해 전처만이 살았던 시대의 번성을 유지할 수 없게 된다. 인삼 경작을 중심으로 하는 농토를 이어받은 셋째 아들의 경우에도 문제는 마찬가지다. 한때 일본인들과 결탁하여 인삼 밀매에 손댔다가 부친 전처만의 눈에서 벗어났던 그는 삼포를 유지하기도 힘든 상태에 빠진다. 일본이 토지에 대한 투자를 계속하면서 농토를 점유하게 되자 인삼의 경작지마저도 상당 부분 일본인들의 손에 넘어가게 되었던 것이다.

『미망』의 이야기는 태임의 죽음과 함께 그 결말에 이르고 있다. 이 소설에서 그려내고 있는 전씨 가문의 번성과 쇠퇴는 일제강점기에 나타나는 토착적 상업 자본이 산업화의 전환에 실패한다는 사회 경제사적 의미로 해석할 수도 있다. 그러나 개성 부호 전씨 가문의 후손들은 선대에서 일구어놓은 재산을 잃었지만 선대로부터 이어온 상인으로서의 정신과 법도를 버리지 않는다. 일제가 패망하고 해방이 온 후 다시 전쟁이 터지면서 그들은 자기 가문의 새로운 씨앗을 가꾸기 위해 인삼 종묘를 꾸려안고 남쪽으로 피난을 떠난다. 그러므로 소설 『미망』은 끝이 나지만 개성이라는 지역의 특성과 그 지역성을 대변하는 개성 상인의 기질은 오늘의 현실 속에 살아남을 수 있게 되는 것이다.

4

소설 『미망』에서 이야기의 내용을 풍성하게 하면서 소설다움을 한껏 더 해주고 있는 것이 전통적인 풍속의 재현이다. 이것은 박완서만이 지닐 수 있는 작가로서의 미덕에 해당하는 치밀한 관찰력과 섬세한 묘사와 서술의 힘으로 가능해진 일이다. 이 작품에서 구체적으로 형상화하고 있는 것은 개성 지방 중인계층만이 가지는 특유한 삶의 방식일 수도 있을 것이다. 전씨 집안의 생활 습속만 보더라도 정월 초하루의 세찬(歲饌)이라든지 결혼의 풍속 등이 놀라울 정도로 치밀하게 묘사되고 있다. 게다가 일상생활에서의 범절과 손님 접대의 방식, 음식 상차림, 복식 등에 이르기까지 어느

한 부분도 소홀함이 없이 모든 습속을 속속들이 보여준다. 이러한 풍속적 관심을 통해 조선 말기에서 식민지 시대로 이어지는 동안의 사회적인 변화, 문물제도의 변천, 신식 교육에 의한 사고방식의 개방, 외래 문물의 수용 실태 등이 이야기 속에서 실생활의 모습과 결합되어 서술된다. 그리고 바로 이러한 풍속의 변화는 전체적으로 전씨 가문의 역사와 맞물려 그 구체성을 더해주고 있다. 소설의 후반부에 드러나고 있는 이야기의 불균형에도 불구하고 이러한 풍속의 묘사적 재현은 박완서의 소설 문체가 도달하고 있는 궁극적인 면모라고 할 수 있을 것이다.

# 『태백산맥』과 분단 상황의 인식 방법

1

　조정래의 소설 『태백산맥』은 하나의 충격이다. 민족 분단의 상황 속에서 이념의 요구에 의해 은폐될 수밖에 없었던 역사의 한 장면이 방대한 규모의 소설적 형식을 통해 비로소 객관화될 수 있게 되었다는 사실 자체가 충격적이다. 전쟁과 분단 상황이 지속되는 가운데 『태백산맥』과 같은 작품을 만날 수 있게 된 점은 지나간 시대의 문학에 대한 반성에 해당한다. 그리고 이것은 앞으로의 문학에 대한 새로운 가능성을 가장 극명하게 보여주는 것이다.

　소설 『태백산맥』은 하나의 도전이다. 일제강점기에서 민족 해방으로 이어지는 격동의 순간과 민족 분단에서 6·25전쟁으로 내몰린 혼란의 시대를 소설의 형식을 빌려 재구성하고자 했다는 점은 과거의 역사에 대한 도전으로 기록될 만하다. 한국 민족의 삶을 제약하고 있는 분단의 현실을 본질적인 면에서 규명해보고자 하는 작가의 의욕도 현실에 대한 하나의 도전으로 생각될 수 있다. 이 작품의 주제가 궁극적으로 민족 분단의 극복에 있음을 생각한다면, 민족 통합을 추구하고 있는 새로운 시대정신의 구현이라는 점에서 미래에 대한 도전을 의미하는 것임은 물론이다.

그러나『태백산맥』은 한국문학이 이윽고 도달한 목표는 아니다. 비로소 출발하는 시작일 뿐이다. 이 작품에서 우리는 민족 분단의 과정이 민족의 내적인 모순과 어떻게 연결되고 있으며, 외적인 충동과 어떻게 이어질 수 있는지를 어렴풋하게 확인할 수 있다. 그렇지만 이러한 사실은 소설이라는 형식을 통해 작가의 직관에 의해 제시된 것일 뿐이다. 역사적 사실에 대한 소설적 해석이 이른바 역사적 상상력이라는 개념으로 설명될 수 있다 하더라도『태백산맥』은 비로소 그 가능성을 열어놓기 시작한 출발점에 서 있다고 할 것이다.

　『태백산맥』은 한국문학사의 하나의 고통스런 짐이다. 이 작품의 내용에서 확인되는 사상적 진폭을 견디기 위해서는 새롭게 문학사적 전망을 조정할 필요가 있다. 허리가 잘려나간 훼손된 민족의 총체성을 회복하기 위해『태백산맥』이 제시하고 있는 정신사의 윤곽을 다시 타진해보지 않으면 안 된다.『태백산맥』은 전환기적 국면에 접어들고 있는 한국문학의 변화를 뜻하면서도, 그 새로운 가능성을 논하는 출발점에서 있다는 사실을 결코 간과할 수 없을 것이다.

　이 글은『태백산맥』의 두 가지 측면을 집중적으로 검토해보기 위해 준비된 것이다. 하나는『태백산맥』자체가 안고 있는 소설적 특성과 함께 그동안 평단에서 이루어진『태백산맥』에 대한 논의의 문제성을 검토해보는 것이다. 다른 하나는 분단문학이라는 개념으로 범주화된 일련의 문학적 경향 속에서『태백산맥』의 위치를 규정하는 일이다. 이 두 가지 작업은『태백산맥』의 문학적 성과를 가늠해보기 위해 반드시 전제되어야 할 것으로 생각된다.


　2


　『태백산맥』에는 역사 대하소설이라는 수식이 붙어 있다. 대하소설이라는 개념에는 사건의 연면한 지속과 시간의 무한정한 흐름이 강조된다. 이 말을 처음으로 쓰기 시작한 앙드레 모루아의 경우 소설 구성의 완만성, 사건의 지속성, 인물의 잡다성 등을 그 특징으로 삼았다. 『태백산맥』은 이야기 시간이 한정되어 있으며, 사건의 귀결이 역사적 상황성에 의해 엄격히 규정되고 있다. 등장인물의 잡다성을 제외하고 보면 대하소설의 요건이 상당 부분 결여된 것처럼 보인다. 그럼에도 불구하고 이 소설을 대하소설로 지칭하고 있는 것은, 작가가 포착하고 있는 역사적 상황성의 의미가 오늘의 현실에 여전히 지속적인 문제성을 지닌 채 작용하고 있기 때문이 아닌가 생각된다. 바로 그 역사적 상황 변화의 소설적 형상화가 『태백산맥』의 서사 구조를 지탱하는 중심축이 된다. 『태백산맥』에 대한 논의는 마땅히 이 문제에서부터 시작되지 않으면 안 된다.

『태백산맥』의 서사 구조를 어떻게 규정할 수 있는가? 이를 해명하기 위해 『태백산맥』의 전체적인 이야기의 흐름을 먼저 검토해볼 필요가 있다. 이 소설은 해방과 민족 분단과 6·25전쟁으로 이어지는 민족사의 격동기를 소설적 시간으로 설정하고 있다. 작품의 서사적 공간은 남도의 벌교를 시원지로 하여 지리산 일대로 확대되면서 지역성의 의미를 포함한 독특한 소설 공간을 구축하고 있다. 이러한 시공간의 선택은 소설적 구성의 묘미를 살리기 위해서라든지, 어떤 기법적인 인식에 근거한 것이긴 하지만 작가 자신이 민족사의 격변과 분단의 비극적 체험을 총체적으로 형상화하기 위한 고안이라고 할 수 있다. 역사적 상황 변화에 대한 사실적인 재해석의 필요성을 인정하면서 작가가 찾아낸 시간과 공간이 바로 그처럼 표상된 것이다.

물론 이 같은 역사적 상황의 인식을 바탕으로 하는 서사 공간에서 중요한 것은 인간의 전체적인 삶의 모습이다. 『태백산맥』이 하나의 주인공에 매달린 이야기가 아닌 이유가 바로 여기에 있다. 이 소설에는 주인공이 없다. 수많은 등장인물이 민족 분단으로 치닫는 역사적 상황 속에서 각자의 행보를 보여준다. 그들의 운명적인 삶은 역사적 상황의 의미를 고양시키

분석과 해석

는 비극적인 삶으로 확장되며, 그 속에서 역사적 주제가 배태된다. 작가 자신이 문제 삼고자 하는 민족 분단의 현실과 역사적 상황 변화가 그 다층적 소설 구조를 통해 재현되고 있는 셈이다.

이 소설에서 작가는 모든 계층의 인간들에게 관심을 부여하고 전체를 조망하면서 세부를 묘사한다. 그리고 다시 그것을 하나로 융합하고, 개개의 사건과 삽화를 연결시키면서 하나의 거대한 사회적 변화를 볼 수 있도록 하고 있다. 말하자면 역사의 물결을 민중 생활 전체의 사회 역사적 변화 속에서 그려내고 있는 것이다. 그러므로 작가가 목표로 삼고 있는 것은 민중적 현실 자체의 구현이 아니라 하더라도, 해방과 분단으로 이어지는 역사적 격동이 민중들의 생활에 어떻게 영향을 미치고 있는지를 쉽게 판별할 수가 있다. 특히 민중의 실제적인 삶의 조건과 점차 증대되기 시작하는 삶의 위기를 사회 역사적 상황 속에서 포착할 수 있게 됨으로써, 분단의 비극적인 상황의 원칙을 어느 정도 감지할 수 있도록 하고 있다.

한국 민족은 왜 분단 체제를 받아들일 수밖에 없었으며, 무엇 때문에 두 개의 적대 세력처럼 분열되어 이념적 대결을 거듭하고 있는가? 이 질문을 놓고 작가가 직접적으로 상황의 한복판에 뛰어든 것은 이른바 '여순 반란 사건'으로 널리 알려진 공산당의 반란 사건이다. 1948년 10월 남한만의 단독정부 수립이 선포된 직후에 전남 여수 순천에서 발발한 이 사건은 해방 정국의 암울했던 상황을 가장 단적으로 말해준다. 작가는 이 사건의 윤곽을 더듬기 시작하면서, 국방군의 토벌 작전에 밀려 지리산 빨치산으로 숨어든 공산당원들의 행적을 추적하고, 6·25전쟁의 현장까지 이야기를 확장한다. 그렇기 때문에 이 소설의 방대한 규모에도 불구하고 실제로 소설의 이야기는 1948년부터 길게 잡아 5, 6년을 넘지 않고 있다. 이 한정된 시간의 의미를 분단의 상황을 고정화시킨 역사적 상황으로 최대한 확장시켰다는 점에 이 작품의 구조적 특징이 있다고 할 것이다.

여순 반란 사건에서 6·25전쟁까지로 이어지는 이야기의 골격에서 작가가 주목하고 있는 것은 사건의 추이와 그 연결 과정에 대한 설명이 아니다. 작가는 그러한 일련의 사건을 통해 분단의 현실과 그 상황 전개가 갖는 역사적 의미가 무엇인가를 확인하고자 한다. 이를 위해 작가는 단순한 이데올로기의 문제나 이념의 논리만을 내세우지 않는다. 이 사건에 등장하고 있는 실재적 인물과 허구적 인물을 병치시키면서 그들의 사회 경제적 배경을 설명적 제시의 방법으로 서술함으로써, 분단 상황의 인식과 이념적 대결 문제에 대한 해석의 폭을 넓혀놓고 있는 것이다. 그러므로 이 소설의 이야기는 5, 6년 정도의 한정된 시간을 넘어서서 해방 이전 일제강점기, 그리고 그보다 더 앞선 구한말까지 내면적으로 확장된다. 물론 오늘의 현실까지도 그 속에 포함될 수가 있다.

이 소설에서 이루어낸 역사적 공간의 확대가 결국은 분단 상황의 전개 과정을 오히려 극적인 집중 효과를 통해 포착해내고 있으며, 이를 매개로 하여 우리 현대사의 전체적인 의미를 구현할 수 있게 되었다는 것은 중요한 소득이라고 할 것이다.


3

『태백산맥』에서 역사적 상황 변화의 극적 의미를 구현하는 데에 가장 기능적으로 작용하고 있는 것은 많은 등장인물이다. 소설이라는 형식 자체가 성격의 문제를 떠나서는 성립될 수 없는 것이지만, 이 작품의 인물 설정은 특이하다. 작가가 택하고 있는 인물들은 모두가 분단 상황의 고정화 과정과 그것을 뒷받침해온 체제의 왜곡된 발전을 전체적으로 형상화하는 데에 기여하고 있을 뿐, 각자가 지니고 있는 성격의 속성을 독자적으로 강조하지 않는다. 이 소설이 어떤 인물에 관한 이야기가 아니라, 어떤 역사적 상황에 관한 이야기라는 점을 여기서 다시 주목할 필요가 있다.

이 소설의 이야기에서 주동적인 역할을 담당하고 있는 인물들은 여순 반란 사건과 관련되어 지리산으로까지 내몰리고, 결국 6 · 25전쟁과 함께 생애를 마감하는 좌익 운동가와 그 추종 세력이다. 물론 이들과는 다른 입장에서 갈등과 대립의 현장을 보여주는 중도적인 지식층 인사들과 토착 농민들도 적지 않다. 게다가 반란 사건을 평정하기 위해 일하는 우익의 세력도 각도를 달리하여 그려 보이고 있다. 이들이 보여주는 대립과 투쟁의 삶이 역사적 상황 변화의 의미를 증폭시키는 이유는 모두가 다 그 상황 변화의 맥락에 특이하게 연관되어 있기 때문이다. 역사적 사실 속에 실재하고 있는 인물이든, 허구적인 존재이든 간에 모두가 역사적 상황의 토대 위에서 설정되어 있다는 뜻이다.

그러므로 이 소설의 인물들은 평범한 개인들이 갖는 성격과 신념과 도덕성과 기질을 가지고 자신의 삶을 꾸려나가지만, 분단의 고정화 과정이라는 역사적 상황 속에서 그 행동의 의미가 살아나고 있다. 개개 인물의 행동이 역사와 무관한 허구적 소설 공간에 갇혀버리는 것도 아니며, 반대로 역사의 표면에 내세워져서 어떤 관념에 의해 유형화되는 것도 아니다. 오직 상황성의 의미로 이어지는 삶을 누리고 있으며, 그 삶 속에서 역사적 상황성의 내적 확장이 이루어진다. 이 소설이 개별적인 행동에 근거한 여러 가지 사건과 다양한 삽화를 동원하고 있지만, 그 사건과 삽화들의 독자적인 의미가 강조되는 것이 아니라 전체적인 역사적 상황성의 구현에 기여하고 있는 것도 바로 이 때문이다.

『태백산맥』은 역사적 사건과 연관된 상황 변화의 객관적인 총체적 인식을 목표로 하고 있으므로, 사실적인 자료나 기록 내용을 있는 그대로 나열하지는 않는다. 사회정치적 지각변동에 의해 형성되기 시작하는 인간관계의 복잡한 양상 가운데에서 계층적 갈등이 어떻게 이념적 대립으로 확장되어 사회적인 문제성을 드러내고 있는가를 조명하고 있을 뿐이다. 다시 말하면 여순 반란 사건에 연관된 인물들의 이야기라기보다는, 분단 상황 속에서 문제적인 상태로 노정되는 인간들의 삶을 통해 그것이 어떻게 이념의 대립으로까지 치닫게 되었는가를 해명하고 있는 셈이다. 그렇기 때문에 이 소설 속의 등장인물이 보여주는 삶의 과정은 인간의 개인적 운명이라는 말로 설명할 수 없다. 그들의 삶은 역사적 상황이 빚어내는 복잡한 상호작용의 결과라고 할 수 있을 뿐이다. 이러한 특징은 제1부의 '한의 모닥불'에서 형상화되고 있는 인물들의 삶이 제4부에 이르러 어떻게 결말지어지고 있는가를 보면 쉽게 확인할 수 있다.

이 소설의 전체적인 흐름 가운데 문제적 인물로 부각되고 있는 염상진의 경우를 살펴보자. 염상진의 삶은 문제적이면서도 동시에 비극적 성격을 드러낸다. 특히 그의 행동 양식을 추종하는 하대치, 안창민, 강동식, 정하섭 등은 각기 다른 삶의 배경을 갖고 있으면서도 염상진과의 연결고리를 통해 역사적 상황의 복판으로 끌려들게 된다. 이들을 통해 작가는 개인적인 동기가 어떻게 집단적인 이념으로 확장될 수 있으며 사회적 문제성을 드러낼 수 있는가를 보여준다. 이들 모두가 좌익 이념의 신봉자가 되었고 비슷한 상황 속에서 비슷한 삶의 과정을 마감하기 때문이다.

염상진은 노비의 후손으로 그 성장 배경은 작가의 요약적인 해설로 드러나고 있다. 그러나 아버지 염무칠은 숯장수로 자수성가하면서 노비의 신분에서 벗어났으며 염상진은 신학문의 길에 들어설 수 있게 된다. 사범학교를 졸업한 그가 교직을 그만둔 후에 농사일에 뛰어든 것이라든지, 적색농민운동의 주동자로 커나가는 과정에서 우리는 한 인간의 사회적 변모보다 지향의 일관성을 확인하게 된다. 그는 토지 소유를 둘러싼 지주계층과 소작인의 관계를 인간 사회의 모순으로 인식하고 있었던 것이며, 그 모순의 인식에서부터 이미 한 사람의 사회주의자로 성장하고 있었던 것이다. 염상진을 따르는 다른 인물들의 경우에도, 하대치라는 인물이나 강동식이라는 인물의 설정 자체가 유사한 패턴을 보이고 있다. 지주에서 소작농으로 전락해버린 몰락 양반의 후예인 안창민의 경우와 대지주이면서 재산가인 아버지에게 반발하면서 사회주의에 관심을 기울이게 된 정하섭 등은 유별난 예에 속하지만, 모두가 식민지 현실 속에서 중첩된 계급적 민족적 모순의 결과로 파생된 것임은 물론이며, 그 모순의 극복을 향해 좌익 운동에 투신하고 있음을 보게 된다. 염상진을 중심으로 결합된 이들이 자신들의 행동에 신념을 갖게 된 것도 모순의 현실 때문이며, 그들이 또 다른 민중 집단의 추종을 받게 된 것도 바로 그 모순의 현실 때문이다. 이들의 신념이 이념을 근거로 하여 맹목성을 드러내면서 분단 상황의 비극적인 단초가 마련된다는 것은 역사의 필연일 수밖에 없는 것이다.

염상진의 좌익적 입장과 다른 방향에서 주목을 요하는 인물로서 김범우의 경우를 지목할 수 있다. 지주의 아들이면서 진보적인 견해를 어느 정도 지니고 있는 지식인 김범우는 교육자로서 자신의 위치를 중도적 입장에 두고 끝까지 민족적인 것의 우위를 주장한다. 그는 좌익 운동이 지향하고 있는 사회주의 혁명보다는 민족의 자기 각성을 중시한다. 그러나 그의 중도적인 입장은 자기 계층의 안위와 이익에 급급해 있는 우익의 입장에서 볼 때는 오히려 왼쪽으로 비껴 있는 것처럼 생각되기도 한다. 김범우는 좌우익 모두로부터 배제되고 때로는 심한 곤욕을 당하기도 한다. 그가 보여주는 적절한 포용력이 어떤 의미에서 계층적 대립과 이념적 갈등을 포괄할 수 있는 힘을 지닌 것같이 생각되고 있음에도 불구하고, 당시 사회 상황 속에 제대로 뿌리를 내릴 수 없었던 것은 사회 역사적 조건 자체가 이미 더 이상의 갈등과 대립을 감당하기 힘든 상태까지 다다른 때문이라고 할 수 있다. 그는 부분적인 중간 조정 기능을 담당하면서 극단적인 두 세력 사이에 끼어든 힘없는 이상주의자로 남게 되고, 전쟁의 소용돌이 속에서 자기 역할을 마감하는 것이다.

염상진의 경우와 적대적인 위치에 서 있는 인물들은 대개 토착 지주이며 친일분자이다. 해방 직후 다시 새로운 권력층에 빌붙어 자기 재산을 지키고 신분을 유지하는 국회의원 최익승, 지주인 정사장, 토벌대장 임만수 등을 들 수 있다. 이들은 목전의 자기 이익을 위해 모든 수단을 동원하며,

좌익 운동에 대한 반대 노선을 적극적으로 지지함으로써 자신들의 위치를 더욱 공고히 한다. 『태백산맥』은 이러한 계층들의 상호 대립과 충돌을, 이들이 자기 사회에서 전통적으로 지켜온 주종 관계, 교우 관계, 인척 관계 등을 통해 더욱 심각하게 확장시킨다. 그중에서도 토지 문제를 둘러싼 주종 관계의 가치 기준은 이미 그러한 사회제도 자체가 부정되고 있음에도 가장 복잡한 사회적 문제성을 야기하고 있다. 이 소설의 제1부 '한의 모닥불'은 이러한 계층의 대립과 갈등이 결국은 이념의 대립으로 치달으면서 분단의 비극적 단초를 형상화하고 있음을 보여주고 있는 것이다. 전체 4부의 내용 가운데에서 제1부의 상황 설정이 긴장을 유지하면서 설득력을 더하고 있는 것도 바로 이 같은 의미와 연관되는 것이라고 할 수 있다.

4

『태백산맥』은 제2부와 제3부 그리고 제4부의 결말로 이어진다. '한의 모닥불'이 더 큰 불의 바다로 확장되고 있다는 것이 이 작품의 핵심적인 내용이다. 실제로 벌교 지역에 국한되었던 소설의 무대가 6·25라는 전쟁 와중에서 전국적인 의미로 확대되고, 이야기의 내용 자체도 이데올로기의 맹목성이 드러내는 전쟁의 참상을 비판적으로 돌아볼 수 있도록 전개되고 있기 때문이다. 바로 여기서 『태백산맥』은 분단 문제의 주변에 머물러 있던 이른바 '이산문학'의 한계를 넘어서고 있다.

『태백산맥』은 민족 분단을 고정시킨 6·25전쟁을 작품 내용의 절정 단계에 배치함으로써 해방 직후의 정치 사회적 혼란과 민족 내부의 계급적 모순이 이 전쟁을 통해 어떻게 폭발하고 있는지를 극명하게 제시하고 있다. 민족 분단사의 단초를 소설적으로 형상화하고 있는 이 작품의 내용 가운데에서 분단 문제와 연관하여 새롭게 관심을 불러일으키고 있는 문제는 다음과 같이 요약된다.

첫째, 이 작품의 내용이 이념적 금기 지대를 넘어서면서 분단 상황의 객관적인 인식을 문제 삼고 있다는 점이다. 여순 반란 사건과 지리산 빨치산 활동 등으로 이어지는 좌익 운동의 실상을 그 근원적인 것에서부터 철저하게 파헤치고 있는 이 작품은 6·25전쟁의 비극성을 우리 민족 내부의 모순을 통해 더욱 적나라하게 표출시켜놓고 있다. 그러므로 이 소설은 과거의 어떤 문학작품에서도 시도한 적이 없는 이념의 금기 지대에 깊숙이 파고든 셈이다. 좌익 운동의 실상이 대부분 정치적 상황에 의해 은폐되어버린 점을 생각한다면, 이 작품에서 사실의 소설적 복원과 그 객관적인 제시는 개방성의 의미를 넉넉히 음미할 수 있도록 하고 있는 것은 이 작품만이 지니고 있는 소설적 미덕이라고 할 것이다.

둘째, 『태백산맥』은 이데올로기의 갈등과 그 대립의 실상을 첨예하게 드러내고 있으면서도 결코 그것은 관념적인 이념 논의로 끌고 가지 않는다는 점이 중요하다. 이 작품에서 모든 인물들은 이념에 대한 낭만적 전망을 드러내지 않고 있다. 그들은 봉건적 사회제도의 약점과 모순 구조를 벗어나기 위해 발버둥치다가 이데올로기의 대립과정 속으로 함몰되고 있을 뿐이다. 자신의 신분적 한계를 극복하기 위해, 숱한 역경 속에서 가슴에 쌓아온 한을 풀어버리기 위해, 그리고 자기가 서 있는 자리의 부당성을 털어버리기 위해, 그들은 모두 역사적 상황의 한복판에 서게 된 것이다. 이 소설은 그것이 바로 민족의식의 분열로 나타났으며, 분단의 단초가 되어 6·25와 같은 전쟁의 불꽃으로 폭발한 것이라고 말해주고 있다. 민족 내부의 모순에서부터 분단 상황의 문제성을 비판적으로 재조명하고 있는 이 작품이 보다 철저한 객관적인 사실에의 접근을 시도하고 있는 것은 당연한 일이다.

셋째, 『태백산맥』은 분단의 체험을 적당히 얼버무리거나 슬그머니 덮어두기보다는 오히려 그 실상에 대한 철저한 규명과 비판적인 인식을 통해 분단 극복의 역사적 전망을 추구하고자 하는 점이 주목된다. 이 소설이 여순 반란 사건에서부터 6 · 25전쟁까지의 격변하는 현실 상황을 실재의 사실에 입각하여 명확하게 제시하고 있는 이유가 바로 여기에 있다. 소설의 리얼리티의 추구가 궁극적으로는 역사에 대한 전망을 뜻한다는 점을 간과해서는 안 된다. 이 작품 속에 등장하는 수많은 인물 가운데 실재 인물이든 허구적인 인물이든지 간에 그 행동과 사상적 성향이 반민족적인 것으로 낙인찍혀버릴 수 있는 경우가 적지 않다. 그러나 이 소설의 전체적인 흐름 속에서 볼 때, 그들의 선택이 반드시 반역사적인 것으로 기록될 수만은 없을 것이다. 6 · 25 이후 분단 상황에 안주해온 독자층의 입장에서는 이러한 해석의 가능성이 제기된다는 점만으로도 이 소설의 문제성이 간단하지 않음을 알 수 있다.

## 5

역사적 소재를 다루는 소설에서, 현실에 대한 명확한 인식이 없는 상태로 과거를 형상화한다는 것은 불가능하다. 반대로 과거에 대한 판단 없이, 긴 역사 발전의 도정 가운데에서 오늘의 현실로 드러나 있는 삶의 전체적인 모습을 제대로 그려낸다는 것도 가능한 일이 아니다. 우리가 스스로 체험한 그대로를 이루어낸 역사적 · 사회적인 동력은 언제나 과거와 현재의 관계 속에서 생성되는 것이다. 문학은 바로 그 힘을 발견함으로써 자체의 의미를 지닐 수가 있다.

조정래의『태백산맥』은 분단 상황의 비판적 인식을 근거로 하여 민족 내부의 자기모순이 어떻게 폭발되고 있는지를 소설적으로 형상화함으로써, 독자적인 역사적 객관성을 획득한다. 여기서 말하는 역사적 객관성이란, 역사적 사실의 복원이라든지 실체의 규명이라든지 하는 방법론적인 의미만을 뜻하는 것은 아니다. 그는 다양한 인간들의 삶의 모습을 요약적으로 제시하고 사회 역사적인 조건에 연결시켜 설명함으로써 독자들에게 자연

분석과 해석

스럽게 분단의 역사적 상황을 다시 체험하게 만든다. 그러므로 이 작품에서 독자들은 근대사의 왜곡된 전개 과정 속에 노정된 민중의 실제적 삶의 조건과 증대되고 있는 삶의 위기를 직감할 수가 있다. 바로 이 같은 상황 인식이 이 소설의 역사적 객관성을 주목하게 하는 셈이다.

이 소설은 한국 민족이 두 개의 적대 세력으로 분열되고, 그것이 분단 구조의 대결 상황으로 빠져들어 전쟁의 참극을 빚어내는 과정을 그려내면서 동시에 그러한 대결 구조 속에서 민중이 어떻게 그 위기에 대처하는가를 주목하고 있다. 소설 속의 이야기를 보면 극단적으로 대립하고 있는 좌우 세력을 동시에 드러내놓고, 그 가운데에 서 있는 중도적인 인물을 끝내 포기하지 않는다. 민중은 두 세력의 갈등 속에서 자기 삶의 진정한 주인공으로 그들의 존재를 인정해주는 편에 쉽게 기울고 있다. 이 소설의 모든 장면들이 긴장의 국면을 늘 유지하고 있는 것은 이러한 아슬아슬한 균형 때문으로 생각되기도 한다. 특히 상황적 긴장을 지속하기 위해 유사한 패턴의 삽화들을 자주 반복하고 있다. 상황의 디테일에 대한 관심이 이야기의 큰 흐름을 막아버리는 수도 있다. 작가의 서술자적인 개입도 후반에 갈수록 눈에 띄게 늘어난다. 이러한 부분적인 약점에도 불구하고 이 소설과 같은 엄청나게 많은 등장인물을 다루고 있으며 그 전체적인 서술의 균형을 갖추고 있다는 것은 경이로운 일이다.

『태백산맥』은 한국 소설의 성과이면서 동시에 분단문학의 절정으로 주목된다. 그러나 이 소설이 그려낸 이념 대립과 갈등의 문제는 소설이 끝났음에도 현실적으로 완결된 상태는 아니다. 그러므로 『태백산맥』을 본다는 것은 우리 자신의 역사를 지켜보는 일에 해당한다. 이 소설이 던져주는 충격을 벗어나는 길은 분단 상황을 극복하는 일뿐이다. 이 소설의 이야기가 민족의 잘려버린 허리로 지칭되고 있는 '태백산맥'을 정신적인 면에서 다시 이어가는 작업으로 인정될 수 있다면, 우리는 다시 분단 극복의 문학적 가능성을 『태백산맥』을 통해 논의해야 한다.

『태백산맥』과 분단 상황의 인식 방법

# 『젊은 날의 초상』과 자기 탐색의 미학

1

이문열의 소설에는 작가의 경험적 자아가 어지러운 모습으로 늘어서 있다. 때로는 젊음의 열정에 휩싸여 이상을 향해 몸부림치는 청년의 모습으로, 때로는 현실의 비리에 야유를 보내는 냉엄한 지식인의 얼굴로 그는 자신이 그려낸 이야기의 한가운데에 서 있다. 진정한 예술의 의미를 찾는 시인의 모습이 되다가도, 그는 고통의 현실에서 온몸으로 살아가는 고뇌의 지식인의 뒷모습으로 그의 작품 속을 스쳐나간다.

이문열은 언제나 자기 경험으로부터 이야기의 화두를 꺼낸다. 그리고 자신이 생각하고자 하는 어떤 이상적인 자아의 형상을 암시하는 순간 그의 이야기를 멈춘다. 그의 소설은 자신의 모습을 가장 잘 보여주고 있는 것 같으면서도 어떤 면에서는 그의 모습을 오히려 깊숙하게 이야기 속에 감추기도 한다. 소설의 이야기 속에서 독자들은 작가 이문열과 서로 숨바꼭질을 하면서 그가 펼쳐놓는 또 하나의 생을 따라간다. 삶의 과정에 치열하게 대응하는 유일한 존재 방식이 그에게 있어서는 소설 쓰기임을 부인할 수 없다. 그러므로 우리는 그의 소설 속에서 언뜻언뜻 스치는 경험적인 삶의 편린들을 발견하고 그 운명적 양상과도 마주친다. 그리고 그 자신이 삶의 모든 영역을 초월하고자 했던 상상의 힘도 만나게 된다. 그의 소설이 삶의 생생한 자취를 담고 있는 것은 부인할 수 없는 사실이며, 바로 이러한 경험적 진실에 우리는 항상 공감하곤 한다.

이문열은 그의 소설을 통해 자신의 삶과 그것을 둘러싸고 있는 현실의 모든 국면에 다양한 관심을 보여준다. 어떤 경우에는 긴장된 시대적 상황에 탄력적으로 대응하기 위해 소설적 형식의 이완을 꾀하기도 하고, 현실의 상황에 대응하는 개인의 내면을 파헤치기 위해 의식의 흐름을 추적하기도 한다. 그의 소설은 삶의 현실에 대한 불신이 팽배했던 시기에도 언제나 인간의 존재와 총체적인 삶에 대한 인식을 문제 삼으면서 한 시대를 증언하고 있다. 그의 소설들은 신화와 역사의 문제에서부터 개인적 내면 의식의 실체에 대해서까지 깊이 있는 서사적 담론을 구성하고 있다. 그러므로, 이문열의 소설에서 우리는 다양한 대화적 공간을 형성하고 있는 살아 있는 언어를 만나는 것이다.

이문열의 소설은 자기를 찾는 상상력의 도정이라고 할 만하다. 그의 대표적인 작품들은 모두 자기 정체성을 추구하는 내면 탐색의 여로(旅路)의 형식을 취하고 있으며, 모든 이야기는 자신의 자전적인 체험에 얽혀 있다. 그의 언어는 객관적 현실과 외부의 독자들을 향해 있는 것이 아니라 자기 자신의 심장을 향해 있다. 그러나 이 같은 자기 지향성은 그것이 비록 자전적인 요소에 근거한다 하더라도 자기 삶과 그 체험의 과정을 서사적으로 재구성하는 것을 목표로 하는 것은 아니다. 그것은 오히려 역사적 실재성과 구체성을 떠나서 관념적이고도 추상적인 가치의 소설적 구현을 의도하고 있다. 그러므로 이문열의 소설들은 동시대의 비평가들로부터 실존적 휴머니즘의 문학으로 평가되기도 하고, 낭만적인 상상력의 소산으로 평가되기도 한다. 어떤 비평가는 이문열의 소설 속에서 허무주의적 경향을 지적하기도 하였고, 어떤 작품은 관념 편향의 창작 방법이 비판받은 경우도 있다.

이문열의 소설 가운데에서 자전적인 요소가 짙게 드러나는 작품들을 보면 가장 격렬한 삶의 충동에 시달렸던 자신의 청년 시절의 체험이 자주 등장하고 있다. 그리고 근대사의 격동 속에서 그 고유의 가치와 의미를 제대로 지키지 못한 채 무너져버린 가족 이야기를 직접적으로 그려낸 경우도 있다. 가족만이 아니라 이를 좀 더 확대시킨 가문 또는 문중의 이야기도 그의 작품 속에서는 특이한 감응을 불러일으키는 요소로 작용한다. 젊음의 이상과 그 이상을 찾아 방황하는 인간의 모습을 그려내고 있는『젊은 날의 초상』은 이문열 자신의 청년 시대의 방황을 소재로 하고 있는 작품이다. 이념의 허위성을 한 혁명주의자의 인생을 통해 그려내고 있는『영웅시대』는 이문열의 숨겨진 가족사가 이야기의 동기가 되고 있으며, 그의 삶의 뿌리가 되었던 문중은 고향이라는 이름으로 기억되어『그대 다시는 고향에 가지 못하리』에서 되살아나고 있다. 그는 자신의 가족사를 현실의 역사와 함께 견주는 대작『변경』을 쓰기도 하였고, 자아의 형상을 기초로 하여 미적 주체의 새로운 가능성을 꿈꾸면서『시인』을 발표하였다. 이처럼 이문열의 중요 작품들은 경험적 자아로서의 작가 자신과 그를 둘러싸고 있는 사회적 기반으로서의 가족을 대상으로 하고 있다. 그렇지만 이문열의 소설은 개인사를 구축하는 전기적인 속성도 보이지 않으며, 가족사의 구도를 강조하고 있지도 않다.

이문열의 소설 가운데『젊은 날의 초상』은 주인공의 개인적인 방황과 갈등이 시대적인 상황과 대응하는 가운데 그 정신적 지향 자체가 현실의 초월을 문제 삼고 있다는 점에서 문제적이다. 소설 속의 주인공이 보여주는 삶의 태도는 경험적 자아로서 작가 자신이 선택하고자 하는 삶의 지표와 연결되어 있다. 물론 이 작품의 주인공을 작가 이문열 자신과 직접 연결시키는 것은 지나친 비약일지 모른다. 이 작품에서는 경험적 자아와 허구적 자아의 사이에 유지되는 일정한 서술적 간격을 알아차려야 하는 것은 독자의 몫이다.

## 2

『젊은 날의 초상』은 자기 탐색의 기록이다. 그러나 그것은 서사적 과거 시제로 고정된 세계만을 그려내지는 않는다. 인간에게 있어서 삶이란 그 것을 의식하는 자에 의해서만 항상 문제적 상태로 현현된다. 이문열의 소설은 과거의 시간을 문제 삼고 있는 것이면서도 현재적 삶의 공간을 벗어나지 않는다. 그의 소설의 모든 언술은 회고적 진술법을 쓰고 있는 경우가 많다. 이야기의 중심이 과거의 한 시점에 놓이는 것이라고 하더라도 이야기 자체는 서술의 시점이 되는 현재로부터 분리될 수가 없다. 다시 말하면 모든 이야기가 지나버린 사건으로 서술되는 것이 아니라 현재의 상황 속에서 되살아난다. 그의 소설에서 서술 방법이 지향하고 있는 회상적 진술법은 일종의 주관적 언술 양식이다. 그것은 일종의 심리적 공간 개념을 내포하기 때문에, 모든 이야기는 문제시되고 있는 순간에 의식의 표면으로 살아나는 것이다. 이 경우에 작가의 의식은 현실이라는 것과 과거라는 것, 실재하는 것과 상상이라는 것이 공존하는 세계가 된다. 이야기의 공간도 과거의 시간과 현재의 시간에 이중적으로 배치되기 때문에, 이른바 액자 소설의 이중적 서사 구조를 잘 드러내고 있다.

『젊은 날의 초상』은 회상적 진술법의 효과가 극대화하여 드러난다. 이야기의 서술 방법으로서 회상적 진술법이 지니는 수사적 효과는 고백체라는 문체의 감응력에 의해 구체화된다. 고백체는 고백의 주체로서 '나'라는 인물을 상정할 수 있을 때에만 성립한다. 고백이란 개인적인 체험을 통하여 그것을 초월할 수 있는 더 큰 무엇을 추구하고자 할 때 설득력을 가진다. 고백은 체험의 폭에 의해서가 아니라, 자기비판의 진실성과 그 깊이에 의해 고백이라는 특유의 가치를 부여받는다. 고백의 형식은 고백의 주체인 '나'의 입장으로 모든 것이 통합되어야 하기 때문에 소설의 본래의 정신과는 어느 정도 거리가 있다.

일반적으로 소설의 이야기는 고백의 형식과 같이 하나의 어조로 통제된 담론 체계에 의해 서술되는 것은 아니다. 오히려 모든 문제들은 등장인물들의 행위에 의해 해소된다. 고백의 형식은 모든 이야기의 시간적 표현에 있어서 현재성의 의미를 제거한다. 이미 지나간 이야기로 제시되거나, 문제되고 있는 현재의 순간과는 관계없이 이미 성취된 것, 다시 말하면, 그 시간화된 성취성의 결과로 빚어진 현재의 상황을 말해준다. 그런 점에서 고백의 형식으로 서술되는 담론 체계는 현재형이 되기는 어렵다.

　『젊은 날의 초상』에는 「하구(河口)」, 「우리 기쁜 젊은 날」, 「그해 겨울」이라는 세 편의 중편소설이 연작의 방식으로 이어지고 있다. 각 작품은 완결된 중편소설로서 균형을 갖춘 채 독자적인 의미를 구현하고 있지만, 전체적으로는 한 젊은 주인공(소설 속에서는 '나'라는 일인칭의 서술자로 등장한다)이 정서적 충동과 지적 모험을 겪으면서 자기 삶에 대한 새로운 인식에 도달하는 과정을 단계적으로 펼쳐 보이고 있다.

　주인공인 '나'의 경우에 겪게 되는 젊음의 시절은 크게 세 단계로 구분된다. 그 첫 단계는 주인공이 대학에 입학하기 전에 현실 사회와는 아무런 접점도 공유하지 못한 채로 유리된 상태에서 타인들의 삶의 모습을 통해 자기 생의 방향을 스스로 가늠하기 시작하는 고통의 시절이다. 이 시기는 주인공이 성년에 접어드는 단계이며, 작품 「하구」를 통해 극적으로 구체화되고 있다. 둘째 단계는 모든 자유로운 사고와 비판적 행위도 용납될 수 있으리라 믿었던 대학 생활에 발을 들여놓으면서, 자신의 내면적인 지적 요구도 제대로 충족시키지 못한 채 오히려 이상과 현실의 갈등을 뼈저리게 체험할 수밖에 없었던 젊은 고뇌의 시절이다. 소설 속에서 「우리 기쁜 젊은 날」의 주인공 '나'는 짧은 대학 생활을 거치면서 오늘의 젊은이들의 사고의 폭과 깊이 그리고 행위의 방향 등을 심도 있게 연출해낸다. 그리고 셋째 단계는 작품 가운데 「그해 겨울」의 내용과 연결된다. 지적인 욕구와 자기 감정의 충일 상태를 끝내 감당할 수 없었던 주인공은 대학 캠퍼스를 버리게 된다. 주인공은 무작정 현실 속에 뛰어들어 끝없이 좌절하면서 자신의 참모습을 찾아 헤맨다. 진정한 생의 의미를 추구하고자 몸부림 쳤던 젊은 방황의 시절이 여기에 해당한다.

이와 같은 주인공의 젊은 날은 육체적 고통과 정신적 고뇌, 그리고 끝없는 방황으로 점철되지만 결코 부정적인 의미로 그려진 것은 아니다. 고통을 통해서 살아간다는 것의 어려움을 실감하고, 고뇌를 겪으면서 새로운 지적 세계에 폭넓게 접근하며, 방황을 통해 자신의 삶의 지표를 인식할 수 있기 때문이다. 다시 말하면 주인공 자신이 겪는 모든 체험과 그 아픔은 자기 생의 새로운 발견과 그에 따른 성장을 의미하고 있는 셈이다. 주인공은 젊음이라는 말로 포괄할 수 있는 온갖 충동 속에서도 진실을 말할 수 있는 힘을 지탱하고자 한다. 그리고 결국은 삶의 궁극적인 의미가 스스로에 의해 시인되고 충만되어야 할 것이라는 점을 깨닫게 된다. 절망이라는 것이 존재의 끝이 아니라 그 진정한 출발이라는 명제는 그러기에 주인공에게만 국한되는 것이 아니다. 젊은 날을 보내야 하는 모든 이들에게도 함께 해당되는 것이다.

이 작품에 연결되어 있는 「하구」, 「우리 기쁜 젊은 날」, 「그해 겨울」은 모두가 지난날을 돌이켜보는 회상적 진술로 이루어져 있다는 점에서 그 서술 방식의 일관성이 드러난다. 이러한 방법은 서술상의 초점과 성격의 핵심이 주인공인 '나'에게 집중될 수밖에 없는 일인칭 소설에서 흔히 볼 수 있는 것인데, 이들 작품에서는 지나버린 과거를 회상하고 있는 주인공의 현재 입장이 은폐되기 쉽다는 점이 특징적이다.

흔히 나이가 기준이 되지만, 우리 삶의 부분을 가리켜 특히 그걸 꽃다운 시절이라든가 하는 식으로 표현하는 수가 있다. 그러나 세상일이 항상 그러하듯, 꽃답다는 것은 한번 그늘지고 시들기 시작하면 그만큼 더 처참하고 황폐하기 마련이다. 내가 열아홉 나이를 넘긴 강진(江盡)에서의 열달

남짓이 바로 그러하다.

— 「하구」

대학에 들어간 첫해 가을을 앞뒤해서 급우들 사이에는 스스로를 인자 (人子)로 지칭하는 해괴한 말버릇이 유행하였다. …(중략)… 그런데 내가 새삼 케케묵은 옛날 일을 들추는 것은 거기서 무슨 우스갯거리를 찾기 위해서가 아니다. 대개 가정교사로 입주해 있던 집의 외진 공부방에서, 가르치던 아이들이 모두 잠든 후 홀로 소주병을 비울 때였는데, 그때 나는 약간 한숨 섞인 목소리로 중얼거리곤 했다.

"때에 인자(人子)께서는 병든 말처럼 피로하였더라. 육신은 그 육신을 기르기 위해 오히려 여위고, 영혼은 책에 대한 갈망으로 창백했더라…"

비록 그때까지만 해도 강의실과 도서관과 가정교사로 입주해 있는 집 사이를 시계추처럼 왔다 갔다 하고는 있었지만, 피로는 이미 조금씩 내 발밑을 파들어가고 있었던 모양이다.

— 「우리 기쁜 젊은 날」

이제 그 겨울을 이야기할 수 있을 것 같다. 나는 이미 한 가정을 거느렸고, 매일매일 점잖은 복장과 성실한 표정으로 나가야 할 직장도 있다. 또 나이는 어느새 서른을 훌쩍 넘어 감정은 많은 여과를 거쳐야 하며, 과장과 곡필로 이루어진 미문(美文)의 부끄러움도 알게 되었다.

지금부터 꼭 10년 전이 되는 그해 겨울 나는 경상북도 어느 산촌의 술집에 '방우'로 있었다.

— 「그해 겨울」

앞의 인용에서 쉽게 확인할 수 있는 것처럼 세 편의 소설은 주인공의 개인적 체험과 그 추억담에 근거하여 이루어지고 있다. 하지만 이들 작품은 지난 시절에 대한 동경과 향수가 그 목표가 아님은 분명하다. 지나간 세월이 동경과 향수의 대상으로만 남는다면, 거기에 얽힌 이야기는 한낱 감상적인 개인의 회고 취향에 다를 바가 없을 것이다. 이 작품에 붙인 '젊은 날의 초상'이라는 제목만 보더라도, 모두 가장 격렬한 삶의 순간들로 이어지

분석과 해석

는 젊은 날의 체험에 근거하고 있음을 알 수 있다. 이 작품 속에서 그려지는 주인공과 그 주변의 인물들은 함께 비슷한 시대를 살아옴으로써 막연한 세대감각을 공유한다. 하지만 1960년대의 젊음이 겪어야 했던 좌절과 방황은 내면적인 것보다는 외적인 것에서 연유된 경우가 대부분이기 때문에, 실상 그것이 하나의 역사적 의미로 구체화되기란 어려운 여러 가지 제약을 지니고 있다. 작가 자신의 경우에 있어서도 '대학 중퇴'라는 그의 개인적 이력이 소설의 내용과 자세히 밀착됨으로써 용케도 이 위험스런 균형을 지탱할 수 있게 된다. 실제로 이 작품은 서사적 자아로서의 주인공과 경험적 자아로서의 작가의 존재가 확실치 않은 상태로 겹쳐 있음을 부인하기 어렵다.

3

『젊은 날의 초상』은 말 그대로 젊음의 소설이다. 이야기 자체의 관심도 화제작 『사람의 아들』, 『들소』 등에서처럼 관념적 주제와 맞닿아 있다. 이 작품은 신과 인간의 관계를 놓고 인간의 존재와 그 의미 등에 대한 열정적인 탐구 작업으로 이야기를 이어간다. 하지만 어떤 관념의 궁극적 세계에 도달하고자 하는 작가의 노력은 소재 자체의 경험적 확실성에 근거하고 있는 세 편의 이야기에서 삶의 현실에 더욱 밀착되고 있음을 확인할 수 있다. 이 작품에서 작가는 성장기에 겪어야 하는 젊은이들의 고뇌에 관심을 집중하면서 자신이 체험한 바 있는 젊음의 시절, 그 정신적 충격과 시련의 고통을 근간으로 소설적 완결성을 시도하고 있다.

『젊은 날의 초상』의 구조적 특징은 어떤 의미에서 인간의 삶에 내재되어 있는 제의적(祭儀的) 과정과 연관될 수 있다. 이 소설에 다루어지는 '젊은 날'은 성년의 단계로 입문해 가는 가장 격렬한 변화의 시기에 해당한다. 이 시기에 겪는 젊은이들의 정신적인 방황과 그 고통은 성숙한 인간으로서 기성의 사회에 참여하기 위한 하나의 '통과제의(通過祭儀)'에 다름 없다. 실제로 이 '통과제의'의 첫 단계에 「하구」의 이야기가 가로놓인다는 사실은 그 제목 자체가 암시하고 있는 의미를 통해 쉽게 확인할 수 있다. 「하구」에서 그려지고 있는 '열아홉 나이를 넘긴' 시절이란 생의 과정에서 격렬한 삶의 현실과 어느 정도 유리되어 있던 유년기 또는 소년기를 벗어나는 단계에 속한다. 이 시기는 제목 자체가 말해주듯이 긴 강물의 흐름이 이제 막 바다와 마주치게 되는 '하구'의 단계와 일치한다. '하구'에 이르면, 강물은 그 흐름을 멈추며 바다라는 이질적인 세계에 편입되어버린다. 이때에 겪을 수밖에 없는 충격과 변화는 인간이 사회적 존재로서 성년에 도달하는 순간 직면하게 되는 가장 치열한 삶의 체험과 자연스럽게 대치될 수 있다.

「하구」의 이야기는 할 일 없이 집을 나와 떠돌이 생활을 하는 젊은이의 방황을 그려낸다. 주인공은 형이 일하고 있는 '강진(江盡)'이라는 곳에 정착함으로써 자신의 삶에 새로운 고비를 맞이하게 된다.

내가 그곳에 가게 된 경우나 그때의 내 신세를 생각하면 지금도 약간은 한심하다. 그 열흘 전쯤 나는 어느 낯선 도시의 싸구려 하숙방에서 형에게 길고 간곡한 편지를 썼다. 이것 저것 사업에 실패를 거듭하다 그곳 강진까지 밀려나 조그만 발동선으로 모래 장사를 하고 있던, 세상에서 하나뿐이고 또 내게는 아버지나 크게 다를 바 없는 형이었다.

나는 그 편지에서 우선 목적 없는 내 떠돌이생활의 쓰라림과 서글픔을 은근하게 과장하고 속절없이 늘어만 가는 내 나이에 대한 초조와 불안을 숨김없이 털어놓았다. 열심히 살아가고 있다는 내 믿음과는 달리 정말로 그때 나는 아무것도 아니었다. 벌써부터 어른들처럼 머리를 길게 길러 넘기고 어른들의 옷을 입고, 술이며 담배 같은 어른들이 악습과 심지어는 그들의 시껄렁한 타락까지 흉내내고 있었지만 나이로는 여전히 아이도 어른도 아니었으며, 정규의 학교과정을 밟지 않고 있었으나 또한 책과 지식으로부터 완전히 벗어난 생활도 않고 있었으나 또한 책과 지식으로부터 완전히 벗어난 생활도 아니어서 학생이랄 수도 건달이랄 수도 없었다. 당시의 내 깊은 우려 중의 하나는 이대로 가다가는 평균치의 삶조차 누리지 못하게 될지도 모른다는 것이었는데 나는 그것도 솔직하게 썼다. 그리고 함부로 뛰쳐나온 형의 그늘에 대한 진한 향수를 내비침과 함께 만약 다시 받아들여만 준다면 지난날의 나로 돌아가 무분별한 충동으로 턱없이 헝클어놓은 삶을 정리하고 늦었지만 가능하면 모든 점에서 새로이 시작해 보고 싶다고 썼다.

앞의 인용에서 밝히고 있듯이 주인공은 '형'이 생활하고 있는 '강진'에 머물 수 있게 되면서 그동안의 모든 무절제와 방랑에서 벗어나게 된다. 주인공은 '형'의 일하는 모습을 통해 삶의 새로운 의미를 깨닫게 된다. 그리고 육체적 고통과 시련을 겪으면서 결국 암울한 현실을 벗어나기 위한 하나의 출구로서 대학 진학을 꿈꾼다. 그리고 소설 속의 표현 그대로 '행운이 두 번째도 내 편이 되어' 그럭저럭 목표했던 대학에 입학 허가를 받을 수 있게 된다. 이러한 변화의 과정은 미숙한 삶의 경지에서 벗어나 사회적으로나 정신적으로 성년의 단계에 접어들면서 겪게 되는 괴로운 시절, 말하자면 '이니시에이션'의 의미와 일치한다. 물론 주인공이 겪게 되는 육체적·정신적 고통을 단순히 삶의 방향을 새로이 전환하거나 변혁시키기 위한 방법이라고 고정할 필요는 없다. 왜냐하면 고통과 시련 속에서 충격과 변화를 겪는 동안의 정신적 방황과 갈등이 곧 삶의 기본적인 리듬일 수 있으며, 그러한 리듬의 재현이 소설의 리얼리티를 창조하는 데에 필수적 요소가 되기 때문이다.

소설의 주인공이 겪는 '강진'에서의 생활은 자신의 정신적 성장의 추이를 드러내면서 생생한 삶의 현장을 그대로 보여준다. 주인공은 '강진'에서 생활을 통해 '별장집 남매' '서동호와 그 부친' '모래장의 최광탁과 박용칠' 등의 인물들과 알게 된다. 이들은 주인공에게 삶의 진실과 그 허울의 의미를 암시해주기도 하며, 미천한 삶의 바닥에서도 자기 삶의 방식을 착실하게 터득해야 한다는 점을 일깨워주기도 한다. 주인공은 이들과의 접촉을 통해 스스로 자기 삶의 의미를 생각하고 새로운 지표를 설정하면서 삶의 현실을 바라볼 수 있는 새로운 문턱에 도달할 수 있었던 것이다. 그러나 「하구」에서 주인공이 삶의 총체적인 인식에 도달했다거나 모든 고뇌와 시련의 과정을 완전히 벗어났다고 단정하기는 어려운 일이다. '강진'의 생활은 삶의 다양한 경험과 뼈저린 충격 자체만으로도 중요한 의미를 갖는다.

『젊은 날의 초상』의 이야기는 '하구'를 벗어난 주인공의 짧은 대학 생활을 그려내고 있는 「우리 기쁜 젊은 날」로 이어진다. 대학생이 된다는 것이 한국 사회에서는 이미 선택된 지위에 오르는 것임을 생각한다면 주인공이 보여주는 사고와 행동은 자기 삶의 참된 주인공으로 서기 위한 노력과 이어지고 있다. 하지만 개인적 열정과 소망에도 불구하고 주인공의 대학 생활은 가정교사 자리에 얽매이면서 자기 생활의 희생을 감수할 수밖에 없게 된다. 주인공은 점차 대학의 자유로운 분위기 속에서도 지난날 나태했던 게으름의 습벽 때문에 학교 생활 자체를 거추장스럽게 느끼기 시작한다. 그러면서도 한편으로는 터무니없는 지적 욕구로 인하여 오히려 삶의 진정한 방향감각을 상실할 정도로 자기도취에 빠지기도 한다. 주인공의 대학 생활에는 막연하지만 자신이 설정한 '길'의 동행자로서 두 사람의 인물이 등장한다. '하가(河哥)'와 '김형'이 바로 그들이다. 다분히 열정적인 '하가'와 사변적인 '김형' 그리고 이 두 사람의 성격을 공유하고 있는 '나'의 만남은 지나간 시절의 젊은이들이 보냈던 대학 생활을 여러 각도에서 볼 수 있게 한다. 물론 한 시대를 풍미했던 젊음의 물결이 이 세 인물의 행위나 사고를 통해 그대로 재현되고 있다고 말하기는 어렵다. 주인공은 '영광인 동시에 오욕이고, 비상이었으되 몰락'이라는 짤막한 구절로 대학 생활을 마감하고 또 다른 방랑의 길에 오른다.

『젊은 날의 초상』에서 마지막 단계의 이야기로 이어지는 「그해 겨울」은 고통스런 방황의 과정이긴 하지만 더 큰 것을 향한 탐색의 끝에 해당한다.

분석과 해석

주인공의 방황은 이미 대학을 포기하는 장면에서부터 시작되고 있다. 더 큰 사랑을 찾아가는 방황 과정은 광부가 되겠다는 생각, 어부가 되려던 의도와는 달리 산촌의 여관 겸 술집에서 '방우' 노릇을 하는 장면으로 끝난다. 거기서 타락한 삶의 작태와 실상을 스스로 체득하기 시작한 주인공은 자신이 열렬히 도달하고자 하는 결단에 접근하기 위해 그 집을 뛰쳐나온다. 그리고 바다를 향한다. 태백산맥을 넘어야 하는 백리 길에서 주인공은 몇 사람의 길동무를 만나며, 그들과의 대화를 통해 자신을 확인하게 된다. 그리고 드디어 눈 덮인 '창수령'의 60리 길 재를 넘게 되며, 눈 속에 숨어 있는 아름다움의 실체를 발견한다. 주인공은 '대진'이라는 작은 포구에 도착하여 자신이 바다까지 끌려온 이유를 스스로 묻는다. 하지만 자신의 방황에 '혼연한 종말을 가져다준 소리'를 듣지 못한다. 오히려 파도에 휩쓸려 떠오르지 못하는 한 마리의 갈매기를 보는 순간 '위기에 자극된 생명력은 갑작스런 불꽃'처럼 스스로의 의식을 일깨우게 된다.

돌아가자. 이제 이 심각한 유희는 끝나도 좋은 때다. 바다 역시도 지금껏 우리를 현혹해 온 다른 모든 것들처럼 한 사기사(詐欺師)에 지나지 않는다. 신(神)도 구원하기를 단념하고 떠나 버린 우리를 어떤 것이 구원할 수 있단 말인가.

그러나 갈매기는 날아야 하고 삶은 유지돼야 한다. 갈매기가 날기를 포기했을 때 그것은 이미 갈매기가 아니고, 존재가 그 지속을 포기했을 때 그것은 이미 존재의 끝이 아니라 그 진정한 출발이다…

역시 눈비로 얼룩진 그날의 수첩은 그렇게 결론짓고 있다. 그리고 그 갑작스럽고 당돌한 결론에도 불구하고 나는 그것에 따른 원인 모를 허탈과 슬픔까지 극복해 낸 것 같지는 않다. 절망의 확인이란 아무리 냉철한 이성이라도 그것만으로 견뎌낼 수 있는 것이 아니다. 실제로 나는 그 바닷가의 바위에 기대 한동안 울었던 기억이 난다.

앞의 진술에서 '갑작스럽고 당돌한 결론'이란 무엇을 말하는 것일까? 주인공은 '절망은 존재의 끝이 아니라 그 진정한 출발'이라는 판단에 이르면서 자신의 방황을 끝마친다. 주인공은 자신이 속해 있던 자유로운 대학 생활로부터 이탈하고 그뒤에 따르는 고통의 여정을 자초했지만, 그것은 결코 고통의 시간으로만 기억되지 않는다. 보다 높은 진실의 차원에서 삶에의 새로운 만남을 전망할 수 있게 되었기 때문이다.

그러므로 이 소설에서 그려낸 주인공의 거듭된 방랑은 덧없이 흘러다닌다거나 정처없이 돌아다닌다는 뜻은 아니다. 새로운 것을 구하며 더 큰 것을 찾고자 하는 자기 인식의 끝 간 곳까지 도달하고자 한 노력이며 실천이다. 눈에 보이지 않는 '결단'을 찾아 나섰던 주인공은 그러한 의미에서 진정한 탐색의 주인공이 된다. 주인공의 내면에서 끊임없이 반복된 갈등은 결국 새로운 내일을 찾으려는 욕망과 다를 바가 없다. 이것은 어쩌면 인간의 의식에 보편적으로 내재해 있는 생의 기본적인 리듬일 수 있는 것이다. 삶이란 이 갈등의 리듬을 타고 새로이 전개되기 마련이다. 이 소설의 감동은 바로 이러한 삶의 리듬과 그 격동의 순간들을 놓치지 않고 있는 점에서 비롯되는 것이다.


4

잃어버린 옷깃의 단추를 찾는 것은 참된 의미의 탐색이라고 할 수 없다. 탐색한다는 것은 어디까지나 인간이 아직껏 경험하지 못한 어떤 대상에 대한 추구를 뜻한다. 인간은 결코 자신이 겪었던 과거의 체험을 되풀이할 수 없다. 모든 순간은 언제나 새롭게 겹쳐지는 것이므로 인간의 주변에 일어나는 모든 일들은 항상 변화를 보이게 마련이다. 인간이 끝없이 열려 있는 미래의 어떤 것에 전념한다면, 그 사고는 언제나 미지의 세계로 뻗쳐있는 길처럼 비록 목적지가 보이지 않더라도 언제나 그 자체로서 확실한 방향으로 고정되는 것이다.

『젊은 날의 초상』에서 볼 수 있는 주인공의 갈등과 방황은 어디서 비롯된 것일까? 그것은 개인과 사회의 부조화라고 할 수 있다. 여기서 오는 갈등은 젊음의 시대에 겪게 되는 가장 커다란 고통의 요인이 된다. 이념과 현실의 간격, 개인적 욕망과 그 좌절 등은 젊음의 충동 속에서 더욱 격렬해지고 방황의 몸부림으로 연결되기 마련이다. 이 소설의 주인공은 이 같은 문제를 전혀 외면하지 않고 모든 고통을 스스로 견디면서 끊임없이 자기 확인의 노력을 지속하고 있다. 고통을 내면화하고 갈등을 넘어서기 위해 소설의 주인공은 스스로에게 더 큰 육체적 고통을 부여하면서 이를 정신적으로 이겨내고자 한다. 새로운 삶의 가능성에 대한 추구, 자기 존재의 발견, 그리고 존재의 가치에 대한 인식을 위한 젊은 날의 몸부림은 이 소설의 핵심에 해당된다.

『젊은 날의 초상』은 삶의 현실에 대한 새로운 인식의 단계에 올라서기 위한 주인공의 고통스런 자기 탐색의 과정을 보여준다. 이 소설의 주인공이 보여주는 유별난 선택은 그 자체가 운명적일 수밖에 없다는 점에서 이 시대를 살고 있는 모든 젊은이에게도 어떤 가능성을 열어 보이는 셈이다. 자기 운명의 막바지까지 달려갈 수 있는 인간이란 현실 속에서는 그리 많지 않다. 그러나 그 가능성을 믿기 때문에 소설『젊은 날의 초상』이 보여주는 젊음의 방황과 그 의미를 더욱 높이 평가할 수 있는 것이다.

# 제2부

비평이라는 말에는 예술작품의 미적 특질을 식별해 내고 평가를 한다는 뜻이 포함되어 있다. 비평은 문학을 문학의 ... 하게 자리할 수 있도록 식별의 기능을 강조한다. 비평이 의도하는 것은 문학을 어떤 다른 사상으로 대치시켜 놓는 일이 아니다. 비평은 문학이 문학으로서의 존재 의미...

# 『태평천하』의 풍자와 서술 방식

## 1. 『태평천하』의 서사 구조

채만식의 장편소설 『태평천하』(1938)는 그 제목을 세상이 잘 다스려져 평화롭다는 뜻으로 읽기 쉽다. 그러나 이 말은 중의적으로 세상 근심을 모르는 사람을 가리키기도 한다. 소설의 마지막 장면에서 '태평천하'는 이렇게 설명된다. "거리거리 순사요, 골골마다 공명헌 정사(政事), 오죽이나 좋은 세상이여…… 남은 수십만 명 동병(動兵)을 히여서, 우리 조선놈 보호히여 주니, 오죽이나 고마운 세상이여? 으응……? 제 것 지니고 앉아서 편안허게 살 태평세상, 이걸 태평천하라구 허는 것이여, 태평천하……!" 여기서 '태평천하'는 글자 그대로의 천하태평을 뜻하는 것이 아님은 물론이다. 제목 자체가 이미 일종의 역설을 내포하고 있기 때문이다.

『태평천하』의 이야기는 풍자극의 구조를 활용하여 주인공 윤직원 일가에 일어난 하루 동안의 일상사를 모두 열다섯 개의 장면으로 구분해놓고 있다. 이 소설의 첫 장면은 '추석을 지나 이윽고, 짙어가는 가을 해가 저물기 쉬운 어느 날 석양' 무렵 윤직원이 인력거를 타고 집으로 돌아오는 광경을 보여준다. 여기서부터 이루어지는 시간의 경과와 그 속에서 일어나는 자잘한 일들은 어떤 커다란 하나의 사건과 연쇄를 이루어 지속되는 것이 아니라 각각의 장면들이 작은 삽화처럼 중첩된다. 그리고 이야기가 끝나는 것은 다음 날 '점심 밥상을 받을 참'이다. 윤직원은 동경 유학 중인 손자 종학이가 사회주의 운동을 하다가 경시청에 체포되었다는 전보 내용을 접한다. '태평천하'를 구가하던 윤직원의 삶이 무너지기 직전의 장면에서 소설은 끝난다.

그런데 이와 같은 작품의 내용은 어떤 사건을 중심으로 이야기가 연결되는 것은 아니다. 일반적으로 소설의 줄거리는 어떤 하나의 방향을 향해 전개되는 사건과 사건의 연쇄를 통해 그 통일성이 확립된다. 그러나 이 작품은 이러한 긴밀한 통일성을 지닌 줄거리는 존재하지 않는다. 서술 내용도 하루 동안 일어나는 일들을 '나열'한 것에 불과하다. 이 소설에 줄거리가 없다는 것은 어떤 중요한 사건이나 행동을 중심으로 이야기가 만들어지고 있지 않다는 것을 뜻한다. 주인공의 삶을 통해 드러나는 운명의 도정이라고 부르는 도도한 이야기의 흐름 대신에 다양한 에피소드와 충동적인 삽화들의 무질서한 결합만이 드러나고 있기 때문이다.

여기서 주목해야 할 것이 이 작품에서 서사 구성의 핵심적 요소로 작용하고 있는 하루라는 시간 자체의 속성이다. 이 소설 속의 하루는 그 보편적인 속성과는 관계없이 주인공인 윤직원과 그 가족들의 사적 체험 속에서 재구성된 실제적 경험의 시간이다. 작가는 소설 속에서 하루 동안이라는 제약된 시간을 윤직원이라는 인물의 '특별한 현재'로 재구성하고 있다. 실제로 윤직원의 모든 행동과 기억이 하루라는 시간 속에 압축되어 제시되고 있으며 자연스럽게 서로 뒤섞여 드러난다. 소설 속의 시간의 흐름도 일상적인 현실 속에서 드러내는 규범이라든지 그 지속의 과정과 서로 다른 시간적 불일치를 드러내게 된다. 일반적으로 하루라는 시간은 일상에서 자연스럽게 이루어지는 반복성을 그 본질로 한다. 이 반복적인 시간은 어떤 사건의 발전과 거대한 변화를 드러내기보다는 일상적으로 반복되는 행위의 패턴이나 되풀이되는 비슷한 상황을 보여주는 데에 효과적이

분석과 해석

다. 이러한 시간 구분은 어떤 계기적인 행위와 사건을 중심으로 이루어지는 것은 아니다. 이야기 자체가 행위와 사건을 주축으로 삼기보다는 서술자의 의도에 따라 여러 가지 상념을 중심으로 전개되고 있기 때문이다.

이 작품에는 주인공인 윤직원과 대등한 관계를 형성하고 있는 다른 등장인물이 없다. 주인공의 존재를 가족 구조 내에서도 고립시켜 타자와의 관계에서 이루어지는 행위의 의미를 제거하고 있다. 작품의 이야기도 그 시작과 결말의 장면이 비슷한 시간대로 처리되어 있다. 이처럼 서두와 결말의 장면을 비슷하게 배치하는 것은 이야기 자체의 완결성을 추구하기 위한 시도일 수도 있지만, 일상적으로 반복되는 하루의 일과를 암시하기 위한 일종의 서사적 고안에 해당한다. 이야기 속의 시간이 비록 제한된 하루 동안의 일이라고 하더라도 그것이 일상적으로 반복되는 것이라는 점을 말해주고 있는 셈이다. 사건이랄 것도 없는 사소한 이야기가 이어지는 가운데 작품의 결말 상황이 발단 상황과 동일하게 제시된다. 이것은 줄거리가 변화하고 발전한다는 신념을 거부하고 있음을 말한다. 변하는 것은 그러한 상황이 나타나는 국면뿐이다. 여기서 윤직원의 하루 일과는 거대한 재산을 누리면서 권력을 꿈꾸는 그의 삶의 전부에 해당한다. 일상적으로 반복되거나 충동적으로 드러나는 윤직원의 행태를 나열하고 있으므로 이 하루가 바로 소설의 중심이며 이야기의 핵심이 된다. 이 소설에서 이야기의 줄거리를 따지는 일은 더 이상 의미가 없다. 어떤 행위의 연속을 통해 구체화되는 사건이라는 것이 존재하지 않기 때문이다.

이 소설의 결말은 윤직원의 꿈이 수포로 돌아가는 장면으로 이루어지고 있다. 윤직원이 기생 춘심에게 비싼 루비 반지를 사다주며 어르고 있는데, 바깥에서 놀라운 소식을 전해온 것이다. 동경에 유학하고 있는 둘째 손주가 사회주의 운동에 연루되어 체포되었다는 전보가 날아들었기 때문이다. 윤직원은 화적패도 다 사라지고 거리 거리에 순사들이 늘어선 태평천하에 만석꾼의 손자놈이 왜 하필 세상을 망쳐놓을 사회주의자들과 휩쓸렸느냐면서 울화통을 터뜨린다. 소설의 제목 '태평천하'라는 말이 바로 여기서 비롯된 것인데, 당대 사회의 현실을 풍자하고 있는 작가의 의도가 잘 드러나는 것이다.

이 작품 속의 이야기는 익명의 화자가 들려주는 흥미로운 목소리로 시작된다. 이 목소리의 주인공은 작가를 위장한 '전지적 이야기꾼'이라고 할 수 있다. 이 얼굴 없는 이야기꾼은 능란한 구어체를 활용하여 독자를 이야기의 상황 속으로 끌어들인다. 그 목소리 속에 호남지방의 살아 있는 토속어가 풍부하게 활용되는 것은 물론이며 능청스러운 어조 자체가 반어적 풍자 효과를 낳고 있다. 이 같은 구어체의 직접적인 진술 방식이 판소리의 사설 투를 연상케 한다는 지적도 있으나, 이 소설의 서술 방법 자체가 곧 판소리의 그것과 그대로 일치하는 것은 아니다. 판소리는 소리판을 이끌어가는 광대의 '1인극'에 해당하지만, 이 소설은 이야기를 말하는 서술자와 이야기 속의 주인공 사이의 서술적 간격을 긴장감 있게 유지하고 있다. 여기서 주목되는 것이 서술자의 어조이다. 객관적 현실의 실재성을 제시하기보다는 서술자의 주관적 시각과 판단에 따라 인물의 행태에 대한 풍자라는 새로운 지표를 내세우고 있다.

## 2. 물질적 욕망과 몰락의 징후

『태평천하』의 주인공 윤직원(윤두섭)은 일제강점기 서울에서 살고 있던 상류층 모리배를 대표한다. 그는 자기 가문을 양반으로 위장하고 자신의 신분을 치장하는 데에 많은 돈을 썼지만, 다른 모든 일은 관심조차 두지 않는다. 시대가 변하고 나라를 빼앗겨 식민지 지배를 받게 된 것은 그와는 아무 상관도 없는 일이다. 그는 엄청난 재산을 지니고 있으면서도 지독하게 인색하며 그 돈을 지키는 일에만 몰두한다. 그러므로 그의 행동과 성격이 보여주는 양면성을 통해 그 부정과 비리의 속성이 스스로 폭로된다.

윤직원은 만석꾼의 지주이고 거금을 은행에 넣어두고 있는 부자다. 윤두섭이 고향을 떠나 서울에서 살게 된 내력은 시대 상황의 변화와 연관되어 있다. 그의 부친 윤용규는 건달패로서 반생을 노름판을 기웃거리다가 돈 이백 냥이 생긴다. 윤용규는 그 돈으로 논을 사고 돈놀이와 곱 장리로 돈을 긁어모아 3천 석 재산가가 된다. 조선 말기 혼란의 시대 상황 속에서 변칙적으로 돈을 모은 윤용규는 그의 재산을 노린 악질적인 고을 수령에게 끌려가 돈을 뜯겼고 화적패의 습격으로 처참하게 죽임을 당한다. 윤두섭은 아버지의 시신 앞에서 '이놈의 세상이 어느 날에 망하려느냐!' '우리만 빼놓고 어서 망해라' 하며 울부짖는다.

윤두섭은 부친이 남겨둔 재산을 늘려 만석이 넘는 부자가 되자 화적패가 출몰하는 고향을 버리고 일본 경찰이 엄중하게 지키고 있는 서울로 이사를 한다. 그는 현금을 10만 원 가까이 예금한 거부로 서울에 등장하였지만 자기 집안의 문벌이 변변찮은 게 한이다. 그는 돈으로 양반을 사서 족보를 거짓으로 꾸며 미천한 상인 신분을 양반으로 둔갑시킨다. 그리고 지방 향교의 인사들을 매수하여 '직원'이라는 직함을 하나 얻게 된다. 버젓하게 양반 행세를 할 수 있게 된 '윤직원'이 그 뒤에 착수한 사업은 자녀들을 양반댁과 혼인하게 하는 일이다. 양반 혼인으로 자기 집안을 치장하기 위해서다. 그는 자기 재산을 늘리기 위해 돈놀이를 하면서 소작인을 두고 농사를 짓는 지주 행세로 위세를 한다. 그리고 지금은 자신이 일구어낸 거대한 재산을 지키기 위해 두 손자를 권력을 휘두를 수 있는 군수와 경찰서장으로 만들겠다는 계획에 공을 들이고 있다.

윤직원의 모든 행동은 돈과 연결되어 있다. 그는 엄청난 재산을 갖고 있지만 사소한 일상 속에서 지독하게 인색하며 구차할 정도로 돈에 집착한다. 소설의 첫 장면에서부터 그는 얼마 되지 않는 인력거꾼의 품삯을 깎는 졸렬함과 인색함을 보여준다. 버스를 탈 때도 일부러 큰돈을 버스값으로 내밀어 거스름돈이 없는 차장을 곤경에 몰아놓고 무임 승차한다. 심지어는 춘심이를 데리고 명창 대회 구경을 가서도 입장권을 하등석으로 구입하고 버젓이 상석을 차지하며 억지를 부린다. 이런 모습은 양반 행세를 위해 거창하게 차려입은 의관이나 외적인 풍모와는 전혀 다른 치졸한 모습으로 내비친다. 윤직원은 돈을 끌어모으는 데는 악착스럽고 비정하기조차 하다. 아무리 흉년이 들어도 소작인은 정해진 소작료를 모두 바쳐야 한다. 윤직원은 소작인의 처지라든지 형편은 전혀 고려하지 않는다. 만석꾼인 윤직원은 매년 소작료로 10만 원 이상을 거둬들이는 것으로 설명하고 있다. 그리고 그 돈을 이용하여 곱 장리를 놓거나 오늘날의 어음 할인을 말하는 수형(手形) 할인으로 폭리를 취한다. 윤직원은 자신이 모은 돈을 결코 사회사업이나 자선사업 등에 기부하는 법이 없다. 윤직원이 단돈 10원도 내놓지 않으려고 온갖 수단과 억지를 쓰는 행태는 근검이나 절약의 미덕과는 거리가 멀다.

윤직원의 아들 윤창식은 지방 관청에 근무하는 주사이다. 그는 양반댁 규수를 며느리로 들이고 싶어 하는 부친의 소망에 따라 고씨 부인을 맞아들이지만, 거들떠보지도 않고 오히려 첩을 둘이나 거느리고 부친의 돈으로 호의호식한다. 그가 하는 일은 도끼자루 썩는 줄 모르고 하는 마작 노름이거나 기생집 출입이 전부다. 그는 부친 윤직원의 재산 덕분에 호사를 누리면서도, 부친의 명을 제대로 따르지 않으며 재산을 축내는 일만 벌이고 있다. 윤직원은 아들 윤창식의 우유부단과 무능에도 불구하고 아들의 첩 살림과 마작 노름과 무절제를 엄격하게 훈계하지 않으며 비교적 너그럽다. 자기 아들이기 때문에 그가 탕진하는 돈을 눈감아주고 빚을 갚아준다. 윤창식이 집안을 이끌어갈 종수와 종학이라는 두 손자를 안겨준 것으로 그 역할을 다하고 있다고 믿는다.

윤직원은 큰손자 종수를 군수로 만들겠다는 일념으로 군수 운동에 필요하다는 돈은 얼마든지 내준다. 군서기 노릇을 하는 종수는 번번이 거짓으로 꾸며 자신의 방탕을 감추고 조부인 윤직원으로부터 돈을 긁어낸다. 윤직원은 아들과 손자들의 허망한 씀씀이에 대해서는 불평을 늘어놓지만 그들의 방탕과 거짓에 대해서는 제대로 알지 못하고 있으며 참견하지도 않는다. 그러므로 윤직원과 그 집안의 삶 자체는 이미 자기 내부에서 모순을 감당하지 못한 채 붕괴와 몰락의 조짐을 서서히 드러내고 있다. 이 소설의 후반부에 등장하는 허탕의 장면을 보면 하룻밤 사이에 윤창식이 마작판에서 5천 원 가까이 털렸고 윤종수는 군수 운동에 필요하다면서 2천 원의 거금을 뜯어내는 것으로 묘사되어 있다.

종로 네거리에서 춘심이를 일단 작별하면서, 또다시 두번 세번 다진 뒤에 계동 자택으로 돌아오니까, 마침 뒤를 쫓듯 올챙이가 수형 할인을 해 쓴다는 철물교다리의 강씨를 데리고 왔습니다. 대복이도 가타고 했고, 당장 칠천 원 수형을 받고 오천구백오십 원 소절수를 떼어 주었습니다. 따로 일백오 원짜리를 구문으로 올챙이한테 떼어 준 것은 물론이구요. 강씨와 올챙이를 돌려보내고 나니까, 드디어 오늘도 구백사십오 원을 벌었다는 만족에 배는 불룩 일어섭니다.

간밤에 창식이 윤주사가 마작으로 사천오백 원을 폈고, 종수가 이천 원짜리 수형을 병호한테 야바위당했고, 이백여 원 어치 요리를 먹었고, 그리고도 오래잖아 돈 이천 원을 뺏으려 올 테고 하니, 윤직원 영감이 벌었다고 좋아하는 구백여 원의 열 갑절 가까운 구천여 원이 날아갔고, 한즉 그것은 결국 옴팡장사요, 이를테면 만리장성의 한 귀퉁이가 좀이 먹는 것이겠는데, 그러나 윤직원 영감이야 시방 그것을 알 턱이 없던 것입니다.

이와 같은 서술은 부자인 윤직원의 몰락이 이미 그 가족 내부로부터 시작되고 있음을 말해준다. 물론 윤직원은 자신의 재산을 지키면서 잘 살아가기 위해 식민지 지배 권력에 기댈 수 있는 군수 자리에 큰손자 윤종수가 오를 날만 기다린다. 그러나 이런 기대는 실현될 가능성이 전혀 없다. 큰손자인 종수는 조부의 재력으로 군청 고원으로 들어가게 되었지만, 첩실을 거느리고 살면서 난봉꾼으로 놀아나는 데에 정신이 팔려 있다. 그가 자신의 유흥에 돈이 필요하면 군수가 되기 위한 교제 비용이라고 거짓으로 꾸며 조부로부터 돈을 뜯어다 쓴 것이 벌써 수만 원이다. 그는 돈 때문에 서울에 올라와서 여학교 학생을 오입 상대로 소개한다는 말에 뚜쟁이 집에 들렀다가 그곳에서 여학생으로 꾸미고 들어온 부친 윤창식의 둘째 첩인 기생 옥화와 맞부딪친다. 이와 같은 일들은 경제적인 문제만이 아니라 이미 윤직원의 집안 자체가 가족 윤리의 붕괴와 인륜의 파탄으로 빠져들고 있음을 말해준다. 오직 윤직원만이 아집에 빠져 세상 물정에 어둡고 손자의 방탕을 헤아리지 못할 뿐이다.

윤직원이 장차 경찰서장감으로 기대를 걸고 있는 것이 작은손자 윤종학이다. 동경 유학생으로 법과를 공부 중인 윤종학은 인물도 준수하고 똑똑하다. 윤직원은 이 둘째 손자에게 가문을 이어가도록 하겠노라고 마음속으로 결심하면서, 손자가 법학 공부를 마치고 나서 경찰서장이 되기를 바란다. 일선에서 권력을 쥐고 있는 서장의 위풍이 당당해 보였기 때문이다. 하지만 윤종학도 윤직원의 꿈과는 거리가 멀다. 그는 유학 전에 서울 태생의 양반집 규수와 결혼한 몸이지만 동경에서 서울의 아내에게 이혼을 요구하는 편지를 계속 보내오는 중이다.

> 윤직원 영감은 이마로, 얼굴로 땀이 방울방울 배어 오릅니다.
> "……그런 쳐죽일 놈이, 깎어 죽여두 아깝잖을 놈이! 그놈이 경찰서장 허라닝개루, 생판 사회주의허다가 뎁다 경찰서에 잽혀? 으응……? 오―사 육시를 헐 놈이, 그놈이 그게 어디 당헌 것이라구 지가 사회주의를 히여? 부자놈의 자식이 무엇이 대껴서 부랑당패에 들어?"
> 아무도 숨도 크게 쉬지 못하고, 고개를 떨어뜨리고 섰기 아니면 앉았을 뿐, 윤직원 영감이 잠깐 말을 그치자 방 안은 물을 친 듯이 조용합니다.
> "……오죽이나 좋은 세상이여? 오죽이나……."
> 윤직원 영감은 팔을 부르걷은 주먹으로 방바닥을 땅― 치면서 성난 황소가 영각을 하듯 고함을 지릅니다.
> "화적패가 있더냐아? 부랑당 같은 수령(守令)들이 있더냐……? 재산이

있대야 도적놈의 것이요, 목숨은 파리 목숨 같던 말세년 다 지내가고 오…… 자 부아라, 거리거리 순사요, 골골마다 공명헌 정사(政事), 오죽이나 좋은 세상이여…… 남은 수십만 명 동병(動兵)을 히여서, 우리 조선놈 보호히여 주니, 오죽이나 고마운 세상이여? 으응……? 제 것 지니고 앉아서 편안허게 살 태평세상, 이걸 태평천하라구 허는 것이여, 태평천하……! 그런디 이런 태평천하에 태어난 부자놈의 자식이, 더군다나 왜 지가 떵떵거리구 편안허게 살 것이지, 어찌서 지가 세상 망쳐 놀 부랑당패에 참섭을 헌담 말이여, 으응?'

땅- 방바닥을 치면서 벌떡 일어섭니다.

이 소설의 마지막 장면을 보면 윤직원의 꿈이 완전히 깨어지는 놀라운 소식이 날아든다. 동경 유학 중이던 종학이 사회주의 운동에 가담한 혐의로 경찰에 체포되었다는 전보가 전해진 것이다. 윤직원은 앞으로 경찰서장이 되어야 하는 종학이 일본 경찰이 가장 싫어하는 사회주의 운동에 가담한 것에 경악한다. 일본이 수십만 군대로 조선을 잘 지켜주고 있는 태평세상에 '부자놈의 자식이 떵떵거리며 편안하게 살 것이지 왜 부랑당패에 참섭'하느냐고 땅바닥을 친다. 윤직원의 현실 인식의 편향과 몰지각을 그대로 드러내어 보여주는 이 장면에서 '태평천하'의 이야기는 끝나고 있는 셈이다.

## 3. 계급적 허위의식과 가족 윤리의 파탄

『태평천하』에서 암시되고 있는 주인공 윤직원의 몰락 징후는 그 집안의 가족들이 보여주는 가족 윤리의 붕괴와도 긴밀하게 연결되어 있다. 윤직원은 집안에서 여인네들 속에 둘러싸여 살고 있다. 윤직원 영감의 딸(서울아씨)는 양반 혼인을 하느라고 찢어지게 가난한 집으로 시집을 갔다가 남편이 전차 사고로 죽어 과부가 되어 돌아왔다. 맏며느리 고씨는 남편인 윤창식이 첩을 둘이나 거느리고 마작판과 술집에서만 놀아나고 있는 데다가

30년이 넘는 시집살이 끝에 시어머니인 오씨 부인이 세상을 떠난 후에도 집안 살림을 제대로 물려받지 못하고 있다. 큰손자며느리 박씨는 제법 시조부인 윤직원의 비위를 잘 맞추고 지내지만 남편 윤종수가 시골에서 군서기 노릇하면서 첩 살림을 차리는 바람에 생과부 신세가 되었다. 종학의 처는 일본에서 보내오는 남편의 이혼 요구에 불응하면서도 시조부인 윤직원과는 비교적 원만하다. 이 여인네들은 모두 전통적인 가부장제의 모순에 얽혀 지내고 있는데, 절대로 윤직원의 막무가내식 고집만은 그대로 받아들이는 경우가 없다. 윤직원이 가문을 내세우고 양반을 따지고 있는 동안 그가 거느리고 있는 가족 사이의 불화와 가족 윤리의 붕괴는 집안 전체의 몰락을 예비하고 있다.

미닫이를 타앙 열어젖히고 다가앉는 윤직원 영감은 그러기 전에 벌써 밥 먹던 숟갈은 밥상 귀퉁이에다가 내동댕이를 쳤고요.

"……너, 잘 허넝 건 무엇이냐? 너, 잘 허넝 건 대체 무엇이여? 어디 입이 꽝지리(꽝우리) 구녁 같던, 말 좀 히여 부아라? 말 좀 히여 부아?"

집안이 떠나가게 소리가 큽니다. 몸집이 크니까 소리도 클 거야 당연하지요.

이렇게 되고 보면 고씨야 기다리고 있던 판이니 어련하겠습니까.

"나넌 아무껏두 잘못헌 것 읎어라우! 파리 족통만치두 잘못헌 것 읎어라우! 팔자가 기구히여서 이런 징글징글헌 집우로 시집온 죄밲으넌 아무 죄두 읎어라우! 왜, 걸신허먼 날 못 잡어먹어서 응을거리여? 삼십 년 두구 종질히여 준 보갚음으루 그런대여? 머 내가 살이 이렇게 쪘으닝개루, 소징(素症)이 나서 괴기라두 뜯어 먹을라구? 에이! 지긋지긋히라! 에이 숭악히라."

신사(또는 숙녀)적으로 하는 파인 플레이라 그런지 어쩐지 몰라도, 하나가 말을 하는 동안 하나가 나서서 가로막는 법이 없고, 한바탕 끝이 난 뒤라야 하나가 나서곤 합니다.

"옳다! 참 잘 헌다! 참 잘 히여. 워너니 그게 명색 며누리 체것이 시애비더러 허넌 소리구만? 저두 그래, 메누리 자식을 둘썩이나 읃어다 놓고, 손자 자식이 쉬옘이 나게 생깄으믄서, 그래, 그게 잘 허넌 짓이여?"

"그러닝개루 징손주까지 본 이가 그래, 손자까지 본 메누리년더러 육장 짝 찢을 년이네, 오두가 나서 싸돌아댕기네 허구, 구십을 놀리너만? 그건 잘 허넌 짓이구만? 똥 묻은 개가 저(겨) 묻는 개 나무래지!"

"쌍년이라 헐 수 읎어! 천하 쌍놈, 우리게 판백이 아전 고준평이 딸자식 이, 워너니 그렇지 별수 있겄냐!"

"아이구! 그, 드럽구 칙살스런 양반! 그런 알량헌 양반허구넌 안 바꾸 어…… 양반, 흥……! 양반이 어디 가서 모다 급살맞어 죽구 읎덩갑만…… 대체 은제 적버텀 그렇게 도도헌 양반인고? 읍내 아전덜한티 잽혀가서 볼 기 맞이먼서 소인 살려 줍시사 허던 건 누군고? 그게 양반이여? 그 밑구녁 들칠수룩 구린내만 나너만?"

아무리 아귓심이 세다 해도 본시 남자란 여자의 입심을 못 당하는 법인 데, 가뜩이나 이렇게 맹렬한 육탄(아닌 언탄)을 맞고 보니, 윤직원 영감으 로는 총퇴각이 아니면, 달리 기습(奇襲)이나 게릴라전술을 쓸 수밖엔 별 도리가 없습니다.


윤직원이 며느리 고씨와 부딪치는 앞의 장면을 보면, 윤직원은 며느리 고씨에게 아전의 딸이라고 호통을 치고 고씨는 시아버지인 윤직원에게 더 럽고 알량한 양반이라고 험담을 늘어놓는다. 이것은 윤직원의 양반 놀음 이 허위에 불과하며 이미 이들 가족 사이에는 한 가족으로서의 사랑과 존 경이라든지 도덕적 규범이나 윤리 의식 자체가 존재하지 않는다는 사실을 말해준다. 집안의 어른으로서 윤직원이 보여주는 몰지각한 행동과 이에 대응하는 며느리 고씨의 앙탈은 양반으로서의 체통이나 위신은 말할 것도 없고 인간으로서의 예의와 범절에서도 완전히 벗어난 것임은 물론이다.

윤직원의 위신을 이렇게 추락시킨 것은 그의 끝을 모르는 탐욕과 여색 에 대한 집념이라고 할 수 있다. 윤직원은 본처가 세상을 떠난 후 몇 차례 나 첩실을 새로 맞아들였지만 늙은 윤직원의 돈을 보고 들어온 터라서 모 두가 파탄에 이른다. 윤직원은 자신의 고적한 처지를 거들떠보지도 않는 아들과 며느리들이 모두 야속하다. 그가 현재 흑심을 품고 있는 상대는 열다섯 살에 불과한 동기(童妓) 춘심이다. 윤직원은 춘심이를 말동무 삼아 자기 방에 드나들면서 바깥출입도 거들도록 한다. 그리고 오십 년의 나이 차이가 있는 어린 춘심이를 후려보려는 야욕을 품고 있다. 하지만 증손녀 뻘인 어린것에 눈독을 들이는 것에는 윤직원 스스로도 마음에 걸린다. 늦봄부터 초가을에 이르기까지 윤직원은 이런저런 방법으로 춘심이의 마음을 떠보며 접근한다. 춘심이를 손안에 넣으려는 그의 음흉한 수작은 다음과 같은 대목에서 오히려 실소를 금할 수 없다.

윤직원 영감은 어느결에 다시 집어 문 담뱃대 빨부리로 침이 지르르 흘러내리는 것도 모르고 흐물흐물, 춘심이를 올려다봅니다. 몸이 자꾸만 뒤틀립니다.

"춘심아?"

"내애?"

"너어…… 저어…… 내 말, 들을래?"

"무슨 말을, 요?"

묻기는 물으면서도 생글생글 웃는 게 벌써 눈치는 챈 모양입니다. 윤직원 영감은, 오냐 인제야 옳게 되었느니라고 일단의 자신이 생겼습니다.

"내 말, 들을 티여?"

"아, 무슨 말이세요?"

윤직원 영감은 히죽 한번 더 웃고는 슬며시 팔을 꼬느면서,

"요녀언! 이루 와!"

하고 덥석 허리를 안아 들입니다. 마음 터억 놓고서 그러지요, 시방……

아, 그랬는데 웬걸, 고년이 별안간,

"아이 망칙해라!"

하고 소리를 빽 지르면서 그만 빠져 달아나질 않는다구요.

여섯 번!

윤직원 영감은 진실로 기가 막힙니다. 여섯 번이라니, 아마 성미 급한

젊은놈이었다면 그새 목이라도 몇 번 매고 늘어졌을 것입니다.

　글쎄 요년은, 눈치가 으수하길래 믿은 구석으로 안심을 했던 참인데, 대체 웬일인가 싶어 무색한 중에도 좀 건너다보려니까, 이게 또 이상합니다.

　춘심이를 향한 욕정을 감추지 못한 채 그녀의 환심을 사기 위해 온갖 너스레를 떨며 덤비는 윤직원의 행동은 그 노골적 호색에 대한 비난 이전에 인간적 모멸감을 감출 수가 없다. 춘심이는 윤직원의 꾀임에 빠져들지 않고 그의 손길을 뿌리치면서 말도 듣지 않는다. 속이 타는 윤직원 영감에게 춘심이는 비싼 반지를 사달라고 요구한다. 윤직원은 어린 기생의 청을 흔쾌히 들어 반지까지 사주게 된다.

　하지만 윤직원과 춘심이의 관계도 이미 충격적 파탄을 예비하고 있다. 춘심이는 윤직원의 방을 드나들면서도 밤이면 윤 영감의 증손자인 경손이와 비밀 데이트를 즐기는 중이다. 두 사람은 뒤채의 경손이 방에서 만나기도 하고 밖으로 나돌며 영화 구경도 즐긴다. 그리고 어른들이 하듯 청요릿집에도 찾아간다. 이런 사정을 보면, 결국 춘심이는 경손이와 그의 증조부인 윤직원 사이에 양다리를 걸치고 있는 셈이고 증조부와 경손이가 한 여자를 가운데 두고 서로 경쟁하는 꼴이 된다. 이런 망칙한 패륜의 장면을 보면 결국 윤직원 일가의 몰락은 그 윤리적 타락에서부터 이미 시작되고 있다고 할 것이다.

## 4. 풍자와 비판의 소설적 성과

　『태평천하』의 소설적 성과는 식민지 현실에 빌붙어 재력을 키워온 모리배적 인간형에 대한 부정과 비판을 풍자의 방법을 통해 구체적으로 형상화하고 있는 점이라고 할 수 있다. 이 소설은 식민지 지배의 현실 자체를 외면하고 그 현실에 기생하여 살아가는 상층부의 인간들을 비판한다. 그리고 그 속에서 형성되고 있는 식민지 제도와 그 제도에 의해 규범화되고 있는 왜곡된 삶의 가치를 부정한다. 그리고 이 같은 부정과 비판을 직설적으로 서술하고 있는 것이 아니라 풍자의 방법을 활용하여 더욱 풍부한 서술을 가능하게 한다. 이 작품에서 볼 수 있는 풍자의 수법은 전통적인 판소리의 어조를 현대적으로 재현한 문체에 의해 더욱 빛을 발하고 있다.

『태평천하』에서 그려낸 윤직원 일가의 삶과 그 윤리적 파탄은 왜곡된 가족주의에 의해 감춰지면서 무사태평으로 위장되고 있다. 가문의 존속을 위해 그리고 자신의 재산을 지키기 위해 윤직원은 주로 돈의 힘을 빌리고자 한다. 그가 가문을 지켜야 한다고 내세우는 명분은 사실 돈을 지키기 위한 수단에 지나지 않는다. 윤직원은 가족들의 안전과 재산의 보전을 위해 서울로 올라와버리며, 바로 그 같은 가족주의의 명분에 얽매여 손자가 학업을 마친 후에 권력을 쥔 경찰서장이 되기를 꿈꾸는 것이다. 윤직원은 이타적인 행위를 전혀 보이지 않으며, 가족들도 대부분 방탕한 생활을 한다. 가계를 계승할 것으로 예상했던 손자 윤종학이 사회주의자가 되어 경찰에 체포되었다는 것은 일종의 결말의 아이러니에 해당한다. 가장 기대했던 손자가 윤직원이 가장 혐오하는 사회주의자가 되었기 때문이다. 이 작품에서 손자 윤종학과 같은 이념형 인물의 설정은 완고한 가족주의에 대한 이념적 대응에 해당하는 것이다.

이 소설이 지향하고 있는 풍자 정신의 참뜻은 새로운 사회의 요구를 외면하고 낡은 가치관을 고집하며 기득권을 지키는 일에만 몰두하고 있는 윤직원과 같은 모리배적 인간형에 대한 조소와 비판에 있다. 대상에 대해 부정적 비판적 태도를 일관되게 유지하고 있다는 점에서 아이러니와도 통하지만, 아이러니보다는 날카롭고 노골적인 공격이 두드러지게 드러난다. 특히 윤직원이라는 인간형이 보여주는 허위의식과 도덕적 결함을 폭로하고 비판하는 데 있어 직접적인 공격을 피하고 모욕, 경멸, 조소를 통해 간접적으로 빈정거리거나 유머 수단을 이용한다. 그런 점에서 이 소설의 풍자는 골계의 범주와도 연결되고 있지만 여기서 웃음은 그 비판과 공격의

분석과 해석

과정에서 부수적으로 파생될 뿐이며 그 자체가 목적이라고 할 수는 없다.

실제로 『태평천하』는 그 첫 장면에서부터 결말에 이르기까지 작가가 등장인물의 말과 행동, 생각에 대하여 모든 것을 알고 있는 전지전능한 위치를 확보하면서 작품 외적 화자로서의 위치를 지켜내고 있다. 그는 작중인물들이 제각기 듣고 보고 생각하는 것은 물론이고 아무도 듣거나 보거나 생각하지 못하는 것까지 다 분석하여 그 심층 심리까지 독자에게 제시하기도 한다. 이와 같이 전지적 서술은 작가가 등장인물의 행동과 태도는 물론 그의 내면세계까지도 분석 설명하면서 이야기를 이끌어간다. 그리고 자기 자신의 관점에서 인물의 행동과 심리 상태를 해석하고 평가하기도 한다. 특히 서술의 각도를 자유롭게 이동할 수 있으므로 등장인물의 모습을 다각적으로 관찰하고 묘사해나갈 수 있게 된다.

이러한 서술의 힘은 이야기가 전개되는 순서와 그 테두리에 한정되는 것이지만 이야기의 주제와 작가가 의도하는 수준에 따라 그 속성이 달라진다. 이 작품은 구어체를 활용한 작중화자의 직접적인 진술 방식을 일관되게 채택하고 있다. 바로 이 점이 판소리 사설 투의 연희 전달, 극적 묘사 효과를 드높이는 미학적 요소로 작용한다. 물론 이 작품에서 서술자의 목소리는 사회화된 어떤 의미를 깔고 있는데, 여기서 가장 주목되는 것이 일종의 '웃음'을 수반하는 해학적 특성을 드러낸다는 점이다. 신랄한 비판이라기보다는 비아냥대며 비꼬고 흉보고 조롱하는 듯한 목소리의 경멸적이고 냉소적인 어조가 소설의 전체 이야기를 지배한다. 판소리의 광대가 늘 어놓는 사설조가 연상되는 까닭이 여기에 있다. 호남 지방의 살아 있는 구어가 풍부하게 수용되는 것도 이 점과 연관되며, 화자의 능청스러움이 반어적 풍자 효과를 낳고 있는 것도 이 같은 구어체의 직접적인 진술 방식의 채택과 관계 깊다. 특히 극적 아이러니라는 풍자극의 구조를 활용하여 주인공 윤직원 일가에 일어난 하루 동안의 일상사를 충실하게 재현하고 있는 것은 이 소설의 구성적 특징이라고 할 수 있다.

# 「소설가 구보씨의 일일」의 서사 공간

## 1. 박태원의 소설적 글쓰기

박태원이 문단에 등단하면서 발표한 초기 작품들은 「적멸」(1930), 「수염」(1930), 「피로」(1933), 「오월의 훈풍」(1933), 「소설가 구보씨의 일일」(1934) 등으로 이어진다. 초기 소설을 대표하는 「소설가 구보씨의 일일」은 박태원이 여러 작품에서 실험했던 다양한 기법과 인물과 성격이 모두 함께 통합되면서 이루어낸 하나의 소설적 성과라는 점에서 더욱 주목된다. 이 소설은 1934년 『조선중앙일보』에 연재되는 과정에서부터 그 소설적 감성과 기법이 문단의 관심사로 대두될 만큼 화제를 모았다. 박태원 자신은 이 작품에 대해 '그 제재는 잠시 논외로 두고라도 문체 형식 같은 것에 있어서만도 가히 조선 문학에 새로운 경지를 개척하였다 할 것'(내 예술에 대한 항변)이라고 주장한 바 있다. 자신이 시도했던 새로운 소설 기법에 대한 자부심이 이 말 속에 그대로 드러난다.

박태원의 소설적 글쓰기의 본격적인 출발을 말해주는 단편소설 「적멸」은 소설가인 '나'를 주인공으로 등장시켜놓고 있다. '나'는 작품 원고를 쓰려고 고심하다가 글이 제대로 써지지 않게 되자 집을 나와 종로 네거리를 배회한다. '나'는 카페에 들어갔다가 카페 안에 앉아 있는 꾀죄죄한 몰골의 낡은 레인코트를 입은 사내의 모습에 놀란다. 그의 행색뿐만 아니라 두 눈이 광적으로 빛나고 있다. 그런데 시내를 나돌다가 좀 쉬어가려고 들른 두 번째 카페에서도 '나'는 레인코트 입은 사내를 또 보게 된다. 손님들이 그 사내를 두고 정신병자라고 수군대는 말을 듣는다. 그곳에서 나와 밤거리를 계속 돌아다니던 '나'는 길 옆 카페에서 또 레인코트의 사내를 만난다. 이번에는 사내가 '나'를 아는 체하며 다가온다. '나'는 그 사내를 집으로 데리고 온다. 이 소설은 결국 '나'라는 소설가가 우연하게 만나게 된 레인코트의 사내에 관한 이야기가 그 중심을 이룬다. 일종의 변형된 액자형 서술 구조를 통해 전개되고 있는 이 작품의 이야기는 박태원의 초기 소설에서 등장하는 몇 가지의 중요한 특징을 동시에 드러낸다. 먼저 주목해야 할 것은 이 작품의 이야기가 소설 쓰기의 과정 자체를 소설 속에서 드러내어 보여준다는 점이다. 이러한 소설적 접근법은 다분히 메타소설적 요소로 포장됨으로써 경험적 실체와 허구적 요소의 결합 과정 자체에 독자들의 관심을 집중하게 만든다. 그리고 '나'라는 인물을 통해 보여주는 도시의 산책이라는 특징적인 모티프를 활용하여 도시 공간에서 문제시되는 개인의 삶과 그 모더니티의 문제를 동시에 보여준다. 이러한 요소들은 그의 대표작이 된 「소설가 구보씨의 일일」에서 그 특성을 더욱 구체적으로 확인할 수 있다.

박태원의 단편 「수염」은 소설적 소재 자체가 이색적이다. 이 소설의 중심 소재는 주인공의 코밑에 돋아나는 수염이다. 소설의 주인공은 코밑에 수염을 기르고자 한다. 코밑에 '감숭'하던 놈이 '깜숭'하게 되기까지는 실로 7개월이 걸렸다. 그동안의 노력과 고심과 인내의 결과이다. 이처럼 이 소설은 코밑의 수염을 자라나게 하고 이를 다듬는 사소한 일상사를 그려낸다. 작가는 개인의 일상 가운데에서 별로 의미가 없어 보이는 하잘 것 없는 소재를 통하여 그 새로운 변화의 의미를 집요하게 추구한다. 그리고 바로 그러한 사소한 개인의 일상에서 삶의 의미를 찾아낸다. 여기서 주인공의 콧수염 기르기는 사소한 일상적인 일처럼 보이지만 사실은 남성적 주체와 그 권위의 성립을 의미하는 하나의 상징이 된다. 콧수염이 자라나는 것은 육체적으로 성숙한 남성이 되고 있음을 말해주기 때문이다. 일반적으로 남성은 사춘기에 접어들면서 코밑이 거뭇거뭇해지고 사타구니와 겨드랑이에 털이 나기 시작한다. 윗입술 가장자리에서 거뭇거뭇하게 돋아나기 시작한 털이 코밑 가운데로 퍼지면서 콧수염을 이룬다. 다음에는 귀밑으로부터 턱 아래까지 털이 자라나면서 사나이의 징표인 구레나룻이 된다. 수염은 청년기를 지나면서 완전한 형태를 이루게 되는데, 성인으로서의 남성을 상징하는 징표로 자리 잡게 되는 것이다. 물론 이런 육체적 성장이 주체로서의 자기 존재에 대한 인식과 그 표현으로 읽힐 수 있다는 사실은 주목을 요한다. 더구나 이 소설에서 수염의 속성 자체에 대한 인식이 인간 육체의 물질성에 대한 인식으로 발전할 수도 있다. 수염은 매일 깎아도 빠르게 다시 돋아난다. 그러므로 수염은 육체의 일부이지만 육체의 살아 있는 조직 자체와는 구별된다. 살아 있는 인간의 육체에 죽어버린 조직이 자라난다는 것은 특이한 일이다. 수염은 죽은 조직이므로 아무런 감각이 없으며, 깎아도 아프지 않고, 별다른 지장을 초래하지 않는다. 그러나 곧 다시 자란다. 죽어도 다시 생식하는 육체의 조직, 살아 있는 것과 죽어버린 것의 경계를 넘나드는 특이한 물질성을 드러내는 것이 바로 수염이다. 박태원의 첫 소설의 소재에서 발견하게 되는 이러한 문제성은 그의 소설적 인식이나 사물에 대한 접근 태도가 기존의 작가들과는 확연하게 구별되는 특징을 지니고 있다는 점을 말해준다. 특히 일상의 새로운 발견이라고 할 수 있는 그의 소설 작업이 한국 근대소설의 대전환을 예비하고 있었다는 사실은 간과할 수 없는 일이다.

단편소설 「피로」의 주인공인 '나'는 글을 쓰는 작가이다. '나'는 다방 한 구석 탁자에서 글을 쓴다. 그러나 좀처럼 글 쓰는 속도가 나지 않는다. '나'는 가끔 고개를 들어 창문을 바라보기도 하고 다방 안의 풍경에 눈을 돌리

분석과 해석

기도 한다. 오후 두 시에 커피와 토스트를 먹고 다시 두 시간 후에 레몬 티를 마신 후 원고지에 다시 글을 쓰려 하지만 옆 좌석의 청년들이 문학에 대해 열변을 토하는 소리에 그만 아무것도 쓰지 못한다. '나'는 다방을 나와서는 신문사를 찾아가지만 자신이 만나려고 하는 편집국장을 보지 못한 채 거리로 나선다. 소설의 마지막 장면은 다시 다방 안이다. '나'는 오늘 하루도 미완성한 작품을 언제 탈고하나 걱정하다가 선하품을 하며 자신이 걸어온 길을 더듬어본다. 「피로」는 「적멸」의 경우와 마찬가지로 소설이라는 형식을 통해 소설 쓰기의 어려움을 메타적으로 제시한다. 이 소설은 소설 쓰기의 과정 자체를 통해 소설 텍스트 내부의 세계를 반영하는 데에 더 큰 관심을 보여준다. 이것은 작가 자신이 소설을 통해 현실 세계를 전체적으로 반영한다든지, 소설을 통해 삶의 실재성을 추구한다든지 하는 리얼리즘의 방법과는 거리를 두고 있음을 말해준다. 이와 같은 메타적 글쓰기의 방식과 자기 반영적 속성은 「소설가 구보씨의 일일」의 서사적 특성으로 확장되고 있다.

## 2. 「소설가 구보씨의 일일」과 근대 도시 경성의 풍물

「소설가 구보씨의 일일」은 1930년대에 등장하게 되는 이른바 도시문학의 전형에 해당한다. 박태원에 이르러서야 한국 근대소설이 도시적 풍물을 소설적 무대로 구체화시킬 수 있게 되었다고 평가할 수 있다. 박태원은 이 작품에서 도시적 공간이라는 소설적 무대장치를 통해 경성이라는 도시의 변화와 새로운 도시 생활의 면모를 그려내면서 그 다양한 문화의 변주를 제시하고자 한다.

「소설가 구보씨의 일일」에서 주인공 구보가 집을 나와 배회하고 있는 공간은 경성이라는 도시이다. 일본은 조선을 지배하면서 조선 왕조의 도읍으로 그 전통을 지켜 내려온 한양을 경성이라는 식민지의 중심 도시로 재편하기 시작한다. 여기저기 도성을 허물고 새롭게 전차 노선을 깔고 도로를 확장하였고, 왕조의 역사를 말해주던 창경궁을 파괴하고 그 자리에 동물원을 만들어 놀이터로 전락시킨다. 광화문을 헐어내고 위압적인 조선총독부의 건물을 경복궁 근정전 바로 앞에 세워놓는다. 중심 도로변에는 이곳저곳 고층 빌딩이 들어서고 자동차가 달린다. 이와 같은 새로운 풍물의 경성이라는 도시 속에서 소설의 주인공이 거리로 나와 먼저 보여준 것은 당대 최고의 백화점이었던 화신상회였다. 종로에서 경성의 도심을 이어 달리는 전차를 올라탄 주인공은 동대문을 거쳐 을지로로 이어지는 도심의 변화가를 돌면서 변화하고 있는 경성이라는 도회의 전체적인 모습을 그려내고 있다. 소공동의 조선은행도 보여주고 다방에도 들어간다. 경성역 삼등대합실에서는 중학 시절 동창생이 멋진 여성과 동행인 것을 보고 물질에 약한 여자의 허영심을 생각한다. 또 다방에서 만난 시인이며 사회부 기자인 친구가 돈 때문에 매일 살인강도와 방화범의 기사를 써야 한다는 사실에 불편해하면서, 즐겁게 차를 마시는 연인들을 바라보면서 질투와 고독을 동시에 느낀다. 다방을 나온 주인공은 동경에서 있었던 옛사랑을 추억하며 자신의 용기 없는 약한 기질로 인해 여자를 불행하게 만들었다는 죄책감을 느낀다. 또 전보 배달의 자동차가 큰길을 빠르게 지나가는 것을 보며 오랜 벗에게서 한 장의 편지를 받고 싶다는 생각에 젖는다. 그가 마지막으로 들른 곳은 여급이 있는 종로 술집이다. 그곳에서 친구와 술을 마시며 세상 사람들을 모두 정신병자로 간주하고 싶은 충동을 느끼기도 하고, 하얀 소복을 입은 아낙이 카페 창 옆에 붙은 '여급대모집'에 대하여 물어오던 일을 기억하며 가난에서 오는 불행에 대하여 생각한다. 오전 2시의 종로 네거리, 구보는 제 자신의 행복보다 어머니의 행복을 생각하고 이제는 생활도 갖고 창작도 하리라 다짐하며 집으로 향한다.

박태원은 「소설가 구보씨의 일일」에서 시도하고 있는 자신의 소설 창작 방법을 고현학(考現學)이라고 말한 바 있다. '모더놀로지(modernology)'라고

분석과 해석

도 명명되었던 이 새로운 방법은 문학의 기법이 아니다. 1920년대 중반 일본에서 곤 와지로(今和次郎, 1888~1973), 요시다 겐키치(吉田謙吉, 1897~1982) 등이 주창한 당대의 사회 현실과 생활 방식 등에 대한 새로운 조사 연구 방법이다. 이 두 사람이 펴낸 『고현학(考現學)』(1930)이라는 책을 보면, 현대사회의 다양한 현상을 이해하기 위해 풍속과 세태, 주거와 복식 등을 생활 공간 속에서 직접 면밀하게 조사 탐구하는 새로운 방법을 '고현학'이라고 했다. 일본의 관동대지진 이후 이 새로운 방법이 문화인류학이나 도시 환경에 대한 연구 등에서 한때 붐을 이루기도 하였다. 박태원은 이 용어를 그대로 차용하여 자신의 소설 쓰기가 바로 도시인의 현대적 생활을 면밀하게 조사 탐구하는 작업이라고 규정한 셈이다. 박태원은 '고현학'의 방법을 자신의 새로운 소설 기법으로 내세우면서 그의 중편소설 「소설가 구보씨의 일일」을 통해 이를 구체적으로 실험하고 있다.

「소설가 구보씨의 일일」은 주인공 구보의 산책을 통해 식민지 상황 속에서 근대화된 경성이라는 도시 공간에서 이루어지고 있는 새로운 삶의 방식과 세태 풍속을 속속들이 드러내어 보여주고 있다. 이 소설의 서두에 등장하고 있는 백화점이란 산업 생산품이 한곳으로 집결되어 상품으로 소비되는 근대적인 소비문화의 상징 공간이다. 백화점 '화신상회'의 등장은 일본 제국이 강요하고 있는 식민지에서의 근대적 자본주의의 확대와 함께 새로운 소비문화의 확산 방식을 그대로 말해준다. 이 장면을 두고 상품의 현혹과 그 단순한 쾌락주의를 어떤 사회 윤리적 기준을 내세워 재단한다는 것은 간단한 일이 아니다. 하지만 식민지 시대 경성의 도심에 등장한 백화점이 제국 일본의 산업문명의 산물들이 식민지 공간에서 선전되고 소비되는 공간으로 자리하게 되었다는 사실은 부인할 수 없는 일이다. 주인공 구보는 전차에 올라타고는 경성의 도심을 한 바퀴 돌아본다. 도로 위로 달리는 전차와 버스, 택시와 트럭은 부산한 도회 풍경에서 빼놓을 수 없는 요소들이다. 도심을 가로지르며 돌아가는 전차는 식민지 지배 아래 근대

도시로 성장한 경성의 새로운 풍물이다. 그리고 이 전차는 남대문역으로 이어지면서 전국으로 갈라지는 철도와 만난다.

「소설가 구보씨의 일일」에서 주인공 구보가 여러 차례 들렀던 곳은 거리 골목에 여기저기 들어서 있는 다방과 카페이다. 새롭게 등장한 다방과 카페는 경성이라는 도시 공간에 유흥과 퇴폐가 동시에 스며들 수 있는 여흥의 공간으로 인식된다. 이 안에 널려 있는 외국산 커피, 홍차, 코코아, 칼피스 등의 고급 음료와 위스키, 맥주 등의 술은 1930년대 경성이라는 도회에 유흥의 소비문화가 이미 흘러넘치고 있음을 보여준다. 「소설가 구보씨의 일일」에서는 일상의 삶에 시달리며 힘겹게 살아가는 사람들과 허황된 물질적인 욕망에 사로잡혀 날뛰고 있는 사람들로 넘쳐나는 경성이라는 도시의 세태를 '황금광시대'라고 규정하고 있다.

황금광시대(黃金狂時代) –
　저도 모를 사이에 구보의 입술을 무거운 한숨이 새어 나왔다. 황금을 찾아, 황금을 찾아, 그것도 역시 숨김 없는 인생의, 분명히, 일면이다. 그것은 적어도, 한 손에 단장(短杖)과 또 한 손에 공책을 들고, 목적 없이 거리로 나온 자기보다는 좀 더 진실한 인생이었을지도 모른다. 시내에 산재한 무수한 광무소(鑛務所). 인지대 백 원. 열람비 오 원. 수수료 십 원. 지도대(地圖代) 십팔 전…… 출원 등록된 광구, 조선 전토(全土)의 칠 할. 시시각각으로 사람들은 졸부(猝富)가 되고, 또 몰락하여 갔다. 황금광시대. 그들 중에는 평론가와 시인, 이러한 문인들조차 끼여 있었다. 구보는 일찍이 창작을 위하여 그의 벗의 광산에 가보고 싶다 생각하였다. 사람들의 사행심(射倖心), 황금의 매력, 그러한 것들을 구보는 보고, 느끼고, 하고 싶었다. 그러나, 고도의 금광열은, 오히려, 총독부 청사, 동측 최고층, 광무과(鑛務課) 열람실에서 볼 수 있었다…….

이러한 서술 내용을 보면 박태원이 「소설가 구보씨의 일일」에서 그려내고 있는 근대 도시 경성의 풍물은 그 화려한 외관이 아니라 인간의 삶 자

　　　　　　　　　　　　　　　　　　　　　　　분석과 해석

체가 황폐화하고 있는 어두운 그림자라는 것을 알 수 있다.

## 3. 도시적 삶과 일상의 문제

「소설가 구보씨의 일일」은 초기의 단편소설에서 박태원이 시도했던 모든 기법과 관점을 통합하고 확대한다. 일상의 새로운 발견을 강조했던 「수염」의 관점은 「소설가 구보씨의 일일」에서 그대로 이어진다. 소설 쓰기의 어려움을 통해 제작으로서의 소설이라는 본질적인 문제까지 제시하고자 했던 「적멸」과 「피로」 속의 '나'의 행동과 그 의식의 내면세계는 그대로 「소설가 구보씨의 일일」의 주인공 '구보'를 통해 다시 재현되면서 그 구체적 형상성을 획득하게 된다. 일상적인 삶에서의 행복에 관한 주인공의 문제의식은 소설 「오월의 훈풍」의 모티프를 확장해가는 과정에서 자연스럽게 발전하고 있다. 그러므로 「소설가 구보씨의 일일」은 박태원의 초기 소설 세계의 정점에 자리하고 있는 것이다.

박태원의 「소설가 구보씨의 일일」이 도시적 시정(市井)의 삶에서 발견해내고 있는 것은 인간 세태와 풍물만은 아니다. 여기에는 인간 존재에 대한 새로운 서사적 질문법도 포함되어 있다. 이 소설의 이야기에서 주목되는 것은 주인공의 하루 일과를 그리고 있는 점이다. 이 작품에서 그려내고 있는 하루라는 제약된 시간은 일반적인 시간의 보편적 속성과는 관계없이 등장인물의 사적 체험 속에서 재구성된 실제적 경험의 시간이다. 그런데 이 시간은 비록 제한된 하루 동안이라고 하더라도 일상적으로 반복되며 순환된다. 이 순환적 시간은 이야기의 시작과 결말을 자연스럽게 매듭지으면서 그 순환성의 특징을 강조한다. 일상은 애당초부터 반복적으로 되풀이된다. 그러므로 일상의 시작과 끝은 서로 맞물려 있다. 모든 일상은 시작되는 자리에서 끝이 나고, 끝이 나는 자리에서 다시 시작된다. 인간의 모든 행동이나 일상의 제반사가 다 순환적으로 반복된다는 생각은 인간의 삶과 역사가 무한한 가능성을 향하여 발전해간다는 생각과는 그 성질이 전혀 다르다. 이 같은 소설에서 이야기의 줄거리를 따지는 일은 더 이상 의미가 없다. 어떤 행위의 연속을 통해 구체화되고 발전하는 사건이라는 것이 존재하지 않기 때문이다.

이 소설에서 그려지는 하루 동안이라는 제약된 시간은 도시적인 현대인의 삶의 전부에 해당한다. 소설의 주인공은 도회의 공간을 배회하면서 흘러간 기억들을 하루라는 시간 속에 주입시킨다. 이러한 방법을 통해 하루 동안이라는 제약된 시간이 소설에서 특별한 현재를 구성하고 있는 셈이다. 여기서 시간은 마치 정신이 시간을 경험하는 것처럼 지연되기도 하고 즉각적으로 이동하거나 도약하기도 한다. 이 과정에서 인물의 기억과 욕망이 극적으로 제시되고 외형화하여 무의식의 세계와 겹친다. 실제로 이 소설에서 이야기의 표면에 펼쳐진 일상성의 의미는 주인공의 자의식과 대비됨으로써 더욱 두드러지게 드러난다. 그는 주변의 생활이나 다른 인물들과 아무런 관계를 맺지 않고 도시 공간을 방황한다. 그는 혼자 생각하며 혼자 걷고 혼자서 이야기할 뿐이다. 그러므로 이 소설은 도회의 공간을 떠도는 인물을 그리고 있으면서도, 그 내면화된 의식의 공간을 더욱 치밀하게 묘사하고 있는 셈이다.

「소설가 구보씨의 일일」에서 '구보'라는 주인공은 계급적인 이념이나 사회적 의식을 집단적으로 대변하는 사회화된 인물이 아니다. 이 쓸쓸한 도회의 산책자는 사회적인 현실과 단절된 상태로 개체화되어 있다. 그에게서 인간으로서의 존재 의미를 확인할 수 있는 것은 오직 그 자신의 내면 의식뿐이다. 그렇기 때문에 이 소설에서 서사의 흐름을 주도하는 것은 행동이 아니라 주인공의 의식이라고 말할 수도 있다. 주인공의 의식 속에서 일어나고 있는 갖가지 상념들과 단편적인 사고들이 밑도 끝도 없이 전개된다. 주인공은 소설 속에서 공간적 이동에 따라 몇 차례 다른 인물과 조우하지만 그 만남이 이야기의 새로운 단서로 발전하지 않는다. 주인공의

분석과 해석

의식 속에서 표출되는 온갖 사념들도 경험적 현실과 연관된 어떤 의미 관계를 형성하는 것처럼 보이지 않는다. 그것들은 도막 난 조각 맞추기 그림처럼 복잡하게 헝클어져 있을 뿐이다.

「소설가 구보씨의 일일」에는 플롯에 해당하는 사건과 행위의 개념이 나타나 있지 않다. 주인공이 아침에 집을 나와 도시의 구석구석을 배회하다가 저녁에 다시 집으로 돌아오는 하루 동안의 일상적인 생활 공간이 소설 속에 펼쳐진다. 그런데 소설 속의 모든 이야기는 마치 작가 자신이 직접적으로 경험하고 있는 일들, 눈앞에서 벌어지고 있는 일들처럼 그려진다. 잘 짜여진 하나의 스토리가 존재하는 것이 아니라 지금 눈앞에서 그 일이 일어나고 있는 것을 보여준다는 식으로 이야기를 만들어놓고 있는 것이다. 물론 통일적인 하나의 시점을 일관되게 보여준다기보다는 서술의 각도가 뒤틀리기도 하고 그 거리가 제대로 지켜지지 않는 경우도 많다. 모든 삽화들은 일련의 이야기를 위해 통합되거나 연쇄되는 것이 아니라 서로 대립되거나 갈등하거나 전혀 무관한 일종의 불연속성을 드러낸다. 이러한 해체 방식에 따라 옮겨지는 시점의 이동은 시간의 경과와 공간의 변화 상황의 발전 등을 모두 하나의 공간 속으로 끌어들인다. 소설 속의 모든 삽화는 그 종속적 배치보다는 그 병렬적 나열이 더 강조된다. 부분적인 삽화의 상호 이질성과 모티프의 불연속성은 때로는 시간적 순서의 가역성으로 치닫기도 하고 서사의 공간을 비약한다. 여기서 얻어지는 효과는 흔히 영화의 장면에서 볼 수 있는 '장면의 겹침'과 유사하다. 이것은 동시성의 감각을 고려한 일종의 초현실주의적 상상력에 기반하는 것이라고 할 수 있다.

박태원이 이 소설에서 활용되고 있는 서사 기법은 대상으로서의 삶을 바라보는 인식의 방법이며, 소설의 이야기 방식을 새로이 정립해보고자 하는 노력이다. 이른바 '의식의 흐름'이라는 심리주의적 소설 기법을 박태원이 이 소설에서 시험하고 있는 것은 개인 의식의 내면적 공간을 확대하기 위한 방법의 천착으로 이해할 수 있다. 인간의 존재와 그 삶의 양상이 현실적인 공간 위에서만 의미 있게 규정되는 것이 아니라, 내면 의식의 흐름 속에서 보다 본질적인 것으로 자리 잡는다는 것이 이 소설의 핵심이다.

## 4. 메타적 글쓰기 혹은 서사적 자기 반영

「소설가 구보씨의 일일」은 소설 속에서의 소설 쓰기라는 메타적 방식을 통해 새로운 서사의 미학을 확립한다. 여기서 '메타적'이라는 말은 단순히 메타언어적인 것을 뜻하지 않는다. 이것은 소설의 이야기 자체에서 드러나는 일종의 자기 반영성을 말하기 때문이다. 이를 달리 설명한다면 소설을 통해 소설 텍스트 내부의 세계를 반영하는 것이라고 말할 수 있다. 소설을 통해 현실 세계를 전체적으로 반영한다든지, 소설을 통해 삶의 실재성을 추구한다든지 하는 리얼리즘적 관점은 이러한 소설적 기법과는 거리가 멀다. 이 작품에서 드러나고 있는 메타적 글쓰기는 서사의 속성 자체를 지배하게 됨으로써 '메타픽션'으로서의 의미를 강화하게 된다. 이 소설에서 작가가 시도하고 있는 메타적 글쓰기는 허구적인 서사의 내부 세계와 외부 세계 사이의 관련성을 탐색하기 위한 하나의 기법에 해당한다. 이 소설은 서사 내적 공간에서 이야기가 만들어지는 과정을 그대로 따라서 진술하는 방식을 취함으로써 창작의 과정과 그에 대한 비평의 차이를 없애버린다. 그러므로 사실주의 소설이 신봉해온 조직화된 플롯, 의미 있는 역할을 하는 개성적인 인물 등과 같은 규범적인 요건이 더 이상 서사 내에 존재하지 않는다는 사실을 보여준다. 이야기 내에 등장하는 모든 요소들은 경험적 요소와 긴밀하게 관련되는 것처럼 서술되고는 있지만 실상은 그것들은 모두 가공된 것에 지나지 않는다. 이러한 글쓰기 방식은 소설의 세계라는 것이 어떤 구조에 서로 얽혀 있는 상호 의존적인 기호 체계라는 점을 인식시켜준다. 여기서 허구적 산물로서의 작품이 지니게 되는 미적 자율성의 근거를 확인할 수 있게 된다.

「소설가 구보씨의 일일」에서 보여주고 있는 메타소설의 기법은 현실 세계의 리얼리티 자체가 근본적인 회의에 봉착해 있던 상황에서 먼저 자기 반영성의 원리를 통해 개인의 소외 현상과 파멸의 과정을 추적한다. 이것은 도덕적으로 무책임하고 퇴폐적인 것이 아니라 오히려 바로 그러한 경향을 보이고 있는 현실을 해체한다는 점에서 하나의 역설적 요소를 담고 있다. 실제로 이 소설에는 '구보'라는 작가가 서사 내적 인물로 등장함으로써 경험적 현실과 허구적 공간을 서사적으로 결합시킨다. 물론 여기서의 경험적 또는 자전적 요소는 역사적 상황을 입증하기 위해 서술되는 것은 아니다. 이것은 존재론적인 차원에서 전혀 별개의 논의를 가능하게 한다. 메타적 글쓰기에서 텍스트 내에 등장하는 작가는 텍스트 속에 등장하는 순간 그 실재성의 의미를 상실하며, 그 실재성 자체가 의문시될 수밖에 없다. 그것은 텍스트의 언어에 의해 만들어지는 것이기 때문이다.

「소설가 구보씨의 일일」은 소설 쓰기라는 주인공의 상상적인 창조적 활동을 일상성의 공간 속에 해체시켜 보여준다. 주인공은 한 권의 노트를 손에 들고 도시의 이곳저곳을 떠돌면서 우연히 부딪치게 되는 주변 세계의 사실들을 기록한다. 새로 쓰려는 행복이라는 소설적 주제를 구상하기 위해서다. 주인공은 현실 생활에서 무기력과 상실감에 빠져 있지만 일상의 삶에서 행복과 기쁨이라는 것이 어떤 것인가를 끈질기게 질문하면서 자신의 소설 쓰기에 매달린다. 이와 같은 설정 자체는 소설이라는 것이 미지의 삶에 대한 탐구이면서 동시에 삶의 세계에 대한 새로운 접근법임을 말해주는 것이다. 그는 그냥 떠돌듯이 도회를 헤매면서 모두 순간마다 그의 눈에 비춰진 경성의 공간과는 다른 자신의 내면 의식을 따라간다. 독자들은 이 소설 속에서 주인공의 산책을 따라 하나의 소설이 어렴풋하게 만들어지는 과정 속으로 빠져들게 된다.

「소설가 구보씨의 일일」에서 작가는 도시의 세대와 풍물을 서사의 전경에 배치하면서 궁극적으로 새로운 삶의 창조와 그 과정 자체의 어려움을 말해주고 있다. 문학과 예술의 창조활동은 상상력이라는 이름으로 감싸져서 그 과정 자체가 신비화되는 것이 보통이다. 하지만 이 작품의 경우 그 주제의 무게나 소재의 문제성 등과는 별도로 소설 쓰기의 과정 그 자체를 관심의 대상으로 삼고 있다. 소설 쓰기의 창조적 과정을 일상적 생활에 그대로 펼쳐 보이고 있는 이 같은 태도는 자기 지시적인 관점을 보여준다는 점에서 문학에 대한 인식의 전환을 의미하는 것임에 틀림없다. 이처럼 「소설가 구보씨의 일일」은 자기 반영적인 속성으로 인하여 텍스트 밖의 세계보다는 오히려 텍스트 안에서 이루어지는 내적인 매커니즘으로 독자들의 관심을 유도하고 있는 셈이다.

## 5. 모더니즘 소설의 성과

「소설가 구보씨의 일일」은 1930년대 한국 근대소설의 경향과 그 수준을 동시에 포괄할 수 있는 의미를 지닌다. 그의 출세작이라고 할 수 있는 이 소설은 일상적인 현실 속의 삶에서 개인 의식의 추이를 다양한 서술 기법을 통해 포착하고 있다. 그렇기 때문에 등장인물은 집단적인 계급의식에 얽매이기보다는 개별화된 상태로 나타난다. 당시 계급문단의 소설들이 대개 집단 의식의 소설적 구현을 위해 소영웅적인 인물로 치장하고 있었던 점을 생각한다면, 이 소설의 주인공이 왜소한 일상인의 모습으로 현실의 공간에 배치되어 있다는 것은 당시의 계급소설들과 확연히 구별되는 특징이라고 할 것이다.

박태원은 등단 직후부터 주로 도시를 배경으로 개인의 일상을 그려내고 있다. 박태원의 소설이 도회적인 것을 배경으로 삼고 있다는 점은 이 시기에 이르러서야 한국 소설이 도시적 풍물을 소설적 무대로 구체화시킬 수 있게 되었음을 뜻한다. 도시적 공간이라는 소설적 장치는 그의 소설에서 단순한 배경적 요건으로 활용되고 있는 것만은 아니다. 도시의 확대와 각

114

종 새로운 직업의 등장, 도시의 가정과 가족의 해체, 물질주의적 가치관의 팽배 현상, 환락과 고통의 변주, 소외된 개인과 반복되는 일상 등과 같은 모든 것들이 1930년대 도시 생활의 변모와 함께 그 다양한 분화를 보여준다.

「소설가 구보씨의 일일」은 평범한 일상적인 이야기에 머물고 있는 듯한 느낌을 주기도 하지만, 개체화된 인간들의 삶을 통해 도시의 속성에서 문제시되고 있는 개인적 삶의 문제를 자연스럽게 표출하고 있다. 여기에는 인간 존재에 대한 새로운 서사적 질문법도 포함되어 있다. 경향소설 이후 개인과 사회 현실의 총체적인 관계의 파악을 위해 주력해온 소설적인 특성을 생각할 때, 이 소설은 개별적인 국면의 제시를 통해 개체화된 인간의 모습을 투영해봄으로써 삶에 대한 새로운 접근을 보여주고 있는 셈이다. 이러한 특성은 리얼리즘의 문학을 문제 삼는 비평가들에게 성격과 환경, 즉 개인과 사회의 분열로 치닫는 소설의 위기로 인식되기도 하였지만, 삶에 대한 인식의 방법과 태도가 새로운 전환을 드러내는 징후로 인정될 수 있을 것이다.

「소설가 구보씨의 일일」에서 활용하고 있는 서사 기법은 대상에 대한 인식의 새로운 방법이며, 소설의 장르적 규범을 새로이 정립해보고자 하는 노력이다. 이른바 '의식의 흐름'이라는 초현실주의적 소설 기법을 박태원이 자신의 소설에서 시험하고 있는 것은 개인 의식의 내면적 공간을 확대하기 위한 방법의 천착으로 이해할 수 있다. 인간의 존재와 그 삶의 양상이 현실적인 공간 위에서만 의미 있게 규정되는 것이 아니라, 내면 의식의 흐름 속에서 보다 본질적인 것으로 자리 잡는다는 것이 박태원의 인식 방법이다. '장면화'의 방법은 소설의 국면을 이야기를 통해 들려주기보다는 현장성의 극적 표출을 통해 보여주기 위한 것이다. 사소한 일상의 일들을 소설에 끌어들이고 있지만, 이것을 이야기화하지 않는다. 모든 것들은 이 소설 속에서 하나하나의 장면으로 제시되며 공간적으로 배치된다. 사건의 시간적인 진행이나 인과적인 해결을 목표로 하지 않고, 그 상황 자체의 제시에 집중하는 셈이다. 이 같은 소설적 기법은 서사성의 원칙에 의거하는 소설의 이야기를 해체하고 있지만, 소설의 세계에서 공간성을 확보해보고자 하는 노력으로 설명될 수도 있다. 이 소설의 언어는 이야기를 말해주기 위한 수단이라기보다는 '보여주기'를 위한 수단이며, 그만큼 상황적 구체성에 집착한다. 그러므로 대화의 생동감 있는 실현, 묘사의 직접성과 장면의 현재화에 일정한 성과를 드러내고 있다.

「소설가 구보씨의 일일」은 모더니즘의 기법과 정신이라는 새로운 소설적 경향을 그대로 대변하고 있다. 이 소설이 이념성을 배제하고 기법적인 면에서 새로운 변혁을 시도하고 있는 것은 인간의 삶에 대한 해석의 새로움과 다를 바가 없다. 박태원은 삶을 고정된 이념의 구현으로 보는 것에 반대하며, 소설이 그 같은 기정사실화된 삶을 이야기하는 데에도 반대한다. 이러한 소설 작업은 미지의 삶에 대한 탐구이며, 새로운 삶의 세계에 대한 접근이다. 이 소설 속에 등장하는 인물은 운명의 필연성에 얽매이지도 않으며, 주어진 이념에 복종하지도 않는다. 독자들은 이 소설 속에서 바로 이러한 개체화된 주인공을 만나는 것이며, 이 주인공이 스스로 내보이는 행위를 통해 자연스럽게 삶의 과정에 동참하게 되는 것이다.

박태원의 소설적 글쓰기는 1941년 장편소설 『여인성장』을 발표한 후에 잠정적인 중단 상태에 빠져든다. 그는 일제 식민지 시대 말기 암흑의 상황을 중국 소설 『삼국지』 등의 번역 작업으로 메우며 해방을 맞이하고 있다. 1930년대 소설 문단에서 가장 진보적인 모더니스트였던 그가 해방 공간이라는 이념의 개방 지대에서 새로이 인식한 것은 역사 발전에 대한 전망이며, 새로운 민족국가의 건설에 대한 욕구였다고 할 수 있다. 그는 좌익 문학 단체인 조선문학가동맹에 가담하여 중앙집행위원을 역임하였지만, 「춘보(春甫)」, 「태평성대」를 비롯하여 장편 『임진왜란』, 『군상(群像)』 등의 역사소설을 잇달아 발표하면서 자신의 소설적 체질 자체를 새롭게 전환하고

분석과 해석

있다. 그는 1950년 한국전쟁 당시 월북하였으며, 자신이 추구했던 이념과 가치를 바탕으로 역사소설『계명산천은 밝아오느냐』를 집필하였고, 장편소설『갑오농민전쟁』을 내놓았다.

박태원의 소설 창작의 전환과 새로운 이념 선택은 좌우 문단의 대립과 갈등, 한국전쟁과 남북 분단이라는 역사적 상황의 격변을 거치면서 문제적 상태를 벗어날 수 없도록 만들기도 한다. 조선문학가동맹에 대한 소극적인 태도, 정치적 혼란에 대한 실망, 자신의 문학이 부딪치고 있는 상황에 대한 좌절이 거듭되는 동안에도 그는 가장 치열하게 소설적 글쓰기에 매달렸던 작가였다. 하지만 그는 한국전쟁의 혼란 속에서 월북을 선택한다. 그리고 해방 공간에 미완의 상태로 남겨졌던 자신의 역사소설의 대하적 구상을 완결했던 것이다. 이러한 그의 소설 작업이 북한 문학의 한 부분을 차지하고 있다는 것은 부인할 수 없는 사실이다.

# 「동해」와 메타픽션의 방법

## 1.「동해」가 제기하는 문제들

단편소설 「동해(童骸)」는 이상(李箱)이 일본 도쿄에 체류하고 있었던 1937년 2월 월간 종합잡지 『조광』에 발표했다. 이 작품은 그 제목에서부터 서사의 내용과 구성에 이르기까지 텍스트의 난해성이 문제시되어왔다. 이상 자신은 김기림에게 보낸 사신[1]에서 "朝光 二月號의 「童骸」라는 拙作 보았소? 보았다면 게서 더 큰 不幸이 없겠소. 등에서 땀이 펑펑 쏟아질 劣作이오. 다시 ヤリナオシ를 할 作定이오. 그리기 爲해서는 當分間 作品을 쓸 수 없을 것이오. 그야 「童骸」도 昨年 六月 七月 頃에 쓴 것이오. 그것을 가지고 지금의 나를 忖度하지 말기 바라오."라고 언급한 바 있다. 여기서 주목되는 것은 이 작품의 창작 시기가 이상이 도쿄로 떠나기 직전 1936년 여름이었음을 밝힌 부분이다. 소설 「동해」의 서사 공간을 이해하는 데에 이 시기가 중요한 단서를 제공한다.

이 작품에서 이야기의 중심에 자리하고 있는 '나'라는 인물은 작중화자이지만 동시에 스스로 작가인 이상 자신을 위장하고 있다. '나'의 상대역

---

1 이상, 「사신 7」, 권영민 편, 『이상 전집 4』, 태학사, 2013, 332쪽.

분석과 해석

은 '임(姙)'이라는 여인이다. 이 여인은 '나'의 친구인 '윤(尹)'이라는 사내와 살고 있는 유부녀다. 그런데 그녀가 어느 날 남편과 다툰 후 가방을 싸들고 '나'를 찾아온다. 더 이상 '윤'과 살 수 없어서 집을 나왔다는 것이다. 그리고 엉뚱하게도 남편의 친구인 '나'와 한번 살아보겠다고 덤빈다. '나'는 어이가 없지만 친구의 아내인 '임'을 내치지 않는다. 그날 밤 '나'는 그녀의 반응을 떠보면서 그녀가 친구인 '윤' 이전에 여러 남자를 두루 거친 경험을 가졌다는 사실을 확인하고는 함께 밤을 지낸다. 다음 날 아침에 '임'은 제법 '나'의 아내처럼 '나'의 손톱을 깎아주고 아침 식사 준비도 하게 된다. '나'는 전에 '임'이 '윤'의 사무실에 이른 아침부터 찾아와 앉아 있던 모습을 떠올리면서 두 남녀의 사이에 끼어든 자신의 입장을 놓고 스스로 어떻게 처신해야 할 것인지를 고심한다. 하지만 '나'는 '임'의 여성스러움에 빠져든다.

아침 식사를 마친 후에 '나'는 '임'을 데리고 거리로 나선다. 두 사람은 기념품 가게에 들러서는 'DOUGHTY DOG'이라는 장난감 강아지를 하나 산다. 그리고 '윤'의 집으로 찾아간다. 그런데 자기 아내를 데리고 나타난 '나'를 보고 친구인 '윤'은 의연하다. 더구나 '임'은 언제 그랬느냐는 듯이 얼른 자기 남편 '윤'의 곁에 바짝 붙는다. '나'는 아침에만 해도 자기 밥상을 챙기던 '임'이 아무런 표정 변화도 없이 헤어졌다던 남편 곁에 다가서는 모습에 질린다. '윤'은 주머니에서 돈 10원을 꺼내어 '나'에게 건네주며 한잔하라고 권하면서 자기 아내를 데리고 가버린다. 결국 '나'는 자신이 얼마나 '임'이라는 여인을 잘못 이해하고 있었는지를 후회하면서 단성사 영화관에서 상영하고 있는 '만춘'이라는 영화를 구경한다. 이 소설의 결말은 영화 〈만춘〉의 스토리와 겹치면서 그 코믹한 상황을 마감한다.

소설 「동해」는 친구 아내의 부정(不貞)이라는 특이한 소재를 중심으로 하고 있다. 그 텍스트 자체도 서사의 진행 과정이 단순하지 않다. 그 이유는 작품의 서술 구조가 이른바 메타픽션(metafiction)[2]의 방식을 활용하고 있기 때문이다. 작품 속에서 주인공 '나'는 이야기의 서두에서부터 작가로 분장하여 스스로 자신의 글쓰기 행위에 대해 직접 설명한다. 이야기의 흐름과 그 방향을 소개하기도 하고 이야기 속의 인물들에 대해 비판하면서 때로는 자기 태도를 반성하기도 한다. 이와 같은 메타적 진술과 이를 통해 드러나는 자기 반영성으로 인하여 서사의 진행이 지연되는 대신에 작가의 자의식이 그대로 소설을 통해 표출된다. 주인공인 '나'는 실제의 작가인 '이상'이라는 이름으로 등장하고 있으며, 서사의 진행 과정에서 작품 외적인 사실들을 이야기 속으로 끌어들이고 있다. 이 특이한 서술 방식은 텍스트가 만들어지는 과정 자체를 정교하게 반영하고 있지만, 이 같은 메타적 접근 방식은 진행되고 있는 서사와 관계없이 괄호 속에 묶이는 셈이다. 그러므로 소설 「동해」는 삶의 현실과 그 객관적 묘사에 중점을 두기보다는 이야기의 내부에서 이루어지는 텍스트의 구성에 더 많은 관심을 기울이고 있는 작품이라고 할 수 있다.

소설 「동해」의 이야기는 서사 내적 시간이 하루 동안으로 한정되어 있는데 전체 텍스트는 '촉각(觸角)' '패배 시작(敗北始作)' '걸인 반대(乞人反對)' '명시(明示)' 'TEXT' '전질(顚跌)'이라는 여섯 개의 단락으로 나누어져 있다. 각 단락의 소제목은 서사의 진행 과정에서 드러나는 의미 있는 장면들을 전경화하기 위해 고안된 것이다. 이 소제목에 따라 이어지는 이야기 속의 장면들은 패러디의 기법을 통해 서사의 중층성을 드러낸다. 실제로 소설 「동해」의 텍스트에는 이 작품을 쓴 1936년 여름 무렵 이상이 발표한 수필 「EPIGRAM」, 「행복」, 「19세기식」 그리고 시 「I WED A TOY BRIDE」,

---

2  '메타픽션'의 개념과 그 원리에 대해서는 Patricia Wauch, *Metafiction: The Theory and Practice of Self-Conscious Fiction*(London: Metheun, 1984)과 Linda Hutcheon, *Narcissistic Narrative: The Metafictional Paradox*(New York: Methuen, 1984) 참조.

소설 「실화」 등과 '부정한 아내'라는 중요 모티프가 서로 겹쳐 있다. 그렇기 때문에 「동해」의 서술 구조를 이해하기 위해서는 이들 작품들 사이의 상호텍스트적 관계를 밝히는 일이 필수적이다. 이 소설에서 특히 주목하고자 하는 것은 서술 구조의 특징을 말해주는 메타픽션의 방법과 패러디의 기법이다. 「동해」의 이야기에서는 기존의 텍스트를 변형시키고 새롭게 재결합시키면서 자신의 의도대로 이야기를 이끌어가는 메타픽션의 방법을 제대로 파악해야 한다. 그리고 패러디의 기법을 통해 구축해낸 상호텍스트적 공간의 의미를 주목하지 않으면 안 된다. 이 특이한 서사 구조를 제대로 밝혀내지 않고서는 이 소설의 이야기의 폭과 깊이를 이해하기 어렵다.

## 2. '동해(童骸)' 혹은 '동정(童貞)과 형해(形骸)'

소설 「동해」의 서술 구조와 그 특이한 기법을 이해하기 위해 먼저 '동해'라는 작품 제목의 의미를 정확하게 파악할 필요가 있다. '童骸(동해)'라는 한자어는 사전에 등재되어 있지 않은 말이다. 이상 자신이 새롭게 만들어낸 이른바 신조어(新造語)에 해당한다. 이 말이 무엇을 뜻하는지 어디서 비롯된 것인지에 대해서는 알려진 바가 없으며 특별한 논의가 이루어진 적도 없다. 대부분의 연구자들은 이 작품 제목을 그대로 방치해둔 채 별다른 관심을 두지 않았던 것이다. 이 제목의 문제성을 최초로 주목했던 김윤식 교수는 '동해'라는 말을 다음과 풀이한 바 있다.

'환각의 인'이란 무엇인가. 인간고의 근원에 해당하는 이 '환각의 인'이란 회색(관념)의 세계에 갇혀 있는 수인(囚人)이다. '색소 없는 혈액'의 세계와 녹색으로 된 생명의 황금 나무의 세계. 이 이항대립의 형식 체계 속에 놓여 당황하고 있는 모습이 「동해」에서 선명히 드러나 있거니와, 그는 이 두 세계를 잇는 열쇠를 장만해 놓았다. 이것은 「오감도」의 방법론과 한

치도 다르지 않다. '童孩(아이)'를 '童骸(아이의 해골)'로 바꾸어 놓은 것이
그것. 글자 획수 하나를 빼거나 첨가함으로써 전혀 다른 의미를 획득케 하
는 이러한 방식이란 순수관념 세계와 현실 세계의 차이를 갈라내기 위한
열쇠로 고안된 이상 문학의 눈부신 독창성이다.[3]

　김 교수의 설명을 보면 「동해」의 한자어 제목은 '童孩(아이)'를 '童骸(아
이의 해골)'로 바꾸어놓은 것이라고 했다. 이상이 '조감도(鳥瞰圖)'라는 말을
'오감도(烏瞰圖)'로 바꾸어놓았던 방법을 그대로 따른 것이라는 해석이다.
이 한자어가 일종의 파자(破字) 방법에 의해 만들어진 것을 지적한 셈이다.
이러한 김 교수의 지적이 있은 뒤에는 누구도 이에 대한 새로운 논의를 제
기한 적이 없다. '童孩'라고 써야 할 것을 '童骸'로 바꾸어놓은 말이라는
설명을 그대로 받아들였던 셈이다. 하지만 '동해'라는 제목을 글자 그대로
'아이의 해골' 또는 '아이와 해골'이라고 풀이할 경우 그것이 소설 속의 이
야기 내용과 전혀 관련이 없다는 것을 알 수 있다. 김 교수의 설명에도 불
구하고 이 제목의 의미에 대한 의문점이 여전히 남아 있는 것이다.

　'동해'라는 한자어는 이상이 자신의 소설을 위해 의도적으로 붙인 제목
이다. 이상은 '거미' 같은 인간과 '돼지' 같은 인간들의 관계를 그려낸 소
설에 「지주회시(鼅鼄會豕)」라는 제목을 달았고, 동경 한복판에서 '잃어버린
꽃'을 되뇌는 이야기에는 「실화(失花)」라는 제목을 붙였다. 소설 속의 이야
기와 연관되는 내용을 암시할 수 있도록 '지주회시(鼅鼄會豕)'라든지 '실화
(失花)'라는 한자어를 새롭게 만들어 그 제목을 삼았던 것이다. '동해'라는
말도 이와 유사한 성격을 지니는 것으로 미루어볼 수 있다. 하지만 「동해」
의 텍스트에는 '동해'라는 한자어에 직접적으로 관련되는 '아이와 해골'과
같은 뜻을 가진 말을 찾아볼 수 없다. 필자는 소설 「동해」와 비슷한 시기

---

3　김윤식, 『이상 문학 텍스트 연구』, 서울대학교 출판부, 1998, 300쪽.

에 발표된 작품들 가운데 그 내용과 모티프가 서로 유사하게 겹쳐 있는 수 필 「EPIGRAM」, 「행복」 그리고 「십구세기식」 등을 정밀하게 조사한 바 있 다. 그리고 '동해'라는 제목에 사용된 '동(童)'과 '해(骸)'라는 한자가 작품 텍스트에 노출된 사례를 수필 「행복」에서 확인할 수 있게 되었다.

수필 「행복」은 서사적 요건을 갖추고 있는 콩트 형식으로 이루어져 있 다. 이 글은 이상 자신이 도쿄로 떠나기 직전 1936년 10월에 발표한 것이 다. 이 글에는 화자인 '나'와 결혼한 '선(仙)'이라는 여인이 등장한다. 그러 나 '선'이가 가까이 지냈던 과거의 남자 때문에 '나'의 심경이 매우 복잡하 다. 이 글에서 '나'는 이렇게 말한다. '물론 선이는 내 선이가 아니다. 아닐 뿐만 아니라 ××를 사랑하고 그 다음 ×를 사랑하고 그 다음……. 그 다 음에 지금 나를 사랑한다는 체 하여 보고 있는 모양 같다. 그런데 나는 선 이만을 사랑한다. 그러니까 우리는―어떻게 해야만 좋을까.' 글의 내용으 로 미루어본다면 이상이 그해 6월 변동림과 결혼한 후 그 신혼 생활의 소 회를 밝혀놓은 것이 아닌가 생각된다. 결혼한 지 겨우 석 달이 지났지만 '나'는 결코 행복하지 않았음을 그 내용으로 미루어 짐작할 수 있다. 그런 데 이러한 내용이 소설 「동해」의 이야기 속에 드러나 있는 삽화 하나와 겹 쳐 있다. 소설의 텍스트 안에서 그려내고 있는 장면 가운데 일부가 수필 속의 서술 내용과 서로 내밀하게 연결되어 있다는 말이다. '동해'라는 제 목이 암시하는 바가 무엇인지 밝히기 위해서는 이 같은 상호텍스트적 특 성을 주목하면서 그 연관성을 살펴볼 필요가 있다.

오호 너로구나. 너는 네 平生을 두고 내 形象 없는 刑罰 속에서 不幸하 리라. 해서 우리 둘은 結婚하였든 것이다. 閨房에서 나는 新婦에게 行刑하 였다. 어떻게? 가지가지 幸福의 길을 가지가지 敎材를 가지고 가르쳤다. 勿論 내 抱擁의 多情한 맛도.

그러나 仙이가 한번 媚嬌를 보이랴 드는 瞬間 나는 嶺上의 枯木처럼 冷 膽하곤 하곤 하는 것이다. 閨房에는 늘 秋風이 簫條히 불었다. 나는 이런

過勞 때문에 무척 야위었다. 그러면서도 내, 눈이 充血한 채 무엇인가를 찾는다. 나는 가끔 내게 물어본다.

「너는 무엇을 願하느냐? 復讐? 천천히 천천히 하야라. 네 殞命 하는 날이야 끝날 일이니까」

「아니야! 나는 지금 나만을 사랑할 童貞을 찾고 있지. 한 男子 或 두 男子를 사랑한 일이 있는 女子를 나는 사랑할 수 없어. 왜? 그럼 나 더러 먹다 남은 形骸에 滿足하란 말이람?」

「허─너는 잊었구나? 네 復讐가 畢하는 것이 네 落命의 날이라는 것을. 네 一生은 이미 네가 復活하든 瞬間부터 祭壇 우에 올려 놓여 있는 것을 어쩌누?」

그만 해도 석달이 지났다. 刑吏의 心境에도 倦怠가 왔다.

「싫다. 귀찮아졌다. 나는 한번만 平民으로 살아보고 싶구나. 내게 정말 愛人을 다고.」

마호멭 것은 마호멭에게로 돌려보내야할 것이다. 一生을 犧牲하겠다든 壯圖를 나는 석달 동안에 이렇게 蕩盡하고, 말았다.

당신처럼 사랑한 일은 없습니다라든가 당신만을 사랑하겠습니다라든가 하는 그 女子의 말은 첫사랑 以外의 어떤 男子에게 있어서도 '인사' 程度에 지나지 않는다는 것을 잊어서는 안 된다.

앞의 인용에서 설명하고 있는 내용 가운데 특히 주목되는 것은 "아니야! 나는 지금 나만을 사랑할 동정(童貞)을 찾고 있지. 한 남자 혹 두 남자를 사랑한 일이 있는 여자를 나는 사랑할 수 없어. 왜? 그럼 나더러 먹다 남은 형해(形骸)에 만족하란 말이람?"이라는 구절이다. 복잡한 남성 편력을 가진 여자를 사랑할 수 없다는 '나'의 심정을 단적으로 대변하듯 '동정'이라는 말과 '형해'라는 두 개의 단어가 여기에 포함되어 있다. 이 두 개의 단어는 그 뜻이 서로 대립된다. 앞의 '동정'은 사전적 의미로는 '이성(異性)과 성적인 접촉이 없는 순결, 또는 그런 사람'을 뜻한다. 이 글의 문맥상으로 본다면 '숫된 처녀'에 해당한다. 누구도 사랑한 적이 없이 순결을 지켜온 여인을 말하는 것이다. 그러나 뒤의 '형해'는 글자 그대로 '앙상하게 남은

분석과 해석

잔해'라는 뜻을 갖는다. '동정'과 반대되는 뜻으로 쓰고 있는 것으로 보아 여러 남자를 거치고 헤프게 몸을 놀렸던 '헌 계집'을 뜻한다고 할 수 있다. 이러한 의미를 통해서 '동해(童骸)'라는 한자어 제목의 근거를 추정해볼 수 있다. '동해'는 '동정'이라는 말의 첫 음절에 해당하는 '동(童)'과 '형해'라는 말의 끝 음절에 해당하는 '해(骸)'를 합쳐서 새롭게 만들어낸 일종의 '약어(略語)'가 아닌가 생각된다. 이렇게 풀이할 경우 '동해'는 '아이의 해골'을 뜻하는 것이 아니라 '동정과 형해'라는 말 뜻 그대로 '순결한 처녀와 헌 계집'이라는 의미가 된다. 「동해」라는 제목의 뜻도 이렇게 풀이할 때 작품 속에 그려내고 있는 서사의 내용과 서로 어울린다. 소설 「동해」에서 주인공인 '나'를 사랑한다고 덤벼든 여인 '임'은 순결한 처녀가 아니다. 사실은 '윤'이라는 친구와 이미 결혼한 여인이기 때문이다. 이런 식의 인물 설정이라면 쉽게 불륜의 구도를 떠올릴 수 있지만 문제는 그리 간단하지 않다. 소설 속의 이야기는 통속적인 갈등 구조보다는 순결한 처녀가 아닌 '임'이라는 여인의 행동과 성격 변화를 관찰하면서 이 특이한 윤리 의식을 어떻게 받아들일지 고민하는 '나'의 내면 심리에 초점을 맞추고 있는 것이다.

「동해」는 '동정과 형해'라는 제목이 암시하고 있듯이 결혼한 유부녀의 일탈 행위와 거짓된 사랑이라는 통속적인 주제를 다루고 있다. 그렇지만 소재의 통속성을 벗어나기 위해 다채로운 서사 기법을 동원한다. 이 소설에서 메타픽션의 기법과 패러디의 방식을 통해 구축되는 상호텍스트의 공간을 제대로 이해하지 못하면 그 서사 구조의 특징을 제대로 설명할 수 없다. 특히 '나는 지금 나만을 사랑할 동정(童貞)을 찾고 있지. 한 남자혹 두 남자를 사랑한 일이 있는 여자를 나는 사랑할 수 없어. 왜? 그럼 나더러 먹다 남은 형해(形骸)에 만족하란 말이람?'이라고 내어던진 말 속에 담긴 작가의 자의식을 그대로 덮어둘 수는 없다. 소설 「동해」의 텍스트가 보여주는 서사의 중층성은 바로 이 말의 의미 속에 그 비밀이 숨겨져 있기 때문이다.

「동해」와 메타픽션의 방법

「동해」의 전반부는 '촉각(觸角)'이라는 첫 단락과 '패배(敗北) 시작'이라는 둘째 단락으로 이어진다. '촉각'은 대상에 대한 감각적 인지 방법을 의미한다. 그리고 긴장이 거기 수반된다. 작중화자인 '나'에게 '임'이라는 여인이 찾아온다. '나'의 친구인 '윤'이라는 사내와 살다가 이제 헤어지게 되었다는 것이다. 친구의 아내가 혼자 살고 있는 자신에게 옷가방까지 싸들고 찾아왔으니 당연히 '나'는 긴장해야 하고 '임'의 행동거지를 살펴야 한다.

① 觸角이 이런 情景을 圖解한다.

悠久한 歲月에서 눈뜨니 보자, 나는 郊外 淨乾한 한 방에 누워 自給自足하고 있다. 눈을 둘러 방을 살피면 방은 追憶처럼 着席한다. 또 창이 어둑어둑 하다.

不遠間 나는 굳이 직힐 한개 슈-트케-스를 발견하고 놀라야한다. 계속하야 그 슈-트케-스 곁에 花草처럼 놓여있는 한 젊은 女人도 발견한다.

나는 실없이 疑訝하기도 해서 좀 쳐다보면 각시가 방긋이 웃는 것이 아니냐. 하하, 이것은 기억에 있다. 내가 열심으로 연구한다 누가 저 새악시를 사랑하든가!

② 이런 情景은 어떨가? 내가 理髮所에서 理髮을 하는 중에-

理髮師는 낮익은 칼 을 들고 내 수염 많이 난 턱을 치켜든다.

「님재는 刺客입늬까」

하고 싶지만 이런 소리를 여기 理髮師를 보고도 막 한다는 것은 어쩐지 안해라는 존재를 是認하기 시작한 나로서 좀 良心에 안된 일이 아닐까 한다.

싹뚝, 싹뚝, 싹뚝, 싹뚝,

나쓰미캉 두개 外에는 또 무엇이 채용이 되였든가 암만해도 생각이 나지 않는다. 무엇일까.

그러다가 悠久한 歲月에서 쪼껴나듯이 눈을뜨면, 거기는 理髮所도 아무데도 아니고 新房이다. 나는 엊저녁에 결혼 했단다.

앞의 인용은 소설 「동해」의 첫째 단락과 둘째 단락의 첫머리 부분이다. 여기서 주목해야 하는 것이 메타픽션의 글쓰기 방식이다. '메타픽션'은 작품 외적인 현실에 대한 것이라기보다는 글쓰기 자체의 방식에 관련된다. 소설을 통해 텍스트 내부의 세계를 반영하는 데에 관심을 보여주는 것이기 때문이다. ①의 '觸角이 이런 情景을 圖解한다.'와 ②의 '이런 情景은 어떨가?' 등은 텍스트 자체 내에서 서사의 진행이나 창작 과정을 작중화자가 스스로 밝히고 있는 대목이다. 화자가 텍스트 내부에서 이루어지는 허구적 텍스트의 창작 과정을 이리저리 구상하면서 그 전개 방향을 설명하고 있는 것이다. '나'는 '임'이라는 여인의 갑작스런 행동에 놀라면서도 남편의 친구에게 너무도 천연덕스럽게 행동하는 '임'의 태도를 촉각을 곤두세우고 경계의 눈빛으로 주시한다. 소설의 독자들은 자연스럽게 다음의 장면이 어떤 방향으로 이어질 것인지 궁금해질 수밖에 없다.

「동해」의 중반부는 '걸인 반대'와 '명시'라는 제목을 붙이고 있는 셋째 단락과 넷째 단락으로 이어지면서 정점을 향해 발전한다. '나'는 아침 식사를 마친 후 '임'을 데리고 그녀의 남편인 '윤'의 집으로 향한다. '임'은 길거리 은행에 들러 10원짜리 지폐를 모두 10전짜리 잔돈으로 바꾸더니 기념품 가게에 들러서는 'DOUGHTY DOG'이라는 장난감 강아지를 하나 산다. '나'는 이런 '임'의 행동을 지켜보면서 그녀와 같이 '윤'의 집으로 들어선다. 그런데 이번에는 자기 아내와 함께 들어서는 '나'를 맞이한 '윤'이 전혀 놀라지 않는다. 더구나 자기 남편과 헤어졌다면서 '나'의 집으로 옷가방을 싸들고 왔던 '임'이 아무 일도 없었던 것처럼 집 안에 들어서서는 '윤'의 곁으로 달라붙는 모습에 질려버린다. 결국 이 소설의 중반부에서 '임'의 행동이 얼마나 이중적인 것인가를 알 수 있게 되지만 '나'는 이런 점을 드러내놓고 말할 수가 없다. 오히려 두 사람 사이에 어정쩡하게 끼어든 셈이 된 '나'의 모습은 장난감으로 희화화된다. 그런데 이러한 서사의 전개 과정 자체가 사실은 아주 정교하게 계산된 논리에 의해 이루어지고 있음을 다음의 인용을 통해 확인할 수 있다.

이런 情景 마자 불쑥 내어놓人는 날이면 이번 復讐行爲는 完璧으로 흐
지부지 하리라. 적어도 完璧에 가깝기는 하리라.
한 사람의 女人이 내게 그 宿命을 公開해 주었다면 그렇게 쉽사리 公開
를 받은 - 懺悔를 듣는 神父같은 地位에 있어서 보았다고 자랑해도 좋은
- 나는 비교적 행복스러웠을른지도 모른다. 그렇나 나는 어디까지든지
약하다. 약으니까 그렇게 거저먹게 내 행복을 얼골에 나타내이거나 하지는
않는다는 것이다.
이와 같은 르로직을 不言實行하기 위하야서만으로도 내가 그 구중중한
수염을 깎지 않은 것은 至當한 중에도 至當한 맵시일 것이다.

앞의 인용은 셋째 단락의 한 부분이다. 첫 문장인 '이런 情景 마자 불쑥
내어놓人는 날이면 이번 復讐行爲는 完璧으로 흐지부지 하리라.'에서 '이
런 情景' 운운하는 서술 방식은 앞서 예시했던 전반부의 경우와 다르지 않
다. 소설의 전반부에서 이루어진 이야기의 장면들이 어떤 구도에 따른 것
인가를 밝혀주면서 앞으로 전개될 방향을 암시한다. 이러한 메타픽션의
방법으로 인하여 독자들은 텍스트 밖의 세계보다는 오히려 텍스트 내에서
이루어지는 내적인 메커니즘에 관심을 기울일 수밖에 없게 된다.
「동해」의 이야기는 'TEXT'라는 소제목을 붙이고 있는 다섯째 단락에서
서사적 전환을 시도한다. 여기서 주목되는 것이 서술적 어조의 변화와 함
께 이루어진 메타픽션의 특징적인 글쓰기 방식이다. 이 장면에서는 '임'이
라는 여성의 일탈된 행동과 '나'의 반응을 돌이켜보면서 여성과 정조 문제
를 담론의 중심으로 끌어들인다. 그리고 마치 '임'이 자신의 태도를 해명
하고 있는 것처럼 가정하여 그녀가 들려주었음직한 말을 만들어낸다. 그
리고 거기에 '나'의 의견을 덧붙인다. 이미 전개된 이야기를 놓고 그것에
대한 등장인물의 태도를 되묻는 방식으로 이루어진 이러한 서술 방식이야

분석과 해석

말로 자기 반영성을 바탕으로 하는 메타적 글쓰기를 그대로 보여준다.

　나 스스로도 不快할 에필로-그 로 貴下들을 引導하기 위하야 다음과 같
은 薄氷을 밟는 듯한 會話를 組織하마.
　「너는 네 말 맞다나 두 사람의 男子 或은 事實에 있어서는 그 以上 훨씬
더 많은 男子에게 내주었든 肉體를 걸머지고 그렇게도 豪氣있게 또 正正
堂堂하게 내 城門을 闖入할 수가 있는 것이 그래 鐵面皮가 아니란 말이
냐?」
　「당신은 無數한 賣春婦에게 당신의 그 당신 말 맞다나 高貴한 肉體를 廉
價로 구경시키셨읍니다. 마찬가지지요」
　「하하! 너는 이런 社會組織을 깜박 잊어버렸구나. 여기를 너는 西藏으로
아느냐, 그렇지 않으면 男子도 哺乳行爲를 하든 피데칸트롭스 시대로 아
느냐. 可笑롭구나. 未安하오나 男子에게는 肉體라는 觀念이 없다. 알아듣
느냐?」
　「未安하오나 당신이야말로 이런 社會組織을 어째 急速度로 逆行하시는
것 같읍니다. 貞操라는것은 一對一의 確立에 있읍니다. 掠奪結婚이 지금
도 있는 줄 아십니까?」
　「肉體에 對한 男子의 權限에서의 嫉妬는 무슨 걸래쪼각 같은 敎養 나브
랭이가 아니다. 本能이다. 너는 아 本能을 無視하거나 그 猑氣滿滿한 敎養
의 掌匣으로 整理하거나 하는 재조가 通用될 줄 아느냐?」
　「그럼 저도 平等하고 溫順하게 당신이 定義하시는 '本能'에 依해서 당신
의 過去를 嫉妬하겠읍니다. 자- 우리 數字로 따저보실까요?」
　評- 여기서부터는 내 敎材에는 없다.
　新鮮한 道德을 期待하면서 내 舊態依然하다고 할만도 한 貫祿을 버리겠
노라.
　다만 내가 이제부터 내 不足하나마나 努力에 依하여 獲得해야 할 것은
내가 脫皮할 수 있을만한 知識의 購買다.
　나는 내가 환갑을 지난 몇해 後 내 무릎이 이러스는 날까지는 내 오-크
材로 만든 葡萄송이같은 孫子들을 거느리고 喫茶店에 가고 싶다. 내 알라
모우드는 손자들의 그것과 泰然히 맞고 싶은 現在의 내 悲哀다.

앞의 인용에서 '임'의 말은 실제의 대화가 아니라 '나' 스스로 그렇게 가정해보는 이야기에 불과하다. '나'는 '임'이 정조에 대한 책임이 없는 불장난을 지적하면서도 서로에게 책임이 있는 경우라면 그것을 비밀로 지켜줄 수 있어야 한다고 말한다. 그리고 '임'의 개방적 태도에 대하여 쉽사리 받아들이기 어려운 '나'의 입장을 평설처럼 덧붙인다. 남녀의 정조 관념에 관해 '나'와 '임'의 서로 다른 태도를 보여주는 대화 내용을 통해 소설의 결말이 어느 정도 암시된다. 여기서 화제의 중심을 이루고 있는 정조 문제를 놓고 두 사람은 서로 대립한다. 여성의 육체와 그 순결에 대한 '임'의 태도는 매우 개방적이고 남성에 대해 공격적이다. '나'는 '임'의 적극적이면서 개방적인 태도에 수세적 입장을 보이다가 그만 스스로 자신의 낡은 윤리의식을 밝히면서 물러서게 된다. 이러한 장면들에서 볼 수 있는 작가의 자의식과 그 자기 반영적 특성은 텍스트 안에서 서술되고 있는 이야기와는 일정한 거리를 두고 있다.

소설 「동해」는 마지막 단락인 '전질(顚跌)'에서 영화 〈만춘〉의 이야기를 덧붙여 극적인 결말을 희화적으로 처리한다. 이 장면에 드러나는 패러디의 특징은 뒤에서 상론하겠지만 '나'의 씁쓸한 심정은 소설의 첫 장면에서 '임'이 껍질을 벗겨 내게 먹여주던 '나쓰미깡'의 '달착지근하면서도 쓰디쓰고 시디신' 맛으로 묘사된다.

소설 「동해」에서 메타픽션의 특성은 텍스트 밖의 세계보다는 오히려 텍스트 내에서 이루어지는 서술 방식과 의미 구조의 변화에 관심을 기울이도록 독자들을 유도하고 있는 점에서 확인된다. 이러한 방법을 통해 소설이라는 양식이 작가에 의해 허구적으로 만들어지는 과정과 그 기법 자체가 중요하다는 점을 강조하게 된다. 그러므로 이 소설에서는 잘 꾸며진 플롯이라든지 의미 있는 역할을 하는 영웅적 주인공과 같은 서사적 요건이 더 이상 중요하지 않다는 것을 알 수 있다. '아내의 부정' 또는 '부정한 여성'에 대한 인식 자체가 여성과 남성 사이에 어떻게 다른지를 보여주는 방

분석과 해석

식이 주목되기 때문이다.

## 3. 패러디의 기법과 상호텍스트적 공간

소설 「동해」의 서사 내용을 보면 비슷한 시기에 발표된 수필 「EPI-GRAM」, 「행복」, 「19세기식」 그리고 시 「I WED A TOY BRIDE」, 소설 「실화」의 내용과 특정의 장면들이 서로 겹치거나 패러디의 방식으로 변형되어 나타나고 있다. 이 같은 상호텍스트성의 문제는 하나의 텍스트가 다른 텍스트들을 흡수하고 그것을 변형시키고 있다는 점에서 그 내적 연관성이 주목된다. 이상 문학이 이른바 상호텍스트성의 문제를 중요한 특질로 삼고 있다는 것[4]은 지적된 바 있지만 소설 「동해」에서 이를 구체적으로 분석하여 그 양상을 규명한 연구는 제출된 적이 없다. 여기서 말하는 상호텍스트성이란 크리스테바(Julia Kristeva)의 이론에 근거한다. 크리스테바의 주장에 따르면 모든 텍스트는 마치 모자이크와 같아서 서로 다른 여러 가지 인용문들로 구성되어 있다. 그러므로 하나의 텍스트는 다른 텍스트들을 흡수하고 그것을 변형시킨 것에 지나지 않는다.[5] 이 주장은 전통적으로 인정해온 작가의 창작 행위라는 것과 독자의 독서 행위라는 것에 대한 새로운 해석에 근거한다. 작가의 창작 행위는 독창적인 상상력에 의한 예술적 창조 행위로 인식되어왔다. 그러나 따지고 보면 작가의 창작이라는 것이 결국은 자신이 읽어왔던 여러 가지 다른 텍스트들의 내용을 일부 변형시키고 새롭게 해석해낸 결과에 지나지 않는다. 텍스트의 창작은 아무것도 없는 '무'의 상태에서 새로운 '유'의 상태를 만들어내는 것이 아니다. 독

---

4  김주현, 『이상소설연구』, 소명출판, 1999, 125~129쪽.

5  Julia Kristeva, *Desire in Language*, trans. Thomas Gora, Alice Jardine and Leon Goudiez, New York: Columbia Univ. Press, 1980, p.66.

자의 독서라는 것도 주어진 하나의 텍스트를 읽는 것이라기보다는 자신이 읽어온 여러 가지 텍스트의 독서경험을 통해 새로운 텍스트를 보게 된다. 그리고 바로 거기서 새로운 의미를 발견한다.

소설 「동해」의 텍스트와 연관되어 있는 여러 작품들 가운데 먼저 수필 「EPIGRAM」의 경우를 검토해보기로 한다. 이 수필은 잡지 『여성(女性)』 (1936.8)에서 기획했던 '비밀'이라는 주제의 특집 속에 여러 문인들의 작품들과 함께 수록되어 있다. 이 텍스트가 보여주는 개인적 진술의 내면은 수필이라는 양식 자체가 요구하는 특질이기도 한데, 여기서 이상은 두 가지의 화제(話題)를 끌어간다. 하나는 자신의 동경행에 관한 것이며 다른 하나는 '임'이라는 여인과의 결혼 문제이다. 특히 자신과 결혼하기 전에 있었던 '임'의 남자관계가 관심의 초점이 되고 있음을 알 수 있다. 그런데 '임'이라는 여성이 소설 「동해」에서도 문제의 인물로 등장했던 것은 앞서 설명한 바 있거니와 특히 그 남성 편력을 문제 삼고 있는 장면은 이 수필의 내용과 깊은 연관성을 드러내고 있다. 「EPIGRAM」의 전문은 다음과 같다.

> 밤이 이슥한데 나는 사실 그 친구와 이런 會話를 했다. 는 이야기를 염치좋게 하는 것은 要컨대 天下의 의좋은 내외들에게 對한 통명이다. 친구는
>
> 「旅費?」
> 「補助래도 해줬으면 좋겠다는 말이지만」
> 「둘이 간다면 내 다 내주지」
> 「둘이」
> 「姙이와 結婚해서―」
>
> 女子 하나를 두 男子가 사랑하는 경우에는 꼭 싸흠들을 하는 법인데 우리들은 안 싸웠다. 나는 결이 좀 낫다, 는 것은 저는 벌서 姙이와 肉体까지 授受하고 나서 나더러 姙이와 結婚하라니까 말이다.
>
> 나는 戀愛보다 공부를 해야겠어서 그 친구더러 旅費를 좀 꾸여달란 것

인데 뜻밖에 會話가 이 모양이 되고 말았다.

「그럼 다 그만 두겠네」

「旅費두?」

「結婚두」

「건 왜?」

「싫여!」

그러고 나서는 한참이나 잠잣고들 있었다. 두 사람의 敎養이 서로 뺨을 친다든지 하고 싶은 衝動을 참느라고 그린 것이다.

「왜 내가 姙이와 그런 일이 있었대서 그러나? 不快해서!」

「뭔지 모르겠네!」

「한번 꼭 한번밖에 없네. 毒味란 말이 있지」

「純粹허대서 자랑인가?」

「부러 그리나?」

「에피그람이지」

암만 해도 會話로는 解決이 안된다. 會話로 안되면 行動인데 어떤 行動을 하나. 勿論 싸워서는 안된다. 친구끼리는 情다워야 하니까. 그래서 우리는 우리 두 사람의 共同의 敵을 하나 찾기로 한다. 친구가

「李를 알지? 姙이의 첫 男子!」

「자네는 무슨 目的으로 妥協을 하려나」

「失戀허기가 싫어서 그런다구나 그래둘까」

「내 고집두 그 비슷한 理由지」

나는 당장에 허둥지둥한다. 내 吝嗇한 論理는 눈살을 찝흐린다. 나는 꼼짝할 수가 없다. 이렇게까지 나는 吝嗇하다. 친구는

「끝끝내 이러긴가?」

「守勢두 攻勢두 다 우리 집어치세.」

「연간히 겁을 집어먹은 모양일세그려!」

「누구든지 그야 墮落허기는 싫으니까!」

요 이야기는 요만큼만 해둔다. 姙이의 男子가 셋이 되었다는 것을 漏泄한댓자 그것은 벌서 秘密도 아모것도 아니다.

이 수필의 서술 내용을 따라가 보면, 친구는 이상에게 '임'과의 결혼을 전제로 동경행의 여비 주선을 약속한다. 둘이서 결혼하고 함께 동경으로 가야 한다는 것이다. 그러나 이 텍스트를 좀 더 깊이 파고 들어가면 친구의 제안을 쉽게 받아들일 수 없다는 사실을 알게 된다. 친구가 권유하는 결혼의 상대인 '임'이라는 여인이 사실은 친구와 깊이 사귀던 여인이었기 때문이다. 그런데 친구는 '임'과 이미 잠자리까지 함께했던 사이라고 고백하면서 또 다른 사내와는 '임'이 아주 깊은 관계였다고 밝혀준다. 이런 말을 듣고 '나'는 아무 말도 못 한 채 눈살을 찌푸릴 수밖에 없었던 것이다. 이 수필의 진술 내용 자체와는 상관없는 일이라고 할 수 있지만, 이상은 실제로 '변동림'이라는 여성과 1936년 6월 결혼했으며, 결혼 직후 혼자서 동경행을 결행했음을 상기할 필요가 있다.

소설 「동해」는 수필 「EPIGRAM」에서 화제로 삼았던 '임'의 남성 편력을 서사 속으로 끌어들이면서 이를 희화적으로 변용시켜놓고 있다. 실제로 소설 「동해」와 수필 「EPIGRAM」의 텍스트를 세밀하게 검토해보면 서로 겹치는 대목이 '부정(不貞)한 여인' 또는 '아내의 부정'이라는 모티프이다. '임'이라는 여인의 '행동'과 그 윤리 의식을 놓고 이상은 '아내의 부정 또는 부정한 여인'이라고 하는 이 특이한 모티프를 소설의 세계로 끌어들인다. '부정한 아내'와 함께 살아야 한다는 것은 남성에게 모멸적일 수밖에 없는 일이다. 물론 자기 내면에 대한 고백적 요소와 함께 경험적 진실성을 내포하고 있는 이 수필의 화제는 허구로서의 서사 영역에 포함되면서 실제적 경험으로서의 의미를 상실한다. 그리고 소설 속의 여성 주인공 '임'이라는 인물의 새로운 성격을 위해 과장적으로 묘사 설명되고 있다. '임'이 남편을 두고 '나'에게 찾아와 잠자리에서 자신의 남성 편력을 그대로 털어놓고 있는 소설의 장면은 수필 「EPIGRAM」의 내용을 서사적으로 풀어놓은 것이라고 할 만하다.

결혼반지를 잊어버리고 온 新婦. 라는 것이 있을까? 可笑롭다. 그렇나 모르는 말이다. 라는것이 반지는 新郎이 준비하라는 것인데―그래서 아주 아는 척하고

「그건 내 슈―트케―스에 들어 있는게 原則的으로 옳지!」

「슈―트케―스 어딨에요?」

「없지!」

「쯧, 쯧」

나는 신부 손을 붓잡고

「이리 좀 와봐」

「아야, 아야, 아이, 그러지 마세요, 놓세요」

하는 것을 잘 달래서 왼손 무명지에다 털붓으로 쌍줄반지를 그려주었다. 좋아한다. 아모것도 끵기운 것은 아닌데 제법 간질간질한게 천연 반지 같단다.

천연 결혼하기 싫다. 트집을 잡아야겠기에―

「몇번?」

「한번」

「정말?」

「꼭」

이래도 안 되겠고 間髮을 놓지 말고 다른 방법으로 拷問을 하는 수밖에 없다.

「그럼 尹 以外에?」

「하나」

「예이!」

「정말 하나예요」

「말 말아」

「둘」

「잘헌다」

「셋」

「잘헌다, 잘헌다」

「넷」

「잘헌다, 잘헌다, 잘헌다」

「다섯」

속았다. 속아 넘어갔다. 밤은 왔다. 촛불을 켰다. 껏다. 즉 이런 假짜반
지는 탄로가 나기 쉬우니까 감춰야 하겠기에 꺼도 얼른 켰다. 밤이 오래
걸려서 밤이었다.

앞의 인용 장면은 '임'을 채근하여 결국은 그녀 스스로 자신의 남성 편력
을 밝히게 되는 대목이다. 작중화자인 '나'는 '임'의 고백을 들어주면서 서
술적 간격을 적절하게 조정하고는 오히려 해학적 어조를 숨기지 않는다.
그리고 '임'의 일탈을 그대로 받아들인다.

그런데 이와 비슷한 장면은 이상 자신의 동경 생활을 소재로 삼고 있는
소설 「실화」에도 등장한다. 「실화」의 텍스트는 주인공인 '나'(이상 자신으로
분장함)를 동경이라는 새로운 무대 위로 등장시킨다. 그러나 '나'의 의식 속
에는 여전히 서울에서 있었던 아내인 '연'과의 갈등이 앙금으로 남아 있
다. 그 이유는 '연'의 과거의 남성 편력 때문이다. '나'의 끈질긴 추궁에 입
을 연 '연'은 자신의 남성 경험을 모조리 털어놓게 된다.

二十四日 東이 훤—하게 터올 때쯤에야 姸이는 겨우 입을 열었다. 아!
長久한 時間!

「첫뻔— 말해라」

「仁川 어느 旅館」

「그건 안다. 둘째뻔— 말해라」

「……」

「말해라」

「N삘딩 S의 事務室」

「쎄째뻔— 말해라」

「……」

「말해라」

「東小門밖 飮碧亭」

「넷째뻔 - 말해라」

「……」

「말해라」

「……」

「말해라」

머리맡 책상 설합 속에는 서슬이 퍼런 내 면도칼이 있다. 頸動脈을 따면
― 妖物은 鮮血이 대쭐기 뻐치듯하면서 急死하리라.

　　앞에 인용한 이 문제의 대목이야말로 소설 「실화」의 여러 장면 가운데
압권이다. 「실화」의 줄거리를 보면 ‘나’라는 주인공의 동경행은 한 여인과
의 애정 갈등에서 비롯된 것임을 짐작할 수 있다. 동경으로 떠나오기 전날
서울에서 ‘나’는 자신과 결혼한 ‘연’이라는 여인의 남성 편력을 알아내기
위해 밤늦도록 ‘연’을 추궁한다. ‘연’이 끝내 자신의 과거를 털어놓게 되자
‘나’는 감정의 흥분 상태를 감추지 못한다. 사랑에 대한 배반감 때문에 ‘연’
을 죽여버리고 싶었다고 적고 있다.

　　그런데 사실 이 장면은 앞서 살펴본 바 있듯이 소설 「동해」에서 비슷하
게 한 번 써먹은 바 있다. 소설 「동해」에서는 이 장면이 친구의 아내인 ‘임’
의 문제로 그려진다. ‘나’는 작중화자의 입장에서 ‘임’의 행태를 가볍게 묘
사할 수 있게 된다. 그러나 소설 「실화」에서는 상황이 이와 전혀 다르다.
친구인 S로부터 ‘연’이와의 관계 행적을 들은 직후에 ‘나’는 집으로 돌아와
아내인 ‘연’이를 다그친다. 하지만 속으로는 ‘연’이가 모든 사실을 끝까지
부인하기를 바라고 있었을지 모른다. 그 이유는 ‘연’을 사랑하고 있었기
때문이다. 그러나 이러한 ‘나’의 기대는 허물어진다. ‘연’은 인천의 여관으
로, S의 사무실로, 동소문 밖 음벽정으로 그렇게 나대며 S와 깊은 관계를
맺었음을 밝힌다. 끝내 비밀이었어야 하는 일들이 자신의 입을 통해 고해
진다. 면도칼로 경동맥을 잘라 죽이고 싶을 정도로 ‘나’는 흥분하고 배반

의 사랑에 치를 떤다. 소설 「동해」와 「실화」의 두 장면이 보여주는 이 서술적 어조의 차이야말로 작가 이상이 노리는 글쓰기 전략의 궁극에 해당한다고 할 수 있다. 이 현란한 글쓰기의 세계, 텍스트가 드러내는 어조의 농담(濃淡)은 누구도 흉내 낼 수 없을 듯하다. 물론 작가 이상의 경험적 현실을 곧바로 이 텍스트의 장면과 환치시켜버린다면 그 미묘한 정서의 영역을 그대로 뭉개버리는 결과를 초래하게 된다.

여인의 부정한 행실과 그 윤리적 판단 문제는 이상의 소설 속에서 두루 다루어지고 있는 모티프이다. 이상은 소설 「동해」의 경우만이 아니라 소설 「날개」, 「지주회시」, 「종생기」, 「실화」 등에서 반복적으로 이 모티프를 여러 가지 의미로 변형시켜 새로운 서사를 만들어낸다. 「날개」의 경우에는 '아내'의 부정을 상관하지 않던 주인공이 자의식에서 벗어나면서 느끼게 되는 탈출의 욕망을 그린다. 「지주회시」는 아내의 부정을 알면서도 서로 얽혀서 '거미'처럼 뜯어먹고 살아야 하는 환멸의 삶을 그려낸다. 「종생기」는 부정한 여인이 보여주는 교활함을 결코 이겨낼 수 없는 주인공의 삶의 종생을 메타적으로 서술해놓고 있으며, 「실화」의 경우는 부정한 아내로부터 벗어나지만 그 내면의 갈등을 벗어나지 못하는 주인공의 절망을 밀도있게 그려내고 있다.

소설 「동해」에 숨겨져 있는 또 다른 텍스트와의 상호 관계는 동인지 『삼사문학(三四文學)』(1936. 10)에 발표한 시 「I WED A TOY BRIDE」과의 관계를 통해 확인된다. 이 시는 이상이 동경으로 떠나기 전에 발표한 것으로 볼 수 있는데, 시적 텍스트에 묘사되고 있는 정황을 제대로 이해하기란 쉽지 않다.

1 밤

작난감新婦살결에서 이따금 牛乳내음새가 나기도한다. 머(ㄹ)지 아니하

138　　　　　　　　　　　　　　　　　　　　　　　　　　　분석과 해석

야 아기를낳으려나보다. 燭불을끄고 나는 작난감新婦귀에다대이고 꾸즈람처럼 속삭여본다.

「그대는 꼭 갓난아기와 같다」고.........

작난감新婦는 어둔데도 성을내이고대답한다.

「牧場까지 散步갔다왔답니다」

작난감新婦는 낮에 色色이風景을暗誦해갖이고온것인지도모른다. 내手帖처럼 내가슴안에서 따근따근하다. 이렇게 營養分내를 코로맡기만하니까 나는 작구 瘦瘠해간다.


2 밤


작난감新婦에게 내가 바늘을주면 작난감新婦는 아무것이나 막 찔른다. 日曆. 詩集. 時計. 또내몸 내 經驗이들어앉어있음즉한곳.

이것은 작난감新婦마음속에 가시가 돋아있는證據다. 즉 薔薇꽃처럼........

내 가벼운武裝에서 피가좀난다. 나는 이 傷차기를곷이기위하야 날만어두면 어둔속에서 싱싱한密柑을먹는다. 몸에 반지밖에갖이지않은 작난감新婦는 어둠을 커―틴열듯하면서 나를찾는다. 얼른 나는 들킨다. 반지가살에닿는것을 나는 바늘로잘못알고 아파한다.

燭불을켜고 작난감新婦가 密柑을찾는다.

나는 아파하지않고 모른체한다


「I WED A TOY BRIDE」는 이상의 시 가운데 특이하게도 제목을 영어로 쓰고 있다. 작품의 텍스트가 크게 전반부와 후반부로 나누어져 있으며 각각 '1 밤' '2 밤'이라는 소제목을 붙였다. 이 시의 텍스트에서 문제가 되는 것이 '장난감 신부(toy bride)'라는 말의 의미이다. 이 말은 '신부(新婦)'라는 말이 함축하는 처녀적 순결성과는 전혀 반대의 의미를 가지는 것으로 풀이할 수 있다. '장난감'이라는 말은 '소중하게 간수하는 보물'이 아닌 '가지고 노는 물건' 또는 '노리개'라고 바꾸어놓아도 문제가 없어 보인다. 하지만 시 속에서 화자는 이 '노리갯감 신부'를 어찌하지 못하고 오히려 그녀에게 빠져든다. 이 모순의 상황이 바로 이 시가 포착해내고 있는 시적 정황이라고 할 수 있다. 시의 텍스트를 보면 화자인 '나'는 그 상대역에 해당하는 '장난감 신부'를 맞아 아늑하고도 따스한 일상을 회복한다. 전반부인 '1 밤'의 경우 '장난감 신부'의 앞에서 '나'는 일종의 유아적 본능을 감추지 못하고 그녀를 탐닉한다. '내 수첩처럼 내 가슴 안에서 따근따근하다.'와 같은 표현에서처럼 사랑의 감정이 넘쳐흐르고 있음을 볼 수 있다. 후반부인 '2 밤'의 경우는 '장난감 신부'는 '나'를 채근하면서 일상의 품으로 돌아와 다시 시작(詩作) 활동을 할 것을 재촉한다. 텍스트 안에서 '일력, 시집, 시계'를 열거한 것은 이러한 뜻으로 풀이할 수 있다. 그리고 그녀는 '나'의 과거를 들춰내어 따지기도 한다. '나'는 가끔 이로 인해 상처를 받기도 하지만 육체적인 위무(慰撫)를 통해 이를 보상받는다.

그런데 이 시에서 묘사하고 있는 장면은 소설 「동해」의 한 장면 속에 서사화되어 나타난다. 「동해」의 둘째 단락 '패배 시작' 속의 한 장면이다. 앞에 인용한 시의 전문과 「동해」의 다음 대목을 보면 두 텍스트가 빚어내고 있는 상호텍스트성의 특징을 확인할 수 있다.

> 나는 오랜 동안을 혼자서 덜덜 떨었다. 姙이가 도라오니까 몸에서 牛乳내가 난다. 나는 徐徐히 내 活力을 整理하야 가면서 姙이에게 注意한다. 똑 간난애기 같아서 썩 좋다.
> 「牧場꺼지 갔다왔지요」
> 「그래서?」
> 카스텔라와 山羊乳를 책보에 싸 가지고 왔다. 집시族 아침 같다.
> 그러고나서도 나는 내 本能 以外의 것을 지꺼리지 않았나보다.
> 「어이, 목말라 죽겠네.」
> 대개 이렇다.
> 이 牧場이 가까운 郊外에는 電燈도 水道도 없다. 水道 대신에 펌프.

물을 길러 갔다오드니 옳다. 우는 줄만 알었드니 웃는다. 조런- 하고보면 눈에 눈물이 글성 글성하다. 그러고도 웃고 있다.

「고게 누우집 아일까. 아, 쪼꾸망게 나더러 너 담발했구나, 핵교 가니? 그리겠지, 고게 나알 제 동무루 아아나봐, 참 내 어이가 없어서, 그래, 난 안 간단다 그랬드니, 요게 또 헌다는 소리가 나 발 씻게 물 좀 끼언저주려무나 얘, 아주 이리겠지, 그래 내 물을 한통 그냥 막 쫙 쫙 끼언저 줬었지, 그랬드니 너두 발 씻으래, 난 있다가 씻는단다 그러구 왔서, 글세, 내 기가 맥혀,」

누구나 속아서는 안된다. 해ㅅ수로 여섯해 전에 이 女人은 정말이지 處女대로 있기는 성가서서 말하자면 헐값에 즉 아모렇게나 내어주신 분이시다. 그동안 滿五個年 이분은 休憩라는 것을 모른다. 그런 줄 알아야 하고 또 알고 있어도 나는 때마츰 변덕이 나서

「가만있자, 거 얼마 들었드라?」

나쓰미깡이 두개에 제아모리 비싸야 二十錢, 올치 깜빡 잊어버렸다 초 한가락에 二十錢, 카스텔라 二十錢, 山羊乳는 어떻게 해서 그런지 거저,

「四十三錢인데」

「어이쿠」

「어이쿠는 뭐이 어이쿠예요」

「고눔이 아무數루두 除해지질 않는군 그래」

「素數?」

옳다.

신통하다.

「신통해라!」


위의 인용에서 확인할 수 있는 것처럼 작중화자인 '나'는 친구 '윤'의 아내인 '임'이라는 여인의 여성스런 면모에 대한 관심을 보여준다. 남편과 더 이상 살 수 없다면서 '나'를 찾아와 하룻밤을 같이한 이 여인의 돌출 행동을 '나'는 끝까지 미심쩍게 여긴다. 하지만 그녀가 보여주는 다정함이나 여성스러움에 자신도 모르게 끌린다. 이 단락의 소제목을 '패배 시작'이

라고 붙인 것은 끝까지 냉정을 지키지 못한 채, 친구의 아내인 '임'의 여성적인 매력에 호감을 가지게 되는 '나'의 비윤리적 정서 반응을 뜻하는 것이라고 할 수 있다. '나'는 '임'의 행동에서 발견되는 '갓난아기' 같은 느낌에 끌려든다. 그리고 '나'를 찾아와 제법 아내 노릇까지 하려고 하는 태도에 놀란다. 근처 목장에서 우유와 카스텔라를 준비해 오고, 물을 길어 오는 모습에서 드러나는 여성적인 면모가 '나'의 마음을 움직이게 했던 것이다. 그러므로 '나'는 '임'의 모든 행동에 대해 그 진정성을 의심하면서도 한편으로는 그녀를 떼어버리지 못한다. 그녀의 존재는 '나'의 의식 속에서 전혀 풀리지 않는 '소수(素數)'처럼 인식될 뿐이다. 그리고 바로 이러한 「I WED A TOY BRIDE」의 시적 정황을 서사적으로 변형한 것이 소설 「동해」에 해당한다고 할 수 있다. 시와 소설의 장면을 오가는 상호텍스트성의 특징을 통해 이상이 강조하고자 한 것은 '부정한 아내'라는 윤리적 판단보다는 '장난감 신부'라는 말 속에 담긴 성적 욕망의 대상에 대한 미묘한 정서적 변화와 그 차이를 드러내기 위한 것일 수도 있다. 물론 이러한 허구적 진술은 일종의 자기 위장일 수도 있다는 점을 간과해서는 안 된다.

『동해』의 이야기는 'TEXT'라는 다섯째 단락에서 서술적 어조의 전환을 보여준다. 화자인 '나'를 중심으로 이야기를 이끌어 가는 것이 아니라 '임'이 자신의 일탈을 스스로 변명하면서 이를 합리화하고자 하는 어투를 그대로 들려준다. 여기서 논의의 중심이 되는 것이 여성의 행실과 정조에 대한 관점이다. 당연히 '나'의 평도 덧붙인다.

「불작난- 貞操責任이 없는 불작난이면? 저는 즐겨 합니다. 저를 믿어주시나요? 貞操責任이생기는 나잘에 벌서 이 불작난의 記憶을 저의 良心의 힘이 抹殺하는 것입니다. 믿으세요」
評- 이것은 分明히 다음에 敍述되는 같은 姙이의 敍述 때문에 姙이의 怜悧한 거즛뿌렁이가 되고마는 것이다. 즉
「貞操責任이 있을 때에도 다음 같은 方法에 依하야 불작란은- 主觀的

으로만이지만— 용서될 줄 압니다. 즉 안해면 남편에게, 남편이면 안해에게, 무슨 特殊한 戰術로든지 감쪽같이 모르게 그렇게 스무—드 하게 불작란을 하는데 하고 나도 이렇달 形蹟을 꼭 남기지 말아야 한다는 것입니다. 네?

그러나 主觀的으로 이것이 容納되지 안는 경우에 하였다면 그것은 罪요 苦痛일 줄 압니다. 저는 罪도 알고 苦痛도 알기 때문에 저로서는 어려울까 합니다. 믿으시나요? 믿어 주세요」

評— 여기서도 끝으로 어렵다는 대문 부근이 分明히 거짓뿌랭이라는 것이다. 그것은 亦是 같은 姬이의 筆蹟 이런 潛在意識 綻露現象에 依하야 確實하다.

「불작란을 못 하는 것과 안 하는 것과는 性質이 아주 다릅니다. 그것은 컨디슌 如何에 左右되지는 않겠지오. 그러니 어떻다는 말이냐고 그러십니까. 일러드리지오. 기뻐해 주세요. 저는 못 하는 것이 아니라 안 하는 것입니다.

自覺된 戀愛니까요.

안 하는 경우에 못 하는 것을 觀望하고 있노라면 좋은 語彙가 생각납니다. 嘔吐 저는 이것은 견딜 수 없는 肉體的 刑罰이라고 생각합니다. 온갖 自然發生的 姿態가 저에게는 어째 乳臭萬年의 넝마쪼각 같습니다. 기뻐해 주세요. 저를 이런 遠近法에조차서 사랑해주시기 바랍니다」

評— 나는 싫어도 요만큼 닥아슨 位置에서 姬이를 說喩하려 드는 때쉬의 姿勢를 取消해야 하겠다. 안 하는 것은 못 하는 것보다 教養 知識 이런 尺度로 따저서 높다. 그러나 안 한다는 것은 내가 빚어내이는 氣候 如何에 憑藉해서 언제든지 아모 謙遜이라든가 躊躇없이 불작란을 할 수 있다는 條件附 契約을 車道 복판에 安全地帶 設置하듯이 强要하고 있는 徵兆에 틀림은 없다.


앞의 인용에서 화제의 중심은 자연스럽게 남녀의 연애와 여성의 정조 문제가 된다. '임'은 여성적 입장에서 자기주장을 내세우고 '나'는 남성의 편에서 이를 비판한다. 그러므로 '임'이 주장하는 말과 거기에 대한 '나'의 평은 서로 충돌할 수밖에 없다. '임'은 두 사람이 함께 지낸 지난밤의 일을 두고 정조에 대한 책임이 없는 불장난으로 치부하면서 그 기억을 벌써 지워버리고자 한다. 이와 같은 '임'의 태도에 '나'는 오히려 당황한다. '임'은 책임이 생기지 않도록 남편 모르게 그 형적을 지우고자 하며 서로에게 그 비밀을 지킬 의무가 있음을 주장하기도 한다. '임'은 여성의 정조 문제에 대하여 매우 개방적 태도를 당당하게 내세운다. 그리고 자신의 불장난을 자각된 연애라고 강조하면서 여성의 육체와 순결에 대해 남성이 보여주는 자기중심적인 기만적 태도를 비판하고 있다.

그런데 「동해」에서 논의하고 있는 여성의 정조 관념에 대한 이상 자신의 태도는 수필 「19세기식」(『삼사문학』, 1937.4)에서 명확하게 드러나고 있다. 아내의 애정과 정조의 문제를 하나의 토픽으로 삼아 직접적으로 거론하고 있는 이 수필은 소설 「동해」만이 아니라 「실화」와도 특이한 상호텍스트적 관계를 형성한다.

貞操

이런 境遇 – 즉 「남편만 없었던들」 「남편이 용서만 한다면」하면서 지켜진 안해의 貞操란 이미 간음이다. 貞操는 禁制가 아니오 良心이다. 이 境遇의 良心이란 道德性에서 우러나오는 것을 가르치지 않고 「絕對의 愛情」 그것이다.

萬一 내게 안해가 있고 그 안해가 實로 요만 程度의 간음을 犯한 때 내가 무슨 어려운 方法으로 곧 그것을 알 때 나는 「간음한 안해」라는 뚜렷한 罪名 아래 안해를 내어쫓으리라.

내가 이 世紀에 容納되지 않는 最後의 한꺼풀 幕이 있다면 그것은 오직 「간음한 안해는 내어쫓으라」는 鐵則에서 永遠히 헤어나지 못하는 내 곰팡내 나는 道德性이다.

秘密

秘密이 없다는 것은 財産 없는 것처럼 가난할 뿐만 아니라 더 불쌍하다. 情痴世界의 秘密 – 내가 남에게 간음한 秘密, 남을 내게 간음시킨 秘密, 즉

不義의 兩面 — 이것을 나는 萬金과 오히려 바꾸리라. 주머니에 푼錢이 없을망정 나는 天下를 놀려먹을 수 있는 實力을 가진 큰 富者일 수 있다.

### 理由

나는 내 안해를 버렸다. 안해는 「저를 용서하실 수는 없었읍니까」 한다. 그러나 나는 한번도 「용서」라는 것을 생각해본 일이 없다. 왜? 「간음한 계집은 버리라」는 鐵則에 疑惑을 가지는 내가 아니다. 간음한 계집이면 나는 언제든지 곧 버린다. 다만 내가 한참 망서려가며 생각한 것은 안해의 한 짓이 간음인가 아닌가 그것을 判定하는 것이었다. 不幸히도 結論은 늘 「간음이다」였다. 나는 곧 안해를 버렸다. 그러나 내가 안해를 몹씨 사랑하는 동안 나는 우습게도 안해를 辯護하기까지 하였다. 「될 수 있으면 그것이 간음은 아니라는 結論이 나도록」 나는 나 自身의 峻嚴 앞에 哀乞하기까지 하였다.

### 惡德

용서한다는 것은 最大의 惡德이다. 간음한 계집을 용서하여 보아라. 한번 간음에 맛을 들인 계집은 두번째도 세번도 간음하리라. 왜? 不義라는 것은 財物보다도 魅力的인 것이기 때문에 —

계집은 두번째 간음이 發覺되었을 때 實로 첫번째 때 보지 못하던 鬼哭的 技法으로 용서를 빌리라. 번번이 이 鬼哭的 技法은 그 妙를 極하여 가리라. 그것은 女子라는 動物 天惠의 才質이다.

어리석은 남편은 그때마다 새로운 感傷으로 간음한 안해를 용서하겠지 — 이리하여 實로 男便의 一生이란 「이놈의 계집이 또 간음하지나 않을까」하고 戰戰兢兢하다가 그만 두는 가엾이 虛無한 蕩盡이리라.

내게서 버림을 받은 계집이 賣春婦가 되었을 때 나는 차라리 그 계집에게 銀貨를 支拂하고 다시 賣春할망정 간음한 계집을 용서하지도 버리지도 않는 殘忍한 惡德은 犯하지 말어야 한다고 나는 나 自身에게 타일른다.

이 수필에서 이상이 문제 삼고 있는 것은 '아내의 간음'에 대한 사실적 인식과 그것에 대한 윤리적 판단 문제이다. 이것은 작가 또는 지식인으로서 이상이 지니고 있는 도덕관이나 성에 대한 윤리 의식의 일반적 성향을 피력한 것으로 읽을 수 있다. 그러나 이 수필에서 논의하고 있는 문제가 이상의 사적 생활 속에서 이루어진 자기 경험의 고백과 관련된다고 하면 문제가 달라진다. 이 글의 요지는 '간음한 아내'를 용서하지 말고 버려야 한다는 점을 밝힌 점이다. 물론 이 글에서는 '치정 세계'에서 이루어진 일이란 '비밀'이어야 한다는 점을 강조하고 있다. 여기서 말하는 '비밀'이란 거짓을 가장한다는 의미보다는 사적 영역에 대한 자기 보호와 같은 의미로 해석할 수 있다. 비밀이 지켜지지 않을 때 신뢰가 무너지기 마련이다. 이 수필의 내용에서 주목되는 것은 이상이 자기 스스로 아내를 버렸음을 공개하고 있는 점이다. 그는 절대로 아내의 간음을 용서할 수 없음을 분명히 하고 있다. 여기서 언급하고 있는 것이 '금홍'과의 결별을 말하는 것인지 아니면 '변동림'과의 파경을 고백하는 것인지를 판별하기는 쉽지 않다. 그러나 이상은 그 누구이든지 간에 '아내가 간음한 경우라면' 특히 그 사실을 알게 될 경우에는 이를 용납할 수 없음을 밝히고 있다. 바로 여기서 강조하고 있는 '비밀'이라는 말의 의미가 드러난다. 그것은 어떤 방법으로도 밝힐 수 없는 사실을 의미한다. 이를 달리 표현한다면 자기만이 간직할 수 있는 비밀한 사랑일 수 있고, 연애의 감정일 수 있다. 이러한 정서의 영역은 누구에게나 가능한 부분이다. 그러나 어떤 경우에도 절대로 밝혀서는 안 되는 것이어야 한다. 그래야만 자기에게 소중한 재산이 된다는 해석도 가능하다.

이와 같이 소설 「동해」는 텍스트에 드러나 있는 특정 장면이 다른 텍스트에 유사하게 펼쳐진다거나 다른 텍스트의 내용을 새롭게 변형하여 옮겨놓은 상호텍스트성의 문제를 그대로 드러낸다. 어떤 경우에는 텍스트의 상호 관계가 패러디의 방식으로 드러나기도 하고 메타적 글쓰기를 통해 암시되기도 한다. 이러한 특징은 텍스트의 연원이나 영향 관계를 이해하기 위해서도 그 성격이 규명되어야 한다. 전통적인 비교문학의 방법이나 역사주의 비평에서는 당연히 이 같은 인과 관계를 통한 사실적 관계의 확인에 주력한다. 그러나 상호텍스트성의 연구는 텍스트 상호 간의 인과적 관계 규명을 위해서가 아니라 텍스트 자체의 의미 구조에 대한 새로운 해석을 목표로 한다. 상호텍스트성이라는 것 자체가 텍스트와 텍스트 사이에 일어나는 모든 관계의 총체를 뜻하기 때문이다. 물론 이 말은 하나의 텍스트를 창작하거나 읽는 주체와 주체 사이에 일어나는 관계의 총체로 바꾸어 볼 수도 있다. 소설 「동해」의 텍스트는 이미 존재해온 다른 텍스트들을 의도적으로 패러디하거나 메타적으로 다시 쓰거나 새롭게 재결합하여 새로운 상호텍스트적 공간을 구축한 것이라고 설명할 수 있다.

## 4. 영화 〈만춘〉의 패러디

소설 「동해」의 결말에는 '나'와 '임'과 '윤'이라는 세 인물이 모두 극장 단성사(團成社) 앞에 내세워져 있다. 이 장면의 극적 의미를 이해하기 위해서는 이야기의 전체적인 흐름 속에서 화자인 '나'의 내면 의식을 좀 더 섬세하게 헤아려 보아야만 한다. 소설 속에서 '나'는 더 이상 남편과는 못 살겠다면서 집을 뛰쳐나온 '임'을 받아들여 자기 방에서 하룻밤을 함께 잔 후 다음 날 그녀를 그녀의 남편인 '윤'에게 돌려보낸다. 그런데 '임'은 지난밤을 '나'와 함께했지만 아무 일도 없었다는 듯이 남편인 '윤'에게 다시 달라붙고 '윤'도 하룻밤 외박하고 돌아온 아내인 '임'을 아무 말 없이 받아들인다. '나'는 이들 부부의 행각을 어떻게 판단할지 고심하면서 친구인 'T'군을 불러내어 맥주를 마시며 온갖 상념에 사로잡힌다. 이들 부부와 헤어진 후 '나'는 'T'군과 함께 영화 〈만춘(晚春)〉의 시사(試寫)를 보겠다며 극장 안으로 들어간다. 여기서 소설의 이야기는 그 결말을 영화의 스토리로 대치(代置)한다. 소설의 결말에 영화 〈만춘〉의 장면을 끌어들임으로써 그 서사 내적 공간을 새롭게 확장하면서 영화의 내용을 통해 소설의 이야기를 매듭짓고 있는 것이다. 이 대목은 소설 속에서 다음과 같이 흥미롭게 제시되어 있다.

　　T군은 암만 해도 내가 불상해 죽겠다는 듯이 나를 물끄럼이 바라다보드니
　　「자네, 그중 어려운 外國으로 가게, 가서 비로소 말두 배우구, 또 사람두 처음으루 사귀구 그리구 다시 채국채국 살기 시작허게. 그렇거능게 자네 自殺을 救할 수 있는 唯一의 方途가 아닌가 그렇게 생각하는 내가 그럼 薄情한가?」
　　自殺? 그럼 T군이 눈치를 채었든가.
　　「이상스러워 할 것도 없는게 자네가 주머니에 칼을 넣고 댕기지 안는 것으로 보아 자네에게 自殺하려는 意思가 있다는 걸 알 수 있지 않겠나. 勿論 이것두 내게 아니구 남한테서 꿔온 에피그람이지만」
　　여기 더 앉었다가는 鰻魚처럼 탁 터질 것 같다. 아슬아슬한 때 나는 T君과 함께 빠-를 나와 알마치 단성사문 앞으로 가서 三分쯤 기다렸다.
　　尹과 姙이가 一條二條하는 文章처럼 나란히 나온다. 나는 T君과 같이 '晩春' 試寫를 보겠다. 尹은 우물쭈물하는 것도 같드니
　　「바통 가저 가게」
　　한다. 나는 일 없다. 나는 절을 하면서
　　「一着選手여! 나를 列車가 沿線의 小驛을 자디잔 바둑돌 黙殺하고 通過하듯이 無視하고 通過하야 주시기(를) 바라옵나이다」
　　瞬間 姙이 얼굴에 毒花가 핀다. 응당 그리로다. 나는 二着의 名譽같은 것은 요새쯤 내다버리는것이 좋았다. 그래 얼른 릴레를 棄權했다. 이 경우에도 語彙를 蕩盡한 浮浪者의 자격에서 恐懼 橫光利一氏의 出世를 사글세 내어온 것이다.
　　姙이와 尹은 人波속으로 숨여버렸다.
　　갸렐리 어둠속에 T군과 어깨를 나란히 앉어서 신발 바꿔 신은 人間 코미디를 나려다보고 있었다. 아래배가 몹시 아프다. 손바닥으로 꽉 눌으면 밀려나가는 김 이 입에서 哄笑로 化해 터지려든다. 나는 阿片이 좀 생각

났다. 나는 조심도 할 줄 모르는 野人이니까 半쯤 죽어야 껍적대이지 안는다.

스크린에서는 죽어야 할 사람들은 안 죽으려들고 죽지 않아도 좋은 사람들이 죽으려 야단인데 수염난 사람이 수염을 혀로 핥듯이 만지적만지적하면서 이쪽을 향하드니 하는 소리다.

「우리 醫師는 죽으려드는 사람을 부득부득 살려 가면서도 살기 어려운 세상을 부득부득 살아가니 거 익쌀맞지 않소?」

말하자면 굽달린 自動車를 研究하는 사람들이 거기서 이리뛰고 저리뛰고 하고들 있다.

나는 차츰차츰 이 客 다 빠진 텅 빈 空氣속에 沈沒하는 果實 씨가 내 허리띠에 달린 것같은 恐怖에 지질리면서 정신이 점점 몽롱해 드러가는 벽두에 T군은 은근히 내 손에 한 자루 서슬 퍼런 칼을 쥐어준다.

(復讐하라는 말이렸다)

(尹을 찔러야 하나? 내 決定的 敗北이 아닐가? 尹은 찔르기 싫다)

(姙이를 찔러야 하지? 나는 그 毒花 핀 눈초리를 網膜에 映像한 채 往生하다니)

내 心臟이 꽁 꽁 얼어드러온다. 빼드득빼드득 이가 갈린다.

(아 하 그럼 自殺을 勸하는 모양이로군, 어려운데 - 어려워, 어려워, 어려워)

내 卑怯을 嘲笑하듯이 다음 순간 내 손에 무엇인가 뭉클 뜨듯한 덩어리가 쥐어졌다. 그것은 서먹서먹한 表情의 나쓰미깡, 어느 틈에 T君은 이것을 제 주머니에다 넣고 왔든구.

입에 침이 쫘르르 돌기 전에 내 눈에는 식은 컵에 어리는 이슬처럼 방울지지 안는 눈물이 핑 돌기 시작하였다.

앞의 인용에 등장하는 극장 단성사는 1907년 종로 거리에 2층 목조 건물로 세워졌던 영화관이다. 인용에서 볼 수 있듯이 소설 「동해」의 주인공들이 극장 단성사 앞에서 서로 만나 영화를 구경하는 것은 특별한 일이 아닐 수도 있다. 영화가 이미 소설 속에서 그려내는 일상의 한 요소가 되어버렸음을 뜻하기 때문이다. 하지만 이 소설의 결말 장면에서 그려내는 극장 단성사와 거기서 구경한 영화 이야기는 단순한 일상의 한 장면이 아니다. 소설 「동해」의 결말 부분에 끌어들인 영화 〈만춘〉의 이야기는 극적 결말을 위한 허구적 장치가 아니라 실제로 1936년 6월 23일부터 일주일 동안 단성사에서 상영된 미국 영화이다. 이 영화의 원제는 *The Flame within*[6]으로 '정염(情炎)'의 뜻을 담고 있는데, MGM사가 1935년 제작했으며, 에드먼드 골딩(Edmund Goulding)이 감독했다. 당대 지성파 여배우로 평판을 얻었던 앤 하딩(Ann Harding)이 정신과 의사 메리 화이트로 분장했으며, 그녀를 사랑하는 동료 의사로 허버트 마셜(Herbert Marshall)이 그녀의 곁에 있다. 의사 메리는 새로이 등장한 심리 치료의 방법에 몰두하면서 결혼에는 관심이 없다. 자신이 결혼하게 된다면 한 가정의 주부가 되어 의사로서의 자기 일을 할 수 없을지 모른다고 생각했기 때문이다. 1930년대만 하더라도 결혼한 여성이 직업을 가진다는 것에 대해 부정적으로 생각하는 사람들이 많았다.

소설 「동해」의 결말에 영화 〈만춘〉의 이야기를 끌어들인 것은 소설의 이야기를 더욱 흥미롭게 매듭짓기 위해 작가가 고안한 일종의 패러디에 해당한다. 그 이유는 영화의 내용을 보면 쉽게 이해할 수 있다. 영화의 이야기는 어느 날 고든이 메리에게 한 여성 환자를 소개하면서부터 시작된다. 그 여성 환자는 부유한 집안의 딸인 린다 벨튼(Maureen O'Sullivan이 열연함) 양이다. 그녀는 다량의 약을 복용하고 자살을 시도했었다. 고든은 그녀의 주치의로서 정신과 치료가 필요하다고 판단하여 심리 치료를 위해 메리에게

---

6  필자는 당시 신문에 수록된 영화 〈만춘〉의 광고(『동아일보』, 1936.6.20)를 통해 이 영화가 실재했던 사실을 확인하였다. 신문 광고에서는 "새암솟듯 열정은 넘치네/부질없는 사랑에 우는 여성의 가지가지의 모양/이지(理智)와 정염(情炎)의 야상곡(夜想曲)/아름다운 걸작(傑作)"이라고 이 영화를 선전하고 있다. 영화 〈만춘〉은 1936년 3월 일본에서도 개봉한 바 있는데, 영화의 원제 The Flame within을 개봉 당시 일본인들이 '晩春'이라고 고쳤다.(畑暉男 編, 『20世紀アメリカ映画事典』, 日本 カタログハウス, 2002, 677쪽 참조.)

분석과 해석

그녀를 보낸 것이다. 메리는 린다 양과 상담을 하면서 자살을 시도한 동기가 무엇인가를 밝혀내려고 한다. 메리는 린다 양이 잭 케리(Louis Hayward 조연)와 약혼한 사이라는 것을 알고는 린다 양과 상담하던 중에 진료실에서 잭에게 전화를 걸게 한다. 그러나 린다 양은 전화를 걸다가 갑자기 유리창문을 열고 진료실 밖으로 뛰어내리려고 한다. 메리는 황급하게 이를 저지하면서 린다 양을 진정시킨다. 그 뒤 메리는 린다 양의 약혼자 잭이 알코올중독자라는 사실을 밝혀내고, 그녀의 정신적 상처의 요인이 바로 알코올중독자인 잭에 있다는 사실을 확인한다. 잭은 알코올에 찌든 채 자신을 진정으로 사랑하고 있는 린다 양을 전혀 돌보지 않고 있었던 것이다. 의사 메리는 린다 양의 심리 치료를 진행하면서 그녀의 약혼자 잭을 설득시켜 재활 프로그램을 통해 알코올중독을 고치도록 한다. 메리의 적극적인 진료 덕분에 잭은 약 8개월 후에 전혀 몰라보게 건강해져 돌아온다. 그리고 린다 양과 잭은 결혼에 골인한다. 두 사람은 이제 겉보기에는 아주 행복해 보이는 부부가 된다. 이들이 모두 참석한 연회에서 잭은 의사 메리와 춤을 출 기회를 갖게 된다. 잭은 자신의 알코올중독을 치료해준 메리에게 자기가 그녀를 사랑한다고 말한다. 메리는 의사의 입장에서 자신의 환자였던 잭의 사랑 고백을 탓하지 않는다. 그런데 린다가 이를 보고, 의사인 메리를 향한 잭의 태도가 심상치 않다는 것을 눈치챈다. 그리고 메리에 대한 질투에 사로잡힌다. 그녀는 의사인 메리가 자신으로부터 잭을 빼앗으려 하고 있으며, 두 사이를 갈라놓고 있다고 비난한다. 이 같은 상황이 벌어지자 메리는 혼란에 빠진다. 메리는 자신의 치료법을 잘 따라준 잭에게 깊은 호감을 가지고 있지만 그의 사랑을 받아들일 수 없다는 것을 잘 알고 있다. 더구나 의사의 신분으로서 자신의 또 다른 환자였던 린다 양을 지켜주어야 한다는 책임감도 여전히 느끼고 있다. 이 영화는 메리가 잭에게 린다 양과의 결혼에 대해 책임이 있음을 상기시키는 장면에서 절정에 도달한다. 우여곡절을 겪었지만 메리의 권유에 따라 잭과 린다 양은 다시 화해

한다. 그리고 동시에 메리 또한 이들 두 남녀의 갈등을 치료하는 과정을 통해 동료 의사인 고든과의 사랑을 생각할 수 있게 된다.

이와 같은 영화 〈만춘〉의 이야기는 소설 「동해」의 서사와 유사한 구조를 보여준다. 남녀 관계의 갈등과 그 해결의 과정에서 드러나는 삼각구도가 바로 그것이다. 물론 유사한 두 이야기를 단순하게 병치시키는 데에 만족하지 않는다. 영화 〈만춘〉에서 갈등에 빠져든 두 남녀로 인하여 곤경에 직면했던 정신과 여의사 메리의 입장을 내세워 소설 속의 주인공 '나'의 경우를 스스로 설명하도록 조절되어 있기 때문이다. 소설의 주인공 '나'는 '임'의 앙탈을 달래고 '윤'과 다시 만나 화해하도록 만들어준다. 하지만 '나'에게 찾아와 자신의 사랑을 받아달라고 했던 '임'이 다시 '윤'에게 아무 일도 없었던 것처럼 태연하게 돌아가는 모습에 질려버린다. 이 같은 극적인 결말에 영화 〈만춘〉의 장면들이 겹침으로써 소설 「동해」는 결국 그 서사 내적 공간을 확대할 수 있게 된 셈이다.

> 내가 結婚하고 싶어하는 女人과 結婚하지 못하는 것이 결이 나서 結婚하고 싶지도, 저쪽에서 結婚하고싶어 하지도 안는 女人과 結婚해버린 탓으로 뜻밖에 나와 結婚하고 싶어하든 다른 女人이 그또 결이 나서 다른 男子와 결혼해버렸으니 그야말로— 나는 지금 一朝에 破滅하는 結婚우에 佇立하고 있으니— 一擧에 三尖일세그려

「동해」의 이야기는 영화 〈만춘〉을 끌어들임으로써 그 희화적(戱畵的) 이야기의 전개 과정을 서사 공간의 영상적 확장을 통해 매듭짓는다. 그리고 앞에 인용한 대목처럼 주인공인 '나'의 내적 독백으로 처리된 한마디 말 속에 작가 이상의 경험적 자아가 짙게 드리워져 있음을 느낄 수 있다. 소설 속에서 주인공인 '나'는 영화 〈만춘〉을 관람한 후에 '신발 바꿔 신은 인간 코미디'라고 한마디로 그 성격을 규정한다. 그리고 영화의 줄거리 내용에 '임'의 교활한 행동을 견주어보면서 스스로 씁쓸한 느낌을 이렇게 묘사

하고 있다. "내 비겁을 조소하듯이 다음 순간 내 손에 무엇인가 뭉클 뜨뜻한 덩어리가 쥐어졌다. 그것은 서먹서먹한 표정의 나쓰미깡, 어느 틈에 T군은 이것을 제 주머니에다 넣고 왔든구. 입에 침이 쫘르르 돌기 전에 내 눈에는 식은 컵에 어리는 이슬처럼 방울지지 않는 눈물이 핑 돌기 시작하였다." 이 마지막 대목에 등장하는 '나쓰미깡'이야말로 소설의 첫 장면에서 '임'이 껍질을 벗겨주던 그 '나쓰미깡'과 다를 것이 없다. 이상의 글쓰기에서 빛을 발하는 감각적 인지(認知) 방법으로서의 서사화 전략은 이 작품의 결말에서 '달착지근하면서도 쓰디쓰고 시디신' '나쓰미깡'의 맛으로 귀결되고 있는 것이다.

## 5. 「동해」와 메타픽션의 성격

소설 「동해」의 제목에서 확인되는 '동정과 형해'라는 모티프는 다른 형태의 여러 텍스트에서 서로 다르게 변형되어 배치되면서 상호텍스트적 공간을 구축한다. 「동해」의 서사 속에서는 '임'이라는 여주인공이 구체적 형상성을 드러내면서 자리 잡고 있다. 여기서 주목되는 것이 '임'의 성격이다. 이 여주인공은 이상의 소설 가운데 「날개」의 '안해'와 부분적으로 닮아 있다. 그리고 「종생기」의 '정희'라든지 「실화」의 '연'과 같은 인물을 놓고 보면, 상당 부분 그 성격이 일치하고 있음을 확인할 수 있다. 이 작품들에 등장하는 여주인공들은 공통적으로 성적(性的) 개방성을 보여준다. 여성의 정조라든지 한 남성의 아내로서의 도덕이라든지 하는 문제에 대해 비교적 자유로운 태도를 보여준다. 이러한 여주인공의 태도에 대해서는 「종생기」와 「실화」에서도 경멸적 어조로 묘사된 바 있다.

소설 「동해」에서 이상은 스스로 '나'라는 작중화자로 등장하여 서사의 흐름에 관심을 기울이고 서사 내적 공간으로 들어서서 여기저기 메타적 간섭을 시도한다. 이러한 과정을 통해 이상은 독자들과의 사이에 소설이라는 허구적 서사에 대해 이야기하는 것이 아니라 그 허구적 서사가 허구적으로 만들어지는 것이라는 점에 초점을 두고 이야기를 한다. 이러한 메타적 전략은 소설이라는 것이 작가에 의해 제작되는 허구라는 사실을 더 진지하게 위장하는 효과를 드러낸다. 여기서 문제가 되는 것이 전통적인 개념으로서의 허구와 리얼리티 사이의 관계가 무너지게 된다는 점이다. 물론 이것은 경험적 현실의 객관적 실재성에 대한 회의에 근거하는 것이지만, 이상은 소설이라는 것이 하나의 꾸며진 세계이며 가구(假構)의 산물에 불과하다는 사실을 강조하고 있는 셈이다. 소설 「동해」는 메타픽션의 방법을 활용함으로써 작가 자신의 사적 체험 영역과 연관되는 내용을 암시하거나 변형시키는 자기 반영의 경향을 자연스럽게 드러내고 있다. 이와 같은 소설적 글쓰기는 경험적 현실의 총체적 인식이라는 리얼리티의 재현과는 일정한 거리를 유지할 수밖에 없다.

이상이 시도하고 있는 메타픽션의 방법은 소설 양식의 새로운 가능성을 탐색하고자 하는 작가적 관심에 의해 이루어진 것이라고 할 수 있다. 이상은 자신의 개인적인 삶을 작품 속에 직접적으로 투영하는 방식을 통해 자기 반영의 가능성을 획득하게 된다. 자신이 창작하고 있는 소설 텍스트의 인물로 자기를 등장시키는 만큼 작가로서의 이상이 살아온 자전적 요소도 분명하게 드러난다. 그러나 이상의 메타픽션은 그것이 자전적인 요소를 담고 있다고 해도 어떤 역사적 실재성을 위한 서술 방식은 아니다. 이것은 존재론적인 차원에서 전혀 별개의 논의를 가능하게 한다. 소설의 텍스트에 등장하는 작가 이상은 텍스트 속에 등장하는 순간 그 실재성의 의미를 상실하게 되거나 또는 그 실재성 자체가 의문시될 수밖에 없다. 그것은 텍스트의 언어에 의해 만들어진 것이기 때문이다. 이러한 현상은 작가와 그 창작으로서의 텍스트 사이에 저자로서의 주체와 대상으로서의 작품이라는 입장이 서로 뒤바뀌면서 서로가 서로를 창조하고 서로가 서로의 입장을 파괴한다는 점을 통해 확인된다. 그러므로 「동해」의 텍스트 안에 등장하는 작가 자신은 실재하는 자연인으로서의 작가 이상과는 구별된다. 이것은 단지 텍스트의 인위성과 현실 속 삶의 인위성을 강조하기 위해 활용하는 하나의 서사 기법에 불과한 것이다. 그러므로 이상의 소설은 자전적인 요소가 있기는 하지만 하나의 '모방적 자서전'에 불과하다. 그가 시도하고 있는 메타픽션의 방법은 허구적인 서사의 내부 세계와 외부 세계 사이의 관련성을 탐색하면서도 허구와 리얼리티와의 관계에 의문을 제기하는 새로운 방법의 글쓰기[7]에 해당하기 때문이다.

　소설 「동해」는 서사 내용 자체가 자기 탐닉적이라는 문제점을 드러낸다. 이러한 자기 집착의 경향은 이상의 소설이 사회적·역사적 현실로부터 도피하거나 초월하고 있다는 비판으로부터 자유로울 수 없는 자리에 놓여 있음을 의미한다. 이상의 소설이 자의식 과잉 상태에 빠져 있다고 비판되거나 불확실한 자기 반영성을 넘어서지 못하고 있다고 지적당하는 이유가 여기 있다. 그리고 이러한 경향이 이상 문학의 자기 탐닉과 문학적 퇴폐의 한 징후처럼 읽혀왔다는 점도 간과할 수 없는 일이다. 하지만 이러한 관점은 리얼리즘적 소설의 전형에 근거한 판단일 때에만 의미를 가진다. 현실 세계의 리얼리티 자체가 근본적인 회의에 봉착해 있는 상황에서 이상 소설이 보여주고 있는 메타적 글쓰기는 먼저 자기 반영성의 원리를 통해 개인의 소외 현상과 파멸의 과정을 추적한다. 이것은 도덕적으로 무책임하고 퇴폐적인 것이 아니라 오히려 바로 그러한 경향을 보이고 있는 현실을 해체한다는 점에서 하나의 역설적 요소를 담고 있다. 소설 「동해」는 그 창작 기법 자체가 본질적으로 사실주의적 속성과 거리가 먼 양식적 요소로 채워져 있으며 그 서사의 내용도 반인상주의적인 경향을 나타내고 있다. 이 작품에서 작가는 리얼리티에 대한 효과를 포기하면서 자신의 주

---

7　Jason Bellipanni, *The Naked Story: Fiction about Fiction*, NH: Story Review Press, 2013, pp.8~17.

관적 감정과 경험적 요소들을 과장하기도 하고 엉뚱한 방향으로 변형하기도 한다. 현실을 반영하고 묘사하는 것이 아니라 오히려 그 현실의 어떤 측면에 대응할 수 있는 하나의 독자적인 이야기를 만들어내고 있는 것이다. 그러므로 이 작품에서 그려내고자 하는 현실은 그 소설적 형식을 빌려 비로소 탄생하는 것이라고 할 수 있다.

# 「만세전」을 보는 탈식민주의 시각

## 1. 「만세전」과 귀환의 여로

염상섭의 「만세전」은 1922년 '묘지(墓地)'라는 제목으로 잡지 『신생활』에 연재했지만 일본 경찰의 검열로 잡지가 폐간되면서 발표가 중단되었다. 그 뒤 1924년 『시대일보』의 발표 지면을 얻어 '만세전'이라는 제목으로 작품을 완결하였다. 이 소설은 3·1운동 직전인 1918년 겨울을 시간적 배경으로 삼고 있다. 작중화자인 '나'는 만세가 일어나기 전해 겨울 일본 동경 W대학에 적을 두고 있던 자신의 모습을 떠올린다. 당시 '나'는 대학의 학기말 시험에 쫓기던 중에 '아내 위독'이라는 전보를 받는다. '나'는 한국에 두고 온 아내에 대해 특별히 사랑하는 감정을 느끼지 못하고 있었지만, 아내가 혹시 세상을 떠날지도 모른다는 생각에 시험을 포기하고 귀국 준비를 서두른다. 이 소설의 이야기는 주인공의 귀환 과정에 일어났던 일들이 회상적 진술 방법에 따라 이어지고 있는데, '나'의 내면 의식의 추이를 보여주는 자기 고백이 소설적 감응력을 끌어올리고 있다.

주인공 '나'는 아내가 위독하다는 전보를 받고 대학 주임교수의 허락을 얻은 후 귀국을 준비한다. '나'는 출발 전날 밤 자주 가던 카페에 들러서 연정을 품고 있던 일본인 여급 시즈코(정자)를 만나 자신의 귀국을 알린다.

다음 날 시즈코는 '나'를 전송하기 위해 동경역에 나온다. 시즈코는 '나'에게 자신이 준비한 편지와 간단한 선물을 건네준다. '나'는 기차가 출발한 후 그 편지를 읽으며 자신과 그녀의 관계에 대해 생각한다. 기차가 고베에 도착하자 '나'는 차에서 내려 전부터 친하게 지냈던 을라라는 여성을 찾는다. 음악학교 기숙사에서 을라를 잠깐 만나게 된 '나'는 귀국 사정 이야기를 나누고 헤어진다. 그리고 드디어 하관(시모노세키)에서 하차한다. 이곳에서 부산행 여객선으로 갈아타야 한다. 항구에 도착한 '나'는 형사들에게 검문을 받으면서 승선인 명부에 자기 이름을 적어 넣는다. 그리고 아무리 일본어를 유창하게 한다고 해도 자신은 조선인임을 새삼 깨닫는다.

이 소설은 부산행 연락선에 오른 '나'의 이야기에서부터 중반부에 들어선다. '나'는 일본인 순사의 눈초리를 피하기 위해 2등 선실에 있는 목욕실로 들어간다. 모두가 벌거벗은 몸이니 일본인과 조선 사람의 차이를 알 수가 없다. '나'는 조선 노동자를 경멸하며 목욕실 안에서 떠들어대는 일본인들의 이야기를 듣고 불쾌감에 휩싸인다. 그리고 비로소 나라 잃은 조선인으로서의 울분과 비애감을 느끼게 된다. 부산에 도착하여 여객선에서 내리면서 '나'는 다시 검문을 당하며 막연한 불안감을 느낀다. 기차 시간을 기다리는 동안 '나'는 부산의 뒷골목을 돌아본다. 부산은 이미 일본 도시로 변했고 일본 술집과 음식점이 즐비하다. '나'는 일본 술집에 들어가 일제에 의한 경제적 침탈과 조선인의 무지를 생각하면서 시간을 보낸다.

이 소설은 김천에 살고 있는 형이 '나'를 역으로 마중 나온 이야기에서부터 후반부로 접어든다. 형은 일본인들에 빌붙어 여기저기 땅 투기를 하면서 돈벌이에 혈안이 되어 있다. 그리고 총독부가 정한 법에 따라 공동묘지밖에 쓸 수 없게 되었다며 묏자리 걱정이다. '나'는 형의 변화된 모습에 실망한다. 서울 집에 도착해보니 아내는 건강을 추스를 가망성이 없다. 12년 동안 시집살이를 하던 아내는 아버지의 고집으로 현대 의학의 치료를 받지 못하고 재래식 진료에만 의존하다가 병을 키웠다. 아버지는 일본

고위층에게 빌붙어 헛된 명예를 탐하고 있고 이를 부추기는 김의관의 말만 따른다. 집안의 종손이라는 자리에서 아무 일도 하지 않고 무위도식하는 종형에게도 기댈 것이 없다. 나는 가족들을 보면서 조선의 어두운 현실이 구더기가 끓는 공동묘지와 같다고 느낀다. 마침내 아내가 세상을 떠나자 '나'는 초상을 치른 후 어미를 잃은 자신의 어린 아들을 형에게 맡긴다. '나'는 시즈코에게 이별을 고하는 편지를 보내고는 탈출하듯 다시 동경으로 향한다.

「만세전」의 이야기는 주인공이 동경에서 출발하여 하관에 이르는 기차 여행 그리고 하관에서 관부연락선을 타면서 현해탄을 건너는 과정, 그리고 부산에서 다시 경성까지 이르는 기찻길이 여행의 틀을 유지하면서 이어지고 있다. 이 작품이 동경에서 서울로, 그리고 다시 동경으로라는 원점 회귀적인 '여로(旅路)의 과정'을 주축으로 하고 있는 것은 구성상의 긴장미를 구현하는 데에 기능적이라고 할 수 있다. 이 여로의 과정에는 일본 동경과 조선 경성이라는 서사 공간의 이동이 대조적으로 제시된다. 소설의 이야기 자체는 일제에 의해 구획된 지배 제국 일본과 피식민지 조선의 서로 다른 사회 문화적 위상을 전유했던 주인공의 회고적 진술이 중심을 이룬다. 그러므로 이야기의 흐름이 일제강점기 절대적 지배 세력이었던 일본인과 피지배 민족인 한국인의 상호 관계를 관통하고 있다. 한국 근대소설의 출발점에 놓여 있는 이광수의 『무정』에는 일본인의 모습이 장식적으로 등장한 채 한국인의 생활과 절연된 상태로 처리되고 있다. 그러나 염상섭의 「만세전」은 식민지 현실 자체가 지배자와 피지배자 사이에 내포된 긴장을 수반한다는 사실을 외면하지 않고 있다. 이 소설은 식민지 현실의 문제성을 재현하면서 식민주의 이념의 지배적 의미를 전유하고 이를 전도시키고자 하는 의식적 도전을 숨겨두고 있다.

## 2. 「만세전」 창작 당시의 염상섭

염상섭이 「만세전」을 발표하기 전 『동아일보』 창간 기자로 참여하면서 본격적인 문필 활동을 시작하게 되었다는 것은 특별한 의미가 있다. 『동아일보』 창간 작업에는 당대의 문필가로서 그 이름이 낯설지 않은 몇몇 인물들이 참여하고 있었다. 초대 편집국장이 된 이상협은 「정부원(貞婦怨)」, 「해왕성(海王星)」 등의 번안소설로 이름이 알려졌던 인물로 조선총독부 기관지였던 『매일신보』 편집국장을 지냈다. 진학문은 일본 와세다대학 영문학과 중퇴 후 귀국하여 일본 『오사카아사히신문(大阪朝日新聞)』의 경성지국 기자로 활동했던 문필가였다. 김석송은 『매일신보』 기자로 초창기 문단에서 시인으로 활약했고 이상협을 따라 『동아일보』 창간 작업에 참여했다. 그러나 염상섭은 신문과는 별다른 인연이 없던 한낱 대학 중퇴자에 불과했다.

염상섭은 중학 시절부터 일본으로 건너가 교토 부립(府立)제2중학을 졸업한 후 1918년 게이오대학(慶應大學) 예과에 입학했다. 그러나 그의 대학 생활은 순탄치 못했다. 그는 병을 이유로 대학 생활 일 년도 제대로 채우지 못한 채 도쿄를 떠나 오사카 지방을 떠돌았다. 그 무렵 도쿄에서는 재일조선인유학생회 주도로 유명한 2·8독립선언이 이루어졌고, 곧바로 국내에서 3·1만세운동이 일어났다. 염상섭은 이 놀라운 사건들을 뒤늦게 알아차리고는 자신의 처지를 고심하다가 새로운 활동을 계획하였다. 그것이 바로 오사카 데노우지(天王寺) 공원 만세운동이다. 염상섭은 오사카 지역의 몇몇 유학생과 회동하면서 '재대판(在大阪) 조선 노동자 일동 대표'로 자신의 이름을 내걸고 독립선언문을 작성했다. 그는 이 선언문에서 평화의 제단에 숭고한 희생으로 제공된 민족의 망령이 민족자결주의라는 한마디의 교훈을 던져주었음을 천명하였다. 그리고 강제 합병 후 10년 동안 일본이 식민지 조선에서 보여준 참학과 무도가 극에 달했음을 지적하면서 자유의 존엄성을 내세워 조선 독립 선언의 이유를 밝혔다. 하지만 염상섭의 독립선언문은 계획했던 1919년 3월 19일에 발표되지 못했다. 거사 전날 그는 만세운동의 주모자로 일본 경찰에 체포되었고 동조했던 유학생들도 모두 검거되었다. 그는 일본 법정에서 금고(禁錮) 10개월을 언도받았으며 3개월 정도 구금되었다가 석방되었다.

염상섭은 감옥에서 풀려나온 후 동경으로 돌아왔다. 그는 당시 일본 사회에 유행하기 시작한 무산계급의 해방운동에 눈을 뜨면서 자신이 새롭게 추구하고자 하는 민족 해방운동을 위해 무산자 해방운동으로 우회해야 한다고 생각했다. 그리고 스스로 노동자가 되어 요코하마에 있는 복음인쇄소의 직공으로 일했다. 그가 선택한 노동자 생활은 자기 의식의 추상성을 벗어나 구체적 현실 감각을 체득하기 위한 일종의 학습 과정과도 같은 것이었다. 그는 인쇄소의 직공으로 생활하는 동안 당시 유학생 사이에서 발간되고 있던 『학지광(學之光)』 『삼광(三光)』 등과 같은 잡지에 단평을 발표하면서 자신의 현실 인식과 감각을 비평적 논설을 통해 논리화하기 시작했다. 당시 그가 발표한 글 가운데에는 황석우의 시가 보여주는 추상성을 비판한 글을 비롯하여 이광수의 소설이 현실 생활과는 아무런 교섭이 없는 빈탕임을 지적한 글도 있다. 그는 노동자를 자처하고 있었지만 이미 도쿄의 한국인 유학생들 사이에는 날카로운 비판적 식견을 지닌 비평가로서 그 존재가 알려졌다.

염상섭은 1920년 1월 말 도쿄에서 『동아일보』 창간 작업에 합류했다. 오사카 만세 사건이 세상에 알려지면서 염상섭의 존재를 눈여겨보았던 진학문이 그를 일본 주재 기자로 천거했다. 염상섭은 스스로 떠밀리듯이 『동아일보』 기자가 되었다고 했지만 요코하마의 작은 인쇄소 직공이었던 그는 『동아일보』와 만남으로써 격동의 삶과 지지부진했던 그의 유학 생활을 모두 정리할 수 있게 되었다. 도쿄에 있던 그에게 내려진 첫 번째 임무는 『동아일보』 창간호를 위해 일본의 저명 정치가, 학자, 경제인, 현직 고위 관리들의 축하 휘호와 축사를 받아내는 일이었다. 『동아일보』 창간호에는 염상섭이 도쿄에서 취재해온 기사가 상당 부분을 차지했다. 3·1운동 때 조선인의 입장을 비교적 이해해주었던 기독교 사회주의자 아베 이소오(安部磯雄) 와세다대학 교수, 3·1운동 당시 조선인의 여론을 들은 바 있는 일본학사회(日本學士會) 이사장이며 귀족원 의원이었던 사카타니 요시로(坂谷芳郎), 조선 경제사 개척자의 1인인 도쿄고상(東京高商) 교수 후쿠다 도쿠조(福田德三), 와세다대학 학장 히라누마 요시로(平沼淑郎), 게이오의숙장(慶應義塾長) 가마다 에이키치(鎌田榮吉) 등 당대 명사들의 축사와 축전이 염상섭의 교섭으로 창간호에 게재되었다.

『동아일보』 창간과 함께 염상섭은 1920년 4월 1일 정식으로 기자 발령을 받았다. 염상섭의 신문기자로서의 출발은 성공적이었다. 그는 기자 생활 자체가 '민족운동에 의의 깊은 봉사'였다고 회고하였거니와 기자라는 직업으로 생계를 해결할 수 있게 된 것에 우선 만족이었다. 염상섭이 자신의 이름을 내걸고 작성했던 『동아일보』 지면의 글은 「자기 학대에서 자기 해방으로」(4.6~4.9)라는 단독 논설이었다. '생활의 성찰'이라는 부제를 달고 있는 이 글은 그 작성 일자가 '1920년 1월 9일'이라고 말미에 표시되어 있다. 염상섭이 도쿄 주재 기자로서 동아일보 창간 팀에 합류하기 직전에 이 글을 썼다고 볼 수 있다. 이 글에서 염상섭은 '자기 사랑'을 내세웠다. 이 특유의 개념은 자기기만, 자기 포기, 자기 학대로부터 자기 해방으로 이어지는 지점을 의미하는데, 염상섭은 이를 정치적·사회적·경제적·도덕적 일체의 외적 해방의 발족점이라고 규정했다. 자기 사랑은 결코 천박한 이기주의가 아니다. 자기가 자신의 노예인 상태에서는 대외적 해방을 요구할 자각도 없고 권리도 없다. 모든 것으로부터 해방되어 개성의 자유로운 발전을 방해받지 않는 생활에서부터 자기 사람의 참뜻이 생겨난다. 염상섭은 10년이 넘는 일본 유학 생활을 돌아보면서 그것이 결국은 자기 학대의 세월이었음을 간파했다. 『동아일보』를 만남으로써 그는 스스로 자기 해방의 가능성을 확인했다.

염상섭이 『동아일보』 신문의 1면에 연재했던 「노동운동의 경향과 노동의 진의」라는 논설은 모두 7회에 걸쳐 있다. 당시의 신문 논설의 전형적 형식을 취하고 있지만 이 글에서도 염상섭은 자신이 직접 체험을 통해 학습했던 노동 문제에 대한 개인적인 자기주장과 논리를 내세웠다. 그는 노동운동이란 인간 사회의 모든 불합리한 조직을 그 근저로부터 파괴하고 인간의 내면에서 우러나오는 근본적인 요구를 기초로 하는 새로운 제도와 조직을 목표로 하는 것이라고 썼다. 노동운동은 인간고의 장구한 경험과 통절한 자각으로부터 우러나오는 해방의 전주곡이라는 것이 그의 주장의 핵심이었다.

염상섭이 자기주장의 지면에 일본인 야나기 무네요시(柳宗悅)의 글을 번역 소개한 것은 그의 현실 감각과 문화적 식견을 보여주는 일종의 '특종' 기사가 되었다. 야나기 무네요시는 도쿄제국대학에서 철학을 공부한 일본의 대표적인 미학자의 하나였다. 그는 조선 각지에서 일어난 3·1만세운동에 대한 일본의 혹독한 탄압을 보고 분개하여 유명한 논설 「조선인을 상(想)함」(1919. 5)을 『요미우리 신문』에 기고했다. 야나기는 이 글에서 일본이 다액의 금전과 군대와 정치가를 그 나라(한국)에 보냈지만 언제 진심의 애(愛)를 준 적이 있었는가를 물었다. 야나기는 정치와 경제 대신에 조선의 예술을 그 논의의 중심으로 끌어들이면서 이렇게 적었다. "조선 고예술 건축과 미술품이 거의 퇴폐하고 파괴된 것은 그 대부분이 실로 왜구의 소행이었다. 중국은 조선에 종교와 예술을 전해주었으나 그것을 거의 파괴한 자는 일본의 무사들이었다. 이러한 사실은 조선인의 골수에 사무친 원한일 것이다. 하지만 미래에 승리할 것은 저들의 미(美)요 우리의 칼날은 아니다."

염상섭이 야나기 무네요시의 글에서 발견한 것은 정치도 경제도 군사도 아니었다. 조선의 예술이었다. 일본의 정치·군사·경제력에 의해 억압당하고 있던 식민지 상황 속에서 한국인의 자존감을 살려줄 수 있는 것이 바로 한국의 문화였고 예술이었다. 염상섭은 바로 이 점을 놓치지 않았다. 그는 일본인 야나기 무네요시의 입을 통해 조선 예술의 미적 가치를 다시 확인하고 싶었다. 타자의 시선을 통해 자기 존재를 드러내는 이 특이한 접근 방식은 염상섭의 젊은 감각으로 가능했던 일이다.

염상섭은 기자 생활에 익숙해지는 동안 변영로, 오상순 등의 문필가들과 어울리면서 피폐한 땅 위에 새롭게 꽃피울 문학을 논했다. 그는 문학 동인지 『폐허(廢墟)』(1920. 7)의 발간에 즈음하여 『동아일보』를 떠났다. 현실의 밑바닥을 뒤지는 기자에 안주하지 않고 스스로 별을 그리는 작가가 되기를 원했던 그는 소설 「표본실의 청개구리」를 들고 문단에 복귀했다. 이 소설이 화제를 불러일으키는 동안 그가 새롭게 구상한 것이 바로 「만세전」이었다.

여기서 한 가지 지목해야 할 것은 염상섭이 신문에 「만세전」을 연재하기 직전 자신의 문학에 대한 관점과 논리를 정리한 「개성과 예술」(『개벽』, 1922.4)이라는 평문을 발표했다는 사실이다. 이 글은 근대 사회의 성립과 개인의 발견을 전제로 하여 개인의 특질로서의 개성 표현을 중시하는 예술의 성격을 논하고 있는 예술론의 의미를 지닌다. 그러나 '개성론'에 입각한 문예에의 접근이 사실은 한국 예술의 미의식을 주목했던 일본인 미학자 야나기 무네요시의 주장을 되받아쓰기 위한 논리적 선택이었다는 사실을 간과해서는 안 된다. 염상섭은 예술의 위대성이란 개성의 독창성에서만 비롯된다고는 생각하지 않는다. 작가가 개인적인 남다른 신념을 지니는 것도 바람직한 일이며, 독특한 심미적인 감각을 지닐 수 있다면, 그것은 더욱 말할 나위도 없다. 그러나 예술작품에서 중요시될 수 있는 것은 작가의 개인적 신념이나 미적 감각의 독창성뿐만 아니라 작품 속에 담기는 전체적인 시대정신이다. 작가의 개인적 체험의 특이성이나 독특한 감각만을 내세울 경우, 그것이 보편적인 의미로 승화될 수 있으리라는 보장은 아무것도 없는 것이다. 예술이란 언제나 개인적인 신념이나 사고방식이나 독창적인 미적 감각을 포함하면서도, 그것이 바로 시대의 감각이며 신념이 될 수 있을 때 진정한 가치를 지니게 된다. 그리고 이러한 경우에만 독창성과 보편성이 함께하는 위대한 예술이 성립될 수 있을 것이다.

염상섭은 개성론에서 개인적인 자기 각성이나 개성 표현의 문제만을 중시하고 있는 것은 아니다. 그는 개성의 문제를 개인의 내적 영역에만 국한하지 않고 이것을 민족의 차원으로 확대하여 나아가고 있다. 그가 말하고 있는 민족적 개성이란 민족사의 흐름 속에서 민족의 역사적 배경을 이루는 기후 풍토뿐만 아니라 시대적 상황 등을 통해 형성된 민족의 고유한 정신을 뜻한다. 그리고 바로 이러한 민족적 개성의 표현을 통해 민족 특유의 예술의 가치가 발현될 수 있다는 것이다. 이처럼 염상섭은 개성론의 출구를 민족 문제로 확대함으로써 3·1운동 직후의 당대적 상황과 관련한 민족적 자기 각성 문제를 자연스럽게 문예의 영역 안으로 끌어들이고 있다.

## 3. 「만세전」의 동경과 경성, 시즈코와 아내

「만세전」에서 이야기가 시작되는 장소는 일본 동경이다. 동경은 식민지 조선을 지배하는 제국 일본의 수도이다. 소설의 주인공은 조선인 신분이지만 동경에서 대학생으로 아무런 불편 없이 생활하고 있다. 식민지 조선이라든지 억압받는 민족의 삶과 같은 현실적 문제에 대해서는 아무런 자각도 없다. '아내 위독'이라는 전문을 받고 나서야 자기 처지를 새삼 알아차린다든지, 동경의 마지막 밤에 찾았던 카페에서 일본 여급을 희롱한다든지 하는 행동은 무의지적인 '나'의 모습을 그대로 보여주는 셈이다.

동경이라는 공간은 주인공이 유학을 핑계 삼아 일본인과 뒤섞여 살 수 있도록 안락이 보장된 공간이며 은밀한 유혹이 함께하는 장소이다. 주인공은 조선인으로서 자기 존재를 의식할 필요도 없이 일본인 속에 끼어 있다. 그는 어떤 뚜렷한 학문의 목표도 없이 도망치듯 나온 유학 생활을 핑계 삼아 동경에서 적당한 여유를 즐기는 중이다. 그러므로 동경이라는 공간은 식민지 현실의 안과 밖, '자아'와 '타자'를 분리하는 경계를 내세울 필요가 없이 열려 있는 세계에 해당한다. 주인공은 카페의 일본인 여급 시즈코(정자)에게 연심을 품고 있다. 소설의 서두에서는 경성에 두고 온 병석의 아내와 카페의 일본인 여급 시즈코가 다음과 같이 교묘하게 대비되기도 한다.

나는 이같이 대답을 하고 나서 깎지 않아도 좋을 머리까지 깎으려는 지금의 자기가 별안간 야비하게 생각되는 것을 깨닫고, 앞에 붙은 체경 속을 멀거니 들여다보다가, 혼자 픽 웃어 버렸다…… 가만히 눈을 감고 자빠져서도 이처럼 여유 있고 늘어진 자기의 심리를 의심스러운 눈으로 들여다보지 않을 수 없었다.

'싫든 좋든 하여간 근 육칠 년간이나, 소위 부부란 이름을 띠고 지내 왔는데…… 당장 숨을 몬다는 지급전보를 받고 나서도, 아무 생각도 머리에 떠오르지 않고 무사태평인 것은 마음이 악독해 그러하단 말인가. 속담의 상말로, 기가 하두 막혀서 맥힌 둥 만 둥해서 그런가……? 아니, 그러면 누구에게 반해서나 그런다 할까? 그럼 누구에게……?

그러나 '그러면 누구에게……?'냐고 물을 제, 나는 감히 대답할 수가 없었다. 그럴 용기가 나지 않았다. 다만 뱃속 저 뒤에서는 정자! 정자! 하는 것 같았으나 죽을 힘을 다 들여서 '정자'라고 대답하여 본 뒤에는, 또다시 질색을 하며 머리를 내둘렀다. 실상 말하면 정자가 아니라는 것도 정자라고 대답하려니만치 본심에서 나온 대답이었다. 그러면서도 자기가 지금 머리를 깎으려고 들어온 동기가 애초에 어디 있었더냐는 것은 분명히 의식도 하고 부인하지도 않았다.

'과연 지금 나는 정자를, 내 아내에게 대하는 것처럼 냉연히 내버려둘 수는 없으나, 내 아내를 사랑하지 않으니만치 또 다른 의미로 정자를 사랑할 수는 없다. 결국 나는 한 여자도 사랑하지 못할 위인이다.'

이 같은 생각을 할 제 나는 급작스레 고독을 느끼지 않을 수 없었다. 생활의 목표가 스러져 버리는 것 같았다.

여기서 주인공의 심정은 시즈코에게 기울어져 있음을 알 수 있다. 연애의 감정이란 여성을 판단하는 기준 자체가 될 수 없다. 사랑에 대한 감각은 지배와 착취의 관계로 맺어진 일본과 한국의 정치적 위상과는 상관이 없어 보이지만 그 자체로서 일본인 여성과 한국인 여성에 대한 보이지 않는 문화적 차별처럼 느껴지기도 한다. 이러한 감정의 쏠림은 이야기의 중반부에서 일본의 감시와 차별을 부당하게 여기며 분개를 느끼는 주인공의 의식의 추이와는 다른 것이다. 이 소설은 일본과 한국의 문화를 가로지르며 우연하게 마주치는 의식의 긴장 관계를 드러내지만, 자기 내면을 관찰하면서 외적 현실에 대응하고자 하는 주인공의 욕망을 감추고 있다.

식민지 조선의 청년이 체험적으로 보여주는 동경이라는 제국의 수도 풍경은 위축된 조선인의 시각을 통해 재현되지만, 시즈코는 일본인으로서의 우월감을 내세우지 않고 카페에 찾아오는 주인공을 맞이한다. 주인공은 동경을 떠나기 직전 카페에 들른다. 그리고 작은 선물을 전하면서 시즈코를 적극적으로 탐색하지만, 쉽게 접근하지 못한다. 시즈코에 대한 욕망과 그 망설임은 식민지 청년의 자의식과 상쇄되어버린다. 주인공은 동경역까지 전송을 나온 시즈코를 생각하면서 자신의 향락적인 자세를 다시 돌아본다. 시즈코에 대한 그의 태도는 이중적이다. 그것은 다음과 같은 진술을 통해 드러난다.

> 영리한 계집애요 동정할 만한, 카페의 웨이트리스로는 아까운 계집애다라고 생각은 하였어도 그 이상으로 어떻게 해보겠다는 정열을 느끼는 것은 아니었다. 같은 값이면 정자를 찾아가서 술을 먹는 것이요, 만나면 귀여워해 줄 뿐이다. 원래가 이지적, 타산적(打算的)으로 생긴 나는, 일시 손을 대었다가 옴칠 수도 없고 내칠 수도 없게 되는 때에는 그 머릿살 아픈 것을 어떻게 조처를 하나? 하는 생각이 앞을 서는 동시에, 무슨 민족적 감정의 구덩이가 사이에 가로놓인 것은 아니라도, 이왕 외국 계집애를 얻어 가지고 아깝게 스러져 가려는 청춘을 향락하려면 자기에게 맞는 타입을

구하겠다는 몽롱한 생각도 없지 않아서 그리하였다. 그러나 오늘은 무슨 생기가 났다느니보다도 세찬 삼아서 사다 준 숄 한 개가 인연이 되어 편지까지 받게 되고 보니, 막연히 반갑다는 정도를 지나서 좀 실답게 자기 태도를 생각해 보아야 하겠다는 책임감 비슷한 것을 느끼는 것이다. 귀엽다고는 생각하였지마는 연애를 해보려는 열정이 있는 것도 아니요, 물론 목도리 한 개로 환심을 사려는 더러운 야심이 있었던 것도 아니었다. 진정한 애욕이 타오르면 그런 것을 사주거나 하지는 않았을 것이다. 하여간 젊은 여자와 어울려 노는 것은 좋으나 그 이상 깊게 끌려 들어갔다가 자기 생활에 파탄을 일으키고 공연한 고생을 사서 할까 보아 경계를 하는 자기다.

일본인 여급 시즈코는 성적으로 전유될 수 있는 대상은 아니다. 앞의 인용에서 주인공은 시즈코를 한 사람의 여성으로 타자화하여 바라보고 있다. 둘 사이의 감정의 교류가 사랑이라는 이름으로 덧씌워지면 의식의 내부에서 각자의 성 역할을 재생산할 가능성도 없지는 않다. 하지만 이것은 일종의 담론의 문제일 뿐 실제의 사실과는 거리가 멀다. 주인공에게는 시즈코가 카페의 여급일 경우에만 접근이 가능하다. 그녀가 당당한 일본 제국의 여성이었다면 결코 주인공의 향락적 시선의 대상이 될 수는 없을 것이다. 그러므로 주인공의 의식 내면에서 시즈코의 존재는 하나의 아이러니에 해당한다.

이 소설의 후반부에는 아내의 죽음이 그려진다. 주인공은 슬픔과 같은 감정보다는 아내에 대한 일종의 연민에 사로잡힌다. 이제 주인공은 아내를 둔 유부남이 아니므로 새로운 여성을 얼마든지 찾아볼 수 있는 자유가 윤리적으로 허용된다. 그런데 주인공은 시즈코와 결별을 결심한다. 시즈코는 카페의 여급을 그만두고 고향으로 내려가 다하지 못한 공부를 하겠다고 편지를 보내왔다. 한 사람의 여성으로 주인공 앞에 당당히 나서겠다는 사연이다. 그러나 이러한 시즈코의 태도를 받아들이지 못한다. 제국 일본과 식민지 조선의 경계와 그 차별이 둘 사이의 거리를 더욱 벌어지게 만든 것이 아닌가 생각된다. 여기서 문제가 되는 것이 소설의 세계와 비문학적 현실의 상호 관계이다. 식민지 시대의 현실적 상황을 보여주는 경험의 세계와 그것에 대해 논의하는 담론의 세계는 결코 재현의 넓은 스펙트럼을 통해서 전체적으로 파악되기 어렵다.

「만세전」의 텍스트에서 보여주고 있는 동경과 경성이라는 두 공간의 대조는 식민 담론의 구조에서 중요한 문제다. 소설의 공간은 모든 독자에게 상상적으로 작용한다. 소설의 이야기는 간단히 지배적 이데올로기만을 반영하지는 않는다. 소설의 양식은 객관적 현실을 지향하면서도 서사적 자아에 대항하여 작동하기도 하며 자신과 일치시킬 수 없는 요소를 포함하기도 한다. 「만세전」이라는 소설 텍스트의 내용은 식민지 현실을 증언하는 데에 중요한 의미를 지닐 수 있다. 하지만 이 소설은 제국과 식민지 상황의 미묘한 차이를 서로 다른 공간 구성을 통해 보여주고 있다는 점이 중요하다. 이 소설이 그려내는 식민지와 제국의 관계, 지배와 피지배의 논리는 '정치적 가치'에 해당할 뿐이다. 그러므로 이 소설의 이야기에 숨겨진 긴장의 아이러니를 발견해내지 않으면 안 된다.

## 4. 차별과 감시의 시선들

「만세전」은 제국과 식민지를 넘나드는 경계로서의 접점을 긴장감 있게 그려내고 있다. 이 특이한 소설적 구도는 텍스트 속의 언어나 상상력이 식민지 현실을 '반영'하고 있다는 평면적 해석만으로는 이해되기 어렵다. 오히려 동경이라는 공간이 만들어낸 문화적 동화의 범위를 벗어나면서 조선인에 대한 일본인의 감시와 '타자'로서의 조선인에 대한 차별을 감지하는 주인공의 초조한 내면을 제대로 읽어내는 일이 중요하다.

주인공인 '나'는 동경에서 하관까지 기차를 타고 가는 동안 자연스럽게 일본인처럼 행세한다. 그러나 하관에서 다시 배를 갈아타기 위해 승선인

명부에 서명하면서 조선인임이 드러난다. 배에 올라탄 주인공은 감시의 눈초리를 일부러 피하기 위해 아예 목욕탕으로 몸을 숨긴다. 목욕탕 안에서 일본인들이 둘러앉아 한국인에 대한 경멸적인 언사를 늘어놓고 있다. 여기서 '나'는 전혀 의식하지 않았던 이상스런 반항심과 적개심이 북받쳐 오름을 느끼게 된다. 한국에서 노동자들을 모집하여 팔아넘기는 것이 돈벌이에 으뜸이라는 일본인들의 말을 통해 듣는 순간, 주인공은 소설이니 시니 하고 흥청거렸던 자신의 생활이 잘못된 것임을 깨닫고 자기 자신에 대한 회의와 불안에 사로잡힌다. 그 내면에 자리 잡고 있는 조선인으로서의 자기 정체성을 그대로 감추기가 힘들었던 것이다.

되지 않게 감상적으로 생긴 나는 점점 바람이 세차 가는 갑판 위에서, 나오는 눈물을 억제하여 가며 가만히 섰다가, 목욕한 뒤의 몸이 발끝부터 차차 얼어 올라오는 것을 견디다 못하여 가방을 좌우쪽에 들고 다시 선실로 기어들어갔다. 아까 잡아 놓았던 자리는 물론 남에게 빼앗기고 들어가서 끼일 자리가 없었다. 나는 실없이 화가 나서 선원을 붙들어 가지고 겨우 한구석에 끼였으나, 어쩐지 좌우에 늘어 앉은 일본 사람이 경멸하는 눈으로 괴이쩍게 바라보는 것 같아서 불쾌하기 짝이 없다. 사가지고 다니던 벤또를 먹을까 하여 보았으나 신산하기도 하고 어쩐지 어깨가 처지는 것 같아서 외투를 뒤집어쓰고 누워 버렸다.

동경서 하관까지 올 동안을 일부러 일본 사람 행세를 하려는 것은 아니라도 또 애를 써서 조선 사람 행세를 할 필요도 없는 고로 그럭저럭 마음을 놓고 지낼 수가 있었지마는, 연락선에 들어오기만 하면 웬셈인지 공기가 험악하여지는 것 같고 어떠한 압력이 덜미를 잡는 것 같은 것이 보통이다. 그러나 이번처럼 휴대품까지 수색을 당하고 나니 불쾌한 기분이 한층 더하지 않을 수 없었다. 눈을 감고 드러누워서도 분한 생각이 목줄띠까지 치밀어 올라와서 무심코 입살을 악물어 보았다. 그러나 사면을 돌아다보아야 분풀이를 할 데라고는 없다. 설혹 처지가 같고 경우가 같은 동행자를 만난다 하더라도 하소연을 할 수는 없다. 왜 그러냐 하면 여기는 배 속이니까 그렇다는 말이다. 나를 한손 접고 내려다보는 나보다 훨씬 나은 양반들이 타신 배 속이기 때문이다.

'나'는 한국인에 대한 감시와 차별의 시선을 느끼며 불쾌한 검문의 과정을 통해 자기 신분을 드러낸다. 일본인들은 '조선인'이라는 말을 '조센징'이라고 발음한다. 그리고 한국인을 지칭하거나 호칭할 때 '요보'라고 한다. 이러한 단어들은 한국인을 차별하는 일본인의 식민주의적 시선을 보여준다는 점에서 내지(內地) 일본의 문명과 식민지 조선의 야만성의 경계를 구획하는 언어적 표식이 된다. 한국인에 대한 검문은 신분에 대한 조사와 확인을 뜻하지만 반복적으로 이루어지는 검문은 결국 한국인이 감시의 대상이 되고 있음을 말해준다. 멸시는 차별의 방법이고 감시는 '타자화'를 통한 격리의 수단이다. 한국인은 일본인에 의해 멸시당하면서 감시의 대상이 된다. 식민지 상황에서 한국인이 항상 감시의 대상이 되고 있다는 사실은 식민 지배력의 통치권 안에 복속시키기 위한 관찰이 제도화하고 있음을 의미한다.

나는 한 중턱에서 천천히 걸어나갔다. 무슨 죄나 진 듯이 층계에서 한 발을 내려 디딜 때에는 뒤에서 외투자락을 잡아다니는 것 같았다. 그러나 열 발자국을 못 떼어 놓아서 층계의 맨 끝에는 골독히 위만 쳐다보고 섰는 네 눈이 있다. 그것은 육혈포도 차례에 못 간 순사보와 헌병보조원의 눈이다. 그 사람들은 물론 조선 사람이다.

나는 될 수 있는 대로 태연히 그들에게는 눈을 거들떠보지도 않고 확실한 발자취로 최후의 층계를 내려섰다. 될 수 있으면 일본 사람으로 보아달라고 속으로 빌면서. 유학생으로, 조선 사람으로 알면 붙들리기 때문이다. 그러나 나의 그 태연한 태도라는 것은 도수장에 들어가는 소의 발자취와 같은 태연이었다.

"여보, 여보!"

물론 일본말로다.

나는 나의 귀를 의심하였다. 으레 한번은 시달리려니 하는 겁을 집어먹었기 때문에 헛소리를 들은 듯싶었다. 나는 모르는 체하고 두서너 발자국 떼어 놓았다. 하니까 이번에는 좌우편에 쭉 늘어섰던 사람 틈에서, 일복 (日服)에 인버네스를 입은 친구가 우그려 쓴 방한모 밑에서 이상하게 번쩍이는 눈을 무섭게 뜨고 앞을 탁 막는다. 나의 등에서는 식은땀이 쭈르륵 흘렀다.

"저리 잠깐 갑시다."

인버네스는 위협하듯이 한마디 하고 파출소가 있는 방향으로 나를 끈다. 나는 잠자코 따라 섰다. 멋도 모르는 지게꾼은 발에 채이도록 성화가 나서 '나리, 나리' 하며 쫓아온다. 그 소리에는 추위에 떠는 듯도 하고, 돈 한푼 달라고 애걸하는 것같이 스러져 가는 애조가 섞여 있었다. 나는 고개만 흔들면서 가다가 파출소로 끌려 들어갔다.

일본의 식민 지배는 한국인을 감시 검열하고 배제하며 억압하는 권력의 일면적인 양상을 보이지만 사실은 적극적으로 한국인을 대상화하고 지배의 논리로 규정해두려고 한다는 점에서 문제적이다. 물론 일제의 강점은 헌병과 경찰이라는 물리력에 의존했다. 만세 전의 한국의 현실이 바로 그러했다. 하지만 물리적 강압에 의한 지배란 오래 지속될 수 있는 것이 아니다.

소설의 주인공은 사실 반복되는 귀찮은 검문이나 보이지 않는 감시의 시선 자체를 두려워하는 것은 아니다. 그가 두려워하는 것은 감시당하는 한국인의 굴종적 태도이다. 한국인이 제국 일본의 근대적 제도와 가치관과 문화를 부러워하면서 자기 자신의 존재를 비하하고 부끄러워할 때 일본의 헤게모니가 한국 사회에 뿌리를 내리게 되기 때문이다. 주인공의 머릿속에는 한국인이 일본의 제국주의적 관점과 자신들의 시각을 동일시하게 된다면 일본의 지배는 더욱 강화되고 지속될 가능성이 크다는 생각뿐이다.

## 5. 식민지 현실 혹은 무덤 같은 조선

'나'는 부산의 변화와 거리에 일본인들의 모습이 많아진 점에 놀란다. 해를 거듭할수록 오만해지는 일본인과 점점 위축해 들어가는 한국인의 모습을 비교하면서 조선은 이미 일본의 조선임을 깨닫는다. 주인공이 들른 뒷골목의 여인숙에는 일본인을 상대로 장사하는 여인들이 많다. 그녀들은 주인공이 조선인임을 알아차리고는 오히려 술값도 바가지를 씌울 정도로 함부로 대한다. 주인공은 이들 앞에서 주눅 든 모습을 감추지 못한다. 자신을 버리고 떠나버린 일본인 아버지를 찾아 일본으로 가서 떳떳한 일본인으로 살겠다는 혼혈 소녀는 조선이 죽어도 싫다고 소리친다.

김천에 도착한 '나'는 형님을 만나 그동안의 이야기를 들으면서 아내의 병도 위험한 고비를 넘겼다는 사실을 알게 된다. 소학교 훈도로 일하고 있는 형님은 조선의 현실이라든지 고달픈 조선인의 삶이라든지 하는 것은 관심사가 아니다. 형님은 아들을 낳지 못하는 형수 대신에 새로 소실을 들여 아들 낳기를 기다리며, 일본인들 틈에서 토지에 투자하여 돈을 모으려고 골몰할 뿐이다. 그리고 총독부가 내린 공동묘지에 관한 새로운 지침과는 달리 선산을 잘 관리하고 돌아가신 조상을 받드는 일이 중요하다는 것을 역설한다. 패망한 조선 현실의 암울함과는 상관없다는 듯이 형님은 여전히 낡은 시대의 관습에 매달려 있고 자기 일신의 영화를 위해 물질적 욕망을 채우는 데에 급급하다. 주인공은 형님의 모습에 역겨워하면서 그것이 바로 식민지 현실임을 알아차리게 된다.

서울로 가는 야간열차에서 주인공은 여러 계층의 사람들을 통해 한국의 실정이 어둠에 싸여 있음을 알게 된다. 고향 땅을 버리고 피난길에 오르는 것처럼 사람들이 기차로 올라탄다. 가난에 찌들고 일본의 강압에 억눌린 채 사람들은 모두 생기를 잃고 있다. 일본인 헌병에게 연행되는 젊은 한국인 청년들의 모습과 가난에 찌든 사람들의 얼굴을 보면서, 주인공은 분노

에 떨며 '모두가 무덤이다. 구데기가 끓는 공동묘지다.'라고 속으로 외쳐
댄다.

　　나는 까닭 없이 처량한 생각이 가슴에 복받쳐 오르면서 한편으로는 무
시무시한 공기에 몸이 떨린다. 젊은 사람들의 얼굴까지 시든 배춧잎 같고
주눅이 들어서 멀거니 앉았거나, 그렇지 않으면 빌붙는 듯한 천한 웃음이
나 '헤에' 하고 싱겁게 웃는 그 표정을 보면 가엾기도 하고, 분이 치밀어
올라와서 소리라도 버럭 질렀으면 시원할 것 같다.
　'이게 산다는 꼴인가? 모두 뒈져 버려라!'
　찻간 안으로 들어오며 나는 혼자 속으로 외쳤다.
　'무덤이다! 구더기가 끓는 무덤이다!'
　나는 모자를 벗어서 앉았던 자리 위에 던지고 난로 앞으로 가서 몸을 녹
이며 섰었다. 난로는 꽤 달았다. 뱀의 혀 같은 빨간 불길이 난로 문 틈으로
날름날름 내다보인다. 찻간 안의 공기는 담배연기와 석탄재의 먼지로 흐
릿하면서도 쌀쌀하다. 우중충한 남폿불은 웅크리고 자는 사람들의 머리
위를 지키는 것 같으나 묵직하고도 고요한 압력으로 지그시 내리누르는
것 같다. 나는 한번 휘 돌려다보며,
　'공동묘지다! 공동묘지 속에서 살면서 죽어서 공동묘지에 갈까 봐 애가
말라 하는 갸륵한 백성들이다!'
하고 혼자 코웃음을 쳤다.

　이 대목에 이르면 '나'의 여로는 이미 끝난 것이나 마찬가지다. 사실은 더
이상 나아갈 필요조차 없는 일인지도 모른다. 실제로 주인공은 서울에 도
착하여 가족들을 만나게 되지만, 식구들의 모습도 변한 것이 없다는 것을
알아차린다. 아버지는 여전히 일본인 세력가들과 교제하면서 그들의 힘에
기대어 자기 체면을 세우고자 한다. 아내의 병을 위해서는 당연히 병원을
찾았어야 하는데 아버지를 비롯하여 식구들은 한의원의 처방만 따르다가
멀쩡한 젊은 여인을 죽음으로 내몬다. 아내는 내가 도착한 뒤 며칠 만에
눈을 감는다. 주인공은 아내의 장례를 치르는 동안 눈물 한 방울도 흘리지

　　　　　　　　　　　　　　　　　　　　　　　분석과 해석

않는다. 식구들은 장례가 끝나자 오히려 빨리 다시 혼처를 찾아야 한다고 야단이다.

주인공이 머리를 어지럽히는 암울한 현실에서 빠져들어 있는 동안 동경의 시즈코로부터 편지가 날아온다. 시즈코는 동경의 여급 생활을 청산하고 고향에 돌아가 하지 못한 공부를 시작하겠다고 한다. 그리고 한 사람의 당당한 여성으로 주인공 앞에 서겠다는 것이다. 이 편지를 받고 '나'는 돈 백 원과 함께 시즈코와의 관계를 끝맺겠다는 답장을 보낸다. 이제 시즈코는 적당히 희롱할 수 있는 여급이 아니라 자신이 상대하기 어려운 일본 제국의 여성인 것이다. 여기서 결국 주인공은 동경에서 보냈던 이전의 자신의 모습과 결별하고 있는 셈이다. 하지만 그는 조선에 머물러 있는 것이 아니라 무덤 속 같은 현실에게 빠져나와 도망치듯 다시 동경으로 떠나고자 한다.

## 6. 제국 일본과 식민지 조선을 가로지르기

「만세전」에서 그려낸 동경에서 경성에 이르는 주인공의 귀환 과정은 제국 일본과 식민지 조선이라는 차별화된 두 공간을 가로지르는 특이한 여로의 형태를 드러낸다. 이 험난한 길은 일본을 통해 새로운 문명이 밀려온 길이기도 하다. 이광수의 『무정』의 주인공들은 모두 이 길을 거쳐 유학에 오르고 새로운 문명개화를 내세우며 이 길을 오간 적이 있다. 그러나 「만세전」의 주인공은 전혀 다르다. '나'는 일본인 헌병이나 순사의 눈을 피해 움츠러든 채 경성으로 돌아온다. 그리고 문명의 길이라고 내세워졌던 이 길이 착취의 길이며 압제의 길이 되고 있다는 사실을 알게 된다. '나'는 이 길의 어디에서도 문명개화의 꿈이 피어나지 않고 있음을 보게 된다. 오히려 삶의 고통을 피하여 모두가 고향을 등지고 떠나는 것을 보고, 죽음으로 가득 찬 무덤 속이라고 속으로 부르짖는다. 주인공은 결국 식민지 상황이 한국의 문명개화를 의미하는 것이 아니라 사회적 억압과 경제적인 착취로 이어지는 식민지 현실임을 새삼스럽게 발견하게 되는 것이다. 실제로 주인공이 본 것은 일제의 억압 아래서 위축된 한국인의 모습과 경제적 착취로 인한 곤궁의 현장이다. 그러므로 식민지 지배 권력에 빌붙어서 자신의 안위를 지키기에 급급한 자기 가족들의 모습에 회의를 느낄 수밖에 없다.

이 소설에서 일본은 조선의 위에 있고 일본인은 한국인 위에서 군림한다. 한국인을 속이면서 자신들의 돈벌이에 여념이 없는 일본인의 오만한 태도, 조선인을 끊임없이 감시하고 검문하는 일본인 헌병이나 경찰의 위압적인 자세는 작품의 도처에서 발견된다. 식민지 조선을 강압적으로 지배하면서 경제적으로 수탈하는 일본 제국주의의 위력이 드러난다. 이러한 특징은 주인공이 제국의 수도 동경에서는 미처 느끼지 못했던 것이기 때문에 장면마다 불안감과 긴장을 고조시켜놓고 있다. 특히 자유로웠던 동경과는 전혀 다른 조선의 암울한 현실이 그대로 드러난다. 기차 안에서 보게 되는 초라한 조선인들은 마치 피난민처럼 고향을 버리고 쫓겨가는 처참한 모습이다. 일본인 순사나 헌병 앞에서는 기를 펴지 못하고 굽실거린다. 모두가 침울하며 생기를 잃고 있다.

그럼에도 불구하고 주인공의 가족들은 여전히 봉건적 유습에 얽매어 있다. 아버지는 지배자인 일본인 눈치를 보면서 그들과 교제하기에 바쁜 겉개화된 상류층으로 남아 있다. 아들을 얻기 위해 첩실을 들인 형은 일본인들 틈에서 땅 투기로 돈을 벌 궁리만 하면서 선산 관리가 중요하다고 한다. 병든 아내를 위해 당연히 병원을 찾았어야 하지만 집안 식구들은 한의원만 고집하다가 병을 고칠 수 있는 시기를 놓친다. 식민지 조선의 현실이 보여주는 이 모순된 상황을 주인공은 '무덤'이라고 표현한다.

## 7. '만세 전'의 겨울 그리고 그 후

「만세전」의 줄거리에서 두 가지 사실을 주목해야 한다. 하나는 이 작품의 이야기가 일본 동경이라는 외부 세계에서 조선의 경성이라는 현실의 내부 세계로 귀환하는 과정을 통해 지속적으로 지배 제국인 일본과 식민지 조선의 차이를 보여주고 있다는 점이다. 주인공은 이 과정에서 식민지 조선의 민중들이 일본의 차별 속에서 억압당하고 감시받으면서도 자기 권리를 요구할 수 없는 상태임을 알아차린다. 그리고 일본의 식민지 지배 상황이 조선인들에게 문명의 시대가 아니라 노예의 시대라는 사실을 깨닫게 된다. 또 다른 하나는 이 고통스런 귀환의 과정 위에서 주인공의 의식이 지극히 개인적인 것에서 사회적인 것으로 점차 확대되고 있다는 점이다. 소설의 전체적인 구도 역시 주인공인 '나'의 의식의 사회적 확대 과정을 긴장 관계로 연결하고 있다.

이 작품에서 궁극적으로 강조하는 것은 만세가 일어나기 직전 겨울의 무덤 속과 같은 식민지 조선의 현실이다. 소설의 결말에서 '나'는 '무덤' 같은 어두운 삶의 현실을 떨쳐버리고 도망치듯 동경으로 떠나고자 한다. 주인공이 보여주는 이 같은 도피적 행위에 대해서는 여러 가지 평가가 가능하다. 이 대목을 놓고 작가가 지녔던 현실 인식의 한계라고 지적할 수도 있다. 그렇지만 주인공은 다시 동경으로 돌아가고자 하더라도 그가 동경에서 서울로 귀환하던 때와는 전혀 다른 인물로 변화했음은 물론이다. 특히 동경의 카페 여급 시즈코에게 편지와 함께 돈을 보내면서 그 관계를 정리하고자 한 것은 주목할 만한 장면이다. 주인공은 일본인들에게 차별당하는 무덤 같은 조선을 벗어나려 하지만 결코 조선의 현실을 완전히 외면할 수 없는 것이다. 이 비참한 여행을 통해 한국인으로서의 자기 정체성을 깊이 인식하게 되었기 때문이다. 실제로 소설의 주인공은 예기치 못한 갑작스런 귀국길을 통해 그 자신이 인간적 주체로서 자신이 원하고 자신이 필요한 것을 획득할 수 있는 것이 아님을 알아차린다. 그는 열등한 지위에 있는 자로 분류되어, 일본인들이 규정하고 표상하는 하나의 대상으로 놓여 있었기 때문이다.

이 소설의 이야기에 잠복해 있는 일제 식민주의에 대한 전복이라는 서사적 기획은 많은 연구자에 의해 긍정적 평가를 받고 있다. 그러나 이 소설의 탈식민주의적 지향은 단순히 모든 것을 박탈당했던 식민지 민족에게 그 땅을 돌려준다거나 그 권력을 되돌려주는 것을 의미하지는 않는다. 그것은 세계를 보는 그릇된 시각을 전복시키는 일이며, 식민주의자의 가치로 굴절되지 않은 상태에서 실재성을 재현하게 만들어 주는 일이다. 여기서 강조하는 '의식의 탈식민지화'는 태극기를 들고 독립 만세를 부르는 것만으로 얻어지지 않는다. 피식민 주체로서 한국인의 의식이 먼저 개혁되어야 하며, 식민지 현실을 방관하는 비관주의적 관점이 청산되어야 한다. 그러므로 만세가 일어나기 직전의 참담한 조선의 '겨울'이 오히려 민족 전체의 힘으로 만세를 외쳤던 3 · 1운동의 실패한 '봄'으로 이어질 수밖에 없었다는 사실을 이 작품의 내면 구조에서 다시 어떻게 읽어낼 수 있느냐도 중요한 일이다.

분석과 해석

# 『무정』의 근대성 문제

## 1. 『무정』이 놓인 자리

1916년 연말 『매일신보』는 모두 네 차례에 걸쳐 사고(社告)의 형식으로 새로운 소설 『무정(無情)』의 연재를 예고하고 있다. '신년의 신소설, 문단의 신시험'이라는 제목의 이 연재 광고에서는 『무정』을 '신소설'이라고 지칭하면서 '언한문교용서간체(諺漢文交用書簡體)'를 사용한다고 하였다. 그리고 이 소설의 독자를 교육이 있는 청년계에서 구한다는 내용도 포함해 놓고 있다. 이 광고에서 사용하고 있는 신소설이라는 용어는 어떤 양식적 개념을 염두에 둔 것은 아니다. 당시에 널리 사용되고 있던 '새로운 소설'이라는 의미로 이해하는 것이 좋다. '언한문교용서간체'라는 말도 '한자 혼용의 서간체'라는 뜻이지만 소설의 문체 자체가 서간체라는 것은 아니다. 소설 속에서 일부 한자를 혼용하고 있으며 편지 한 통이 길게 작품 속에 포함되어 있을 뿐이다. 독자를 교육이 있는 청년계에서 구한다는 말은 이 소설의 내용이 청년 교육이라든지 사회 계몽이라는 주제와 연관되고 있음을 암시한다.

이광수가 연재를 맡은 '새로운 소설' 『무정』(1917)은 근대적 장편소설의 등장이라는 중요한 문학사적 위치를 차지한다. 이 소설은 일제강점기에 접어들면서 신소설이 빠져들었던 통속화의 과정을 벗어나고 있다. 소설의 이야기 자체도 개인의 자기 발견을 연애서사와 계몽적 담론을 통해 서사적으로 구현하는 데에 성공하고 있는 점이 주목된다.

이 소설의 이야기는 경성학교 영어 교사 이형식을 중심으로 이야기가 전개된다. 주인공 이형식은 동경 유학을 하고 돌아와 경성학교에서 영어를 가르치는 지식인 청년이다. 그는 경성의 개화된 집안을 대표하는 김장로의 딸 김선형의 미국 유학 준비를 위한 영어 개인교수를 맡는다. 그런데 김 장로의 집에서 영어를 가르치게 된 첫날 하숙으로 돌아온 이형식 앞에 박영채가 나타난다. 영채는 소년 시절 형식에게 큰 도움을 준 은인 박 진사의 딸이다. 지금은 월향이라는 이름으로 행세하는 열아홉 살의 기생이다. 형식은 어린 시절에 부모를 잃은 고아로서, 박 진사의 도움을 받아 그 집에서 기거하면서 공부했던 적이 있다. 박 진사는 형식의 사람됨을 보고, 성년이 되면 자기 딸 영채와 형식을 혼인시키겠다고 말하기도 한다. 그러나 박 진사가 그 아들과 함께 학교 운영에 관한 불미스런 사건으로 체포되어 가세가 기울자, 형식은 그 집을 나와 영채와 헤어진다. 영채는 투옥되어 있던 부친과 오빠를 구출하기 위해 돈을 구하고자 기생으로 몸을 팔게 되지만 사기꾼에 걸려 돈만 잃게 된다. 기생으로 전락한 딸의 처지를 비관한 부친은 감옥에서 자결하고 그 오빠들마저 세상을 떠나자 영채는 월향이라는 이름으로 행세하면서 헤어진 형식을 다시 만나고자 사방을 수소문하게 된다. 그녀는 7년 동안 정절을 지키면서 이형식을 기다리다가 드디어 경성의 기방으로 옮긴 후 결국 이형식을 찾게 된다.

이형식은 뜻밖에 나타난 영채로 인해 고심에 싸이게 된다. 새로운 시대적 분위기 속에서 살고 있는 신여성 선형에 대한 호감과 기구한 삶을 살고 있는 옛 여인 영채에 대한 연민의 정을 모두가 버릴 수 없었던 것이다. 영채는 자신의 삶의 희망이었던 이형식을 만나게 되었지만 그 앞에서 자신이 기생이라는 신분을 제대로 밝히지 못한다. 영채는 형식의 하숙집을 나

분석과 해석

와 기방으로 돌아와서는 번민에 휩싸인다. 이형식은 경성학교 배학감이 월향이라는 기생에 빠져 학교 일을 소홀히 하고 있으며 교육자로서 품위를 잃고 있다는 이유로 학생들이 동맹휴학을 주장하는 것을 보고 월향이라는 평양 기생이 박영채일지도 모른다는 생각에 그 기방을 수소문하여 찾아간다. 그러나 형식은 월향이 손님맞이로 낮에 청량사로 나갔다가 저녁 때까지 돌아오지 않고 있다는 사실을 알게 된다. 그는 월향이 갔다고 하는 청량사로 찾아나선다. 평양 기생 월향의 미모를 탐하던 경성학교 배학감과 장안의 난봉꾼 김현수는 월향을 유인하여 청량사로 끌어낸 뒤 저항하는 그녀를 결박하고는 강간한다. 이형식이 청량사에 도착했을 때는 이미 사태를 돌이킬 수 없는 지경이다. 형식은 쓰러져 울면서 피를 흘리고 있는 여인이 바로 영채임을 알고는 절망감에 빠져든다. 배학감과 김현수가 경찰에 끌려간 후 이형식은 영채를 데리고 기방으로 돌아온다.

박영채는 정조를 유린당하고는 스스로 목숨을 끊어버리고자 한다. 그녀는 이형식에게 보내는 긴 유서를 남기고 서울을 떠나게 된다. 그런데 그녀는 평양으로 가는 기차 안에서 동경 여자 유학생 병욱을 만나게 된다. 병욱은 영채의 사연을 듣고 그녀를 위로하면서 인간의 삶과 사랑의 참뜻을 심어주면서 새로운 삶의 방향을 제시해준다. 영채는 병욱의 말을 듣고 비로소 자신의 삶을 되돌아보며, 병욱의 권유를 받아들인다. 그녀는 자살을 포기하였을 뿐만 아니라 스스로 새로운 학문의 세계에서 자신의 길을 찾게 되는 것이다. 다음 날 이형식은 영채의 유서를 보고 평양에까지 따라나섰지만, 그녀를 찾지 못하고 서울로 돌아온다. 그리고는 김장로의 뜻을 받아들여 선형과 약혼하고 미국 유학을 준비하게 된다.

이 소설의 결말은 형식과 선형, 영채와 병욱 등이 모두 다시 한자리에서 만나는 장면으로 꾸며진다. 영채는 병욱의 권유에 따라 그녀의 집에서 여름 한 달을 머물다가 일본 유학을 결심한다. 형식도 선형과 함께 미국으로 출발한다. 유학을 떠나는 이들이 모두 같은 기차를 타게 되는 것이다.

그런데 남부 지역의 홍수로 인하여 기차가 더 이상 운행할 수 없게 되면서 이들은 모두 기차에서 내려 즉석에서 수재민 돕기 자선음악회를 함께 열게 된다. 이들은 이 자리에서 서로를 이해하고 새로운 삶의 가능성을 각각 확인할 수 있게 되는 것이다.

## 2. 『무정』의 서사적 시간

『무정』은 소설의 이야기 자체를 서사적으로 구조화하기 위해 경험적 시간의 새로운 해석법을 제시한다. 이 소설에서 이야기의 흐름을 주도하는 서사의 시간은 주인공인 이형식이 김선형을 처음 만난 6월 말부터 두 사람이 약혼을 하고 함께 미국 유학을 떠나게 되는 7월 말까지 여름 한 달 동안으로 제한되어 있다. 이 짧은 경험적 시간을 서사 내적 공간 속에 확장하기 위해 이광수는 서술상의 회상적 방법과 서간문의 형식적 틀을 활용하여 시간의 순서를 바꾸고 박영채와 이형식의 과거 행적을 압축하여 현재의 시간 속에 삽입한다. 그렇기 때문에 시간의 자연적 질서를 넘어서서 그 서사적 구조화에 성공한다. 이러한 서사 기법은 신소설에서도 그 시간의 역전구조(逆轉構造)를 통해 드러나기도 하는 것이지만 『무정』의 경우 훨씬 정교하게 짜여 있음은 물론이다. 이 특이한 시간의 처리 방식은 『무정』이 성취해낸 서사적 모더니티의 핵심이다. 이 소설만큼 주제와 형식, 사건과 구성, 배경과 분위기를 결정하는 데에 있어서 시간이라는 요소가 큰 영향을 미치고 있는 사례를 그 이전의 소설에서는 찾아보기 힘들다.

이 소설의 시간 구조에서 중요한 것은 영채의 과거와 현재이다. 여기서 영채의 과거는 형식과 헤어진 후 평양에서 기생으로 전락하여 보낸 7년이라는 기간으로 요약된다. 이 기간 동안 형식도 물론 서로 다른 환경에서 살아가면서 변모하고 발전한다. 그리고 이들이 거쳐온 7년의 기간은 하나의 연대기적 시간으로서 두 사람에게 똑같이 적용된다. 그리고 두 사람은 결국 7년 뒤 서로 다른 모습으로 형식의 하숙집에서 만난다. 하지만 지나간 7년의 세월은 영채에게는 특이한 고통의 체험으로 이어졌고 그 고통을 이겨내야만 했던 영채에게는 자기 혼자만의 인고의 시간이 된다. 집안의 몰락, 부친과 오빠를 구하기 위해 기생의 길을 선택한 자신의 처지, 그리고 부친과 오빠의 죽음 이후 형식만을 생각하면서 기다려온 지나버린 7년의 세월을 기억하고 이를 복원해내는 것이 이 소설의 전반부의 핵심에 해당한다. 여기서 영채가 회상의 방법으로 들려주는 과거는 기계적으로 재구성되거나 개괄된 것이 아니다. 자신의 감정과 정서를 실어서 자신이 겪었던 고통과 기대를 통해 새롭게 해석된 과거가 된다. 이 과거의 체험은 때로는 압축되고 때로는 건너뛰고 때로는 영채의 이야기 속에서 지체되면서 그녀가 7년 동안 기다려온 형식이라는 사내 앞에서 그대로 회상된다. 그리고 그 만남의 상황 자체에 의해 더욱 고무된다.

그런데 소설 『무정』에서 작가는 긴장감 있게 충만한 감정을 유지하면서 이야기의 연속성이라는 효과를 얻어내기 위해 영채라는 인물의 실체를 밝히지 않는다. 시간 전위(轉位)라고 할 수 있는 고의적 지연의 방식으로 시간을 처리하고 있을 뿐이다. 영채는 자신이 지금 어떤 처지에 놓여 있으며 무슨 일을 하고 있는지 스스로 밝히지 않은 채 이야기의 중간에 자리에서 일어나 형식의 하숙집을 나가버린다. 그러므로 기생이 된 후의 영채의 삶에 대한 이야기는 소설 속에서 그 확인 시간이 다시 지연된다. 형식은 영채의 겉모습을 통해 그녀가 지금 어떤 일을 하고 있는지 궁금해한다. 박영채의 정체가 기생 월향이었다는 사실은 이 소설에서 가장 잔혹한 장면을 통해서야 확인된다. 형식은 기생 월향이 청량사에서 배학감과 김현수에 의해 겁탈당한 장면을 자신의 눈으로 직접 목격하게 된다. 그리고 기생으로 전락하여 사내들에 의해 폭력으로 처참하게 짓밟힌 월향을 통해 영채의 실제 모습을 알아보게 된다. 형식은 영채의 참혹한 모습에 괴로워하면서 이미 때가 늦었다는 사실에 더욱 고통스러워한다. 박영채가 기생으로 전락하게 된 경위는 이형식에게 남긴 유서의 내용 속에 그대로 압축되어 서술되고 있다. 그녀는 기생의 신분이었지만 정절을 지키면서 이형식을 찾아 7년이라는 긴 시간을 기다려왔었다는 사실을 밝히면서 이제 더럽혀진 몸으로 목숨을 부지할 수 없게 되었다고 고백한다. 그녀가 자살을 결심하고 평양으로 떠나면서 남긴 이 편지는 기생으로 살아온 고통의 시간을 압축하여 소설 속에 재현하고 있다.

소설 『무정』에서 짧은 서사의 시간을 활용하여 변화 있는 이야기를 만들어내기 위해 이광수가 선택하고 있는 또 하나의 방법이 공간의 분할이다. 소설 『무정』은 경성이라는 공간과 평양이라는 공간을 오가면서 이야기가 전개되는데, 기억의 공간으로서의 평양과 현실적인 삶의 무대로서의 경성이 서로 대비된다. 이 같은 공간의 구획은 이 소설이 문제 삼고 있는 전근대적 가치와 근대적인 속성을 대비시켜 보이기 위한 고안에 해당한다. 여기서 평양은 과거의 시간 속에 전근대적인 가치가 자리잡고 있는 공간이다. 영채의 경우 평양은 나이 어린 처자의 몸으로 혼자서 세상과 처음 맞섰던 땅이다. 자기 스스로의 판단에 의해 부친과 오빠를 구출한다는 생각으로 기생으로 몸을 팔게 된 곳이지만 한 여인으로서 성장하면서 지키고자 했던 정절의 의미를 깊이 깨달았던 장소이다. 기생 영채의 존재와 인간적인 면모를 눈여겨 보았던 기생 월화의 순정한 뜻이 남겨진 곳도 평양이며 영채의 부친과 오빠의 주검이 묻힌 곳도 평양이다. 사실 영채는 평양기생 월향이라는 이름으로 경성의 화류계에 등장했지만 그녀의 의식 세계는 평양에 고정되어 있다. 영채가 자식으로서 부모를 위해 헌신해야 한다는 전통적인 효의 덕목을 지키고자 했던 곳도 평양이고, 비록 기생의 신분으로 전락했지만 여성으로서 자기 몸을 스스로 간수하면서 이형식을 만나기 위해 끝까지 정절을 지켰던 곳도 평양이다. 영채가 지키고자 했던 부친을 위한 효성과 이형식을 향한 사모의 정과 정절의 의미는 모두가 전근대적의 도덕률이면서도 여전히 당대의 현실에서도 무시할 수 없는 덕목이

분석과 해석

다. 평양은 기억의 장소로서 영채에게는 어린 시절의 꿈과 육친에 대한 정리가 남아 있는 땅이다. 평양은 과거의 땅이지만 영채의 의식 속에서 평양은 의리와 정으로 묶여진다.

경성은 영채에게는 가장 야만적인 도시이다. 식민지 지배 권력이 자리 잡고 있던 경성은 전통적인 가치나 윤리적 덕목이 위태롭게 흔들리고 있는 근대화되는 공간이다. 전통적인 것과 근대적인 것이 서로 혼재된다. 겉으로만 개화를 추구하는 양반들도 늘어나고 일본 지배 권력에 빌붙어 재산을 늘리고 난봉꾼으로 살아가는 사람들도 많이 있다. 가치의 삶과 물질적 욕망이 서로 부딪치면서 갈등하는 곳이 바로 경성이다. 여기서 이형식은 젊은 청년 지식인으로 교육의 뜻을 펼쳐보고자 하지만 그의 높은 뜻을 제대로 이해하는 사람이 많지 않다. 영채에게 경성은 상처의 땅이다. 7년 동안을 기다리면서 찾아온 이형식을 드디어 상봉하게 되었지만 영채는 기생의 신분인 자신의 처지를 제대로 밝히지 못한 채 불한당들의 유인에 걸려들어 그녀가 지켜온 정절을 훼손당하게 된다. 돈과 무지한 폭력이 난무하는 땅이 바로 경성이다.

이 소설의 결말에서 모든 인물들이 조선의 현실을 떠나 일본과 미국으로 유학을 떠나게 되는 것은 경성이라는 공간이 표상하고 있는 야만성으로부터의 탈출을 의미한다. 이 탈출은 낡은 세계에서 문명개화의 세계로 나아간다는 계몽의 길에 대한 선택으로 규정할 수 있다. 그러나 새로운 출발이 과연 문명의 길을 의미하게 될 것인지에 대해서는 장담할 수가 없다. 아직 도래하지 않은 미래에 대한 긍정과 근대적인 가치에 대한 낭만적인 기대는 이 소설의 스토리가 안고 있는 희망인 동시에 함정이기도 하다.

## 3. 개인적 삶과 운명의 인식

소설 『무정』에서 이야기의 중심을 이끌며 초점인물의 역할을 수행하고 있는 것은 주인공 이형식이다. 이형식은 스물네 살의 유망한 청년이며 경성학교에서 영어 교사로 일하고 있다. 그는 어린 시절에 부모를 잃고 고아처럼 떠돌기도 했지만 누구보다도 많은 행운을 누리며 살고 있다. 그가 자신에게 주어진 운명을 어떠한 방식으로 극복해 나왔는지를 보여주는 장면은 소설의 이야기 속에 거의 나타나지 않는다. 오히려 그는 주변의 도움으로 용케도 자신에게 주어진 고통을 모면할 수 있었던 것이다. 어린 시절에는 부모를 잃은 후 박 진사의 도움으로 성장하였고, 박 진사가 투옥되고 그 집안이 망하게 되자 열여섯 살의 나이에 다시 거처를 잃게 된다. 하지만 그는 용케도 또 다른 도움을 얻어 일본 유학을 마쳤고 경성학교 영어교사가 될 수 있었던 것이다. 그리고 소설의 후반부에서는 김장로의 호의로 그의 딸과 약혼하여 미국 유학의 길에 오르게 된다.

고아 출신인 이형식이 경성학교 영어 교사를 거쳐 명문가의 사윗감이되어 그 도움으로 미국 유학에 오르는 과정은 개화라는 사회 변동의 배경을 떠나서는 이해하기 어렵다. 그러나 이 작품에서 이형식의 신분 상승의과정은 지극히 모호하게 처리되어 있다. 그의 출신 성분도 제대로 알 수없고, 그의 존재의 기반이 될 수 있는 가족관계도 부모가 일찍 세상을 떠났다는 사실 이외에는 아무것도 설명되어 있지 않다. 게다가 그가 구시대의 질서를 거부하고 새로운 문명개화의 길을 선택하는 과정조차도 소설의이야기 속에는 거의 드러나지 않는다. 그러므로 이형식은 소설의 세계에서 제시되고 있는 사회적 배경과는 동떨어진 개별적이고도 예외적인 인물로 취급되고 있는 셈이다. 그의 사고와 행동 자체가 전체적인 사회적 관계속에서 이해되기 어려운 이유가 여기에 있다.

이형식을 중심으로 그려지고 있는 주변의 세계는 그가 몸담고 있는 학교를 중심으로 하는 새로운 교육의 현장이다. 이와 같은 한국 사회의 변화와 신교육의 현장을 보여주기 위해 소설 『무정』에서는 세 가지 내용의 학교에 관한 이야기를 포함시켜놓고 있다. 첫째는 박영채의 부친 박 진사가

분석과 해석

평안도 안주에서 열었던 학교이다. 이 학교는 당시에 확산되기 시작한 교육열을 그대로 반영한다. 그러나 박 진사의 개인적 열정에 의해 설립된 학교는 경영난에 봉착하면서 박 진사 집안 자체의 몰락을 불러오게 된다. 『무정』의 이야기 속에 등장하는 또 하나의 학교는 평양에 새롭게 설립된 패성학교이다. 여기서 패성학교는 1907년 개교하였다가 1912년 폐교한 평양 대성학교를 모델로 하고 있다. 이 학교의 교장으로 대중적 계몽 연설을 했던 교장의 진취적인 기상과 교육 구국의 정신은 도산 안창호를 염두에 두고 있는 것으로 볼 수 있다. 안창호는 중등교육기관으로서 대성학교를 설립하면서 인재 양성을 통한 교육 구국의 이념 아래 건전한 인격을 함양하며 애국 정신이 투철한 민족의 인재를 양성하는 데에 그 목적을 두었다. 그러나 이 학교는 안창호의 망명과 함께 첫 졸업생을 낸 1912년 일본 총독부의 억압에 의해 강제 폐교했다. 소설에 등장하는 세 번째 학교인 경성학교는 일제 강점에 의해 새로이 교육계에 등장한 친일파들의 행태와 연결되어 있다. 경성학교 교주는 일본이 수여한 남작이라는 작위를 받은 친일파이다. 일본이 식민지 통치를 위해 만들어낸 이 새로운 조선의 사회 계층은 1910년 '조선귀족령'에 근거한다. 일본은 대한제국 황족이 아닌 종친, 고위 관료, 지주 등에게 후작, 백작, 자작, 남작을 봉하고 이들에게 은사금이라는 이름의 엄청난 돈을 주기도 했다. 당시 작위를 받은 자는 모두 76명이다. 경성학교 교주가 남작이라는 작위를 자랑하면서 배명식 학감과 같은 인물을 중용하고 있는 것은 이미 이 학교 자체의 운영이 민족 교육이라든지 교육 구국의 신념과는 거리가 있음을 보여준다. 특히 학교 운영의 실질적인 책임자가 된 배학감은 지식과 교양의 면에서 전혀 교육자로서의 자질이 부족하고 도덕과 윤리의 면에서는 교주 김남작의 비위만 맞추면서 그 아들 김현수와 기방을 드나들며 입으로만 교육을 떠드는 호색한에 불과하다. 이런 인물들이 자리 잡고 있는 경성학교를 그려냄으로써 이미 한국 사회의 교육은 식민지 지배하에서 크게 흔들리고 있음을 보여주고 있는 것이다.

그렇지만 작가 이광수는 『무정』에서 여전히 새로운 교육이 중요하다는 사실을 강조한다. 그가 봉건적인 구시대의 질서를 거부하고 새로운 가치로서의 문명개화와 신교육의 의미를 강조하는 교사의 신분으로 자리 잡고 있는 것도 바로 그 같은 변동 사회의 한 반영에 다름없다고 할 것이다.

## 4. 화류계의 인생 혹은 기생

소설 『무정』의 줄거리에서 관심의 초점을 이루는 것은 평양 기생 월향이라는 이름이 덧씌워져 있는 박영채의 개인적 운명이다. 박영채는 감옥에 들어간 부친과 오빠를 위해 스스로 몸을 팔아 기생이 되었고, 이형식을 다시 만나기 위해 자신의 순결을 지키며 오랜 기간을 기다리기도 한다. 그리고 이형식이 이미 다른 여성과 혼약의 단계에 이른 데다가, 자신의 순결마저 잃게 되자 스스로 목숨을 끊어버리고자 한다. 물론 소설의 결말 부분에서 그녀는 병욱의 충고를 받아, 새로운 교육의 필요성을 깨닫고 일본 유학을 결심하는 것이다. 이러한 박영채의 변모 과정은 전통적인 가족 구조의 붕괴와 개인의 몰락이라는 개화 공간의 사회적 변동과 맞물려 있다. 그리고 문명개화와 신교육의 가치가 모든 사회적인 요건 가운데 최선의 것으로 내세워짐으로써, 그러한 가치를 신봉하는 사람들에게 새로운 삶의 가능성을 부여하는 개화 지상주의적인 요소까지 곁들여지고 있는 것이다.

박영채는 전통적인 가정교육을 받고 자라면서 여성으로서 지켜야 할 도리를 당연한 삶의 태도로 여기고 이에 따르고자 한다. 그녀는 인간 세상을 선한 것과 악한 것으로만 나누어 볼 줄 안다. 그리고 오로지 선한 자로 살아야 한다는 신념을 따라 자신의 삶의 자세를 지켜나가고자 노력한다. 그러나 세상은 선한 자만의 것이 아니다. 영채는 부친을 위해 돈을 마련했지만 사기꾼에 걸려 돈을 모두 날려버리고 자신은 기생으로 전락하여 그 수

분석과 해석

렁으로부터 벗어날 수 없게 된다.

　박영채를 통해 기생 월향이라는 이름으로 호명되고 있는 당대 화류계의 실상은 소설 『무정』의 이야기에서 사회적 현실의 한 축을 형성하고 있는 이형식을 중심으로 하는 학교 이야기와 크게 대조를 보인다. 일제강점기에 일종의 공창(公娼)처럼 제도화된 기생이라는 사회적 존재는 전통 사회에서 특수 신분이었던 '관기(官妓)' 제도의 해체(1894) 과정과도 부분적으로 연결되는 것임을 짐작할 수 있다. 이들은 남성 중심의 환락의 공간에서 성적 노예처럼 유희와 섹스의 상대가 된다. 그리고 이러한 행동은 모두 돈으로 계산된다. 박영채는 평양에서 기생으로 생활하면서 자신의 처신만 바르게 한다면 얼마든지 화류계를 벗어날 수 있다고 생각하지만 그것은 그리 호락호락한 일이 아니다. 그녀는 경성으로 올라와 평양 기생 월향으로 생활하면서도 이러한 자기 태도를 지키고자 한다. 하지만 월향은 경성의 난봉꾼으로 소문난 김현수와 배학감의 유인에 걸려 결국은 처참하게 정조를 유린당한다. 그녀는 결코 자기 혼자서만 선하게 살아간다는 것이 불가능하다는 사실을 깨닫고 스스로 삶을 포기하려고 한다.

　소설 『무정』의 이야기에서 가장 참혹한 장면은 기생 월향을 유인한 배학감과 김현수가 그녀를 결박하고 강간하는 장면이다. 이러한 폭력적 장면이 소설 속에 그려진 경우는 『무정』 이전의 소설에서는 찾아보기 어렵다.

　　형식은 입에 거품을 물고, "이놈, 배명식아!" 하고는 기가 막혀 말이 아니 나온다. 형식은 아니 잡힌 팔로 배학감의 면상을 힘껏 때리고, 아까 형식의 발길에 채어 거꾸러진 사람을 힘껏 이삼 차나 발길로 찼다. 그 사람은 저편 문을 열고 뛰어나갔다. 형식은, "이놈, 김현수야!" 하고 소리를 쳤다. 그러고는 넘어져 깨어진 영창을 들었다. 여자는 두 손으로 낯을 가리우고 흑흑 느낀다. 손과 발은 동여매었다. 그리고 치마와 바지는 찢겼다. 머리채는 풀려 등에 깔렸고, 아랫입술에서는 빨간 피가 흐른다. 방 한 편 구석에는 맥주병과 얼음 그릇이 넘느른하고 어떤 것은 깨어졌다. 형식은 얼른 치마로 몸을 가리고 손발 동여맨 여자를 안아 일으켰다. 여자는 얽어 매인 두 손으로 낯을 가리운 대로 울기만 한다.

영채의 눈앞에는 아까 청량리에서 만나던 광경이 더욱 분명하게 보인다. 김현수의 그 짐승 같은 눈, 그 곁에 서서 땀내 나는 손수건으로 영채의 입을 틀어막던 배명식의 모양, 배명식이가 영채의 두 팔을 꽉 붙들 때에 미친 듯한 김현수가 두 손으로 자기의 두 귀를 꽉 붙들고 술냄새와 구린내 나는 입을 자기의 입에 대던 모양, '이 계집을 비끄러맵시다' 하고 김현수 가 자기의 두 발을 붙들고 배명식이가 눈을 찡긋찡긋하며 자기의 두 팔목 을 대님짝으로 동여매던 모양, 그러한 뒤에, '이년 이 발길 년! 이제도' 하 고 김현수가 껄껄 웃던 모양이 더욱 분명하게 보인다.

이 소설에서 그려진 강간은 여성에 대해 가해지는 성적 폭력의 현장에 해당한다. 이 참혹한 장면은 영채를 구출하기 위해 뛰어든 이형식의 눈을 통해 그려지기도 하고 피해자인 박영채의 눈을 통해 재현되기도 한다. 그 런데 이 소설 속에는 영채에 대한 강간을 바라보는 서로 다른 시선이 자리 하고 있다. 이형식은 영채가 강간당한 현장을 직접 목격했지만 폭력에 의 해 짓밟힌 영채보다는 그녀가 지키지 못한 순결을 걱정한다. 강간이라는 범죄 행위의 폭력성을 비판하고자 하는 것이 아니라 오히려 피해자인 영 채의 처녀성 상실이 결정적 오점이 된 것처럼 생각하는 것이다. 이형식은 영채가 여성으로서의 가치를 상실했다고 생각하기도 한다. 박영채를 기생 으로 고용하고 있던 노파는 그녀가 팔자를 고칠 수 있는 좋은 기회를 맞아 오히려 이를 거부하고 저항하고자 한 것에 대해 힐난한다. 그러면서 자신 이 열아홉의 나이에 수많은 사내들을 상대하면서 돈을 벌고 호사했던 시 절을 생각한다. 노파는 기생 팔자는 어쩔 수 없는 일이라면서 시간이 지나 면 결국은 모든 문제가 해결될 것이라고 영채를 달래려 한다. 그리고 폭력 을 행사했던 김현수를 상대로 돈을 뜯어낼 궁리를 한다. 기생이라는 신분 에 정절을 지킨다는 것 자체를 인정하려 들지 않았던 것이다. 피해 당사자인 박영채의 경우도 자신이 지켜온 순결이 하룻저녁에 폭행으로 무너지고 자신의 육체가 더럽혀졌다는 수치심에 치를 떤다. 그리고 훼손당한 육체만이 아니라 인간적 모욕감이 그녀를 견디기 어렵게 만든다. 그녀는 이제 누구 앞에도 나설 수 없는 죄인이 되었다고 생각하면서 자살의 길을 택하기로 한다. 폭력적인 행위에 의해 영채의 몸은 이미 더럽혀졌고 그것은 결코 돌이킬 수 없는 오욕이 된 것이다. 물론 이 소설은 김현수 일당을 경찰이 검거하는 장면을 보여줌으로써 돈 많은 난봉꾼의 횡포를 법적·제도적으로 제재한다는 것을 보여준다. 하지만 박영채에 대한 강간은 여성의 육체에 대한 폭력적 파괴이며 그 정신과 가치에 대한 훼손과 약탈이라는 사실을 부인할 수 없다.

소설 『무정』의 이야기는 후반부에서 인간으로서의 수치와 모멸감을 벗어나지 못하고 있던 박영채가 스스로 죄인이 되었음을 인정하고 최후로 선택한 자기 운명의 길을 보여준다. 폭력의 피해자였던 영채가 훼손된 육체와 상처받은 정신과 그 오욕으로부터 벗어나게 되는 과정은 이 소설의 참 주제와 맞닿아 있다. 영채는 악의 세계라고 할 수 있는 경성을 떠나 평양으로 돌아간다. 그녀는 거기에 가서 스스로 목숨을 끊겠다고 결심한다. 그런데 영채는 뜻밖에도 기차 안에서 동경 여자 유학생 병욱을 만남으로써 재생의 가능성을 찾게 된다. 박영채가 한 사람의 인간으로서 자기 존재의 의미를 발견하고 주체적으로 삶의 가치를 찾는 과정은 의미심장하다. 물론 처절하게 망가진 육체의 고통으로부터 스스로 벗어나는 길은 결코 쉽지 않다. 동경 여자 유학생 병욱은 영채에게 덧씌워진 기생 월향의 이미지를 벗기고 그녀의 정신을 지배하고 있던 이형식이라는 사랑의 허상을 깨친다. 결국 박영채는 병욱이라는 신여성의 진취적인 의식을 매개로 하여 자기 주체를 각성하고 인간 박영채로서의 자기 정체성을 회복하게 된다. 평양으로 가는 기차 안에서 이루어진 이 감격적 장면은 박영채의 재탄생을 의미하며 개인적 주체의 재발견을 뜻하게 된다. 결국 박영채는 구시대의 질서가 붕괴되는 과정 속에서 운명적으로 희생을 감수해야 했고, 새로운 문명개화의 이념을 붙잡게 됨으로써, 재생의 가능성을 얻게 되었다고 할 것이다.

박영채가 인간과 세계를 바라보는 관점은 지극히 단순하다. 그녀는 인간 세계의 모든 사물을 선/악의 대립 개념으로 인식하고 있었다. 그러나 박영채는 병욱이라는 여성을 통해 이 세상이 선/악만이 아니라 또 다른 하나의 질서에 의해 발전하고 있다는 사실을 알게 된다. 그것이 바로 낡은 세계에서 새로운 문명개화의 세계로의 진보다. 영채는 자신을 지배하고 있던 선/악의 구조에서 벗어나 신/구의 구획논리를 따름으로써 자기가 빠져들었던 낡은 세계의 갇힌 틀을 벗어날 수 있게 된다. 다시 말하자면 낡은 도덕적 전통, 낡은 사회제도와 가치로부터 벗어남으로써 새로운 인간으로 재생하게 된다. 기생으로 전락했던 박영채가 동경 여자 유학생으로 바뀌는 이 놀라운 변화야말로 '배워야 산다'라고 하는 계몽의 명제를 그대로 실현해 보이는 것이다. 다시 말하자면 지식의 힘이 곧 삶의 힘이라는 계몽의 의미를 여기서 찾아볼 수 있다. 물론 박영채의 운명의 전환이 병욱이라는 인물의 매개적인 역할에 의해 이루어지고 있다는 점을 유의해야 한다. 그녀의 변모가 자기 각성에 의한 것이었다고 하더라도, 그녀는 신여성 병욱의 존재에 기대어 동경 유학을 계획할 수 있게 되었기 때문이다. 그녀가 택한 새로운 가치로서의 여성으로서의 신교육은 가능성의 세계로만 제시되고 있을 뿐이다.


## 5. 『무정』의 근대적 성격

근대소설은 개인의 운명을 그려냄에 있어서 개개 인간의 삶을 통하여 일정한 사회의 본질적 특수성을 드러내게 된다. 다시 말하면, 근대소설은 사회에 대한 개인의 관계를 개인의 운명이라는 형식을 빌려서 보여준다.

사회적·역사적 존재로서의 인간의 삶이 지니는 본질적인 의미를 제시하여준다는 것이다. 그러므로 사회의 근본적인 모순이 개인의 운명을 빌려서 구체적으로 체현되기도 하며, 개인의 삶의 모습이 사회적 현실 속에서 전체적으로 형상화되기도 한다.

그런데 이러한 근대소설이 확립되기 위해서는 그 내재적인 요건이 갖춰져야만 한다. 경험적인 세계 속에서 개인의 삶의 양상을 전체적으로 포착해내는 소설의 형식은, 자아에 대한 인식의 확대를 통해 개인의 삶을 이해하고 그 의미를 파악할 수 있는 단계에서 성립된다. 다시 말하면 개인의 행동과 그 행동을 둘러싸고 있는 사회적 조건이 서로 관련되어 있는 모습을 전체적으로 파악할 수 있을 때에, 진기한 이야깃거리로 내용을 꾸려나갔던 서사문학의 양식이 그 설화적 속성을 벗어나 소설 형태의 성립을 보게 되는 것이다.

한국의 문학사에서 이광수의『무정』이 등장한 시대는 자아에 대한 각성과 새로운 발견이 요청된 시기이다. 민족적 자기인식과 그 주체적 확립이 가능하지 않은 식민지 상태에 놓여 있었음에도 불구하고, 이 시기에 대부분의 작가들이 개인의 발견과 그 해방을 주장했다는 사실은 특기할 만한 일이다. 여기에는 자각과 각성에서 출발할 때에 민족 전체의 주체적인 자기 확립이 가능할 수 있을 것이라는 논리가 전제되어 있다. 그렇기 때문에 어떤 경우에는 유교적 관습과 전통사회의 규범에서 개인의 자유와 권리를 되찾고 삶의 진정한 의미를 인식해야 한다는 주장이 나왔던 것이며, 숙명론적인 인생관에서 벗어나 자기 삶과 운명을 스스로 해결해보려고 하는 새로운 인생관을 가져야 한다는 주장도 나왔던 것이다.

이광수는 소설『무정』에서 자아의 각성과 사랑의 문제를 중요시하고 있다. 그러면서도 그는 문학이 지니는 도덕적 가치를 강조하여 스스로 문학의 교시적인 기능을 내세우기도 한다. 이러한 주장은 사회 현실에 근거하고 있는 자기 존재의 인식과 그 확대를 내세운 것으로서, 개인의 체험 세계를 중시하는 소설의 요건과 직결되는 것이라고 하겠다. 소설의 세계를 개인의 삶의 세계와 연관지어 이해하고자 하는 태도는 모두 소설이 그 예술적 독자성을 지니고 있는 문학의 한 장르임을 인식하게 되었다는 사실을 뜻하는 것이다. 신소설의 시대에 널리 쓰였던 소설이라는 용어가 장르 개념의 한계를 벗어나 포괄적인 서사문학 양식 전반을 지시하고 있었던 점을 생각한다면, 이것은 소설에 대한 인식에 중대한 변화가 이루어지고 있음을 말해주는 것이라고 하겠다. 소설을 독자적 문학의 한 장르로 인정한다는 것은 그 자체가 요구하는 원리와 규범을 모두 승인한다는 뜻이 되며, 소설에 대한 논의도 바로 그 독자적인 원리와 규범을 중심으로 전개시켜 나아갈 수 있음을 의미하는 것이다.

그렇지만 『무정』에서 볼 수 있는 근대적 주체로서의 개인의 운명에 대한 관심이나 서사 내적 시간의 새로운 해석 등이 모두 조화로운 상태에 이르러 근대소설로서의 어떤 성취에 도달했다고 보기는 어려운 일이다. 이광수가 지향했던 '정(情)의 만족'이 전통적인 규범과 속박으로부터의 개인의 해방이라는 테마로 발전했다 하더라도, 그것이 소설 속에서 반성적인 자기 각성의 단계에 도달하지 못하였기 때문이다. 그러므로 소설 『무정』은 사회적 존재로서의 개인이 주체로서 영위하게 되는 삶의 총체적인 모습을 구현하는 데에는 여전히 미흡한 점이 많이 있다. 다만 이 소설이 사회적 조건과 현실 상황에 대한 객관적인 인식의 문제성을 드러내고 있음에도 불구하고 새로이 도래할 문명개화의 시대로서 근대사회를 적극적으로 긍정하고 있다는 점은 주목을 요한다. 이 소설의 등장인물들은 모두 앞으로 다가올 새로운 시대로서의 근대를 긍정하고 있으며, 그것을 위해 계몽에 앞장서고 있다. 결국 소설 『무정』의 등장은 한국 사회 자체가 여전히 근대성 미달의 수준에 놓여 있었다는 사실과도 무관하지 않은 것이다. 이 소설이 개화 공간의 말미에 자리하고 있다는 사실은 그 계몽적 성격과 함께 간과할 수 없는 점이다.

# 「혈의 누」의 서사 구조와 식민주의 담론

## 1. 신소설의 시대

한국문학에 등장하는 근대적 풍경의 첫 장면에서 우리는 신소설이라는 새로운 서사 양식을 만난다. 근대문학이라는 것을 이식문학으로 규정했던 임화의 경우도, 문예사조의 지방성을 인정해야 했던 백철의 경우도 모두 신소설을 한국 근대문학의 출발이라고 기록한 바 있다. 대학이라는 제도 안에서 한국 현대문학 분야의 교과과정을 정착시키는 데 기여한 전광용도 신소설 연구에 학문적인 전 생애를 걸었고, 북한 사회과학원 문학연구소 에서 주체 문학의 이념을 정립한 김하명도 월북 전에 남긴 대표적인 글이 신소설에 대한 것이다. 이들이 모두 신소설에 주목한 것은 신소설이 지닌 새로움 때문이다. 대부분 연구자는 신소설에서 그려지고 있는 새로운 세 계와 새로운 이념에 대한 요구를 가장 중요한 서사적 특성으로 내세우고 있다. 새것과 낡은 것이 대비적으로 인식되기 시작하면서 생겨난 사회적 가치의 대립을 놓고 본다면, 새것을 추구하는 모든 개화계몽 담론 가운데 신소설은 매우 특이한 위치를 차지하고 있는 것이 사실이다.

그렇지만 신소설이라는 문학의 양식에서 주목해야 할 것은 새로운 세계 와 새로운 이념만은 아니다. 새로운 이념과 새로운 세계는 인간의 삶의 방식에 대응해온 서사 양식에 언제나 등장한다. 시대가 바뀌고 삶의 방식이 변화하면 서사 양식도 그에 따라 바뀐다. 새로운 시대에는 늘 새로운 이야기가 나타나며, 새로운 시대의 사람들은 또한 새로운 이야기를 요구한다. 신소설에 담겨 있는 새것에 대한 지향은 낡은 것에 대한 명확한 비판적 인식에 기초할 때 그 의미가 살아난다. 새로움의 정체를 과장하여 해석하는 경우 그 새로움이 기원하고 있는 낡은 것을 제대로 보지 못하게 되거나 새로움 자체에만 집착하게 된다.

신소설이란 무엇인가? 이 질문이 여전히 필요한 이유는 신소설의 양식적인 성격을 새로운 세계와 그 의미에만 집중시켜 설명해온 기존 연구의 문제성 때문이다. 신소설은 개화계몽 시대 서사 양식을 통칭하는 용어로 쓰인 경우가 많지만, 개화계몽 시대에 등장한 서사 양식의 하위 장르 가운데 하나에 불과하다. 이 시기에는 한국의 근대화 과정에서 가장 충동적인 사회 문화적 변화가 이루어진다. 한문 폐지와 국문체의 확대라는 문체의 변혁에서 드러나는 언어층의 혼재 상태는 사회 전반에 걸쳐 야기된 이념과 가치의 갈등과 충동을 그대로 보여준다. 신소설의 서사 방법과 그 담론 구조는 개화계몽 시대 민중의 삶에 대한 깊은 이해를 바탕으로 성립된 것이라고 보기 어렵다. 오히려 신소설은 당대의 정치 권력과 그 권력이 만들어내는 새로운 이념과 가치에 대응하고 있는 부분이 더 뚜렷하다. 신소설이라는 문학 양식이 개화계몽 의식을 담고 있는 것으로 평가되어온 것은 바로 이 같은 이념과 가치에 대한 지향성을 중시한 데에서 비롯된 일이다.

신소설이 성립된 1905년 전후는 일본의 통감부가 설치되고 이른바 '보호정치'가 시행되었던 시기이다. 일본은 청일전쟁의 승리를 계기로 조선에 대한 청국의 간섭을 배제할 수 있게 되었고, 러일전쟁에서도 승리하자 한국에 대한 독자적인 지배력을 확보하게 되었다. 일본은 대한제국의 독립과 영토 보존을 위해 정치적 간섭과 군사적인 점령을 인정한다는 한일의정서(1904.2)를 체결한다. 그에 따라 일본은 한국 내에 군대와 경찰을 주

둔시켰고 영국·미국·러시아 등으로부터 한국의 정치·군사·외교 등
에 대한 보호 지도 감리 조치를 인정받게 된다. 그리고 한국의 정치 외
교 군사권을 통괄할 수 있는 일본 통감부를 설치한다는 이른바 보호조약
(1905.11)을 강제로 체결한다.

　이러한 정치·사회적 상황 변화 속에서 일본은 한국인의 저항을 무마시
키기 위해 식민주의적 지배 전략을 펼치게 된다. 한국 내에서는 송병준,
이용구 등을 중심으로 일진회(一進會)라는 친일 사회단체를 조직하게 하여
일본의 보호국이 되는 것을 지지하도록 한다. 일본은 미개한 아시아를 문
명개화의 길로 이끌어간다는 일본의 역할론을 강조하면서 한국에 대한 서
구 제국의 간섭이나 침략의 위협을 막아내고 한국의 문명개화를 추진하겠
다고 역설한다. 이 같은 일본의 주장은 곧바로 한국에 대한 보호정치를 내
세운 통감부의 설치를 통해 구체화한다. 한국의 정치·군사·외교권을 박
탈한 일본은 보호라는 이름으로 한국에 대한 모든 권리를 행사하게 된 것
이다.

　일본이라는 새로운 강자의 힘으로 만들어낸 식민주의 담론은 열악한 한
국의 정치 현실을 과장하여 한국인의 패배주의적 인식을 조장하고자 했다
는 점에 그 특징이 있다. 일본은 강대한 군사력을 내세워 한국에 대한 실
질적인 지배력을 확대하게 된다. 그리고 일본 통감부의 설치를 통해 일본
적 식민주의의 전략을 강압적으로 실천할 수 있게 된다. 일본은 한국에 대
한 지배력을 강화하면서 그 정당성을 널리 선전하기 위해 대중적 매체를
정치적으로 이용하고 한국의 친일 지식인을 앞장세워 문명개화라는 이름
으로 이를 선동하게 한다. 신소설은 바로 이러한 권력의 조작된 힘에 의해
조성된 특이한 사회 문화적 기반 위에서 성립되었으며 그 서사의 담론 구
조가 일본의 보호 정치라는 식민주의 담론의 영향을 벗어나지 못하고 있
다. 신소설이 문명개화의 이상을 강조하고 있는 것처럼 보이는 가운데 일
본에 대한 친화적인 성향을 드러내는 것은 바로 이 때문이다. 신소설이 한

국에서 발행된 일본인 신문에 먼저 등장했거나 친일 성향의 신문에 연재되기 시작했다는 것은 이러한 사실과 무관하지 않은 일이다.

## 2. 이인직의 친일적 행적

이인직(李人稙)은 국문 글쓰기를 통해 새로운 서사 양식인 신소설의 시대를 열어놓았다. 그는 신소설을 창작하는 전문적 직업인으로서 작가라는 사회적 존재를 대중적으로 인식시키는 데에 크게 기여했다. 한국 근대문학의 성립이라는 문학사의 첫 장면에서 작가 이인직과 그의 신소설을 만나게 된다는 것은 부인할 수 없는 사실이다.

이인직은 1862년 음력 7월 27일 경기도 음죽군(陰竹郡) 거문리(巨門里)에서 한산 이씨 윤기(胤耆)와 전주 이씨 사이의 차남으로 태어난다. 그러나 그의 성장 과정은 그리 순탄하지 않다. 최종순의 연구[1]에 따르면, 이인직을 낳아 기른 생부와 생모는 모두 일찍 세상을 떠났고, 그는 백부 은기(殷耆)의 양자가 된다. 이인직의 고조부 이사관(李思觀)은 영의정까지 지낸 사대부이다. 그러나 증조부인 이면채(李冕采)가 이사관의 서자(庶子)였기 때문에, 이인직은 서출(庶出)의 후손이라는 신분적인 조건을 벗어나지 못한다. 그는 한학을 수학하고도 과거에 응하지 못하였으며, 동래 정씨와 혼인한 후 향리에 묻혀 지낸다.

이인직은 갑오경장 이후 적서(嫡庶) 차별이 제도적으로 철폐되면서 신분적 제약으로부터 비교적 자유로워진 것으로 생각된다. 그가 1900년 2월 40세에 가까운 나이에 관비 유학생으로 선발된 것을 보면 이를 미루어 짐작할 수 있다. 이해 9월 그는 일본 동경정치학교에 입학하였고 정치학을 수학하면서 당시 관비 유학생으로 같은 학교에 재학 중이던 조중응(趙重應)

---

1  최종순, 『이인직 소설 연구』, 국학자료원, 2005.

등과 교유한다. 이인직의 유학 생활 가운데 특기할 만한 사실은 그가 1901년 11월 주일 한국공사관의 추천으로 동경에서 발간되던 『미야코신문(都新聞)』의 견습생이 되었다는 점이다. 다지리 히데유키(田尻浩辛) 교수의 조사(1999년 7월 잡지 『문학사상』에 소개[2])를 보면, 『미야코신문』에는 「한인이 우리 신문사에서 신문사업을 견습함(韓人我社に新聞事業を見習ふ)」(1901.11.26)이라는 제목 아래, '한국 관비 유학생 이인직 씨는 지금 간다의 정치학교를 다니고 있지만, 그 여가에 우리나라 신문 사업 견습하기를 희망하여 한국공사관의 의뢰서를 가지고 방문하였다.'고 보도하고 있다. 이인직은 미야코신문사의 견습 생활을 시작하면서, '신문을 통해 세계 문명의 참된 모습을 있는 그대로 한국 동포에게 전달하고자 한다.'는 소박한 희망을 밝히고 있다.

　　팔베개를 베고 사십 성상을 실로 잘 잤다. 곁에서 잠꼬대를 하는 자는 우리 이천만 동포이다. 해외에서 한 장 종이가 날아서 매일 아침 베게 곁에 떨어진다. 아- 신기하고 새롭구나. 몽롱한 눈을 닦고 한번 보매 신문지라고 이름하여 천하의 모든 일을 만재(滿載)한 것이라. 즉 만기 활동(萬機活動)의 원천이라. 맹연이 깨닫고 안을 내세워 지식을 세계에 구하기 위해서 귀국에 유학하고 학교에서 배우는 여가에 미야꼬신문사(都新聞社)에서 신문 사업을 견습하기 위해 여기에 온 것이다. 나는 신문지를 가지고 세계 문명의 사진 기계가 되고 전어(傳語) 기계가 되겠다. 나는 그 문명의 진형(眞形)을 있는 대로 그려내어 우리 국민에게 충고하는 중계자가 되기를 바란다. 우리나라의 신문은 이삼 종류가 있는데, 그 중 제일 인기 있는 것은 황성신문(皇城新聞)이라고 하는 신문이다. 그것조차도 일간은 삼천여 매에 지나지 않는다고 생각된다. 나의 구구히 원하는 것은 미야꼬신문사(都新聞社) 제군자에게서 문묵(文墨)을 가지고 천하 만기(万機)의 선악을 상벌하는 활동의 좋은 수단을 배우고 우리 이천만 동포의 자식마다의 베게

---

2　다지리 히로유끼, 『이인직 연구』, 국학자료원, 2006.

「혈의 누」의 서사 구조와 식민주의 담론

곁에 맹투(猛投)하여 앞으로 잠자지 못하도록 하는 목적이다. 다행히 유지 제군이 열심히 가르침을 주신다면 이것은 나 혼자를 도와주는 것이 아니라, 또한 우리나라 이천만 인구에 경성을 권하기 위한 것이라고 생각한다. 나는 우리 국민에게 아직 이 뜻을 표하는 데까지는 미치지 못하지만 먼저 여기에 느낀 바를 말하고자 할 뿐이다.

— 이인직, 「입사설(入社說)」, 11.29.

이인직은 견습 생활 과정에서 신문의 편집 기술만을 익힌 것이 아니다. 그는 「몽중방어(夢中放語)」(1901.11), 「설중참사(雪中慘事)」(1902.2)와 같은 단편적인 기사를 신문에 실었으며, 한국의 다양한 문물을 일본 독자들에게 소개하는 「한국잡관」(1902.3)과 한국의 산업 현황과 문제점을 보도한 「한국 실업론」(1902.12)을 일본어로 연재하기도 한다.

이인직의 미야코신문사 견습 생활 가운데 주목되는 것은 그가 이 신문에 처음으로 단편소설 「과부의 꿈(寡婦の夢)」(1902.1.28~29)을 일본어로 발표한 점이다. '조선문학'이라는 부제를 달고 있는 이 작품은 그 서두가 다음과 같다.

서산에 저문 석양은 지금도 조각구름의 주위를 금색테로 두르고, 그 사이를 흐르는 한 줄기의 광선은 어떤 높은 울타리, 높은 지붕의 서쪽 창문 난간을 비춘다. 그 속에 더 눈부시고 흰 색깔을 자랑하는 것은 춘풍의 백 모란도 아니고 눈속의 설중매도 아니고, 소복을 입은 한 부인이 멍하니 난간에 기대어 서쪽 하늘의 구름을 바라보고 있는 모습이다.(조선의 사람들은 남녀의 구별없이 그 부모의 상에는 3년 동안 흰옷을 입는 것이 상례이다. 단 시집간 여자는 그 부모의 상에 흰옷을 입는 것이 1년, 1년 후에는 담청색의 옷을 입고, 3년 후에는 평소과 같이 화려한 옷을 입는다. 과부만은 평생 흰옷을 입는다) 나이는 32, 3세가량, 하얗고 갸름한 얼굴, 기름 바르지 않은 머리카락, 화장하지 않은 눈썹(조선의 부인은 두터운 눈썹을 싫어하여 그 눈썹을 가늘게 한다. 소위 초승달 눈썹이란 것이다. 단 과부만은 머리카락에 기름을 바르지 않고, 얼굴에 화장을 하지 않는다. 또한 그

분석과 해석

눈썹을 가늘게 하지 않는다), 너무 살이 빠지면 미인으로 보이나 미인이
아니고, 병든 사람같이 보이나 병든 사람이 아니다.

이 작품은 남편을 잃고 십 년의 세월이 지나도록 슬퍼하면서 죽은 남편
을 그리워하고 있는 조선인 과부의 가련한 모습을 보여주고 있다. 앞의 인
용에서처럼 이야기의 서두에 해 질 무렵의 풍경이 제시되면서 주인공인
과부가 등장한다. 이어서 하녀와 이웃집 노파의 대화를 통해 그녀가 죽은
남편을 그리워하며 고통스럽게 지내고 있음을 전해준다. 후반부에서는 과
부가 죽은 남편의 꿈을 꾸는 장면이 이야기의 중심을 이룬다. 꿈에 나타난
남편에게 과부가 말을 건네려고 하는 순간 이웃집 노파가 부르는 소리에
과부는 꿈에서 깨고 만다. 이 작품은 하나의 습작에 불과한 것이지만, 전
통사회에서 과부 개가를 금지했던 한국의 풍속을 비판하고 인습에 찌들어
살아야 했던 여성의 삶과 그 애환을 그려내고 있다.

이인직은 1903년 5월 5일 미야코신문사 견습 생활을 마쳤다. 그는 견습
생활을 끝내면서 귀국 후 신문 창설에 앞장서겠다는 희망을 담은 「한국 신
문 창설 취지서」(1903. 5. 5)를 『미야코신문』에 발표한다. 그런데 이해 봄 한
국 정부가 재정난을 이유로 관비 유학생의 송환을 명하게 된다. 이인직은
7월 16일 동경정치학교를 졸업하고 귀국한다. 1903년 12월 러일전쟁이 일
어나자 이인직은 일본 육군성 한국어 통역관으로 임명되어 활동한다.

이인직은 러일전쟁 직후 송병준, 이용구 등이 주도했던 친일적인 사회
단체 일진회와 연결되면서 그가 유학 시절에 꿈꾸었던 신문 창간 사업에
관여하기 시작한다. 일진회는 1904년 8월 20일 창립된 후 사회적 활동을
확대하기 위해 기관지로서 신문 발간을 계획한다. 이인직은 '국민신보사'
의 창설 계획을 주도하였고 일 년이 넘는 준비 기간 끝에 1906년 1월 6일
일진회 기관지 『국민신보(國民新報)』를 창간한다. 이인직은 이 신문의 주
필이 되었지만, 여기에만 주력한 것은 아니다. 그는 다시 새로운 신문사를

설립하고자 하였다.

이인직이 새롭게 계획한 신문사의 설립이란 『만세보(萬歲報)』의 창간을 위한 일이다. 『만세보』는 천도교 교주 손병희의 발의에 의한 것으로 널리 알려져 있지만 그 창간 작업은 이인직이 도맡았다. 『만세보』 창간을 위해 내부(內府)에 제출했던 청원서는 이인직이 청원인으로 표시되어 있다. 이인직은 '본인이 신문을 발간하여 국민의 풍화를 고발하며 지식을 보도하기 위하여 경성 남서 회현방 회동 85통 44호에 신문사를 설립하고 만세보라 하는 신문을 발간코자 하와 자에 청원하오니 사조하신 후 인허하심을 복망'이라는 청원서를 1906년 5월 내부대신에게 제출했다. 이 청원서는 즉시 처리되어 5월 10일 『만세보』의 발간을 허가받았으며 1906년 6월 16일 『만세보』의 창간호가 나왔다. 이 창간호에는 발행 및 편집인으로 신광희(申光熙)라는 인물이 등재되었고, 사장은 오세창(吳世昌), 이인직은 주필이라는 자리를 차지하고 있다.

이인직은 『만세보』를 발간한 후 신소설 「혈의 누」를 연재하였다. 그러나 『만세보』는 발간 후 일 년을 겨우 넘기면서 경영난에 빠져든다. 『만세보』가 폐간 위기에 몰리자, 이인직은 이 신문을 인수하게 된다. 그는 『만세보』를 폐간하는 대신에 1907년 7월 8일 『대한신문(大韓新聞)』이라는 새로운 이름의 신문을 발간하면서 사장 직책을 맡는다. 그리고 신소설 「귀의 성」, 「치악산」, 「은세계」 등을 잇달아 발표한다. 『만세보』의 인수와 『대한신문』의 새로운 발간은 이완용이 친일적인 정치 노선을 지지하도록 국민의 여론을 호도하기 위해 표면적으로 이인직을 내세웠던 것으로 알려져 있다. 『대한신문』은 이완용 내각의 사설 기관지로서 대표적인 친일 신문이 된다. 이인직은 대한신문 사장이 된 뒤 이완용을 중심으로 한말의 친일 정객들과 교유하면서 한일합병 조약 직전 이완용의 하수인 역할[3]을 수행한 바

---

3  전광용, 『신소설 연구』, 새문사, 1996 참조.

분석과 해석

있다.

이인직은 일본 강점과 함께 『대한신문』이 폐간된 후 1911년 성균관을 개편한 경학원(經學院)의 사성(司成)으로 임명되었다. 그는 『경학원잡지』의 편찬 겸 발행인을 겸직하면서 일본 다이쇼(大正)의 왕위 계승을 축원하는 '즉위대례식헌송문(卽位大禮式獻頌文)' 등을 지어올리기도 한다. 1916년 11월 25일 그가 사망하자 천리교 예식으로 화장한다.

## 3. 「일념홍(一捻紅)」의 성격

이인직의 신소설 「혈의 누」의 성격을 제대로 이해하기 위해서는 이보다 6개월 정도 앞서 『대한일보(大韓日報)』에 연재(1906.1.23~2.18)되었던 「일념홍(一捻紅)」이라는 작품을 일별할 필요가 있다. 이 신문은 1904년 3월 10일 인천에서 창간된 일본인 신문이다. 일본어와 국한문 기사를 섞어 만들고 창간 직후 신문사를 서울로 옮겼다. 「일념홍」의 작자는 누구인지 알 수 없다. 작품 연재 당시 일학산인(一鶴散人)이라는 필명을 표시하고 있지만 그 존재를 밝혀내지 못하고 있다. 이 작품은 중국 백화체(白話體)에 가까운 한문투에 국문으로 토를 붙였으며 이야기의 내용을 16회로 구분한 회장체(回章體) 형식으로 이루어져 있다.

이 소설의 전체적인 줄거리는 여주인공이 일본 공사의 도움으로 개인적인 불행을 벗어나 일본으로 건너가 신식 교육을 받으며 개화의 길을 가게 되는 과정으로 이어진다. 소설의 주인공 일념홍은 자목단(紫牧丹) 꽃이 인간으로 현신한 것으로 서두에 설명되어 있다. 이러한 인물 설정은 주인공의 신분의 고귀함이나 재질의 비범함을 드러내기 위한 것으로, 전통적인 서사에서 흔히 볼 수 있는 변신 모티프의 수용에 해당한다. 그러나 소설의 주인공은 그 탄생에서 확인할 수 있는 비범성에도 불구하고 고통스런 삶의 과정을 이어간다. 어린 때 생모를 잃고 고아가 되었으며 그녀를 키워

준 양모마저 세상을 떠나게 되자, 절간으로 보내져 성장한다. 그리고 결국
은 교방에 팔려 기생의 신세를 면할 수 없게 된다. 이 소설의 전반부는 이
러한 주인공의 신분적 전락 과정과 삶의 시련으로 점철되어 있다. 생모와
양모의 죽음은 여주인공이 겪는 첫 번째 시련이다. 그리고 산사에서의 고
난의 생활에 뒤이어 교방에 기생으로 팔려가는 또 다른 시련을 맞는다. 여
주인공은 기생의 신분이기 때문에 사회적으로 모든 공적인 관계로부터 단
절되어 있으며, 자기 스스로 자신의 사회적·신분적 지위를 고쳐나가기
가 힘들다. 그런데 기생인 여주인공 앞에 그녀를 이해하고 사랑하는 청년
이 등장한다. 하지만 이들의 사랑을 방해하는 막강한 장애물이 등장하면
서 또 다른 시련을 맞게 된다. 여주인공의 미모를 탐하는 조선 대관이 여
러 차례 그녀를 납치하고자 하였고, 여주인공을 사랑하던 청년은 대관의
횡포와 술책으로 국사범의 누명을 쓰고 경무청에 갇힌다.

이 작품의 이야기는 바로 이 대목에서 전환의 계기를 맞는다. 소설의 주
인공이 고통과 시련이 최고조에 달하는 극한 상황에서 구원자를 만나는
것이다. 고전소설에서도 주인공이 고난에 빠지면 구원자가 등장한다. 그
구원자는 대개 초인간적인 존재로서 신성의 세계와 인간의 세계를 매개하
는 역할을 한다. 주인공은 구원자로부터 지혜를 얻고 도술을 배워 다시 자
신이 이탈한 사회로 귀환한다. 전통적인 서사에서는 이러한 주인공의 이
탈과 귀환의 과정에 이르는 이른바 '영웅의 일생'이 핵심적인 서사 구조의
패턴으로 형상화되어 나타난다. 그런데 「일념홍」에서 고난에 처한 주인공
을 돕는 구원자가 서울에 주재하고 있는 일본 공사로 설정되어 있다. 개화
계몽 시대 한국 사회에 가장 강력한 영향력을 미치게 되는 일본인 공사가
구원자로 등장한다. 일본 공사는 악덕의 조선 대관을 퇴치하고 여주인공
을 구출한다. 그리고 여주인공은 자기 선택에 의해서가 아니라 일본인들
의 도움으로 기생이라는 신분적인 제약을 벗어난다. 여주인공의 신분 상
승은 그녀가 개화된 신여성으로 변모하는 과정 속에서 문명개화라는 이

름으로 포장되고 있다. 여주인공은 일본 공사의 도움으로 기생의 나락에서 벗어나 일본 유학의 길에 오르고, 새로운 학문을 닦은 후 영국 유학까지 마치면서 스스로 개화 여성으로서의 면모를 내세울 수 있게 된다. 여주인공을 사랑했던 청년도 일본인의 도움으로 구출된다. 그는 일본에서 사관학교를 다닌 후 일본군 장교가 되어 러일전쟁에서 일본을 위해 전공까지 세운다. 이렇게 새로운 삶의 길을 걷게 된 두 사람은 함께 귀국하여 개화운동에 앞장선다.

「일념홍」의 서사 구조는 기생의 신분에 불과했던 여주인공이 사회적인 관습의 질곡에서 벗어나 신분적 상승을 이룬다는 사실에 핵심을 두고 있다. 그리고 적대적 관계를 보여주는 조선인 대관과 일본 공사가 보조적 인물의 대조적인 역할을 수행한다. 여주인공을 억압했던 조선인 대관은 두 가지 차원에서 비판되고 단죄된다. 하나는 그가 보여주는 구시대적인 악덕에 대한 사회 윤리적 차원의 비판이다. 그는 기생의 신분에 불과한 일념홍을 자기 손안에 넣기 위해 권세를 이용하고 폭력을 쓰기도 한다. 그는 봉건 시대의 낡은 사고방식을 그대로 지닌 인물로서, 악덕과 비행을 일삼고 무고하게 사람을 죽이기도 하며, 자신의 개인적인 욕망을 채우기 위해 권력을 이용한다는 점에서 춘향전의 변학도와 같은 탐관오리의 전형으로 그려지고 있다. 또 하나는 조선인 대관의 정치적인 입장에 대한 비판이다. 그는 고위 관직에 있으면서 국가의 기밀을 러시아 공관에 넘겨준 반국가적인 인물이 되기도 하고 일진회 회원을 살해한 살인 혐의를 받기도 한다. 이러한 내용을 정리해본다면, 조선 대관은 낡은 사고방식과 악덕의 인물로서 러시아와 내통하면서 일본에 대해 반대하고 있다. 그리고 바로 이러한 행실 때문에 응징을 받게 되고 권좌에서 쫓겨나 몰락하는 것으로 그려져 있다.

이 작품에서 여주인공이 가야 하는 문명개화의 길을 가로막으려 했던 조선 대관이 훼방자라면, 이 훼방자를 퇴치하는 구원자로 등장하는 것이 바로 일본 공사이다. 일본 공사는 조선 대관의 야욕으로 궁지에 몰린 여주인공을 구원하여 일본 유학을 가능하게 하고, 여주인공을 사랑하던 청년에게도 학업의 기회를 주어 일본 장교가 될 수 있도록 배려한다. 일본 공사는 시련의 주인공을 고통으로부터 벗어나게 하는 구원자의 역할을 수행하고 있으며, 여주인공이 새로운 학문을 닦고 그 학문에 기반하여 개화주의자로 변모할 수 있도록 도와주는 안내자의 역할을 담당하고 있는 셈이다. 결국 기생 신분으로 시련을 겪고 있던 여주인공이 근대적인 교육을 받은 개화 여성으로 변신할 수 있었던 것은 일본이라는 거대한 세력이 매개항으로 작용한 데에서 가능해진 일이다. 일본 공사의 개입이 없었다면 여주인공은 신분적 질곡을 벗어나지 못한 채로 시련의 삶을 살아야 했을 것이다. 「일념홍」의 서사 구조는 여주인공의 삶에 나타나는 시련과 극복의 과정으로 요약된다. 특히 조선 대관과 일본 공사의 상반되는 역할을 강조함으로써 보수파에 대한 도덕적 단죄와 함께 개화파에 대한 적극적인 긍정을 담론화하고 있는 것으로 볼 수 있다. 여기서 주목해야 할 것은 구원자이면서 동시에 문명개화의 안내자가 된 일본 공사의 역할이다. 이것은 조선 보호론이라는 식민주의 담론의 서사적 구현에 해당하는 것이므로 일본 지향적 개화주의를 부추기는 정치적 성격이 강하다.

「일념홍」이 지니고 서사 담론의 정치적 성격은 이 작품이 발표된 뒤에 출간된 많은 신소설에서 비슷한 양상으로 반복되어 나타나고 있다. 안국선의 단편집 『공진회』에 수록된 「기생」에서 주인공 향운개의 이야기는 이 작품을 거의 그대로 옮겨놓은 것과 같다. 그리고 이광수의 『무정』에서도 여주인공 박영채가 보여주는 삶의 과정도 이와 흡사하다. 가족의 몰락과 기생으로의 신분의 전락, 배학감이라는 인물의 횡포에 의한 정조의 상실과 삶의 의욕 상실, 병욱이라는 구원자 또는 매개항을 만남으로써 일본이라는 새로운 문명 세계를 향해 출발하게 된 것은 그 패턴이 그대로 일치한다. 특히 이 작품의 여주인공을 곤경에서 구출하는 구원자로 일본인을 등장시킨 점은 이인직의 「혈의 누」를 비롯한 여러 신소설 작품에서도 확인되는 요소이다. 신소설의 이야기 속에서 일본 또는 일본인이 소설의 주인공을 낡은 세계에서 벗어나도록 도와주는 구원자 또는 매개항으로 설정되기 시작한 것은 당대 현실에서 일본의 정치적인 위상과 그 세력의 확대 과정을 말해주는 서사 담론의 정치성에 해당한다고 할 것이다.

## 4. 「혈의 누」의 서사 구조

이인직의 「혈의 누」는 신소설의 본격적인 출현을 의미한다. 이 작품은 1906년 7월 22일부터 10월 10일까지 모두 50회에 걸쳐서 『만세보』에 연재했지만 이야기 자체의 결말을 보지 못한 상태로 '상편'이 끝났다. 그리고 연재가 끝난 뒤 1907년 3월 광학서포에서 단행본으로 간행됨으로써 대중의 독서를 위한 상품으로 포장된 바 있다. 이 단행본 「혈의 누」의 텍스트는 서두에서 부분적인 부분적인 내용이 첨삭되고는 있지만 그 줄거리 자체가 신문 연재본을 그대로 옮겨놓은 것이다. 이러한 텍스트의 전환 방법은 신소설이 신문 연재 후 상업적인 목적에 따라 단행본으로 출판되는 하나의 관행으로 고정된다.

「혈의 누」의 텍스트에는 1907년 5월 17일부터 6월 1일까지 국초(菊初)라는 서명으로 『제국신문』에 연재한 「혈의 누」 하편이 별도로 존재한다. 이 짤막한 연재는 당시의 상황으로 비춰볼 때 여러 가지 의문을 불러일으키는 부분이다. 이인직이 「혈의 누」 하편의 연재를 『제국신문』에서 다시 시작하게 된 것은 『만세보』에 「귀(鬼)의 성(聲)」을 연재하고 있던 시기와 겹쳐 있다. 「귀의 성」은 「혈의 누」 연재가 완전히 끝난 후 1906년 10월 14일부터 1906년 12월 29일까지 그 상편이 발표되었고, 다시 1907년 1월 8일부터 1907년 5월 31일까지 그 하편을 연재하였다. 그런데 『제국신문』의 「혈의 누」 하편 연재는 두 주일 동안 짧게 이어지다가 특별한 언급 없이 중단되고 만다. 이것은 당시 『만세보』의 경영 악화와 그 폐간으로 인해 생겨난 이인직 자신의 신상 변동과 어떤 연관이 있는 것이 아닌가 생각되기도 한다.

이인직은 일제강점기에 들어서면서 '상편'으로 끝난 「혈의 누」의 이야기를 완결하고자 했다. 그가 1913년 『매일신보』에 연재한 「모란봉(牧丹峰)」이 실질적인 「혈의 누」의 '하편'에 해당한다. 이러한 사실은 당시의 신문 광고에서도 확인할 수 있다.

여러 달 쟈미 잇게 이독ᄒ시던 쌍옥루(雙玉淚)는 오늘 본보로써 긔 져가 다 되옵고 이 다음에는 모란봉(牧丹峰)이라ᄒ는 신쇼셜을 개진ᄒ옵는데 이 쇼셜은 죠션의 쇼셜가로 유명ᄒ 리인직(李人稙)씨가 교묘ᄒ 의량을 다 하야 혈루(血淚)의 하편으로 민든 것인데 곳 옥련의 십칠셰 이후 ᄉ젹을 져슐ᄒ 것이오 쏘ᄒ 샹편되는 혈루와 독립되는 셩질이 잇스니 그 진ᄉ 취미는 미일 아참에 본보를 고디치 안이치 못ᄒ리이다[4]

앞의 광고에서는 「모란봉」의 독자성을 강조하고 있지만, 「혈의 누」 상편에서 그 결말을 내지 못한 주인공 옥련의 이야기를 그린다는 사실을 분명하게 밝히고 있다. 그러나 「모란봉」도 옥련의 이야기를 완결하지 못한다. 이 작품은 1913년 2월 5일부터 1913년 6월 3일까지 연재가 이루어지다가 아무런 해명도 없이 중단되고 말았다.

이 같은 텍스트의 변화 과정을 보면, 신소설 「혈의 누」는 광학서포의 단행본 출간으로 그 상편이 확정된다. 그리고 『제국신문』에 짧게 연재되었던 '하편'과 『매일신보』에서 「모란봉」이라는 이름으로 연재하다가 중단된 이야기를 연결할 때 그 텍스트의 전체적인 내용을 어느 정도 이해할 수 있다. 그러나 신소설 「혈의 누」는 완결된 형태로 존재하는 것은 아니다. '하

---

4 『매일신보』, 1913.2.4.

편'으로 계획했던 「모란봉」도 미완의 형태로 방치되었기 때문이다.

「혈의 누」의 이야기는 조선 말기 청일전쟁을 겪은 평양의 한 가족을 중심으로 하고 있다. 이 작품의 주인공 옥련은 전란 속에 부모와 서로 헤어진 후 홀로 헤매다가 일본 군인의 도움으로 구출된다. 그리고 부모를 찾을 수 없게 되자, 일본으로 보내진다. 옥련은 일본에서 행복하게 성장하게 된다. 그녀가 일본에서 위기에 처했을 때 나타난 것은 조선인 유학생 구완서이다. 옥련은 다시 구완서를 따라 미국으로 건너가며, 미국에서 근대 문물을 익힌다. 이 소설의 이야기는 여주인공이 미국에서의 공부를 마치고 구완서와 약혼하며, 미국에 유학하고 있는 아버지를 만나게 되어 조선에 남아 있던 어머니의 생사도 확인하게 된다는 것으로 끝이 난다. 여주인공과 가족 간의 이산과 상봉이라는 이야기의 짜임새를 놓고 본다면, 이 소설의 서사 구조는 전대의 고전소설에서도 흔히 볼 수 있었던 가족이합(家族離合)에 따른 고난과 행복의 유형 구조를 보여준다. 그러나 이 같은 유형 구조는 「혈의 누」가 다른 소설들과 함께 공유하는 일반적인 서사적 패턴에 해당하기 때문에 「혈의 누」의 소설사적인 의미를 말해주는 요소라고 보기 어렵다. 인간의 삶을 방식을 예술적 형식으로 형상화하고 있는 서사 문학에서 이 같은 유형 구조는 보편적인 요소로 드러나는 것이다.

「혈의 누」에서 먼저 주목해야 할 것은 일본적 식민주의 담론의 소설화 과정이다. 이 소설에서 청일전쟁의 장면을 이야기의 출발점으로 삼고 있다는 사실은 매우 중요하다. 이것은 이인직이 지니고 있는 정치적 현실 감각을 말해주는 대목이기 때문이다. 청일전쟁이라는 역사적 사건을 「혈의 누」라는 소설의 형식 속으로 어떻게 끌어들이고 있는가 하는 문제는 작가 이인직의 정치적 현실 감각이 허구적인 서사 양식을 통해 어떠한 담론 구조로 자리 잡는가를 드러내주는 것이다. 청일전쟁은 조선에 대한 지배력을 쟁취하기 위한 청국과 일본의 전쟁이다. 이 전쟁의 승리자는 일본이며, 그 패자는 청국이다. 일본은 이 전쟁의 승리로 아시아의 새로운 강자로 등장하였으며, 청국으로부터 요동반도를 보상받고 청국의 조선에 대한 정치적 간섭을 배제하게 된다. 이인직이 주목하고 있는 대목이 바로 이것이다. 그는 청일전쟁에서 일본이 승리함으로써 조선에 대한 청국의 간섭을 배제할 수 있게 된 점을 조선의 독립적 지위의 확보와 연관시켜 강조하고 있다. 물론 청국을 조선이라는 주체의 영역에서 타자의 영역으로 분리시키는 작업은 개화계몽 운동에서도 줄기차게 강조되었던 점이다. 그러나 엄밀히 말한다면, 이 전쟁에서 일본이 승리했다는 것은 조선의 독립적 지위 확보와는 아무 관련이 없다. 오히려 일본은 청국을 배제시킨 뒤에 조선에 대한 지배력을 확대할 수 있게 되었던 것이다. 그러므로 청일전쟁의 패배자가 전쟁의 당사자였던 청국임에도 불구하고 조선이 더 큰 패배자가 되었다는 점을 주목할 필요가 있다.

「혈의 누」에서 청일전쟁의 장면은 조선인들이 겪게 되는 전쟁의 참상과 그 비극적인 현실을 말해주는 소설적 서두를 장식한다. 그러나 이 비극적인 장면은 결과적으로 소설의 등장인물들에게 새로운 삶의 출발점이 된다. 전란 속에서 흩어진 가족 가운데 여주인공은 청군의 총탄을 맞고 부상을 입었으나 일본 군인들의 도움으로 구출된다. 그리고 일본 군인의 양녀가 되어 일본으로 보내져서 문명개화의 길을 걷는다. 밤길을 잃고 헤매던 여주인공의 어머니는 일본 헌병대의 보호를 받고 다시 집을 찾아 돌아온다. 전란을 걱정하던 아버지는 뜻한 바 있어 나라를 벗어나 미국 유학길에 오른다. 이처럼 주인공 일가의 새로운 운명이 청일전쟁으로부터 시작된다. 이 작품에서 전란 속에 흩어진 한 가족의 모습은 조선의 현실 그 자체임에 틀림없다. 그러나 이들에게 새로움 삶의 가능성이 열리게 된다. 여기서 등장하는 것이 바로 일본 군대이다. 일본 군대는 조선에 주둔해 있던 청나라의 군사들을 모두 물리치고 조선을 청국의 지배로부터 독립할 수 있도록 만든다. 그러나 조선인들은 모두 「혈의 누」의 가족처럼 힘없고 어디로 나아갈 바를 알지 못한다. 스스로 자기 길을 찾지 못하는 이들에게는 힘을 넣어주고 새로운 길을 제시하여 줄 수 있는 구원자와 안내자가 필요하다. 일본 군대가 바로 그 같은 역할을 할 수 있다. 실제로 소설 「혈의 누」에서 부모를 잃은 어린 여주인공을 구원한 것은 일본 군인들이다. 길을 잃었던 여주인공의 어머니도 일본 헌병대의 보호를 받는다. 일본은 새로운 강자로서 조선에 군림하는 것이 아니라 조선인들을 구원하고 보호한다. 조선의 개화의 길은 일본을 매개로 하여 이루어질 수밖에 없다.

「혈의 누」의 소설적 출발은 바로 이 같은 현실 인식을 바탕으로 이루어지고 있다. 물론 이것은 일본적 식민주의 담론에서 강조되는 조선 보호론의 논리에 대한 승인에 다름 아니다. 그리고 이러한 논리의 승인이야말로 당대의 친일 정객들 사이를 넘나들던 이인직에게는 현실적 선택으로서의 하나의 정치 감각이었다고 할 수 있을 것이다. 그러나 조선 보호론을 앞세워서 이야기로 만들어낸 이 소설에서 여주인공에게 부여된 새로운 교육과 개화의 길이란 하나의 허상에 불과하다. 문명개화의 세계는 조선 사람은 누구도 체험해보지 못한 미지의 세계이며, 현실로 도래하기를 소망하는 미래의 세계일 뿐이다. 그렇기 때문에 「혈의 누」에서는 문명개화의 실상을 인물의 행위의 구체성을 통해 제대로 제시하지 못한다. 문명개화의 이상 세계를 향한 변화와 발전의 과정을 추구하고자 하는 의도를 보여주고 있을 뿐이다. 신교육이라든지 자유연애라든지 여성의 사회 진출이라든지 하는 계몽적 담론들은 바로 이 과정을 서사화하기 위해 동원된 것이라고 할 수 있다.

「혈의 누」에는 두 개의 현실 공간이 등장한다. 하나는 미개와 야만의 상태에 놓여 있는 조선의 현실이며, 또 다른 하나는 일본과 미국으로 상정되어 있는 문명과 개화의 세계이다. 조선의 현실은 철저하게 부정해야만 하는 대상이며 거기서 벗어나야만 하는 질곡의 현장이다. 그러므로 이 소설에서 조선의 모든 것들이 비판되고 부정된다. 반대로 일본의 경우는 소설의 주인공이 문명개화의 세계를 향하도록 도와주는 매개항의 역할까지 수행한다. 소설의 주인공은 비참한 현실의 땅을 벗어날 능력이 없다. 일본이 보고 있는 조선이 바로 그러한 미개의 상태인 것과 마찬가지이다. 그러므로 이 힘없고 갈 바를 모르는 주인공에게 보호자와 안내자가 필요하다. 주인공은 보호자와 안내자라는 매개항의 개입에 의해 낡은 세계에서 벗어나며 새로운 세계로 나아간다. 이 매개항을 일본 또는 일본인으로 설정하고 있는 것은 신소설 「혈의 누」의 서사 담론이 이미 정치적인 식민주의 담론의 영향권에서 구성되고 있음을 말해준다. 이 담론의 틀 속에서 문명개화의 매개자로 설정된 일본과 일본인은 절대적인 강자이면서 인도적인 구원자로 나타난다. 그리고 일본 자체가 문명개화의 새로운 이상 세계로 표상되기도 한다. 신소설 「혈의 누」 이후 개화계몽 시대의 서사 양식에서 일본과 일본이라는 타자가 문명개화의 세계를 향한 매개항으로 등장하게 되는 것은 당대 현실 속에서의 일본의 위상과 그 세력의 확대를 그대로 말해주는 것으로 볼 수 있다.

「혈의 누」는 여주인공 옥련의 가족 상봉, 구완서와의 혼담 등을 보여주는 「모란봉」으로 이어진다. 「모란봉」은 여주인공의 가족 상봉과 결혼 문제가 이야기의 중요한 골격을 이루고 있지만, 「혈의 누」의 출발점과는 전혀 다른 방향으로 전개된다. 옥련의 부모들은 옥련을 돈이 많은 건달에게 시집을 보내려고 술수를 쓴다. 그리고 구완서의 귀국이 가까워지자, 그의 부모에게도 술수의 손이 미치게 된다. 이 소설도 미완의 상태에서 끝이 났기 때문에 그 결말을 알 수 없다. 그러나 혼사장애담의 낡은 패턴을 그대로 답습하고 있는 이야기에서 가족 윤리의 타락과 인간적 신뢰의 붕괴라는 또 다른 현실의 문제성만이 노출된다.

「혈의 누」에서 「모란봉」으로 이어지는 여주인공 옥련의 이야기는 그 자체가 하나의 모순이라고 할 수 있다. 여주인공은 미개한 조선의 현실에서부터 벗어나 문명의 나라로 건너간다. 그리고 이 소설의 후반부에서는 신학문을 공부하고 개명하여 귀환하는 것으로 그려진다. 이 같은 이야기의 구도는 물론 조선의 현실을 문명개화의 길로 이끌어가야 한다는 개화계몽 담론의 구조를 구체적으로 형상화하고 있는 것으로 생각된다. 그러나 여주인공 옥련이 일본에서 배우고 미국에서 공부한 새로운 학문이라는 것이 어떤 힘도 발휘하지 못하고 있다. 일본의 보호에 의한 개화라는 것이 결국은 일본의 식민지 지배로 귀착되어버렸기 때문에, 주체적 실천이 결여된 문명개화가 하나의 허상에 불과하였다는 것을 확인시켜주고 있을 뿐이다. 실제로 「모란봉」에서 옥련은 인간적 윤리마저도 붕괴되어버린 참담한 현실에서 개인적인 결혼 문제에 얽혀 허둥대다가 아무런 구체적 역할도 담당하지 못하고 있는 것이다.

## 5. 「혈의 누」의 소설적 성취 그리고 실패

「혈의 누」는 당대적 현실의 소설적 구현과 일상적인 개인의 발견이라는 새로운 서사적 요소를 통해 그 근대적 성격을 어느 정도 인정받을 수 있다. 이 소설에서 주인공은 고전소설의 주인공들이 누리고 있던 초월적인 세계와 단절함으로써 탈마법(脫魔法)의 구체적인 현실 공간 속에서 그 존재 의미를 드러낸다. 주인공의 운명은 신에 의해서 계시되는 것이 아니라 그 자신의 삶에 의해서 결정된다. 주인공의 삶에 선험적으로 주어진 생의 좌표가 없으며, 고전소설에서처럼 다시 신의 품으로 돌아가지 못한다. 인간의 세계 속에서 자신의 운명을 스스로 살아야 한다. 이제 운명이라는 것이 비로소 개인으로서 자신의 몫이 된 것이다.

「혈의 누」에서 개인의 운명은 외부적으로 주어진 이념적 속성에 의해 담론화되기도 하고, 내면에서 비롯되는 개인적 욕망에 따라 담론화되기도 한다. 개인적 운명이 이념적 속성에 따라 담론화되는 경우, 그 서사 담론의 구조는 새것과 낡은 것의 갈등을 표상하는 신/구의 대립을 핵심으로 하여 성립된다. 이러한 담론 구조는 이 시대에 등장한 모든 계몽 담론의 공통적인 기반이 되고 있다. 「혈의 누」에서 등장인물들은 낡은 것으로 표상된 제도로서의 가족을 벗어나면서 낡은 도덕적 전통과 사회적 규범의 속박으로부터 자유로워진다. 그리고 개화라는 이름으로 제시되는 새것을 찾아 새로운 가치 개념으로서의 문명개화의 길을 걸어가게 된다. 이 새로운 세계를 향한 길이 바로 신교육의 길이며 구체적으로는 일본 또는 미국으로의 해외 유학이다. 신소설 「혈의 누」의 서사 구조에서 긴장을 수반하는 부분이 바로 이 낡은 것으로부터 새것으로의 전환 과정이다. 그리고 이 과정이 이야기 속에서 가장 풍부하게 서사화되고 있다.

그렇지만 「혈의 누」의 등장인물들은 작품 속에서 사회적 존재로서의 개인의 의미를 완전하게 구현하지 못하고 있다. 개화 조선의 현실 자체를 보더라도, 개인의 삶과 그 존재 의미가 사회적인 요건에 의해 규정되고 그 사회적인 요건들이 다시 개인의 삶에 의해 새롭게 규정될 수 있는 단계에까지 이르지는 못한 상태이다. 이 소설의 인물들은 기껏 가족 또는 가정이라는 사회적 제도의 울타리에 머물러 있다. 이인직 이후의 신소설에서 가장 흔하게 다루고 있는 이야기는 이 가정이라는 제도가 파괴되는 과정에서 드러나는 개인의 문제들이다. 조선 사회에서 가장 완고하게 정체성을 유지해온 사회적 단위는 가문 또는 가족이다. 그러나 개화계몽 시대에 들어서면서 가족의 정체성을 지켜준 도덕적 관념들이 무너지기 시작한다. 대가족 제도를 구성하던 가치 개념과 소유 구조와 윤리 의식 등이 약화되자, 가족 구성원으로서의 개인의 위치도 불안정한 상태에 빠지게 된다. 신소설은 바로 이 불안정한 위치에 서 있는 개인의 모습을 부각시켜놓고 있을 뿐이다.

제3부

# 「유선애상」의 분석과 해석

## 1

정지용의 시 「유선애상(流線哀傷)」은 '구인회'의 기관지였던 『시와 소설』 (1936. 3)에 발표된 작품이다. 박태원의 단편소설 「방란장 주인」을 비롯하여 이상의 시 「가외가전」 등이 여기에 함께 수록되어 있다. 이 작품들은 모두 새로운 기법을 통해 문학적 모더니티의 문제에 대한 도전과 극복을 실험하고 있는 것으로 유명하다. 이 작품들이 한국 근대문학 가운데 가장 난해한 작품들로 손꼽히고 있는 이유도 여기에 있다.

「유선애상」에서 주목되는 것은 섬세한 언어 감각과 특이한 비유적 표현이다. 특히 시적 대상에 대한 고정 관념을 모두 해체하여 새롭게 재구성하고 있는 감각과 기법이 특이하다. 이 작품은 절제된 감정을 기반으로 언어적 소묘를 통해 시적 대상을 그려낸다. 이 작품에 동원하고 있는 시어들은 상태와 동작을 동시에 드러내는 형용동사가 많다. 그러나 이 언어들은 시적 대상에 대한 개개의 디테일을 추구하는 것은 아니라, 대상에 대한 지배적인 인상을 포착한다. 이를 위해 시적 화자는 스스로 위치와 관점을 바꾸면서 움직이는 시적 대상을 묘사해낸다. 이러한 묘사 방법을 동적(動的) 관점형(觀點型)이라고 말할 수 있는데, 동시적 표상으로 그려내기 불가능한 대상을 상관적인 연속적 표상으로 변용하여 시적 형상성을 부여하는 데에 기능적이다. 그러나 시적 대상에 대한 묘사적 표현 자체가 하나의 서사를 구축하는 경우가 많아서, 이러한 서사의 진행 과정을 놓치는 경우 시의 내용을 제대로 이해하기 어렵게 되기도 한다.

「유선애상」은 시적 대상에 대한 묘사방법에 생략(ellipsis)이라는 수사적 기법을 대담하게 활용하고 있다. 그리고 시적 진술 자체에도 다양한 비유적 표현을 동원한다. 전체 11연에 등장하는 시적 화자와 묘사되는 대상 사이의 간격도 일정하지 않다. 그렇기 때문에 시상의 전개 과정은 물론이고 시적 대상의 실체조차 파악하기 어렵다. 더구나 시적 진술에서 나타나는 묘사의 장면과 초점의 이동 과정을 몽타주 방식으로 연결하고 있어서 각 연의 진술 내용이 무엇을 말하고 있으며 어떻게 연결되는지 분명하지 않다. 이러한 문제 때문에 이 시는 그 의미 해석의 요체에 도달하지 못한 채 여전히 논란거리가 되고 있다. 이 작품의 특이한 기법과 시상의 전개 방법을 정확하게 이해하기 위해서는 시적 대상을 암시하는 단서를 시상의 발단에서부터 각별히 주목하여 찾아내지 않으면 안 된다.


2


「유선애상」은 그 시적 의미의 해석을 둘러싸고 여러 가지 논란이 이루어져 왔다. 이 시에서 그려내고 있는 시적 대상에 대해서는 여러 가지 의견들이 분분하다. 이숭원 교수는 이 시가 '오리'를 대상으로 하는 것임을 분석해 보인 바 있다.[1] 그런데 황현산 교수는 이 시의 시적 대상을 '자동차'로 규정한 뒤 대체로 이 의견에 동조하는 듯하다.[2] 이숭원 교수도 시적 대

---

1  이숭원, 『정지용 시의 심층적 탐구』, 태학사, 1999.
2  황현산, 「정지용의 '누뤼'와 '연미복의 신사'」, 『현대시학』, 2000.4.

분석과 해석

상을 자동차로 본다고 밝힘으로써 본래의 견해를 수정한 바 있다.[3] 이근화 교수는 '담배 파이프와 흡연의 경험'이라는 전혀 새로운 해석도 제기한다.[4]

「유선애상」의 의미 구조에 대한 논의가 분분하게 된 까닭은 시적 대상에 대한 묘사 기법이 어떤 하나의 패턴으로 고정되어 있지 않기 때문이다. 다양한 비유적 표현으로 이루어져 있으면서도 생략의 기법을 활용하고 있는 시적 진술의 주관성도 문제이다. 그러므로 시의 텍스트에 숨겨진 비유적 의미의 중층성을 이해하지 못하면 시적 진술의 내용을 파악하기 어렵다. 이 시는 시적 화자와 대상 사이의 간격도 일정하지 않기 때문에, 시적 묘사에서의 초점의 이동과 거기서 생겨나는 설명적 진술의 서사성을 이해하는 것도 중요하다. 특히 이 작품에서 시적 묘사의 대상이 되고 있는 것이 무엇인가를 밝혀내는 작업은 시의 구조를 분석하고 그 의미를 해석하는 데에 있어서 가장 핵심을 이루는 문제이다. 이 시의 복잡한 비유 구조와 묘사 방식이 시적 대상에 대한 접근조차 쉽게 허용하지 않는다. 우선 문제 작품의 전문을 읽어보자.

> 생김생김이 피아노보담 낫다.
> 얼마나 뛰어난 燕尾服맵시냐.
>
> 산뜻한 이 紳士를 아스빨트우로 꼰돌라인듯
> 몰고들 다니길래 하도 딱하길래 하로 청해왔다.
>
> 손에 맞는 품이 길이 아조 들었다.
> 열고보니 허술히도 半音 키-가 하나 남었더라.
>
> 줄창 練習을 시켜도 이건 철로판에서 밴 소리로구나.

---

3  이숭원, 『원본 정지용시집』, 깊은샘, 2003.

4  이근화, 「어느 낭만주의자의 외출」, 최동호 외, 『다시 읽는 정지용 시』, 월인, 2003.

「유선애상」의 분석과 해석

舞臺로 내보낼 생각을 아예 아니했다.

애초 달랑거리는 버릇 때문에 궂인 날 막 잡어부렸다.
함초롬 젖여 새초롬하기는새레 회회 떨어 다듬고 나선다.

대체 슬퍼하는 때는 언제길래
아장아장 괙괙거리기가 위주냐.

허리가 모조리 가느래지도록 슬픈 行列에 끼여
아조 천연스레 굴던게 옆으로 솔쳐나자―

春川 三百里 벼루ㅅ길을 냅다 뽑는데
그런 喪章을 두른 表情은 그만하겠다고 꽥― 꽥―

몇킬로 휘달리고나서 거북처럼 興奮한다.
징징거리는 神經 방석우에 소스듬 이대로 견딜 밖에.

쌍쌍이 날러오는 風景들을 뺨으로 헤치며
내처 살풋 엉긴 꿈을 깨여 진저리를 쳤다.

어늬 花園으로 꾀여내어 바눌로 찔렀더니만
그만 蝴蝶같이 죽드라.

　이 시의 1연은 두 개의 문장으로 구성되어 있다. 그러나 두 문장은 통사적으로 보아 서술부만 드러나 있다. 각각의 서술부에 호응하는 주어부를 생략하고 있어서 진술 내용의 주체가 무엇인지 알 수 없다. 시적 화자는 비유적 표현을 위해 동원하고 있는 보조관념들 속에 시적 대상을 숨겨두고 있다. 여기서는 시적 대상의 생김생김과 모양새를 '피아노'와 비교하기도 하고 '연미복'의 맵시와 비교하기도 한다. '피아노'와 '연미복'이라는 보조관념들을 통해 연상하고 유추해 낼 수 있는 모든 요소들을 생각해보면서 뒤에 이어지는 시적 진술을 검토해야 한다. 2연은 '연미복'으로부터 연상되는 '신사'라는 새로운 보조관념을 등장시킨다. 그리고 아스팔트 위로 '꼰돌라'인 듯 몰고 다닌다고 비유한다. 여기서 '꼰돌라'라는 보조관념은 '몰고들 다니길래'라는 동사구와 결합됨으로써 이 시에서 묘사하고 있는 시적 대상이 '몰고 다니는 것'이라는 기능성을 지닌 것임을 암시한다. 황현산 교수는 여기서 '자동차'를 떠올린 것이다. 사람들이 마치 꼰돌라처럼 아스팔트 위로 몰고 다닌다는 것만 놓고 본다면, 황교수의 직감이 설득력을 지닌다. '몰고들 다니길래'라는 말은 '꼰돌라'와 연결할 경우, 타고 다닌다는 말로 바꾸어도 될 것이다.

> 손에 맞는 품이 길이 아조 들었다.
> 열고 보니 허술히도 半音키-가 하나 남았더라.

> 줄창 練習을 시켜도 이건 철로판에서 밴 소리로구나.
> 舞臺로 내보낼 생각을 아예 아니했다.

3연의 경우에도 여전히 시적 진술을 구성하는 문장들이 통사적인 결합을 보여준다. 첫 행은 시적 화자의 주관적 진술로 이루어져 있는데, '손에 맞다' '길이 들다'와 같은 서술부에 호응하는 주체가 드러나 있지 않다. '손에 맞다'라는 말은 손에 들어올 정도로 크기가 적절할 때 쓰는 표현이다. '길이 들다'는 말은 여러 번 사용하여 손때가 묻고 익숙하여 제대로 잘 작동이 된다는 뜻이다. 이러한 표현은 시적 화자와 대상과의 관계가 일반적인 의미에서 인간과 도구의 관계로 연결될 수 있다는 사실을 암시한다. 사람들이 직접 가지고 부리는 것, 어떤 도구나 물건이 아니고서는 이런 식의 표현을 하기 어렵다. 그러므로 여기서는 시의 서두에 등장한 '피아노'라는 보조관념을 비유적으로 활용하여 대상화한 것으로 볼 수 있다. '반음 키'

가 남았다든지 '연습'이라든지 '무대'라든지 하는 시어가 모두 '피아노'를 비유적으로 끌어들이고 있음을 말해준다. 특히 '열고 보니 허술히도 반음 키가 하나 남았더라'는 진술을 주목할 필요가 있다. 피아노와 같은 생김새로 보아 여러 개의 키가 붙어 있을 것으로 여겼는데, 겉모양과는 다르게 '반음 키' 하나만 남아 있다고 설명하고 있는 것이다. 이 대목에서 시적 대상의 외양이 피아노와 비슷하지만 '반음 키'가 하나뿐이라는 구조적인 특성을 암시한다.

4연은 시적 화자가 연습을 시작하는 장면을 그린다. 그러나 아무리 해도 '반음 키 하나'만 가지고서는 피아노처럼 아름다운 소리를 내지 못한다. '철로 판에서 밴 소리'만 낸다. '무대로 내보낼 생각을 아예 아니했다'는 것은 아무리 연습해도 신통하지 않음을 말한다. 여기서 암시되고 있는 '철로 판에서 밴 소리'의 정체는 뒤에 구체적으로 의성화되어 나타난다. 그러나 모두가 비유적으로 표현되어 있기 때문에 실제로 무엇을 가지고 어떤 소리를 내는 연습을 했는지 알 수 없다. 이 부분에서 주목해야 할 것은 '철로 판에서 밴 소리'를 내는 '반음 키'라는 보조개념이다. 이미 밝혀진 대로 시적 대상은 피아노와 외양이 비슷하지만, 소리를 내는 키는 오직 '반음 키' 하나뿐이다. 그런데 여기서 그 '반음 키'가 '철로 판에서 밴 소리'를 낸다는 사실이 밝혀진 것이다.

> 애초 달랑거리는 버릇 때문에 굳인 날 막 잡어부렸다.
> 함초롬 젖여 새초롬하기는새레 회회 떨어 다듬고 나선다.
>
> 대체 슬퍼하는 때는 언제길래
> 아장아장 꽥꽥거리기가 위주냐.

5연에서 시적 배경이 바뀌고 시적 화자 자신이 동작의 주체로 등장한다. '피아노'를 비유적으로 끌어들인 시적 진술은 더 이상 등장하지 않는다.

시적 화자는 궂은 날에도 불구하고, '막 잡아부렸다'고 진술한다. '피아노'라는 보조관념 대신에 '꼰돌라'라는 보조관념을 여기서부터 활용하고 있는 것이다. 시적 화자는 '꼰돌라'를 밖으로 끌고 나와 막 잡아부린다. 비를 맞아 새초롬하기는커녕 빗방울을 떨어버리며 밖으로 나선다. 여기서 비가 오는 가운데에도 부릴 수가 있다는 새로운 사실이 하나 더 첨가된다. 피아노 같은 악기라면 빗속을 몰고 다닐 수 없는 일이다.

6연에서 '대체 슬퍼하는 때는 언제길래/아장아장 꽉꽉거리기가 위주냐.'는 표현은 시적 대상에 하나의 생명체와 같은 정의적 요소를 부여함으로써 가능해진다. 시의 결말에 이르기까지 이러한 의인화의 기법이 유지된다. '아장아장'이라는 의태적인 표현과 '꽉꽉'이라는 의성적 표현은 비유적으로 끌어들인 '꼰돌라'의 움직이는 모습과 그것이 내는 소리를 암시한다. 이숭원 교수는 이 부분에서 착안하여 시적 대상을 '오리'라고 판단했다. 그러나 '아장아장'은 뒤뚱거리며 움직이는 모습을 비유적으로 표현한 것이며, '꽉꽉'이라는 소리는 사실 앞서 말한 바 있는 '반음 키'에서 나는 소리라는 점을 놓쳐서는 안 된다.

허리가 모조리 가느래지도록 슬픈 行列에 끼여
아조 천연스레 굴던게 옆으로 솔쳐나자—

春川 三百里 벼루ㅅ길을 냅다 뽑는데
그런 喪章을 두른 表情은 그만하겠다고 꽉— 꽉—

몇킬로 휘달리고나서 거북처럼 興奮한다.
징징거리는 神經 방석 우에 소스듬 이대로 견딜 밖에.

쌍쌍이 날러오는 風景들을 뺨으로 헤치며
내처 살폿 엉긴 꿈을 깨여 진저리를 쳤다.

「유선애상」의 분석과 해석

이 시의 후반부를 이루는 7연부터 10연에서는 시적 대상의 이동에 따라 시적 화자의 묘사도 동적 관점형을 택한다. 이 대목에서도 시적 화자는 '꼰돌라'라는 보조관념의 기능성을 주목하여 그것을 몰고 다니는 장면을 그려낸다. 7연에서 '허리가 모조리 가느래지도록'이라는 표현은 몸의 균형을 잡기 위해 긴장하며 힘을 주는 모습을 말해준다. 이 구절은 통사적으로 볼 때, 둘째 행의 '솔쳐나자'를 한정하는 것으로 보는 것이 적절하다. '슬픈 행렬에 끼어 아조 천연스레 굴던게, 허리가 가느래지도록 솔쳐나자'와 같이 부사절의 위치를 변동시켜보면 그 통사적 결합 관계가 분명하게 드러난다. 사람들이 오가는 속에 끼어서 자연스럽게 굴다가, 허리를 낮추고 힘을 주어(허리가 모조리 가느래지도록) 그 무리에서 빠져나와 앞서 가는 모습이 그려진다.

8연은 춘천으로 가는 벼랑길로 달리는 모습이다. 사람들과 같은 슬픈 표정을 짓지 않겠다고 꽥꽥거리면서 속력을 내어 달린다. 이미 6연에서도 시적 대상을 놓고 슬퍼하는 때가 없다고 진술한 바 있다. 그러나 9연에서는 금방 힘이 빠진 모습이다. 몇 킬로를 휘달리니 힘에 지친다. '거북처럼 흥분한다'는 진술에 이르면 '꼰돌라'에 '거북'이라는 또 다른 보조관념을 덧붙여 비유적으로 활용한다. 거북이는 아무리 빨리 달려가려고 해도 빨리 가기 어렵다. 발을 굴러도 앞으로 나가지 못하는 것을 두고, 거북이가 흥분하고 있다고 비유한 것이다. 더구나 길이 험하여 방석 위에서 앉아 있는 몸이 덜그럭거리면서 솟아 뜨기 일쑤다. 그러니 자칫 쓰러질까 조바심 내며 참는다. 제발 그만 편하게 쉬었으면 하는 생각이 들 법하다. 10연에서는 두 뺨으로 스치는 바람 속에 펼쳐지는 풍경들이 상쾌하다. 그 바람에 몸을 추스르고 다시 정신을 차린다.

어늬 花園으로 꾀여내어 바눌로 찔렀더니만
그만 蝴蝶같이 죽드라.

이 시의 마지막 연은 시상의 종결 부분이다. '어늬 花園으로 꾀여내어 바눌로 찔렀더니만/그만 蝴蝶같이 죽드라'는 대목은 10연의 '살폿 엉긴 꿈'과 의미상의 연결이 이루어진다. 시적 화자는 더 이상 달리지 못하고 풀밭 위에서 쉬고 있다. '화원'이라는 말이나 '호접(나비)'이라는 말은 모두 쉬고 있는 시적 상황을 묘사하기 위해 비유적으로 동원한 보조관념들이다. 화자는 풀밭에 있는 시적 대상의 형상을 놓고, 채집하여 바늘로 찔러 놓은 죽은 나비의 형상을 떠올린다. 마치 나비가 바늘에 찔린 채 두 날개를 펼치고 죽은 것처럼 그렇게 풀밭에 누운 것이다. 춘천길의 힘든 달리기를 잠시 멈추고 죽음처럼 평화로운 휴식을 누리고 있는 셈이다.

## 3

「유선애상」의 텍스트를 자세히 읽고 보면, 대상에 대한 비유적 표현에 동원하고 있는 여러 가지 보조관념들 가운데 '피아노' '연미복' '꼰돌라' '거북' '호접(胡蝶)' 등이 시적 진술의 핵심적인 내용을 구성한다는 점을 확인할 수 있다. '꼰돌라'는 사람이 타거나 몰고 다닐 수 있는 것이라는 기능성을 암시하는 보조관념이다. '꼰돌라'처럼 사람이 타고 다니는 것이라면, 땅 위로 몰고 다닐 수 있는 것은 그 범위가 별로 넓지 않다. 가장 손쉽게 생각할 수 있는 것이 자동차이다. 그리고 마차, 수레, 자전거, 오토바이 등을 추가할 수 있다. 이렇게 나머지 보조관념들을 서로 관련지어 보면 어느 정도 대상의 윤곽이 드러난다. 특히 '피아노' '연미복' '호접'과 같은 보조관념들이 암시하는 형상적 특징을 '꼰돌라'의 기능성과 연결해보면 시적 대상이 무엇인가를 쉽게 짐작할 수 있게 된다.

이 시에서 그리고 있는 시적 대상이 황현산 교수의 주장대로 '자동차'일까? 아니면 다른 어떤 해석이 가능한가? 이 시에서 그려내고 있는 시적 대상은 자전거일 수밖에 없다는 것이 내 생각이다. 시적 진술 내용을 따라가 보면, 시적 화자가 자전거 타는 방법을 익힌 후 자전거를 몰고 춘천 길로 한번 나들이를 나가게 되는 과정이 드러난다. 어떻게 그런 해석이 가능한가? 비유적 묘사에 스며들어 있는 시적 진술의 서사성을 주목하면서 다시 한번 시의 텍스트를 꼼꼼히 살펴보자.

1연에서 '피아노'니 '연미복'이니 하는 것은 자전거의 검은 색깔과 특정 부위의 모양에서 연상된 이미지들이다. 자전거 앞뒤 바퀴의 바로 위에 바퀴를 덮는 덮개가 붙어 있다. 흙탕물이 튀어오르지 못하도록 막기 위해 흙받침이 그 덮개의 끝에 매달려 있다. 이 흙받침의 모양에서 연미복의 꼬리 모양을 연상할 수 있다. 그런데 왜 하필 피아노일까? 여기에 대해서는 3연의 시적 진술을 보아야만 구체적인 해명이 가능하다. 2연에서 자전거는 '곤돌라'에 비유되면서 사람이 타고 다니는 것이라는 기능성을 부각시킨다. 여기서 아스팔트 위로 몰고들 다닌다는 표현 때문에 이내 '자동차'라고 생각할 수 있다. 그러나 타고 다니는 것이 어찌 자동차뿐인가? 더구나 이 시기의 자동차는 황현산 교수가 길게 설명하긴 하였지만 아주 특수한 계층만이 누릴 수 있는 호사이다. 우리의 생활 속에서 자동차가 일반화된 것은 1970년대 이후의 일이다. 1960년대만 하더라도 자전거 한 대를 가지는 것이 얼마나 자랑스러웠는가?

3, 4연에서 처음 자전거를 만져보고 타보는 모습이 '피아노'를 만지는 것처럼 비유적으로 표현된다. 그리고 '열고보니 허술히도 반음 키-가 하나 남았더라.'라는 진술을 통해 시적 대상의 특징적인 형상을 하나 암시해 놓고 있다. 피아노의 뚜껑을 열어보면 부챗살 모양으로 배치되어 있는 피아노의 현(絃)이 금방 눈에 들어온다. 자전거에도 두 바퀴의 원형(휠)을 제대로 지탱하기 위해 강철 철사로 된 수많은 살을 부챗살 모양으로 고정시켜놓고 있다. 이 자전거 바퀴의 살이 마치 피아노의 현처럼 보인다. 피아노에 붙어 있는 수많은 현은 모두 건반 위의 키와 연결되어 있어서 건반 위의 키를 두드리면 여러 가지 소리가 난다. 그러나 자전거 바퀴에서 볼

수 있는 현은 소리를 내기 위한 것이 아니다. 그러므로 시적 화자는 '열고 보니 허술히도 반음 키만 하나 남었더라.'라고 진술한다. 자전거에는 손잡 이 부분에 오직 한 가지 소리(반음)만을 내는 경적과 연결된 까만 키가 달 려 있을 뿐이다. 이 자전거의 경적 소리는 뒤에 '꽉꽉'과 '꽥꽥'이라는 의성 어로 두 차례 묘사된다. 자동차에도 비슷한 경적(클랙션)이 있지만, 피아노 와 자전거처럼 까만 키의 모습은 아니다. 더구나 자동차에는 피아노에서 소리를 내는 강철 철사로 된 현은 어디에도 없다. 이러한 사실에 착안한다 면, 자동차가 이 시의 시적 대상이 되기 어려움을 일찍부터 짐작할 수 있 다. 이 대목에서 시적 화자는 피아노와 자전거의 특징적인 부분에서 얻어 낸 공통적인 이미지를 지배적 인상으로 확대시켜놓고 있는 셈이다. 아주 작은 부분에서 느낀 강한 인상을 보고 그것을 전체 사물의 형상으로 대체 시키는 일종의 환유적 기법을 변용하고 있는 것이다.

5, 6연에서는 드디어 자전거를 몰아본다. 처음 자전거를 배우고 뒤뚱거 리면서 달리는 모습이 그려진다. 자전거를 배우기 시작한 사람은 잠시도 참지 못하고 자전거를 타려고 한다. 심지어는 남의 가게 앞에 세워둔 자전 거도 몰래 끌어다가 타기도 하니까. 비가 오는 날에도 밖에 자전거를 끌고 나와 연습을 한다. 서툴게 자전거를 타는 뒷모습이 마치 오리걸음 하듯 엉 덩이가 뒤뚱거린다. 오리는 빗속에서도 몸에 젖은 빗물을 휘 떨어버리고 꽉꽉거리면서 뒤뚱뒤뚱 걸어간다. 빗속에서 엉덩이를 뒤뚱거리면서 서투 르게 자전거를 타는 모습이 오리걸음처럼 보이는 것이다.

이 시의 후반부에 해당하는 7연에서부터 자전거 타기에 점차 익숙해진 다. 자전거를 타고 거리를 달리면서 사람들 사이를 지날 때는 천천히 조심 한다. 그러다가 사람들 틈에서 벗어나려고 '허리가 모조리 가느래지도록' 윗몸을 약간 앞으로 빼면서 내닫는다. 8연에서는 자전거를 타고 야외로 나 선다. 춘천 가는 벼룻길로 자전거를 몰아본다는 것은 참으로 기분 좋은 일 이다. 사람들 틈에서 천천히 조심스럽게 타는 그런 모양새가 아니다. 이제는 몸을 흔들며 힘을 주고 빠르게 달린다. 경적 소리도 '꽥꽥'이 아니라 '꽥꽥' 힘을 준다. 9, 10연에서는 춘천길을 달리는 힘든 과정이 그려진다. 자전거를 타고 춘천 가는 벼룻길을 달리는 것은, 출발은 즐거웠지만 몹시 힘들다. 더구나 포장도 되지 않은 길이라 불과 몇 킬로미터를 달리자 지쳐 버린다. 힘이 들어 제대로 달리지도 못하면서도 열심히 몸을 움직인다. 자전거 위에 앉아 있기도 힘들다. 작은 돌부리에 걸려도 몸이 솟아 뜬다. 그러나 이 모든 고통을 견딜 수밖에. 두 뺨으로 바람이 스쳐가고 산과 강의 경치가 함께 스친다.

11연의 '어늬 花園으로 꾀여내어 바눌로 찔렀더니만/그만 蝴蝶같이 죽드라'는 자전거를 세우고 쉬는 장면을 비유적으로 묘사하고 있는 부분이다. 시적 화자는 자전거를 풀밭에 눕힌다. 표본 채집을 위해 바늘로 찔러 놓은 나비처럼 자전거가 죽은 듯이 풀밭에 눕혀져 있다. 자전거가 나비처럼 죽었다! '피아노'처럼 연습을 했던 자전거, '오리'처럼 뒤뚱거리면서 타기 시작한 자전거, 춘천 가는 길을 '거북처럼' 힘들게 달린 자전거가 바늘에 찔려 죽은 나비가 되어 풀밭에 눕혀져 있는 것이다! 죽은 나비가 된 자전거라는 이 놀라운 비유는 정지용만이 지니는 상상력의 소산이다. 이 대목에서 '나비'는 시적 대상인 자전거의 전체적인 모습을 그대로 보여주는 보조관념으로 활용된다. 풀밭의 자전거가 죽은 나비의 형상과 흡사하다. 자전거의 두 바퀴와 손잡이의 형상이 나비의 두 날개와 더듬이를 연상하게 한다. 그리고 시적 대상을 비유적으로 그리기 위해 동원한 '피아노' '연미복' '꼰돌라' 등의 보조관념들을 통해 부분적으로 인상 지었던 이미지들이 모두 여기서 '나비'라는 보조관념과 결합되면서 전체적으로 자전거라는 시적 대상의 실체를 드러낸다.

4

정지용의 「유선애상」은 '자전거 타는 법'을 익혀가는 시인의 유별난 경험을 다채로운 비유적 이미지의 결합 과정을 통해 흥미롭게 형상화하고 있다. 시적 텍스트의 내부에서 전개되는 작은 서사의 줄기를 따라 시적 정황 속으로 몰입하지 않으면, 다양한 비유적 표현들이 결합되는 과정에서 빚어내는 시적 의미를 이해하기 어렵다.

이 시의 진술 내용을 보면 생략의 방법으로 시적 대상이 무엇인지를 숨겨두고 있다. 그리고 대상의 지배적인 인상을 중심으로 비유적 묘사를 이끌어 간다는 점에 그 특징이 있다. 시적 화자는 이러한 비유적 묘사의 숨겨진 의미에서 벗어나 독자가 시적 대상의 실체에 접근할 수 있도록 시간과 공간의 상황 변화를 요약적으로 제시한다. 그렇지만 어떤 경우에는 그 접근을 지연시키기 위해 엉뚱한 비약을 시도하기도 한다. 그러므로 시인의 상상력을 따라잡기 위해 시를 읽으면서도 긴장을 늦춰서는 안 된다.

시적 텍스트에 드러나 있는 '피아노' '연미복' '꼰돌라' '반음 키' 등의 이미지는 자전거의 특정 부분에서 발견한 형상적 특징이거나 그 기능과 관련되어 있다. 이러한 이미지를 하나씩 조합해보면 자전거의 전체 모습이 드러난다. 실제로 이 시의 마지막 연에 이르러 풀밭에 눕혀진 자전거가 바늘에 찔린 '나비'의 형상으로 그려져 있다. 시를 읽는 독자의 입장에서 시적 이미지의 분석과 그 조합을 통해 '나비가 된 자전거'를 읽어낼 수 있다는 것은, 시인의 시적 상상력에 동참하는 기쁨에 해당한다.

「유선애상」은 시 읽기의 고통스러움과 함께 그 분석과 해석의 요체에 이르는 즐거움을 동시에 보여준다. 이 시에서 시인이 활용하고 있는 비유적 표현을 보면 자전거라는 시적 대상의 도구적 속성에 대한 각별한 인식이 남다르다는 것을 알 수 있다. 자전거는 달릴 때만 유선형을 이룬다. 그러므로 자전거는 언제나 바퀴를 돌리면서 땅 위로 굴러다녀야 한다. 자전거가 땅 위를 달리지 못하고 풀 위에 눕혀지면, 자전거로서의 가치와 기능을 잃는 것이다. 이를 두고 바늘에 찔려 죽은 나비와 같다고 표현할 수 있는 것은 정지용의 시적 상상력의 힘이다.

「유선애상」이라는 시의 제목은 자전거의 형상과 그 도구적 숙명을 암시한다. 자전거는 길 위로 달릴 때만 자신의 존재 의미와 가치를 드러낼 수 있다. 자전거를 세워두면 그 자체로는 아무 소용이 없다. 언제나 땅 위를 계속 달려야만 한다는 것은 얼마나 힘들고 고된 운명인가? 어쩌면 이것은 '유선형'이라는 형상적 특질로 규정되었던 현대적 문명의 속도와 움직임 자체가 안고 있는 슬픈 운명일지도 모른다.

# 난해시 「가외가전」의 새로운 해석

## 1

이상의 시 「가외가전(街外街傳)」은 인간의 호흡기관의 구조와 기능을 병적 징후와 결부시켜 시적으로 형상화하고 있는 작품이다. 인간의 육체와 병에 관한 시인의 우울한 공상이 이러한 난해시를 가능하게 한 것이 아닌가 생각된다. 이 시에 동원하고 있는 모든 문장은 묘사하고 있는 대상 자체를 지칭하는 말을 모두 생략하는 방식으로 시적 진술을 이끌어간다. 이 특이한 생략법의 수사는 결국 시적 의미 자체를 모호하게 하면서 그 의미의 난해성 속으로 독자를 끌어들인다. 더구나 각 연마다 시적 대상이 바뀌고 있는 데다가 그 묘사 방식과 진술이 서로 다르게 이루어진다. 특히 각연의 연결과 결합에서 드러나고 있는 의미의 단절과 비약이 전체 시의 맥락을 따지기 어렵게 만들고 있다.

이상이 「가외가전」을 발표한 것은 1936년이다. 그는 1934년 7월 화제작인 연작시 「오감도」를 신문에 연재했고, 이태준, 정지용, 김기림, 박태원 등이 주도하던 '구인회'의 회원으로 가입한 바 있다. 그리고 금홍이라는 기생과 동거하면서 운영했던 다방 제비를 폐업하고 1935년 말부터 창문사에서 일을 시작하면서 문단 활동을 재개했다. 이상이 창문사에서 일한 기간은 일 년 정도에 지나지 않는다. 그가 여기서 구인회의 기관지『시(詩)와 소설(小說)』의 발간을 맡았다. 1936년 3월 창간된 이 잡지는 1930년대 중반 한국 문단에서 구인회라는 동인의 존재와 그 문학적 성향을 분명하게 드러내어 보여주는 증거가 되고 있다.

이상은 최고의 난해시로 손꼽히는「가외가전」을 이 잡지에 발표했다. 이 작품은 정지용의 시「유선애상(流線哀傷)」, 박태원의 소설「방란장(芳蘭莊) 주인」과 함께 지금도 여전히 논란의 대상이 되고 있는데, 구인회가 지향했던 문학 정신과 그 기법적 실험을 여기서 확인해볼 수 있다. 시적 이미지와 공간성의 의미에 대한 해석을 놓고 그 대상의 실체를 읽어내기는 문제에서부터 논란을 빚어온「유선애상」은 서로 다른 시간과 공간 속에서 하나의 대상이 어떤 이미지를 통해 인식될 수 있는가를 기법적으로 실험한다.「방란장 주인」의 경우에는 서사에서 시간과 공간의 질서를 뛰어넘는 서술성을 확보하기 위해 하나의 문장 안에서 모든 등장인물의 행동을 묘사하고 상황을 진술하고자 하는 유별난 실험을 감행한다.「가외가전」은 텍스트 안에서 이루어지고 있는 시적 정황 자체가 거의 해독 불가능한 난해시로 유명하다. 이 세 작품은 구인회 동인으로서 정지용, 박태원, 이상이 서로 공유하고 있는 문학적 경향과 기법의 특성이 무엇인가를 말해주는 동시에 이들의 문학적 상상력이 서로 경쟁하는 자리에 놓여 있는 것 같은 느낌을 주기도 한다.

「가외가전」은 제목인 '가외가전(街外街傳)'이라는 말 자체부터 그 의미를 제대로 이해할 수 없다. 더구나 작품 속에서 그려내고 있는 시적 정황 자체가 매우 특이한 우의성(寓意性)을 지니고 있기 때문에 시적 의미의 심층에 접근하기도 어렵다. 여기서 '가외가'는 '길거리이지만 길거리가 아닌 길거리'이라는 뜻으로 풀이된다. '가(街)'는 사람이나 차가 다니는 길거리를 말한다. 그런데 '가외가'는 길거리 바깥의 길이거나 길거리가 아닌 길이다. 길이지만 사람과 차가 다니는 길이 아닌 길을 말하는 것으로 볼 수도 있다. 이 작품은 이 같은 모호한 제목을 내걸고 '길이 아닌 길에 대한 이야기'를 시적으로 풀어낸다.


2


「가외가전」은 외형상 6연으로 구분되어 있다. 이 시의 텍스트에서 각 연에 등장하는 시적 대상은 전혀 그 실체를 드러내지 않은 채 특유의 비유와 암시로 그 형태와 기능이 묘사되거나 서술된다. 그리고 시상의 전개를 위해 각 연을 일종의 몽타주의 기법을 활용하여 연결하고 있다. 그러므로 시적 의미의 파악을 위해서는 대상을 묘사하고 있는 비유적 표현에서 그 은유 구조의 원관념과 보조관념의 관계를 정확하게 이해하는 것이 중요하다. 이 시의 텍스트는 외형적으로 여섯 개의 연으로 구분되어 있지만 그 내용상 크게 세 개의 단락으로 나누어진다. 1연과 2연을 내용상 첫 단락으로 볼 수 있고, 3연과 4연을 둘째 단락으로 하고 5연과 6연을 셋째 단락으로 나누어 볼 수 있다.

첫째 단락에 해당하는 1연과 2연은 인간의 소화기관의 입구에 해당하는 구강(입안)을 주로 묘사하고 있다. 입술 부분은 바깥으로 뚫려 있지만 안쪽은 목구멍으로 연결된다. 입 안에서 윗부분은 구개(口蓋)로 둘러싸여 있고 아래쪽은 혀가 나와 있다. 위아래로 둥근 활 모양의 턱뼈에는 이가 나 있다. 입안의 내부는 점막으로 덮여 있는데 많은 침샘이 분포되어 있고 거기서 타액(唾液)이 흘러나온다.

喧噪때문에磨滅되는몸이다. 모도少年이라고들그리는데老爺인氣色이많다. 酷刑에씻기워서算盤알처럼資格넘어로튀어올으기쉽다. 그렇니까陸橋우에서또하나의편안한大陸을나려다보고僅僅이삶다. 동갑네가시시거리며떼를지어踏橋한다. 그렇지안아도陸橋는또月光으로充分히天秤처럼제무게

에끄덱인다. 他人의그림자는위선넓다. 微微한그림자들이얼떨김에모조리 앉어버린다. 櫻桃가진다. 種子도煙滅한다. 偵探도흐지부지 ─ 있어야옳을拍手가어쩔서없느냐. 아마아버지를反逆한가싶다. 黙黙히 ─ 企圖를封鎖한체 하고말을하면사투리다. 아니 ─ 이無言이喧噪의사투리리라. 쏟으랴는노릇 ─ 날카로운身端이싱싱한陸橋그중甚한구석을診斷하듯어루맍이기만한다. 나날이썩으면서가르치는指向으로奇蹟히골목이뚫렸다. 썩는것들이落差나 며골목으로몰린다. 골목안에는侈奢스러워보이는門이있다. 門안에는金니 가있다. 金니안에는추잡한혀가달닌肺患이있다. 오 ─ 오 ─. 들어가면나오지 못하는타잎기피가臟腑를닮는다. 그우로짝바뀐구두가비철거린다. 어느菌 이어느아랫배를앓게하는것이다. 질다.

反芻한다. 老婆니까. 마즌편平滑한유리우에解消된政體를塗布한조름오 는惠澤이튼다. 꿈 ─ 꿈 ─ 꿈을짓밟는虛妄한勞役 ─ 이世紀의困憊와殺氣가 바둑판처럼넓니깔였다. 먹어야사는입술이惡意로구긴진창우에서슬몃이食 事흉내를낸다. 아들 ─ 여러아들 ─ 老婆의結婚을거더차는여러아들들의육 중한구두 ─ 구두바닥의징이다.

　앞에 인용한 시의 텍스트에서 서두 부분을 보면 모든 시적 진술이 통사 적으로 주체(주어)를 생략하고 있다. 그러므로 무엇에 대해 서술하고 있는 지, 무엇이 묘사되고 있는지 표면적으로 드러나지 않는다. 시적 대상의 정 체를 지배적인 인상에 대한 묘사와 비유적 표현에 의해 서술하고 있기 때 문이다. 작품 속에서 진술하고 있는 시적 대상이 무엇인가를 숨기면서 고 도의 상징과 비유를 통해 그 정체를 확인하도록 유도하는 이 특이한 시적 진술 방법은 『시와 소설』에 함께 수록된 정지용의 「유선애상」에서도 비슷 한 방식으로 활용되고 있다.

　1연의 첫 문장은 주어를 생략한 채 '훤조(喧噪) 때문에 마멸(磨滅)되는 몸 이다.'라는 서술부만 제시되어 있다. 여기서 '훤조(喧噪)'라는 말은 '지껄이 고 떠들다(말하다)'라는 뜻을 가지며, '마멸(磨滅)'은 '닳아지다'라는 뜻을 지닌다. 이 첫 문장에서 생략된 주어가 무엇인지를 알아내기 위해서는 '훤조'와 '마멸'이라는 두 개의 단어가 암시하고 있는 생략된 주어의 기능과 형태를 주목해야만 한다. 우선 '훤조'라는 단어가 '말하기'와 관련된다는 점에서 착안하여 그 대상을 인간의 입과 연관하여 생각해볼 수 있다. 특히 '마멸'이라는 단어가 암시하는 바에 따라 입안의 조음기관(調音器官) 가운데 마모(磨耗)가 되는 것으로 그 범위를 압축해본다면, 자연스럽게 유추해낼 수 있는 것이 바로 입안에 있는 '치아(齒牙)'이다. 여기서 문장의 주어를 '치아(이빨)'라고 써넣고 보면 문맥이 자연스럽게 이어진다. 둘째 문장인 '모두 소년이라고들 그리는데 노야(老爺)인 기색(氣色)이 많다.'라는 진술에도 마찬가지로 주어가 없지만, '치아'를 주어로 놓고 보면 그 비유적 표현에서 암시하고 있는 의미가 분명해진다. '소년'이라는 말과 '노야'라는 말은 모두 치아의 형태를 암시하고 있는데, 나이가 어리지만 치아의 상태가 그리 건강하지 않음을 뜻한다. 셋째 문장에서는 '치아'가 가지런하지 못하고 불규칙하게 울퉁불퉁하게 튀어나와 있는 모습을 '주판의 알이 솟아나와 있는 모양'에 비유하고 있다. 넷째 문장에서 '동갑네'는 비슷한 시기에 나와서 가지런히 자리를 잡고 있는 치아들을 말하는데, 잇몸 위에 치아가 나란히 나와 있는 모습을 '답교놀이'를 하는 모습에 비유하고 있다. 다섯째 문장에서 '육교(陸橋)'는 치아가 나와 있는 '치골'을 말한다. 입을 벌리거나 다물거나 할 때 그 움직임에 따라 치골이 함께 움직이는 것을 '육교가 끄덕인다.'라고 표현하고 있다. 이처럼 시의 서두에서 입안의 치아를 묘사의 대상으로 삼고 있다는 것은 뒤에 이어지는 시적 묘사에서도 확인이 가능하다. 그렇지만 '타인(他人)의 그림자는 위선 넓다. 미미(微微)한 그림자들이 얼떨김에 모조리 앉어버린다. 앵도(櫻桃)가 진다. 종자(種子)도 연멸(煙滅)한다. 정탐(偵探)도 흐지부지 ― 있어야 옳을 박수(拍手)가 어째서 없느냐, 아마 아버지를 반역(反逆)한가 싶다'라는 몇 개의 문장은 그 의미를 정확하게 파악하기 어렵다. '아버지를 반역(反逆)한가 싶다'라는 말은 새로운 치아가 헌 이빨을 빼낸 자리에 나오는 것을 비유적으로 표현한 것이 아닌가 생각된다. 여기서 '아버지'는 '젖니'를 말하고 그 자리에 새로 나온 치아는 '간니'에 해당하는 셈이다. 뒤에 이어지는 '묵묵히—기도(企圖)를 봉쇄(封鎖)한 체하고 말을 하면 사투리다. 아니—이 무언(無言)이 훤조(喧噪)의 사투리리라.'라는 표현은 입을 다물고(이를 물고) 말을 하면 제대로 발음이 되지 않는다는 것을 의미한다. '날카로운 신단(身端)이 싱싱한 육교(陸橋) 그중 심(甚)한 구석을 진단(診斷)하듯 어루만지기만 한다.'라는 문장은 입을 다물고 있을 때는 입안에서 혀끝(날카로운 신단)이 아래위의 치아에 닿으면서 마치 구석구석을 진단하듯 스친다는 것을 비유적으로 표현한 것이다. 첫 연의 후반부는 치아에 충치가 생겨 구멍이 뚫어져서 음식물 찌꺼기가 그곳에 자꾸 끼는 것을 묘사한다. '기적히 골목이 뚫렸다. 썩는 것들이 낙차 나며 골목으로 몰린다.'라는 대목이 이를 말해준다. 이렇게 되면 누구나 치과에 가서 충치를 치료하면서 치아의 구멍을 메우게 된다. 여기서 '금니'라는 것은 바로 충치의 치료를 위해 금으로 상한 치아를 감싸거나 구멍을 메운 것을 말한다. 그러나 금니를 해 넣는 경우에도 치아의 내부가 상해 들어갈 수도 있고 제대로 맞지 않아 고생을 겪기도 한다. 금니를 해 넣은 것이 아래윗니와 제대로 맞지 않는 것을 '짝 바뀐 구두'라고 표현하기도 한다.

2연에서도 입안에서 이루어지는 치아의 움직임을 묘사한다. '반추(反芻) 한다. 노파(老婆)니까'라는 구절에서 '반추(反芻)'라는 말은 글자 그대로 '되새김질'을 뜻하는데, 치아의 저작(詛嚼) 운동을 말하는 것으로 볼 수 있다. 음식을 먹지 않고 입맛을 다시거나 침을 삼킬 때 치아가 자연스럽게 저작운동을 한다. 이 무의식적으로 이루어지는 저작운동은 '허망한 노역'에 불과하다. 이때 입술도 마치 '식사 흉내를 내는 것'처럼 함께 움직인다. 아래윗니가 서로 부딪는 것이 마치 '구두바닥의 징'이 부딪치는 것처럼 느껴진다. '아들—여러 아들— 노파(老婆)의 결혼(結婚)을 걷어차는 여러 아들들'

이란 젖니가 빠진 후에 새로 나온 여러 개의 치아들, 즉 간니를 말한다. 어금니는 영구치이기 때문에 중간에 빠지고 새로 이가 나는 법이 없다. 그러므로 평생을 가는 어금니를 '노파'에 비유한다. 그런데 이 어금니에 충치가 생겨서 금니를 덧씌웠기 때문에 이를 두고 '노파의 결혼'이라고 비유적으로 표현하고 있다.

이 시의 텍스트에서 내용상 둘째 단락에 해당하는 3연과 4연은 혀뿌리에서 인두 부분에 이르는 목구멍을 묘사한다. 이 부분은 특이하게도 음식물이 넘어가는 식도의 기능과 호흡을 할 수 있는 기도의 기능을 동시에 수행하는 부분이다.

層段을몇벌이고아래로나려가면갈사록우물이드믈다。좀遲刻해서는팁팁한바람이불고ー 하면學生들의地圖가曜日마다彩色을곷인다。客地에서道理없어다수굿하든집웅들이어물어물한다。卽이聚落은바로여드름돋는季節이래서으쓱거리다잠꼬대우에더운물을붓기도한다。渴ー 이渴때문에견듸지못하겠다。

太古의湖水바탕이든地積이짜다。幕을버틴기둥이濕해들어온다。구름이近境에오지않고娛樂없는空氣속에서가끔扁桃腺들을알는다。貨幣의스캔달ー발처럼생긴손이염치없이老婆의痛苦하는손을잡는다。

앞에 인용한 3연의 첫 문장 '층단(層段)을 몇 벌이고 아래로 나려가면 갈수록 우물이 드물다.'를 보면 시적 묘사의 대상이 입안에서 안쪽의 후두(목구멍) 부분으로 이동하고 있는 것을 확인할 수 있다. 입을 크게 구강의 맨안쪽 윗부분을 보면 그 중앙에서 밑으로 처져 있는 목젖(구개수, 口蓋垂)이보인다. 구강의 안쪽 부분부터는 침샘이 없어서 침이 나오지 않는다. 이것을 두고 '우물이 드물다'라고 표현하고 있다. '좀 지각(遲刻)해서는 팁팁한바람이 불고ー 하면 학생(學生)들의 지도(地圖)가 요일(曜日)마다 채색(彩色)

을 고친다. 객지(客地)에서 도리(道理)없어 다수굿하든 지붕들이 어물어물
한다. 즉(即) 이 취락(聚落)은 바로 여드름 돋는 계절(季節)이래서 으쓱거리
다 잠꼬대 우에 더운 물을 붓기도 한다.'라는 부분은 정확하게 어떤 상태
를 말하고 있는 것인지 알 수 없다. 그러나 '좀 지각(遲刻)해서는 텁텁한 바
람이 불고'라는 표현은 목구멍을 통해 올라오는 트림을 암시하는 것 같기
도 하고, '잠꼬대 우에 더운 물을 붓기도 한다'라는 진술은 수면 중에 침을
흘리는 현상을 비유적으로 설명한 것이 아닌가 생각되기도 한다. '갈(渴)—
이 갈(渴) 때문에 견디지 못하겠다'라는 표현은 '목이 마르다'라는 말을 바
꾸어놓은 것으로 본다. 4연에서도 모든 진술이 고도의 비유와 암시로 일관
하고 있다. '태고(太古)의 호수(湖水) 바탕이든 지적(地積)이 짜다.'라는 문장
은 구강에서부터 목구멍에 이르기까지 심하게 일어나고 있는 갈증을 '짜
다'라는 형용사로 표현한다. 기관지에 가래가 생기고(기둥이 습해 들어온다)
편도선을 앓기도 한다. 마지막 문장에서 '발처럼 생긴 손'은 편도선염으로
붓고 늘어진 '목젖'을 말한 것이 아닌가 생각된다. 여기서 '남의 돈을 꿀꺽
삼킨다'는 데에서 유래된 것으로 보이는 '화폐의 스캔들'이라는 말을 비유
적으로 활용한 것이 매우 재미있다. 사실은 음식이나 침을 꿀꺽 삼키기조
차 힘들다는 것을 암시하고 있다.

　이 시에서 내용상 셋째 단락에 해당하는 5연과 6연은 직접 눈으로 확인
하기 어려운 호흡기관의 중심에 해당하는 폐부(肺腑)를 묘사의 대상으로
삼고 있다.


　눈에띠우지안는暴君이潛入하얏다는所聞이있다. 아기들이번번이애총이
되고되고한다. 어디로避해야저어른구두와어른구두가맞부딧는꼴을안볼수
있스랴. 한창急한時刻이면家家戶戶들이한데어우러저서멀니砲聲과屍斑이
제법은은하다.

여기있는것들은모두가그尨大한房을쓸어생긴답답한쓰레기다。落雷심한 그尨大한房안에는어디로선가窒息한비들기만한까마귀한마리가날어들어 왔다。그렇니까剛하든것들이疫馬잡듯픽픽씰어지면서房은금시爆發할만큼 精潔하다。反對로여기있는것들은통요사이의쓰레기다。

간다。「孫子」도搭載한客車가房을避하나보다。速記를펴놓은床几웋에알뜰 한접시가있고접시우에삶은鷄卵한개 ― 쫘―크로터뜨린노란자위겨드랑에 서난데없이孵化하는勳章型鳥類 ― 푸드덕거리는바람에方眼紙가찌저지고 氷原웋에座標잃은符牒떼가亂舞한다。卷煙에피가묻고그날밤에遊廓도탔 다。繁殖한고거즛天使들이하늘을가리고溫帶로건는다。그렇나여기있는것 들은뜨뜻해지면서한꺼번에들떠든다。尨大한房은속으로곪마서壁紙가가렵 다。쓰레기가막붙ㅅ는다。

앞의 인용에서 5연의 첫 문장 '눈에 띄지 않는 폭군(暴君)이 잠입(潛入)하 였다는 소문(所聞)이 있다.'는 공기를 통해 전염되는 병균(폭군)이 폐부에 침 입하게 된 것을 암시한다. '아기들이 번번이 애총이 되고되고 한다.'라는 둘째 문장에서는 아기들의 죽음에 대하여 진술하고 있는데, 홍역에 걸린 아기들이 폐렴이 생겨서 목숨을 잃게 되는 현상을 암시하는 것으로 보인 다. 폐렴은 극심한 호흡 곤란을 야기하고 가슴과 폐 사이 늑막에 물이 고 이는 늑막염 등의 합병증을 일으키기도 한다. 심한 기침과 많은 양의 가래 를 분비하며 각혈을 동반하기도 한다. 이를 잘못 다스리면 치명적인 상태 에 빠져든다. '애총'은 아기들의 무덤을 말한다. '어른 구두와 어른 구두가 맞부딪는 꼴'이라는 표현은 폐렴이라는 병환의 증상을 비유적으로 표현한 것이 아닌가 생각된다. 여기서 '어른 구두'라는 것이 폐(허파)의 모양을 빗 대고 있는 것으로 본다면, 홍역이 폐렴으로 발전하게 되어 가슴과 폐 사이 에 물이 고이거나 기관지가 확장되는 모양을 비유적으로 표현한 것이라고 할 수도 있다. '한창 급(急)한 시각(時刻)이면 가가호호(家家戶戶)들이 한데 어우러져서 멀리 포성(砲聲)과 시반(屍斑)이 제법 은은하다.'라는 마지막 문장은 홍역이 아주 심할 때 그 전염을 막기 위해 환자를 격리시키고 사람들이 서로 출입을 삼가던 일을 서술한 것으로 보인다.

이 시의 마지막 6연을 보면 그 전반부에서 '폐부'의 내면에 관한 묘사가 이루어진다. 여기서 '방대(尨大)한 방'이란 바로 폐부(肺腑)를 비유적으로 표현한 말이다. 온몸을 순환한 혈액이 폐부에 와서 새로운 산소를 공급받고 탄산가스를 내보낸다. 이 방 안으로 날아 들어왔다고 하는 '비둘기만한 까마귀 한 마리'는 '오염된 공기'를 암시하는 비유적인 표현인데, 실제로는 담배를 피울 때 들이키는 담배연기가 아닌가 한다. 뒤에 '권련에 피가 묻고'라는 대목이 나오는 것으로 보아 이를 짐작할 수 있다. 산소가 혈액에 공급되고 나면 폐부에는 탄산가스가 주로 남게 된다. 이를 두고 '쓰레기'가 남아 있다고 표현하고 있다. 6연의 중반부는 '간다'라는 동사 하나로 어떤 대상의 움직임을 그려낸다. 이것은 들이켰던 담배연기가 폐부에 남아 있는 탄산가스와 함께 내쉬는 숨결을 타고 밖으로 나가게 되는 상황을 말해준다고 할 수 있다. '손자(孫子)'는 폐부 내에서 증식된 병균(결핵균)을 암시한다. 뒤에 이것을 다시 '번식한 거짓 천사'라고 지칭하고 있다. 폐부에서 몸 밖으로 내쉬는 숨결에 따라 담배연기를 그대로 내뿜는 형상을 기차가 가는 것처럼(객차가 방을 피하다) 비유하고 있다. 그런데 6연의 후반부는 시적 화자가 폐부에 맞춰놓고 있던 초점을 현실 공간(방)으로 옮겨놓고 있음에 유의해야 한다. 책상 위에 접시가 있고, 그 접시에 하얀 양초가 발갛게 불이 켜져 있다. 양초가 녹아내려 촛농이 응고된 것을 '삶은 계란'으로 비유하고 있으며, 곱게 타오르는 불꽃을 '포크로 터뜨린 노른자에서 부화하는 훈장형 조류'라고 비유하여 표현하고 있다. 그런데 갑작스럽게 기침이 나온다. 담배연기로 인하여 재채기가 나오게 되었다고 할 수도 있다. '푸드덕거리는 바람'(기침이 나옴)으로 인하여 삽화를 그리기 위해 펼쳐놓은 종이(방안지)가 방바닥에 이리저리 흩어진다. 피우던 담배 위로 객혈이 묻어난다. 핏빛의 감각적 이미지를 강조하기 위해 '유곽(遊廓)'의 화재를 한데 묶어놓는다. 그리고 기침을 통해 밖으로 나온 병균(번식한 거짓 천사)이 공기 중에 떠돌아다니게 된다는 것을 암시한다. '방대한 방은 속으로 곪아서 벽지(壁紙)가 가렵다. 쓰레기가 막 붙는다.'라는 마지막 두 문장은 다시 시점을 폐부로 이동하여 폐병이 더욱 심해지고 있음을 암시한다.


3

시인 이상의 연보를 훑어보면 이상의 나이 스물두 살이던 1931년이 하나의 운명적 전환점이었음을 알 수 있다. 조선총독부 건축기사였던 그는 그해에 조선미술전람회에 '자상(自像)'이 입선되었다. 그가 꿈꾸던 화가의 길이 어떤 구체적인 모습으로 그 앞에 드러나기 시작한 것이다. 그리고 바로 그해부터 일본어 시를 발표하기 시작한다. 건축가의 길에서 화가로, 그리고 시인으로 그는 자기의 꿈을 펼쳐나갈 수 있는 모든 가능성을 한꺼번에 열어놓는다. 그런데 이상은 이러한 예술적 열정을 제대로 펼쳐보기도 전에 엄청난 좌절의 위기에 직면하게 된다. 1931년 가을 그는 건설공사 현장 감독관으로 일하다가 객혈을 하면서 쓰러진다. 그는 병원으로 실려갔다가 자신이 폐결핵을 앓고 있으며, 병환이 매우 심각한 상태임을 확인한다. 이상은 병에 대한 진단을 받은 후 엄청난 충격을 받고 죽음에 대한 공포에 떨게 된다. 그리고 때때로 찾아오는 객혈의 고통 속에서 훼손되어 가는 육체에 대한 특이한 자기 몰입의 과정을 겪게 된다. 그가 1937년 동경에서 생애를 마감할 때까지 심각하게 앓고 있던 병이 폐결핵이다.

이상의 시 「가외가전」은 병이라는 육체적 고통을 통해 이루어진 정신의 자기 투여 과정을 형상화하고 있다. 이 작품에서 시적 화자는 때로는 육체의 물질성에 대한 추구 과정을 집요하게 드러내기도 하고 물질성의 한계를 넘어서고자 하는 욕망을 강하게 드러내기도 한다. 그리고 여기서 그려지는 인간의 육체는 정신적 가치라든지 사회적 이념을 벗어남으로써 육체에 관한 전통적인 의식으로부터 자유로워진다. 이러한 육체의 물질성과 그 도구적 기능성에 대한 새로운 인식은 이상이 추구하고 모더니티 문제의 중심 영역에 자리함으로써 중요한 시적 주제로 발전하고 있다.

「가외가전」은 폐결핵의 고통 속에서 자기 몰입의 성향을 강하게 드러내고 있는 시인 자신의 내면의식을 암시하고 있다. 이 작품에 나타나 있는 병적 '나르시시즘(narcissism)'을 어떻게 이해할 것인가 하는 것은 이상 시의 성격을 규정하는 데에 있어서 중요한 의미를 지닌다. 프로이트(G. Freud)는 나르시시즘에 대한 논의를 인간의 육체에 가해지는 어떤 고통에 관한 설명으로부터 시작한다. 나르시시즘이라는 말은 그 기원이 그리스 로마의 신화로까지 거슬러 올라가지만, 프로이트는 이 말을 일종의 정신병리학적인 개념으로 사용한다. 나르시시즘이라는 말이 지시하고 있는 갖가지 함의를 생각한다면, 프로이트는 이것을 편협하게 사용하고 있는지도 모른다. 하지만 그가 「나르시시즘에 대하여(On Narcissism)」라는 글에서 내세우고 있는 가설과 그 논의의 과정을 시인 이상의 경우에 견주어보면 매우 흥미로운 결론에 도달할 수 있다. 프로이트는 이 글에서 인간이 자신의 육체에 가해지는 어떤 고통의 실체를 발견하게 되었을 때 자기 자신에 대해 관심을 집중한다고 말한다. 육체의 상처나 병으로부터 고통을 받고 있는 사람들은 누구나 그 고통으로부터 벗어나고 싶어 한다. 그렇기 때문에 거의 강박관념처럼 자기 육체에 몰입하고 그 고통에 대해 좌절하고 더 큰 정신적 고통을 겪으면서 괴로워한다. 이러한 행태는 누구에게나 마찬가지로 드러난다. 프로이트는 이러한 경향을 놓고, 자기 육체에 대한 고통을 지향하는 리비도(Libido)의 자기 투여라는 것이 나르시시즘의 실체에 해당하는 것이 아닌가 묻고 있다. 육체적 고통을 향한 부정적 자기 투여 방식이 과연 나르시시즘의 하나라고 할 수 있는 것인지를 묻고 있는 셈이다.

프로이트는 무엇 때문에 나르시시즘을 설명하기 위해 육체적 고통의 경험인 병을 먼저 생각하게 되었을까? 이것은 아주 간단하게 설명할 수 있다. 프로이트는 병에 의한 육체의 훼손과 그 고통이 곧바로 정신적으로 투여된 고통으로 바뀐다는 점을 지적한다. 말하자면 육체적인 고통을 통해 정신적 고통이 함께 복합적으로 작용한다는 것이다. 그러므로 육체적 고통은 언제나 육체적인 자기 발견의 전제 조건이 될 수밖에 없다. 프로이트는 고통스런 병을 체험하면서 육체에 대해 새로운 지식을 획득하는 방식이야말로 자신의 육체에 대한 어떤 표상에 도달하는 일반적인 방식이라는 점을 분명히 한다.

이러한 프로이트의 논리를 전제할 경우, 이상의 시 「가외가전」에서 발견하게 되는 병의 고통과 그 기호적 표상은 이상 문학의 본질적 영역에 속하는 문제임을 알 수 있다. 이 시에 등장하는 병든 폐부와 객혈의 이미지는 육체의 물질성에 대한 시적 인식의 지평을 열어놓는다.

여기서 이 시의 제목이 뜻하고 있는 '가외가전'의 의미가 '길 바깥의 길'이라는 사실을 다시 생각해볼 필요가 있다. 이 시가 그려내고 있는 입에서부터 폐부까지는 외부의 공기가 사람의 몸 안으로 들어왔다가 다시 나가는 길이다. 우리는 이를 '숨길'이라고 한다. 인간의 육체가 외부와 서로 통하는 가장 중요한 '숨길'은 폐부에 이르면 그 자취가 사라진다. 이상은 이 특이한 구조와 기능을 가지고 있는 숨길에 주목한다. 숨길이 막히면 인간은 생명을 유지하지 못한다. 이상 자신은 폐결핵을 앓고 있는 환자였기 때문에 이 길의 기능이 제대로 작동하지 못하는 상태였다. 그러므로 병든 자신의 육체에 대한 집착이 이 시에서 볼 수 있는 특이한 공상을 만들어냈을 것이라는 점은 납득할 수 있지만 씁쓸하다. 이 시의 제목을 「가외가전」이라고 붙인 이유도 여기서 그 추론이 가능하다. 숨길은 인간의 육체 내부를 향하고 있기 때문에 길이지만 사람이나 자동차가 다닐 수 없다. 인간의 육체 내부와 통하는 '길 바깥의 길'인 것이다.

# 시적 공간 'NOVA'의 서사적 변용

## 1

이상의 소설 「실화」의 끝 장면에는 도쿄 신주쿠의 밤 카페 NOVA의 풍경이 담겨 있다. 이 작품은 그가 세상을 떠난 후에 잡지 『문장』(1939.3)에 유고의 형태로 소개된 바 있다. 이상의 소설 가운데 도쿄 생활을 배경으로 이야기를 엮어낸 것은 이 작품이 유일하다.

이상은 1936년 늦은 가을, 서울 생활을 접고는 혼자서 도쿄로 떠났다. 그는 일본 제국의 수도인 도쿄에서 자신의 예술이 인정받을 수 있을지 궁금했다. 하지만 일본인들이 동양 문명의 꽃이라고 추켜세웠던 도쿄는 그가 꿈꾸던 새로운 문명의 도시가 아니었다. 그는 도쿄에 도착한 후 곧바로 도쿄의 그 허망한 비속(卑俗)을 눈치챘다. 그리고 그 서구적 표피의 악취를 견디기 힘들다고 친구인 김기림에게 속마음을 털어놓기도 했다. 그는 자신의 도쿄행을 후회하였다. 그가 써놓은 수필 「동경(東京)」(문장, 1939. 5)을 보면, 동경이라는 거대한 도회가 현대 자본주의의 흉물처럼 그려져 있다. '마루비루'의 높은 빌딩숲을 거닐면서 그는 미국 뉴욕의 브로드웨이를 떠올리면서 환멸에 빠져들었고, 신주쿠의 사치스런 풍경을 놓고 프랑스의 파리를 따라가는 가벼움에 치를 떨었다. 그는 긴자 거리의 들뜬 허영에 오

분석과 해석

줌을 깔겨주면서 아무래도 흥분하지 않는 자신을 '19세기'라고 치부하기도 했다.

소설 「실화」의 이야기는 도쿄 생활의 하루로 그 시간적 배경을 한정하고 있다. 전체 아홉 개의 단락으로 구분된 이 작품에서 첫째 단락은 '사람이/비밀(秘密)이 없다는 것은 재산(財産) 없는 것처럼 가난하고 허전한 일이다.'라고 하는 하나의 문장을 에피그램처럼 내세워놓고 있다. 이 문장에서 '비밀'이라는 말이 지니는 의미가 유별나다. 그 이유는 그것이 바로 혼전 아내의 부정한 행실과 관련되어 있기 때문이다. 이 문장은 무려 네 차례나 소설의 텍스트에 반복적으로 등장한다. 이 문장이 지시하고자 하는 내용 자체가 바로 소설의 주인공인 '나'의 아내에 대한 불신과 갈등의 핵심을 이루고 있다. '나'의 도쿄행은 한 여인과의 애정 갈등에서 비롯된 것이며 그것은 실패한 도피 행각임이 드러난다. 주인공은 결혼 전에 있었던 아내의 부정한 행실을 알아차리고는 이를 스스로 견디지 못한다. 부정한 아내라는 모티프는 이상의 소설 속에서 두루 다루어지고 있는 것이지만 작가 이상의 사적 체험 영역과도 관련되어 있다. 그러나 이러한 서사의 표층 구조만으로 이 소설의 이야기를 모두 설명할 수는 없다. 왜냐하면 이 소설의 이야기에서 서사화되고 있는 것은 주인공인 '나'의 동경행 그 자체만이 아니다. 거기에는 주인공의 자의식을 보여주는 여러 가지 이야기의 장면들이 교묘하게 감춰져 있다. 이 소설이 감추고 있는 상호텍스트성의 그물망과 그 내적 속성을 제대로 이해하지 못할 경우에는 특이한 패러디의 정신과 그 의미의 중층성을 제대로 파악하기 어렵다.

「실화」의 서사 구조를 보면 주인공인 '나'의 의식 속에서 재구성되는 과거와 현재라는 시간을 통해 경성과 동경이라는 두 개의 공간을 병치시켜놓고 있다. 그리고 '나'의 내면에 자리 잡고 있는 자의식의 그림자를 끊임없이 드러내어 보여준다. 이 과정에서 타자의 텍스트를 수없이 끌어들이면서 하나의 커다란 패러디를 구축해놓고 있는 점을 놓쳐서는 안 된다.

시적 공간 'NOVA'의 서사적 변용

「실화」의 이야기 속에서 강조하고 있는 '비밀'의 의미를 알아내기 위해서는 비슷한 시기에 집필한 것으로 추측되는 이상의 수필 「19세기식」(『三四文學』, 1937. 4)을 자세하게 읽어볼 필요가 있다. 아내의 애정과 정조의 문제를 하나의 토픽으로 삼아 직접적으로 거론하고 있는 이 수필 속에 소설 「실화」의 첫 단락을 이루고 있는 '사람이/비밀(秘密)이 없다는 것은 재산(財産) 없는 것처럼 가난하고 허전한 일이다.'라는 문장과 흡사한 문장이 처음 등장한다. 부정한 아내의 과거 행실을 놓고 수필의 필자인 이상은 자신이 아내의 행실을 문제 삼아 그녀를 버릴 수밖에 없었음을 공개한다. 그는 자신이 낡은 19세기식의 윤리 의식에 얽혀 있어서 부정한 아내의 행실을 알아낸 뒤에 그것을 용서할 수 없었음을 분명히 토로한다. 물론 여기서 언급하고 있는 아내가 누구인지는 분명하지 않다. 그러나 이상 자신에게는 그 누구이든지 간에 '아내가 부정한 행실을 했던 경우라면' 특히 그 사실을 알고서는 이를 용납할 수 없음을 분명히 한다. 그런데 이 글에서 '간음한 아내'를 용서할 수 없다고 밝히면서도 '치정(癡情) 세계'에서 이루어진 일이란 '비밀'이어야 한다는 점을 강조한 점이 특이하다. 여기서 말하는 '비밀'이란 거짓을 가장한다는 의미보다는 사적 영역에 대한 자기 보호와 같은 의미로 해석할 수 있다. 이를 달리 표현한다면 자기만이 간직할 수 있는 비밀한 사랑일 수 있고, 연애의 감정일 수 있다. 이러한 정서의 영역은 누구에게나 가능한 부분이다. 그러나 어떤 경우에도 절대로 밝혀서는 안 되는 것이어야 한다. 그래야만 자기에게 소중한 재산이 된다는 해석도 가능하다.

「실화」의 이야기는 수필 「19세기식」에서 강조하고 있는 '비밀'이라는 문장의 패러디 방식으로 시작된다. 그리고 '비밀'의 내용을 밝혀내는 과정을 소설 속에서 그대로 재현하게 된다. 특히 아내를 버렸다고 공개한 수필 「19세기식」의 내용을 놓고 본다면, 「실화」의 경우에도 이상의 자신의 사적 체험 영역이 상당한 비중을 차지하게 된다는 점을 짐작할 수 있다. 그

분석과 해석

러나 이 사적 체험의 영역은 허구적 서사로서의 텍스트 위에 그대로 미끄러져 들어오는 것은 아니다. 때로는 사실 자체가 왜곡되기도 하고 때로는 패러디의 장치를 통해 걸러지기도 한다. 매우 섬세한 소설적 장치와 치밀하게 계산된 서사화의 전략에 의해 새로운 이야기 공간을 만들어내고 있기 때문이다. 그렇기 때문에 「실화」를 중심으로 여기 저기 흩어져 있는 서로 다른 텍스트들이 서로 겹쳐 있는 상호텍스트적 관계를 정밀하게 규명하지 않을 경우, 경험적 요소를 곧바로 허구적 서사 영역에 대입시키는 오류를 겪을 수밖에 없는 일이다.

「실화」의 이야기에서 전반부는 도쿄 유학생 C의 집에 들렀던 '나'의 모습이 중심을 이룬다. '나'는 두 달 전에 서울에서 있었던 '연(姸)'이라는 여인과의 갈등과 그 헤어짐의 과정을 떠올린다. '나'의 의식 속에서는 과거(서울)와 현재(동경)의 대조적인 두 개의 공간이 서로 교차하면서 대비된다. 이 두 개의 공간을 오가는 주인공의 내면 의식 속에는 남녀의 애정 관계에서 정조와 간음의 문제에서 야기된 갈등이 사랑의 '비밀'이라는 교묘한 명제와 부딪친다. 소설의 후반부는 도쿄의 밤 풍경이 배경을 이룬다. '나'는 하숙집으로 돌아오는 길에서 법정대학 유학생을 만나 함께 신주쿠의 '노바'라는 카페로 자리를 옮긴다. 거기서도 '나'는 갑작스럽게 결행했던 자신의 도쿄행을 다시 떠올린다. 사랑이라는 이름으로 도쿄행을 말렸던 아내의 모습과 함께 문단의 우정으로 도쿄행을 만류했던 친구 '유정'의 모습을 생각하기도 한다.

소설 「실화」는 개인사적 동기에서 비롯된 작가 자신의 도쿄행에 대한 반성과 후회로 끝이 난다. '꽃을 잃다'라는 이 작품의 제목이 암시하는 세계는 사랑이라든지 연애라든지 하는 사적 공간에만 국한되는 것은 아니다. 그것은 현대 문명의 새로운 공간을 꿈꾸던 작가에게는 열정의 상실을 의미하기도 한다. 사적인 내면세계를 객관화하기 위해 타자의 텍스트를 수없이 끌어들이고 있는 이 작품은 결국 하나의 커다란 패러디를 구축한 채 끝난다. 작가 이상이 꿈꾸던 공간은 누군가의 발길에 짓밟힌 한 송이 국화 꽃처럼 참담할 뿐이다.


2

「실화」에서 그려내고 있는 도쿄의 밤 풍경은 이야기의 후반부를 차지하고 있는 신주쿠의 NOVA라는 술집으로 요약된다. 소설 속의 주인공인 '나'는 C의 집을 나와 하숙집으로 돌아오는 길에 우연하게도 법정대학 유학생인 Y군을 만난다. 그는 '나'를 만나려고 하숙집을 찾았다가 부재중임을 알고 발길을 돌린 터였다. '나'는 Y의 권유대로 함께 신주쿠의 술집 NOVA를 찾아간다. 이 대목은 소설 속에 다음과 같이 설명되어 있다.

> 남자의 목소리가 내 어깨를 쳤다. 법정대학 Y군, 인생보다는 연극이 재미있다는 이다. 왜? 인생은 귀찮고 연극은 실없으니까.
> "집에 갔드니 안 계시길래!"
> "죄송합니다."
> …(중략)…
> "신주쿠[新宿] 가십시다."
> "신주쿠라?"
> "NOVA에 가십시다."
> "가십시다. 가십시다."
> 마담은 루파시카. 노-봐는 에스페란토. 헌팅을 얹인 놈의 심장을 아까부터 벌레가 연해 파먹어 들어간다. 그러면 시인 지용(芝鎔)이여! 이상(李箱)은 물론 자작의 아들도 아무것도 아니겠습니다그려!
> 십이월의 맥주는 선뜻선뜻하다. 밤이나 낮이나 감방은 어둡다는 이것은 꼬-리키의 「나드네」 구슬픈 노래, 이 노래를 나는 모른다.

앞의 인용 부분에 간단히 묘사되고 있는 NOVA의 풍경은 1930년대 중반 이상이 찾았던 도쿄의 밤 풍경에 해당한다. 소설 속의 주인공 '나'는 Y 군과 함께 NOVA에서 함께 차디찬 맥주를 마신다. 그런데 NOVA라는 이름의 이 술집 풍경은 주목을 요한다. 1930년대 제국의 수도 도쿄에서도 가장 번잡한 거리 신주쿠에 자리 잡은 NOVA에는 프랑스 말을 흉내 내는 마담 나미코가 있다. 주인공인 '나'는 옆자리에 앉아 있는 일고(一高) 휘장의 '핸섬 보이'에게 주눅이 든다. '나'는 술기운에 횡설수설 늘어놓는다. 이 장면에 그려져 있는 NOVA의 풍경은 소설 속의 공간으로 구체화된 하나의 장소에 불과하지만, 단순한 술집 풍경만은 아니다. 이상이 독자들을 안내한 신주쿠의 술집 NOVA는 실제의 장소이면서도 1930년대 동경에 미만해 있던 이국 취향의 경향을 보여주었던 상징적인 공간이었기 때문이다.

NOVA는 에스페란토어로 '우리들'이라는 뜻을 지닌다. 이런 식의 이름을 달고 영업을 하는 업소가 요즘도 있을지 모르겠지만 젊음과 낭만과 퇴폐가 적당히 얼버무려졌던 그 특유의 이국 취향을 이상 자신은 어떻게 생각하고 있었을지 궁금하다. 그런데 뜻밖에도 소설의 주인공은 NOVA의 풍경을 대신하여 정지용의 시 「카페 프란스」를 인유하고 있다. 소설 속에서 NOVA의 풍경을 그려놓은 대목은 '마담은 루파시카. 노-봐는 에스페란토. 헌팅을 얹은 놈의 심장을 아까부터 벌레가 연해 파먹어 들어간다. 그러면 시인 지용(芝鎔)이여! 이상(李箱)은 물론 자작의 아들도 아무것도 아니겠습니다그려!'라고 서술하고 있다. 이 대목이 정지용의 시 「카페 프란스」의 패러디에 해당한다는 것은 시를 읽어본 적이 있는 사람들은 쉽게 짐작할 수 있다. 이상은 왜 NOVA의 풍경을 놓고 정지용의 시 「카페 프란스」를 떠올리고 있는 것인가? 그 이유는 이 시가 그려내는 특이한 시적 공간과 그 정서를 통해 설명할 수밖에 없을 것이다.

정지용이 그의 시 「카페 프란스」에서 그려냈던 '카페 프란스'는 1920년대 후반 교토(京都)의 대학가에 자리 잡고 있던 작은 카페였음은 물론이다. 그러므로 NOVA의 풍경과는 전혀 다를 수밖에 없다. 도쿄 신주쿠의

시적 공간 'NOVA'의 서사적 변용

NOVA는 1930년대 후반 제국의 수도 한복판에 자리하고 있던, 젊은이들에게는 최고의 낭만 혹은 퇴폐에 해당한다. 「카페 프란스」를 다시 읽어보기로 하자.

옮겨다 심은 종려(棕櫚)나무 밑에
빗두루 선 장명등.
카페 프란스에 가자.

이 놈은 루바쉬카.
또 한 놈은 보헤미안 넥타이.
뼷적 마른 놈이 앞장을 섰다.

밤비는 뱀눈처럼 가는데
페이브먼트에 흐늙이는 불빛
카페 프란스에 가자.

이놈의 머리는 빗두른 능금.
또 한 놈의 심장은 벌레 먹은 장미.
제비처럼 젖은 놈이 뛰어간다.

    *

「오오 패롯(鸚鵡) 서방! 꾿 이브닝!」

「꾿 이브닝!」(이 친구 어떠하시오?)

울금향(鬱金香) 아가씨는 이 밤에도
경사(更紗) 커튼 밑에서 조시는구려!

나는 자작(子爵)의 아들도 아무것도 아니란다.

남달리 손이 히어서 슬프구나!

나는 나라도 집도 없단다.
대리석 테이블에 닿는 내 뺨이 슬프구나!

오오, 이국종(異國種) 강아지야
내 발을 빨어다오.
내 발을 빨어다오.

　시 「카페 프란스」의 텍스트는 크게 전반부와 후반부로 구분되어 있다.
이러한 구분은 시적 공간의 변화를 말해준다. 전반부는 비가 내리는 저녁
에 '카페 프란스'를 찾아가는 길이다. 이러한 공간의 설정 자체가 전반부
의 시적 무드를 형성하는 기반이 된다. 이 시의 후반부는 전반부와 그 내
용이 사뭇 다르다. 열려 있는 공간으로서의 밤거리를 그리는 것이 아니라,
닫혀 있는 카페의 내부로 들어선 모습을 그린다. 시적 묘사의 관점과 어
조가 바뀐다. 후반부는 카페에 들어서는 장면부터 시작된다. 카페의 문을
열고 홀 안으로 들어섰는데, 울금향(鬱金香. 튤립)이라는 별명을 가진 여급
은 늘어진 커튼 아래에서 졸고 있다. 이들에게 눈길도 주지 않는 셈이다.
시적 화자는 졸고 있는 이 아가씨의 무심한 표정에 이내 주눅이 든다. 그
리고 초라한 자신의 모습을 돌아보게 된다. 자신이 가난한 농가의 태생으
로 아무것도 가진 것이 없고, 어떤 사회적 지위도 누리지 못하고 있으며,
돈 많은 난봉꾼도 아님을 밝히고 있는 것이다. '남달리 손이 히여서 슬프
구나'라는 구절은 가난한 유학생의 처지를 그대로 그려낸다. 하지만 이 시
의 마지막 구절에서 시적 화자는 이 같은 서러움을 달래기 위해 일시적이
나마 육체적인 위무(慰撫)를 갈구한다. 마지막 구절인 '오오, 이국종(異國種)
강아지야/내 발을 빨어다오./내 발을 빨어다오.'는 이 같은 육체적 갈망을
직접적으로 표출한 것이라고 할 수 있다. 여기서 말하는 '이국종 강아지'

는 졸고 있던 카페의 여급 '울금향' 아가씨를 지칭하는 것임은 물론이다. 이 작품이 나라 잃은 가난한 유학생들이 겪어야 하는 고통과 비애 그리고 객기를 그들의 생활의 한 단면을 통해 확인할 수 있게 한다는 것은 부인할 수 없는 일이다.

소설 「실화」 속의 '나'는 신주쿠의 술집 NOVA에서 설익은 불란서 말로 파리의 낭만을 흉내 내는 암울한 퇴폐를 구경한다. 그리고 바로 이러한 모조된 공간으로 조립되어 있는 도쿄에 대해 크게 실망한다. 서구 제국을 따라 흉내 내기에 목을 매고 있는 일본이라는 거대한 제국의 실체가 거기에 얼비치고 있었기 때문이다. 그러므로 주인공인 '나'는 NOVA의 분위기에 빠져들기 전에 시인 정지용을 떠올린다. 「카페 프란스」에서 '나는 자작의 아들도 아무것도 아니란다./남달리 손이 히여서 슬프구나!//나는 나라도 집도 없단다./대리석 테이블에 닿는 내 뺨이 슬프구나!' 라고 노래했던 식민지 지식인 청년의 비애를 그대로 느낄 수밖에 없었던 것이다. 그리고 이 같은 비애의 정서를 바탕으로 '나'는 스스로 자신의 잘못된 도쿄행을 반성한다. 현해탄을 건너면서 '망또' 깃을 날리던 청년 시인 정지용은 '망또'에 붙어 있는 '금단추'를 모두 떼어내어 바다에 던짐으로써 자의식의 굴레를 벗어나지 않았던가?


3

소설 「실화」의 후반부를 장식하고 있는 NOVA란 어떤 곳인가? 소설 속 주인공 '이상'이 법정대학 Y군에 이끌려 찾아갔던 NOVA를 지금 신주쿠의 뒷골목에서는 찾아볼 수 없다. 그런데 이 특이한 공간이 오롯하게 남아 있는 곳이 있다. 1930년대 중반 일본 유학생들이 중심이 되어 발간한 문학 잡지 『탐구(探求)』(1936.5)의 창간호에 NOVA는 열정의 시적 공간으로 자리 잡고 있다. 학생극 운동 단체인 '동경학생예술좌'를 주도했던 법정대학 유학생 주영섭(朱永涉)이 이 잡지에 발표한 시 「바 · 노바」가 바로 그것이다. 연극학도였던 주영섭은 시 「바 · 노바」를 이렇게 노래했다.

불 꺼진 램프와 싸모왈-ㄹ
경마장(競馬場) 본책(本柵) 같은 교자.

실겅 우에 몽켜섰는 술병 – 세계선수들
마음에 맞는 술병을 골라
챤봉을 마시고
베레– 씨
루바–슈카 군
마르세이유를 부르고
아리랑을 노래하자.

재주꾼인 마스터가
와인글라스에 피라미트를 쌓는다
갓들어온 체리꼬가
헛트리는 아브상에 파–란불이 붙는다
샴팡 병과 나무 걸상
바카스와 뷔너스의 초상,
독일말하는 대학생이여
윁카 마시는 시인이여
잠자쿠 있는 고루뎅바지여
제각기 색다른 술을 붓고
다같이 축배를 들자!

낡은 성냥갑을 버려라,
한 대 남은 담배를 피어물고
세시 넘은 노–바를 나서자.

시적 공간 'NOVA'의 서사적 변용    

주영섭은 시 「바・노바」에서 술집 NOVA의 풍경을 퇴폐와 열정으로 가득하게 묘사한다. 거기에는 시인의 자의식 대신에 젊음의 이름으로 가리워진 암울한 퇴폐가 자리잡고 있다. NOVA에 들어서면 불이 꺼진 램프와 러시아식의 물 끓이는 주전자인 '싸모왈(samovar)'이 놓여 있다. 이 두 가지의 시적 대상은 NOVA의 공간에 담겨 있던 이국적 정취를 그대로 살려낸다. 경마장의 목책처럼 홀 안에 나무 테이블이 늘어져 놓여 있다. 시의 2연으로 옮겨가 보면 시렁 같은 선반 위에는 세계 각국에서 들여온 온갖 종류의 술병들이 모여 있다. 시적 화자는 이 술병들을 두고 '세계선수들'이라고 부른다. 흥청대는 제국 수도의 밤거리에서 NOVA를 찾는 술꾼들은 자기가 좋아하는 술병을 골라내어 술을 뒤섞어 '짬뽕(챤봉)'으로 마신다. 베레모를 쓴 사람, 루바슈카를 입은 술꾼이 함께 흥에 겨워 '마르세이유'를 노래하고 아리랑을 부른다. 여기까지를 시의 전반부라고 볼 수 있다.

「바・노바」의 후반부는 흥청대는 분위기에 휩싸여 취흥을 돋우는 NOVA의 술꾼들이 묘사된다. 주방장이 와인 글라스를 가지고 피라미드 모양을 쌓아 올리는 재주를 부리는데, 갓 들어온 '체리꼬'가 그 글라스에 술을 붓는다. 글라스에 흘어 내리는 술 '압생트(absinthe)'에 파란 불이 붙는다. 압생트는 19세기 후반 프랑스에서 많이 마셨던 술이다. 알코올 도수 40%가 훨씬 넘는 이 술은 당분을 포함하지 않는 대신에 쑥에서 우러나온 쓴 맛에 암록의 담황색을 띤다. 프랑스 파리의 예술가들 사이에서 인기가 있었던 이 술은 사실 강력한 환각작용이 문제가 되었다. 화가인 로트레크와 빈센트 반 고흐 같은 사람들이 모두 압생트의 중독자였다는 것은 널리 알려진 사실이다. 술꾼들이 취한 모습을 그려내기 위해 샴페인 술병이 여기저기 놓여 있고 나무 의자에는 박카스와 비너스처럼 남녀가 걸터앉아 있다는 묘사적 진술을 동원한다. 독일어를 지껄이는 대학생, '웥카(보드카, vodka)'를 마시는 시인, 잠자코 앉아 있는 '고루뎅' 바지의 사나이-. NOVA의 술꾼들은 제각기 색다른 술잔에 축배를 든다. 모두가 흥에 취하고 술에 취하는 사이에 어느덧 밤이 깊어 새벽 세 시가 넘어간다. 시적 화자는 이 열정의 공간에서 한 대 남은 담배에 불을 붙이면서 낡은 성냥갑을 구겨 내던지고는 NOVA를 나선다.

이런 식으로 읽어보면, 「바·노바」의 시적 공간에서 시인의 내면 의식이 차지하는 구석은 그리 크지 않아 보인다. 시적 주체는 어느 사이에 NOVA의 공간 속에 그대로 묻혀버린 채 모습조차 드러내지 못하고 있다. 그러나 들떠 있는 분위기만은 고조되어 엄청난 격정의 도가니처럼 느껴진다. 이 뜨거운 공간에서 시적 주체는 술꾼들 사이에 섞여 한데 어울린다. NOVA의 공간이 만들어내는 이 특이한 집단의식 속에서 '우리들'이라는 의미를 찾고자 하는 것은 어리석은 일이다. NOVA에는 세계 각처에서 들여온 술이 있고, 각 나라의 특이한 문화가 거기 함께 묻어 있다. 여기 모여든 술꾼들은 모두가 자기 멋대로 자유롭다. 마음에 드는 술병을 골라 이것저것 섞어 '짬뽕'으로 술을 들이킨다. 이들이 마시는 술처럼 세계의 풍물과 사조가 함께 뒤섞여 NOVA의 공간은 독특한 퇴폐의 분위기로 가득 차게 된다. 그리고 여기에 까닭 모를 암울이 덧씌워지는 것이다.

여기서 NOVA의 술꾼들이 무엇을 위해 축배를 들고 있는가를 물어야 하는 것은 독자의 임무이다. 세기말의 불안이라고 명명하기도 했던 이 암울을 떨쳐내기 위해 낡은 시대를 버려야 했던 것인가? 이것이 시대적 숙명이라면 '낡은 성냥갑'처럼 버려야만 하는 것은 과연 무엇인가? 주영섭의 시 「바·노바」는 바로 이러한 질문을 떠올리게 하는 장면에서 끝이 난다.


4


「바·노바」의 주인공 주영섭은 평양 태생으로 평양 광성(光成)고보를 졸업한 후 서울 보성전문학교 문학부에서 수학했다. 보성전문 재학 중 학생회 연극부를 만들어 고리키의 〈밤주막〉을 공연하였고, 카프 산하 극단 '신

건설'의 제1회 공연인 〈서부전선 이상 없다〉(1933)에 찬조 출연하기도 하였다. 일본으로 유학하여 호세이대학(法政大學)에서 영문학을 전공하면서 동경 조선인 유학생을 중심으로 하는 연극 운동을 주도했고, 1934년 이진순, 박동근, 김영화 등과 더불어 '동경학생예술좌'를 창단한 후 기관지 『막(幕)』을 발간했다. 1935년 일본에서 창간된 문예 동인지 『창작』 창간호에 시 「포도밭」을 발표하였고, 2호에 「세레나데」, 「해가오리」 등을 발표하였다. 잡지 『탐구』(1936. 5)의 창간호에는 시 「바·노바」가 실렸다. 그는 조선에서의 신극의 확립을 창작극에서부터 시작해야 한다는 목표를 세우고 1935년 6월 4일 도쿄의 '쓰키지 소극장(築地小劇場)'에서 유치진의 〈소〉와 함께 자신의 창작 희곡 〈나루〉(단막극)를 공연하여 좋은 평을 받기도 하였다. 그리고 이상의 「오감도」가 발표된 직후 한국 문단의 초현실주의를 표방하며 등장했던 『삼사문학』에 신백수, 이시우 등과 동인으로 참여하여 제5호(1936. 10)에 시 「거리의 풍경」, 「달밤」 등의 시를 발표하기도 하였다. 해방 당시 평양에 머물렀던 그는 우리 문단에서 그 이름 자체가 지워져버렸다.

주영섭은 이상의 소설 「실화」에 C라는 이름으로 등장한다. 이 소설의 전반부에서 주인공 '나'는 유학생 C의 방에 앉아 있다. 이 좁은 방은 '나'의 내면 의식을 통해 자신이 떠나온 경성의 공간과 대비된다. 이것은 작가 이상에게는 매우 특이한 서사 방식이다. 이상의 도쿄행이 어떤 동기와 연결되어 있든지 간에 그가 자신의 소설 속에 허구라는 이름을 달고 도쿄를 이야기할 수 있었다는 것은 중요한 의미를 가진다. C와 함께 동거 생활을 하고 있는 여자 유학생 C양의 모습은 소설의 주인공이 서울에 두고 온 아내의 모습과 자꾸만 겹친다. 그 결과 도쿄와 서울의 거리는 '나'의 의식 속에서 소멸한다. 도쿄가 곧 서울이고 서울이 곧 도쿄인 것이다.

소설 「실화」의 서두에 등장하는 C는 이상이 쓴 수필 「동경」에도 나온다. 이상은 C군을 따라서 축지소극장(築地小劇場)에 구경 간 적이 있음을 밝혀

두고 있다. 가지가지 포스터를 붙여놓고 있는 일본 신극 운동의 본거지를 돌아보면서 이상은 서투른 설계의 끽다점 같았다고 적었다. '인생보다는 연극이 재미있다'고 말하는 것으로 보아 C군이 연극을 공부하던 주영섭임을 짐작할 수 있다. 이상의 도쿄 생활 주변에 서성댔던 인물들은 주로 동인지『삼사문학』에 관여했던 유학생들인데, 이 가운데 연극 활동에 주력했던 주영섭이 C라는 이니셜로 표시되었을 가능성이 크다. 연극단체 동경학생예술좌를 주도했던 주영섭을 빼놓고는 다른 C라는 이니셜로 지칭할 만한 유학생을 떠올릴 수가 없다.

　주영섭의 시「바 · 노바」는 이상의 소설「실화」의 한 장면 속으로 옮겨져 서사적 변용을 거친다. 그리고 이 장면은 NOVA의 실제 공간 속에서 정지용의 시「카페 프란스」를 인유하는 것으로 끝이 난다. 여기서 이상이 신주쿠의 NOVA에서 무엇을 생각했을까를 다시 묻는 것은 아무 의미가 없다. 왜냐하면 이상은 실제의 도쿄 신주쿠의 뒷골목에 자리 잡고 있던 NOVA에서 정지용의「카페 프란스」를 떠올렸기 때문이다. 이것은 이상 자신이 '구인회'의 정지용과 같은 자의식에 공감하고 있었음을 말해준다. 주영섭의「바 · 노바」가 그려내는 20세기적 퇴폐의 감각에 이상은 더 깊이 빠져들지 못한다. 이것은 이상 자신의 '19세기적 윤리 의식과 도덕적 감각'을 말해주는 것이라고 치부할 만하다. '구인회'의 세대인 이상과『삼사문학』 세대인 주영섭이 가지는 시대적 감각의 차이일 수도 있는 일이다.

# 이병기와 현대시조의 운명

## 1

현대시조의 본질은 그 시적 형식을 통해 드러나고 있다. 현대시조의 성립 자체가 시조의 시적 형식에 대한 새로운 해석에 근거한다는 것은 주목해야 할 문제다. 고시조는 장르의 제시 방법 자체가 창곡에 의존한다. 창(唱)으로서 시조의 음악적 요건을 중시한다는 뜻이다. 현대시조는 고시조의 해체 과정을 통해 성립된다. 고시조가 창곡과 분리되는 과정에서 시조는 '노래 부르는 시'가 아닌 '읽는 시'로 재탄생한 셈이다.

현대시조는 3행의 시적 형식을 고정적으로 유지한다. 고시조에서 현대시조로의 전환이 창곡과의 분리라는 중요한 변화를 거치는 것임에도 불구하고, 고시조의 3장 분장 형식이 시적 형식의 전통으로 유지된 셈이다. 현대시조가 고시조의 3장 분장 형식을 깨고 새로운 형식을 추구했다면, 아마도 그것은 시조라는 이름으로 더 이상 존재하기 어려웠을 것이다. 현대시조가 여전히 시조인 이유가 바로 여기에 있다. 현대시조의 시적 형식은 3장 분장의 고정적 형식에 근거한 것이므로 그 시학적 해명 또한 이러한 시적 형식에 대한 새로운 해석에 기초해야 한다는 것은 당연한 일이다.

## 2

　한국 근대시의 형성 과정에서 김억, 주요한 등이 시적 형태의 개방성과 시 정신의 자유로움을 추구하는 자유시의 확립에 주력하였다면, 최남선은 시조 부흥 운동을 통해 현대시조의 새로운 시적 가능성을 제기한 바 있다. 시조 부흥 운동은 전통적 문학 형식이었던 시조를 현대적으로 다시 창작하자는 데에 그 목표를 둔다. 최남선을 위시하여 이병기, 이은상 등에 의해 주도된 시조 부흥 운동은 시조 시학의 성립을 촉진하게 되었으며, 시조의 전아한 기풍과 새로운 시대정신의 결합을 시험할 수 있는 계기가 되었다.

　최남선은 「조선 국민문학으로서의 시조」(1926)라는 글에서 시조 부흥 운동의 의미와 실천 논리를 제시하고 있다. 이 글은 시조 부흥에 대한 그의 신념을 단적으로 드러내고 있는 것으로서 '국민문학'이라는 용어 자체의 출현을 낳기도 했다. 최남선은 신문학의 초창기부터 신시 운동에 앞장서서 신체시와 창가 등의 새로운 시 형식을 시험한 바 있다. 그는 민족문화에 대한 폭넓은 관심을 보여주면서 이른바 '조선정신'의 탐구에 주력하였다. 그가 새로운 시 형식을 고안해내면서 신시 운동에 중요한 역할을 담당했음에도 불구하고 시조에 대한 애착을 갖게 된 것은 '조선적인 것'에 대한 착안과 깊은 관계가 있다. 최남선은 '조선의 밖에 자기를 어디다가 수립하여 조선을 떼어낸 무슨 자기의 표현 발전 완성이 있을 것이랴.'라고 말하면서 자신의 이 같은 입장을 조선주의라고 명명하기도 한다. 그러므로 최남선이 주장하고 있는 시조 부흥은 '조선적인 것'의 시적 형상화의 가능성에 대한 탐구를 의미한다. 그는 신시 운동 자체가 서구적인 새로운 시 형태에 대한 무분별한 몰두로 시종하고 있음을 비판하면서 '조선의 시는 무엇보다도 조선스러움을 갖추어야 한다.'라는 조건을 내세우고 있다. 그리고 바로 이러한 조건에 알맞은 '조선적인 시'의 형태가 시조임을 강조하고 있는 것이다.

시조는 조선인의 손으로 인류의 운율계에 제출된 된 한 시형이다. 조선의 풍토와 조선인의 성정이 음조를 빌려 그 운동의 한 형상을 구현한 것이다. 음파의 위에 던진 조선아(朝鮮我)의 그림자이다. 어쩌케 자기 그대로를 가락 잇는 말로 그려낼가 하야 조선인이 오랜오랜 동안 여러가지로 애를 쓰고서 이째까지 도달한 막다란 골이다. 조선심의 방사성과 조선어의 섬유조직이 가장 압축된 상태에서 표현된 공든 탑이다. 남으로 우리를 알려 할 째에 그 가장 요긴한 재료일 것도 무론이지마는 우리를 관조하고 미험하는 것으로도 시조는 아직까지 유일 최고의 준적(準的)일 것이다. 다른 것으로도 그러치마는 더욱 예술상으로 더욱 시로 그러치 안흘 수 업는 것이다. 웨 그러냐 하면 조선은 문학의 소재에 잇서서는 아모만도 못하지 아니하고 쏘 그것이 포태로 어느 정도만큼의 발육을 수한 것도 사실이지만 대체로는 문학적 성립, 내지 완성문학의 국민이라기는 어렵다. (중략) 오직 시에 잇서서는 형식으로 내용으로 용법으로 상당한 발달과 성립을 가진 일물이 잇스니 이것이 시조다. 시조가 조선에 잇서서 유일한 성립문학임을 생각할 째에 시조에 대한 우리의 친애는 일단의 심후를 더함이 잇지 아니치 못한다.[1]

최남선은 시조라는 것이 '조선의 국토, 조선인, 조선어, 조선 음률을 통하여 표현한 필연적인 양식'임을 강조하면서 시조의 새로운 가능성을 확신하고 있다. 그러나 그가 조선주의라는 관념적인 구호에만 매달려 시조를 내세우고 있는 것은 시조 자체에 대한 구체적인 문학사적 인식의 결여를 드러내고 있다고 할 것이다. '조선심'의 탐구에 몰두하면서 최남선은 문학의 영역에서 시조를 발견하게 되었다. 하지만 하나의 시 형식으로서 시조가 지니고 있는 속성을 '조선적인 것'이라는 추상적인 요건만으로 설

---

1 최남선, 「조선 국민문학으로의 시조」, 『조선문단』 제16호, 1926. 5, 4쪽.

분석과 해석

명한다는 것은 가능한 일이 아니다. 문학의 형식은 그 자체의 미학적 요건과 함께 그러한 형식을 가능케 하는 시대적 상황과 사회 기반의 상호 관계를 깊이 있게 인식할 경우에 그 의미가 드러날 수 있는 것이다. 최남선의 경우처럼 시조를 우리 민족의 유일한 문학 형식이라는 단순한 논리로만 평가하고자 한다면, 유교적 사고에 근거한 미의식에서 출발하여 그 미의식 자체를 극복하는 과정에서 형태적 분화를 겪어야 했던 시조형식의 시대적 의미와 그 속성을 제대로 이해할 수 없을 것임은 물론이다.

최남선은 그의 시조집 『백팔번뇌(百八煩惱)』(1926)를 통해 스스로 시조 부흥 운동의 실천적 작업에 앞장섰다. 그는 이 책의 서문에서 '시 그것으로야 무슨 보잘것이 있겠습니까마는 다만 시조를 문학 유희의 구렁에서 건져내어 엄숙한 사상의 용기로 만들어보겠다.'라는 포부를 밝힌 바 있다. 여기서 우리가 주목해야 할 것은 시조 부흥을 강조했던 최남선 자신이 시조의 시적 가치와 그 가능성을 언급한 대목이다. 그는 시조를 유희의 구렁에서 건져내어 '엄숙한 사상의 용기'로 만들겠다고 장담하고 있기 때문이다. 여기서 말하고 있는 '엄숙한 사상'이라는 것을 최남선이 늘 강조해온 '조선정신'과 같은 맥락으로 이해할 수 있다는 것은 쉽게 짐작할 수 있는 일이다. 최남선은 '조선정신'을 노래하기 위한 시적 형식을 모색했던 셈이며, '조선정신'을 발현할 수 있는 조선적인 시의 창조라는 의미로 시조 부흥의 성격을 규정하고 있었던 것이다.

최남선이 시조 부흥 운동에 앞장서면서 보여준 시조 창작의 방법은 연작의 활용에 그 특징이 있다. 이러한 특징은 『소년』지에서부터 비롯된 시조에 관심과 그 시적 가능성에 대한 탐색의 과정에서도 일관되게 나타난다. 시조의 창작에서 연작의 활용은 단형시조의 형식적 제약을 벗어나고자 하는 의욕과 상통하는 것이지만, 시조 자체가 지켜온 단형의 형식적 완결성을 이완시킬 수 있는 문제점도 드러낸다. 그러므로 연작의 방법이 단순한 단형시조의 병렬적인 결합이 아니라 전체적인 형식의 긴장과 통일에 기여할 수 있어야만 그 의의를 인정받을 수 있을 것이다.

최남선의 『백팔번뇌』에는 국토를 순례하면서 민족의 역사를 더듬으며 그 감상을 노래하고 있는 작품들이 주로 수록되어 있는데, 시적 대상으로서의 '님'을 노래한 것이 상당수에 달하고 있다. 최남선의 '조선적인 것'에 대한 관심이 실제 작품 속에서는 '님'에 대한 노래로 변용되어 나타나고 있는 것이다. 그렇지만, 최남선의 시조는 그 시적 정서 자체가 일상적인 현실의 경험에 근거하고 있지는 않다. 그의 시조는 전통적인 시조의 형식을 연작의 방법으로 확대하면서 지나간 역사에 대한 회고적 취향을 노래한 것이다. 시적 대상만이 아니라 정서 자체를 놓고 본다면, 시조를 통해 표현할 수 있는 사상적 가치의 면에서 '조선적인 것'에 착안한 최남선의 의도가 그 나름대로의 의미를 갖는다고 할 것이다.

그러나 시조를 하나의 문학 형식으로서 부흥한다는 것은 그 전통적인 형식의 재현이나 정서의 공유만으로는 가치를 인정받기 어려운 일이다. 시조는 조선시대에 창곡과 함께 공존해왔고 신문학의 성립 이후, 그 실질적인 기능을 상실하게 되었다. 음악으로서의 창곡과 공존 관계를 청산하고 하나의 시 형식으로서 시조가 재출발하기 위해서는 부흥이라기보다는 재창조의 과정을 거쳤어야만 하는 것이다. 말하자면 전통적인 형식의 현대적인 변용이 창작상의 과제로 제기될 수 있었어야 한다는 점이다. 시조가 지켜온 특유의 기품이나 전아성을 포기한다는 것은 시조 자체를 포기하는 일이 되지만, 그렇다고 해서 외형적인 균제라는 전통적인 형식에만 주력하여 하나의 문학형태가 필연적으로 요구하게 되는 내용의 포괄성이나 광범위한 시대감각을 외면할 수도 없는 일이다.

## 3

최남선이 주장한 시조 부흥 운동은 이병기, 이은상, 주요한, 조운 등으로 이어지면서 두 가지 측면의 실천을 가능하게 하였다. 그 하나는 시조의 시적 창작 활동이 활성화되었다는 점이며, 다른 하나는 시조에 대한 학문적 연구가 본격화됐다는 점이다. 여기서 시조의 창작 활동과 함께 시조의 본질적인 연구가 시조 부흥 운동에 즈음하여 활발하게 전개된 것은 전통문학에 대한 새로운 인식을 가능하게 하였다는 점에서 그 의의를 높이 평가할 수 있다.

이병기는 시조 부흥 운동이 전개되는 과정에서 시조의 이론 확립과 그 창작적 실천을 주도했던 인물이다. 최남선이 주창했던 시조 부흥은 이병기를 통해 비로소 현대시조의 새로운 탄생이라는 실천적 의미를 갖게 되었기 때문이다. 실제로 이병기에 의해 시조의 시적 혁신과 그 창작이 가능해졌고 시조에 대한 이론적 탐구와 그 시학의 원리가 정립되었다고 할 수 있다. 이병기는 「시조란 무엇인고」(1926), 「시조와 그 연구」(1928), 「시조 원류론」(1929) 등을 통해 시조문학의 본령을 깊이 있게 논의하였고, 「시조는 혁신하자」(1932)와 같은 글에서 시조를 하나의 시 형식으로 새롭게 인식하면서 이념적인 도그마에서 벗어나 시조 창작의 새로운 시야를 제공하게 되었던 것이다. 특히 그의 창작 시조집 『가람시조집』(1939)은 현대시조의 가장 주목되는 성과로 손꼽힌다.

이병기는 본격적인 시조론에 해당하는 「시조란 무엇인고」라는 글을 통해 시조의 기원과 그 양식적 특성을 개괄적으로 검토하고 있다. 이병기는 이 글에서 시조의 종류와 형식, 율격과 체제, 표현과 기법 등에 대한 이론적 근거를 제시함으로써 본격적인 의미에서 시조에 대한 양식적 논의를 통한 시조 시학의 체계를 확립할 수 있게 된다. 이 글에서 주목되는 것은 시조라는 명칭에 대해 '시절가(時節歌)'로서의 개념을 정확하게 규정하였다는 점이다. 그리고 시조의 기원과 그 형태, 시적 형식과 율격, 시조의 표현과 기법 등에 대한 논의를 구체화했으며, 시조 창곡의 특성과 시조의 시적 형식에 대한 논의를 구분해놓고 있다. 특히 시조론의 핵심에 해당하는 시조의 3장 형식에 대한 새로운 인식이 이 글에서 분명하게 드러나고 있다.

> 조선 자래의 가객들이 노래에만 쓰는 말이 따로 잇스니 그 일례를 들어 말하면 노래의 초장을 첫치, 중장을 둘째치, 종장을 셋째치라 하며 구를 '마루'라 하여 한 마루, 두 마루, 세 마루……이러케 부르는데 시조의 초 중 종 삼장으로 된 것은 조선 자래의 가사를 대표하엿슬 것이다. 원래 조선 자래의 가사는 3장식으로 된 것이 만흔데 시조만큼 합리한 형식으로서 발달되고 일반적으로 전송되는 문학적 가치 잇는 것은 업다.
> 그런데 시조는 단어가 모혀 한 구가 되고 두 구씩 모여 초장, 중장이 되고 네 구가 모여 종장이 되나니 초 중 종의 장이란 말은 한문에서 니르는 자가 모여 구, 구가 모여 절(단), 절이 모여 장이 된다는 의미와 다르다. 그리고 초 중 종 삼장이 모여 한 수(마리)가 되나니 이 수를 쓰는 장이라고도 하여 자래로 일컬엇다. 그러면 이 장은 초 중 종의 장과 혼동하기 쉬울 듯하니 초 중 종의 장은 반듯이 장 한 자만 가지고 일컷지 안코 초 중 종의 어느 자든지 우에부터 한 명사를 맨들어 조선 음악 가사에만 쓰는 한 특수어다.
> 이상을 종합하여 보아도 알려니와 시조의 형식은 한시에서나 어데서든지 모방하여 온 것이 아니다. 조선의 고유한 것이다. 그러나 이것 또한 고려자기 제조법과 가치 뒤에 전하지 못하면 낡은 휴지만 되어 쓰레기통으로 들어갈 것이 아닌가.[2]

이병기가 설명하고 있는 시조 3장의 속성은 음악적인 것과 시적인 것의 형태적 조화를 의미한다는 사실을 확인할 수 있다. 여기서 시조 형식의 핵심을 이루는 '장(章)'의 개념을 한문의 그것과 구별 지은 것은 탁월한 인식이라고 하겠다. 전통적으로 시조는 그것이 창곡으로 가창되던 시대에도 3장의 음악적 형식에 묶여 있었고, 자연스럽게 시적 형식으로서의 3장 분장

---

2  이병기, 「시조란 무엇인고」, 『동아일보』, 1926.12.2.

분석과 해석

의 형식을 고수하고 있다. 시조가 지닌 시적 특성은 이 불변의 3장 형식에서 비롯된다고 할 수 있다.

이병기는 시조의 새로운 변화와 그 현대적 시작법을 모색하기 위해 크게 세 가지의 방안을 제시하고 있다. 첫째는 시조의 내용의 참신성과 충실성을 살릴 것을 주문한다. 짧은 시 형식이지만 시조가 과거의 틀과 내용에서 완전히 벗어나 새로운 생활 감정을 풍부하게 담아낸다면 그 문학적 가치와 지위를 높일 수 있을 것임을 강조하고 있다. 둘째는 구조(句調)의 변화를 요구한다. 여기서 '구조'라는 말은 시조 어구의 표현 방법을 뜻하는 것으로 이병기가 고안해낸 용어에 해당한다. 내용의 참신성과 함께 시적 표현의 변화를 도모한다는 뜻이다. 전대의 시조에서 볼 수 있는 한문 구절이나 구결식(口訣式) 표현 문구를 벗어나 순수한 고유어로서의 표현을 통해 실감의 정서를 살려내야만 한다. 셋째는 시조 형식의 활용과 그 확장에 대한 방안이다. 평시조는 3장의 형식 자체가 아주 짧고 단조롭기 때문에 현대적인 생활 감각을 풍부하게 담아내는 데에 한계가 있다. 그러므로 평시조의 형식을 반복적으로 연결하여 연작 시조의 형태를 만들어냄으로서 그 제한된 형식에 변화를 꾀할 수 있게 된다. 이와 같은 새로운 시조의 창작 방법은 「시조의 현재와 장래」와 같은 글에서도 반복적으로 강조하고 있는 것을 확인할 수 있다.

나는 시조도부흥(時調道復興)을 하자는 것보다도 시조 신운동을 하자고 하고 있다. 종래의 시조를 그대로 인습한대야 암만 해도 현재 및 장래 사람에게는 맞지 아니할 것이다. 어떤 이는 시조의 내용만 아니라 시조의 형식까지 사뭇 고쳐라 하기도 하나, 이는 일조일석에 아니 될 것이며, 잘못하다는 시조 그것만 말살시키고 말 것이다. 그러나 그것만으로는 마땅치 못하며 어떻게 하였으면 좀 더 새롭게 될까 아름다운 시조가 될까 한다. 그동안 나도 시조에 대하여 이래도 보고 저래도 보았으나 스스로 마음에 들고 속이 가라앉을 만한 자리가 잡히지 아니한다. 휴지된 낡은 책을 뒤적

거려 보기도 하고 길을 가다가도 힐느리 덩더럭 둥둥 소리가 나면 귀를 기울이기도 하고 귀뚜라미 소리에 밤을 새우기도 하였으나 보면 또 그것이요, 들으면 또 그것이다. 그러나 어떤 때에는 그 무엇인가를 깨치는 것 같기도 하다. 그런데 이 신운동에 대하여 생각하는 바를 이에 통괄하여 말하면, 첫째 조선어의 미를 찾아 쓰자. 둘째 사생법(寫生法)을 힘쓰자. 셋째 신 율격을 지어내자. 넷째 창법을 고치자 함이다.[3]

이병기는 앞의 인용에서 언급하고 있는 것처럼 '시조도(時調道)'의 부흥이 아니라 시조의 신운동을 강조한다. 그리고 이 신운동에서 첫째의 방법으로 조선어의 미를 찾아 쓰자는 점을 강조하고 있다. 그는 소조의 생명과 가치가 언어 그것에 매어 있음을 주목하면서 살아 있는 조선어의 미를 살려낼 수 있어야만 시조가 비로소 새로운 조선의 노래가 될 것이라고 주장한다. 둘째의 방법으로 그가 주장하고 있는 것이 '사생법(寫生法)'을 힘쓰자 함이다. 여기서 말하고 있는 사생법이란 시적 대상에 대한 정밀한 묘사를 의미한다. 관념에 매달리지 말고 진지한 감정과 조밀한 관찰을 통해 시적 대상을 묘사할 수 있을 때 시조가 그 독창적인 아름다움을 완성할 수 있다. 그리고 마지막으로 시조의 새로운 형식과 격조에 맞는 리듬과 율격을 창조할 것을 주장하고 있다. 오늘날과 같이 변화 많은 생활에 인간의 사상과 감정도 격렬한 변화를 하고 있으므로 이에 따라 시조의 언어와 음조도 역시 새로운 변화가 필요한 것이다.

이병기의 시조에 대한 논의 가운데 주목되는 것은 시조의 시적 형식 문제이다. 시적 형식으로서의 시조의 형태는 오늘의 현대시조가 왜 시조로 존재하고 있는가를 이해하는 데에 결정적인 단서를 제공하고 있다.

시조도 한 문학이다. 소설·희곡·동요·민요·신시와 같은 한 문학이

---

3  이병기, 「시조의 현재와 장래」, 『신생』, 제9호, 1929.6.

다. 더구나 우리 조선에서는 역사와 그 의의가 깊은 한 문학이다. 고대 민요의 한 형식으로서 발달되어, 적어도 근천년 동안을 거쳐 오늘날까지 오는 것이며 우리의, 과거의 문학을, 말하자면 과연 이 시조가 가장 소중한 것이다. 다른 가요보다도 또는 소설이나 기타 무엇보다도……

그러나 시조는 다만 이러한 의미만이 아니라, 기정한 소 시형으로도 가장 합리하게 되어 있다. 엇시조·사설시조는 그만두고 보통 쓰이는 평시조 하나만 가지고 말하더라도, 그것이 정형이라기보다도 한 정형으로서 대개 그 자수를 몇 자 이하, 몇 자 이상에서 암만이라도 취사할 수 있게 되었다. 그 형식을 7 7 7 7의 4구로 된 한시 절구나, 5 7 5 7 7의 5구로 된 일본 단가(短歌)와 같이 꼭 일정한 자수만으로 하여 된 건 지금 전하는 천여 수 되는 고시조 가운데에, 삼백여 가지나 되겠다. 어떤 이는 이것이 너무 복잡하다 하고, 다시 표준형식이, 있어야 하겠다 하는 이도 있지마는, 그 표준 형식이란 무엇으로 정할는지 알 수 없다. 가령 7 8, 7 8, 8 7로 하여 초장이나 중장의 첫 구는 7자, 끝구는 8자로 하고, 종장의 첫구는 3자, 둘째구는 5자, 셋째구는 4자, 끝구는 3자로 하자는 이가 있으나, 이 형식이 무슨 의미로서 표준형식이 되는지는 알 수 없다. 위에 말한 삼백여 가지나 된다는 고시조의 형식을 본다면, 이 형식보다도 달리된 형식으로서 더 많이 쓰인 것이 있다.

그러면 재래의 시조형식으로는 이 형식이 한 소수에 지나지 못한다. 이런 통계로 보아서는 표준형식이 될 수 없다. 다만, 어느 작가의 독단과 자수 기억의 편의로나 하여 한 부호처럼 정한다면 모르거니와, 그렇지 않다면 다른 이유는 없을 것이고, 그 자수로 말미암아 생기는 음조나 음율로 본대도 이 형식이 꼭 표준된다고 하지는 못할 것이다. 그러나 이 근래 어떤 이들은 이 형식만을 시조의 형식으로 아는 이도 있고 쓰는 이도 있어, 천편일률로 하여 이 형식의 자수만 채워 지어 낸다. 그리하여 퍽 자유스럽게 되어 있던 시조의 형식을 도리어 불자유하게시리 하지나 않는가 하는 느낌이 난다. 이 자유스러운 것이야말로 과연 다른 나라의 기정한 소시형들과도 다른 점이고, 또한 특성인 것이다. 이 특성이 현재나 장래에 있어 영원히 그 생명을 뻗어 갈만 한 것이다.

왜 시조를 배척할까? 그 배척하는 것을 보면 첫째는 시조의 형식, 둘째는 시조의 내용에 대하여서다. 첫째, 시조의 형식은 정형인 것과 고전적인 것이다. 하나 고전도 고전 나름이요, 정형도 정형 나름이지 반드시 정형이라고 하여 고전을 덮어놓고 다 버려야 할 것은 아니다. 시조는 정형이며 고전적이면서도 꼭 있어야 할 까닭은, 도리어 그 정형과 그 고전적에 있다. 한문이나 영어와 같은 외국의 문학을 맛보는 우리로서 그래도 조선어 문학의 맛을 보자면 무엇이 있나. 한시나 영시처럼 발달은 못 되었다 하더라도, 적어도 조선말로써 조선말답게 적은 것이며 조선말로서의 목숨과 넋이 있는 것 아닌가. 그리하여 조선말에 쓰인 전형과 궤범을 보여 주는 것이 아닌가. 우리는 이것을 보고 일일이 그대로 모방을 하거나 인용을 하거나 할 건 아니라도 거기에서 무슨 전통이나 암시를 얻을 것 아닌가. 이 것이 과연 우리들과는 남다른 깊은 관계가 있는 바이다. 마치 일본인이 화가(和歌)와 같은 문학을 저버릴 수 없음과, 지나인(支那人)이 한시와 같은 문학을 저버릴 수 없음과 같은 일이다. 일본에서 자유시 운동, 지나(支那)에서 백화시(白話詩) 운동이 맹렬하여도, 또 그 한편에는 한시나 화가 같은 정형시가 또한 못지않게 전개되고 있으며, 그 중 일본 같은 데서는 가인 자신으로도 한때 화가 멸망론을 지어 떠들고, 오히려 가단 한편에서 맹장 노릇을 하는 뻔뻔한 이도 있으며, 지금 와서는 프롤레타리아 단가 운동까지도 생겼다. 지금 우리의 시조도 이렇다 저렇다 운운함은 그 전개의 과정에 있어 면할 수 없는 사실이다.[4]

앞의 글에서 이병기는 시조의 시적 형식을 정형적인 것에서 찾고 있다. 시조라는 시 형식의 본질적인 특성은 3장의 구성 원리에서 찾아진다. 초장, 중장, 종장으로 구분되던 고시조의 형식은 음악적 형식의 지배를 받고 있었던 것이다. 그런데 3장의 구성법은 음악적인 형식과는 관계없이 시적 구성 원리로서도 작용하고 있다. 이미 고정적으로 존재하고 있는 형식에 따라 3장이 만들어진 것이라기보다 시적 형식으로서 3장을 지향하고 있다. 그러므로 시조의 3장 분장 형식은 시인이 표현하고자 하는 내용에 어

---

4   이병기, 「시조는 혁신하자」, 『동아일보』, 1932.1.23.

분석과 해석

떤 제약을 가하기 위한 외형적인 틀이 아니다. 그것이 만일 말하고자 하는 것에 대해 한계를 정하고 제약을 가하는 일종의 형식적 규제 장치라면, 그 것은 단조로운 행의 반복에 지나지 않을 것이다. 그럴 경우 고도의 미의식을 구현하는 시적 형식이 될 수도 없을 것이다.

이병기는 시조의 시적 속성을 규정해주는 요소로서 형태적 정형성만이 아니라 고전적인 품격을 주목하고 있다. 시조는 고정적 형식의 균제성을 특징으로 하지만 3장의 형태적 구성 안에서 어구의 배열에 상당한 융통성과 자유로움을 드러내고 있다. 그리고 이 형식적 특징은 시조가 추구하고 있는 시정신과 밀접한 관련을 지닌다. 시조를 통해 추구하는 시적 기품과 격조가 거기서 비롯되고 있기 때문이다. 그러므로 시조가 하나의 문학적 형식으로 다시 창조되기 위해서는, 그것이 지녀온 외형의 균제라는 형식적 특성만을 고집하면서 시인의 개인적 시 정신이라든지 새로운 시대감각을 외면할 수가 없다. 그렇다고 해서 시조가 지녀왔던 특유의 기품이나 형태적 전아성을 포기한다면 시조는 결국 파괴되고 만다. 시조는 이러한 두 가지의 조건이 조화를 이루는 곳에서 그 시적 가능성을 확고히 할 수 있는 것이다. 이병기가 주목하고 있는 점도 바로 여기 있다.


## 4

이병기는 시조의 연작 형식에 주목하여 '연시조'라고 부르는 많은 연작 시조를 창작했다. 이병기의 연시조는 단형의 평시조를 중첩 연결하여 시적 의미를 확대시켜놓고자 하는 형식적 실험의 소산이다. 이것은 시조의 단형적 형태가 지니는 한계를 극복하고자 하는 시도와 상통한다. 이미 연시조의 형태는 조선시대 이퇴계의 「도산십이곡(陶山十二曲)」이나 윤선도의 「오우가(五友歌)」와 같은 작품을 통해 그 시적 가능성을 입증받았던 형식이다. 이병기가 새로운 시조 창작 과정에서 연시조에 관심을 가지게 된 것은 시적 형식의 이완에 대한 기법적 인식과 함께 그 형식에 담아내고자 하는 내용의 풍부성을 감당할 수 있도록 하기 위한 고안으로 이해된다.

> 다시 옮겨심어 분에 두고 보는 파초(芭蕉)
> 설레는 눈보라는 창문을 치건마는
> 제먼저 봄인 양하고 새움 돋아 나온다
>
> 청동(靑銅) 화로 하나 앞에다 놓아 두고
> 파초(芭蕉)를 돌아보다 가만히 누웠더니
> 꿈에도 따듯한 내 고향을 헤매이고 말았다
>
> ── 「파초(芭蕉)」[5]

이병기 시조의 연작성은 현대시조의 형식적인 특성으로 자리 잡은 가장 중요한 형태적인 요소이다. 이것은 시조의 형식적인 확대를 의미하는 것으로서 시조가 담아야 하는 시적 의미 내용이 그만큼 다양하고 포괄적인 것이 되었음을 말하는 것이다. 앞에 인용한 「파초」는 시조의 형식에서 느낄 수 있는 특유의 균제미를 자랑한다. 그러나 작품의 전체적인 짜임새를 연작의 기법이라는 차원에서 좀 더 세밀하게 분석해보면, 시적 주제의 형상화 과정이 예사롭지 않은 긴장을 내포하고 있음을 확인할 수 있다. 이 작품은 외형적으로 각각 독립된 두 편의 평시조를 병렬적으로 연결하고 있는 것처럼 보이지만, 텍스트의 구조 자체가 통합된 하나의 작품을 위해 견고하게 짜여 있음을 알 수 있다. 그러므로 이 시조에서 연작을 통한 형식적인 확장에 전체적인 균형을 부여하며 시적 긴장을 이끌어가는 것은 형식적 고안에 의해서만 이루어진 것이 아니다. 시적 주제의 응축과 그 확산의 과정을 전체적으로 통제하고 있는 내적인 질서에 의해 가능해지고

---

5　이 글의 인용 작품은 이병기, 『가람문선』, 신구문화사, 1966에 따름.

분석과 해석

있는 것이다. 그리고 이 같은 현식적인 실험을 통해 개방적이면서도 유기적인 연시조 형식의 창조에 이르고 있는 것이다.

이병기의 시조에서 발견하게 되는 또 하나의 중요한 특징은 시조의 형태적 고정성에서 파격을 추구했던 사설시조의 미학에 대한 적극적인 관심과 그 실험이다. 시조의 장르 변화 과정에서 볼 때, 평시조의 극복 양식으로 이해되고 있는 사설시조의 형태적 특성이 이병기의 시조에 와서도 발전적으로 계승되고 있다는 것은 주목되는 현상이다. 모든 예술의 형태는 그 독자적인 생명력을 아무리 강조한다 하더라도 언제나 그것이 존재할 수 있는 시대적 위상에 조응하기 마련이다. 사설시조의 등장은 조선 후기 서민의식의 성장과 새로운 미의식을 기반으로 한다. 사설시조에서 볼 수 있는 고정적인 율격 파괴와 산문화 경향은 조선 후기 사회 서민층의 미의식을 대변하고 있는 것으로 이해되고 있는 게 보통이다.

해만 설핏하면 우는 풀벌레 그 밤을 다하도록 울고 운다
가까이 멀리 예서제서 쌓겨 울다 외로 울다 연달아 울다 뚝 그쳤다 다시 운다 그 소리 단조하고 같은 양 해도 자세 들으면 이놈의 소리 저놈의 소리 다 다르구나
남몰래 겨우는 시름 누워도 잠 아니 올 때 이런 소리도 없었은들 내 또한 어이하리

—「풀벌레」

날마다 날마다 해만 어슬어슬 지면 종로판에서 싸구려 싸구려 소리 나누나
사람들이 쏟아져 나온다 이 골목 저 골목으로 갓쓴 이 벙거지쓴 이 쪽진 이 깎은 이 어중이 떠중이 앞서거니 뒤서거니 엉기정기 흥성스럽게 오락가락한다 높드란 간판 달은 납작한 기와집 퀴퀴히 쌓인 먼지 속에 묵은 갓 망건 족두리 청홍실붙이 어릿가게 여중가리 양화 왜화붙이 썩은 비웃 쩌른 굴비 무른 굴비 무른 과일 시든 푸성귀붙이 십전 이십전 싸구려 싸구려

부르나니 밤이 깊도록 목이 메이도록 저 남산 골목에 우뚝우뚝 솟은 새 집
들을 보라 몇해 전 조고마한 가게들 아니더냐 어찌하여 밤마다 싸구려 소
리만 외치느냐
　그나마 찬바람만 나면 군밤 장사로 옮기려 하느냐

—「야시(夜市)」

　전통적인 사설시조는 그 형태적인 균형과 해체 사이의 긴장을 기반으로
성립된다. 우선 시조 3장의 근간은 반드시 지켜야 한다. 3장의 틀이 무너
지면 시조라고 할 수가 없다. 그리고 시적 의미의 전환을 표시하는 하나의
표지로서 종장의 앞 구절은 반드시 3음절과 5음절로 이어져야 한다. 이 같
은 형태적인 틀 속에서 시상을 드러내고(초장), 풀어헤쳐 흥을 돋우고(중장),
시조 어조의 전환(종장)을 통해 시상의 결말에 이른다. 모든 예술의 형태는
그 독자적인 생명력을 아무리 강조한다 하더라도 언제나 그것이 존재할
수 있는 시대적 위상에 조응하기 마련이다. 사설시조의 등장은 조선 후기
서민의식의 성장과 새로운 미의식을 기반으로 한다. 사설시조에서 볼 수
있는 고정적인 율격 파괴와 산문화 경향은 조선 후기 사회 서민층의 미의
식을 대변하고 있는 것으로 이해되고 있는 게 보통이다.

　이병기의 사설시조는 비교적 고정적인 율격을 지켜 나가려고 하는 부분
(초장, 그리고 종장의 첫머리)과 고정적인 율격을 파괴하고자 하는 부분(중장,
그리고 종장의 첫머리를 제외한 부분)이 서로 연결되면서 형식상의 긴장 상태를
유지하고 있는 점이다. 앞의 인용에서도 확인할 수 있는 것처럼 사설시조
의 시적 형식에 담아내기 위한 숱한 풀벌레 소리, 장사치들의 '싸구려' 소
리를 사설조로 그려낸다. 이 파격의 사설이 하나의 시적 풍경을 만들어내
고 실감의 정서를 자아낸다. 이병기가 아니고서는 흉내 내기 어려운 시적
실험을 여기서 확인할 수 있다.

　「풀벌레」는 전형적인 사설시조다. 초장은 날이 저물고 울기 시작하는 풀

벌레 소리를 시상의 발단으로 제시한다. '해만 설핏하면'이라는 말은 해가 저물녘에 사방이 어둑해지는 상황을 말한다. 풀벌레 소리가 들리기 시작하더니 밤이 다하도록 그치지 않는다. 사방이 소란스럽다면 풀벌레 우는 소리가 들렸을 리 없다. 고요하고 적막한 밤이 이어지는 가운데 시상의 흐름을 도와주는 시간적 배경과 분위기를 묘사하고 있는 셈이다. 중장은 '가까이 멀리'에서부터 '다 다르구나'까지에 해당한다. 중장에서 사설시조의 서술성의 묘미를 최대한 살려낸다. 시적 진술에는 대조, 열거, 반복, 지속, 영탄의 방법이 모두 동원된다. 풀벌레 소리를 때로는 설명하고 때로는 묘사하면서 의 그 특징적 인상을 잡아내어 다채롭게 들려준다. 풀벌레 소리의 거리감과 그것이 들려오는 장소(가까이 멀리 예서제서)를 먼저 헤아리고 그 소리의 특징(쌍겨 울다 외로 울다 연달아 울다 뚝 그쳤다 다시 운다)을 가늠한다. 저절로 음악적 가락이 살아난다. 이 과정에서 밤의 고요와 적막이 깨진다. 풀벌레들이 들려주는 합창의 한가운데에 시적 화자가 들어서 있다.

이 작품의 시적 주제가 암시되는 부분은 종장이다. '남몰래/겨우는 시름'에서 3음절과 5음절의 음수를 지킴으로써 시상의 전환이 이 부분에서부터 이루어진다는 사실을 알려준다. 시적 화자는 밤에 홀로 자리에 누워 있다. 자세히 밝히지 않았지만 고달픈 세상살이에 혼자서 시름이 없지 않다. 이런저런 생각에 잠에 들지 못한다. 밤의 적막 속에서 들려오는 것이 바로 풀벌레 소리다. 화자의 마음속의 시름도 그 소리만큼 많을 것인데 바깥에서 들려오는 풀벌레 소리가 화자의 시름에 더해지고 어지러운 머리에 가득해진다. 세상의 온갖 잡사(雜事)의 시름이 풀벌레 소리로 바뀌는 것이다.

「야시(夜市)」의 경우도 마찬가지다. 이 작품은 종로판에 벌어진 야시장의 풍경을 그대로 그려내고 있다. 사설시조의 시적 형식에 야시장을 구경 나온 사람들, 좌판에 벌여놓은 물건들, 그리고 장사치들의 '싸구려' 소리를 사설조로 늘어놓는다. 이 작품의 소재가 되고 있는 '야시'는 특정 지역에 밤에만 장사할 수 있도록 열리는 시장터라고 할 수 있다. 주로 노점상이 모여든다. 종로의 야시는 1926년 6월에 처음 열게 된 서울의 야시장이다. 당시 『조선일보』 기사를 찾아보니 종로 야시는 중앙번영회라는 상인 단체가 주도한 것이란다. 여름철에 들어서면 상인들이 장사가 제대로 되지 않아 늘 걱정이었는데, 그 어려움을 타개하기 위해 밤에 장사를 할 수 있는 시장터를 열어준 것이다. 종로 야시를 개장할 때만 해도 6월부터 10월까지 저녁 7시부터 10시까지로 시간 제약을 두었지만 새로운 명물로 널리 알려지자 1927년에는 4월부터 개장했고, 그 뒤에는 계절에 상관없이 밤마다 야시를 열었다. 다른 지방 도시에서도 이를 따르는 곳이 많았다.

「야시」에서 특히 주목되는 것은 일상적 생활 감정을 사설시조의 형식을 통해 표현하는 데에 성공하고 있다는 점이다. 전통적인 사설시조가 보여주었던 생생한 경험적 장면과 그 느낌을 그대로 살려내고 있다는 점이 주목된다. 서울 장안의 명물이 된 야시장의 풍물을 실감 있게 그려내면서 일제강점기의 삶의 현실과 그 모순에 대한 풍자와 조소까지 곁들여놓고 있다. 초장은 '날마다 날마다 해만 어슬어슬 지면 종로 판에서 싸구려 싸구려 소리 나누냐'가 된다. 평시조의 초장에 요구되는 3.4.3.4라는 음수율의 고정된 격식에 약간의 파격을 가하고 있다. 야시장의 시공간적 배경을 그려내면서 '싸구려'라는 장사치들의 목청을 그대로 옮겨놓고 있다. 이 시조의 중장은 시장에 구경 나온 사람들과 장사꾼들의 행색, 그리고 가게에 늘려 있는 물건들을 흥미롭게 묘사한다. 사설시조에서 사설을 개방적으로 확장할 수 있는 부분이 중장이다. 여기서 사설시조의 열거와 반복, 대조와 비교, 해학과 비판이 살아나야 한다. 먼저 시장거리의 사람들의 행색이다. 갓 쓴 사람과 벙거지를 쓴 사람, 머리에 쪽을 진 아녀자와 머리를 단발한 사람, 이런 저런 사람들이 부산스럽게 오고간다. 앞뒤 구절을 서로 짝짓고 맞세워 자연스럽게 리듬이 생기도 가락이 살아난다. 야시장에서 물건을 가게는 궁색하기 그지없다. 납작한 기와집에 간판만 높다랗게 달았다. 진열해놓은 물건이라고는 먼지 쌓인 '묵은 갓망건 족두리'처럼 이제 한 시절 지나버린 것들이거나 '청홍실붙이 어릿가게 여중가리 양화 왜화붙이'처럼 싸구려 잡화들이다. '청홍실붙이 어릿가게'는 여성들이 바느질이나 수놓기에 필요한 색실이나 바느질 도구들을 파는 가게이다. '여중가리 양화 왜화붙이'는 별로 중요하지 않은 잡동사니들인데, 물 건너온 양화(洋貨), 서양 물건들과 일본에서 들어온 자잘한 왜화(倭貨)붙이가 대부분이다. 식료품들도 진열되어 있다. '썩은 비웃 쩌른 굴비 무른 굴비 무른 과일 시든 푸성귀붙이'가 대부분이다. 생선이라고는 다 상해가는 청어와 절인 굴비뿐이고 과일과 풍성귀는 이미 무르고 시들었다. 그래도 장사꾼들은 싸구려를 외친다.

종장은 '저 남산 골목에 우뚝 우뚝 솟은 새 집들을 보라 몇 해 전 조고마한 가게들 아니더냐 어찌하여 밤마다 싸구려 소리만 외치느냐 그나마 찬바람만 나면 군밤 장사로 옮기려 하느냐'라는 시적 화자의 말로 끝맺는다. 여기서 지적하고 있는 '남산 골목 우뚝우뚝 솟은 집'은 1920년대 서울의 주거 지역과 상권의 형성을 알아보면 더욱 흥미로운 사실을 확인할 수 있다. 일제 강점 후 서울의 남산 기슭은 모두 일본인들이 차지한다. 남산에 신사(神社)를 짓고 후암동 일대에는 일본 군대의 주둔지(지금의 미군기지)로 삼았으며, 남산 북쪽 기슭은 일본인 거주지역으로 단장했다. 일본 총독이 사는 관저도 거기에 세웠으며 현재의 명동 충무로 일대를 일본인 상업 지역으로 만들었다. 그러니 이 골짜기에 '우뚝 우뚝 솟은 집'이 꼴사납게 보였을 것은 분명하다. '어찌하여 밤마다 싸구려 소리만 외치느냐'라는 시적 화자의 말 속에는 같은 서울 장안이면서 번창하는 일본인들 구역과 여전히 가난에 찌들어 있는 우리네의 모습을 대조하면서 이 모순의 현실을 비아냥대는 조소(嘲笑)의 목소리를 담고 있다. 그런데 이제 찬바람이 나면 이 초라하고도 궁색스런 야시장도 문을 닫는다. 4월부터 10월까지만 야시장을 허가했기 때문이다. 가난한 장사꾼들이 일터를 잃게 된다. 그러니 '찬

바람만 나면 군밤장사로 옮기려느냐'라고 물을 수밖에 없다. 찬바람 부는 길거리로 내몰려 군밤장사로 살아야 하는 궁핍한 삶의 현실을 확인하는 셈이다. 종장의 첫 구절 '저 남산/골목에 우뚝'은 '3.5'의 음수를 고정하는 사설시조의 형식적 틀을 그대로 지켜내고 있는 부분이다. 이 첫 구절에서 시상의 전환이 가능해지고 시적 주제의 결말에 이르게 된다.

「야시」는 일제강점기 서울 종로에 개설된 야시장의 새로운 풍물을 그려낸다. 그러나 야시장의 풍경은 결코 흥성스런 시장거리처럼 풋풋하게 느껴지지 않는다. 시적 화자가 야시장의 초라한 행인들과 보잘것없고 궁색스런 가게의 물건들에 초점을 맞추고 있기 때문이다. 화자는 이것을 장사꾼의 목이 메도록 외치는 소리 그대로 '싸구려'라고 옮겨놓는다. 실제로 이 작품 속에 그려진 야시장에는 생동감이 없고 삶의 활력이 보이지는 않는다. 값나가는 물건이라는 것이 있을 턱이 없는 허름한 가게에는 보잘것없는 잡화들만 늘어놓여 있다. 썩은 청어, 무른 굴비는 전혀 신선할 리가 없고, 무른 과일, 시든 푸성귀는 초라한 삶의 모습과 그대로 일치한다. 이 초라한 야시장의 풍경을 더욱 초라하게 하는 것이 남산 골짝의 높이 솟은 새 집들이다. 서울 장안에서 남산골과 종로통이 부자와 빈자의 공간으로 구획되는 것은 우리네가 선택한 것은 아니다. 식민지 현실이 만들어낸 삶의 모순 구조가 서울 장안을 그런 식으로 편 갈랐던 것이다. 이 시에서 시적 화자가 노리고 있는 것은 그런 현실의 음울(陰鬱)이 아닐까 생각된다.

이병기는 현대시조의 시적 형식에 감각성이라는 고도의 미의식을 부여함으로써 현대시조가 추구하는 시적 모더니티를 온전하게 구현하고 있다. 이병기의 시조는 전아한 기품을 자랑하고 있지만, 기실은 단조로움에 빠져들기 쉬운 시적 진술에 특유의 감각성을 부여하고 있는 것이 두드러진 특징이다. 이병기는 시조를 통해 우리말의 음절량과 그 이음새에서 나타나는 말의 마디를 자연스럽게 변형시키면서 율격을 지켜나간다. 이것은 시조의 시적 형식이 어떤 틀로 고정되어 있는 것이 아니라, 그렇게 형성되는 것임을 말해주는 요건이 된다. 「난초」와 같은 작품에서 확인할 수 있는 절제된 감정과 언어의 감각을 이병기 시조의 미학이라고 규정하는 것은 당연하다.

새로 난 난초잎을 바람이 휘젓는다
깊이 잠이나 들어 모르면 모르려니와
눈뜨고 꺾이는 양을 차마 어찌 보리아

산듯한 아침 볕이 발틈에 비쳐 들고
난초 향기는 물밀듯 밀어오다
잠신들 이 곁에 두고 차마 어찌 뜨리아

— 「난초 2」

앞의 인용 작품을 보면, 이병기가 내세운 바 있는 현대시조의 '격조' 문제가 떠오른다. 시조에서의 격조는 그 작자 자기의 감정으로 흘러나오는 리듬에서 생기며, 동시에 그 작품의 내용 의미와 조화되는 것이라야 한다. 그렇지 않으면 딴 것이 되어버린다. 공교롭다 하여도 죽은 기교일 뿐이다. 가람은 격조를 내세움으로써 시조의 문학적 의미를 구현하고자 노력했으며, 그 결과로 가람시조는 시조로서의 기품을 잃지 않고 현대적 감각을 공유하고 있다.

이병기는 현대시조가 연작성에만 안주함으로써 시적 형식의 압축미를 얻지 못한 채 기교와 수사에 얽매인 산문으로 기울고 있는 점에 착안하여 '격조'를 강조했다. 여기서 말하는 격조는 추상적인 관념이 아니라 시적 상상력의 감각성을 의미한다. 시조라는 단형의 시 형식에 동원되는 모든 단어에 생기를 넣어주며 사고와 감정의 기저에까지 침투하는 감각을 말한다. 이러한 상상력은 물론 언어와 그 의미를 통해서 작용하지만 시조의 경우 전통적 의식과 가장 현대화된 정신을 결합하는 것이다. 그러므로 이병기의 시조는 시조의 부흥이 아니라 새로운 시적 형식과 감각의 발견에 해당한다. 이것은 시조라는 형식을 기반으로 하고 있지만 하나의 주제를 발견하고 그 주제에 적합한 새로운 시적 형식과 언어와 감각을 구축했다는 점에서 그렇다. 여기서 우리는 발견이라는 말이 이 모든 과정 또는 수사적 방법을 지칭하는 데에 가장 적절한 단어라고 생각한다. 발견으로서의 형식과 감각은 고정된 틀의 확립을 의미하는 것이 아니다. 그것은 시적 형식을 끊임없이 추구하고 시적 대상을 새로운 언어로 사고하는 방법이며 과정이다. 이병기의 시조에서 확인되는 시적 형식과 그 감각은 일상어의 시적 활용이라는 점에서 현대시조의 새로운 탄생과 직결된다는 점을 주목할 필요가 있다. 일체의 관념어를 배제하고 감각적인 일상어만으로 이루어진 이병기의 시조는 시적 언어의 감각적 구현에 있어서 현대시조가 도달할 수 있는 어떤 궁극의 지점에 도달해 있는 셈이다.

## 5

이병기는 현대시조 시적 형식에 실감의 정서를 새롭게 부여하고 거기에 격조를 불어넣는다. 실제로 이병기의 시조는 전아한 기품을 자랑하면서도 형식의 단조로움에 빠져들기 쉬운 시적 진술에 특유의 감각성을 부여하고 있다. 그의 시조는 우리말의 음절량과 그 이음새에서 나타나는 말의 마디를 자연스럽게 변형시키면서 율격을 지켜나간다. 이것은 시조의 시적 형식이 어떤 틀로 고정된 것이 아니라, 그렇게 형성되는 것임을 말해주는 요건이 된다. 그의 시조 작품에서 확인할 수 있는 절제된 감정과 언어의 감각을 현대시조의 미학이라고 규정하는 것은 당연하다.

이병기와 함께 현대시조를 가꾸어 나간 시인으로 이은상, 김상옥 등이 뒤를 잇고 있다. 이은상은 전통 시조의 풍류적 속성에 시적 의지와 기개 등을 덧붙이고자 하였고, 김상옥은 보다 더 섬세한 미의식을 시조의 시적 형식을 통해 추구하고자 한다. 월북한 시조시인 조운의 시조에서 발견할 수 있는 시적 형식미는 시조의 가능성이 그 형식에 있음을 다시 한번 입증한다. 이호우와 이영도의 감성적인 시조도 주목되는 업적이다. 이태극은 시조 시학의 확립에 앞장서면서 시조의 시적 영역을 넓혀나가는 데에 주력한다. 정완영에 이르러 그 격조를 다양성을 시적으로 형상화할 수 있게 된다. 그는 시적 형식과 주제의 변주를 통해 시조의 닫혀 있는 형식을 새롭게 열어놓는다.

오늘의 시조 시단에는 장순하, 최승범, 이상범, 이근배, 김제현, 윤금초, 조오현, 박시교, 한분순, 이우걸 등이 서 있다. 장순하의 절조, 최승범의 풍류, 이상범의 감각, 이근배의 품격은 시조의 시적 위상을 새롭게 가늠할 수 있는 자리를 차지한다. 김제현은 사설시조의 가능성을 천착하는 여러 가지 노력을 보여주고 있으며, 조오현은 시조의 가치 영역을 불교의 선의 경지로 전환하여 선시조(禪時調)라는 새로운 양식을 정착시킨다.

현대시조는 그 미묘한 시 형식에 시로서의 본질을 숨기고 있다. 현대시조의 역사는 시조가 지켜온 3행의 시적 형식에 대한 도전의 기록이라고 할 만하다. 그러나 이보다도 더 중요한 것은 노래로서의 고시조와 시로서의 현대시조가 모두 특수성의 범주에서 논의해야만 하는 지방적 특성을 유지하고 있다는 점이다. 세계문학 가운데 주목되는 시와 시학을 총합해놓은 『프린스턴 시학대사전(The New Princeton Encyclopedia of Poetry and Poetics)』(1993)에 한국을 대표하는 시 형식으로 소개되고 있는 것이 시조이다. 현대시조의 운명은 물론 시조 시인들의 손에 달려 있지만, 시조 시인들만이 그것을 좌우할 수 있는 것은 아니다. 현대시조의 새로운 세계는 한국 현대시라는 넓은 범주 안에서 구상될 수밖에 없는 문제이다. 현대시조가 추구해야 하는 시적 현대성은 한국 시문학이 감당해야 할 자체의 도전에 해당한다.

# 연작시 「오감도」와 새로운 시각의 발견

## 1

이상의 짧은 생애는 삶의 모든 가능성을 보여주는 극적인 요소가 강하다. 그의 개인적인 행적과 문단 활동은 객관적으로 서술되기보다는 오히려 과장되거나 신비화되고 있는 경우가 많다. 특히 그의 문단 진출 과정, 특이한 행적과 여성 편력, 결핵과 도쿄에서의 죽음 등은 모두 일종의 풍문처럼 이야기되고 있다. 더구나 이상의 문학 텍스트 자체도 이러한 삶의 특징과 결부되어 잘못 해석되거나 왜곡된 경우가 허다하다. 이상의 삶은 명확한 사실의 규명이 없이 어물쩍 넘어가면서 생겨난 모호성으로 인하여 베일에 싸인다. 기왕의 연구자들이 그런 식으로 설명하지 않았다면 그대로 자명해졌을 문학 텍스트마저도 엉뚱한 설명이 더해지고 자의적 해석이 반복되면서 애매모호한 상태로 빠져들게 된 것이다. 실제로 이상 문학은 그 텍스트에 대한 깊이 있는 독해 작업도 없이 연구자나 평자의 독단적 해석에 이끌려 엉뚱한 의미로 포장되거나 확장된 경우가 많이 있다. 그리고 모든 평가의 기준은 특이하게도 그의 천재성에 맞춰진다. 객관적으로 해석되지 않은 이 천재성(?)으로 인하여 이상 문학은 더욱 난해의 미궁으로 빠져들게 된다.

분석과 해석

이상 문학에 대한 당대의 독자들이 보여주었던 경악의 표정과 거기서 비롯된 파문은 적지 않다. 그러나 이것은 문학적 경향의 변화에 직접적인 반향을 불러일으키지는 못했다. 그의 시는 비록 그것이 가지는 전위적 속성을 인정한다고 하더라도 맹목적이기도 하고 아이러니컬하게도 자족적인 것으로 만족해야만 했다. 그의 예술적 재능과 시적 상상력은 그 진취적 태도를 이해하려고 했던 몇몇 지인들에게만 개방적이었던 것이다. 실제로 당대 문단에서는 그의 시에 드러나 있는 통사적 규범을 넘어서는 언어의 비문법적 표현과 그 의미의 해체 방법을 제대로 알아차린 경우를 거의 찾아볼 수가 없다. 특히 시적 진술의 단순화를 통한 추상적 관념의 제시라든지 대상을 보는 관점의 변화를 통해 새로운 인식과 현실 감각의 포착에 이르는 기법 등은 지금까지도 여전히 많은 논란을 불러일으키고 있다.

이상의 대표작 「오감도」에는 그가 남겨놓은 작품의 양보다 훨씬 많은 여러 가지 주석이 붙어 있다. 그는 희대의 천재가 되기도 하고, 전위적인 실험주의자가 되기도 한다. 그가 철저하게 19세기를 거부한 반전통주의자였다고 지목하는 사람도 있고, 그의 문학이 1920년대 이후 일본에서 일어났던 신감각파 시운동의 영향권에 있었다고 평가절하한 사람도 있다. 물론 그 어떤 경우에도 이상의 시는 하나의 테두리 안에서 그 성격을 규정할 수 없다는 것을 누구도 부인하지 못한다. 한국 현대문학 연구가 학문적인 성격을 갖춘 이후 많은 연구자가 그의 곁에 붙어 서서 해마다 수많은 평문과 연구 논문을 잇달아 발표하고 있는 이유가 바로 여기 있다. 그러나 더 문제가 되는 것은 이러한 관심과 새로운 접근에도 불구하고 이상 시의 실체가 여전히 오리무중이라는 사실이다.

「오감도」는 다양한 비평적 담론을 동원하면서 그 해석을 둘러싼 논쟁을 가열시켜놓고 있다. 하지만 그의 시가 보여주는 방법과 정신이 어떤 목표를 둔 사회적 실천으로 이어지지 못한 것이 사실이다. 오늘의 비평이 이상 문학의 실험성이나 그 난해성을 지적하는 데에서 더 이상 새로운 해석의 지평을 열어 보이지 못하고 있는 것은 바로 이 같은 문제성과 직결되어 있다. 이상의 시는 지금도 개인적으로 고립된 창조 활동의 영역에 갇혀 있으며 하나의 외로운 예술적 투쟁으로 문학사에 기록되고 있다.

2

### 「오감도」의 연작 형식

「오감도」는 '연작시'라는 형태적 특성을 보여주고 있다. 「오감도 시제1호」에서부터 「오감도 시제15호」에 이르기까지 각 작품은 그 형식과 주제가 독자성을 지니고 있음에도 불구하고 '오감도'라는 커다란 제목 아래 함께 묶여 있다. 연작 방식은 작은 것과 큰 것, 부분과 전체의 긴장 속에서 연작으로 확장된 시적 형식을 기반으로 하여 주제의 다양성과 전체성을 동시에 표출하게 된다. 전체 작품은 일단 연작으로 묶이는 순간부터 각각 독립된 성격보다는 연작이 추구하는 더 큰 덩어리의 작품 형식에 종속된다. 다시 말하면, 각각의 작품들이 지켜나가고자 하는 분절적 특성과 함께 더 큰 작품으로 묶이고자 하는 연작의 요건을 공유하는 것이다.

「오감도」에 포함되어 있는 15편의 작품들은 다양한 시적 구성을 보여준다. 시적 진술 자체는 고백적인 정조를 형성하고 있는데, 그러한 시적 무드와 호흡을 지켜 나아갈 수 있는 형태의 특성을 유지하고 있다. 시적 심상의 구조와 그 짜임새 역시 매우 복합적이다. 시적 진술의 주체와 대상의 거리 역시 상당한 변주가 드러난다. 시적 진술 방식도 고정되어 있지 않다. 물론 모든 시적 진술은 서정적 자아인 '나'와 시적 대상 사이에 이루어지는 정서적 교감을 기반으로 하고 있다. 시적 대상에 대한 인식은 함께 묶인 다른 작품을 통해 다시 유사한 주제가 덧붙여짐으로써 더욱 강렬해지며 그 정서는 그것이 다시 반복되면서 더욱 깊어지기도 한다. 각각의 작품들은 시적 지향 자체가 두 가지 계열로 크게 구분된다. 하나는 외적 세

분석과 해석

계를 시의 대상으로 삼고 있는 「오감도 시제1호」, 「오감도 시제2호」, 「오감도 시제3호」, 「오감도 시제11호」, 「오감도 시제12호」 등을 들 수 있다. 이 작품들은 사물을 보는 새로운 시각을 통해 인간의 삶과 현대 문명에 대한 불안의식을 표현한다. 다른 하나는 자기 내적 세계를 시의 대상으로 삼고 있는 「오감도 시제4호」, 「오감도 시제5호」, 「오감도 시제6호」, 「오감도 시제7호」등이 있다. 이 작품들은 자의식의 탐구에서부터 병에 대한 고뇌와 육체의 물질성에 대한 발견 등을 암시한다. 그리고 시적 자아의 범위를 넘어서 가족과의 불화와 갈등에 이르기까지 그 인식의 방향을 확대하고 있다.

「오감도」는 연작의 기법을 통해 새로운 주제의 중첩과 병렬이라는 특이한 구조를 드러낸다. 모든 작품은 '시제1호'에서부터 순번을 달고 이어진다. 그리고 새로운 작품이 추가되는 순간마다 새로운 정신과 기법과 무드가 전체 시적 정황을 조절한다. 물론 「오감도」에서 소제목처럼 달고 있는 순번이 작품의 연재 방식이나 연작으로서의 결합에서 필연적으로 요구하는 순서 개념을 말해주는 것은 아니다. 이 연속적인 순번은 각 작품의 제목을 대신하면서 시적 주제의 병렬과 반복과 중첩을 말해준다. 모든 작품은 시적 주제를 놓고 어떤 순서 개념에 따라 계기적으로 배열된 것이 아니라 테마의 반복을 실험한다. 그러므로 「오감도」의 연작 형식은 이질적인 정서적 충동을 직접으로 드러낼 수 있도록 고안된 '병렬'의 수사와 그 미학을 추구하는 것이라고 할 수 있다.

### 추상의 기법과 관념시의 지향

이상의 「오감도」에는 한국의 대표적인 난해시라는 표지가 붙어 있다. 「오감도」는 서정시에서 중시되어 온 시적 정서와 그 표현 방식으로는 제대로 이해되지 않는다. 「오감도」에 포함된 열다섯 편의 작품들은 모두 시에 있어서의 낭만적 열정이나 정서적 표현과 그 공감을 통해 이해하기에는 너무나 모호하고 그 의미가 애매하다. 「오감도」가 난해시로 지목된 이유는 시적 진술 내용의 단순화 또는 추상화(抽象化) 기법에 기인한다. 이상은 시적 대상을 그려내면서 그 대상의 복잡한 형상과 구체적인 디테일을 과감하게 생략하거나 제거한다. 그리고 자신이 새로운 시각과 관점을 통해 착안해낸 한두 가지의 특징만을 중심으로 하는 단순화한 시적 진술을 이어간다. 그는 대상에 대한 감각적 인식이나 정서적 반응을 철저하게 배제하고 시적 진술 내용에서 구체적 설명이나 감각적 묘사 대신에 한두 가지의 중심 명제를 관념화하여 이를 진술한다. 이와 같은 특징 때문에 독자들이 작품에서 그려내고 있는 시적 정황에 쉽게 접근할 수가 없다.

十三人의兒孩가道路로疾走하오.
(길은막달은골목이適當하오.)


第一의兒孩가무섭다고그리오.
第二의兒孩도무섭다고그리오.
第三의兒孩도무섭다고그리오.
第四의兒孩도무섭다고그리오.
第五의兒孩도무섭다고그리오.
第六의兒孩도무섭다고그리오.
第七의兒孩도무섭다고그리오.
第八의兒孩도무섭다고그리오.
第九의兒孩도무섭다고그리오.
第十의兒孩도무섭다고그리오.


第十一의兒孩가무섭다고그리오.
第十二의兒孩도무섭다고그리오.
第十三의兒孩도무섭다고그리오.
十三人의兒孩는무서운兒孩와무서워하는兒孩와그러케뿐이모혓소.(다른事情은업는것이차라리나앗소)

그中에一人의兒孩가무서운兒孩라도좃소.
그中에二人의兒孩가무서운兒孩라도좃소.
그中에二人의兒孩가무서워하는兒孩라도좃소.
그中에一人의兒孩가무서워하는兒孩라도좃소.

(길은뚫닌골목이라도適當하오.)
十三人의兒孩가道路로疾走하지아니하야도좃소.

　앞에 인용한 「오감도 시제1호」의 경우 시적 화자가 까마귀처럼 공중에서 내려다본 그림 치고는 의외로 그 내용이 단순하다. 지상의 여러 사물과 물리적 요소들을 대부분 제거해버리고 시의 텍스트는 '도로'에서 '13인의 아해'가 서로 무서워하며 '질주'하고 있는 상황을 제시하고 있다. 이 단순화된 그림은 무한 경쟁 속에서 서로 갈등하면서 두려움과 무서움에 떨고 있는 인간의 모습을 추상화한 것이다. 이처럼 시의 텍스트가 이렇게 믿기 어려울 정도로 대상을 단순화하고 있기 때문에 오히려 그 의미구조를 파악하기 어려웠던 것이 아닌가 생각된다.

　「오감도 시제2호」에서도 단순화 기법을 통해 시적 의미를 추상화하여 하나의 관념을 제시하고 있다. 이 작품은 '나'와 '아버지'의 관계를 중심으로 하는 시적 진술 내용을 한 개의 문장으로 구성하고 주체로서의 '나'의 존재와 그 역할과 위상에 대한 질문을 단순화하여 표현한다. 시적 주체인 '나'는 '주격의 나/목적격의 나'라는 정체성의 논리 구조의 문제성을 시적 진술 내용을 통해 되묻고 있다. '나'는 '나'이며, '나' 이외의 다른 어느 것도 아니다. 하지만 이 시에서 '나'는 '목적격인 나'를 '아버지'와 '아버지의 아버지'와 '아버지의 아버지의 아버지'로 대체한다. 여기서 '나'의 존재가 '나'가 아닌 다른 어떤 존재로 대체됨으로써 자기 정체성의 혼란이 야기된다. 현재의 '나'에 대응하는 '아버지, 아버지의 아버지, 아버지의 아버지의 아버지……'는 가족 또는 가문의 차원에서는 '조상(祖上)' '선조(先祖)'에 해당하며, 세대의 차원에서는 '기성세대'를 말한다. 시간상으로는 '과거'라고 할 수 있다. 그러므로 이 작품에서 '나'는 가문의 전통이나 기성세대의 권위나 과거의 역사에 대한 자신의 역할에 대해 의문을 표시하면서 이들로부터 벗어나고자 한다. 하지만 이 시에서 '나'라는 개인은 과거로부터 유래되는 제도와 관습과 전통의 무게를 결코 쉽게 벗어날 수 없다. 오히려 그 모든 역사적 책무를 감당하면서 살아가야 하는 것이다.

「오감도 시제3호」의 경우에도 인간의 존재와 그 인식을 '싸훔하는 사람'이라는 단일 명제로 단순화하여 그 인식 자체가 시간의 위상에 따라 얼마든지 다양하게 달라질 수 있음을 제시한다. 이 작품에서는 인간 행위의 모든 구체적인 디테일과 복잡한 과정을 단순화하고 추상화하여 '싸훔(움)하는 사람'으로 표시하고 있다. 여기서 '싸움하는 사람'이라는 구절을 '사람이 싸움하다.'라는 서술적 문장으로 바꾸어 보면 그 존재와 행위의 의미가 분명해진다. '싸훔하는 사람'은 현재라는 시간적 위상을 통해 그 행위의 구체성을 드러난다. 그러나 현재라는 시간적 위상을 떠나서 생각할 경우, '싸움하는 사람'은 과거에 '싸움하지 아니하던 사람' 또는 '싸움하지 아니하는 사람'이었음을 추론해볼 수 있다. 물론 시간이라는 것이 주관에 속하면서 모든 인식을 가능하게 하는 초월적 관념에 해당하지만 그 자체가 경험적 실재에 해당한다는 사실을 직시할 필요가 있다. 여기서 '싸훔하는 사람'은 과거에 그러하지 않았던 사람이라는 사실을 강조할 경우 인간의 참모습은 싸움하지 않는 사람이라는 것을 알 수 있다.

### '보는 시'의 시적 실험

「오감도」는 시적 텍스트 자체의 물질성에 주목하여 그것을 시각화함으로써 '보는 시' 또는 '시각시(visual poetry)'라는 새로운 시적 양식 개념에 도전한다. '보는 시'는 시적 텍스트 자체를 시각적 형태로 구현하고자 하는 시도의 산물이다. 간단히 말하자면 시적 텍스트 자체가 무엇인가를 스스로 드러내어 보이도록 고안된다. 여기서 시적 텍스트 자체의 물질성을 드러내는 문자, 문장부호, 띄어쓰기, 행의 구분, 행의 배열, 여백 등의 시각적 요소들을 해체하기도 한다. 그리고 텍스트 자체가 무엇인가를 보여줄 수 있도록 문자 텍스트에 삽화, 사진, 도형 등과 같은 회화적 요소를 첨부하여 새로운 변형을 시도하기도 한다.

이상은 「오감도」에서 '보는 시'라는 새로운 형태를 실험하기 위해 언어 문자의 모든 가능성을 동원하고 있다. 「오감도 시제1호」에서는 일반적인 신문 인쇄에서 볼 수 있는 일관된 활자의 크기와 그 규칙적 배열의 틀을 지키지 않고 있다. 그는 시적 텍스트에 동원되는 활자의 크기와 모양을 자기 방식대로 바꾸고 그 배열 자체에 띄어쓰기를 무시함으로써 특유의 시각성을 부여한다. 신문 지상에 발표된 작품의 텍스트를 보면 크기가 다른 활자가 각각 5~6종 이상 사용되고 있다. 그리고 띄어쓰기를 무시한 행간의 조정과 행의 배열로 인하여 텍스트 자체가 신문의 다른 기사와는 시각적으로 확연하게 구분되고 있다. 이 타이포그래피의 기술은 시각적으로 구성되는 텍스트의 공간화 과정 내에서 일정한 자기 규칙을 따르면서 텍스트의 의미를 명료화하고 그것을 널리 분배할 수 있게 된다. 언어의 시각적 형식으로서의 타이포그래피가 추구하는 명료성은 텍스트에 내재하는 논리를 외형적인 논리로 변형하는 데에 있다. 그러므로 시적 텍스트에서 타이포그래피의 공간은 단순한 인쇄 기술의 영역에 국한되는 것이 아니라, 기호적 의미의 생산이라는 새로운 창조력의 공간을 제공한다. '보는 시'는 텍스트 자체를 시각적 공간의 세계로 바꾸어놓음으로써 그 의미 영역을 내적으로 확대하고 시적 형식을 미학적으로 공간화하게 되는 것이다.

「오감도 시제4호」의 시적 진술 내용을 보면, 텍스트의 첫머리에 띄어쓰기를 무시한 '환자의용태에관한문제'라는 짤막한 어구가 배치되어 있다. 이 진술은 환자의 병환이 어떤 상태인지에 대한 의문을 내포하고 있는데 바로 뒤에 병환의 상태를 암시하는 숫자판이 뒤집힌 채 삽입되어 있다. 텍스트의 말미에서는 환자의 용태에 대한 진단 결과를 '0·1'이라는 숫자로 다시 표시해놓고 있다. 이 진단 결과는 1931년 10월 26일에 나왔으며, 이 결과를 진단한 의사는 '이상' 자신이다. 이러한 내용으로 본다면 이 작품은 시인이 자신에게 의사 자격을 부여하여 진술의 주체로 내세우면서 자기 병환의 상태를 스스로 진단하고 있는 것이라고 설명할 수 있다. 시인 이상은 자신의 건강상태와 병환의 진전 상황을 수없이 스스로 진단하며 병든 육체에 대한 자기몰입에 빠져들고 있었던 것이다. 이 시에서 이상 자신이 빠져들었던 병적 나르시시즘의 징후를 밝혀내는 것은 텍스트의 시각적 요소를 보는 독자의 몫이다.

其後左右를除한唯一한痕迹이있어서

**翼殷不逝　目大不覩**

胖矮小形의神의眼前에我前落傷한故事를有함.

臟腑타는것은浸水된畜舍와區別될수잇슬른가.

앞에 인용한 「오감도 시제5호」에는 독특한 기하학적 도형이 문자 텍스트 중간에 삽입되어 있다. 말하자면 언어적 진술과 기하학적 도형이라는 이질적 요소가 서로 결합되어 하나의 시적 텍스트를 시각적으로 구성하고 있는 셈이다. 이 같은 시적 텍스트의 구성은 현대미술의 새로운 기법으로 각광을 받았던 콜라주(collage)의 방법을 원용하고 있는 것이라고 할 수 있다. 이 도형이 상징하고 있는 의미는 시의 텍스트 내에서 재문맥화의 과정을 거쳐야만 분명하게 이해할 수 있게 된다. 시적 화자는 병으로 인한 육

분석과 해석

체의 훼손을 보여주는 X선 사진을 해체하여 기하학적 도형으로 추상화하고 있다. 이 추상화된 도형을 통해 묵언(默言)으로 드러내고자 한 고통의 감각은 언어적 등가물이 없다. 가슴 터지는 고통, 다시 일어서지 못할 것 같은 절망감, 죽음에 대한 엄청난 고통을 아무리 소리치고 목청껏 외친다 해도 그 아픔의 크기를 표현할 수 있는 말은 없는 셈이다. 시적 화자는 바로 이 장면에서 언어를 포기하고 도형으로 대체함으로써 모든 것을 한꺼번에 다 보여줄 수 있도록 고안하고 있다. 육신의 저 깊은 곳에서 나온 이 간략한 이미지 하나가 어떤 말보다도 감각적으로 앞서는 것이다.

이상은 「오감도」에서 타이포그래피의 방법을 활용하여 시각적으로 구성된 텍스트를 구축해놓고 있다. 이것은 소리의 세계를 시각적 공간의 세계로 바꾸어놓기 위한 하나의 실험이다. 타이포그래피는 글쓰기에 동원된 문자들을 금속성의 활자로 변환시켜 특정한 형태로 특정의 위치에 배치하는 물질적 공간 창출의 기술이다. 인간의 언어는 직접적이며 구체적인 행위의 과정이다. 그러나 문자 기호는 이러한 구체성이나 직접성을 드러내지 못한다. 이상은 기호 체계의 물질적 전환을 의미하는 타이포그래피의 세계를 그의 시적 상상력에 접합시킨다. 그가 즐겨 활용하고 있는 숫자와 기호, 글자의 변형과 크기의 조작 등은 명백하게도 어떤 함축적인 사고를 표시한다. 특히 타이포그래피를 통해 구현하고 있는 기호의 질서, 배열, 공간 등은 모두가 하나의 독특한 글쓰기의 방법으로 활용된다. 그러므로 그가 지향하고자 했던 '보는 시'는 그 실험성만이 아니라 실제로 그 자신이 언어와 문자 행위를 통해 얻어낸 어떤 관념과 의미의 공유 의식에 근거한다는 점을 더욱 주목할 필요가 있다.

## 병적 나르시시즘의 징후

이상의 「오감도」에는 폐결핵의 고통 속에서 자기 몰입의 성향을 강하게 드러내고 있는 작품이 많다. 이상이 자신의 폐결핵이 중증 상태라는 사실을 확인하게 된 것은 조선총독부 기사로 일하던 1931년 가을이다. 그는 자신의 병환이 심각한 상태라는 것을 확인한 후부터 병의 고통과 그 감각을 내면화하면서 이를 추상적으로 표현하고자 한다. 「오감도 시제4호」, 「오감도 시제5호」, 「오감도 시제8호」, 「오감도 시제9호」, 「오감도 시제15호」 등에서 이를 확인할 수 있다. 이들 작품에 공통적으로 드러나는 병적 '나르시시즘'을 어떻게 이해할 것인가 하는 것은 「오감도」의 성격을 규정하는 데에 있어서 중요한 의미를 지닌다. 「오감도」는 이상이 폐결핵으로 인하여 조선총독부 건축기사를 퇴직한 후 병의 고통 속에서 만들어낸 작품이기 때문이다.

「오감도 시제4호」는 경험적 자아로서의 시인 이상이 폐결핵 환자인 자신을 대상화하여 스스로 자기 진단을 수행하는 과정을 수식으로 추상화한 것이라고 할 수 있다. 서두에 제시한 '환자의 용태에 관한 문제'라는 문구의 내용 그대로 환자의 용태에 대한 진단 과정은 십진법의 기수법으로 순차 배열한 '1234567890'의 숫자를 열한 번이나 반복하여 적어놓고 있다. 그리고 그 결과는 '진단 0·1'이라는 문구를 통해 이진법의 숫자로 요약하고 있다. 여기서 '0'은 '없음' 또는 '소멸'의 뜻으로, '1'은 '있음' 또는 '유일한 존재'라는 의미로 읽을 수도 있다. 이처럼 「오감도 시제4호」의 의미는 시인 자신의 경험적 현실과 관련지어 볼 때에만 그 기호의 배면에 숨겨둔 시적 의미의 구체성이 드러난다. 여기서 숫자의 도판이 뒤집혀져 있는 것은 거울을 통해 자기 모습을 들여다보고 있음을 말해준다. 감정을 절제하면서도 자기 집착을 드러내 보이는 이 시에서 이상 자신이 빠져들었던 병적 나르시시즘의 징후를 밝혀내는 것은 이 시를 보고 그 숫자 도판의 이미지를 '읽는' 독자의 몫이다. 「오감도 시제9호 총구」는 병이라는 육체적 고통을 통해 이루어진 정신의 자기 투여 과정을 형상화하고 있다. 이 시에서 가장 주목되는 것은 몸 자체의 느낌이다. 몸이 먼저 어떤 증상을 말해주고 어떤 느낌에 따라 움직여준다. 이른바 '몸의 상상력'이라고 할 수 있는 어떤 힘이 몸 자체의 긴장과 촉감과 움직임을 작동시킨다. 이 시에 암시되는 객혈의 충동은 총탄의 격발 순간으로 이미지화하면서 육체의 물질성에 대한 시적 인식의 지평을 열어놓고 있다.


3


「오감도」는 「오감도 시제15호」를 끝으로 연재가 중단되면서 그 새로운 시적 실험의 완결을 보여주지 못한다. 이상은 자신이 쓴 2천여 편의 작품 가운데에서 「오감도」를 위해 30여 편을 골랐다고 밝힌 적이 있다. 이 진술 내용을 그대로 받아들인다면 「오감도」는 신문에 연재된 15편 외에도 상당수의 작품이 미발표 상태였음을 알 수 있다.

이상은 「오감도」의 연재 중단 후 1936년 연작시 「역단」과 「위독」을 잇달아 발표한 바 있다. 연작시 「오감도」에 「역단」과 「위독」을 모두 합하면 당초에 계획했던 30편 정도의 전체적인 규모를 드러낸다. 연작시 「역단」 (1936)을 보면, '역단'이라는 표제 아래 「화로(火爐)」, 「아츰」, 「가정(家庭)」, 「역단(易斷)」, 「행로(行路)」 등이 연작의 형식으로 이어져 있다. 비록 작품의 제목은 다르지만 그 형식과 주제, 언어 표현과 기법 등이 모두 「오감도」의 경우와 그대로 일치한다. 이러한 특징은 연작시 「역단」이 미완의 「오감도」를 완결 짓기 위한 후속 작업일 가능성이 크다는 것을 암시한다. 연작시 「역단」의 발표가 예사롭지 않게 느껴지는 이유가 여기 있다. 연작시 「역단」의 작품들은 「오감도」의 경우와 마찬가지로 그 시적 주제 내용과 텍스트 자체의 구성법을 통해 연작으로서의 공통적인 특징을 지니고 있다. 각각의 작품들은 시적 텍스트가 어구의 띄어쓰기를 전혀 하지 않은 채 행의 구분 없이 단연(單聯) 형식의 산문체로 구성되어 있는데, 이러한 형식적 특징은 「오감도」의 작품들과도 흡사하다. 특히 모든 작품이 공통적으로 '나'라는 주체를 시적 대상으로 삼고 있는 점도 「오감도」의 경우와 일맥상통한다. 이 가운데 「화로」, 「아츰」, 「행로」 등은 이상 자신의 투병의 과정과 그 좌절 의식을 짙게 드러내고 있으며, 「가정」의 경우에는 가족과의 불화 혹은 단절을, 「역단」의 경우는 병으로 인하여 나락에 빠져들게 된 자신의 운명에 대한 깊은 고뇌를 보여준다. 이러한 형식상의 특징과 주제 내용의 상관성은 연작시 「역단」이 「오감도」와 시적 맥락을 같이하고 있음을 암시한다. 이것은 「오감도」의 연장선상에서 연작시 「역단」이 창작된 것임을 말해주는 특징이라고 할 수 있다.

　이상이 동경행 직전에 1936년 10월 4일부터 9일까지 『조선일보』에 발표한 연작시 「위독(危篤)」은 「오감도」의 3부에 해당한다고 할 수 있다. 이 작품에는 「금제(禁制)」, 「추구(追求)」, 「침몰(沈殁)」, 「절벽(絶壁)」「백화(白畵)」, 「문벌(門閥)」, 「위치(位置)」, 「매춘(買春)」, 「생애(生涯)」, 「내부(內部)」「육친(肉親)」, 「자상(自像)」 등 12편의 시가 이어져 있다. 이 작품들은 자아의 형상 자체를 시적 대상으로 삼아 다양한 시각을 통해 이를 해체하고 있는 경우가 많으며, 자신을 둘러싸고 있는 아내와 가족에 대한 자기 생각과 내면 의식의 반응을 그려낸 경우도 있다. 연작시 「위독」에서 볼 수 있는 시인의 사물을 보는 시각과 판단은 「오감도」의 특이한 자기 투사 방식과 상호연관성을 통해 그 의미가 더욱 분명하게 드러난다. 자신의 병과 죽음에 대한 절박한 인식, 자기 가족에 대한 책임 의식과 갈등, 좌절의 삶을 살아가는 자신에 대한 혐오 등을 말하고 있는 시적 진술 방법이 「오감도」의 연장선상에 놓여 있기 때문이다. 이상은 연작시 『위독』의 연재를 마친 후 동경행을 택함으로써 연작시 『위독』을 통해 국내에서 이루어진 자신의 시적 글쓰기 작업을 마감한다. 결국 1934년에 발표한 미완의 연작시 「오감도」는 「역단」과 「위독」을 통해 그 연작 자체의 완성에 도달한 셈이다.

4

이상의 「오감도」는 대상으로서의 사물을 보는 시각의 문제에 대한 새로운 도전을 보여준다. 대상을 본다는 것은 단순히 눈앞에 존재하는 사물의 외적 형상을 인지하는 것만은 아니다. 그것은 사물을 관찰하는 과정과 함께 주체를 둘러싸고 있는 환경 속에서 관찰자로서의 주체까지도 포함하는 여러 개의 장(場)을 함께 파악하는 일이다. 이상은 사물에 대한 물질적 감각을 정확하게 파악하기 위해 사물의 전체적인 형태나 중량감 윤곽, 색채와 그 속성까지도 설명할 수 있는 특이한 시선과 각도를 찾아낸다. 그는 20세기 초반 기계문명 시대를 결정한 여러 가지 기초적인 이론에 대한 이해를 통해 광선, 사물의 역동성, 구조 역학, 기하학 등의 원리를 자신의 시적 텍스트의 구성에 동원했고, 서구 모더니즘 예술에서 특징적으로 드러났던 초현실주의적 기법, 다다 운동과 입체파의 기법 등을 활용한 새로운 이미지들을 그의 시를 통해 새롭게 형상화하고자 하였던 것이다. 그가 끊임없이 발전해가는 기술 문명의 세계를 놓고 그것의 정체를 포착하면서 동시에 주체의 의식의 변화까지도 드러내기 위해 상상해낸 새로운 그림이 바로 화제작 「오감도」라고 할 수 있다.

이상은 사물에 대한 감각적 인식을 둘러싼 문화적 조건의 변화에 일찍 눈을 뜬 예술가다. 그는 어린 시절부터 미술에 관심을 두면서 근대 회화의 기본적 원리를 터득하였고, 경성고등공업학교에 재학하는 동안 근대적 기술 문명을 주도해온 물리학과 기하학 등에 관한 깊은 이해를 얻게 된다. 그리고 새로운 예술 형태로 주목되기 시작한 영화에 유별난 취미를 키워나간다. 이상이 지니고 있었던 예술의 모든 영역에 대한 폭넓은 관심과 지식은 그가 남긴 문학의 구석구석에 잘 드러나 있다.

이상은 일본 식민지 시대 한국 내에서 과학기술 분야의 최고 수준에 해당하던 경성고등공업학교 건축과에서 수학, 물리학, 응용역학 등의 기초적인 이론 학습의 과정을 거쳤고, 건축학 분야에 관련된 건축사, 건축 구조, 건축 재료, 건축 계획, 제도, 측량, 시공법 등을 공부했다. 이러한 수학 과정을 거치면서 이상은 과학기술의 발달과 그 변화 과정에 대한 폭넓은 식견을 쌓을 수 있었던 것으로 보인다. 그런데 여기서 주목해야 할 것은 현대의 과학기술과 문명이 주로 19세기 말부터 20세기 초에 이르는 동안 획기적인 발달과 변화를 겪었다는 사실이다. 예컨대 미국의 에디슨이 1879년 수명이 40시간이나 지속되는 '실용 탄소 전기'를 발명하였다든지, 독일의 뢴트겐이 1845년에 음극선 연구를 하다가 우연하게도 투과력이 강한 방사선이 있음을 확인하게 되어 X선이라고 부르게 된 것은 모두 19세기 말의 일이다. 활동사진이라는 이름으로 처음 영화가 만들어진 것도 19세기 말의 일이며, 가솔린 자동차가 처음 등장한 것도 비슷한 시기의 일이다. 1903년 라이트 형제의 비행기가 등장하여 새처럼 하늘을 날아가고 싶어 했던 인간의 오랜 꿈이 실현되었다. 이 모든 새로운 발명과 창조가 한꺼번에 이루어지면서 이것들이 인간의 삶의 물질적 기반을 새롭게 형성하게 된 것이다. 더구나 세기말을 거치면서 프로이트의 정신분석 이론이 등장하여 심리학의 획기적인 발전이 이루어졌으며, 아인슈타인의 상대성이론으로 시간과 공간에 대한 인식의 대전환을 가져왔다. 예술 분야에서도 표현주의 이후 입체파가 등장하고, 문학의 경우 의식의 흐름이라는 새로운 기법을 활용하는 심리주의적 경향이 강하게 나타나게 된다. 이상은 바로 이러한 과학 문명과 예술의 전환기적 상황을 깊이 있게 관찰하면서 그 자신의 문학 세계를 새롭게 구축했던 것이다.

이상은 초기 일본어 시에서부터 현대과학의 중요 명제와 기하학의 개념들을 다양한 수식과 기호를 활용하여 시적 텍스트의 구성에 동원한다. 과학의 발달이나 그것이 인간의 삶에 미치는 영향 등에 대한 언급 자체가 그대로 텍스트의 표층을 형성하기도 한다. 이러한 시적 기표들은 모두 추상적인 속성을 지니고 있는 것들이기 때문에 설명적 진술을 거부하기도 하고 시적 텍스트에서 환기하는 '낯설게 하기'의 효과를 통해 텍스트의 내적 공간으로부터 독자들을 소외시키기도 한다. 그러므로 이상의 시에서 그 텍스트의 기호적 속성을 제대로 이해하지 못하는 경우 그 진정한 의미와 가치에 도달할 수 없는 상황에 빠져들게 되는 것이다.

이상의 「오감도」는 한국 모더니즘 운동의 중심축에 자리 잡고 있다. 그의 시에서 확인할 수 있는 가장 중요한 특징은 모더니티의 시적 추구 작업이다. 언어적 감각과 기법의 파격성을 바탕으로 자의식의 시적 탐구, 이미지의 공간적인 구성에 의한 일상적 경험의 동시적 구현, 도시적 문명에 대한 비판적 인식 등을 드러내는 시의 경향이 바로 그것이다. 하지만 이상은 여기에 머무르지 않고 자신의 시적 창작을 통해 그가 추구했던 모더니티의 초극을 지향하게 된다. 그의 시는 텍스트의 표층에 그려진 경험적 자아의 병과 고통, 가족과의 갈등 문제를 그려내면서도 인간의 존재 의미, 생명과 죽음의 문제, 현대 문명과 기술 문제와 같은 본질적인 관념적 주제로 심화시켜 시적 형상성을 획득하고 있다.

이상은 기존의 시법을 거부하고 파격적인 기법과 진술 방식을 통해 새로운 시의 세계를 열어놓고 있다. 그는 사물에 대한 보다 직접적인 접근법을 채택함으로써 대상에 대한 인식뿐만 아니라 사물을 대하는 주체의 시각을 새롭게 변형시킬 수 있게 된다. 실제로 이상은 시라는 양식에서 가능한 모든 언어적 진술과 기호의 공간적 배치를 통해 사물을 보는 새로운 시각의 가능성을 보여주고 있다. 이상의 시는 시적 정서를 희생시킨 대신에 예술에 있어서 관념의 문제를 새롭게 제안한다. 이 특이한 시 형식을 반(反)예술적 충동으로 규정하는 경우도 있지만, 이것이 기성 예술에 저항하는 무기였다는 사실을 제대로 알아차린 사람이 별로 없다. 이상의 시는 기성적인 모든 것에 대한 거부이며, 인습처럼 굳어진 제도와 가치에 대한 저항이다. 새로운 예술적 실험과 창조적 도전을 말하고자 할 경우 이상의 「오감도」를 먼저 펼치게 되는 이유가 여기에 있다.

# 장시 「기상도」와 시적 모더니티

## 1. 김기림의 장시 「기상도」

### 「기상도」의 성격

김기림의 「기상도(氣象圖)」(1936)는 한국 근대 시문학사에서 장시 형태의 시적 가능성에 대한 새로운 실험과 도전을 보여주고 있다. 이 작품은 1935년 5월부터 12월까지 모두 네 차례에 걸쳐 잡지 『중앙』에 연재되었다. 「기상도 1」은 1부 '아침의 표정', '시민행렬', 2부 '태풍의 기침(起寢)'으로 이어지고 있으며, 「기상도 2」(중앙, 1935. 7)에는 3부 '만조(滿潮)로 향하여' 4부 '병든 풍경'이 포함된다. 11월에 발표한 「기상도 종편」은 5부 '올빼미의 노래'에 이어 12월에 '차륜(車輪)은 듣는다'를 발표하면서 그 대단원을 마감했다. 전체 5부에 일곱 단락으로 이어진 작품임을 알 수 있다. 그런데 이와 같은 원작의 구성은 1936년 장시 「기상도」를 출판사 창문사에서 단행본으로 발간하면서 부분적으로 달라졌다. 전체 구성을 보면 5부 구분을 없애고 일곱 단락으로 내용을 재구성했으며 각 단락의 소제목도 '세계의 아침', '시민행렬', '태풍의 기침시간', '자취', '병든 풍경', '올빼미의 주문', '쇠바퀴의 노래'로 고정하여 총 420여 행의 텍스트를 완성하였다.

「기상도」에는 거대한 힘으로 인간의 문명을 파괴해버리는 태풍이 그 중심 소재로 등장한다. 그리고 태풍의 발생과 그 이동 경로를 따르는 극적 장면의 전환과 역동적인 변화를 통해 시적 긴장을 살려낸다. 실제 작품의 내용 자체도 전반부의 두 개 단락은 태풍이 내습하기 이전의 상황을 보여주기 위해 현대 문명사회의 특징적인 모습을 부분적으로 그려내고 있으며, 중반부에 속하는 세 개 단락은 태풍이 발생하여 이동하면서 항구와 도시를 강타하는 과정과 그 파괴적 위력을 극적으로 보여준다. 후반부의 두 개 단락은 태풍이 휩쓸고 지나간 이후의 폐허가 되어버린 해안과 도시의 상황을 설명하면서 밤이 가고 새날이 밝으면 태양이 떠오르고 새로운 생명이 약동하는 세계가 펼쳐질 것임을 노래하고 있다. 이 시는 태풍이 발생하기 직전부터 태풍의 발생과 이동, 대륙으로의 진출과 그 소멸에 이르는 3, 4일 정도의 짧은 기간을 시간적 배경으로 설정하여 긴박한 상황 변화를 극적으로 그려내고 있다.

김기림은 「기상도」를 발표하면서 '한 개의 현대의 교향악을 계획한다. 현대 문명의 모든 면과 능각(稜角)은 여기서 발언의 권리와 기회를 거절당하는 일이 없을 것이다.'[1]라고 작품의 창작 동기를 밝힌 바 있다. 여기서 말하고 있는 '현대의 교향악'이라는 비유적인 표현은 그 의미가 분명하지는 않다. 하지만 '현대 문명의 모든 면'에 대한 발언의 권리와 기회를 주장하고 있는 것을 보면 이 말 속에 현대 문명에 대한 시인의 관점과 인식이 담길 수 있다는 것을 어느 정도 짐작할 수 있다. 그리고 그의 『시론』에서는 장시의 현대적 성격에 대해 다음과 같이 언급하기도 했다.

장시는 장시로서의 독특한 영분(領分)을 가지고 있다. 어떠한 점으로 보아 더 복잡다단하고 굴곡이 많은 현대 문명은 그것에 적합한 시의 형태로서 차라리 극적 발전이 가능한 장시를 환영하는 필연적 요구를 가지고 있

---

1  김기림, 「「기상도(氣象圖)」 서문」, 『中央』 3-5, 1935, 134쪽.

는 것처럼 보이기도 한다. 현대시에 혁명적 충동을 준 엘리엇의 「황무지」
와 최근으로는 스펜더의 「비엔나」와 같은 시가 모두 장시인 것은 거기에
어떠한 시대적 약속이 있는 것이나 아닐까. 나는 있다고 생각한다. 또한
의미의 성질로 보아서 시는 서정시 이외에 철학적인 시, 풍자적 묘사적인
시도 가능할 것이고 또 있어서 좋을 것이다. 고요한 정서를 노래함으로써
만족한 것은 18세기까지의 목인(牧人)의 생활이었다. 오늘의 우리는 시에
서 그 이상의 것을 기도하고 싶은 충동을 느끼는 것이 사실이다. 그런 것
을 느끼지 않는다고 하면 거기는 태만 이외의 또 무슨 구실이 있을까. 그
동안에 우리는 벌써 그러한 충동이 우리 속에 실현되고 있는 사실을 예증
(例證)할 수도 있다. 우리는 앞으로도 시의 세계를 그 비좁은 서정의 영토
에만 제한하지 말고 새로운 종류로 더 넓혀 확장할 것이나 아닐까.[2]

「기상도」에서 볼 수 있는 장시로서의 특성은 이러한 시적 공간의 구성
과 시간의 배열만이 아니라 그 속에서 다루고 있는 현대 문명에 대한 접근
법을 통해 분명하게 드러나 있다. 앞의 인용에서 확인할 수 있는 것처럼
김기림은 장시의 현대적 가능성에 대해 긍정적 태도를 지니고 있다. 그는
'어떠한 점으로 보아 더 복잡다단하고 굴곡이 많은 현대 문명은 그것에 적
합한 시의 형태로서 차라리 극적 발전이 가능한 장시를 환영하는 필연적
요구를 가지는 것'이라고 주장하면서 장시의 현대적 성격을 적극적으로
강조하고 있다.

### 「기상도」에 관한 비판

김기림의 「기상도」가 발표된 직후 당대 평단의 관심이 어떠했는가는 동
시대 비평가였던 최재서의 평문을 통해 확인할 수 있다. 최재서는 장시
「기상도」가 현대를 대상으로 삼았다는 것과 그 재료가 전 세계에 걸쳐 있

---

2  김기림, 「시와 현실」, 『시론』, 백양당, 1947, 141쪽.

　　　　　　　　　　　　　　　　　　　　　분석과 해석

다는 점을 지적했다.[3] 특히 이 시에서 다루고 있는 것이 신문에 등장하는 당대의 현실이라는 점을 주목했다. 시의 내용 속에서 진술하고 있는 이탈리아의 전쟁이라든지 남미의 국제분쟁 등은 오늘날 듣고 보고 살고 있는 현대의 실상이라는 것이다. 그리고 시인의 근동 지역에서부터 전 세계로 전개되어 있으며 조선의 도회 어느 뒷골목도 그 시야의 한 부분을 점하고 있을 것이라고 언급하고 있다. 그런데 이 세계를 열정적으로 탐사하고 현대적 실상을 폭로하고 비판하기도 하고 더 많이 풍자하면서 우울함과 참담함까지 드러내어 보여주고 있지만 이 시에서 단일한 주제를 찾아내기 어렵다는 점을 적시하였다.

> 「기상도」는 그 구상부터 풍자적이다. 무릇 한 물건을 한 각도로만 볼 때에 거기에 순정과 열성이 상반하고 이같은 관찰을 질서 있게 중첩할 때에 조화와 장엄의 미감이 생겨난다. 여기서는 눈물도 생겨날 수 있다. 그러나 한 물건을 여러 각도로 볼 때엔 눈물보다도 웃음이 생겨난다. 한 물건의 여러 단면을 늘어놓으면 반드시 모순이 나타나고 따라서 골계감이 상반하기 때문이다. 하물며 현대와 같이 허위와 모순투성이로 되어 있는 세계를 상대로 할 때에 이같은 수법은 조소를 유발치 않고는 마지 않을 것이다. 「기상도」의 작자는 천문기사가 되어 현대 세계의 정치적 기상을 관측하고 있다. 그는 이곳 저곳에 나타나는 생활 현상을 민감하게 포착하여 다금다금 기상도 안에 기입만 하고 아무런 주석을 붙이지 않더라도 그 결과는 우리의 웃음을 폭발시키기 충분하다. 거기에는 기막힌 모순이 나타나 있기 때문이다. 이것은 대단히 능란한 풍자적 수법이라 할 것이다.

앞의 인용에서 볼 수 있듯이 「기상도」가 그 시적 구상에서부터 풍자적 성격을 지니고 있다는 최재서의 평가는 후대의 연구가들에게 그대로 받아들여지고 있다. 그런데 '작자가 천문기사가 되어 현대 세계의 정치적 기상

---

3  최재서, 「현대시의 생리와 성격」, 『조선일보』 1936.8.27.

을 관측하고 있는 것'이 바로 「기상도」의 내용이라는 최재서의 해석은 전체적인 작품의 성격을 피상적으로 파악한 데에서 비롯된 잘못된 지적임을 알 수 있다. 「기상도」에서 진술 묘사하고 있는 내용이 전 세계의 정치적 기상에 대한 예측이라는 추단은 특정 지역의 기상 상태와 변화를 추상화하여 제시하는 '기상도'의 본질을 놓고 볼 때 설득력을 지닌 주장이라고 보기 어렵다.

최재서는 「기상도」를 이해하기 위해 시적 주제로부터 출발하여 사상적 · 외부적으로 접근하는 방법을 포기한다. 그리고 시의 기교에 대한 논의로 그 접근법을 바꾸고자 한다. 그는 이 작품의 표현 기교상의 특징에 대해 현대시의 중요한 특징이 되는 이미지의 잡다성을 지적하면서 이들 이미지 사이에 논리적 맥락을 유지하지 못하고 있는 점이 독자들의 이해를 혼란시키는 이유라고 하였다. 「기상도」의 시적 텍스트가 잡다한 이미지로 구성되어 있고 그 논리적 맥락을 유지하지 못하고 있다는 최재서의 진단은 부분적으로 타당해 보이기도 한다. 하지만 이것은 작품의 시적 구상 자체를 제대로 이해하지 못한 데에서 비롯된 오독임을 분명히 지적해 두지 않을 수 없다. 이미 앞에서도 언급한 바 있듯이 최재서는 이 작품이 태풍을 예고하는 '가상의 일기도'를 전제로 하는 시적 구상을 보여준다는 사실을 깊이 있게 파악하지 못했던 것이다.

「기상도」는 텍스트에서 그려내고 있는 태풍의 발생과 그 이동 경로 자체의 시간적 · 공간적 구체성을 통해 그 시적 구상의 성격이 드러난다. 「기상도」의 핵심 소재가 되는 태풍은 필리핀 바기오 근처의 해상에서 발생한 후 방향을 북쪽으로 바꾸어 중국에 상륙하고 있다. 여기서 시의 텍스트에서 묘사하고 태풍의 상륙 지점은 국제적인 항구도시로 그려져 있다. 지리적 위치로 보아 중국의 해안 도시라고 예측할 수 있다. 이 같은 사실은 '일기도'라는 가상의 지도를 통해 암시하고 있는 태풍의 경로와 지리적 특성을 놓고 보면 쉽게 알 수 있는 일이다. 「기상도」의 시적 구상은 그것이 특정

분석과 해석

지역의 급격한 기상 변화를 예고하는 한 장의 상상적 '지도'에 해당한다는 사실을 전제할 경우에만 그 특성을 전체적으로 파악할 수 있다. 상상의 지도인 '일기도'를 통해 드러나는 시간과 공간의 구체성을 제대로 이해하지 못한다면 시의 진술 내용을 왜곡하거나 오독할 가능성이 생겨난다. 그러므로 최재서가 '현대 세계의 정치적 기상'을 관측하고 있다는 설명은 '일기도'가 제시하는 '태풍의 이동 경로'라는 공간의 범위를 구체적으로 특정하지 못하고 이를 전 세계로 확대하는 인식의 오류에 빠져들어 있다. 그러므로 「기상도」가 내용적 통일이나 논리적 맥락을 드러내지 못한다는 결론에 이르고 있다.

물론 최재서는 이 시가 전통적 형식을 파괴하면서 거두어들이고 있는 수약적(收約的) 효과를 주목하였으며 언어적 절약과 신선한 감각 속에 지적인 요소를 함축시켜놓고 있는 점을 높이 평가하였다. 특히 「기상도」가 폭넓은 서사성을 지니지 못한 대신에 세계 정치의 상황과 현대 문명의 한계를 비판하고 있는 풍자적 또는 상징적인 서정시가 되었다고 그 문학적 성격을 규정하고 있다. 그는 허위와 모순투성이로 이루어진 현대 문명과 세계 질서에 대한 풍자 기법을 주목하면서 현대 세계의 정치적 기상도를 관측하고 생활 현상을 민감하게 포착하는 지적 태도를 높이 평가하였다. 이와 같은 비평적 해석은 해방 이후 「기상도」의 시적 성과와 그 한계를 지적하고자 했던 많은 연구자에 의해 대체로 수긍되었던 것이 사실이다.

해방 이후의 평단과 학계에서 이루어진 「기상도」에 대한 연구 가운데 먼저 주목되는 것은 송욱의 『시학평전(詩學評傳)』(1970)이다. 이 책은 근대 영미문학 비평의 이론적 전개 과정을 두루 섭렵하면서 정지용과 김기림을 중심으로 1930년대 한국의 모더니즘 시의 특성을 분석하고 있다. 여기서 송욱은 「기상도」의 작품 구조와 그 주제의식을 부정적으로 평가하고 있다. 특히 비교문학적 관점으로 볼 경우에도 김기림의 모더니즘에 대한 인식과 장시 「기상도」의 구상 자체가 모두 실패한 시도였다고 혹독하게 비판한 바 있다. 그는 '「기상도」의 작중화자가 세계지도를 따라 여행을 하면서 신문의 외신에 나타나는 정도의 사건을 아무런 원칙이 없이 마구 등장시켜 이에 대한 풍자를 늘어놓고 있다.'고 지적하면서 이 시의 '문명비판이라는 것이 아주 천박하고 시라는 예술품이 아니라고' 주장하였다.[4] 이러한 부정적 비판은 이 작품의 전체적인 구상과 시상의 전개 과정에 대한 분석과는 관계없이 후대의 연구자들에게 일정 부분 영향을 미쳤다.

송욱의 『시학평전』 이후 김기림과 「기상도」에 대한 연구는 자연스럽게 이 작품의 주제와 성격, 구조와 기법 등에 대한 내재적 연구[5]와 작품의 형성 배경과 그 영향 관계를 중심으로 하는 비교문학적 연구[6]라는 두 방향으로 이루어지게 되었다.

문덕수는 「기상도」의 시적 구성과 그 주제의식을 모더니티의 문제와 연결시켜 논의하면서 한국 모더니즘 시 연구의 새로운 장을 열었다. 그는 「기상도」가 잡다한 이미지를 나열하고 있지만 논리적 연결이 부족하고 통

---

4  송욱, 『시학평전』, 일조각, 1982, 192쪽.

5  단행본으로 출간된 연구서로는 문덕수, 『한국 모더니즘 시 연구』(시문학사, 1981), 김학동, 『김기림 연구』(새문사, 1988), 서준섭, 『한국 모더니즘 문학 연구』(일지사, 1995), 김용직, 『김기림: 모더니즘과 시의 길』(건국대학교 출판부, 1997)이 대표적인 업적이며, 단일 논문으로 「기상도」에 대한 작품 분석을 위주로 하고 있는 박상천, 「「기상도」 연구」(『한국학논집』 6, 한양대학교 한국학연구소, 1984), 정순진, 「김기림의 「기상도」 연구」(『어문연구』 18, 1988), 전정구, 「김기림 시에 나타난 근대성」(『한국문학논총』 24, 1999) 등을 주목할 수 있다. 최근의 연구 가운데에는 김유중, 「「기상도」의 주제와 태풍의 의미」(『한국시학연구』 52, 2017)가 주목된다.

6  김종길, 「한국 현대시에 미친 T.S. 엘리어트의 영향」(『진리와 언어』, 일지사, 1974), 이창배, 「현대 영미시가 한국 현대시에 미친 영향」(『한국문화연구』 3, 동국대학교 한국문화연구소, 1980) 등에서 엘리엇의 장시 「황무지」가 김기림의 「기상도」에 미친 영향 관계를 집중적으로 논의하고 있다. 근래의 비교연구 가운데에는 김한성, 「「기상도」와 「황무지」의 비교: 쇠바퀴(wheel)의 상호텍스트성을 중심으로」(『한국현대문학연구』 38, 2012)가 주목된다.

일적 주제가 결여되었다는 최재서의 평가를 수용한다. 그리고 사상 및 감정의 복잡성과 다양성, 단편적인 여러 사건의 병치, 그리고 그 길이 등으로 볼 때 하나의 장시로서의 성격을 분명히 갖추고 있다는 사실을 분명히 하고 있다.

문덕수는 한국 모더니즘 시에 관한 연구를 통해 「기상도」가 시적 구성의 면에 있어서 계획된 플롯을 분명히 지니고 있음을 강조한다. 그는 태풍이 상륙하기 전의 자연환경과 국제정세(제1단), 태풍이 엄습한 후의 도시와 해만의 파멸 광경(제2단), 태풍이 지나간 뒤의 태양의 고향의 예상도(제3단) 등 이른바 발단, 전개와 절정, 대단원의 삼단 구조를 보여준다는 점을 명확히 제시하고 있으며 이 구조가 현대 문명의 죽음과 재생이라는 주제에 통솔되었다고 주장한다.

태풍, 곧 현대 문명의 파멸적 위기에 휩쓸린 이러한 죽음도 죽음 이외의 다른 의미는 작자가 설령 어떤 재생의 의미를 부여하려고 했다 할지라도 문맥상 드러나 있지 않다. 곧, 죽음에의 의지와 재생이라는 兩面價値의 상징적 의미를 가지지 못한 인상적 묘사라는 느낌을 준다. 가령 「황무지」의 경우에는 고대 이집트 신화에서 풍요를 위하여 지하에 묻는 오시리스(Osiris) 상이 등장한다. 이 신은 1차대전의 황폐한 현대 문명의 불모지에서 죽으나 그것은 내일의 재생을 상징한다. 「기상도」에도 죽음이 있고 불륜의 여성이 등장하고 孔子의 추방이 있지만 생명이나 도덕의 재생과 연결되어 있지 않은 것 같다. 말하자면 죽음과 재생의 의도가 있다는 것을 인정할 수 있으나 죽음과 재생 사이의 신화적 근원적 연결이 없는 것으로 판단된다. (중략) 신화적 구조를 가지지 못한 점에서 그 심도와 필연성은 약하나 일관된 주제와 구성을 가지고는 있다. 외관상으로는 잡다한 사상 감정 에피소드의 패치워크로 보이나 그 나름의 통일적 구조를 가지고 있다. 곧, 현대 문명의 위기로 인한 파멸과 재생이라는 주제 아래 통일적 구조를 가지고 있다. 태풍으로 인하여 현대 자본주의 또는 제국주의 문명이 파멸의 위기에 직면하나 태풍이 통과한 뒤에 '태양의 고향'이 도래한다는 것을 확고하게 예언하고 있다. 태풍은 현대 문명의 모순과 비리와 불합리로 인하여 파멸에 직면한 위기를 상징한다.[7]

이러한 비판은 「기상도」에 통일적인 주제가 결여라는 판단에 근거하고 있다. 하지만 이와 같은 접근 방법은 작품의 내적 통일성 자체를 다양한 각도에서 재론하게 만든 하나의 계기가 되었다고 할 수 있다. 「기상도」에서 작품 구성의 통일성 문제가 비평적 논의의 핵심과제로 새롭게 부각되었기 때문이다.

### 「기상도」와 상상적 일기도

「기상도」는 태풍의 발생과 이동 경로를 그려낸 상상적인 일기도를 장시의 형태로 구성하고 있다. 이 작품의 시적 구성과 시상의 전개 방식에 접근하기 위해서는 먼저 '기상도'라는 제목 자체의 개념에 대한 명확한 이해가 필수적이다. 일반적으로 기상도는 대기의 현상을 한 장의 지도로 표현한 '일기도(日氣圖, weather chart/map)'이다. 일기도는 어떤 지역에서 특정 시각에 나타나는 일기 변화와 기상 상태를 한눈에 파악할 수 있도록 기온, 기압, 풍향, 풍속 등을 숫자, 기호, 등압선 등으로 표시한 지도이다. 일기도에서는 관측된 기상 요소를 숫자나 기호를 이용하여 지도 위에 기입하고 등압선을 그려 기압 배치와 전선을 표시한다. 그러므로 일기도는 어떤 공간에 나타나는 특정 시간의 기상 요소가 중요하다.

「기상도」의 핵심적인 제재는 태풍이다. 「기상도」의 텍스트는 태풍이 발생하여 육지로 상륙한 후 소멸하게 되는 전 과정을 묘사, 설명하고 있다. 그러므로 이 작품의 내용에서 상상적으로 제시하고 있는 기상 변화와 거대한 태풍의 내습이 어떤 지역에서 일어난 것인지 그 공간성의 의미를 먼

---

7  문덕수, 『한국 모더니즘 시 연구』, 시문학사, 1981, 201~202쪽.

저 주목해야 한다. 이 공간성의 의미를 구체적 장소로 특정하지 못한다면 작품의 내용을 제대로 이해하기 어렵다. 일반적으로 태풍은 위도 5도 이상의 열대 해상에서 발생한다. 햇빛이 강한 열대 해상에서 수분을 빨아들인 뜨거운 공기가 급상승 기류를 만들게 되면 매우 강한 열대 저기압이 형성되는데 이 시기를 태풍의 형성기라고 한다. 이때 수증기를 많이 포함한 공기가 상승하면서 구름을 만들고 숨은 열을 방출하게 되는데 이 에너지가 상승기류를 더욱 빠르게 만들면서 거대한 태풍으로 발전한다. 태풍은 지구 자전의 영향을 받아 시계 반대 방향으로 회전하면서 서서히 움직이기 시작한다. 그리고 점점 세력이 커져 폭풍을 동반하는 원의 크기가 최대로 확장된다. 이것이 태풍의 확장기인데, 태풍의 중심부인 눈을 둘러싼 부분에서는 최대 풍속을 내는 바람이 일게 되고 반경 400킬로미터 이내에서 엄청나게 많은 비가 내린다. 하지만 태풍은 육지에 상륙하게 되면 더 이상 수증기를 공급받을 수 없기 때문에 그 세력이 급격하게 약해져서 온대 저기압으로 변하여 소멸하게 된다.

「기상도」는 장시의 형태를 통해 태풍의 위력과 그 이동과정에서 드러나는 역동적 변화와 긴장 상태를 극적으로 그려낸다. 이 작품의 전체적인 내용을 정확하게 파악하기 위해서는 태풍의 발생과 이동 경로 그리고 그 소멸 과정을 어떻게 설정하고 있는지를 알아야만 한다. 태풍이 어디서 발생하여 어디로 이동하는지, 어느 지역을 통과하면서 그 엄청난 파괴적인 위력을 보여주고 있는지를 확인해야 한다. 이러한 시적 구성과 시상의 전개 방법에 대한 폭넓은 이해를 전제하지 않고서는 이 시가 우의적으로 표현하고자 하는 '현대 문명의 모든 면'이 무엇을 뜻하는 것인지 명확하게 해석하기가 쉽지 않다.

그런데 「기상도」의 텍스트에 상상적으로 펼쳐놓은 태풍의 이동 경로를 실제 일기도에 표시해보면 태풍의 발생지에서부터 육지에 상륙하는 지점을 어느 정도 특정하여 표시해볼 수 있다. 이 경로는 장시 「기상도」에서 그려내고 있는 거대한 태풍의 내습 과정과 그 폐해 지역의 실상을 구체적으로 파악해낼 수 있는 중요한 근거가 된다. 시의 텍스트에서 셋째 단락에 해당하는 '태풍의 기침 시간'을 보면 문제의 태풍 발생 지역은 필리핀 루손섬 북서쪽에 자리한 바기오(Baguio)의 동쪽 해상이다. 위도는 북위 15도로 지정되고 있다. 바기오 동쪽 해상에서 발생한 태풍은 타이완과 필리핀 바탄제도 사이에 있는 바시(Bashi) 해협을 통과한다. 이 해협은 동쪽의 태평양과 서쪽의 남중국해를 연결하는 통로이며 태풍이 자주 내습하는 곳으로 유명하다. 그런데 태풍은 바시 해협을 통과한 후에 곧장 북쪽으로 방향을 돌린다. 태풍이 바다를 건너 북으로 올라가면 곧바로 중국 대륙으로 진출하게 된다. 태풍의 예상 진로를 지도 위에서 따라가 보면 그 상륙 지점이 바로 대륙의 연안에 위치한 항구도시들과 연결된다.

「기상도」에서 태풍이 휩쓸고 지나가는 곳은 구체적 지명 대신에 '아시아의 연안'으로 표시하고 있지만, 실제의 장면은 거대한 항구도시로 그려져 있다. 대륙의 해안선을 따라 번성한 국제적인 항구도시로는 마카오, 홍콩, 상하이 등을 상정해볼 수가 있다. 이들 항구는 모두 서구 제국의 동양 지배를 상징하는 거점이며, 근대 서구의 자본주의 체제가 최초로 자리 잡은 동양 속의 '작은 유럽' 또는 '작은 세계'로 성장한 지역이다.

포르투갈의 동양 진출을 위한 거점이 되었던 마카오는 1557년 포르투갈 정부가 실질적인 사용권을 인정받은 뒤 도시를 건설했다. 1841년 영국이 홍콩에 식민지를 개설하기 전까지는 마카오가 중국과 서양의 유일한 교류 기지가 되었다. 그 후 포르투갈은 1887년 청(淸)과의 조약을 통해 마카오 일대를 포르투갈의 식민지로 만들었다. 마카오는 포르투갈 정부가 임명하는 총독의 통치 아래에서 '아시아의 작은 유럽'이라는 별칭을 얻을 정도로 서구화되었다. 유럽풍의 대규모 성당 건물이 들어섰고 도심 공원이 조성되고 광장이 만들어졌다. 일찍이 서구의 기독교가 마카오를 거쳐 중국으로 유입되었으며, 서양에서 발달한 과학기술은 물론 근대적인 지도투영법과 대포 주조 기술 등도 마카오를 거쳐 중국에 소개되었다.

영국의 식민지였던 홍콩의 경우는 마카오보다 시기상으로 훨씬 뒤에 개방되었다. 아편전쟁(1840~1842) 후 청국과 영국 사이에 체결된 난징조약에 따라 홍콩섬을 영국에 영구 할양하였고 그 뒤 애로(Arrow)호사건을 계기로 발발한 제2차 아편전쟁(1856~1860)에서 패한 청국이 영국과 베이징조약을 체결하고 이 조약에 따라 주룽반도(九龍半島)의 남부 지역을 다시 영국에 내주게 되었다. 영국은 총독을 파견하여 이 일대를 지배하게 하였는데 1905년에 주룽과 광둥을 잇는 철도가 개통된 데다 물자의 집산지, 해외로 진출하는 화교(華僑)들의 거점으로 점차 발전하기 시작하면서 아시아 최대의 경제 중심지로 부상하게 되었다.

중국 최대의 해안도시가 된 상하이는 1842년 난징조약에서 규정된 다섯 개항장 가운데 하나였다. 1843년 정식 개항되기 이전에 이 지역은 장강의 하구에 붙어 있는 어촌에 불과했다. 그러나 개항과 함께 조계(租界)라고 지칭되는 외국인 조차지(租借地)가 들어서면서 외국인이 행정자치권이나 치외법권을 가지고 자유롭게 거주하는 구역이 만들어졌다. 1845년 영국인 거류 지역이 처음 개설되었고, 뒤를 이어 미국인 거주 구역도 세워졌는데 이 두 구역이 합쳐져 공공 조계로 확대되었다. 프랑스 조계도 큰 규모로 성립되었다. 상하이의 공공 조계와 프랑스 조계는 서구 자본주의가 중국으로 진출하는 데에 중요한 창구 역할을 담당할 수 있게 되었다. 특히 무역과 금융업을 중심으로 국제무역이 연결됨으로써 상하이는 무역도시로서 크게 발전하게 되었다. 이처럼 홍콩이나 마카오는 말할 필요도 없거니와 상하이 조계 역시 중국의 권력과는 상관없이 격리된 외국인들의 독점 공간이 되었다. 실제로 이 구역은 중국 정부와는 관계없이 외국인들의 손에 의해 독점적으로 관리되었으며 전적으로 외국 권력과 자본에 의해 서구적 표준에 맞춰진 도시 공간으로 조성되었다. 직선으로 구획된 거리와 포장된 도로는 물론이고 고층 빌딩이 웅장하게 들었다. 그리고 밤거리를 밝혀주는 가스등과 전기등이 세워졌다. 도로에는 전차가 통행하고 근대적인 교통수단인 자동차가 달렸다. 서구식 레스토랑과 주점이 늘어섰고 교회당과 학교가 세워졌다. 대륙과 이어지는 철도와 세계 각지로 연결되는 항구와 기선이 있었고 공항까지 들어섰다. 그러므로 이 구역은 동양과 서양이 한데 뒤섞인 그야말로 하나의 '세계'를 이루는 특이한 공간이라고 할 수 있다.

「기상도」에서 태풍의 이동 경로로 예상되는 대륙 연안의 마카오, 홍콩, 상하이 등의 항구도시는 모두 동양에 진출한 서구 제국주의 문명의 정착지에 해당한다. 이 구역에 드리운 서구 제국주의 문명의 어두운 그림자는 「기상도」가 그려놓고 있는 일종의 '심상 지리'로서 공간적 특성에 그대로 겹쳐 있다. 이를 확인하기 위해서는 텍스트를 통해 구축해놓고 있는 복잡한 의미 구조를 제대로 분석해낼 수 있어야만 한다. 시인 자신이 이 작품에서 강조하고자 했던 '현대 문명의 모든 면'이라는 것도 이러한 시적 진술의 중층적 구조에 대한 정밀한 분석을 통해서만 실체에 도달할 수 있게 된다. 이 작품 속에 담겨 있는 문명 비판의 의미는 식민지 조선이라는 역사적 제약 안에서 그 반제국주의적 담론 구조의 특성을 해석하지 않고서는 이해하기가 쉽지 않다. 다시 말하자면 식민지 상황 속에서 이루어진 왜곡된 근대화를 비판하고자 하는 시인의 풍자적 시각을 이 작품의 전체적인 상상적 구도 안에서 확인할 수 있어야만 한다. 이러한 작업은 「기상도」의 시적 모더니티의 문제성을 이해하는 데에 있어서 핵심적인 요건이 된다고 할 것이다.

## 2. 「기상도」의 시적 공간 구성

### 항구도시의 아침 풍경

「기상도」에서 시상의 발단은 태풍이 발생하기 직전의 항구의 평화로

분석과 해석

운 아침 풍경에 대한 묘사적 진술로 시작된다. 그리고 태풍의 발생과 이동, 육상으로의 진출과 소멸에 이르는 짧은 기간을 시간적 배경으로 설정하여 그 긴박한 상황 변화를 극적으로 그려내고 있다. 시의 텍스트는 '세계의 아침', '시민행렬', '태풍의 기침 시간', '자취', '병든 풍경', '올빼미의 주문', '쇠바퀴의 노래' 등 일곱 개의 단락으로 구분되어 있다. 작품의 내용을 보면, 전반부의 두 단락인 '세계의 아침', '시민행렬'은 태풍이 내습하기 이전의 상황을 보여준다. 평화로운 항구의 활달한 아침 풍경이 제시되어 있다. 중반부에 해당하는 '태풍의 기침 시간', '자취', '병든 풍경' 등의 세 개 단락은 태풍이 발생하여 이동하면서 항구도시를 강타하는 과정과 그 파괴적 위력을 극적으로 보여준다. 후반부의 두 단락인 '올빼미의 주문', '쇠바퀴의 노래'는 태풍의 소멸 과정과 태풍이 휩쓸고 지나간 이후의 폐허가 되어버린 해안과 도시의 상황을 묘사하고 있다. 그리고 밤이 가고 새날이 밝으면 태양이 떠오르고 새로운 생명이 약동하는 세계가 펼쳐질 것임을 노래하는 것으로 시상을 종결한다.

「기상도」의 시적 텍스트를 보면 시상의 발단 부분에 해당하는 첫 단락에 '세계의 아침'이라는 소제목이 붙어 있다. 전체적인 시적 배경에 대한 설명적 묘사가 중심을 이루고 있으며 시의 화자는 평서법으로 시적 진술을 이끌어간다. 여기서 그려내고 있는 아침 7시의 해안의 풍경에는 바다와 육지의 먼 산맥이 함께 어우러져 있다. 여기서 바다는 육지 사이에 끼어 있는 좁고 긴 해협이다. 좁은 해협에서는 조류가 빠르고 그 흐름의 변화가 많은데, 이러한 현상을 시각적으로 묘사한 대목이 '비늘 돋친 해협'이다. 바닷가의 바람은 부드럽고 물결은 잔잔하다. 소제목에서 지시하고 있는 '세계'는 추상적 공간 개념이지만 세계 지도상에서 볼 때 새로운 '아침'은 언제나 동양에서 시작된다.

비늘
돋친
해협은
배암의 잔등
처럼 살아났고
아롱진 아라비아의 의상을 두른 젊은 산맥들.

바람은 바닷가에 사라센의 비단 폭처럼 미끄러웁고
오만한 풍경은 바로 오전 7시의 절정에 가로누웠다.

헐떡이는 들 위에
늙은 향수를 뿌리는
교당의 녹슨 종소리
송아지들은 들로 돌아가려므나.
아가씨는 바다에 밀려가는 윤선을 오늘도 바래보냈다.

국경 가까운 정거장.
차장의 신호를 재촉하며
발을 구르는 국제열차.
차창마다
'잘 있거라'를 삼키고 느껴서 우는
마님들의 이즈러진 얼굴들.
여객기들은 대륙의 공중에서 티끌처럼 흩어졌다.

본국에서 오는 장거리 라디오의 효과를 실험하기 위하여
쥬네브로 여행하는 신사의 가족들.
샴판 갑판. '안녕히 가세요.' '다녀오리다.'
선부들은 그들의 탄식을 기적에게 맡기고
자리로 돌아간다.

부두에 달려 팔락이는 오색의 테이프.
그 여자의 머리의 오색의 리본.

전서구들은
선실의 지붕에서
수도로 향하여 떠난다.
……스마트라의 동쪽.…… 5킬로의 해상…… 일행 감기도 없다.
적도 가까웁다.…… 20일 오전 열시.……

앞의 인용에서 확인할 수 있는 것처럼, 이 시의 첫머리에는 해협을 이루고 있는 바다에 접해 있는 항구도시의 활기찬 아침 풍경이 감각적으로 묘사되어 있다. 일상의 시작을 알리는 '오전 7시'라는 구체적인 시각도 제시하고 있지만, 이 항구도시가 어디인지를 구체적으로 특정할 만한 요소는 드러나 있지 않다. 그러나 이 항구도시는 공간 자체가 해양과 육지와 하늘로 서로 연결되어 있다. 근대 문명의 상징이라고 할 수 있는 국제열차와 여객기와 윤선까지 등장하는 것으로 보아 국제적인 도시임을 알 수 있다. 이른 아침에 사람들이 국제열차를 타고 여행을 떠나는 장면도 등장한다. '본국에서 오는 장거리 라디오의 효과를 실험하기 위하여/쥬네브로 여행하는 신사의 가족들'이라는 설명으로 보아, 여기 등장하는 사람들은 '본국'에서 어떤 임무를 띠고 이 항구도시에 나와 있는 것으로 추측된다. 항구를 출발하는 윤선이 먼 항해를 준비하는 과정에서 '샴판 갑판'이 등장한다. '샴판'이란 중국 연안의 항구에서 볼 수 있는 명물인 삼판선(三板船)을 말한다. 항구 안에서 사람이나 짐을 실어 나르는 크지 않은 중국식 배가 바로 '샴판'이다. 이 배를 이용하여 기선에 옮겨 타기 위해 부두를 떠나는 사람들이 서로 이별하는 장면이 그려져 있다. 이 출발의 장면은 이별의 슬픔보다는 밝고 경쾌하며 희망으로 가득 차 있다.

그런데 이 첫 장면에 그려놓고 있는 아침 풍경 속의 항구도시가 궁금하다. 이 작품은 상상적인 '기상도'를 근거하여 이루어진 것이다. 이 항구도시를 일반적 의미의 시적 공간으로 넘겨버리기보다는 구체적인 장소 또는 지역으로 인식하게 된다면 그 묘사 내용을 보다 사실적으로 이해할 수 있을 것으로 생각된다. 중국의 항구도시 가운데 태평양과 연접해 있으면서 1930년대에 이미 국제적 도시로 수많은 외국인이 왕래하던 곳이라면, 서구 제국주의 문명이 최초로 동양에 진출했던 마카오와 홍콩 일대이거나 큰 규모의 외국인 조계를 유지했던 상하이가 자연스럽게 떠오른다. 이들 지역이야말로 동양과 서양이 한데 뒤섞인 하나의 새로운 '세계'에 해당한다. 특히 작품 속에서 태풍의 이동 경로를 따라가 보면 그 상륙 지점이 이들 지역과 겹칠 수 있음을 주목할 필요가 있다.

「기상도」의 전반부에서 둘째 단락은 '시민행렬'이라는 소제목을 달고 있다. 첫 단락에서 이루어진 세계의 아침 풍경에 대한 설명적 묘사에 뒤이어 세계 각국 시민들의 일상적 삶의 모습을 그려낸다. 물론 시적 진술 자체가 지배적 인상을 제시하는 데에 치중하고 있기 때문에 간명하면서도 요약적일 수밖에 없다. 그런데 둘째 단락은 평서체의 문장 종결법과는 달리 시적 어조가 바뀌어서 전혀 다른 분위기를 드러낸다. '-ㄴ다' 또는 '-(았/었)다' 체로 이루어졌던 시적 진술법이 '-ㅂ니다' 투의 경어체로 바뀐 것이다. 시적 화자는 경어체의 어투로 독자 또는 청자를 시적 정황 속으로 가까이 끌어들이고자 한다. 이러한 어투는 시적 대상에 대한 직접적인 설명이나 구체적 묘사를 위주로 하는 것이 아니라 독자에게 접근하여 어떤 상황을 요약 제시하는 데에 효과적이라고 할 수 있다. 실제의 경어체의 어투로 표현된 부분을 보면 텍스트 안에 일종의 대화적 장면 또는 공간이 가상적으로 설정되고 있다.

넥타이를 한 흰 식인종은
니그로의 요리가 칠면조보다도 좋답니다.

살갗을 희게 하는 검은 고기의 위력
의사 콜베르 씨의 처방입니다.
헬멧을 쓴 피서객들은
난잡한 전쟁 경기에 열중했습니다.
슬픈 독창가인 심판의 호각 소리
너무 흥분하였으므로
내복만 입은 파시스트
그러나 이태리에서는
설사제는 일체 금물이랍니다
필경 양복 입는 법을 배워낸 송미령 여사
아메리카에서는
여자들은 모두 해수욕을 갔으므로
빈집에서는 망향가를 부르는 니그로와
생쥐가 둘도 없는 동무가 되었습니다.
파리의 남편들은 차라리 오늘도 자살의 위생에 대하여
생각하여야 하고
옆집의 수만이는 석달 만에야
아침부터 지배인 영감의 자동차를 부르는
지루한 직업에 취직하였고
독재자는 책상을 때리며 오직
'단연히 단연히' 한 개의 부사만 발음하면 그만입니다.
동양의 아내들은 사철을 불만이니까
배추 장사가 그들의 군소리를 담아 가져오기를
어떻게 기다리는지 모릅니다
공원은 수상 맥도널드 씨가 세계에 자랑하는
여전히 실업자를 위한 국가적 시설이 되었습니다.
교도들은 언제든지 치울 수 있도록
가장 간편한 곳에 성경을 얹어 두었습니다.
기도는 죄를 지을 수 있는 구실이 되었습니다.
'감사합니다'

장시 「기상도」와 시적 모더니티

'아—멘'

'감사합니다. 마님 한 푼만 적선하세요.

내 얼굴이 요렇게 이즈러진 것도

내 팔이 이렇게 부러진 것도

마님과니 말이지 내 어머니의 죄는 아니랍니다.

'쉿! 무명전사의 기념제 행렬이다.'

뚜걱 뚜걱 뚜걱……

둘째 단락에서 시적 화자가 독자에게 제시하고 있는 장면은 세계 각국에서 이 항구도시로 이주해온 시민들의 삶의 모습을 단편적으로 제시한다. 물론 모든 진술 내용은 경어체로 바뀌어 표현되고 있지만 반어와 역설, 풍자와 조소, 위트와 기지가 넘쳐난다. 그만큼 시의 화자가 시적 상황에 대해 비판적으로 접근하고 있음을 알 수 있다. '넥타이를 한 흰 식인종은/니그로의 요리가 칠면조보다도 좋답니다./살갗을 희게 하는 검은 고기의 위력/의사 콜베르 씨의 처방입니다.'라는 첫 대목에서부터 유색인종에 대한 백인종의 지배와 착취를 야유하고 있다. 니그로(Negro)는 15세기 노예무역과 함께 아메리카로 퍼져 나간 흑인종을 백인들이 폄하하여 붙인 명칭이다. 흑인을 노예로 부리면서 그들의 노동력을 착취했던 백인의 횡포를 비난하기 위해 넥타이를 매고 신사인 체 행동하는 위선적인 백인을 대놓고 '넥타이를 맨 식인종'이라고 규정한다. '살갗을 희게 하는 검은 고기의 위력'은 흑인의 희생을 바탕으로 발전해 가는 백인 사회의 문명을 야유하는 말이다. 이러한 비인간적 차별과 착취가 프랑스의 재상 콜베르(Jean-Baptiste Colbert, 1619~1683)의 이른바 중상주의 정책에서 비롯된 것임을 비꼰다. 콜베르는 루이 14세 치하에서 해외 식민지 개척으로 프랑스의 국력을 키우고 무역 진흥을 통한 경제력 강화에 앞장섰던 인물이다. 지구상 곳곳에서 전쟁이 끊이지 않는데 이태리에서는 광적 파시스트가 내복만 입은 채 판을 치기 시작한다. 중국 정치의 중요 인사로 부각된 송미령 여사가 미국 유학을 통해 서양풍에 빠져들어 중국 옷을 벗어버리고 양장을 하는 모습도 곱지 않게 바라본다. 개인적 안일만 꿈꾸는 미국인들의 일상적인 모습과 함께 프랑스인들의 염세와 퇴폐도 지적하고 여전히 차별 속에 고생하는 한국의 여성들의 처지를 설명하기도 한다. 그리고 시적 화자의 시선은 실업자들의 쉼터가 되어버린 만국공원의 걸인들이 늘어선 거리에 고정된다. 이 공원은 영국 수상 맥도널드가 세계에 자랑하는 곳이라는 설명으로 보아 상하이의 만국공원임을 짐작할 수 있다. 공원에서 걸인이 '내 얼골이 요로케 이즈러진 것도/내 팔이 이렇게 부러진 것도/마님과니 말이지 내 어머니의 죄는 아니랍니다.'라고 하는 말은 피지배 민족을 억압하고 구속하면서 전개된 식민 지배의 역사적 모순을 암시한다. 이러한 특유의 어투와 시적 진술법의 변화를 통해 대상에 대한 풍자와 조소가 담기고 기지와 위트가 넘쳐남을 알 수 있다.

### 태풍의 발생과 이동

「기상도」의 중반부는 셋째 단락에서부터 다섯째 단락까지 이어진다. 「기상도」에서 상상적으로 그려내고 있는 일기도의 핵심에 해당되는 여러 가지 기상 요건을 담아내고 있는데, 태풍의 발생 지역에서부터 그 이동 경로를 따라 시상의 전개가 이루어진다. 여기서 시적 공간이 일기도에 표시되는 구체적 장소로 특정된다. 셋째 단락 '태풍의 기침 시간'에서 태풍의 발생 과정이 묘사되고 있다. 태풍의 초기 발생 단계는 열대 해상의 뜨거워진 공기가 많은 수분을 빨아들이고 급상승 기류를 이루며 매우 강한 열대 저기압을 형성하는 과정에서부터 비롯된다. 그러므로 해상과 멀리 떨어진 육지에서는 태풍 발생의 기미를 알아차리기가 쉽지 않다.

이 시의 중심 소재가 되고 있는 태풍이 드디어 필리핀 북동의 '바기오 동쪽 북위 15도' 부근에서 발생한다. 여기에 표시된 태풍 발생 지역은 필리핀 루손섬 북서쪽에 자리한 바기오의 동쪽 해상이다. 위도는 북위 15도로

장시 「기상도」와 시적 모더니티

지정되고 있다.

바기오의 동쪽
북위 15도.

푸른 바다의 침상에서
흰 물결의 이불을 차 던지고
내리쏘는 태양의 금빛 화살에 얼굴을 얻어맞아서
남해의 늦잠재기 적도의 심술쟁이
태풍이 눈을 떴다.
악어의 싸움동무.
돌아올 줄 모르는 장거리 선수.
화란 선장의 붉은 수염이 아무래도 싫다는
따곱쟁이
휘두르는 검은 모락에
찢기어 흩어지는 구름빨.
거치른 숨소리에 소름치는
어족들.
해만을 찾아 숨어드는 물결의 떼.
황망히 바다의 장판을 구르며 닫는
빗발의 굵은 다리.

'바시'의 어구에서 그는 문득
바위에 걸터앉아 머리 수그린
헐벗고 늙은 한 사공과 마주쳤다.
흥 '옛날에 옛날에 파선한 사공' 인가봐.
결혼식 손님이 없어서 저런 게지.
'오 파우스트'
'어디를 덤비고 가나.'
'응 북으로'

316

'또 성이 났나?'

'난 잠자코 있을 수가 없어. 자넨 또 무엇 땜에 예까지 왔나?'

'괴테를 찾아다니네.'

'괴테는 자네를 내버리지 않았나.'

'하지만 그는 내게 생각하라고만 가르쳐 주었지
행동할 줄은 가르쳐 주지 않았다네.
나는 지금 그게 가지고 싶으네.'

흠 망나니 파우스트.

흠 망나니 파우스트.


중앙기상대의 기사의 손은
세계의 1500여 구석의 지소에서 오는
전파를 번역하기에 분주하다.

　(제1보)


　저기압의 중심은
　발칸의 동북
　또는
　남미의 고원에 있어
　690밀리
　때때로
　적은 비 뒤에
　큰 비.
　바람은
　서북의 방향으로
　35미터.

　(제2보 = 폭풍경보)

맹렬한 태풍이
남태평양 상에서
일어나
바야흐로
북진 중이다.
풍우 강할 것이다.
아세아의 연안을 경계한다.

한 사명에로 편성된 단파 · 단파 · 장파 · 단파 · 장파 · 초단파 · 모-든 ·
전파의 · 동원 ·

(부의 게시판)

'신사들은 우기와 현금을 휴대함이 좋을 것이다.'

　태풍은 바기오의 동쪽 남태평양 해상에서 발생하여 엄청난 바람과 폭우
를 동반한 채 바시 해협을 통과한 후 중국 대륙으로 북진한다. 이 상륙 지
점이 중국 대륙 연안에 자리 잡은 항구도시라는 것은 지도상의 위치를 통
해 쉽게 확인할 수 있다. 태풍의 발생 장면은 '푸른 바다의 침상에서/흰 물
결의 이불을 차 던지고/내리쏘는 태양의 금빛 화살에 얼굴을 얻어맞아서/
남해의 늦잠재기 적도의 심술쟁이/태풍이 눈을 떴다.'라고 묘사된다. 물론
초기 발생 단계의 태풍은 아직은 '늦잠재기' '심술쟁이' '싸움동무' '장거
리선수' '따꼽쟁이'에 불과하지만, 의인화 방식 자체가 갖는 수사적 표현
의 한계에도 불구하고 그 변화무쌍한 속성을 충분히 이해할 수 있도록 태
풍의 초기 발생 단계의 모습을 섬세하게 포착해내고 있다. 태풍은 뒤이어
바로 구름과 바람을 몰고 굵은 빗발을 앞세우며 달려들기 시작한다. 여기
서부터 태풍이 몰고 올 거대한 힘과 그 파괴력을 암시하고 있다. '휘두르
는 검은 모락에/찢기어 흩어지는 구름빨./거치른 숨소리에 소름치는/어족

들./해만을 찾아 숨어드는 물결의 떼./황망히 바다의 장판을 구르며 닫는/빗발의 굵은 다리.'라는 역동적이며 숨 가쁜 묘사가 이어진다.

그런데 태풍이 타이완의 남단과 필리핀의 최북단 사이에 있는 바시 해협을 통과하는 장면에서부터 '그'라는 3인칭 대명사로 지칭되면서 의인화된다. 그리고 태풍의 진로와 그 방향과 역할을 암시하기 위해 설정된 극적 장면에 늙은 사공을 등장시킨다. 태풍의 길목인 '바시'의 어귀 바위에 걸터앉아 머리 수그리고 있는 늙은 사공을 태풍은 '파우스트'라고 호명한다. 이 난데없는 '파우스트'의 등장은 일종의 시적 패러디의 효과를 겨냥한 기법적 고안에 해당한다.

괴테가 그려낸 『파우스트』의 비극을 보면, 파우스트는 학문과 사상에 대한 깊은 동경에 빠져 있다. 그는 인간이 결코 자신에게 평온을 안겨주지 않는 끊임없는 지식에 대한 갈망 때문에 불행한 것이라고 생각하면서 스스로 자기 목숨을 끊으려 한다. 그때 음흉한 악마 메피스토펠레스가 나타나 파우스트를 유혹하고 그에게 쾌락의 삶을 선사하는 대신 그 영혼을 돌려받는다는 계약을 맺는다. 그리고 '만약 지나가는 순간에 대해 내가 지극히 아름다운 그대여 멈춰보라고 말할 경우 나를 쇠사슬로 묶어도 좋고 나를 지옥으로 보내도 좋다.'라고 약속한다. 파우스트의 타락의 삶은 여기서 시작된다. 물론 150여 년 전의 괴테는 파우스트가 결국은 신의 은총으로 용서받도록 만들어낸다.[8] 하지만 오늘의 현실은 그렇게 단순하지 않다. 신의 존재 자체를 거부한 채 모순과 비리가 판을 치는 부조리와 죄악의 현실 속에서 인간이 무엇을 어떻게 해야 하느냐 하는 문제는 결국 인간 자신이 선택해야 할 길이다. 이러한 선택의 기로에서 시인이 다시 불러낸 것이 파우스트이다. 파우스트를 현실의 한복판으로 불러내어 문제의 본질을 해결

---

8  김수용, 『괴테 파우스트 휴머니즘』 제4장 '메피스토적 악의 본성: 절망의 원칙', 책세상, 2004 참조.

하도록 괴테를 찾아 나서게 한 것이다. 오늘날에도 메피스토펠레스와 같은 악마는 여전히 인간을 유혹하며 흥정하고 있기 때문이다.

여기서 주목해야 할 것이 태풍과 늙은 사공으로 분장한 파우스트와의 짤막한 대화 내용이다. 태풍은 무언가 화가 나서 잠자코 있을 수 없다고 말한다. 화가 난 이유는 물론 앞으로 전개될 태풍의 진로를 통해 확인이 가능하다. 파우스트도 태풍에게 자신은 행동이 필요하다고 말한다. 괴테가 자신에게 행동하는 법을 가르쳐주지 않은 점이 불만이라는 것이다. 괴테가 생각하는 것만 가르쳐주었을 뿐 행동하는 것을 가르쳐주지 못했기 때문이다. 파우스트는 행동하는 인간을 요구한다. 여기서 행동은 자기 주체를 중심으로 하여 이루어지는 현실적 실천으로서의 삶을 의미한다. 이성적 사고를 우위에 두었던 괴테의 입장을 거부하면서 파우스트는 행동하는 인간이 되기를 요구한다. 바기오 동쪽 해상에서 발생하여 이동하기 시작한 태풍도 늙은 파우스트와 만난 후 자기 행동의 의미를 재확인하고는 바시 해협을 통과한다. 그리고 가만히 앉아 두고 볼 수 없다면서 성이 난 상태로 곧장 북쪽으로 방향을 정한다. 태풍이 바다를 건너 북으로 올라가면 곧바로 중국 대륙으로 진출하게 되는데, 태풍의 예상 진로를 지도 위에서 따라가 보면 그 상륙 지점이 바로 마카오, 홍콩 일대가 된다. 이때 기상대에서는 열대성 저기압이 태풍으로 발달하여 북상 중임을 예보하면서 셋째 단락이 끝난다.

넷째 단락 '자취'에서는 태풍이 바다를 건너 대륙으로 진출하는 장면을 그려놓고 있다. 항구도시를 휩쓸고 지나가는 그 엄청난 태풍의 위력이 역동적으로 형상화된다. 모든 시적 진술은 다시 평서법의 현재형으로 종결되고 있다.

산빨이 소름 친다.
바다가 몸부림친다.

휘청거리는 빌딩의 긴 허리.
비틀거리는 전주의 미끈한 다리.
여객기는 태풍의 깃을 피하여
성층권으로 소스라쳐 올라갔다.
경련하는 아세아의 머리 위에 흩어지는 전파의 분수. 분수.
고국으로 몰려가는 충실한 에-텔의 아들들.
국무경 양키 씨는 수화기를 내던지고
창고의 층층계를 굴러 떨어진다.
실로 한 모금의 소다수.
혹은 아무렇지도 아니한 '이놈' 소리와 바꾼 증권들 위에서
붉은 수염이 쓰게 웃었다.
('워싱턴'은 가르치기를 '정직하여라.')

…(중략)…

날마다 황혼이 채워주는
전등의 훈장을 번쩍이며
세기의 밤중에 버티고 일어섰던
오만한 도시를 함부로 뒤져놓고
태풍은 휘파람을 높이 불며
황하강변으로 비꼬며 간다……

  태풍이 몰아치면서 도시는 아수라장으로 변한다. 건물의 지붕이 날아가고 유리창이 깨어지고 도로의 자동차들이 뒤집힌다. 전차도 넘어진다. 도시의 거리를 대낮처럼 밝히던 전기도 모두 나가버린다. 도시는 일순간에 폐허로 변해버린 채 대혼란이 계속된다. 그러나 태풍은 자신이 휩쓸어버린 파괴된 도시에 오래 머물지 않는다. '날마다 황혼이 채워주는/전등의 훈장을 번쩍이며/세기의 밤중에 버티고 일어섰던/오만한 도시를 함부로 뒤져놓고/태풍은 휘파람을 높이 불며/황하 강변으로 비꼬며 간다……' 태

풍은 문명의 위용을 자랑하던 도시를 함부로 뒤져놓고는 도망치듯이 대륙 깊숙이 황하(黃河)의 강변을 따라 가버린다. 태풍의 내습으로 파괴된 도시의 모습은 서구 자본주의가 만들어낸 문명이라는 것이 얼마나 허망한 꿈인가를 여지없이 보여주고 있는 셈이다.

다섯째 단락인 '병든 풍경'에서는 태풍이 휩쓸고 지나버린 해안의 퇴락된 풍경을 펼쳐 보인다. 바다는 여전히 높은 파도가 일렁이고 쓸쓸한 해변은 한 자락의 슬픈 전설을 삼킨 채 말이 없다.

> 지치인 바람은 지금
> 표백된 풍경 속을
> 썩은 탄식처럼
> 부두를 넘어서
> 찢어진 바다의 치맛자락을 거두면서
> 화석된 벼래의 뺨을 어루만지며
> 주린 강아지처럼 비틀거리며 지나간다.
>
> 바위틈에 엎디어
> 죽지를 드리운 물새 한 마리―
> 물결을 베고 자는
> 꺼질 줄 모르는 향수.
>
> 짓밟혀 느러진 백사장 위에
> 매 맞아 검푸른 바나나 껍질 하나
> 부풀어 오른 구두 한 짝을
> 물결이 차 던지고 돌아갔다.
> 해만은 또 하나
> 슬픈 전설을 삼켰나 보다.
>
> 황혼이 입혀주는

회색의 수의를 감고
물결은 바다가 타는 장송곡에 맞추어
병든 하루의 임종을 춘다……
섬을 부둥켜안는
안타까운 팔.
바위를 차는 날랜 발길.
모래를 스치는 조심스런 발가락.
부두에 엎드려서
축대를 어루만지는
가냘픈 손길.

붉은 향기를 떨어버린
해당화의 섬에서는
참새들의 이야기도 꺼져버렸고
먼— 등대 부근에는
등불도 별들도 피지 않았다……

태풍이 잦아들면서 보랏빛 바다를 배경으로 펼쳐지는 부두의 풍경은 바람과 파도를 뒤로하고 점차 고요를 되찾는다. 그러나 그 흥성대던 부두는 아무것도 남은 것이 없다. 다만 '황혼이 입혀주는/회색의 수의를 감고/물결은 바다가 타는 장송곡에 맞추어/병든 하루의 임종을 춘다……' 태풍이 휩쓸고 지나간 순간은 '병든 하루'라는 제약된 짧은 시간에 불과하다. 하지만 이 짧은 시간 속에서 번화를 자랑하던 도시 공간은 붕괴된 채 어두운 그림자가 어지럽게 드리우고 있다. 그 흉물스런 파괴의 현장은 '슬픈 전설'로 남게 되고 사방은 적막 속에 '먼 등대 부근에는/등불도 별들도 피지 않았다'는 구절에서처럼 어둠이 밀려든다.

## 파괴된 도시 혹은 문명의 붕괴

「기상도」의 후반부에 해당하는 여섯째 단락과 일곱째 단락에서는 태풍의 소멸 과정과 함께 다시 태양이 떠오르는 아침을 보여준다. 급격하게 변화되는 시적 상황도 여기서 결말에 이른다. 여섯째 단락 '올빼미의 주문(呪文)'을 보면, 시적 화자의 시선이 태풍이 휩쓸고 지나버린 도심의 밤거리로 옮겨진다. 태풍이 도시 공간을 휩쓸어버리자, 인간이 만들어낸 문명이 대자연의 위력 앞에 허망하게 붕괴된 현장이 속속들이 드러난다. 태풍의 중심은 이미 도시 공간을 휩쓸고 지나가버렸지만 그 남은 힘이 여전히 가시지 않아서 밤바람이 거리를 휘몰아친다. 어두운 거리에는 전신주만이 우두커니 서 있는데, 바닷가 모래 벌에는 파도가 흰 물결을 몰아치는 장면이 대조적으로 제시된다. 그런데 시적 텍스트를 자세히 살펴보면, 그 진술 방식에 아주 중요한 내적 변화가 드러난다. 태풍이 쓸고 지나간 폐허의 도시를 설명 묘사하던 시적 화자가 텍스트의 배면으로 숨어버린 대신에 '나'라는 1인칭 화자가 새롭게 등장하는 것이다. 기존의 연구자들은 대체로 '나'를 화자로서의 시인이라고 간단하게 규정하고 있다. 하지만 텍스트의 성격을 따져보면 '나'는 시적 화자로서의 시인 자신이 아니다. 「기상도」의 시적 진술을 전체적으로 이끌어온 시적 화자로서의 시인이 아니라 의인화된 '태풍'에게 '나'라는 서술적 주체의 역할을 부여한 것이다. 시의 중반부에서 '그'라는 3인칭 대명사로 지칭했던 태풍이 여기서부터 '나'라는 일인칭 서술 주체로서 전면에 등장한다. '나'를 '태풍'으로 읽어야 하는 이유는 텍스트 안에서 확인할 수 있다. '나'는 '바다'를 '어머니'라고 부르고 있는데, 태풍이 해양에서 태어난 것임을 스스로 밝히는 대목이라는 점에서 '나'의 존재가 '태풍'이라는 사실이 그대로 자명해진다. 태풍이 '나'의 입장에서 시적 진술의 주체로 내세워지는 것은 시적 진술에서의 초점의 전환이라는 매우 중요한 변화를 암시한다. 태풍이 자신의 힘으로 휩쓸어버린 뒤엉킨 파괴의 현장을 스스로 돌아볼 수 있도록 하기 위한 하나의 시적 고

안이기 때문이다. 물론 이러한 전환으로 인하여 시상의 전체적인 흐름이
시간과 공간의 변화를 따라 자연스럽게 이루어지기를 기대하기 어렵다는
점을 지적할 수 있다.

헝클어진 거리를 이 구석 저 구석
혓바닥으로 뒤지며 다니는 밤바람.
어둠에게 벌거벗은 등을 씻기우면서
말없이 우두커니 서 있는 전선주.
엎드린 모래펄의 허리에서는
물결이 가끔 흰 머리채를 추어든다.

요란스럽게 마시고 지껄이고 떠들고 돌아간 뒤에
테이블 위에는 깨어진 잔들과
함부로 찢겨진 방명록과…
아마도 서명만 하기 위하여 온 것처럼
총총히 펜을 던지고 객들은 돌아갔다.
이윽고 기억들도 그 이름들을
마치 때와 같이 총총히 빨아버릴 게다.

나는 갑자기 신발을 찾아 신고
도망할 자세를 갖춘다. 길이 없다.
돌아서 등불을 비틀어 죽인다.
그는 비둘기처럼 거짓말쟁이였다.
황홀한 불빛의 영화의 그늘에는
몸을 조려 없애는 십자가가 있음을
등불도 비둘기도 말한 일이 없다.

나는 신자의 흉내를 내서 무릎을 꿇어본다.
믿을 수 있는 신이나 모신 것처럼
다음에는 깃발처럼 호화롭게 웃어버린다.

장시 「기상도」와 시적 모더니티

대체 이 피곤을 피할 하룻밤 주막은
아라비아의 알라스카의 어느 가시밭에도 없느냐?
연애와 같이 싱겁게 나를 떠난 희망은
지금 또 어디서 복수를 준비하고 있느냐?
나의 머리에 별의 꽃다발을 두었다가
거두어간 것은 누구의 변덕이냐?
밤이 간 뒤엔 새벽이 온다는 우주의 법칙은
누구의 실없는 장난이냐?
동방의 전설처럼 믿을 수 없는
아마도 실패한 실험이냐?

태풍은 '나'라는 주체적 입장에 서서 스스로 자신이 소멸해야 할 시간에 도달했음을 알아차린다. 앞의 인용에서 볼 수 있는 것처럼, 필리핀 바기오 근처 해상에서 발생하여 기세 좋게 대륙으로 진출한 태풍은 마카오와 홍콩 일대를 휩쓸고는 북쪽으로 올라가면서 그 위력을 잃어버린다. 그리고 자신의 힘으로 파괴해버린 도심의 폐허에서 꼬리를 감추고 도망하려 한다. 태풍은 스스로 소멸해야 하는 자신의 운명을 눈앞에 두고 '밤이 간 뒤에 새벽이 온다는 우주의 법칙'이 누구의 실없는 장난인가 되묻고는 자신의 역할이 동방의 전설처럼 믿을 수 없는 '실패한 실험'이 아닌가 하고 자책한다. 그리고 자신의 희망이 연애처럼 싱겁게 떠나버렸다고 실토하면서 어딘가에서 새로운 복수를 준비해야만 하는 자기 입장을 솔직하게 털어놓고 있다. 이와 같은 반문은 대륙 연안의 항구도시 공간이 겉으로 화려하게 자랑해왔던 서구 제국주의 문명에 대한 일종의 환멸을 말해주는 것으로 읽을 수 있다.

그런데 태풍이 '나'라는 주체적 입장에서 파괴의 현장을 돌아보며 자기 환멸에 빠져드는 순간 시적 텍스트에는 '부엉이'가 등장한다. 여섯째 단락의 제목 자체를 '올빼미의 주문'이라고 표시한 것과 연관된다. '부엉이'는 시적 텍스트에서 태풍인 '나'의 상대역으로 등장하며 '너'라는 대명사로 지칭된다. '헝클어진 수풀에서 목쉰 소리로 껄껄 웃는 부엉이(올빼미)'는 유명한 로마 신화의 한 장면을 패러디한 것이다. 신화에 등장하는 여신 미네르바는 황혼 무렵 산책을 즐겼는데 그때마다 여신의 어깨에 부엉이가 앉아 있었다. 이로부터 부엉이를 지혜의 상징으로 생각하게 되었다. 독일의 철학자 헤겔이 이를 빗대어 그의 저서 「법철학의 원리」에서 "미네르바의 부엉이는 황혼녘에 날아오른다."라고 썼다는 것은 널리 알려진 사실이다. '미네르바의 부엉이'가 철학을 상징하는 말로 널리 쓰이게 된 것도 여기서 비롯된 일이다. 물론 이 시에 등장하는 '부엉이'는 헤겔이 강조했던 철학 그 자체를 상징하는 것은 아니다.

> 너는 애굽에서 돌아온 시-저냐?
> 너의 주둥아리는 진정 독수리냐?
> 너는 날개 돋친 흰 구름의 종족이냐?
> 너는 도야지처럼 기름지냐?
> 너의 숨소리는 바다와 같이 너그러우냐?
> 너는 과연 천사의 가족이냐?
>
> 귀먹은 어둠의 철문 저 편에서
> 바람이 터덜터덜 웃나 보다.
> 어느 헝클어진 수풀에서
> 부엉이가 목쉰 소리로 껄껄 웃나 보다.
>
> 내일이 없는 칼렌더를 쳐다보는
> 너의 눈동자는 어쩐지 별보다 이쁘지 못하고나.
> 도시 19세기처럼 흥분할 수 없는 너.
> 어둠이 잠긴 지평선 너머는
> 다른 하늘이 보이지 않는다.
> 음악은 바다 밑에 파묻힌 오래인 옛말처럼 춤추지 않고

수풀 속에서는 전설이 도무지 슬프지 않다.
페이지를 번지건만 너멋 장에는 결론이 없다
모롱이에 혼자 남은 가로등은
마음은 슬퍼서 느껴서 우나
부릅뜬 눈에 눈물이 없다.

　아침부터 저물 때까지 하루 종일 온통 세상을 휩쓸어버린 태풍의 위력은 그 엄청난 파괴력 때문에 그때그때 모든 상황을 제대로 살피기 어렵다. 태풍의 중심이 지나버린 후 비바람의 위력이 잦아들게 된 저녁 무렵에 가서야 그 파괴의 현장에 대한 전체적 파악과 확인이 가능하다. 이 시에서 '올빼미의 주문'이란 결국 태풍의 위력과 도시 공간의 붕괴를 돌아보고서야 가능해진 문명에 대한 비판적 자기성찰을 암시하기 위해 인유된 것이라고 할 수 있다. 이 시에서 '부엉이'는 격동과 혼란과 파괴의 과정 끝에 비로소 갖게 된 서구 제국의 문명에 대한 비판적 인식과 성찰을 암시한다. 예지의 힘을 상징했던 '미네르바의 부엉이'처럼 수풀 속의 부엉이는 태풍의 파괴 현장을 돌아보며 새로운 내일을 설계할 수 있는 성찰의 눈이 필요하다는 사실만을 말해준다. 모든 것이 파괴되어버렸기 때문에, 칼렌더에는 내일이 없고, 어둠이 잠긴 지평선 너머는 다른 하늘이 보이지 않는다. 음악도 없어졌고 어떤 결론도 얻을 수가 없다. 문명이라는 이름으로 포장된 제국의 오만과 탐욕은 자연의 위력 앞에 굴복해버렸다. 그러나 지배와 굴종, 허영과 욕망의 속된 역사로 점철된 문명의 도시가 태풍의 거센 힘에 밀려 붕괴되었다 하더라도 그것으로 인간 역사의 모순이 완벽하게 극복되는 것은 아니다. 그렇기 때문에 문명이라는 이름 앞에 인간의 자기반성은 '올빼미의 주문'처럼 끝없이 반복되지 않으면 안 된다.

## 스스로 소멸하는 태풍

「기상도」의 대단원에 해당하는 일곱째 단락은 '쇠바퀴의 노래'라는 부제가 붙어 있다. 태풍이 지나간 후의 파괴된 문명에 대한 회의와 절망과 비탄만으로 결말을 짓지 않고 재생에 대한 새로운 희망을 노래하는 것으로 매듭짓는다. 폭풍경보가 모두 해제되고 날씨가 쾌청해지면서 시민들도 우울과 비탄에서 벗어나게 된다.

> 태풍이 짓밟고 간 깨어진 메트로폴리스에
> 어린 태양이 병아리처럼
> 홰를 치며 일어날게다.
> 하룻밤 그 꿈을 건너다니던
> 수없는 놀램과 소름을 떨어버리고
> 이슬에 젖은 날개를 하늘로 펼게다.
> 탄탄한 대로가 희망처럼
> 저 머언 지평선에 뻗히면
> 우리도 사륜마차에 내일을 싣고
> 유량한 말발굽 소리를 울리면서
> 처음 맞는 새길을 떠나갈게다.
> 밤인 까닭에 더욱 마음달리는
> 저 머언 태양의 고향.
>
> 끝없는 들 언덕 위에서
> 나는 데모스테네스보다도 더 수다스러울게다.
> 나는 거기서 채찍을 꺾어버리고
> 망아지처럼 사랑하고 망아지처럼 뛰놀게다.
> 미움에 타는 일이 없을 나의 눈동자는
> 진주보다도 더 맑은 샛별
> 나는 내 속에 엎드린 산양을 몰아내고
> 여우와 같이 깨끗하게

누이들과 친할게다.

나의 생활은 나의 장미.
어디서 시작한 줄도
언제 끝날 줄도 모르는 나는
꺼질 줄이 없이 불타는 태양.
대지의 뿌리에서 지열을 마시고
떨치고 일어날 나는 불사조.
예지의 날개를 등에 붙인 나의 날음은
태양처럼 우주를 덮을게다.
아름다운 행동에서 빛처럼 스스로
피어나는 법칙에 인도되어
나의 날음은 즐거운 궤도 위에
끝없이 달리는 쇠바퀼게다.

벗아
태양처럼 우리는 사나웁고
태양처럼 제빛 속에 그늘을 감추고
태양처럼 슬픔을 삼켜버리자.
태양처럼 어둠을 살워버리자.

다음날
기상대의 마스트엔
구름조각 같은 흰 기폭이 휘날릴게다.

(폭풍경보해제)

쾌청.
저기압은 저 머언
시베리아의 근방에 사라졌고
태평양의 연안서도

고기압은 흩어졌다.
흐림도 소낙비도
폭풍도 장마도 지나갔고
내일도 모레도
날세는 좋을게다.

(부의 게시판)

시민은
우울과 질투와 분노와
끝없는 탄식과
원한의 장마에 곰팡이 낀
추근한 우기일랑 벗어버리고
날개와 같이 가벼운
태양의 옷을 갈아입어도 좋을게다.

앞의 인용에서 볼 수 있듯이 '나'라는 시적 화자로 분장한 태풍은 끝없는 들판 언덕 위에서 '채찍을 꺾어버리고' 한낱 작은 미풍으로 변화되어 대륙 어딘가에서 자연 속의 망아지들처럼 뛰놀게 된다. 그것은 밝고 명쾌하고 조화로운 자연 속으로 돌아간다. 어디서 시작한 줄도 모르고 어디서 끝날 줄도 모르는 것이 바로 태풍이지만, 대지의 뿌리에서 지열을 마시고 다시 떨치고 일어설 수 있는 것이 태풍이다. 빛처럼 스스로 피어나는 법칙에 인도되어 다시 움직일 수 있는 것이 태풍이다. 조화와 균형, 사랑과 평화가 깃든 대자연은 스스로의 법칙으로 움직인다. 이 시에서 태풍은 스스로 소멸하면서 자신의 희망을 태양에서 찾고 있다. 태풍을 소멸시키고 다시 일으켜 세울 수 있는 것이 태양이기 때문이다. 태풍은 스스로 소멸하는 가운데에도 떠오르는 태양과 더불어 건강한 생명에의 의지를 표출하면서 이렇게 외치고 있다. '벗아/태양처럼 우리는 사나웁고/태양처럼 제빛속에 그늘

을 감추고/태양처럼 슬픔을 삼켜버리자/태양처럼 어둠을 살워버리자'라
고 새로운 희망의 세계를 노래하고 있다.

## 3. 문명 비판과 원시주의적 상상력

### 반제국주의적 문명 비판

장시 「기상도」는 태풍의 이동 경로를 따라 시적 공간이 분할된다. 그리
고 그 공간의 사회 역사적 성격을 통해 현대 문명에 대한 비판적 인식이라
는 주제의식에 도달하고 있다. 기존의 연구에서는 이런 시적 공간의 성격
이 제대로 검토된 적이 없다.

시의 텍스트에서 전반부는 '세계의 아침', '시민 행렬'이라는 두 단락을
통해 다양하게 서로 얽힌 현대 세계의 정치 사회적 질서와 그 지형도를 펼
쳐 보이고 있다. 밝고 경쾌한 일상적인 아침 풍경이 몽타주의 방법으로 제
시되고 있는 가운데 항구도시의 분주한 하루가 시작된다. 그러나 이 평화
로운 하루는 중앙기상대의 '폭풍경보'로 깨어진다. 이 폭풍은 거대한 태풍
으로 발전하면서 긴장을 불러일으키고 시적 의미의 중심을 차지하게 된
다. 태풍의 발생 지점은 필리핀 루손섬 북서쪽에 자리한 바기오의 동쪽 해
상이며 적도 근처인 북위 15도라고 표시하고 있다. 시적 텍스트의 중반부
에서는 해상에서 발생한 태풍이 엄청난 바람과 폭우를 동반한 채 바시 해
협을 통과한 후 북진하여 중국 대륙으로 상륙하는 장면을 그려낸다. 시적
정황 속에서 보듯이 태풍의 상륙 지점이 중국 대륙의 남단에 자리하고 있
는 마카오, 홍콩, 상하이 일대로 설정된 것은 의미심장하다. 태풍은 엄청
난 위력으로 마카오와 홍콩 일대의 시가지를 휩쓸고는 내륙으로 올라가면
서 '세기의 밤중에 버티고 일어섰던/오만한 도시를 함부로 뒤져 놓고' 소
멸한다. 그리고 밤이 지나고 태양이 떠오르면서 새 아침이 밝아온다.

「기상도」가 식민지 지배의 역사와 그 정치 사회적 요소가 여전히 갈등하

분석과 해석

고 있는 지역을 공간적 배경으로 설정하고 있다는 점은 주목을 요한다. 이 특이한 시적 공간은 사실 '기상도'라는 가상의 일기도 위에서 재현된 일종의 '심상지리'[9]의 속성을 드러낸다. 실제의 일기도에서는 특정의 지역을 중심으로 하여 기압골의 배치를 표시하는 몇 개의 기호와 등고선이면 전체적인 기후 변화를 알리는 데에 충분하다. 그러나 현실 세계의 변화는 실제로 제국의 식민 지배와 피식민지 집단 내부의 크고 작은 권력과 이익을 다투는 갈등으로 인하여 그 양상이 간단치 않다. 지도 위에 예측하여 표시하는 기상의 변화처럼 그렇게 단순하게 그 특징을 그려낼 수는 없다. 그럼에도 불구하고 이 시가 '기상도'라는 상상적 장치를 통해 급변하는 세계의 정치 질서와 함께 서구 제국의 동양 지배를 상징하는 공간이 태풍이라는 거대한 자연의 힘에 의해 무참하게 파괴되고 어지럽게 휩쓸리는 장면을 재현해내고 있다는 점은 특기할 만하다. 물론 이 같은 시적 공간의 구성에 의거하여 이루어지고 있는 정치 현실에 대한 지정학적 관찰과 반제국주의적 비판은 어느 정도 관념의 유희를 벗어나고 있느냐에 따라 그 성패가 판가름 날 수밖에 없다.

「기상도」의 시적 진술을 보면, 백인종이 유색인종을 지배하게 된 상황을 희화하기 위해 '넥타이를 한 흰 식인종'이라고 규정하고 있으며 서구 제국의 식민지 지배와 그 착취 구조의 모순을 인종의 차별이라는 관점에서 야유하고 풍자한다. 일반적으로 알려져 있는 식인종은 아프리카의 흑인이지만 여기서는 이를 뒤집어 백색 피부의 식인종을 만들어낸다. '살갗을 희게 하는 검은 고기의 위력'이라는 구절에서는 억압받는 '타자'의 피부 속으로 들어가 보기도 한다. 이러한 시각은 서구 제국주의를 내부로부터 비판하고자 하는 역할을 하고 있기 때문에 검은 고기를 먹고 더욱 살결을 희게

---

9  Edward Said, "Imaginative Geography and Its Representations: Orientalizing the Oriental", *Orientalism*, New York: Vintage, 1979 참조.

만드는 식민 권력의 모순적 위상을 비판하고 풍자하는 시선이 강하게 느껴진다.

서구 제국주의의 확대 과정을 유색인종에 대한 백인종의 지배와 착취로 규정하고 있는 반제국주의적 관점은 중국, 미국, 파리 등의 전 세계를 불안한 눈길로 돌아보는 내용에서도 쉽게 감지된다. 광적 파시스트가 판을 치는 이탈리아를 풍자하고 삶의 안일에 빠져들어 있는 미국인들과 일상에 매달려 있는 프랑스인들의 모습을 비꼰다. 경제적 궁핍에 시달리는 사람들과 보이지 않게 이들을 억압하는 독재자의 모습도 그려진다. 미국 유학을 통해 서구의 생활 방식을 몸에 익혀온 송미령(宋美齡) 여사를 특정하여 그녀의 서양 옷차림을 비꼬기도 한다. 그녀에 대한 관심이 중국만이 아니라 동양 사회 전반에 증폭되고 있었기 때문이다. 시적 화자의 시선이 멈춘 곳은 세계에 자랑할 만하다고 내세운 만국공원의 어두운 풍경이다. 공원은 넘쳐나는 실업자들의 쉼터가 되어 버렸고 여기저기 거리에는 구걸하는 걸인들이 늘어서 있다. 이들의 일그러진 표정과 비루한 말투는 타고난 것이 아니다. 가난을 벗어나지 못하고 억압받으면서 살아온 모습이 모순된 삶의 역사를 그대로 투영한다. 이러한 시적 진술 내용은 그 출발점에서부터 서구 제국주의의 동양 침략과 식민지 지배의 현실이 보여주는 양면을 보여준다. 겉으로 보기에 화려한 서구화된 도시의 문물이지만, 그 이면에 인종적 차별과 편견, 자본주의의 탐욕과 빈부의 격차와 갈등 문제 등이 도사리고 있기 때문이다. 이 속에는 세계 정치 질서의 혼란과 일본 군국주의의 등장으로 점차 불안해지고 있는 식민지 한국 사회를 관망하고 있는 시인 자신의 내면 의식도 함께 암시하고 있음은 물론이다.

「기상도」에서 태풍이 중국 대륙으로 상륙하여 대륙의 해안지대인 항구 도시 일대를 덮치는 장면은 변화무쌍한 동적 이미지의 중첩이 두드러지게 나타난다. 이 장면에서 시적 화자가 먼저 주목한 것은 당시 중국 대륙의 내부에서 이루어진 정치 세력의 분열상이다. 서구 제국의 침탈과 그 문명의 충돌을 제대로 이겨내지 못한 채 왜곡된 근대화를 거쳐야 했던 중국은 서구 제국의 권력과 정치적 영향으로부터 벗어나기 위한 노력보다는 1920년대 중반 이후 국민당과 공산당의 분열로 인하여 두 세력의 정치적 주도권 싸움으로 더욱 내부적 갈등이 심화되었던 것이다.

「대중화민국의 번영을 위하여ー」
슬프게 떨리는 유리컵의 쇳소리.
거룩한 테이블 보자기 위에
펴놓은 환담의 물굽이 속에서
늙은 왕국의 운명은 흔들리운다.
솔로몬의 사자처럼
빨간 술을 빠는 자못 점잖은 입술들
새까만 옷깃에서
쌩그시 웃는 흰 장미
「대중화민국의 분열을 위하여ー」

찢어지는 휘장 저편에서
갑자기 유리창이 투덜거린다.……

'자려므나 자려므나
꽃 속에 누워서 별에게 안겨서ー'
만국공원의 라우드 스피ー커는
브람스처럼 매우 슬픕니다.
꽃은커녕 별도 없는 벤치에서는
꿈들이 바람에 흔들려 소스라쳐 깨었습니다.
하이칼라한 샌드위치의 꿈
탐욕한 뻬프 스테익의 꿈
건방진 햄 살라다의 꿈
비겁한 강낭죽의 꿈

'나리사 내게는 꿈꾼 죄밖에는 없습니다.
식당의 문전에는
천만에 천만에 간 일이라곤 없습니다.'
'.................'
'나리 저건 묵시록의 기사ㅂ니까.'


　앞의 인용에서 볼 수 있듯이 태풍은 육지로 올라서면서 '흔들리는 늙은
왕국'의 대립과 갈등을 말로만 봉합하고자 했던 환담의 장면을 뒤흔들어
놓고 있다. 당시 중국은 좌우 세력이 분열되면서 정파의 내부적 갈등이 고
조되고 이로 인한 사회 혼란이 더욱 가중되던 상황이었다. 하지만 중국의
지배층은 환락에 빠져 위기의 시대상을 제대로 파악하지 못한다. 태풍은
이들이 벌여놓은 환락의 공간을 뒤흔들고 도시의 거리와 공원을 휩쓴다.
여기서도 야유와 조소와 풍자가 넘쳐난다. '탐욕한 삐프 스테익의 꿈/건방
진 햄 살라다의 꿈/비겁한 강낭죽의 꿈'이라는 구절이 암시하듯 서구 제국
과 지배층의 탐욕이 빚어낸 동양의 빈곤이 대조적으로 드러난다. 거짓과
탐욕이 넘치는 도회의 뒷골목에는 타락한 삶으로 얼룩진 자본주의의 추악
한 몰골이 그대로 묘사되고 있다.


붕산 냄새에 얼빠진 화류가에는
매약회사의 광고지들.
이지러진 알루미늄 대야.
담뱃집 창고에서
썩은 고무 냄새가 분향을 피운다.
지붕을 벗기운 골목어귀에서
쫓겨난 공자님이 잉잉 울고 섰다.
자동차가 돌을 차고 넘어진다.
전차가 개울에 쓰러진다.
빌딩의 숲속

분석과 해석

네거리의 골짝에 몰려든 검은 대가리들의 하수도.
멱처럼 허우적이는 가느다란 팔들.
구원 대신에 허공을 붙잡은 지치인 노력.
흔들리우는 어깨의 물결.

(중략)

어깨가 떨어진 마르코 폴로의 동상이 혼자
네거리의 복판에 가로 서서
군중을 호령하고 싶으나
모가지가 없습니다.

(중략)

날마다 갈리는 공사의 행렬
승마 구락부의 말발굽 소리
홀에서 돌아오는 마지막 자동차의 고무바퀴들
묵서가 행의 쿠리들의 투레기
자못 가벼운 두 쌍의 키드와 하이힐
몇 개의 세대가 뒤섞여 밟고 간 해안의 가도는
깨어진 벽돌 조각과
부서진 유리 조각에 얻어맞아서
꼬부라져 자빠져 있다.

여기서 시적 화자의 시선은 태풍이 도심의 빌딩과 공원과 거리를 휘젓
고 도서관과 성당을 뒤엎는 장면을 숨가쁘게 따라간다. 먼저 인간이 만들
어낸 지식과 교양의 집합소라고 할 수 있는 도서관을 휩쓸면서 서구 지성
이 강조했던 인문주의가 식민지 공간에서는 아무 힘이 없음을 꼬집는다.
영원한 믿음을 강조해온 성당을 휩쓸어가면서 천국으로 가는 길의 방향을

물으며 그 서구 편향의 가치를 야유한다. 그리고 도심 주변의 환락가의 골목을 누비면서 어지럽게 이동한다. 문명이라는 이름으로 예찬되던 도시의 번화가 일순간에 폐허로 변하여 처참하게 붕괴된 모습을 드러낸다. 서구 제국이 자랑하던 동양 속의 작은 유럽은 태풍의 위력 앞에서 여지없이 무너진다. 태풍이 몰아치면서 건물 지붕이 바람에 벗겨져 날아간다.

골목 어귀에 공자님이 쫓겨나 울고 서 있다. 거리에는 방향을 잃은 자동차가 바람에 넘어지고 전차도 개울 속으로 쓰러진다. 도심 네거리에 서 있던 마르코 폴로의 동상은 어깨가 떨어지고 이제는 머리도 잘려나간 채 호령도 할 수 없다. 여기서 울고 서 있는 공자님은 스스로 몰락한 동양적 가치와 이념을 표시하는데 머리가 잘린 마르코 폴로의 동상은 제국의 식민주의와 그 지배력의 위세에 대한 강한 반감과 거부를 암시한다. 물론 이 두 개의 상징은 다분히 의도적인 배치를 통해 대조의 효과를 드러낸다. 항구를 따라 펼쳐진 해안 가도는 식민지 공간을 지배 관리하던 제국의 관리들이 위용을 보여주는 행렬과 승마구락부에서의 말발굽 소리와 여흥을 즐기던 홀에서 돌아오던 자동차의 바퀴 소리가 덮였던 곳이다. 거기는 멀리 멕시코로 팔려가는 꾸리들의 슬픈 노래가 뒤섞였던 곳이기도 하다. 태풍은 그 가도에서 지배 제국과 피지배 민족의 서로 다른 삶의 행적을 지워버리기라도 하듯 가로를 부수고 허물어버린다.

### 태양의 힘 또는 원시적 생명력

「기상도」는 상상적으로 그려낸 일기도의 형식을 빌려 태풍의 내습을 그려냄으로써 거대한 자연의 힘을 빌려 서구 제국주의의 식민지 지배의 현장을 휩쓸어버리는 장면을 연출하고 있다. 그리고 태풍은 항구도시를 휩쓸어버린 후 위력을 잃지만 자신의 소멸 과정을 주재하고 있는 '태양'을 향해 자기의 희망을 토로하는 방식으로 시적 진술의 대단원을 매듭짓는다. 태풍이라는 자연의 위력을 동원하여 현대 문명의 모순과 비리의 현장을 뒤엎고 그 파괴의 어두운 분위기에서 극적으로 벗어나기 위해 다시 태양을 불러내고 있는 셈이다. 이 특이한 시적 구상은 결국 대자연의 힘을 통해 새로운 질서를 회복하고 생명력을 추구하고 있다는 점에서 일종의 원시주의적 상상력[10]의 구현에 해당하는 것으로 평가할 수 있다. 서구 모더니즘에서 원시주의는 발육 불능 상태에 빠져든 서구의 감수성을 해체하고 전복하려는 시도였고 '원시적'이고 '이질적인 것'의 도움을 빌려 문화적 소생을 꾀하고자 하는 노력이었다. 더구나 새로운 문명의 건설을 위해서는 거대한 파괴의 행위가 필수적이었던 것이다.

김기림 자신도 그의 시론 가운데에서 현대시가 보여주는 중요한 특징 가운데 하나로 원시(原始)에의 지향을 주목하고 있다. 그는 원시성의 동경이야말로 현대 예술의 어떤 위대한 불만의 표현이라고 단언하기도 했다. 그리고 그것은 문화의 영역에 있어서의 새 출발 때문에 필요한 힘의 회복을 위하여서임을 강조하였다.[11]

> 끝없는 들 언덕 위에서
> 나는 데모스테네스보다도 더 수다스러울게다.
> 나는 거기서 채찍을 꺾어버리고
> 망아지처럼 사랑하고 망아지처럼 뛰놀게다.
> 미움에 타는 일이 없을 나의 눈동자는
> 진주보다도 더 맑은 샛별
> 나는 내 속에 엎드린 산양을 몰아내고
> 여우와 같이 깨끗하게

---

10  라이오넬 트릴링은 모더니즘 문학이 문화비판의 한 방법으로서 '원시'를 사용하며, 문명의 결점을 완화하기 위해 '원시'의 특성들을 옹호한다고 주장한 바 있다. 여기서 원시주의는 일종의 사회비평으로 이해되고 있다. Lionel Trilling, *Beyond Culture: Essays on Literature and Learning*, London: Secker & Warburg, 1966, p.20.

11  김기림, 「현대시의 표정」, 『시론』, 119~122쪽.

누이들과 친할게다.

나의 생활은 나의 장미.
어디서 시작한 줄도
언제 끝날 줄도 모르는 나는
꺼질 줄이 없이 불타는 태양.
대지의 뿌리에서 지열을 마시고
떨치고 일어날 나는 불사조.
예지의 날개를 등에 붙인 나의 날음은
태양처럼 우주를 덮을게다.
아름다운 행동에서 빛처럼 스스로
피어나는 법칙에 인도되어
나의 날음은 즐거운 궤도 위에
끝없이 달리는 쇠바퀼게다.

「기상도」는 태풍이 휩쓸며 파괴해버린 제국주의 문명의 초라한 자취를 그려내면서 그 폐허의 터전 위에 태양의 생명력을 통해 새로운 세계의 질서가 회복될 수 있음을 노래하고 있다. 태풍은 항구도시를 휩쓸고 지나간 후에 내륙으로 올라가면서 그 위력을 잃게 된다. 밤이 지나고 태양이 떠오르면서 태풍은 완전히 스스로 소멸한다. 태풍의 일생은 바람결이 대지를 감싸 돌면서 그렇게 마감된다. 세찬 바람과 엄청난 비를 함께 몰아온 태풍으로 파괴된 도시 공간은 어둠 속에 갇혀버린다. 그렇지만 그 어둠을 살라버릴 수 있는 것은 인간의 힘이 아니다. 파괴의 공포와 암흑의 밤이 지나고 다시 아침이 되면 태양이 떠오른다. 그리고 거기서 새로운 자연의 질서가 회복되기 시작한다. 이 위대한 자연의 힘은 재생의 의지이면서 동시에 건강한 새 생명의 탄생을 의미한다. 태양이 솟아오르는 사이에 태풍은 자신이 들고 있던 채찍을 꺾어버리고 끝없는 들판 언덕 위에서 망아지처럼 뛰는 훈풍으로 변해버린다. 물론 태풍은 언제든지 다시 살아날 수 있다.

대지의 지열을 마시고 다시 불사조처럼 일어날 수 있으며, 빛처럼 스스로 피어나는 법칙에 인도되어 끝없이 달릴 수 있는 것이다.

이처럼 「기상도」는 태풍의 파괴력과 태양의 원대한 생명력을 역설적으로 대조하고 있는 흥미로운 시적 구상을 제시하고 있다. 이 시에서 시인은 제국주의의 식민지 지배 모순을 원시적 자연의 힘으로 붕괴시키고 그 위에 인간이 다시 만들어가는 새로운 문명사회의 질서는 밝고 건강한 생명력과 순리에 의해 작동하기를 소망한다. 대자연의 법칙에서 벗어날 수 없는 것이 인간이다. 인간은 자연의 질서 속에서 조화와 균형을 찾고 그 삶의 가치를 찾아야 한다. 이 시의 결말에 해당하는 '쇠바퀴의 노래'는 결국 문명의 길인 동시에 인간이 나가야 할 길을 암시한다. 그리고 그것은 서구 제국주의의 침략과 식민지 지배라는 역사적 모순 속에서 위태롭게 전개되고 있는 현대 문명의 위기를 극복하기 위해 모더니스트 시인 김기림이 제기한 하나의 방법적 대안이다.

「기상도」에서 확인할 수 있는 이 같은 반제국주의적 태도에는 일제의 식민지 지배 상황 속에 속박당해 있던 조선 지식인의 자의식이 반영되어 있다. 김기림은 일본 유학의 경험을 통해 일본 제국의 막강한 권력을 주체와 대립되는 '타자'로 인식할 수 있게 되었고 제국의 권력과의 동일시를 거부함으로써 식민지 현실 속에서 자기 주체를 소외시킬 수밖에 없게 되었다. 이 과정 속에서 그는 강압과 착취, 감시와 검열의 거듭되는 박해를 회피하기 위해 원초적인 생명력과 참된 인간 사회의 질서를 자연의 원리를 통해 찾아 나선 셈이다. 그러므로 「기상도」의 시적 상상력은 그 상상력의 자유를 통해 제국주의와 그 식민주의적 확대를 거부할 수 있게 되었으며 태양의 힘을 부르는 원시주의적 주문을 통해 인간 세계의 새로운 질서에 대한 자유로운 구성을 가능하게 하고 있다. 물론 이 시에서 표현하고자 하는 것은 서구 제국주의의 내적 문제점들에 대한 비판적 인식이다. 그 모순의 현실에 대한 자기 교정의 방식을 거대한 태풍이라는 자연의 힘을 태양의 생명력을 통해 구하고 있는 것은 다음과 같은 구절에 그대로 드러나고 있다.

> 벗아
> 태양처럼 우리는 사나웁고
> 태양처럼 제빛 속에 그늘을 감추고
> 태양처럼 슬픔을 삼켜버리자
> 태양처럼 어둠을 살워버리자

장시 「기상도」는 오도된 제국주의 문명에 대해 도전하고 비판하면서 그 전복적 에너지와 비판적 힘의 상당 부분을 태양이라는 원초적 자연으로부터 취하고 있다. 이러한 접근법은 김기림의 시적 상상력이 모순의 현실로부터의 일탈이라든지 도피의 욕구에서 나온 것은 아님을 말해준다. 이 것은 오히려 인간 정신에 내재한 자기교정의 경향을 시적으로 형상화하기 위한 시도라고 할 수 있다. 이 자기교정과 정립의 힘은 인간 사회가 본래의 궤도에서 벗어날 때면 고개를 드는 것이다.[12] 그러므로 「기상도」의 원시주의적 상상력은 역사적 현실에 대한 비판적 이해와 함께 반제국주의의 태도에 의해 촉발된 것이라고 할 수 있다. 이것은 막대한 지배 제국의 힘의 불균형을 뒤집고 압제적 식민지 현실을 해체하기 위해 사용된 자기반성적 정서의 형상화 방법에 해당한다.

## 4. 「기상도」의 탈식민주의적 성격

김기림의 장시 「기상도」는 1930년대 중반 불안한 국제 정세의 급격한 변화 과정을 '태풍'의 발생과 그 소멸을 추적하는 과정에 빗대어 비판적으로 그려내고 있다. 이 작품에서 시인이 급변하는 국제 질서와 문명의 충

---

12  Michael Bell, *Primitivism*, London : Methuen, 1972, p.62.

분석과 해석

돌과 그 붕괴를 예견하는 하나의 '기상도'를 상상하고 있다는 점은 주목을 요한다. '기상도'라는 제목은 이름 그대로 일기의 변화를 예측하여 지도상에 그려 보이는 상상의 지도를 말한다. 일기도에는 기압골의 배치를 표시하는 등고선과 기후 변화를 말해주는 몇 개의 기호가 지도 위에 간략하게 표시된다. 특정지역의 기온과 기압을 측정하고 그 변화를 예측하여 지도 위에 표시하지만, 전체적으로 기상의 변화를 단순 추상화하여 그려내는 것이 특징이다. 그럼에도 불구하고 김기림은 태풍이 발생하여 그것이 이동하는 경로를 예상해두고, 그 태풍이 육지로 상륙하여 도시를 휩쓰는 장면을 시적 상상력을 동원하여 구체적으로 그려보고자 한다. 물론 현대의 정치 현실에 대한 지정학적 관찰과 문명 비판은 그것이 어느 정도 관념의 유희를 벗어나고 있느냐에 따라 그 성패가 판가름된다. 하지만 이 작품을 통해 시인이 형상화하고자 한 시적 주제의 폭이 너무 넓고 지나치게 추상적이라는 점은 부인할 수가 없다. 시적 의미의 전개에서 있어서의 일관성의 결여라든지 시적 진술의 불균형 등을 지적했던 기존 연구자들의 불만이 일정 부분 수긍되는 것은 이 때문이다.

「기상도」의 시적 주제와 그 성격은 거대한 '태풍'이 휩쓸어가는 지리 공간의 식민주의 역사와 문화에 대한 어느 정도의 지식을 전제하지 않고서는 이해하기 힘들다. 이것은 김기림 자신이 언급한 바 있듯이 현대 문명에 대한 지식 또는 그 비판적 인식이 요구된다는 점을 말해주는 것이라고 할 수 있다. 실제로 이 시의 텍스트에서 볼 수 있는 진술의 중층성과 각각의 장면에 등장하는 화자의 극적인 배치는 이 시에서 구상하고 있는 일기 예보와 태풍의 이동 경로를 시적 배경으로 삼을 수 있을 때에만 그 특징이 드러난다. 다시 말하자면 반제국주의적 관점에서 만들어진 심상지리의 특성을 실제의 역사 지리적 공간과 결합시켜야만 그 시적 형상성을 구체적으로 인식할 수 있는 것이다. 1930년대 지구상의 모든 면적의 80% 이상은 서구 제국의 식민지이거나 또는 식민지였다. 실제로 서구 제국의 정치·

군사적 통제로부터 벗어나 있었던 지역은 별로 많지 않다. 그러므로 중국 해안의 특정 지역에 대한 지리 역사 배경만을 강조하지 않더라도 식민주의의 특성이나 보이지 않는 피식민지의 저항의 특성은 도처에서 발현되고 있다.

「기상도」는 시적 발단에서부터 동양의 초기 근대화 과정이 서구의 식민지화와 겹쳐지면서 야기하고 있는 사회 문화적 모순에 초점을 맞춤으로써 서구 제국의 힘으로 문명화된 중국의 항만 도시 마카오와 홍콩 그리고 상하이 일대를 시적 배경으로 자연스럽게 부각시켜놓고 있다. 시적 진술 내용 자체도 태풍의 발생과 그 이동 경로를 예상하면서 서구 제국의 지배를 받고 있는 이 지역이 태풍의 위력에 의해 붕괴되는 모습을 그려낸다. 이 상상의 장면은 사실 '기상도'라는 가상의 일기도 위에서만 가능한 것이지만, 굴욕을 참고 지내온 식민지 조선의 시인만이 가질 수 있는 일종의 비판적 역사의식의 투영이라고 할 만하다. 이 시에서 식민지로 전락한 동양을 바라보는 시인 자신의 태도를 반제국주의적 관점에서 논의해야 하는 이유가 여기 있다. 특히 일본의 식민지 지배 아래 비슷하게 왜곡된 근대화의 과정을 경험하고 있던 조선의 현실을 생각한다면 이 시가 문제 삼고자 하는 현대 문명의 모순과 세계 정치의 험난한 '기상도'를 충분히 이해할 수 있는 것이다.

「기상도」의 시적 진술은 복잡한 논쟁을 수반하게 되는 지리 역사적 배경을 단순화하여 요약적으로 제시하면서 그 특징적 장면들을 몽타주 방식으로 배열하고 있다. 이 시에서 볼 수 있는 풍자와 조소, 과장과 축소의 방법은 피상적 관찰에 의한 것처럼 보이기도 하지만 식민주의적/탈식민주의적 관점과 그를 통해 관찰된 사례들로 이어지고 있다. 그러므로 각각의 장면들이 때로는 역사 문화적 요건을 적시하거나 지리적·공간적 위치를 중시하기도 하고 정치 사회적 의미를 강조하기도 한다. 시적 진술의 주체로서 화자가 제기하는 이러한 문제들은 서로 다른 지역의 사례와 부딪칠 수도

분석과 해석

있지만 그 강조점이나 전망들이 모두 반제국주의적 관점에서 재음미될 필요가 있는 것이다.

「기상도」에서는 태풍의 발생과 이동, 그리고 그 소멸의 과정이 거대한 자연의 원리로 파악되고 있다. 태풍은 스스로의 힘으로 일어나고 스스로 그 힘을 잃고 소멸한다. 이 자연의 힘 앞에서 인간이 만들어낸 문명이라는 것은 속수무책이며 보잘것이 없다. 서구 제국의 야욕에 의해 강요된 지배 질서가 문명이라는 이름으로 그 위용을 자랑하던 곳이 동양 속의 작은 유럽으로 추켜세워진 마카오와 홍콩이며 서구 제국의 정치 무대로 변해버린 상하이 일대이다. 시인은 자신이 그리고자 하는 '기상도' 위에서 더 이상 이러한 현대 문명의 불균형과 부조화의 기압 배치를 용인하고 싶지 않았던 것이다. 그는 서구 제국의 문명의 우월성을 자랑하는 이 도시 공간을 태풍이라는 자연의 힘을 빌려 휩쓸어버리고자 한다. 지배와 굴종, 차별과 멸시가 문명이라는 이름으로 가려진 착취의 현실을 그대로 덮어둘 수 없었기 때문이다. 식민지라는 불평등의 공간을 자연의 힘을 빌려 쓸어내고자 하는 「기상도」의 상상력에서 그 시적 지향 자체의 반제국주의적 속성이 특히 주목되는 이유가 여기에 있다고 할 것이다.

「기상도」의 결말에서 드러나고 있듯이 시인이 꿈꾸고 있는 밝은 '태양'의 힘은 대자연의 원시적 생명력과 그 질서라는 거대한 원리 위에서 작동하고 있다. 이것은 식민지에 대한 제국주의의 횡포와 억압에 대응하고자 하는 시인의 의지와 직결된다고 할 수 있다. 동시대의 시인 이상이 연작시 「오감도」를 통해 상상적으로 펼쳐보였던 현대 문명에 대한 공포 역시 이와 비슷한 구도를 보여준 바 있다. 「기상도」는 제국주의 탈을 쓰고 있는 냉혹한 자본주의의 질서에 대한 시인의 비판의식을 '기상도'라는 상상의 그림 위에 펼쳐 보이고 있는 셈이다. 이것은 일본의 식민지 지배 현실의 한국적 특수성을 문명사적인 차원으로 끌어올려 보편적 시각에서 그 문제성을 규명하고자 했던 모더니스트의 발상과 기획이라는 점에서 그 의미를 소홀히 다룰 수 없는 일이다. 장시 「기상도」에 숨겨진 탈식민주의적 관점이 새롭게 강조되어야 하는 이유가 여기 있다.

제4부

# 연작소설의 양식적 가능성

## 1

　연작소설이란 무엇인가? 이것은 장르의 문제인가 기법의 문제인가? 연작소설이 궁극적으로 지향하고 있는 점은 무엇이라고 설명할 수 있는가? 이런 질문은 소설의 장르 개념에 연관되는 일반적인 이론을 문제 삼고 있는 것처럼 보이지만, 실상은 매우 중요한 논쟁적인 의미를 담고 있다. 그 이유는 연작소설이라는 독특한 소설적 형태가 작가들의 꾸준한 관심사가 되고 있음에도 불구하고, 그 성격과 개념이 비평적인 관점에서 제대로 정리되지 못하고 있다는 사실과 연관된다. 연작소설이라는 명칭도 분명히 언제 어디서부터 유래된 것인지 밝혀져 있지 않으며, 그 특성에 대해서도 별다른 연구 작업을 찾아볼 수가 없다. 작가들도 연작소설의 형태를 어떤 방식으로 이해하고 있는지를 밝힌 경우가 없다.

　연작소설의 형태는 소설 문단에서 주목되었던 성과들을 놓고 볼 때 분명한 하나의 소설적 유형 개념으로 자리 잡고 있다. 연작소설이라는 명칭으로 불리는 작품들을 보면, 대개 여러 편의 독립된 단편소설들이 한데 결합하여 커다란 한 덩어리의 이야기를 만들고 있다. 하나의 큰 이야기를 이루기 위해 작은 단위의 삽화들이 이어져 있는 셈이다. 이 경우에 등장인물, 배경, 주제 등이 모두 전체적인 이야기의 내용과 짜임새를 고려하게 된다. 연작소설의 형태에서 작은 단위의 삽화들이 결합하는 방식은 이야기의 계기적 연속성에 근거할 수도 있고, 독립된 삽화들이 어떤 외형적인 틀에 의해 병렬적으로 배열될 수도 있다. 모두가 소설적 주제의 방향에 따라 결합되는 것이기 때문에, 연작으로 묶이는 이야기의 내적 상호 관계에 의해 연작소설의 성격이 규정된다.

연작소설의 본질은 독립된 형태로 발표된 작품들을 모아 하나의 큰 이야기로 만든 점에서 찾을 수 있다. 물론 각각의 작품이 지니는 독자적인 분절성의 의미와 전체적인 큰 이야기 덩어리의 연작성 사이에 독특한 긴장을 유지해야 한다. 결국 연작소설은 그 서술 구조에서 드러나는 분절성과 연작성의 긴장과 이완 관계를 통해 그 서사의 진행이 가능해지는 것이다. 연작소설은 연작 방법으로 묶인 각각의 작품이 어떻게 그 독자적인 분절성을 유지하면서 내적 결합을 추구하느냐에 성패가 달려 있다. 연작소설의 형태가 다른 어떤 소설의 경우보다도 다양한 변화를 드러내고 있는 것은 바로 이 같은 특징에서 비롯되는 것이다.

그동안 연작소설의 형태로 주목되었던 작품들을 보면 1967년 발표한 최인훈의 「총독의 소리」로 거슬러 올라간다. 그러나 연작소설의 성격이 뚜렷하게 범주화하게 된 것은 1970년대 이후 이문구의 『관촌수필』, 『우리 동네』, 조세희의 『난장이가 쏘아올린 작은 공』, 박태순의 『정든 땅 언덕 위』, 이문열의 『젊은 날의 초상』, 박완서의 『엄마의 말뚝』, 문순태의 『징소리』, 김주영의 『천둥소리』 등을 통해서라고 할 수 있다. 그리고 서정인의 『달궁』에서 연작소설의 형태가 새롭게 조명될 수 있는 계기를 만들고 있으며, 최수철의 『고래 뱃속에서』와 같은 작품이 연작소설의 형태를 유지하면서 독자들의 새로운 관심을 불러일으킨 바 있다.

이 같은 창작적인 성과와 그 경향은 연작소설의 본질이 무엇인가를 되묻지 않을 수 없도록 만드는 충분한 계기를 제공하고 있다고 할 것이다.

연작소설의 형태가 작가들에 의해 지속적인 관심의 대상이 되고 있다는 것은, 연작소설 형태의 등장이 특정한 작가의 개인적인 창작 취향과는 별개의 문제임을 말해주는 이유가 된다. 그러므로 연작소설이라는 것이 지향하는 연작 방법이라는 소설적 서술 기법이 어떠한 미학적 요건을 지닐 수 있는지를 검토하는 일이 필요하다.

## 2

한국문학에서 연작소설의 형태가 지속적으로 등장하면서 평단의 관심을 모으게 된 이유가 어디에 있는가? 이에 대한 해답은 두 가지 차원에서 제시될 수가 있다. 첫째는 소설 외적인 차원에서 검토되어야 할 문제이다. 이것은 작품의 발표 방법과 매체의 상업적 요구와 직결되어 있다. 둘째는 연작소설의 형태가 대개 몇몇 단편소설의 결합을 통해 이루어지는 것이므로, 단편소설의 장르적 확대 문제와 연관시켜 볼 수 있다. 이 두 가지 영역의 해명이 결국은 연작소설의 실체와 그 미학적 요건을 밝히기 위한 예비 작업이 될 것이다.

연작소설의 형태는 독립적으로 발표되었던 여러 작품이 연작 방법에 따라 한 덩어리로 묶일 때에 그 구체적인 내용과 형식이 드러난다. 모든 중편소설이나 단편소설은 작품이 발표되는 순간에는 그 방향과 성격, 규모와 내용 등을 정확하게 파악할 수가 없다. 각각의 작품이 발표되는 방식과 그것을 수용하는 매체의 요구에 따라 달라질 가능성이 크다.

연작소설은 특정 지면에 고정되어 지속적으로 발표해야 하는 연재소설과는 달리 얼마든지 발표 지면을 이동할 수 있다. 게다가 독립된 형태의 단편소설로 하나하나의 작품을 발표하는 것이 발표 지면의 확보에도 유리하다는 점도 고려할 수 있다. 특히 연작소설은 독립된 작품의 형태로 한 편씩 발표되는 동안, 독자들에게 현실의 삶을 누리는 과정과 흡사하게 삶의 여러 단계와 양상을 체험할 수 있게 한다. 이러한 방법은 소설 속에서 독자들이 더욱 가깝게 삶의 창조 과정에 가담할 수 있도록 유도하는 것이므로, 잘 만들어진 전체적인 이야기의 윤곽을 미리 염두에 둘 필요가 없는 것이다. 연작소설에서 연작 방법은 결국 발표 지면의 자유로운 이동과 함께 전체적인 이야기의 틀을 보다 개방적으로 운용할 수 있다는 점에 그 특징이 있다고 할 것이다.

연작소설의 형태에 관한 관심은 소설 내적 요건에서 무엇보다도 중요시해야 할 것이 장르 확대의 개념이다. 이미 언급한 것처럼 연작소설의 형태로 묶인 작품들은 주로 단편으로 발표되었다가, 각각의 단편이 공유하고 있는 속성에 따라 연결되면서 더 큰 덩어리의 이야기로 확대된다. 이러한 방식은 여러 개의 짤막한 이야기를 모아 더 큰 이야기를 만들려고 하는 상상력의 본질과도 연관된다. 이러한 현상을 소설사의 전체적인 흐름 속에서 설명할 수 있다. 전후소설 이후 소설사의 주류를 형성했던 것이 단편소설이었던 점을 생각한다면, 1970년대 이후 연작소설 형태가 증식되는 현상은 단편소설의 장르적 한계에 대한 인식과 직결된다는 점에서 더욱 중요하다. 산업화 과정 속에서 소설에 대한 대중적 관심이 확대되었고, 소설의 내용 또한 사회적 쟁점으로 관심을 집중하는 변화를 나타내고 있다. 전작의 형태로 장편소설이 많이 발표되고 있으며, 중편소설이 그 장르적인 위치를 고정시키면서 상당한 영향력을 발휘한다. 말하자면, 소설의 서사 내적 공간이 확장되어 그 길이가 길어지는 경향을 드러내게 된 것이다. 연작소설의 형태가 성행하게 된 것은 이러한 소설의 장르적 확대 경향을 그대로 입증해 보이는 셈이다.

일반적인 의미에서 단편소설이란 사회관계의 어떤 한 측면의 본질이, 객관적으로 발생하는 사건으로서의 하나의 갈등에 대한 묘사를 통해 표출되는 짧은 이야기 형식을 말한다. 단편소설의 단일성이라든지 간결성, 압축성 등은 여기서 따로 떼어낼 수 없는 본질적 속성이 된다. 단편소설은 제재의 복합성이나 사건의 역사적 지속성 등을 허용하지 않으므로, 이야기 속에서 그려지는 사회의 역사적 발전을 전체적으로 조망할 수가 없다. 단편소설이 삶의 전체적인 모습을 다면적으로 보여주는 커다란 이야기 형식인 장편소설과 장르적 본질을 달리하는 까닭이 여기에 있다. 그러나 장편소설은 사회적 현실과 인간의 삶을 전체적인 모습으로 형상화해야 한다는 요구에 따라 크게 융성하고 있다. 단편소설이 인간의 삶의 총체성을 감당하기 어려운 상태에 놓여 있던 시대에 더욱 장편소설이 주목되었다는 점을 알 수 있다. 이 같은 소설의 장르 선택 문제는 문학 양식에 관한 사회적 요구를 반영하는 것이 보통이다. 산업화의 과정을 밟기 시작한 한국 사회가 다양하게 변화하면서 개인의 존재와 삶의 의미가 사회적 기반 위에서 전체적으로 재조정하기 시작한 것이라고 할 수 있다. 개인과 사회, 역사와 현실의 상호 관계를 통합적으로 해석하지 않으면 안 되는 시대적 상황에 직면하자, 소설적 형식의 장편 지향적인 변화가 나타나게 되었다는 설명이 가능해진다. 삶의 현실과 사회상황을 총체적으로 형상화하기 위해 소설적 장르의 확대를 요구하게 되었다고 달리 설명할 수 있을 것이다.

연작소설은 사회 변화에 따라 시대적 요구로 등장한 중간적인 절충 형태의 소설이다. 단편소설의 형식으로서는 감당하기 어려운 과제들을 놓고, 그 장르 확대의 가능성을 모색하는 과정에서 연작소설의 등장이 소설 양식의 확대 가능성을 확인시켜주고 있다. 물론 여기에는 작가 자신의 삶에 대한 태도의 변화가 수반된다. 실제로 연작소설의 형태로 묶인 하나하나의 단편소설들은 일단 연작으로 묶이는 순간부터 이미 독립된 단편소설로서의 성격보다는 연작소설이 추구하는 더 큰 덩어리의 이야기 형식에 종속된다. 각각의 작품이 유지하고 있는 단편소설의 특성을 그대로 지닌 채 동시에 더 큰 이야기 덩어리의 전체적인 균형 속에 묻혀버리는 것이다. 다시 말하면, 각각의 작품이 단편소설의 속성을 유지하고자 하는 분절성의 특징과 함께 더 큰 이야기로 묶이는 연작성의 특징을 공유하는 것이다.

그러므로 연작소설은 작은 것과 큰 것, 부분과 전체의 긴장 속에서 연작으로 확장된 소설 공간을 기반으로 하여 삶의 다양성과 전체성을 동시에 표출하게 되는 것이다. 이러한 특징은 단편소설만으로는 불가능하며, 하나의 엄격한 구조를 염두에 두어야 하는 장편소설만으로도 접근하기 어려운 점이다. 연작소설이라는 중간적 형태가 지니는 독특한 이완적 속성에 의해 이 같은 양면적 특징이 비롯되고 있기 때문이다.

### 3

이문구는 연작의 방법을 소설적 창작 기법으로 활용하여 독창적인 성과를 거두어들인 작가다. 그는 자기 시대의 삶의 문제에 치열하게 대응하면서 산업화의 과정에 피폐해가는 농촌의 현실을 통해 우리 사회의 모순 구조를 확인하고자 하였다. 그의 대표작인『관촌수필』과『우리 동네』는 모두 연작소설의 형태로서 독특한 소설적 긴장을 살려낸 문제작이다. 이 작품들의 문학적 성과는 작가의 현실 인식라든지 소설적 주제의식을 통해 주목된 바 있지만, 연작소설의 형태로 드러내고 있는 기법과 문체의 고안도 매우 중요한 의미를 지닌다고 할 것이다.

『관촌수필』은 연작 방법을 통해 한국전쟁 이후의 농촌 사회의 변모와 농민들의 삶의 변화를 작가의 체험 영역 속으로 끌어들여 다양한 각도로 서사화한다. 이 작품은 1972년부터 발표하기 시작한 「일락서산」, 「화무십일」, 「행운유수」, 「녹수청산」, 「공산토월」, 「관산추정」, 「여요주서」, 「월곡후야」 등 여덟 편의 중단편소설을 연작 방법으로 한데 묶어놓고 있다. 이 작품은 '수필'이라는 제목에서도 암시하고 있는 것처럼 삶의 현실에 대한 객관화를 의도적으로 회피하면서 오히려 주관적인 진술을 바탕으로 이야기를 이끌고 있다. 그러므로 작중화자의 서술자로서의 위상과 그 목소리가 특히 주목된다. 작가 자신도 여러 곳에서 밝히고 있듯이 이 작품 속에서 그의 집안과 마을, 유년 및 소년 시절의 여러 일들을 개인적 회상의 방법으로 기술하고 있다.

『관촌수필』의 작중화자가 '나'라는 일인칭의 인물이라는 점은 여러 가지의 의미를 가진다. 이러한 일인칭 화자의 설정은 물론 형식적인 면에서 서사적 기법의 문제에 속하지만, 이야기 속에서 서술상의 초점과 성격의 초점을 일치시키고 있다는 점을 주목할 필요가 있다. 그 이유는 작가 자신의 체험 영역이 작중화자인 '나'의 회상을 통해 재현됨으로써 작가와 화자의 위상이 서로 겹쳐 있게 되었기 때문이다. 다시 말하면, 이 소설에서 작중화자인 '나'는 작가 자신임을 알 수 있다. 『관촌수필』의 이야기는 작중화자인 '나'를 중심으로 서사의 근간을 이루고 있는 시간과 공간이 각각 이중적으로 배치된다. 왜냐하면, '나'의 머리 속에서 회상된 과거의 고향과 그속에 살았던 사람들의 모습들이 지금은 전혀 달라져버린 고향의 모습에 겹쳐 드러나고 있기 때문이다. 작중화자는 오랜만에 고향 관촌을 찾는다. 이 고향 찾기의 동기는 이야기 속에서 크게 강조되지는 않고 있다. 그러나 이것은 전체 이야기의 흐름 속에서 서서히 중요성을 더해간다. 작중화자는 고향을 찾아오지만, 이미 퇴락해버린 고향집과 떠나버린 고향 사람들, 그리고 도시처럼 변해버린 고향 마을의 모습에 충격을 받는다.

『관촌수필』에서 작중화자가 회상하고 있는 고향의 모습 가운데 6·25 전쟁이라는 비극적인 체험이 자리하고 있다는 것은 의미심장하다. 작중화자가 그려내고 있는 소년 시절의 경험 가운데 전쟁은 가장 큰 상처로 남아 있다. 그것은 부친의 죽음으로 비극성을 고조시키기도 하고 가족의 몰락과 이산으로 고통을 배가시킨다. 어린 시절의 추억에 담겨진 모든 소중한 것들이 전쟁을 통해 무너지고 사라져 버린 것이다. 「일락서산」에서는 엄정한 자세로 덕망을 유지했던 조부의 모습과 좌익 운동가로 활약하다가 죽음을 당한 부친의 모습이 대조된다. 「화무십일」에서도 전쟁의 경험이 중심을 이루지만, 화자의 시선은 이웃으로 옮겨진다. 전쟁으로 인한 이

연작소설의 양식적 가능성

옷의 몰락도 놓치지 않고 있다. 「행운유수」와 「녹수청산」에서는 화자의 기억 속에 각인된 옹점이와 대복이라는 인물이 그려진다. 옹점이는 화자의 집에서 함께 기거하며 부엌일을 도맡아 했던 인물이다. 그녀는 전쟁으로 인해 남편을 잃어버린 채 결국은 약장수 패거리와 함께 떠돌이 신세로 전락한다. 화자의 단짝 친구였던 대복이는 어린 시절 아름다운 추억을 함께 나눌 수 있는 존재였지만, 전쟁으로 인해 완전히 변해버린다. 「공산토월」에서는 이웃의 석공의 모습을 그려낸다. 화자의 부친을 따랐던 석공은 부친으로 인해 야기된 온갖 피해에도 불구하고 끝까지 화자의 집안일들을 돌봐주었던 인물이다.

이러한 여러 이야기 속에서 가장 큰 문제의 지점에 자리하고 있는 것이 6·25전쟁이다. 이 전쟁은 소설적 화자의 회상을 통해 가족의 몰락과 이산, 고향 사람들의 참변과 변모, 고향 자체의 붕괴라는 비극을 야기하고 있다. 작가 이문구는 바로 이 역사적 비극에 정면으로 대응하면서, 작중화자의 개인적인 회상적 진술이라는 소설적 장치를 이용하여 몰락해버린 자기 가족을 재구해보기도 하고, 흩어진 고향 사람들을 다시 모으기도 하며 잃어버린 고향을 그려낸다. 물론 이러한 접근 방식은 전쟁의 의미를 더 이상 개인사의 차원에 묻어두지 않겠다는 작가 자신의 의도와 관련된다.

『관촌수필』은 전쟁의 비극적인 체험을 소설적으로 재현하고자 하는 노력의 일환으로 평가할 수 있다. 그리고 작가 이문구가 문제 삼고 있는 전쟁과 가족의 몰락과 고향의 상실은 단순한 과거의 사실이 아니라 자기 체험의 영역이라는 점에서 더욱 치열한 긴장 상태를 노정한다. 소년 시절의 성장 과정 속에서 민족 분단과 전쟁을 체험한 그가 한 세대를 넘어서는 시간적인 간격을 유지하면서 조심스럽게 자기 체험을 객관화하고자 하는 의욕을 드러내고 있기 때문이다. 이문구는 『관촌수필』의 작중화자처럼 객관적인 시간적 간격을 유지할 수 있게 됨으로써 전후소설이 보여준 자폐적인 공간을 뛰어넘고 소시민적인 피해의식도 극복할 수 있는 가능성을 확보하게 된다. 그리고 지극히 인간적인 태도로 자기 체험의 과거 속을 넘나들고 있다.

물론 작중화자는『관촌수필』의 이야기 속에서 자신이 소년 시절에 겪었던 전쟁 체험 자체에만 집착하지 않는다. 오히려 당시의 전쟁과 그 비극적 양상이 오늘의 현실에서 어떻게 인식될 수 있는지를 문제 삼는다. 분단과 전쟁과 피난의 과정을 통해 이루어진 근원적 삶의 공간을 상실하였고 그로 인한 현실적 갈등으로 삶의 공동체 의식마저 붕괴된 사실을 더 큰 문제로 제기하고 있다. 결국 이 소설은 시간적인 간격을 갖고 있는 전쟁의 체험을 현실적 상황과 결부시킴으로써 과거와 현재의 중첩, 상황성의 지속적인 조건 등을 동시에 포괄하고 있으며, 훼손된 공동체로서의 고향을 소설 속에서 재구성을 기획한다. 이 같은 방법은 회상적 진술, 시점의 이중성, 이데올로기로부터의 영향 밖에 존재했던 소년 시대의 관점을 동원하는 소설적인 장치까지 마련해오면서 그 진폭을 확대하고 있는 것이다.

이문구의 연작소설『우리 동네』에는 아홉 편의 단편소설이 결합되어 있다. 이 단편소설들은 모두 그 자체로서 완결된 형식을 갖추고 있는 독립된 작품으로 발표되었기 때문에, 전체적으로 서술상의 연속성을 유지하고 있지 않다. 각각의 작품 속에 등장하는 인물들도 모두 다르다. 다만 아홉 편의 단편소설에 등장하고 있는 인물들과 그 인물들에 의해 빚어지고 있는 사건들이 모두 하나의 공통적인 소설 공간인 '우리 동네'를 기반으로 전개된다. 여기서 말하는 '우리 동네'는 곧 오늘의 농촌임은 물론이다.『우리 동네』는 연작 방법을 활용함으로써 당초에 개별적이며 삽화적이었던 단편소설의 이야기들을 하나의 연작소설이라는 외형적인 틀에 담아내어 '우리 동네'라는 삶의 공동체를 하나의 총체적인 모습으로 그려내고 있다. 물론 단편적인 삽화들이 갖는 독자적인 의미도 중요하다. 그러나 이러한 단편적인 삽화들을 하나의 틀 속에 가두어놓음으로써,『우리 동네』는 보다 구체적인 농촌의 삶의 다양성을 전체적으로 형상화할 수 있게 된 것이다.

『우리 동네』에서 작가가 주목하고 있는 농민의 삶은 근대화의 과정에서 소외되어 온 궁핍한 농촌 현실과 서로 겹쳐 있다. 산업화의 과정이라는 것이 도시의 확대와 함께 상대적으로 농촌의 희생을 초래했다는 사실은 누구도 부인할 수 없는 일이다. 급속한 공업화의 물결 속에서 농업의 후진성을 벗어나지 못하게 되었고, 농촌의 노동력이 도시로 이동하면서 농업 생산력의 저하를 가져옴으로써, 농촌의 궁핍화가 더욱 가속화된다. 그렇기 때문에 절대적인 궁핍을 어느 정도 벗어나고 있다 하더라도 농촌의 현실은 더욱더 상대적인 빈곤 상태에 빠져들게 된 것이다. 적정의 생산비를 산정할 수 없게 억제되고 있는 농산물의 가격이라든지, 농촌의 실정을 제대로 파악하지 못한 상태에서 실시를 강요하고 있는 허망한 농업 정책, 그리고 제대로 공급되지 못하고 있는 농약과 비료라든지 부족한 농기구 등에 이르기까지 모든 문제가 구조적으로 얽혀서 농촌의 궁핍을 조장하고 있는 것이다.

『우리 동네』에서 다양하게 그려지고 있는 농촌의 궁핍상은 농촌 생활의 부조리한 관행들과 함께 더욱 심화된다. 농민들은 관공서의 지시라든지 지침을 거의 빼놓지 않고 이행하는 우직한 순박성을 갖고 있다. 그러나 관공서의 모든 행정이라는 것이 행정 자체의 편의성에 따라 움직이도록 되어 있기 때문에, 농민들은 언제나 행정의 편의주의에 골탕을 먹는다. 영농 자금의 대출 과정, 농산물의 수매 과정 등에서 농민은 언제나 절차를 따지는 관공서의 편의주의에 의해 밀려나는 것이다. 이 같은 관행은 농촌 사회의 현실을 더욱 암울하게 하는 구조적인 문제로 제기되고 있다.

그런데『우리 동네』라는 연작소설에서 작가가 무엇보다도 더욱 관심을 집중하고 있는 부분은 오늘의 농촌이 경제적 궁핍과 사회구조적인 모순 속에서 스스로 내적인 붕괴를 시작하고 있는 점이다. 농촌 사회의 내적인 붕괴를 조장하고 있는 가장 핵심적인 요인은 도시로부터 흘러들어오기 시작하는 소비문화의 위력이다. 전기가 들어오면서 생활의 편익을 도모하게

분석과 해석

되었으나, 곧이어 가전제품들이 들어오고 텔레비전이 들어오면서 농촌 생활의 고유한 패턴이 무너지게 된다. 물론 농촌의 근대화라는 말로써 이 같은 현상을 긍정할 수도 있으나, 소비적인 생활방식이 농촌의 생산적 생활 태도를 밀어내기 시작한 것은 농촌 사회의 근본적인 특성을 흔들어놓는 결과가 된다. 그렇기 때문에, 전통적인 인간관계의 신뢰가 무너지기 시작한다. 남편과 아내 사이의 갈등이 생기고, 자식과 부모 사이의 대립이 노골화되고 있는 것이다.

『우리 동네』의 연작소설 형태에서 주목해야 할 특징은 상황과 주제를 반복시키면서 총체적인 문제 인식에 도달하도록 하는 연작 방법이라고 할 것이다. 이 작품은 소설 속의 이야기가 계기적으로 이어지는 것이 아니라 각각의 상황을 병치하고 있기 때문에, 서사적 시간의 확장이 중시되지 않는다. 그러므로 아홉 편의 작품들 사이에 내적인 연관성이 긴밀하게 작용하고 있지 않으며, 발전적인 인물의 성격 형성도 전혀 드러나 있지 않다. 아홉 편의 단편소설이 각각 서로 다른 각도에서 농촌의 현실을 보여주며, 아홉 편의 단편소설의 결합을 통해 그 상황성의 확대를 가능하게 하고 있는 것이다. 이러한 현상은 외형적인 틀이 암묵적으로 요구하고 있는 병렬적 방법이라는 것이 이야기 자체의 지속적인 발전을 차단시키고 있는 점과 직결된다. 그리고 바로 이 같은 특징으로 인하여 주체적인 자기 발전을 실현하기 어려운 상황에 갇혀 있는 오늘의 농촌의 현실을, 『우리 동네』가 연작소설의 형태를 통해 구현하고 있는 것이라고 설명할 수 있는 것이다. 결국 『우리 동네』의 연작소설 형태는 구체적인 농촌 현실의 다양한 면모를 제시하기에 알맞은 새로운 이완된 형식으로 자리 잡고 있는 셈이다.


4

최수철의 『고래 뱃속에서』는 열네 편의 중단편을 연작 방법으로 묶어놓은 연작소설이다. 여러 지면에 발표했던 작품들을 '고래 뱃속에서'라는 하나의 제목으로 묶어 장편소설처럼 간행했다. 이 작품의 전체적인 내용을 통해 확인할 수 있는 연작 방법에 대한 작가의 배려는 우선적으로 각각의 작품이 차지하는 분절성과 연작으로 묶이면서 획득하고 있는 전체성 사이의 구성적인 긴장으로 나타나고 있다. 여기서 말하는 구성적 긴장이란 이문구가 시도했던 연작 방법과는 분명한 차이를 보여준다. 『고래 뱃속에서』는 하나의 연작소설의 형태로 묶이는 과정에서 각각의 중단편소설이 지니고 있던 독자성 또는 분절성을 거의 제거해버리고 있다. 각각의 작품에 붙어 있던 독자적인 제목을 모두 없애버렸고, 등장인물도 고유명사를 제거하고 모두 '그'라는 단일한 삼인칭 시점으로 고정시켰다. 이러한 외형적인 변화는 『고래 뱃속에서』에 포함된 작품들이 연작 방법으로 결합된 것이라는 사실을 거의 인식할 수 없게 만들고 있다. 이 같은 방식은 언뜻 보기에 제임스 조이스의 『더블린 사람들』에서 확인할 수 있는 연작소설의 내적인 패턴과도 흡사하다. 『더블린 사람들』에서 더블린이라는 공간은 닫혀 있는 상황성의 의미를 지니고 있다. 그리고 등장인물들 모두가 바로 그 닫힌 공간으로부터의 탈출을 꿈꾼다. 『고래 뱃속에서』도 역시 현실적 상황의 유폐적 특징을 소설적 공간에서 강조한다. 그러므로 모든 등장인물은 마치 '고래 뱃속'에 들어 있는 듯한 막막한 기분을 느끼며 그 닫힌 공간으로부터의 탈출을 시도하고 있다.

『고래 뱃속에서』의 연작 방법에서 주목되는 것은 상황과 무드의 지속이다. 이 작품에서 그려내고 있는 이야기는 구성의 원리에 따라 전개되는 사건과는 거리가 멀다. 대부분 우연하게 돌출하는 사건들이다. 이 사건들에 대한 세부적인 묘사적 설명이 전체적인 분위기를 조성한다. 그리고 그 독특한 무드 속에서 비롯되는 갖가지 사념들이 뒤엉키면서 소설의 내적 공간을 확장시킨다. 그러므로 소설의 독자들은 이야기의 내용 속에서 시간의 개념이 정신적으로 재구성되고 있다는 점을 유의해야 한다. 일관된 흐름을 가지지 못하고 있는 사건, 인과적 논리를 거부하고 있는 행위에서 이미 시간은 인간 운명의 척도가 되지 못하고 있다.

최수철은『고래 뱃속에서』를 통해 자기 스스로 작품 속에서 이야기할 것을 모조리 미리 알고 서술하는 전통적인 서사 원리를 거부하고 있다. 오히려 작가의 입장에서 말해야 할 것을 완전히 알아차리고 있지 않은 듯한 애매한 태도를 보여준다. 잘 고안된 하나의 이야기를 만들어놓는 것이 아니라, 현실 속에서 거의 무감각적으로 삶의 한복판에 서는 것과 같은 방식으로 독자들에게 소설적 공간에 끼어들도록 유도한다. 창조의 삶에 대한 가담이라는 의미로 그의 소설은 무게를 지니는 것이다. 이러한 소설적 기법에 근거하여『고래 뱃속에서』의 느슨한 이야기들은 내적인 연계성을 유지한다. 잡다한 생각과 무자각적인 것처럼 보이는 느낌과 충동, 그리고 우연하게 맞부딪치는 사건들이 작품 속에서 이어지는 과정을 한마디로 규정할 수는 없다. 그러나 이 소설에서 활용한 연작 방법을 통해 시간성의 의미가 제거된 대신에 얻어내고 있는 것은 공간 자체의 상황성이다. 이 소설의 이야기에서 중력과 무중력의 대립적 상황이 반복되고 있는 것은 연작 방법과 그 내적 이완의 원리가 아니고서는 해명하기 어려운 일이다.


5

서정인의『달궁』은 연작 방법이 요구하는 외형적인 틀은 겉으로 드러나 있지 않다. 하지만 연작 방법을 통해 부분적으로 발표했던 작품들을 하나로 묶으면서 서사의 내적 결속을 더욱 단단하게 유지하고 있다.『달궁』의 이야기는 인실이라는 한 여주인공의 삶의 과정을 다루고 있다. 고향을 버리고 떠돌던 여주인공의 삶이 여러 각도에서 조명되고 있기 때문에, 어조의 일관성이나 시점의 일치를 고려하지도 않고 있다. 여주인공의 출향과 고통의 삶과 비극적인 죽음 등을 매우 복잡한 사회적 연관성 속에서 파악하고 있을 뿐이다. 이 작품에서 주인공의 삶의 과정을 그려내는 방식은 총체적인 삶의 모습과 그 의미를 거대한 서사의 흐름에 따라 추구해가는 과정과는 전혀 거리가 멀다. 이 소설은 주인공의 삶의 과정을 역사성에 근거하여 설명하지도 않으며, 하나의 완결된 구조로 형상화하지도 않는다. 오히려 삶을 철저하게 해체하고 파편화한다. 그것이 바로 이 작품에서 시도하고 있는 새로운 연작 방법이다.

『달궁』의 전체 이야기 속에는 거의 삼백 개에 가까운 짤막한 삽화들이 배열되어 있다. 모든 삽화는 각각 소제목이 붙어 있고 그 이야기의 길이가 대개 원고지 15매 내외로 이루어져 있다. 이토록 짧은 길이의 삽화이기 때문에, 각각의 삽화들이 독자적인 사건의 단위로서의 의미를 갖추고 있다고 보기는 어렵다. 이야기 단위의 구조적 완결성을 결여하고 있는 셈이다. 그럼에도 불구하고 이 삽화들이야말로 이야기의 전체적인 구성에 필수적인 요소가 된다. 그리고 이 삽화들을 배열하고 결합해가는 방법이『달궁』의 소설적 기법의 핵심에 해당된다.『달궁』의 작은 삽화들은 대개 소묘적인 특징을 드러내기도 하고, 작가 자신의 개인적인 의견의 진술처럼 제시되기도 한다. 그러므로 각각의 삽화들은 사고와 감상과 언어를 거의 자유롭게 놀도록 방임한 상태로 내비친다. 그러나 이 같은 삽화의 처리는 우발적인 것이 아니라 상당한 고안에 의한 것이다. 특히 작가 자신의 삶에 대한 해석 방법과 그 소설적 구현의 기법에 따른 것임은 물론이다. 이 삽화들은 작가 자신도 밝힌 바 있듯이 시작도 끝도 없는 세상을 사는 이야기에 해당되며, 이러한 삽화의 중층적인 구조 또는 교직(交織) 상태를 통해 삶의 참모습이 드러나게 된다. 그러므로『달궁』의 삽화들은 계기적인 결합이나 인과적인 배열 방식을 따르지 않고 있다. 그것들은 중첩되기도 하고 대립되기도 하고 건너뛰기도 하고 중단되기도 한다. 그런 가운데에서 서로 관련을 맺고 의미를 형성한다.

서정인이『달궁』을 통해 그려내고 있는 삶의 모습은 전통적인 리얼리즘

분석과 해석

의 소설 기법을 통해서 이해하기 어렵다. 거기에는 행위의 인과적인 의미가 고정적으로 드러나 있지 않으며, 삶의 목표나 가치에 대한 신념도 나타나 있지 않다. 작가는 삶의 미완의 의미에 오히려 집착을 보이며, 그 부분적이며 파편적인 상태를 통해 삶의 의미를 해체시킨다. 『달궁』에서 삽화들의 중첩과 그 교직적인 결합 상태가 삶 그 자체의 입체적인 모습이라고 한다면, 이러한 기법이 소설의 형식과 삶의 형식을 대응시키는 또 다른 원리가 될 수도 있을 것이다.

최수철의 『고래 뱃속에서』와 서정인의 『달궁』에서 확인할 수 있는 연작소설의 기법은 단순한 소설적 고안의 의미를 넘어서고 있다. 최수철의 경우 연작성의 방법이 공간화의 기법으로 활용되고 있는 것이라든지, 서정인에 의해 불확실한 삶의 입체화를 위해 수용되고 있는 것은 모두 중요한 발견에 해당된다. 그것은 삶에 대한 인식 방법의 새로움일 수도 있고, 소설적 방법의 새로움일 수도 있기 때문이다. 이러한 가능성이 바로 연작성의 방법이 갖는 형식적인 개방의 의미와도 통한다는 점을 생각한다면, 그 가능성을 소설적 미학의 차원으로 끌어올릴 수 있는 노력이 수반되어야 할 것이다.

# 6

연작소설은 일반적으로 작은 단위의 이야기들의 결합 방식을 통해 그 형태가 드러난다. 개개의 독립된 이야기들이 독자적으로 추구하고 있는 개별성과 더 큰 덩어리로 이어져 하나의 이야기로 결합되고자 하는 필연성 사이에 통일된 균형을 유지할 수 있는 경우, 연작소설의 형태가 성립된다. 그러므로 연작소설의 형태는 반드시 개개의 이야기들이 어떤 핵심적인 개념이나 원리에 따라 서로 연결되어 더 큰 하나의 이야기가 된다는 결합의 조건을 전제로 하게 되는 것이다.

연작소설의 형태에서 주목되는 것은 개개의 이야기들이 독자적으로 유지하고자 하는 개별성의 의미가 전체 작품 속에서 어떻게 분절의 균형을 지키느냐 하는 점이다. 그리고 개개의 이야기들이 분절성의 균형 속에서 어떻게 더 큰 이야기로 결합되는 연작의 요건을 확보하느냐 하는 문제도 똑같은 중요성을 지닌다. 다시 말하면, 연작소설의 형태는 분절성과 연작성의 긴장관계에 의해 그 성격이 규정된다고 할 것이다. 연작소설의 형태에서 그 기본적인 특성을 규정해주는 연작 방법은 더 큰 이야기 전체를 이룩하기 위해 동원되는 작은 단위들 사이에 내재하는 결합관계에 의해 성격화된다. 연작소설에서 널리 활용되고 있는 연작 방법은 이문구가 시도한 바 있는 중첩과 병렬의 기법이 있다. 작은 이야기의 중첩과 병렬은 내용의 반복 또는 대칭의 관계를 이용하여 주제를 확대 심화하거나 공간을 확장해 갈 수 있는 효과를 거둔다. 그러나 외형적 틀 자체가 느슨한 것처럼 개개의 이야기들의 내적 연관관계가 긴밀하지 못하다. 서정인이나 최수철의 경우에는 개개의 작은 이야기를 더 큰 덩어리의 이야기 속에 구조적으로 결합하기 위해 계기적으로 이어놓기도 하고 서로 중첩하기도 한다. 이 같은 연작 방법은 이야기의 내적 연관성과 그 긴장 관계를 유지하고 그 자체의 변화와 역동적 의미를 그려내기에 용이하다.

연작소설은 소설의 서사적 의미 영역을 확대하기 위해 시도되는 소설적 기법의 소산이다. 연작소설의 형태는 새로운 소설적 형식의 발견을 의미하는 것이 아니다. 그것은 기존의 소설 형식에서 유도해낸 새로운 변화라고 할 수 있다. 자신의 소재를 통해 구현할 수 있는 문학적 가능성을 최대한 확보하기 위해 새로운 방법을 찾아내는 것은 작가의 목표이다. 그러므로 문학의 영역에서도 새로운 장르의 출현이나 기법의 발견은 언제나 주목된다. 하지만 한국 소설에서 주목되는 연작소설의 형태가 새로운 장르적 가능성을 갖고 있는가를 묻는 것은 아직 때 이른 감이 없지 않다. 장르

분석과 해석

의 가능성은 미적인 가치의 범주에 관한 규정까지 포함하는 일이기 때문이다. 아직도 연작소설의 형식적인 특성과 그 미적인 요건은 명확한 구분이 이루어지지 못하고 있다. 연작소설의 형태를 연작 방법이라는 소설적 기법의 차원에서 그 특징을 설명할 수밖에 없는 이유가 여기 있다.

# 분단소설의 역사적 변화

## 1

한국문학에서 '분단문학'이라는 개념은 민족 분단의 상황적 조건에 대한 역사적 인식을 근거로 하여 성립된 것이다. 그러므로 분단 상황과 이에 대응하는 시대정신의 전체적인 모습은 분단문학의 역사적 전개 양상을 통해 확인할 수 있다. 한국문학은 1945년 해방과 함께 민족 전체의 삶과 그 가치를 새롭게 구현할 수 있게 되었지만, 열강의 대립 속에서 강요된 민족의 분단이 해방 이후 한국인들의 삶에 또 다른 제약으로 작용하게 되었다. 특히 민족과 국토의 분단이 좌우 이념의 갈등을 저변에 깔고 있었기 때문에 한국인의 삶 전체가 이데올로기의 요구에 따라 그 문제적 범주가 한정되었다. 그러므로 해방 이후 한국문학에 가장 커다란 영향을 미치고 있는 역사적 상황은 식민지 지배로부터의 해방과 함께 강요된 민족 분단이라고 할 수 있다.

한국문학은 분단 상황이라는 당대의 현실과 직접적으로 연결되어 있다. 민족 분단의 문제성을 한국전쟁의 소용돌이 속에서 절실하게 체험했으며 분단 체제가 고착되는 동안 이념의 대립과 갈등에서 비롯된 정치 사회적 긴장을 문학의 영역 안에서 다루지 않을 수 없게 되었다. 그러므로 분단문학에 대한 비평적 접근은 분단 상황에 대한 철저한 규명과 인식을 전제하지 않고는 불가능하다. 분단문학은 분단 상황에 대응하는 역사인식의 논리, 삶의 태도 및 방향 등을 문학적으로 형상화하고 있는 것이 그 특징이다. 분단문학에 대한 논의는 대개 분단 상황과 연관되는 6·25전쟁, 이산가족, 이데올로기 문제 등을 문학적 소재로 다룬 작품을 대상으로 삼고 있다. 분단 상황의 문제적 요소가 이러한 소재를 통해 가장 적나라하게 드러나고 있기 때문이다. 그러나 이러한 소재의 영역은 분단문학의 실체를 이해하는 데에 있어서 매우 협소한 일면만을 제공해주고 있다. 분단문학의 성격은 민족 분단과 직접 관련되는 소재의 문제만이 아니라, 민족 분단에 대한 인식 방법에 따라 결정되는 것이기 때문이다.

'분단문학'은 분단 상황의 문제성을 문학의 영역에서 논의하기 위해 고안된 비평적 개념이기 때문에 다양한 형태의 논리와 지향점을 드러내고 있다. 분단문학의 개념과 범주에 대해서는 한국전쟁을 중심으로 '6·25 문학'이라는 소재적 차원에 한정하고 있는 경우가 많다. 그러나 그 성격이나 정신적 지향에 대해서는 분단 극복의 전망을 논리화하고자 하는 노력에 대해 적극적인 평가를 부여하고 있다. 분단문학이 궁극적으로 통일 지향의 문학이 되어야 한다는 주장이 있는가 하면, 민족 공동체 의식의 문학적 구현을 실천적 과제로 제기하고 있는 경우도 찾아볼 수 있다. 이 같은 다양한 논의들은 결국 분단문학에 대한 관심 자체가 각기 다른 시각에서 출발하고 있음을 뜻하는 것이며, 분단문학의 실체에 대한 인식의 차이가 적지 않음을 말해주는 것이다.


2


분단문학의 성립과 그 전개 양상은 한국전쟁 이후 1960년대까지를 첫 단계로 구분해볼 수 있다. 한국전쟁은 민족의식의 분열과 대립은 물론이고 분단 상황 자체를 고착시켰다. 전쟁으로 인한 삶의 터전의 황폐화, 정치의 혼란, 이념적 대립과 긴장 상태가 지속되는 동안, 문학은 정신적 위축상태를 벗어나지 못한 채 순수의 가치에만 매달렸고, 황폐한 현실과 삶의 고통을 넘어서는 초월적 절대 공간 속에서 존재의 위기를 그려내고자 하였다. 더구나 전후의 한국 사회의 현실은 한국전쟁으로 확대된 이념의 분열과 대립 문제에 대한 총체적 접근을 허용하지 않았다. 그러므로 분단 상황으로부터 기인하고 있는 민족 모순과 황폐한 삶의 현실에 대한 비판적 인식도 불가능하였던 것이다.

황순원은 해방 직후 좌우 이념의 대립과 남북 분단 상황 속에서 장편소설 『카인의 후예』(1954)를 통해 현실적 삶의 좌표를 선택적으로 제시하고 있다. 이 소설은 작가 자신이 해방 직후 북한에서 체험했던 살벌한 테러리즘을 소재로 삼고 있으며 토지개혁이 시행될 무렵의 북한의 한 마을을 배경으로 이야기가 전개된다. 이 소설은 악덕 지주로 몰려 토지를 빼앗긴 채 수난을 겪는 박훈이라는 청년을 주인공으로 내세운다. 박훈은 야학을 운영하면서 계몽운동에 앞장서온 지식인이지만 토지개혁이 몰고 올 엄청난 변혁의 물결에 긴장한다. 박훈의 입장과 반대편에 선 도섭 영감은 박훈 집안의 마름으로 살아온 농민이었지만 토지개혁 후 박훈의 땅을 차지할 욕심에 공산주의자로 변신하여 마을 농민위원장으로 악덕 지주의 숙청에 앞장선다. 이 같은 갈등 구도의 중간에 자리하고 있는 인물이 도섭 영감의 딸 오작녀이다. 주인공 박훈에게 오작녀는 신분이나 지식, 교양의 차이 등을 모두 초월한 사랑의 대상으로 그려진다. 결혼에 실패한 오작녀는 어린 시절부터 연정을 키웠던 박훈을 위해 자신의 모든 것을 바치고자 한다. 그녀는 공산주의자로 변신한 아버지 도섭 영감과는 반대로 박훈의 집안에 머물면서 그를 돌봐준다. 그리고 박훈이 악덕 지주로 몰려 처단될 위기에 처하게 되자 그를 구해낸다. 박훈이 도섭 영감을 죽이려다가 실패한 후 오작녀와 함께 월남을 결심하는 것이 이 소설의 마지막 장면이다. 박훈은 해방 공간에서 폭발하게 되는 이념의 소용돌이를 직접 체험하면서 가족과 고향을 모두 잃은 채 결국 남한을 선택한 것이다. 이러한 그의 선택은 삶의 가치를 여지없이 짓밟아버리는 맹목적인 이데올로기의 횡포를 비판하면서 당대적 현실에 대한 비판적 재인식을 촉구하고 있다.

이범선의 소설적 관심은 「학마을 사람들」(1957)에서와 같이 민족 공동체 의식의 회복과 역사에 대한 철저한 인식에서부터 시작되어 「오발탄」(1959)에서 볼 수 있는 사회비판의 정신으로 확대된다. 「오발탄」은 전쟁 당시 월남한 실향민 일가의 생활을 사실적으로 그린 작품이다. 작품의 주인공은 가난한 월급쟁이이며, 해방촌의 빈민굴에서 고향을 그리다가 미쳐버린 어머니, 양공주가 되어버린 누이, 학업을 중단하고 입대했다가 상이군인이 되어 돌아온 동생, 영양실조로 누렇게 된 딸과 만삭의 아내가 주변에 자리 잡고 있다. 이러한 피폐한 삶의 현실 속에서 동생은 경찰에 강도죄로 잡혀가고 아내는 병원에서 죽게 된다. 병원으로 달려갔던 주인공은 헤어날 수 없는 좌절감에 빠져들어 사람이 세상에 태어난 것은 '조물주의 오발탄'이라고 내뱉는다. 이 작품은 전쟁으로 인해 삶의 근거지였던 고향을 잃고 방황하는 사람들의 정신적인 황폐와 물질적인 빈궁의 문제를 제기한다. 특히 주인공의 삶을 통해 분단의 고통과 전쟁의 상처로 얼룩진 부조리한 전후 현실을 긴장감 있게 그려내고 있다.

4·19학생혁명 직후 발표된 최인훈의 『광장』(1960)은 분단문학의 새로운 장면을 열어놓은 문제작이다. 이 소설의 주인공은 남북의 분단 상황과 한국전쟁의 참상을 직접 체험한 후 자신이 꿈꾸었던 자유의 광장을 찾고자 한다. 하지만 그는 어느 곳에서도 인간의 삶의 의미를 구현할 수 있는 광장을 발견하지 못한다. 결국 주인공은 이 소설의 결말 부분에서 남과 북을 모두 버리고 제3국을 선택한다. 물론 이 같은 선택은 자기 주체에 의해 삶의 가치를 확립할 수 없는 시대적인 강요로 이루어진 것이라는 점에서 비극적인 의미를 가진다. 이 작품은 북쪽의 사회구조가 갖고 있는 폐쇄성과

집단의식의 강제성을 고발하면서 동시에 남쪽의 사회적 불균형과 방일한 개인주의를 비판하고 있다. 그러므로 주인공은 남과 북 어느 쪽도 진정한 인간의 삶을 충족시키기 어렵다는 판단에 따라 분단 상황을 거부하고 이념의 중립 지대를 찾아나선다. 하지만 이 소설은 결말에서 주인공의 자살을 암시함으로써 이념 선택의 기로에서 개인의 정신적 지향의 한계를 극적으로 제시하고 있다. 이와 같은 선택은 결국 남북 분단 상황에 대한 적극적인 도전 대신에 분단 상황으로 인한 피해의식을 관념적으로 표출하는 데에 관심이 집중되어 있음을 보여준다.

박경리의 『시장과 전장』(1964)은 민족 분단과 전쟁이라는 역사적 비극을 총체적으로 재조명하기 위해 두 개의 공간을 설정하고 있다. 하나는 '시장'이라는 이름의 일상의 공간이며, 다른 하나는 '전장'이라는 이름의 갈등과 투쟁의 공간이다. 소설의 여주인공은 사범학교 출신으로 교사로 활동하고 있는 동안 6·25전쟁을 맞는다. 그리고 남편이 부역자로 몰려 죽게 되는 비극을 체험한다. 그녀는 남은 가족을 이끌고 고통스런 삶의 현장에서 스스로 한복판에 서게 된다. 이 소설에 등장하는 또 다른 문제인물은 전장 속에서 자신의 이념을 포기하지 않고, 결국은 지리산 빨치산으로 변신하는 공산주의자인 기훈이다. 그는 생존의 문제보다는 이념의 가치에 맹목적으로 매달려 있다. 이 소설은 남자들의 전장이 지니는 파괴와 약탈과 맹목적인 이념의 횡포를 보여주면서 동시에 여자들이 중심에 서 있는 현실적인 삶의 공간인 시장의 가능성을 제시한다. 전장은 모든 것을 파괴하고 모든 것을 약탈하지만 시장은 생명을 부지하면서 새로운 삶을 도모하고 살아가기 위한 모든 수단을 더불어 모은다. 이 소설이 궁극적으로 강조하는 것은 전장이라는 이념의 대립과 갈등과 투쟁만이 존재하는 전장이 아니라 삶 자체가 문제가 되는 시장이라는 일상적 공간의 중요성이다.

3

한국문학은 1970년 초반부터 '유신체제'라는 정치 사회적 억압 상황에서 급격한 산업화 과정을 겪었고 문학의 사회 문화적 역할에 대한 인식이 확대되자 산업화 과정에서 드러나게 된 한국 사회의 비리와 모순을 적극적으로 비판하기 시작했다. 그리고 이러한 격동의 사회 변화 가운데 민주화의 단계로 접어들게 된다. 정치 사회적인 측면에서의 민주화와 경제적인 면에서의 평등의 실현은 분단 상황이라는 시대적 모순의 극복을 통해서 이루어질 수 있는 것임은 물론이다. 문학의 영역에서 분단 이념에 대한 새로운 도전이 시작된 것은 바로 이러한 사회적 변화와 직결되어 있다.

분단문학의 새로운 가능성은 이른바 '이산(離散)문학'이라고 일컬어지기도 하는 소설을 통해 제기되었다. 이산문학은 민족 분단과 전쟁으로 인한 가족의 파괴를 문제 삼으면서 분단 상황에 대한 비판적 인식을 소설적으로 형상화한 작품을 말한다. 윤흥길의 「장마」(1973), 김원일의 『노을』(1978), 전상국의 「아베의 가족」(1979) 등이 대표적인 이산문학의 형태로 주목된 바 있다. 이들 작품은 분단 이데올로기를 해체하면서 훼손된 가족 공동체의 동질성을 회복하고자 하는 시도를 보여준다. 「장마」는 혈육의 정을 바탕으로 이념 대립이 노출하고 있는 갈등의 양상을 보여주면서 한 가정의 구성원들 사이에 존재하는 전쟁의 상처를 감동적으로 형상화하고 있다. 소설 속의 화자는 삼촌과 외삼촌 사이의 이념적 대결 문제에 할머니와 외할머니로 표상되는 혈연관계의 끈을 놓지 못하고 간단없는 혼란을 겪는다. 모두가 피해자이며 모두가 가해자일 수 있는 전쟁에서 이데올로기의 지향이란 무의미한 선택일 뿐이다. 이 소설은 이데올로기의 대립과 갈등을 넘어서기 위해 혈연 의식을 기반으로 하는 보다 높은 차원의 용서와 화해를 요구한다. 그리고 이러한 화해를 통해 분단 의식의 극복 가능성을 제시하고 있다.

전상국의 「아베의 가족」은 전쟁의 현장과 전후의 현실을 함께 살아온 한 여인의 삶의 과정을 통해 아물지 않는 전쟁의 상처를 드러낸다. 이 소설에는 미국 이민 생활을 하는 한국인 가족이 등장한다. 이 가족의 중심에 어머니와 아들이 자리하고 있다. 미국 생활에 점차 익숙해지고 있는 아버지와 딸의 모습과는 달리 어머니는 이민 생활을 힘겨워한다. 어머니는 아무에게도 말할 수 없는 아베의 출생에 관한 비밀을 노트에 적어나간다. 어머니는 6·25가 일어나기 두 달 전에 결혼한다. 강원도 춘천의 샘골마을에 그녀의 시댁이 있다. 시아버지는 일제강점기에 일본 유학까지 했던 개명한 인물로 마을 사람들의 신망이 두터웠던 유지이며 부면장을 지냈다. 어머니는 사범학교를 졸업한 뒤 서울에서 대학을 다니던 최씨댁 아들과 결혼했다. 그러나 전쟁이 터지자 남편은 군에 입대한다. 전쟁의 혼란 속에서 시아버지 최씨가 인민군에게 살해당하고 어머니는 임신 상태에서 미군 병사에게 강간당한 후 아이를 낳는다. 아이는 저능아로 태어나 말도 제대로 하지 못하고 '아베'라는 소리만 낼 뿐이다. 전쟁이 끝났지만 남편은 결국 귀가하지 못한다. 어머니는 전쟁이 끝난 후 아베를 데리고 새로 만난 김씨를 따라 나설 수밖에 없게 된다. 김씨는 다른 일은 거들떠보지 않으면서 아베를 돌보는 일에 힘을 쏟는다. 이들 부부 사이에 아들과 딸 남매가 태어나 단란한 가족을 이룬다. 그러나 김씨 가족은 전쟁의 상처로 인하여 제대로 삶의 터전을 제대로 일구지 못한 채 아베를 버리고 미국 이민을 택한다. 하지만 고국에 두고 온 아베를 잊을 수 없다. 소설의 후반부에서 작중 화자는 한국 근무 미군으로 자원하여 의붓형인 아베를 찾아나선다.

「아베의 가족」의 이야기는 '아베 감추기'와 '아베 찾기'라는 상반된 행위 구조가 서사의 핵심을 이루고 있다. 이민을 떠나기 직접에 어머니는 '아베'를 어딘가에 버린다. 새로운 삶을 위해 아베의 존재를 감추고자 한 것이다. 하지만 그것으로는 '아베'라는 존재를 지워버릴 수가 없다. 아베는 바로 이들 가족 모두에 해당하기 때문이다. '아베'는 분단의 고통을 앓고 있는 두 집안의 내력을 감추고 있으며 전쟁의 비극을 상징하는 살아 있는 아픔으로 여전히 남아 있다. '아베'의 가족은 전쟁이 남긴 깊은 상처와 그 아픔을 견뎌야 하는 피해자들이다. 그러므로 이 소설에서 상징적으로 그려진 '아베' 찾기는 분단 현실에 대한 성찰과 탐구를 의미한다. 분단의 고통은 감추어지는 것이 아니라 그 깊은 상처를 찾아내고 치유해야만 극복할 수 있다.

분단문학은 분단과 전쟁의 비극성을 해부하면서 한국 현대사의 역사적 전개 과정 속에 감춰져 있던 사회적 모순 구조까지 동시에 추적해보고자 하는 노력으로 이어진다. 김원일의『겨울 골짜기』(1987), 조정래의『태백산맥』(1989) 등은 이데올로기에 대한 비판적 인식을 바탕으로 하여 이념적 분열에 의해 훼손된 민족의식의 실체 규명을 시도하고 있다. 장편소설『겨울 골짜기』는 1951년 2월 실제 있었던 '거창 양민 학살 사건'을 배경으로 그 사건에 연계된 문씨네 일가의 고난사와 '빨치산'의 생활상을 다루고 있다. 소설 속의 이야기도 빨치산으로 산에 숨어 있는 인물과 마을에 남아 있는 인물의 시점을 번갈아 사용함으로써 좌우 이념의 분열과 대립의 전체적인 모습을 볼 수 있게 한다. 특히 이 소설은 한국 사회에서 오랫동안 금기시되어온 빨치산이란 소재를 정면으로 다루면서 그들의 인간적인 면모를 부각시켜놓고 있다.『태백산맥』은 1948년 10월 남한 단독정부의 출범 직후 전남 여수, 순천 지역에서 발발한 공산당의 '여순 반란 사건'의 실마리를 더듬어가는 것으로 시작된다. 이 소설의 이야기는 국방군의 토벌 작전에 밀려 지리산으로 숨어 들어간 빨치산들의 행적을 추적하면서 그들이 선택한 이데올로기의 실체가 무엇인가를 규명하는 데에 목표를 두고 있다. 실제로 이 작품은 여순 반란 사건과 지리산의 빨치산 운동 등으로 이어지는 공산당의 유격 활동의 실상을 파헤치면서 민족의 이념적 분열과 전쟁의 비극이 상당 부분 민족 내부의 모순에 기인하고 있음을 반성적으로 성찰하고 있다. 이 작품들이 거두고 있는 소설적 성과는 이데올로기의 첨예한 대립의 현장을 그려내면서도 결코 그것을 관념적인 논의로 이끌어가지 않고 있다는 점에서 찾아진다. 『겨울 골짜기』의 경우는 한 가족 구성원을 중심으로 그들의 삶의 모습을 통해서 이념 대립의 한복판에까지 뛰어들게 되는 과정을 보여준다. 『태백산맥』에 등장하는 인물들은 일제강점기에서부터 사회구조의 모순과 비리에 항거하다가 해방 직후 현실의 암울한 상황에 반발하면서 역사의 한복판으로 나서고 있음을 확인할 수 있다. 특히 분단 상황에 대한 정공법적인 접근을 통해 이데올로기 소심증에 걸려 있던 문학의 정신적 위축상태를 어느 정도 벗어나고 있는 것은 주목할 만한 특징이다.

4

한국의 분단문학은 민주화 과정을 거치면서 1990년대 이후 새롭게 그 위상을 조정하게 되었다. 이러한 변화를 확인하기 위해서는 임철우의 장편소설 『붉은 산 흰 새』(1990)와 『봄날』(1997)을 주목할 필요가 있다. 『붉은 산 흰 새』는 한국전쟁 당시의 비극적 상황을 낙일도라는 작은 섬을 공간적 배경으로 하여 복원해내고 있다. 소설의 주인공은 전쟁 뒤 15년 만에 부친의 묘소를 이장하기 위해 고향 낙일도를 찾는다. 그리고 부친의 삶과 죽음에 얽힌 이념의 참극을 다시 확인한다. 그의 부친은 전쟁 당시 지주로 지목되어 죽음을 당했다. 그리고 그의 아내마저 공산 청년들에게 강간당한다. 전쟁이 끝난 후 주인공은 아내가 낳은 첫아들이 자기 아들이 아닐 수 있다고 생각하면서 아내를 구박하고 끝내 실성한 아내를 밖으로 내친다. 결국 전쟁으로 인하여 일가족은 처참하게 붕괴된 셈이다. 그렇지만 주인공은 모든 아픔을 확인하고 다시 그것을 쓸어 덮으면서 살아남은 자가 감당해야 할 고통을 극복할 수 있는 길을 찾는다. 그런데 작가는 이 가족의 삶의 과정을 1980년 5월의 광주민주화운동의 한 장면을 보여주고 있는 장편소설『봄날』로 이어놓고 있다. 광주에서 전당포를 운영하고 있는 한원구는『붉은 산 흰 새』에서 부친의 묘소 이장을 위해 고향 낙일도를 찾았던 바로 그 인물이다. 그는 아내 청산댁과 아들 무석, 명치, 명기, 그리고 딸 명옥을 슬하에 거느리고 있다. 한원구의 전처 귀단은 실성한 후 집을 나가 행방불명이 되었다. 작가는 이 가족 구성원들을 광주민주화운동의 거대한 흐름 속에 다시 배치한다. 그리고 이들이 한편으로는 계엄군에 서서 다른 한편에서는 시민의 입장이 되어 다시 대립하는 과정을 그대로 보여준다. 이것은 한국전쟁 당시의 상황과 광주민주화운동이 역사적인 필연처럼 서로 연결되어 있음을 암시한다. 그리고 민족 분단이라는 시대적 조건이 전쟁의 비극과 광주민주화운동의 엄청난 희생을 강요했음을 말해주고 있다.

황석영의 장편소설『손님』(2001)과『바리데기』(2007) 속의 이야기는 이산 문학의 북한편에 해당한다고 할 수 있다.『손님』의 주인공은 미국에 살고 있는데 형이 세상을 떠나자 이상한 꿈과 환영에 시달린다. 그는 화장한 형의 유골 한 조각을 챙겨 고향인 북한 땅을 방문한다. 그런데 기이하게도 평양으로 떠나는 비행기에 오르는 중에 홀연 그의 앞에 돌아간 형의 유령이 나타나 귀향을 위한 먼 여행에 동행한다. 죽은 자와 살아남은 자가 동행하는 이 기이한 귀환의 여로는 그 자체가 일종의 환상적 구도를 보여준다. 고향인 황해도 신천을 찾은 주인공은 지나간 기억을 더듬어보지만 그 변화의 실상을 제대로 알아보지 못한다. 주인공은 형이 북에 남겨두었던 아들과도 만났고, 고향 이야기를 들으면서 거기 새로 세워진 '학살박물관'을 구경하고 살아남은 사람들의 이야기도 듣게 된다. 한국전쟁 당시 1950년 유엔군의 인천 상륙 직후 자행되었던 고향 마을의 양민 학살 사건이 이야기의 중심에 자리 잡는다. 그리고 당시 기독 청년으로 학살 사건의 중심에 서 있었던 형의 존재를 확인한다. 작가는 이 소설에서 지나간 역사의 아픈 상처를 들춰내기보다는 그 한풀이의 가능성을 제시함으로써 작가 자신이 꿈꾸는 화해와 상생의 세계가 어떤 것인지를 암시하고 있다.

황석영이 시도하고 있는 분단문학의 새로운 형태는 소설 『바리데기』에서 더욱 실감 있게 드러난다. 『바리데기』는 현실적 세계와 환상적 무대를 겹쳐놓고 있는 이색적인 소재의 이야기이지만, 북한을 탈출한 후 온갖 고통을 겪으면서 중국 대륙을 거쳐 대양을 건너 런던에 정착하게 된 탈북 소녀 '바리'의 삶의 여정으로 짜여 있다. 이 소설에서 서사의 원형적 패턴으로 활용하고 있는 '바리데기' 이야기는 흔히 '바리공주' 이야기라고도 한다. 진오기굿 등에서 볼 수 있는 '바리공주'는 지옥의 시왕에게 갇혀 있는 망자(亡者)에게 말미를 들여서 그들을 해방시키는 계기를 마련해주면서 그 망자를 데리고 새로운 탄생과 환생을 위한 준비를 하는 것이 특징이다. 그러므로 '바리공주' 이야기는 죽음의 이야기이면서 동시에 그것을 넘어서는 새로운 삶의 이야기가 된다. 작가는 설화 속의 '바리공주'를 불러내어 소설의 중심에 자리하게 하고 설화적 인물인 '바리공주'와 소설 속 현실의 소녀 '바리'를 서로 포개어놓는다. 그리고 여주인공의 기나긴 탈출의 여정을 통해 개인의 삶과 존재 의미를 부정하는 폭력과 전쟁과 테러의 파괴적 속성을 고발하려는 의도를 숨기지 않고 있다. 이 소설에서 서사의 추동력은 이러한 작가 의식의 치열성에서 얻어지는 것이지만 인간의 고귀한 생명과 그 영혼의 불멸성을 통해 작동하고 있다.

## 5

　한국의 분단문학이 걸어온 과정은 문학 외적인 상황의 변화에 따라 그 방향이 바뀌어왔다. 분단문학은 해방 이후 격변하는 현실 속에서 분단 극복이라는 한국 사회의 정신적 지표를 제시해왔다는 점에서도 중요한 의의를 인정받을 수 있다. 민족과 국토의 분단이라는 비극적 상황을 깊이 있게 인식하고, 그 역사적 조건의 극복을 위해 새로운 비전을 제시하는 데에 분단문학의 역할이 컸다.

오늘의 한국문학은 분단 상황에만 안주할 수는 없는 일이다. 해방 이후의 역사가 민족과 국토의 분단으로 조건 지어진 것이라면, 앞으로 분단문학은 이러한 비극적 조건을 극복할 수 있는 통일 시대의 문학을 정신적 좌표로 설정하지 않으면 안 된다. 그러기 위해서는 오늘의 문학이 한국 민족 전체의 문학으로서 지닐 수 있는 미적 가치와 기준을 더욱 확고하게 확립해 나아갈 수 있어야 할 것이다. 한국의 분단문학이 민족 통합의 시대를 지향하며 민족 전체의 삶의 한가운데에서 그 자체의 관습과 전통을 세워 나갈 수 있다면, 인간의 영원한 삶과 보편적인 정신세계가 그 속에서 자연스럽게 표출될 수도 있을 것이다.

분단문학이 오늘의 분단 상황에서 분단 극복의 길을 추구해야 한다는 것은 당연한 논리이다. 분단문학이 민족 분단의 시대를 배경으로 성립된 것이라면, 그 정신적 지향점이 어디에 있어야 하는가는 자명하다. 분단문학은 분단 논리를 극복하고 민족의 삶의 총체성을 회복하고자 하는 데에 그 의미가 있기 때문이다. 그러므로 분단문학은 분단이라는 민족사회의 내적 모순을 철저하게 비판하는 자세가 전제되어야 한다. 그리고 분단 상황의 문제성에 대한 비판적 인식에서부터 민족 분단 자체의 역사적 모순을 극복하는 데에까지 그 정신적 영역을 확대해야 한다. 분단문학은 결국 분단 논리에 의해 은폐된 한국 사회 내부의 구조적 모순을 규명하고, 그것을 정신적으로 극복하는 데에 그 의미가 있다고 할 것이다.

# 역사소설의 시대적 성격

1

역사소설이란 무엇인가? 역사소설은 특정한 시대의 산물인가? 이런 질문은 역사소설의 본질에 대한 새로운 이해를 요구한다. 21세기라는 새로운 세기의 출발점에서 한국문학은 전환기의 사회적 변화를 바탕으로 다양한 형태의 역사소설을 산출하고 있다. 역사소설의 증식(增殖)이 하나의 문학적 추세처럼 자리 잡고 있는 것이다.

역사소설은 역사 속의 특정 시대와 인물을 서사의 기본적 요건으로 한다. 하지만 그 문학적 지향 자체는 현실적인 삶의 문제를 역사적 과거 속에서 새롭게 발견하는 데에 있다. 물론 현실 속의 삶의 문제에 대한 인식의 지평을 역사적으로 확대할 수 있다는 점도 중요한 의미가 있다. 역사소설의 여기서 문제가 되는 것은 소설적 상상력을 통한 역사적 사실에 대한 재해석이 과연 새로운 소설 미학적 가능성을 열어놓게 될 수 있는가 하는 점이다.

한국문학에서 근대적인 의미의 역사소설은 일제강점기 소설의 사회적 확대 과정에서 새롭게 등장했다. 역사소설은 시간적 과거에 속하는 역사적 무대를 서사적 요건으로 삼는다. 이러한 특징은 역사소설 자체가 현실적인 삶의 문제로부터 벗어나 역사적 과거로 돌아가고자 하는 작가 의식을 일정 부분 반영한다는 것을 말해준다. 작가가 사회 현실에 대한 사실적 인식에서 벗어나 역사적 과거 속에서 그 문제의 본질을 다시 질문하고 있는 셈이다. 그러므로 역사소설의 양식은 결국 그 등장 자체를 가능하게 하는 시대적 상황이나 사회적 배경과 직접적으로 연관되어 있다.

역사소설은 작가의 역사의식보다는 그 서사 자체의 대중성을 기반으로 하여 사회적으로 확대되는 경우가 많다. 여기서 주목되는 것이 역사적 사실의 의미와 허구적 상상력의 힘이다. 역사소설의 본질은 역사적 사실과 소설적 상상력의 결합을 통해 드러난다. 역사적인 소재를 놓고 허구적 서사 원리를 통해 재구성한다는 뜻이다. 역사소설은 역사적 사실과 허구적 요소를 결합하면서, 역사 문제를 현실 속에서 미학적으로 조망할 수 있는 가능성을 열어놓게 되는 것이다.


2

한국문학에서 근대적인 의미의 역사소설은 일제강점기에 등장했다. 이 시기의 역사소설은 지나간 역사 속에 존재했던 영웅적 인물의 삶을 소설적으로 재구성하고 있는 작품들이 많다. 소설 속에서 그려지는 역사적 배경과 그 사회적 의미는 대부분 인물의 형상을 위해 장식적으로 기능한다. 역사소설이 대부분 역사적 상황의 소설적 재현보다 인물의 성격에 대한 소설적 재구성에 관심을 두고 있다는 것은 과거의 역사를 배경 삼은 인간의 성격에 대한 소설적 형상화를 목표로 하고 있음을 말한다.

일제강점기 역사소설의 등장은 1920년대 중반 계급문학 운동에 대한 대타적 인식에서 비롯된 이른바 국민문학 운동의 연장선상에서 그 배경적 설명이 가능하다. 민족의식의 문학적 형상화를 목표로 했던 국민문학 운동은 시조의 부흥과 역사소설의 창조를 실천적 작업으로 내세운 바 있다.

이광수는 1920년대 후반부터 역사소설의 창작에 앞장서고 있다. 그의 역사소설은 대부분 역사의식이라는 이름으로 그 소설적 주제를 강조하고 있는 것들이지만, 영웅적 인물의 삶을 중심으로 역사의 흐름을 파악하고 있다는 점에서 인물 자체의 존재를 이념화하는 특징을 보여준다. 물론 여기에는 공통적으로 현실 문제에 대한 우회적 접근과 과거에 대한 낭만적인 향수 자체가 이야기의 근저에 자리하고 있음을 알 수 있다.

이광수에게 있어서 역사소설이라는 양식의 선택은 당대의 문단적 상황과 사회적 요구가 크게 작용한 것으로 판단된다. 그는 계급문학 운동의 정치성에 반대하면서 민족의식의 개조를 강조하였으며, 이러한 자신의 이념을 직접적으로 구현하는 방법으로 역사소설이라는 서사 양식의 가능성을 활용하고자 하였다. 그러므로 이광수의 역사소설은 그의 사상이 변화되는 과정과 밀접하게 대응된다. 이광수가 민족 개량주의적 관점에 서서 안창호가 주창한 준비론의 이념을 대중적으로 확대하기 위해 발표한 작품으로『단종애사』(1929)나『이순신』(1932)의 경우를 들 수 있다. 『이차돈의 사』(1936)와『원효대사』(1942)는 불교 사상에 근거한 세계관에 근거하여 역사적 사실을 소설적으로 재해석한 것이라고 할 수 있다.

이광수의『마의태자』는 근대문학사에 등장하는 본격적인 역사소설의 출발점에 서 있다. 『마의태자』이전에도 이광수는「가실」이라는 단편소설을 발표한 바 있지만, 작품의 규모와 성격상으로 보아 본격적인 역사소설이라 하기는 힘들다. 『마의태자』는 후삼국 시대를 배경으로 격변의 역사적 정황 그 자체에 흥미의 초점을 두고 있는 일종의 군담적 성격의 작품이다. 이 소설은 '마의태자'라는 제목과는 다르게 이야기의 전반부에서 궁예의 출생과 입신출세의 과정을, 후반부에서는 왕건의 후삼국 통일 과정을 주요 줄거리로 삼고 있다. 신라의 왕자로 태어나 궁중의 음모로 인해 버려진 궁예는 고난 속에서 성장하여 왕국을 이루는 영웅적 인물로 등장한다. 후백제의 견훤이나, 궁예를 배반하고 왕권을 찬탈한 왕건은 궁예의 영웅적 풍모와는 다르게 모두 부정적으로 그려져 있다. 이 작품의 말미에서 감지해낼 수 있는 인간 세상에 대한 짙은 허무주의는 불교적 세계관의 단초를 보여주고 있다.

『원효대사』는 식민지 시대 말기에 겪었던 작가 자신의 정신적 갈등이 내면화된 작품으로 평가받고 있다. 이 소설의 주인공인 원효가 인간적 고뇌와 세속적인 체험을 모두 딛고 이를 승화하여 고통스런 수도의 과정을 거쳐 결국은 그 지극한 불심으로 구국의 길에까지 나아가는 줄거리를 담고 있다. 이 작품에서 이광수가 가장 주목하고 있는 것은 원효의 득도 과정과 불심을 통한 애국 활동이다. 원효는 불도를 닦으면서 자신을 연모한 요석 공주와 아사가를 모두 불도로 인도하고 그 자신도 인간적인 애욕에서 벗어나고 있다. 후반부에서 원효는 도둑 일당과 거지 무리 속에 들어가서 함께 살면서 수난을 겪지만, 그들을 감화시켜 모두 신라 군사로 편입시키고 황산벌 싸움에 나가 큰 공을 세우도록 한다. 원효가 개인적인 애욕의 갈등을 벗어나는 과정이라든지, 도둑 떼들이 물질적인 욕망을 벗어나 애국의 길로 나아가게 하는 감화의 과정은 모두 그의 불심과 득도의 결과라 할 수 있다.

김동인의 역사소설은 이광수의 경우와 그 성격을 달리한다. 이광수가 사료적 근거에 상당 부분 의존하면서 자신의 사상적 성향을 강하게 드러내고자 하였다면, 김동인의 경우는 역사적 사실 자체보다는 소설적 상상력을 통해 역사적 의미 자체를 재해석하고자 하는 의욕을 보여준다.

김동인은 자신의 『젊은 그들』(1931)을 역사소설이라 부르지 않고 '통속소설'이라고 지칭한 적도 있다. 그러나 이 작품은 시대적 배경을 한말의 격동기로 잡고 있고, 민씨(閔氏) 일파에 의하여 숙청된 대원군파의 후예들과 민씨 일파의 갈등을 이야기의 줄거리에 연결시킴으로써 역사소설로서의 흥미를 창조하고 있다. 이 작품은 구성 자체가 『운현궁(雲峴宮)의 봄』(1934)과 일맥상통하는 바가 있는데, 주동적 인물에 대한 과도한 영웅화라든지,

극단적인 성격의 대립과 복수극에 의해 통속적 흥미를 자극하고 있는 점 등이 특징으로 드러나 있다. 『운현궁의 봄』은 전반부에서 흥선군과 안동 김씨와의 관계를 중심으로 원대한 포부를 지닌 흥선군의 시련을 구체적으로 묘사함으로써 흥미를 유발시키고 있으나, 결국 흥선군을 영웅화하고 있다. 이처럼 주인공의 야망과 그 실현과정에 집착할 때, 한 시대를 총체적으로 그리면서 역사적 흐름의 진정한 의미를 추구해야 하는 역사소설의 본질로부터 멀어지기 쉽다.

김동인이 이광수의 역사 인식에 대하여 정면으로 도전하고 있는 작품이 『대수양(大首陽)』(1941)이다 이 작품은 이광수의 『단종애사』에 의도적으로 대응하고자 하는 작가의 창작 의도가 드러나 있다. 조선 초기 정치적 질서의 재편 과정을 배경으로 하는 두 작품에서 이광수는 어린 왕 단종을 정통 왕권으로 보고 수양대군의 찬탈로 왕권 교체가 이루어졌음을 비판하면서 이를 부정적으로 묘사하였다. 그러나 김동인은 수양대군을 정치적 역량과 통치자로서의 이념을 갖추고 있는 진취적인 영웅적 인물로 내세웠다. 이 광수가 전통적인 군신지의(君臣之義)의 도덕관에 비추어 왕권 계승의 정통성을 문제 삼았다면, 김동인은 군왕의 정치 역량과 통치 업적을 주로 하여 역사 발전의 법칙성을 강조하였다고 할 수 있다.

1930년대 역사소설 가운데 주목되는 또 다른 작품으로 박종화의 『금삼(錦衫)의 피』(1936)와 현진건의 『무영탑』(1939)을 들 수 있다. 『금삼의 피』는 연산군 시대를 배경으로 하여 연산조의 생모인 윤씨를 복위시키고자 일으킨 갑자사화(甲子士禍)의 과정을 소설적으로 재구성한 것이다. 이 작품에서 이야기의 핵심을 이루고 있는 연산군의 폭거는 비명에 죽은 어머니의 비참한 최후를 알게 된 데서 비롯되었다고 설정하고 있다. 이 같은 성격화의 방향은 물론 작가 자신의 상상력에 근거하고 있는 것이지만, 연산군의 반항적 성격과 복수심을 그의 성장 과정을 통해 해명하고자 한 것은 작자의 낭만적 정신의 표상에 해당한다고 할 수 있다. 특히 연산군의 광란적인 행

분석과 해석

위와 난폭성의 이면에 인간적인 고뇌와 절대 군주로서의 고독을 담으려고 노력했던 것을 보면, 역사적 사건을 개인적인 심리극으로 형상화하고 있는 작가의 태도를 읽어낼 수 있다.

현진건의 『무영탑』은 신라 경덕왕대의 서라벌을 배경으로 하고 있다. 작가 자신은 당대의 정치 상황을 당나라의 문화를 존숭하는 사대주의적인 집권층과 화랑 정신을 계승하면서 고구려의 옛 땅을 회복하려는 민족주의적 세력이 서로 갈등하는 것으로 상정하고 있다. 이러한 배경 설정은 물론 실제의 역사적 사실과는 거리가 있는 것이지만, 소설의 이야기는 두 가지 세력이 갈등을 빚는 가운데 부여의 석수장이 아사달이 높은 예술정신으로 아름다운 탑을 이룩해가는 과정이 핵심을 이룬다. 당시 지배 이념을 대표하는 세속화된 승려들과 오직 탑의 완성만을 위하여 정성을 다하고 있는 고독한 장인 아사달과의 갈등이 매우 깊이 있게 묘사되어 있으며, 신라 귀족의 딸과 부여에 두고 온 아사녀와의 사이에서 번민하는 아사달이 겪어야 하는 애정의 갈등과 그 인간적 고뇌가 잘 드러나 있다. 이 소설은 그 주제를 사랑과 예술로 수렴시키고 있지만, 한국 민족의 예술적 감각과 미의식을 무영탑을 통해 부각시키고 있다는 점이 주목된다.

홍명희의 『임꺽정(林巨正)』은 1930년대 역사소설 가운데 특이한 위치를 차지하고 있다. 이 작품은 지배층을 중심으로 하는 역사적 사건을 이야기의 줄거리로 삼고 있는 것이 아니라, 하층민들의 삶을 중심으로 하여 역사의 흐름을 충실하게 묘사하고 있는 점이 당대의 다른 역사소설과 구별된다. 소설의 내용은 조선 명종 때 임꺽정을 우두머리로 하여 황해도 일대에서 실제로 활약했던 화적패의 활동상이 중심을 이루고 있으며, 이야기의 서사 구조 자체가 다채로운 여러 삽화의 중첩적인 결합을 보여주고 있는 것이 특징이다. 그 가운데 '봉단편', '피장편', '양반편'은 임꺽정을 중심으로 하는 화적패가 결성되기 이전 시기의 정치적 혼란상을 폭넓게 묘사하면서, 백정 출신의 장사 임꺽정이 성장하는 과정을 사실적으로 그리고 있다. '의형제편'은 임꺽정과 휘하의 두령들이 봉건제도의 모순으로 말미암아 양민으로서의 삶을 포기하고 화적패에 가담하게 되는 경위를 서술하고 있으며, '화적편'은 임꺽정 일당의 본격적인 활약상이 중심을 이루지만, 관군의 대대적인 토벌 작전에 밀려 이들이 궤멸되기 직전 소설의 이야기가 중단됨으로써 그 결말이 제대로 맺어지지 못하고 있다.

『임꺽정』의 이야기에서 영웅적 인물로 그려내고 있는 임꺽정은 실제의 역사에 등장하고 있지만 민중의 삶 속에 더욱 분명하게 자리 잡고 있는 전설적인 존재이다. 이 작품은 민중의 의식에 자리잡고 있는 임꺽정을 내세워 본격적인 의미의 민중적 영웅상을 구현하고 있다. 주인공 임꺽정의 성장 과정과 그 활동상을 통해 제시되고 있는 영웅적 인물에 대한 민중들의 기대가 이야기의 전체적인 흐름 속에서 거대한 역사적 요구로 확대되는 과정은 이 소설의 가장 핵심적인 서사적 요건이 되고 있다. 이 소설은 대하적 구성을 통해 조선시대의 풍속, 제도, 언어 등을 충실히 재현하고 있을 뿐 아니라, 다양한 신분에 속하는 등장인물들의 성격을 각기 개성 있게 형상화하고 있다. 이 같은 서사 기법은 특히 일상적인 장면들을 중심으로 극도로 정밀한 세부 묘사를 보여주면서도, 민중의 생활을 중심으로 하는 역사의 도도한 흐름을 정확하게 파악함으로써 사실주의의 소설적 성과를 잘 드러내고 있다.

소설『임꺽정』이 한국 소설사에서 높이 평가되는 이유는 다음과 같이 요약해볼 수 있다. 우선 이 작품이 봉건제도의 모순 아래서 고통받는 하층민들의 일상적인 삶을 사실적으로 그려내면서 그 속에서 비롯된 지배층에 대한 저항 의식과 투쟁 의지를 구체화하고 있다는 점을 들 수 있다. 대부분의 역사소설들이 주로 지배층 내부의 권력 투쟁과 애정 갈등을 중심으로 이야기를 이끌어가고 있음에 비해, 민중적인 삶을 총체적으로 묘사함으로써 사실주의적 소설로서의 성과를 충실하게 거두고 있다.

# 3

역사소설은 해방 이후 지속적으로 생산되었고, 박종화, 정비석, 유주현, 김성한, 유현종 등의 작품은 지금도 독자들의 곁에 놓여 있다. 그러나 이들과는 결을 달리하여 새천년에 접어들면서 역사소설의 양식에 도전하는 새로운 경향이 나타나고 있다. 새로운 역사소설은 과거의 시대에 존재했던 영웅적 인물의 성격에 대한 소설적 재구성에 초점을 두고 있다. 이들 소설 속에서 그려지는 역사적 배경과 그 사회적 의미는 대부분 인물의 형상을 위해 장식적으로 기능한다. 새롭게 등장하고 있는 역사소설에서 영웅적 주인공의 성격 탐구에 관심을 두고 있다는 것은 역사 자체에 대한 관심보다는 인간에 대한 이해를 목표로 하고 있음을 말해준다.

김훈은 특이한 소설적 감각으로 역사소설의 새로운 장을 열어놓고 있다. 『칼의 노래』(2001)는 조선 왕조 최대의 위기였던 임진왜란의 명장 이순신을 이야기의 중심에 내세운다. 여러 작가들에 의해 소설화된 적이 있는 이순신의 이야기를 풀어가는 김훈의 서사 방식이 우선 주목된다. 작가는 이 소설에서 이순신의 전 생애를 보여주려 하지 않는다. 그리고 조선 선조 시대의 정치 사회적 상황을 배경사적으로 길게 설명하려 하지 않는다. 전쟁이 파국의 직전에 이르게 된 시점을 이야기의 출발점으로 삼고 그 긴박한 상황에 이순신이라는 개인적 영웅이 어떻게 대처하게 되는가를 질문한다.

이 소설은 이순신이 왕명을 거역했다는 죄로 옥고를 치르던 중 전란의 형세가 크게 기울자 다시 풀려나 삼도수군통제사를 맡게 된 시기부터 이야기를 시작한다. 그리고 이순신이 노량해전에서 장렬하게 전사하는 장면에서 이야기를 끝낸다. 이 과정에서 작가가 주목하고 있는 것은 이순신의 영웅적 결단과 애국 충절이 아니라 한 인간으로서 그가 겪었을 고뇌와 내적 갈등이다. 적과의 치열한 전쟁을 겪는 과정에서 이순신은 오히려 전쟁과는 상관없이 전개되는 복잡한 선조 시대의 정치 상황의 논리에 의해 수모를 당하고 희생을 강요받았기 때문이다. 여기에 우유부단한 왕과 그의 실정뿐만 아니라 전쟁 중에도 중화의 대국 명나라의 눈치를 살펴야 하는 조선 왕조의 비애도 함께 작동한다. 그러므로 이 소설은 이순신이라는 개인의 내면에 대한 치밀한 분석과 그 설명이 서사의 전체적 방향을 결정하고 있다. 임진왜란에 대한 배경적 설명을 생략한 상태에서 절대 절명의 상황에 내몰린 이순신이 자기 자신의 의지를 다지는 과정은 비장미가 넘쳐흐른다. 결국 이 소설은 역사에 관한 이야기가 아니라 역사적 상황 속의 개인과 그 개인의 내면을 그려낸 일종의 심리극이 되고 있는 셈이다.

김훈의 역사소설은 『현의 노래』(2004), 『남한산성』(2007), 『흑산』(2011)으로 이어지면서 대중적인 지지와 호응을 얻게 된다. 『현의 노래』는 역사적 사실이 제대로 밝혀지지 않은 가야 왕국의 우륵을 주인공으로 내세우고 있지만 상상적으로 재구성하고 있는 당대의 현실이 '쇠'와 '현'이라는 두 개의 상징에 의해 작위적으로 조성된 느낌이 없지 않다. 하지만 『남한산성』에서는 『칼의 노래』에서 획득했던 서사의 긴장과 그 묘사의 박진감을 그대로 살려내면서 전란의 상황극을 완벽하게 재현하는 데에 성공한다. 이 소설에서도 작가는 병자호란으로 일컬어지고 있는 전쟁의 전후 배경에 대한 구구한 설명을 일체 배제한다. 소설 속의 이야기는 청나라의 군사들이 서울로 진격해 오자, 조선 왕조가 남한산성으로 피해 들어온 '1636년 12월 14일부터 1637년 1월 30일까지 47일 동안'으로 그 시간을 고정시켜놓고 있다. 그런데 이 과정에서 작가는 한 사람의 영웅적 인물에 관심을 집중시키지 않는다. 겁에 질려 결단을 미루는 인종의 우유부단한 모습과 함께 결사항쟁을 고집하는 척화파 김상헌과 이에 맞서 삶의 길을 택해야 한다고 주장하는 주화파 최명길이 사사건건 대립한다. 이들의 정치 논리 속에서 제대로 된 군사작전을 펴지 못하는 전시 총사령관 영의정 김류의 눈치 보기와는 달리 산성의 방어를 위해 결연하게 나선 수어사 이시백의 용맹이 대비되면서 남한산성이라는 제약된 공간 속에서 전란의 혼란과 긴장으로 고조시킨다. 소설 『남한산성』은 조선 왕이 '오랑캐'의 황제에게 무릎을 꿇고 머리를 땅에 닿도록 절하는 치욕의 장면을 그대로 재현하면서 '죽어서 살 것인가, 살아서 죽을 것인가? 죽어서 아름다울 것인가, 살아서 더러울 것인가?'를 독자들에게 다시 묻고 있다. 『칼의 노래』를 역사를 매개로 하는 개인의 심리극으로 엮어놓은 작가는 『남한산성』을 일종의 집단적 상황극으로 발전시킨 셈이다.

김훈의 역사소설이 지향하는 의식의 지평을 확대해나가는 자리에서 김인숙의 『소현』(2010)을 만나게 된다. 이 소설은 조선 인조의 첫아들인 소현 세자를 문제적 인물로 내세운다. 소현 세자는 혼란기 왕조의 세자가 되었지만, 시대와 역사의 중심에 들어서지 못한 채 그 운명을 마감한 비극적 주인공이다. 이 소설에서 작가는 병자호란이라는 이름으로 기록되고 있는 청국에 대한 조선의 항복 이후의 고통의 시대를 배경으로 삼고 있다. 전쟁 자체보다도 처참한 패배와 항복으로 인한 민중의 절망과 혼란된 삶은 물론 거기서 비롯된 깊은 패배 의식에 작가의 초점이 모아진다. 소현 세자는 바로 이 같은 상황에서 청국에 볼모로 잡혀 10여 년을 고독과 절망 속에서 살다가 환국한 후 정치적 갈등 속에서 의문의 죽음을 맞는다. 소현 세자는 왕위를 승계할 수 있는 세자의 신분임에도 불구하고 치욕적인 역사 속에서 당대의 권력층이 보여주었던 대명을 향한 명분과 야만에 불과하다고 여겼던 청국에 대한 이중적 시각이 서로 갈등하는 가운데 결국은 세상을 떠난 셈이다. 이 소설에서 문제적 인물 소현 세자의 내면 풍경이 유별나게 강조되고 있는 것은 작가 스스로 역사적 사실의 소설적 복원보다는 그 성격을 상상적으로 형상화하는 데에 관심을 두고 있기 때문이라고 생각된다. 디테일의 효과를 위해 동원하고 있는 상상적 인물들이 실존 인물들 사이에서 극적인 활동을 보여주고 있는 것도 이와 무관하지 않다. 결국 이 소설은 역사적 사건과 상상적 구성을 결합함으로써 소현 세자라는 문제적 성격을 새롭게 창조하는 데에 성공하고 있는 셈이다.

4

김영하의 『검은 꽃』(2003)과 신경숙의 『리진』(2007)은 단편적인 사료와 기록으로 남아 있는 역사적 사건과 인물의 상상적 복원에 성공하고 있는 작품이다. 김영하는 『검은 꽃』을 통해 1904년 일본인 중개업자들에 속아 멕시코 농장으로 팔려나간 후 역사 속에서 망각되었던 조선인 열한 명의 삶을 소설적으로 복원시켜놓고 있다. 한국적 디아스포라의 실상을 생생하게 그려내고 있는 이 작품은 일본인에 의해 이루어졌던 하와이 노동자 모집이라든지 멕시코 유이민의 실상을 보여주는 몇 가지 보고 자료 등을 근거로 하여 멕시코 팔려간 조선인들이 멕시코 농장주들의 억압 속에서 고통의 삶을 살아가는 과정을 그려낸다. 소설 속의 조선인들은 멕시코에 도착하자 곧바로 에네켄 농장의 노예로 전락하여 고통의 삶을 맞이한다. 이들은 무지와 멸시 속에서도 언젠가는 귀국할 수 있다는 꿈을 버리지 않는다. 하지만 멕시코 혁명이 일어나면서 이들도 혁명의 소용돌이에 휩싸이게 되고 이웃나라 과테말라의 정변 때에는 전장으로 내몰리기도 한다. 이들은 전란의 땅에서 스스로 자신들의 민족적 정체성을 지켜내고자 '신대한'이라는 이름을 내걸고 작은 국가 형태의 공동체를 결성하기도 한다. 하지만 이들은 혁명이 반전되면서 정부의 소탕작전에 의해 대부분 전사하고 만다.

이 소설은 한민족의 유이민의 역사를 새로운 각도에서 바라볼 수 있도록 만들었을 뿐만 아니라 한국 근대사의 왜곡된 흐름 속에서 한국인의 의식의 지평으로부터 사라져 버린 멕시코 유이민의 역사를 복원해내고 있다는 점에서 문제적이다. 작가는 이 소설을 통해 자기 백성을 제대로 지켜내지 못한 국가의 존재와 그 역사에 허점에 대해서도 무거운 질문을 던지고 있다. 그것은 세계화 시대를 살아가는 오늘의 한국인들에게 민족적 정체성과 세계화의 참뜻이 무엇인가를 다시 생각하게 만들어주는 질문이기도 하다.

신경숙의『리진』은 신문 연재 당시 원제명이 '푸른 눈물'이다. 조선 말엽 궁중의 무희로 프랑스 외교관을 사랑한 '리진'이라는 여인은 실존 인물이지만 그녀에 대한 기록은 국내의 문헌 속에서는 찾을 수 없다. 백 년 전 프랑스에서 출판된 책 가운데 조선에 온 프랑스 외교관과 궁중 무희 리진에 대한 사연이 짤막하게 소개되어 있을 뿐이다. 조선의 궁중 무희 리진이 외교관을 따라 파리로 가서 우울증에 걸려 지냈다는 간단한 내용을 바탕으로 신경숙은 리진이라는 여인을 자신의 소설 속에서 살려낸다.

주인공 리진은 기울어가는 왕조의 마지막 명운을 붙잡고 섰던 왕비의 총애 속에서 궁중의 무희로 자라났다. 조선의 궁중에서 나비같이 춤을 추던 이 아리따운 여인은 낯선 프랑스로 건너가 물빛 드레스를 입고 파리의 거리를 거닐었다. 신경숙은 이 여인에게 모국어의 영역을 벗어나 프랑스어를 습득하게 했다. 그리고 새로 배운 프랑스어로 모파상의 작품을 낭독하도록 했다. 그러나 그녀의 가슴에는 이 새로운 삶이 환희가 되지 못했다. 그녀는 언제나 무너지고 있는 조선 왕조와 그 왕조의 비극을 고스란히 품에 담고 있던 왕비만이 걱정이었다. 그녀는 자기에게 허용된 각별한 운명의 삶 속에서 자기 자신만이 알아낸 역사를 살아야 했고, 그 자신만의 생각으로 새로운 문명을 받아들이고, 그 자신만의 기억 속에 사랑을 담았다. 모두가 망각해버린 이 여인의 삶을 통해 작가 신경숙이 말하고자 한 것은 패망해가는 왕조의 마지막 모습이라고 할 수 있다.

소설의 주인공 리진은 우여곡절 끝에 그리던 고국으로 돌아오지만 이미 근대 세상을 받아들인 그녀는 예전으로 돌아갈 수가 없다. 그녀는 결국 참극의 주인공이 된 왕비 명성황후의 죽음의 진실을 자신의 죽음으로 알리는 길을 택한다. 소설 속에서 리진은 참혹하게 죽어갔다. 그녀가 서양을 배우기 위해 터득했던 프랑스어를 모두 자기 목구멍으로 삼켜버리듯, 독이 묻은 프랑스어 사전 한 장 한 장을 뜯어 삼켜야 했다. 그녀는 그녀가 몸소 부딪치고, 맑은 눈으로 보고, 그녀의 아름다운 입으로 말했던 새로운 세계를 다시는 이야기할 수 없게 된다. 봉건 왕조의 붕괴 과정 속에서 근대를 한 몸에 지니고 살아야 했던 리진이라는 여인의 삶에서 여성적인 것과 근대적인 것의 불화를 함께 읽어낼 수 있다는 것은 이 소설의 풍부한 서사성을 말해준다.

## 5

전경린의 『황진이』(2004)와 김별아의 『미실』(2005)은 역사의 기록과 야사의 이야기 속에 전해오는 운명적인 여성 주인공의 삶을 재구성하고 있다. 『황진이』는 조선시대 야사에 숱하게 그 이름이 오르내리고 있는 기생 황진이의 삶을 소설적으로 새롭게 구성해낸 작품이다. 황진이가 정확히 언제 어디서 태어나서 어떻게 기생이 되었는지는 확실하지 않다. 그녀의 생몰 연대와 가계를 제대로 전하고 있는 기록도 없다. 그러므로 황진이는 역사 속의 인물이지만 사실적 존재로 남아 있지 못하다. 황진이의 부친은 양반층의 진사로 알려져 있으나 모친에 대해서는 여염집 맹인이라는 설과 기생이라는 설이 엇갈린다. 이 소설에서 작가 전경린은 황진이의 모친이 '진현학금'이라는 신비로운 눈먼 기생이었다고 적고 있다. 그리고 '진'이라는 이름도 황 진사와 기생 '진현학금'의 애절한 사랑을 상징적으로 암시하는 것으로 설명하고 있다.

전경린이 그려내고 있는 기생 황진이의 이야기는 그녀의 운명적인 삶 그대로 서러운 정서가 절절하게 넘쳐난다. 하지만 이 소설의 섬세하고도 감각적인 묘사와 간결한 문체가 작품 전체의 분위기를 그리 어둡게 만들지 않는 아름다움을 전달한다. 이야기의 시공간적 배경을 제거한다면 소설 속의 황진이는 오히려 진보적인 현대 여성의 당찬 모습으로 살아 있다. 사회적 제도로 고정된 신분상의 제약과 여성으로서의 한계에도 불구하고 황진이는 자기가 마주치는 삶의 고비마다 스스로 자신의 판단에 따라 그 방향을 결정한다. 그리고 그 방향대로 살아가고자 한다. 작가는 봉건적인 조선 사회에서 한낱 기생의 신분에 불과한 황진이에게 자기 주체의 확립과 그 실천이라는 현대적 가치를 부여함으로써 시대를 앞서가는 여성의 이미지를 덧붙여주고 있다. 그러므로 이 소설은 많은 남성 작가들이 만들어낸 역사 속의 기녀와는 달리 자기 운명에 당당하고 자신의 아름다움을 알며 그 아름다움으로 살아가는 한 여성으로서의 황진이를 만들어내고 있다.

김별아는 장편소설 『미실』(2005)을 통해 역사의 기록에 대한 소설적 상상력의 폭과 깊이를 유감없이 자랑하면서 미지의 여성으로 설화 속에 갇혀 있던 '미실'이라는 인물을 살려내고 있다. 이 소설의 주인공 미실에 관한 이야기는 『화랑세기(花郞世記)』에 기록되어 있지만 그 삶은 작가 김별아에 의해 소설적으로 재구성되고 있다. 이 소설 속의 미실은 '색공지신(色供之臣)'의 혈통으로 태어난다. 빼어난 미모를 지니고 있던 그녀는 가무의 비법을 배우면서 성장한다. 그리고 자신의 운명대로 권력의 중심부로 다가간다. 미실의 첫 번째 입궁은 세종전군의 호의에 따른 것이다. 그러나 그녀는 궁에서 쫓겨나면서 권력 세계의 냉혹함을 체험한다. 미실은 궁을 나온 후 사다함을 만나 사랑하게 되면서 삶의 의지를 되찾는다. 하지만 세종과 지소태후의 부름으로 다시 두 번째의 입궁이 이루어진다. 그녀는 사다함과 이별한 후 권부에 깊숙이 들어서면서 권력을 휘두를 수 있는 위치에 이른다. 진흥제의 총애를 독차지하게 된 미실은 나라의 정사에도 개입하고 원화의 자리에까지 오른다. 그러나 동륜태자가 진흥제의 후궁과 사통하다가 죽게 되자 그동안 태자를 부추겨왔던 미실은 원화의 자리를 내놓고 출궁하여 몸을 피한다. 미실을 아끼던 진흥제는 다시 그녀를 궁 안으로 불러들인다. 그녀의 세 번째 입궁이 이루어진 셈이다. 진흥제가 죽은 후 미실은 금륜태자를 진지제로 추대하고 자신은 황후의 자리를 약속받지만, 일이 뜻대로 되지 않자 진지제를 폐위시켜버린다. 그리고 진평제를 추대하게 된다. 그녀는 왕을 도우면서 화랑도를 키우는 데 크게 일조한다.

김별아가 복원해낸 미실이라는 여주인공은 타고난 미색으로 진흥제, 진지제, 진평제의 3대에 걸친 왕을 모셨고 사다함과 같은 빼어난 화랑과 상대하면서 신라 왕실의 권력을 휘두른 인물이다. 여성의 아름다운 육체를 통해 최고 권력을 장악할 수 있었던 미실의 생애에 대한 소설적 복원이 이 소설의 서사 구조에 해당한다면, 신라 시대라는 역사의 무대에서 이루어졌던 자유로운 성 풍속과 그 윤리에 대한 해석은 여성의 성에 관한 작가의 개방적인 인식을 말해준다.

김별아가 그려낸 또 다른 역사소설 가운데『논개』가 있다. 임진왜란이라는 전란의 시대를 살았던 기생 논개의 짧은 생애를 그려낸 이 소설에서 작가는 전란의 현실과 그 긴박한 상황 속에서 이루어지는 사랑과 죽음의 의미를 감동적으로 그려낸다. 여기서 주목되는 것은 위기에 처한 국가를 위한 의기(義妓) 논개의 결단과 의지가 아니라 자신이 간직하고 있던 사랑의 의미를 한 남자를 위해 실현하고자 하는 여인의 아름다운 뜻과 그 열정이다. 이것은 김별아의 역사소설이 보여주는 특징 자체이기도 하다.


6


역사소설은 지나간 시대의 역사적 인물이나 사건을 허구적 서사의 원리에 따라 새롭게 구성한다. 이 경우에 역사적 인물이나 사건은 시간적으로 과거에 속하는 역사적 무대 위에서 허구적 요소와 결합한다. 역사소설은 이러한 서사 구성을 통해 역사적 과거의 문제를 지금의 현실 속에서 조망하고 거기에 새로운 의미를 부여하게 된다.

분석과 해석

역사소설의 등장은 그러한 양식을 가능하게 하는 시대적 상황이나 사회적 배경을 무시할 수 없는 일이다. 작가가 사회 현실에 대한 사실적 인식에서 벗어나 역사적 과거에 관심을 보이는 것은 바로 그 과거의 역사 속에서 현실을 발견할 수 있기 때문이다. 그러므로 역사소설에서 볼 수 있는 소설적 상상력의 문제는 그리 간단하게 규정할 수 있는 것은 아니다.

　그런데 최근의 역사소설을 보면 이야기 속에 그려내는 역사적 배경이 대부분 인물의 형상을 위해 장식적으로 기능한다는 것을 알 수 있다. 역사적 상황의 소설적 재현보다 주인공의 성격을 재구성하는 데에 관심을 두고 있다는 뜻이다. 역사소설이 역사적 소재의 외피만으로는 서사 구조의 완결성에 도달할 수 없다는 비판도 제기되고 있다. 여기서 문제가 되는 것이 작가의 역사의식이다. 역사의식은 인간 존재에 대한 역사적 자각과 주체적 실천의식을 함유한다. 그러므로 역사의식은 역사소설이라는 소설 양식 자체의 당위적인 전제가 될 수밖에 없는 일이다.

# 한국문학, 세계의 독자와 만나다
— 소설가 신경숙과의 만남

1

한국문학, 세계의 독자와 만나다. 이 짤막한 메시지는 곧바로 '신경숙, 세계의 독자와 만나다'라고 고쳐 써도 좋다. 신경숙이라는 작가 한 사람과 한국문학을 등치로 놓아도 된다는 말이다. 물론 여기에 반발할 독자도 없지는 않을 것이다. 그러나 '신경숙 신드롬'이라고 해도 좋을 정도로 신경숙의 소설 『엄마를 부탁해』는 전 세계의 독자들에게 읽히고 있다. 그리고 한국문학이 담아내는 특이한 목소리에 모두가 환호한다. 이것은 결코 우연한 일이 아니다.

『엄마를 부탁해』는 그동안 34개국에서 번역 출판되어 수많은 독자들과 만났다. 한국문학이 아직도 세계문학의 변방에 놓여 있다는 엄연한 사실을 놓고 본다면 이것은 단순한 기록의 의미를 넘어선다. 영역본이 나온 지 일 년 만에 세계 34개국에 다시 번역 소개되고 있다는 것은 누구도 예측하지 못했던 놀라운 일이다. 그러므로 '신경숙, 세계의 독자와 만나다'라는 메시지는 과장이 아니다. 참으로 기분 좋은 이 책의 성공적인 해외 출간은 한국문학의 세계화라는 명제를 다시 생각하게 만든다.

한국에서 만든 자동차가 지구의 모든 땅 위를 줄지어 달린다. 한국에서 만든 휴대전화를 세계 각국의 소비자들이 그들의 손 안에 들고 다닌다. 한국에서 만든 텔레비전이 세계 각국의 많은 가정에 골고루 놓여 있다. 세계 각국의 수많은 젊은이들이 한국의 노래와 드라마와 영화에 환호한다. 세계 각국의 유명 대학이 한국어 교육에 열을 올린다. 이러한 뉴스에 우리는 모두가 우쭐한다. 하지만 한국 문인 가운데 누구도 세계 각국의 독자들이 그 이름을 기억할 만한 인물은 아직 없다. 세계의 독자들은 한국문학에 대해 얼음처럼 냉담하다. 이들은 구태여 한국문학 작품을 그들의 언어로 번역을 통해 읽어야 할 필요를 별로 느끼지 않는다. 이들이 사용하는 언어가 다르고 그 관심과 취향과 문화적 수준도 서로 다르기 때문이다. 이 낯선 독자들을 한국문학 속으로 끌어들일 수 있는 방법은 무얼까? 한국문학의 세계화라는 과제는 여전히 한국 문단의 가장 큰 이슈이다.

내가 신경숙을 만난 것은 그녀가 영국의 유명한 에든버러 축제(Edinburgh International Festival)에서 돌아온 직후다. 여행 후의 밀린 일들에 쫓기면서도 이 순박한 작가는 특별하게 기획된 대담에 흔쾌히 응해주었다. 그러니 자연스럽게 우리들의 이야기가 한국문학과 세계화라는 주제로 연결될 수 있었다. 한국을 대표하는 작가로 신경숙을 초청한 에든버러 축제는 전 세계 유명 예술인들이 모이는 세계적인 예술제로 유명하다. 매년 8월에 열리고 있는 이 행사는 제2차 세계대전 직후인 1947년 영국 스코틀랜드 지역의 문화 부흥을 위해 시작된 것이다. 당초에는 영국의 문화 예술 축제였지만 지금은 '에든버러 국제 페스티벌'이 되었고, 세계 각처에서 몰려오는 유명한 전문 음악인, 연극인, 오페라 등을 중심으로 에든버러 프린지 페스티벌, 영화제, 북 페스티벌, 재즈 페스티벌 등 여러 축제들이 열린다. 백파이프 연주로 유명한 에든버러 밀리터리 타투(Edinburgh Military Tatoo)는 우리들에게도 익숙하다. 신경숙은 세계 각국의 유명 문인들이 자신의 대표작을 들고 참여하는 '작가 페스티벌'에 한국 대표로 공식 초청받았다.

"스코틀랜드 에든버러에서 열린 작가 축제에 초청받아 열흘 정도 여행을 했어요. 1962년에 헨리 밀러를 비롯한 50명의 세계적인 문인들이 에든버러에 모여 전쟁과 문학, 민족과 문학, 소설의 미래 등등 다섯 개의 주제를 놓고 대토론을 벌였다고 합니다. 그때는 '비트 제너레이션'의 시대가 지나고 히피 문학을 비롯한 과격한 '젊음의 문학'이 등장하던 때였으니 토론장이 대단히 시끄러웠던 모양입니다. 이를 기념하면서 그 뒤 50년이 지난 금년 여름 다시 세계 각국에서 활동하는 작가 50명을 에든버러에 초대했던 것이지요. 그리고 50년 전과 같은 주제를 놓고 모든 참가자들이 자유롭게 토론하는 것이 주된 행사였어요. 시대가 바뀐 만큼 그때처럼 소란스럽진 않았지만, 파키스탄에서 온 작가의 발언이 기억납니다. '내가 여기 온 것은 내 작품이 좋아서가 아니라 내 작품이 영어로 번역이 되었기 때문이다. 파키스탄에 나보다 좋은 작품을 쓰는 작가가 많다'라고 하더군요. 그 말을 들으니 내 위치도 깨달아졌어요."

신경숙은 글로벌 시대의 한국문학의 위상을 다시 생각하게 되었다는 말로 대담의 화제를 내놓았다. 신경숙은 자신이 이제 막 세계라는 무대에 올라선 신인 배우 같다는 생각을 했다고 말하면서 낯선 외국의 문인들과 대면했다. 물론 그들이 동방의 끝 한국에서 온 이 여성 작가를 알아볼 리가 없었지만, 그녀는 자기 문학에 언제나 당당했다. 그리고 이렇게 자신의 생각을 말해준다.

"선생님께서도 제 의견에 동의해주실지 모르겠지만 저는 한국문학의 세계화라는 말에는 처음부터 짚어봐야 할 문제가 있다고 생각해요. 문학은 그냥 문학일 뿐이지 않을까, 한국문학, 일본문학, 프랑스문학, 남미문학…… 이런 식으로 지역과 언어의 장벽을 처음부터 쌓아두는 것이 옳은 일일까 싶은 게 평소의 제 생각입니다. 한국문학의 세계화라는 말 속에는 한국에서 한국어로 쓴 작품 자체를 한국문학으로만 한정하는 마음이 깔려 있는 것이 아닌가 생각되어요. 저는 작가가 자기 언어로 글을 쓰고 있는 것 자체가 세계문학의 범주에 든다고 생각해요. 다만 소통을 위해 번역과 출판이라는 문제가 과제로 남아 있는 거지요."

나는 신경숙의 이 말에 그만 깜짝 놀랐다. 작가는 자기 언어로 글을 쓰지만 그것을 민족어의 틀 속에 가두어두고 보는 태도가 문제라는 지적이다. 작가와 작품은 언제나 세계문학의 영역에 속한다! 이것은 작가 신경숙의 당돌한 구상(?)처럼 보이지만 거역할 수 없는 사실이다. 누구도 어떤 분야에서도 이 명제는 글로벌 시대인 오늘날에는 '참'이다. 시골의 농부가 소 몇 마리를 키우면서도 수입 쇠고기를 걱정하고, 비닐하우스 안에서 딸기를 따면서 땀 흘리는 농부도 필리핀산 바나나 가격을 따진다. 어촌의 굴 양식장 주인도 일본 동경의 굴 가격을 계산하지 않는가? 시대가 이미 그렇게 변한 것이다! 그러니 작가라고 자기 언어의 감옥 안에 틀어박혀 있을 수 없는 일이다.

2

나는 신경숙의 소설 『엄마를 부탁해』로 이야기의 방향을 바꾸었다. 2007년 겨울부터 2008년 여름까지 한 계간지에 연재되었던 이 소설은 단행본 출간 당시 일종의 '가족서사(family narrative)'처럼 소개되기도 했는데, 허물어지는 가족의 의미에 대한 사회문화적 자기비판을 강하게 담아낸다. 어느 날 엄마의 실종으로 시작되는 이 소설의 이야기는 엄마의 존재와 가족 구성원들의 역할에 대한 새로운 해석을 가능하게 함으로써 독자들의 뜨거운 호응을 얻었고, 드디어 세계의 문턱을 넘어선다.

2011년 봄 미국에서 영역판 『PLEASE LOOK AFTER MOM』이 출간된 직후 나온 여러 언론의 반응들 가운데 나는 『월스트리트 저널』에 소개되었던 피코 아이어(PICO IYER)라는 칼럼니스트의 글 「뿌리 뽑힌 세계에서 길을 잃다」를 떠올렸다. 이 글에서 피코 아이어는 이렇게 적었다.

어쩌면 어떤 미국인 독자들은 신경숙의 소설을 펼쳐 들고는 부모로부터 멀어지는 것이 일종의 고뇌의 원인이며 이단 행위처럼 그려지고 있는 데 놀랄지도 모른다. 어떤 다른 이들은 이 책을 읽고 난 후 우리가 과거를 떠나 우리 자신의 삶을 세워나가는 것에 얼마나 많은 성패가 달려 있는지를 깨닫게 될지도 모르겠다. 오늘날 지구 전체를 가로질러 가장 거대하게 나타나고 있는 분열은 이슬람과 서양 간의, 혹은 중국과 미합중국 사이의 대립이 아니다. 그것은 오히려 한 나라 내부의, 심지어 한 가족 내부의, 과거와 미래의 서로 다른 문화 사이에서 나타나는 분열이다. 자수성가를 자랑삼는 미국인들과 효를 중시하는 전통주의자들이 같은 공간에서 서로의 과거를 돌아다보고 있는 형국이다. 『엄마를 부탁해』는 이러한 현실을 통렬한 주제의식으로 발전시켰을 뿐만 아니라 우리 모두에게 주어진 날카로운 도전으로 제시했다.[1]

물론 이와 다른 견해도 많았지만 나는 이 소설의 각별한 소재 가운데 그 주제의식의 보편성을 잘 지적한 리뷰라고 생각한다. 나는 『월스트리트 저널』의 기사 내용을 예로 들면서 소설 『엄마를 부탁해』가 작가 신경숙에게 어떤 의미가 있는지를 물었다.

"작품에 어떤 운명이 있다면 이 작품은 운을 아주 좋게 가지고 태어났다고 생각해요. 한국에서 작품이 출간되자 독자들의 뜨거운 호응을 받았고, 한국과 미국 에이전시가 작품을 영어로 알리고 싶어 했지요. 제가 에이전시의 요구를 받아들이자, 영어 번역과 영어권 출판사와의 계약이 걸림돌 없이 바로바로 이어졌습니다. 이 책을 영어로 출판한 영어권 에디터가 이 소설 자체를 매우 좋아했던 것도 행운이었다고 생각해요. 이들이 왜 이 작품에 관심을 가졌던 것일까 하고 지금 생각해보면, 아마도 '엄마'라는 존재의 보편성 때문일 거라는 생각이 들어요. 우리가 집을 떠나 노마드적인 삶을 살아가는 지금의 현대인이 되는 동안 우리도 모르게 상실한 것들을

---

1 『월스트리트 저널』 2011.3.28.

이 소설 속에서 만난 것은 아닐까 생각하기도 하고, 항상 곁에 있을 줄 알았던 '엄마'라는 사람을 갑자기 잃어버리고 방황하는 이야기 속의 가족들 모습에서 각자 자신의 모습을 봤기 때문이 아닐까라고 생각도 합니다."

신경숙이 『엄마를 부탁해』의 성공을 작품 자체의 행운으로 돌린 것은 작가로서의 겸손이다. 이 작품은 작가로서의 글쓰기를 시작한 이래 오랫동안 마음속에 묻어두고 있었던 주제의 하나였다. 그러므로 작품을 쓰는 동안에도 오직 작품의 완성 그 자체에만 관심을 기울였다.

"처음 연재를 시작하면서 이 작품을 무사히 끝까지 이끌고 나갈 수 있을까 싶은 두려움에 벅차서 다른 생각을 할 틈이라는 게 없었지요. 책을 출간할 준비를 하면서야 한숨을 돌렸으니까요. 기대라든가 예상보다는 힘겹게 묵은 숙제를 끝낸 기분이었어요. 그런데 책이 나오자 예상을 뛰어넘는 일들이 이어서 발생했어요. 어느 순간부터는 제가 어떻게 해볼 수 있는 범위를 넘어버렸어요. 책이 이끄는 대로 따라다닌 느낌입니다. 무엇보다도 한국어에 갇혀 있던 작품이 경계를 허물고 모국어라는 울타리로부터 자유로워졌으니까요. 영역본이 미국에서 출판된 뒤로 뜻밖의 여행을 많이 하면서 세계 각국의 독자들을 만나고 다양한 삶의 모습들과 대면하게 된 것이 제게는 큰 의미를 던져주었어요. 하지만 저는 사실 해외에선 신진작가에 불과해서 늘 긴장감을 떨치지 못하고 있지요."

서울에서 열린 한국문학 세계화에 대한 국제 심포지엄에서 미국 뉴욕의 '아시아 소사이어티' 책임자인 마이클 로버트 씨가 연설을 통해 밝힌 숫자들이 생각났다. 로버트 씨는 어림잡아 1년 동안 미국에서 출판되는 문학작품이 1만 2천여 종에 이른다고 했다. 그 가운데 3%에 해당하는 350여 종이 번역서라는 것이다. 그런데 그 3% 중에서 15%에 지나지 않는 50여 종 정도만이 아시아권 언어에서 영어로 번역된 저서라고 했다. 미국 독자들은 이처럼 매우 작은 열쇠구멍을 통해서 세계의 나머지 지역들을 들여다보고 있는 셈이다. 그 50여 종의 책 가운데 『엄마를 부탁해』가 포함되어 있다면 이것은 그냥 넘길 수 있는 일이 아니다.

영역판 『PLEASE LOOK AFTER MOM』는 한국계 미국인이라고 할 수 있는 김지영 씨의 번역을 따랐다. 질 좋은 번역이 문학작품 해외 출판의 성패를 결정한다는 사실을 여기서 확인하게 된다. 이 책의 번역가는 한국어와 영어에 모두 능통하다. 게다가 이 책은 출판사의 적극적인 홍보의 중요성을 깨닫고 자체 판단에 의해 독자적인 판매 전략을 세우면서 독자들을 위한 낭독회를 주선하기도 하였다. 전국적인 판매망을 갖춘 유명 출판사가 아닌 경우에는 생각하기 힘든 일이다. 더구나 한국문학 작품의 해외 출판에서 관례처럼 되어버린 번역 출판 지원과는 관계없이 이 책의 출간이 이루어졌다는 점은 시사하는 바가 크다. 번역 문제가 나오자 신경숙은 이렇게 설명을 덧붙였다.

"저는 사실 엄마를 부탁해 이전에 번역 문제에 대해 깊이 생각해볼 기회가 없었어요. 번역은 당연히 번역가의 몫이려니 했지요. 그런데 번역도 여러 방식이 있는 것을 알았어요. 번역되는 나라의 독자에 맞추어 번역을 해야 한다는 주장도 있지만, 제 책의 경우는 딱히 그렇지만은 않아요. 『엄마를 부탁해』의 번역가는 이 작품 속의 지명이나 음식 이름 같은 데서 한국적 요소를 더 정확하게 살려냈습니다. 그건 미국 출판사 에디터의 요구가 반영된 일이기도 하죠. 문학작품의 해외 번역 출판이라는 것이 여러 가지 문제를 갖는 것이니 점차 나아지지 않을까 생각합니다. 한 가지 말하고 싶은 것은 영어만 중요한건 아니라고 생각합니다. 가까운 일본어나 중국어, 그리고 스페인어나 아랍어 등으로도 작품 번역이 이루어지는 것도 중요한 일이라고 봅니다."

『엄마를 부탁해』는 2012년 맨아시아문학상(Man Asian Literary Prize)의 수상작으로 지명되었다. 영국 최고 권위의 문학상인 맨부커상(The Man Booker Prize)을 후원하는 투자회사 맨 그룹이 아시아 작가들을 대상으로 2007년에 제정한 이 상은 첫 번째 수상작으로 중국인 쟝룽의 소설 『Wolf Totem』을 지명한 바 있다. 한국 작가 가운데 신경숙이 처음으로 이 상을 받은 것은 아시아적 가치와 세계의 대화를 의도하는 이 상의 취지에도 잘 부합된다. 영국의 일간지 『가디언』은 '『엄마를 부탁해』가 무라카미(Murakami)와 고시 (Ghosh)를 제치고 수상작으로 선정되었다.'[2]고 크게 보도하기도 했다. 일본 소설가 무라카미 하루키는 이미 한국 내에도 엄청난 독자층이 생겨나 있고, 인도 소설가 아미타브 고시의 경우는 인도를 대표하는 현역 작가이다. 이 같은 쟁쟁한 경쟁자들 속에 신경숙은 『엄마를 부탁해』를 들고 우뚝 섰다. 심사위원장인 라지아 이크발(Razia Igba)은 이 소설을 두고 '한국에서 엄마로 살아가는 것, 그리고 무엇보다도 가족의 전통과 근대성에 대한 믿을 수 없을 만큼 감동적인 초상'이라고 평했다.

신경숙은 세계의 무대에서 숱한 독자들과 만나면서 자신의 작품을 다시 돌아볼 수 있었다고 했다. 그리고 그 자신의 느낌을 이렇게 설명했다.

"국내의 독자들은 작품의 배경이 문화적으로나 역사적으로 익숙하기 때문에 그냥 지나쳤을 것으로 생각되는 부분들을 외국의 독자들이 오히려 신선하게 발견하는 듯한 느낌이 들었어요. 작품을 읽는 접근법이 나라마다 다르구나 하고 생각했습니다. 이 소설을 두고 전통과 현대의 대립으로 보는 외국의 독자들이 있었고, '엄마'라는 상징을 잃고 방황하는 가족들을 통해 인간적인 삶이란 무엇인가를 찾아보는 외국 평론가도 있었어요. 가장 많이 들었던 질문은 서술 기법과 관련되는 문제였어요. 실종된 엄마만 제외하고는 모두 2인칭 3인칭을 사용했는데, 왜 그런 선택을 했나 하는 질문을 어느 나라에서나 들었으니까요. 그런 질문을 받고 저는 실종된 '엄마'만 일인칭으로 함으로써 진실로 실종된 사람이 누구인가를 물으려고 했다고 대답했지요. '엄마'에게만 '나'라는 일인칭을 사용하게 된 의도는

---

2 『가디언』, 2012.3.16.

분명해요. 나는 이 작품을 쓰면서 이미 엄마로서 일생을 살아낸 사람, 지금 엄마로 살고 있는 사람, 혹은 앞으로 엄마가 될 사람들에게 바치는 하나의 헌사가 되길 바랐으니까요."

신경숙은 홍콩에서 열린 시상식에 참여하여 파이널리스트에 오른 아시아 작가 일곱 사람과 한자리에서 만났다. 다른 나라 작가들은 그 나라의 기자들이 대동했고 가족들도 함께 참가했지만 신경숙의 시상 행렬은 단출했다. 대상 수상작 발표 전날에 후보로 선정된 일곱 작가들이 각자 자신의 작품을 함께 낭독했다. 그리고 다음 날 수상작이 발표되었는데, 신경숙은 자신의 이름이 호명될 줄은 전혀 짐작조차 하지 못했다.

신경숙의『엄마를 부탁해』는 지금도 지구상의 어떤 미지의 언어로 옮겨지는 중이다. 이 소설의 서두에 배치된 엄마의 실종은 부재의 공간에서 그 존재의 당위를 인정해야 하는 하나의 아이러니로 독자들을 끌어간다. 작가 신경숙은 지하철역에서 아버지의 손을 놓치고 실종된 엄마의 흔적을 추적한다. 엄마에 대한 기억을 복원하는 과정은 기억의 주체들이 각자 자신의 목소리에 의존하지만, 엄마는 부재의 공간에 던져져 현실 속에서 어디론가 사라짐으로써 드디어 가족 속에서 그 존재 가치를 부각시킨다. 엄마의 부재와 존재의 역설적 공간에서 벌어지는 이 허망한 아이러니를 작가 신경숙은 '이야기하는 자'와 '보는 자'의 목소리와 시각을 교묘하게 중첩시켜 긴장감 있게 형상화한다. 이 소설의 독자들은 그 속에서 자신의 맥빠진 목소리를 발견하기도 하고 자신의 이기적인 시선에 그만 흠칫 놀라기도 한다. 엄마는 언제나 있지만 늘 없고, 늘 없지만 언제나 있다. 아니 있어야 한다.

신경숙의『엄마를 부탁해』에 대한 각국 언론의 반응은 뜨거웠다. 미국『뉴욕타임스』는 '이 소설은 네 명의 식구들이 서로 다른 관점에서 그들의 각기 다른 기억들을 통해 위대한 희생과 성실함으로 점철된 한 여성의 삶을 서술하고 그 초상화를 완성한다. 작가 신경숙의 문장은 김지영의 번역을 통해 가깝게, 그리고 잊히지 않는 여운을 남기며, 일인칭에서 이인칭, 삼인칭 화자의 시점으로 이동하는 가운데 슬픔의 당혹스러운 직접성을 강렬하게 전달한다. 이 책에서 진정 흥미로운 지점은 감정 처리의 수법이 아니라 서로를 가장 잘 아는 사람들 사이에 깊이 패어 있는 보이지 않는 심연을 드러내는 데에서 발견된다.'[3]라고 평했다. 『워싱턴포스트』지의 북 리뷰에는 '이 소설은 한 여성이 사라진 사건을 재빠르게 추적해가며 다소 우울한 시선으로 지나간 과거와 내면을 들여다본다. 이 소설은 모성에 대한 반성적인 성찰을 제시하며 단순히 실종된 한 여인을 찾는 것보다 훨씬 추상적인 미스터리에 직면한 탐색 과정을 그린다. 네 개의 부분과 에필로그로 구성된 이 소설에서 가족 구성원들은 그들이 공유하게 된 이 위기에 대해 이인칭 화자의 보다 가까운 시점에서 이야기한다. 이 적층된 목소리들은 일종의 기악 모음곡을 형성한다. 각 부분은 가족의 향수, 죄책감, 화해의 동일한 선율로 묶여있는 동시에 각각 더 큰 모티프들, 이를테면 시골과 도시의 삶, 문맹과 교육, 중매 결혼과 현대적인 연애, 전통과 새로운 자유 등의 문제를 뽑아낸다.'[4]라는 칼럼니스트 아트 테일러의 기고문을 싣고 있다. 일본의 영자신문 『재팬타임즈』에서는 '가족과 부재하는 모성을 그려내는 서로 다른 시각들은 작품 속에서 끊임없이 변주되며, 급격한 변화를 겪는 사회와 그 변화의 교차되는 흐름 가운데 처한 사람들이 어떻게 방향을 잡아나가는지를 조명한다.'[5]라고 소개했다. 이 소설에 대한 평문들은 수없이 이어진다. 그러나 더러는 비판적인 시각도 없지 않다. 미국 npr(국립 공영 라디오)의 인터넷판에 실린 머린 코리건(Maureen Corrigan)이라는 기고가의 글이 대표적이다.

---

3 『뉴욕타임스』, 2011.4.1.

4 『워싱턴포스트』, 2011.3.21.

5 『재팬타임즈』, 2011.6.12.

만약 한국에 감성을 자극하는 멜로드라마라고 번역할 수 있는 문학 장르가 존재한다고 하면, 『엄마를 부탁해』는 분명 그 장르의 독보적인 위치를 점할 것이다. 나는 왜 이런 죄책감을 덧씌우는 도덕적인 이야기가 한국에서 선풍적인 인기를 끌었는지. 문학 분야의 가장 큰 수용자층이 여성이라는 점을 고려한다면 『엄마를 부탁해』는 분명 이 나라의 북클럽에서 히트를 칠 것이 예상되기는 하지만 말이다. 그렇지만 숙녀 여러분 왜 군이 다른 문화권의 자기 연민 속에 빠져들려는 것인지요?[6]

그러나 이런 것은 전혀 문제가 되지 않는다. 작가 신경숙은 자신의 소설적 주제로 '엄마'라는 하나의 문화적 아이콘을 만들어냈고 그것을 통해 세계문학의 독자들 앞에 당당하게 섰기 때문이다.


3

신경숙은 우리 두 사람만이 손님으로 앉아 있는 조용한 카페의 한 구석 탁자 위에 세계 각국에서 번역 출판된 『엄마를 부탁해』를 펼쳐놓았다. 최근에 미국에서 다시 나온 페이퍼백도 거기 끼어 있다. 신경숙이 이런 식으로 세계의 독자들과 맞서고 있음을 나는 알았다.

신경숙은 1963년 전북 정읍 태생이다. 한국식으로 한다면 올해 나이 50의 중년이다. 그러나 이런 나이는 아무 상관이 없다. 내가 처음 신경숙을 만났던 1990년대 초에도 신경숙은 지금의 모습 그대로였고, 지금의 목소리 그대로였다. 나는 분위기를 바꾸기 위해 장난삼아 이렇게 말했다. 빛깔로 친다면 보라색, 꽃으로는 붓꽃, 그리고 하늘을 날아다니는 밀잠자리……. 그런데 뜻밖에도 신경숙은 흰색을 좋아한다고 했다. 꽃도 백합이 좋단다. 나는 그저 웃었다.

---

6  npr, 2011.4.5.

분석과 해석

신경숙은 고향인 정읍에서 초등학교를 다녔고 정읍여자중학교를 졸업했다. 아마도 그 어둡던 1970년대 말쯤이었을 것이다. 막무가내로 무작정 상경한 것은 아니었지만 신경숙은 서울 구로공단의 작은 공장에서 일해야 했다. 그 덕분에 영등포여자고등학교 야간부 산업체특별학급에서 고등학교 과정을 이수하였다. 그런데 회사의 부도로 공장 문이 닫혔다. 직장을 잃은 그녀는 1982년 서울예술전문대학교 문예창작과에 입학했다. 그리고 글을 쓰는 데에 목을 걸었다.

"어릴 때부터 책 읽는 것을 좋아했어요. 시골마을에서 책을 읽는다는 것은 이질적인 것이었어요. 혼자 있겠다는 뜻이기도 했으니까요. 시골집엔 돈은 별로 없었지만 대신 형제들이 많았지요. 특히 제 바로 위의 셋째가 책을 좋아했죠. 그가 빌려다가 마루에 던져둔 책들을 내가 먼저 읽기 시작했어요. 셋째의 책 읽는 수준이 높아지면서 덩달아 저도 같이 높아졌죠. 활자로 된 건 일단 무조건 다 읽는 습관이 그때부터 생겼어요. 길가의 간판에서부터 배를 싼 신문지 쪼가리까지. 중학생이 되었을 때 학교 앞에 30원을 내면 책을 빌려주는 곳이 생겼어요. 셋째로부터 독립해 내 책 읽기를 시작한 건 그때부터였던 것 같습니다. 그런 식으로 책에 빠져든 건 외로워서였을 거예요. 제사도 많고 음식도 많고 식구도 많은 북적임 속에서 성장했는데도 늘 혼자 있는 것 같았어요. 아주 일찍부터 무엇인가를 상실해버린 결핍감 같은 것을 지니고 있었던 것 같아요. 게다가 내 주변에서 일어나는 모든 일들이 이상했어요. 집 마당에서 애써 기른 닭이나 돼지나 염소들을 기른 사람들이 잡아먹는 것도 이상했고, 추운 겨울을 잘 넘기고 해동이 될 때쯤에 상여가 나가는 일이 잦은 것도 이상했어요. 마을에 기찻길이 있었는데 사람들이 거기서 죽는 일이 자주 있었죠. 사고가 아니라 자살하는 사람도 있었습니다. 봄이 와서 세상은 새순 새싹으로 가득 차는데 왜 사람은 죽는 걸까…… 이 세상은 정말 이상하구나, 하는 생각을 했어요. 책을 읽으면 외롭지 않았기 때문에 계속 읽었지 싶습니다. 내가 이상하게 생각했던 것들의 답이 책 안에 들어 있진 않았지만 내 것으로 삼고 싶은 것들을 책 속에서 발견하곤 했죠. 아름다운 것들, 의지하고 싶은 것들, 나도 그렇게 살아가고 싶은 사람들을 책 속에서 발견했던 감동이 나도 글을 쓰는 사람이 되고 싶다는 꿈을 꾸게 했던 것 같습니다."

신경숙은 대학 졸업 후 출판사에서 일하면서 끝없이 글을 써나갔다. 1985년『문예중앙』신인문학상에 중편「겨울 우화」가 당선되어 문단에 등단하였다. 첫 창작집의 표제작이 되기도 했던 소설「겨울 우화」는 여주인공이 사랑했던 남자, 그러나 학생운동을 하다가 감옥살이를 하고 있는 그 남자의 늙은 어머니를 찾아가는 과정을 그려낸다. 일상의 삶 속에서 회상의 방식을 통해 기억 속의 과거를 들춰내는 서술 방식은 이 작품에서 이미 신경숙의 소설법으로 자리잡는다. 신경숙 소설의 주인공들은 지나간 시간 속의 소중한 기억들을 들춰내면서 그 속에서 존재의 의미를 찾는다. 따라서 소설 속의 과거는 말할 수 없는 회한에 속하지만 현재의 삶에 깊이 드리워져 있는 고통과 상처도 이 회한의 과거를 통해서 치유된다. 「겨울 우화」의 결말 부분에서도 어머니는 모성의 융숭함을 그대로 보여준다.

신경숙의 문학이 대중적 관심의 대상이 된 것은 1992년에 발표한 「풍금이 있던 자리」부터이다. 이 소설은 두 번째 창작집『풍금이 있던 자리』(1993)의 표제작이 되었고 창작집으로서는 드물게도 베스트셀러가 되었다. 이 작품집에 대해 신경숙은 유다른 애정을 표했다.

"『풍금이 있던 자리』라는 소설집 안에는 제가 문체 실험을 해본 작품들이 모두 모여 있어요. 그때의 저는 시와 산문의 경계를 허물고 싶다는 욕망을 가지고 있었습니다. 저는 그때 같은 이야기여도 신경숙이 쓰면 다르다, 라고 느끼게 하는 것이 새로운 것이라 여겼고 거기에 이르게 하는 것으로 서사보다는 문체를 택했습니다. 소설이란 이런 것이라고 나도 모르게 학습된 것들 위에 새 길을 내고 싶었다고 말씀드릴 수 있겠네요. 아는 것조차도 낯설게 하기에 몰두해 있었다고나 할까요. 우선 그때까지 공동체 뒤로 물러나 있던 개인의 위치를 공동체 앞으로 끌고 나왔어요. 살아 있는 모든 것들의 개인성이 존중받고 배려받는 문체를 구사하고 싶었기 때문에요. 표지도 저자 이름도 없는 책이 한 권 떨어져 있는데 누군가 그 책을 주워서 읽게 되었을 때 몇 장 읽고서는 이건 신경숙이 소설인데? 라고 느끼는 문체로 소통하고 싶었죠. 서른 살 무렵의 내 글쓰기의 우울과 욕망이 고스란히 느껴집니다. 그런데 책이 출간되고 이상한 일이 생겼어요. 뜻밖에도 『풍금이 있던 자리』가 내게 큰 책상과 작업실을 마련하게 해 주었고 뿐만 아니라 더 이상 다른 일을 하지 않고 작품에 온전히 몰두할 수 있는 시간도 가져다주었습니다."

『풍금이 있던 자리』는 책이 나온 바로 그해 한국일보 문학상의 대상 수상작이 되었다. 신경숙은 자신의 문장 어디에도 등장하지 않는 '풍금'을 두고 어린 시절에 들었던 한낮의 풍금 소리가 문장의 사이사이마다 배어들길 바라면서 「풍금이 있던 자리」를 썼다고 했다. 신경숙은 이 소설에서 소리의 감각을 문장 속에 담으려 했고, '풍금'은 '사랑'이 되었다. 나는 신경숙의 「풍금이 있던 자리」에서 비로소 한국 소설이 여성의 목소리를 제대로 살려냈다고 했다. 그랬더니 신경숙은 이렇게 말한다.

"「풍금이 있던 자리」를 발표한 때는 90년대가 막 시작되던 때입니다. 당시는 페미니즘이 강하던 때였어요. 제 작품을 읽으며 자연스럽게 여성들이 지닌 고유한 것들이 재발견된다면 작가로서 의미 있는 일이죠. 하지만 저는 여성성을 앞세우기 위해 작품을 써나간 적은 없습니다. 제 소설의 화자들은 여성일 때가 많지만 그건 내가 현실에서 여성의 삶을 살고 있기 때문에 자연스럽게 그리 된 것이겠죠. 그러나 작가일 때 나는 여성도 남성도 아닌 작가일 뿐입니다. 여성의 영역이라기보다 인간의 영역으로 파악하고 받아들이며 다가갔습니다. 남성작가가 남성의 심리가 담긴 소설을 쓰면 남성소설이라고 하지 않듯이 여성작가 앞에도 여성이라는 말을 빼야 한다고 저는 생각합니다. 인간의 목소리로 읽어야 한다고 생각해요."

그리고 신경숙은 이렇게 말을 잇는다.

"최근에 〈피나(Pina)〉라는 빔 벤더스가 연출한 화면을 봤어요. 지난 4월에 뉴욕에 갔을 때 그쪽에 살고 있는 화가 분과 함께 보면서 나도 모르게 눈물을 흘렸던 것이에요. 서울에서 상영되고 있길래 다시 봤습니다. 복받쳐 오르던 것들이 정제되고 난 후였는데도 뉴욕에서 볼 때보다 마음이 더 움직이더군요. 무대가 도시의 거리이든 실내이든 그 옆엔 항상 자연이 배치되어 있지요. 어떤 장면이나 일관되게 관통하고 있는 것이 있어요. 고통스러운 에너지, 걷잡을 수 없는 생명력, 격렬한 내면 투쟁을 통과하고 간신히 제자리를 잡는 아름다움과 감동요. 거기가 끝이 아니라 그 지점에서 다시 여운처럼 깔리는 불안과 고독이 있었습니다. 여성은 그런 존재라고 생각합니다. 내 소설 속의 여성들은 움직임도 적고 말수도 적지만 그 무엇과도 타협하지 않지요. 자신들의 길을 그게 죽음에 이르는 길이라 할지라도 거기에 닿기 위해 한 발짝씩 이동하는 존재들이죠. 이제 80년대나 90년대의 페미니즘의 시각으로 여성주의를 파악하면 내밀하고 다양한 여성의 목소리들을 진심으로 들을 수 없다는 것이 제 생각입니다."

우리 두 사람의 대화는 여기서 일단 멎었다. 숨고르기가 필요했다. 나는 커피를 더 채우고 지난 여름의 짓궂었던 날씨에 더위와 바람과 비를 떠올렸다. 그리고 천천히 이야기를 장편소설 『깊은 슬픔』(1994)과 『외딴 방』(1995)으로 옮겼다. 단편이라는 양식을 통해 운문과 산문의 중간적 문체의 새로운 가능성을 열었던 이 작가에게 장편이라는 장르의 확대를 선택하는 일은 어떤 의미였을까?

첫 장편소설인 『깊은 슬픔』은 장편이라는 양식에서 흔히 중시되는 서사성의 무게를 제거한다. 이 소설이 요구하는 이야기의 길이는 인물의 행동 방식에서 비롯된 것이 아니라 그 감정의 기복에서 비롯된다. 작가는 여주인공을 중심으로 두 남자를 이야기의 표층으로 떠올려놓고 자신의 경험적인 삶의 짧은 순간을 거기에 덧씌운다. 여기에 '사랑'이라는 이름으로 채

색된 절망과 고통과 환희와 기쁨이 담긴다. 등단작이었던 소설 「겨울 우화」의 인물 구도가 훨씬 정교하게 다시 짜 맞춰지면서 세 사람의 삶과 사랑은 그들이 선택한 운명처럼 서로 겹치고 어긋난다. 그러므로 이 소설에서 독자들은 안타깝게도 그들의 사랑보다는 거듭 어긋나면서 서로 간의 기대와 희망을 배반하는 광경들을 지켜보아야 한다.

두 번째의 장편소설 『외딴 방』은 작가 신경숙의 개인적 경험을 바탕으로 쓰여진 자전적인 작품으로 평가된다. 소설 속의 여주인공은 시골에서 올라와 구로공단의 공장에서 일하며 고등학교에 다닌다. 열여섯 살에서 스무 살까지의 감성의 폭과 깊이를 회상의 수법으로 서술하고 있는 이 소설에서 '외딴 방'은 그녀만이 소유할 수 있는 작은 공간이지만 그녀만을 존재케 하는 더 큰 공간이 되기도 한다. 여주인공은 열악한 노동환경에서 고된 노동을 하면서도 힘들게 야간학교에 다니며 자신의 꿈을 키운다. 거기서 만난 희재 언니는 가난하고 불우한 일상을 보내야 했던 젊은이들을 대변하는 인물이지만, 희재는 자살을 통해 시대와의 불화와 그 아픔을 마감한다. 이 허망한 삶을 보면서 여주인공은 외딴 방에서 탈출할 수 있게 된다. 이 작품은 신경숙 문학의 한 성과이지만 그 정점은 아니다. 신경숙의 작가로서의 내면 의식과 그 공간을 어떤 방식으로 확대할 것인가를 새롭게 되묻도록 만든 하나의 전환점에 해당하기 때문이다. 그러므로 어느 비평가가 『외딴 방』이 우리 앞에 선을 보이고서야 우리는 비로소 신경숙이 그토록 드러내놓길 꺼려왔던, 그러나 언젠가는 기필코 말해야만 했던 유년과 성년 사이의 공백 기간, 열여섯에서 스무 살까지의 그 시간의 빈터 속으로 입장할 수 있게 되었다. 『외딴 방』을 통해서야 우리는 신경숙 문학의 또 다른 시원, 그 아프고 잔인했던 시절, 열악한 환경 속에서 문학에의 꿈을 키워나가던 소녀 신경숙을 만날 수 있게 되었다.'라고 말하고 있는 것에 동의할 수밖에 없다.

신경숙은 두 편의 장편을 두고 이렇게 설명했다.

"저는 시골에서 아주 넓은 마당이 있는 집에서 성장했어요. 대문만 열고 몇 발짝만 나가면 끝 간 데 없이 벌판이 펼쳐지고 공동체 생활을 위해 서로 협력하는 사람들 속에서 지내다가 갑자기 사춘기에 도시의 변두리 지하철 지나가는 소리가 귀를 울리는 방 한 칸이 있는 곳, 옆방에 누가 사는지도 잘 모르는 단절된 곳으로 이동을 했죠. 이 급작스런 공간 이동과 완전히 다른 환경으로 인해 성격도 내향적으로 변했어요. 제가 경험한 이 두 공간이 시골과 도시의 상징으로 자리 잡았어요. 두 공간은 제 안에서 서로 치열하게 격전을 벌였던 것 같아요. 두 공간이 작품 안에서 화해하게 된 지는 몇 년 안 되었어요. 서울로 상징되는 도시인으로 살아낸 시간이 더 길어지고, 서울조차도 떠나는 국경 바깥으로의 공간 이동이 잦게 되면서부터 시골과 도시라는 공간의 경계가 허물어지고 있음을 느낍니다. 당장은 아니더라도 작가가 머물렀던 공간은 어떤 식으로든지 작품의 무대가 되죠. 이런 변화들이 앞으로 쓰는 내 작품 안에서 어떤 충돌과 작용을 하게 될지 저도 긴장하며 기다리고 있습니다."

나는 비평가적 입장을 내세우면서 소설적 진실과 경험적 사실의 차이를 이 섬세한 작가에게 물었다. 그리고 사적 체험 영역이 소설적 상상의 영역에서 어떻게 작용하는 것인지를 작품을 통해 설명하도록 주문했다. 그랬더니 신경숙은 아주 차분하게 보이지 않는 독자들을 향하여 설명했다.

"소설 『외딴 방』은 제가 등단한 지 10년째 되던 해에 쓴 거예요. 그때껏 현실 속의 제 삶에서도 작품 속에서도 십대 후반을 보냈던 공간과 그때의 상황에 대해서 블라인드를 내리고 있었어요. 정면으로 맞바라보지 않았어요. 숨통이 막힐 것 같았기 때문에요. 우선 숨이나 쉬고 보자, 그런 마음이었습니다. 첫 장편 『깊은 슬픔』을 발표한 뒤에 '외딴 방' 시절의 친구로부터 전화를 한 통 받게 되었어요. 그 친구가 하는 말이 그동안 내가 쓴 책을 다 읽어봤다고 하더군요. 그러면서 너는 왜 우리들 얘기는 쓰지 않느냐고 물었어요. 우리가 부끄럽냐고 따지듯 말했지요. 정신이 번쩍 나는 질문이었어요. 부끄러워서가 아니라 먼저 내 마음이 해결해야 할 일이 있었기 때문에 쓸 수가 없었어요. 한동안 그 친구의 말을 생각하다가 처음으로 글을 쓰기 위해 내가 머물던 곳을 떠났어요. 글을 쓰기 위해 집을 떠난 건 그때가 처음이었습니다. 제주도로 내려가 두어 주를 배회하다가 어느 날 새벽에 '이 글은 사실도 픽션도 아닌 그 중간쯤의 글이 될 것 같은 예감이다.'라는 첫 문장을 썼어요. ' 글쓰기를 생각해본다. 내게 글쓰기란 무엇인가? 하고.'라는 문장을 이어썼지요. 『외딴 방』은 「풍금이 있던 자리」가 그랬던 것처럼 다시 한번 그동안의 내가 써왔던 글쓰기 방식을 밀어버리고 시작했어요. 과거의 시간을 현재형으로 그 작품을 쓰던 당시의 시간을 과거형으로 택해서, 과거는 위로 치고 올라오고 현재는 아래로 거슬러 내려가는 방식을 택했어요. 내가 본 것들은 이미지를 끌어와 썼고, 내가 보지 못한 이면들은 내가 겪은 것처럼 정확하게 썼어요. 노동소설로, 성장소설로, 메타포 소설로– 완성이 되었죠. 분절된 것들을 잇는 심정이었습니다. 『외딴 방』을 쓰고 나서 나는 한 번도 이 소설이 자전적인 소설이라고 말해본 적이 없어요. 작품 외적으로 읽힐까 봐서 책을 출간한 뒤에 한동안을 제외하고는 작가인 내가 작품에 대해서 직접 말하는 것을 거의 십오 년 동안 하지 않았어요. 그래서 가끔 서재에 꽂혀 있는 『외딴 방』 앞에 서게 되면 책을 쓰다듬게 되요. 거의 이십 년을 혼자 견디고 살아남아줬으니까요. 사적 체험이 소설적 상상의 영역을 방해하지 않기를, 이 소설이 나라는 작가의 자전으로서가 아니라 오히려 이 소설 속에 등장하는 그때의 친구들의 삶이 되살아나 불멸하기를 바랐기 때문에요. 이 작품을 쓰고 나서 나는 비로소 무엇인가를 배반했다는 억압으로부터 헤어나올 수 있었어요. 그것은 어떻게 설명할 수 없는 것이에요. 나밖에 모르는 것이죠. 나는 이것이 문학의 힘이라고 생각해요. 어떤 지점을 향해 걸어갔지만 도달한 곳은 훨씬 그 너머인 것. 그 너머에서 사라진 줄 알았던 반딧불이 반짝여준 거예요."

신경숙은 가늘게 숨을 몰아쉰다. 나는 이 속 깊은 이야기를 털어놓는 작가에게 그저 고맙고 또 고맙다는 생각만 했다. 왜냐하면, 독자들은 너무도 약아서 무슨 일이든 남의 이야기를 깊이 새겨들으려 하지 않는다. 그저 건성으로 넘기기 일쑤다. 그리고 대체로 어떤 선입견에 따라 움직인다. 신경숙은 자신의 사적 체험이 소설적 상상의 영역을 방해하지 않기를 바랐다고 말한다. 아마도 경험적 사실들이 가지는 엄청난 무게 때문일 것이다.

## 4

나는 신경숙의 숨결과 호흡, 눈빛과 시선이 더 이상 자신의 내면에만 머물지 않도록 배려해야 했다. 그래서 이야기의 방향을 돌렸다. 장편소설 『리진』으로. 내가 재직했던 서울대학교 웹사이트에는 매주 학생들이 도서관에서 가장 많이 빌려본 책들의 순위를 표시해준다. 신경숙의 소설 『리진』이 오랫동안 가장 많은 대출 횟수를 기록한 책으로 랭크되어 있었다. 아하, 우리 학생들도 신경숙의 시각을 통해 변혁기 조선의 마지막 풍경을 보고 있구나 하고 나는 생각했었다. 그렇다. 조선의 마지막 풍경이다. 그리고 그 풍경은 순전히 신경숙이라는 작가의 상상적 산물이다. 나는 이 소설이 신문에 연재되는 동안 작가의 감각으로 형상화되고 있는 조선 말엽의 풍운의 역사와 그 소용돌이에 소름을 느꼈었다.

소설 『리진』(2007)은 조선 말엽 궁중의 무희로 프랑스 외교관을 사랑한 여인의 삶을 놓고 있다. 신경숙은 이렇게 술회한 바 있다. '동시대인들이 보지 못했던 것을 본 대가로 깨진 유리조각들을 손에 움켜쥔 채 피 흘리고 있는 백 년 전 한 여인의 고통이 나를 엄습했다. 나는 A4용지 한 장 반 안에 갇혀 있는 그 여인을 소설로 되살려보겠노라 했다. 그날로부터 나는 하던 일을 접고 리진을 찾아 헤맸다.' 이렇게 하여 소설 『리진』이 만들어졌다. '리진'이라는 이 여인은 실존 인물이지만 그에 대한 기록이 거의 없다. 작가가 밝힌 대로 'A4용지 한 장 반'이라는 것이 전부이다. 이 흐릿한 기록들을 놓고 신경숙은 이 여인의 모습을 역사의 장면 속에 끼워보며 4년을 보냈다. 그 긴 시간 동안의 붓끝에서 '리진'이 다시 살아났다. 아니 신경숙의 붓끝으로 한 인간의 삶을, 한 인간이 살아야 했던 시대를, 그리고 그 시대를 움직였던 역사를 살려냈다.

"리진에 대한 이야기를 내가 처음 알게 된 것은 어느날 지인이 A4용지 한 장 반 정도의 내용을 내게 내밀면서였어요. 백 년 전에 프랑스에서 출판된 책을 외국어대학교의 블렉스텍스 교수가 가지고 있었는데 그중에서 조선의 궁중 무희에 대한 부분만을 번역한 것이었어요. 조선에 부임한 빅토르 콜랭이라는 외교관과 궁중 무희 리진에 대한 사연이었지요. 조선의 무희 리진이 외교관을 따라 파리로 가게 된 후 우울증에 빠져 의자에 앉아 있는 모습을 놓고 이 책은 '너무 야윈 나머지 마치 장난삼아 여자옷을 입고 있는 한 마리 작은 원숭이 같이 보였다.'라고 표현해놓았답니다. 그 문장을 읽는 순간에 리진에게 마음이 왈칵 쏟아졌어요. 새로운 문물을 받아들이는 것과 동시에 향수병으로 우울증에 침몰하는 리진의 고독 같은 것이 한순간에 이해가 되었거든요. 책속의 몇 마디 안 되는 문장에 갇혀 있는 이 여성을 살려내야겠다는 생각을 했어요."

신경숙은 리진의 행적을 찾았다. 그러나 국내에서는 아무런 단서도 밝혀내지 못했다. 당연한 일이었다. 리진이 궁중의 무희였다면 그녀는 분명 왕의 여인이었음에 틀림없다. 하찮은 궁중 나인이라 하더라도 궁궐 밖의 누구도 그녀를 넘볼 수 없는 것이 당시의 법도였다. 그런데 서양인이라면 더 말할 나위가 없다. 하지만 용케도 리진은 그녀를 속박했던 틀을 벗어났다. 왕비의 호의였다면 그것은 공개될 수 없는 내밀한 사연이 얽혀 있을 것임에 틀림없다. 신경숙은 자료 조사를 위해 프랑스를 세 차례나 방문했다. 리진을 파리로 데려간 외교관 빅토르 콜랭에 관한 자료부터 뒤졌다. 그가 프랑스에서 살았던 거처들, 그의 가족 관련 문서와 결혼증명서, 프랑스 외무부 문서들도 확인했다. 그리고 이 외교관의 출생지와 그가 사후에 기증한 물품들이 보관되어 있는 도서관도 뒤졌다. 그러나 어디에도 리진에 관한 기록은 없었다. 리진의 흔적조차 찾을 수가 없게 되자 오히려 그녀에 관한 글쓰기가 더욱 다급하게 느껴졌다. 기메 박물관의 한국관에 전시된 그 외교관의 기증품들을 하나하나 확인해보는 가운데 신경숙은 어쩌면 리진의 손길이 닿았을지도 모르겠다고 짐작하게 하는 나비장을 찾았다. 그 물건을 보는 순간 문득 당시의 상황이 어쩌면 리진의 존재 자체를 은폐시켰을지도 모른다는 생각이 들었다. 신경숙은 내 손으로 반드시 리진을 생생하게 살려내야겠다고 다짐했다.

신경숙은 마치 살아 있는 리진을 앞에 불러 세워두고 있는 것처럼 이렇게 말했다.

"사실적인 역사와 작가의 상상력은 서로 충돌할 수밖에 없는 운명이라고 생각합니다. 서로 붙잡고 붙잡히면서 뚫고 나가야 하는 관계가 아닐까 해요. 제가 쓴 소설 『리진』에는 19세기의 조선과 멀리 프랑스까지도 사실적 배경으로 등장하니 역사소설의 성격이 강하다고 할 수도 있어요. 하지만 이 소설은 리진이라는 인물의 존재 자체를 제외하고는 모두 소설적 상상력의 소산이지요. 소설 속에 등장하는 리진의 말과 그 목소리를 살려내는 데에 굉장한 힘을 기울였어요."

소설 『리진』은 A4용지 한 장 반에 불과한 단서를 놓고 모두 천육백 매쯤의 길이를 가진 작품으로 탄생되었다. 신경숙은 더 이상 어떤 기록도 발견할 수 없었기 때문에 오히려 소설 속에서의 상상력의 폭이 더 넓혀진 것이 아닌가 생각한다고 말했다. 그리고 자신이 살려낸 이 운명의 여인 리진이 더 이상 책 속에 갇혀 있지 않기를 바란다고 했다. 신경숙의 말대로 리진이라는 여인은 소설 『리진』을 통해 살아났다.

작은 단서로 남았으되 모두가 망각해버린 이 여인을 통해 신경숙이 기실 말하고자 한 것은 무엇이었을까?

"저는 이 소설을 쓰면서 문명개화의 서양이라는 세계가 닫혀 있던 조선 궁중의 여인 리진에게 어떤 의미로 다가왔을까 고심했지요. 프랑스의 파리, 개인의 자유와 민주주의라는 새로운 제도가 탄생된 곳, 그곳에서 새로운 삶을 시작할 수 있도록 리진이 '프랑스어'를 배워야 한다고 믿었어요. 그래서 그녀가 가장 먼저 프랑스 말을 할 수 있는 조선의 여인이 되게 하였지요. 그런데 리진이 다시 조선으로 돌아와 죽음을 맞이할 때는 그녀가 입었던 서양의 드레스를 벗기고 조선 궁중에서 입던 옷을 입혔어요. 그리고 독이 묻은 불어 사전 페이지를 찢어서 먹으며 죽게 했는데…… 이런 장치는 제 나름의 상징이었습니다."

소설 속에서 리진은 참혹하게 죽어갔다. 그녀가 서양을 배우기 위해 터득했던 프랑스어를 모두 자기 목구멍으로 삼켜버리듯, 독이 묻은 프랑스어 사전 한 장 한 장을 뜯어 삼켜야 했다. 그녀는 그녀가 몸소 부딪치고, 맑은 눈으로 보고, 그녀의 아름다운 입으로 말했던 새로운 세계를 다시는 이야기할 수 없었다. 그리고 스스로 자신의 몸을 A4 용지 한 장 반의 기록 속에 깊이 감춰버렸다.

나는 리진이라는 한 여인의 삶을 통해 말하고 싶었던 역사, 아직도 말하지 못한 역사가 있는가를 물었다. 신경숙은 아주 간단히 대답했다. 봉건시대와 근대를 한 몸에 지니고 살아간 인물로서 리진이라는 여인의 삶을 그려보았다고 했다. 우리네 조상이 체험했던 19세기가 그런 시기가 아니었느냐고 반문하기도 했다. 그리고는 '리진의 몸속에 뿌려진 근대의 씨앗과 한 나라가 패망해가는 비운의 풍경을 같이 담아보고자 했지만……' 하면서 말을 잇지 못했다. 이 소설가가 말하고 싶었던 것도 말하지 못한 것도 다 그 속에 뒤섞여 있을 것이 분명했다.


5


신경숙은 탁자 위의 아이스티를 마셨다. 얼음이 모두 녹았다. 나는 이제 더 이상 시간을 끌어가기 어려워지고 있음을 눈치챘다. 신경숙이 쓴 소설 『바이올렛』이나 최근작인『어디선가 나를 찾는 전화벨이 울리고』도 함께 이야기하고 싶었지만 시간은 벌써 두 시간을 훨씬 넘겼다. 나는 두 가지만 간단히 물었다. 우선 사랑, 또는 연애란 무엇인가라고 물었다. 열정의 러브스토리는 이 작가에게 어울리지 않는다고 속으로 생각하면서 나는 대답이 궁금했다. 그런데 뜻밖에도 신경숙은 이렇게 말했다.

"자신만 알고 있는 폐허 속으로 상대방이 들락거리도록 허락하는 게 사랑하는 일 아닐까요? 어떤 집중력일 수도 있고, 욕망 같은 것이기도 하고. 내가 이런 사람이었구나 자신의 내면을 발견하는 일이기도 하다고 생각해요."

신경숙의 말이 좀 어눌해진다. 나는 다시 더 묻지는 않았다. 그리고 그저 고개를 끄덕였을 뿐이다. 그랬더니 이렇게 마무리한다.

"삶을 무한히 확장시킬 수도 바늘구멍보다도 더 좁게 축소시킬 수도 있는 게 사랑의 영향력이라고 생각해요."

나는 한동안 창밖을 내다보다가 '폭력'에 대해 어떻게 생각하느냐고 물었다. 소설『바이올렛』이 떠올랐기 때문이다. 신경숙은 '존재하는 것들이 지닌 고유성을 방해하는 것은 죄다 폭력이다.'라고 간단하지만 분명한 정의를 내렸다. '남성'이라는 존재를 어떻게 생각하느냐고 물었는데, 신경숙은 '여성의 반대'라고 하면서 웃음으로 넘겼다. 이제는 이야기를 끝낼 시간이 되었다는 뜻이다.

나는 편집부에서 준비했던 질문지들을 주욱 넘겼다. 글쓰기의 습관을 꼭 물어야 한다. 취미로 하는 일이 따로 있는지도 물어야 한다. 남편인 시인 남진우 씨에 대해서도 질문해야 한다. ……내가 질문지를 넘기면서 혼잣말처럼 읽어 내려가자 신경숙은 다 말씀드리겠다며 시간을 별로 걱정도 하지 않았다. 대부분 새벽 서너 시에 깨어 글을 쓰거나 책을 읽는다고 했다. 미명 속에서 책상에 앉아 있다가 동이 트는 과정을 맞이하는 일이 그렇게 가슴 벅차고 정신을 화들짝 깨어나게 한다는 것이었다. 특별한

분석과 해석

일이 없는 날의 오전 9시 반에서 10시 반까지는 동네 요가원에 나가 몸을 추스른다고 했다. 그 일을 십 년째 하고 있다고 한다. 한 달에 한 번 정도는 친구들 몇 사람과 만나 음식을 만들어 먹으며 즐기는 날도 있고, 요가를 하면서 산에 가는 횟수가 예전보다 줄어 아쉽다고도 했다. 재봉질로 자신의 옷 정도는 스스로 만들어 입을 줄 아는 사람이 멋있는 사람으로 보이고, 남들처럼 가끔 서점에도 나가고 영화관에도 가고 카페에도 들른다고 했다. 남편인 시인 남진우 씨에 대해서는 그냥 웃었다. 그러다가 참으로 미덥고 편한 사람이라고 했다. 철학이나 신화학이나 심리학 등으로 자신의 독서 범위를 넓어지게 한 사람이라고도 표현했다. 무엇보다도 글을 쓸 때의 심리상태를 서로가 잘 아는 편이라 글을 쓸 때는 쓰는 일에 몰두할 수 있도록 자유롭게 해주니 그것이 더없이 고맙다고도 했다.

나는 이야기를 마무리하기 위해 이렇게 물었다. 소설 『엄마를 부탁해』를 읽은 세계의 독자들이 신경숙의 새로운 작품에 더 큰 기대를 걸고 있을 터인데, 현재 어떻게 신작을 구상하고 있는지 궁금하다고 했다. 신경숙은 서슴지 않고 답했다.

"지난여름에 단편소설을 한 편 쓰는 일로 숨을 고르고 하반기엔 장편 작업에 들어가고 싶었는데 단편 쓰는 일을 실패했어요. 다시 시작하려고 합니다. 장편으로 쓰고 싶은 이야기는 항상 몇 가지가 동시에 마음속에 있습니다. 저는 십 년 단위로 글쓰기 작업을 생각하곤 해요. 2000년에 들어서면서 앞으로 십 년 동안 이러이러한 작품을 써야겠다고 생각한 것들 중에서 한 가지만 빼고 다 작품으로 완성했어요. 그렇다고 해서 쓰지 못한 그 한 작품이 다음 작품이 되는 건 아닙니다. 지금 제 안에는 앞으로 쓰고 싶은 이야기가 몇 개의 항아리에 담겨 있지만 바로 다음 작품으로 어떤 항아리 뚜껑이 열릴지는 조금 더 기다려봐야 알겠어요."

나는 더 묻지 않았다. 대신에 독자들을 위해 한마디 부탁했다.

"저는 제 작품이 누구보다도 슬픔에 빠져 있는 사람들과 함께하기를 바랍니다. 작품을 쓰는 일은 사실 모두가 다 옳다고 말하는 그것조차도 회의하고 또 회의해가며 이루어지는 일입니다. 제가 어떤 소설을 쓰더라도 궁극적으로는 제가 쓴 문장들이 인간됨의 존엄성, 존재하는 것들의 아름다움, 허무를 뚫고 나가는 생기를 품기를 바라면서 썼습니다. 이미 쓴 작품으로보다는 새 작품으로 얘기되는 현재형의 작가로 존재하고 싶어요. 제가 사라지고 없을 때에도 누군가 그 작가가 살아 있다면 어떤 작품을 썼을까 상상하게 하는 그런 작가로요."

세계의 독자들과 만나고 있는 신경숙은 이렇게 대담을 마무리했다.

신경숙, 세계의 독자와 만나다—.

나는 신경숙이라는 한 사람의 작가를 통해 한국문학의 세계화라는 명제의 핵심에 어떤 식으로든지 다가가고 싶었다. 그렇지만 여전히 문제는 한국문학이 폭넓게 해외에 소개되어야 한다는 점에 있다. 이 문제는 한국문학의 수용 공간의 확대라는 차원에서만 논의할 성질은 아니다. 한국적 특수성의 개념으로부터 한국문학을 인류적 보편성의 개념으로 해방시키는 본질적인 노력이 전제되어야 한다. 한국문학 작품의 해외 소개는 한국 상품의 소비시장의 해외 확대와도 같은 경제 논리로 해결할 수 없다. 문학은 상품의 소비와는 달리 문화의 전파와 수용이라는 새로운 문제를 야기한다. 이것은 가격과 품질과 패션에 의해 좌우되는 상품 소비시장의 원리와는 전혀 다른 요건들에 의해 지배된다. 한국문학의 세계화는 한국문학이 이질적인 외국문학 속에 들어가 서로 충돌하기도 하고 화해로운 만남을 이루기도 하는 과정 속에서 이루어진다. 이것은 문학적인 기법과 주제에 대한 독자들의 고급한 취향의 문제에 의해 그 성패가 좌우된다. 바로 신경숙의 『엄마를 부탁해』가 이를 반증하고 있는 것이 아닌가?

# 시의 대중성 혹은 기도로서의 시

## — 이해인 수녀와의 만남

### 1

'수녀님'이라는 호칭을 떼어내고 보면 이해인은 그대로 시인이다. 그러나 이 초로의 시인에게 다가가 보면 이해인이라고만 부르기에는 아무래도 벅차다. 시인 이해인이라고 부르기보다는 '시인 이해인 수녀님'이라고 해야만 마음이 놓인다. 시인이라는 이름과 수녀님이라는 호칭이 서로 짝을 이루어야만 우리가 알고 있는 시인 이해인을 넉넉하게 떠올릴 수 있다.

'신을 위한 나의 기도가 그대로 한 편의 시가 되게 하소서.' 이 한마디에 시인 이해인이 지향하고자 하는 시의 세계가 온전하게 담겨 있다. 기도(祈禱)는 언제나 신명을 향하지만 간구(懇求)함에 그 의미가 있다. 기도는 어느 때든지 깊은 심중으로부터 비롯된다. 하나의 의식처럼 엄숙해야 하는 것이 종교적 의미의 기도이지만 심정의 밑바탕을 속속드리 드러내지 못한다면 그것은 기도가 아니다. 한낱 투정일 뿐이다. 시도 마찬가지다. 일찍이 『시경(詩經)』에 이르기를 '시언지(詩言志)'라 했듯이 시는 심중의 깊은 뜻을 말하는 것이다. 마음을 말한 것이 시이다. 마음속 깊이 품고 있는 뜻을 말로 표현하면 시가 된다. 결국 모든 시는 마음에서부터 나온다. 이런 식으로라면 시는 기도와 마찬가지다. 모든 기도는 시와 서로 통한다. 간구함이 없이 어떻게 시가 되겠는가? 신명을 향하는 다짐이 없이 어찌 기도를 생각할 수 있겠는가?

나는 부산행 열차에서 내내 시인 이해인의 뒤에 따라붙는 '수녀님'이라는 호칭을 상관하지 않고 이해인 시인을 만나겠다고 생각했다. 그러나 부산 광안리 황령산 기슭에 자리잡고 있는 올리베따노 성 베네딕도 수녀회의 정문에 들어서는 순간 이 같은 나의 생각은 이내 잦아들고 말았다. 입구의 유치원이나 양로원 시설만 보았다면 나는 그저 평범한 그리고 좀 아늑한 사회복지시설을 생각했을 텐데, 수녀회 안쪽으로 걸어 들어가면서 더위에 풀어헤쳤던 재킷의 단추를 끼워야 했다.

이해인 시인은 수녀회 안쪽의 나지막한 '해인글방'에서 나를 맞아주었다. 나는 시인 이해인을 찾았는데 거기에는 해바라기꽃처럼 환한 미소로 이해인 클라우디아 수녀님이 서 계셨다. 나는 그 바람에 나도 모르게 그냥 '수녀님'이라고 부르고 말았다. 방 안은 사면으로 책과 사진과 엽서가 한눈으로 이해인 수녀의 동정을 살필 수 있도록 아기자기하게 진열되어 있었다. 그 안에서 나는 이해인 시인이 아니라 이해인 수녀님을 처음 만났던 것이다.

"이걸 하나 골라보세요."

수녀님은 내게 작은 소쿠리를 내놓는다. 그 속에는 예쁜 조개껍질들이 가득하다. 셀로판지에 싸인 조개껍질을 내가 하나 잡아내자 수녀님은 그 셀로판지를 벗기고 속을 펼쳐보라며 웃는다. 미국의 중국식당에서 흔히 보던 '포춘쿠키'를 잡던 생각이 났다. 내가 고른 조개껍질 속의 작은 종이 조각에는 이렇게 적혀 있다.

'기뻐하라. 주께서 너와 함께 계신다.(루카복음 1장 28절)'

나는 그 작은 글귀에 겨우 마음이 놓였다.

2

첫 시집 『민들레의 영토』를 낸 것이 1976년인데 햇수로만 따져도 문단 경력이 40년이 넘었다. 그동안 모두 여덟 권의 신작 시집을 냈는데 모든 시집들이 절판되지 않고 여전히 수많은 독자들과 만난다. 반세기에 가까운 세월이 지났음에도 첫 시집이 여전히 수많은 독자들에게 읽히는 것은 이해인 시인의 경우밖에 없다. 어떻게 이런 일이 가능하겠는가?

"사실 나는 어렸을 때부터 책을 읽고 글을 쓰는 일을 좋아했어요. 강원도 양구에서 태어났고 가톨릭 성당에서 세례를 받았지요. 양구라는 태생의 땅을 떠나 서울로 오는 바람에 어린 시절의 기억은 별로 남아 있지 않답니다. 서울에서 6 · 25전쟁을 만났고, 전란 통에 아버지가 납북되어 집안 살림이 갑자기 어려워졌지요. 어머니는 믿음으로 모든 고통을 이겨내신 참으로 훌륭하신 어른이셨어요. 바느질로 생계를 꾸리면서 부산 피난 시절에도 우리 남매들을 모두 학교에 다닐 수 있도록 하였지요. 전란이 끝난 뒤에 다시 서울로 와서 중학을 다녔어요. 그때부터 글쓰기에 자신이 붙었지요. 고등학교 시절까지 선생님들로부터 사랑을 듬뿍 받는 글 잘 쓰는 여학생이었답니다."

이해인 수녀는 여학교 시절 교복 입은 자신의 흑백 사진들을 가리킨다. 콧날이 날카롭고 눈매가 고운 여학생이 거기 웃고 있다. 언니가 대학을 중퇴하고 어머니를 도와 집안살림을 꾸려가다가 가르멜 수녀원에 들어간 것은 이해인에게는 엄청난 사건이었다. 그러나 어머니보다도 더 엄격했던 언니의 성품 때문에 언니가 가족과 헤어져 집을 떠난다는 것을 슬퍼하지도 못했다. 이해인은 학창 시절에 방학 때가 되면, 언니가 있는 수녀원을 찾았다. 수녀님들이 주는 초콜릿도 잊을 수 없는 맛이었지만, 수녀원의 한적한 숲에서 들려오는 새소리가 정겹고, 그 아늑한 분위기가 늘 가슴을 설레게 했다. 그녀는 그 시절에 이미 자신을 부르는 어떤 목소리에 끌려들기 시작

시의 대중성 혹은 기도로서의 시

했다. 수도 생활에 대한 동경이 이미 그녀의 가슴에 싹트고 있었던 것이다.

이해인은 1964년 여자고등학교를 졸업하면서 올리베따노 성 베네딕도 수녀회에 입회했다. 그리고 4년 후 첫 서원(誓願)을 하고는 본격적인 수도 생활을 시작했다. 수녀회의 수도 생활은 철저한 공동체 생활이며 외부세계와는 일정하게 단절되어 있다. 이 수도 생활에서 이해인은 두 가지 단계의 수련과정을 거치게 된다. 그 하나가 필리핀 유학이다. 필리핀 비간(Vigan)의 신학교에서 종교학을 공부한 뒤에 이해인은 바귀오(Baguio)의 성 루이스(St. Louis) 대학에서 영문학을 수학했다. 이 대학을 졸업하면서 작성한 졸업논문이 「김소월의 자연시와 에밀리 딕킨슨의 자연시 비교연구」이다. 영문학자 김재현이 번역한 영문판 『김소월 시선집』을 저본으로 한 이 연구에서 이해인은 시와 인간과 자연에 대한 깊은 이해를 가지게 된다. 그리고 곧바로 귀국하였는데, 귀국 직후에 발간하게 된 것이 바로 첫 시집 『민들레의 영토』(분도출판사, 1976)이다.

"첫 시집 『민들레의 영토』를 펴낸 것이 1976년이니 이때부터 따져도 본격적인 시작 생활이 이제 40년이 넘었지요. 문단에서 말하는 등단이라는 것을 생각한다면 1970년 잡지 「소년」에 처음 동시 몇 편을 발표한 것으로부터라고 할 수 있겠지요. 지금도 동시는 가끔 쓰고 있으니까요. 하지만 나의 글쓰기는 문학 그 자체를 위한 것은 아닙니다. 나의 글쓰기는 내 자신의 오랜 수도 생활과 연결되어 있어요. 그러므로 수도 생활을 떠나서는 아무 의미도 거기 덧붙이고 싶지 않아요."

이해인 시인은 이렇게 말했지만, 신을 위한 기도가 그대로 한 편의 시가 되게 해 달라고 소망했던 시인에게 첫 시집 『민들레의 영토』는 각별한 의미를 갖게 된다. 사실 이 시집은 1976년 2월 종신서원을 하며 일종의 기념 시집 형태로 발간한 것이다. 이 시집은 개인적으로 문학 취향을 살려오던 한 수녀의 내적 고백이라고 간단히 넘겨버릴 수 없는 문화사적 의미를 지닌다. 이 시집의 시들은 고통의 시대를 살았던 모든 이들에게 위로를 주고 새로운 삶에의 의지를 심어주면서 엄청나게 많은 독자들을 끌어모으게 된다. 이해인이라는 이름을 시인의 반열에 올려놓았음은 물론이고 한국 문학사에서 가장 많은 독자들에게 읽힌 시집으로 기록되기에 이른다.

무엇이 이 같은 일을 가능하게 했을까?

"글을 써서 유명한 문인이 돼야지 하는 생각은 전혀 없었는데 독자들이 제 시를 많이 읽어주고, 사랑해준 덕분에 시인이 됐죠. 그것 때문에 상처도 많이 받았어요. 책이 잘 팔리니까 어떤 유명 문인이 신문에 저를 두고 '잘 팔리는 시인' 운운하면서 '베스트셀러라고 다 좋은 책은 아니다. 독자들이 더 좋은 책을 읽어야 한다.'라고 글도 썼죠. 그땐 괜히 지은 죄도 없이 미안했어요. 그런 과정들이 지나고 제 시집이 스테디셀러가 되면서는 안정감이 생겼어요. 저 스스로를 평가할 때 문학사에 이름이 남고 하는 것을 별로 중요하게 생각지 않아요. 그러나 한 가지 섭섭한 점은, 저를 수도자라고 하여 문학이라는 세계와는 다른 곳으로 밀어내는 것 같다는 생각이 든다는 겁니다. 많은 독자가 있고 모든 책들이 베스트셀러가 됐지만 문단에서는 저를 인정하지 않고 문학적으로도 평가에 인색하다는 느낌을 많이 가지게 되었지요. 이런 것들이 수도 생활과 더불어 글을 쓰는 일을 30년 이상 병행해오면서 겪었던 어려움이지요. 지금에 와서는 큰 갈등 없이 행복하게 살고 있지만 한때는 유명세를 치르느라 내면적인 아픔과 고단함이 있었죠.

첫 시집 『민들레의 영토』에서부터 세 번째 『오늘은 내가 반달로 떠도』(1983) 같은 시집이 나왔을 때는 현실 참여적인 시가 각광을 받았던 시대였잖아요. 그러므로 당대의 시대적 분위기를 놓고 '수도원 생활을 하는 수녀님이 현실적 삶의 아픔을 아느냐, 수녀님 시는 맹물 같고 자장가 같다.' 하며 비판하는 사람도 있었어요. 저는 시가 어렵고 난해해야 할 이유가 없다고 보지요. 정겨운 언어로 마음의 위로와 희망을 주는 시도 필요하다고 생각해요. 제 시를 즐겨 읽은 독자들에게는 따뜻한 모성과 부드러운 위로가 필요할 때, 또 제 신분이 수도자이다 보니 위로가 되었을 겁니다."

수많은 독자들의 애송시가 된 시 「민들레의 영토」는 이해인 시인의 시적 출발과 그 지향을 동시에 함축하고 있다. 민들레는 우리 주변에서 가장 흔하게 볼 수 있는 들풀이다. '앉은뱅이'라는 별명이 붙어 있는 이 풀은 4~5월에 노란색 꽃이 핀다. 서양에서 전해 내려오는 민들레에 관한 흥미로운 이야기가 있다. 옛날 노아의 대홍수 때 온 천지에 물이 차오르자 살아 있는 것들이 모두 이를 피해 도망쳤다. 그런데 키가 작지만 땅속에 깊이 뿌리를 내리고 있던 민들레만은 발이 빠지지 않아 홍수를 피할 수가 없었다. 흙탕물이 목까지 차오르자 민들레는 두려움에 떨다가 그만 머리가 하얗게 세어버렸다. 민들레는 마지막으로 하나님께 간절하게 구원의 기도를 올렸다. 그러자 하나님은 홍수에 잠겨가는 민들레를 가엾이 여겨 그 씨앗을 바람에 날려 보낼 수 있게 했다. 민들레의 씨앗은 바람에 날려 공중에 떠 있다가 홍수가 지난 후 멀리 산중턱 양지바른 곳에서 새 생명의 싹을 틔우게 되었다. 민들레는 하나님의 은혜에 감사하며 오늘까지도 얼굴을 들어 하늘을 우러러보며 살게 되었다. 이 짧막한 이야기가 시 「민들레의 영토」에 어떤 시적 동기로 작용했는지를 따질 필요는 없다. 추운 겨울에 줄기가 말라 죽지만 뿌리를 깊이 땅에 박고 이듬해 다시 살아나는 강한 생명력을 지니고 있는 것이 민들레이다. 그러므로 마치 밟아도 다시 꿋꿋하게 일어나는 백성과 같다고 하여 민초(民草)로 비유되기도 한다. 시인 이해인은 이렇게 노래한다.

기도는 나의 음악
가슴 한복판에 꽂아 놓은
사랑은 단 하나의
성스러운 깃발

분석과 해석

태초부터 나의 영토는
좁은 길이었다 해도
고독의 진주를 캐며
내가
꽃으로 피어나야 할 땅

애처로이 쳐다보는
인정의 고움도
나는 싫어

바람이 스쳐 가며
노래를 하면
푸른 하늘에게
피리를 불었지

태양에 쫓기어
활활 타다 남은 저녁노을에
저렇게 긴 강이 흐른다

노오란 내 가슴이
하얗게 여위기 전
그이는 오실까

당신의 맑은 눈물
내 땅에 떨어지면
바람에 날려 보낼
기쁨의 꽃씨

흐려오는
세월의 눈시울에

시의 대중성 혹은 기도로서의 시

원색의 아픔을 씹는
내 조용한 숨소리

보고싶은 얼굴이여

—「민들레의 영토」

이 시는 젊음의 열정이라든지 애상이라든지 하는 특이한 정조(情操)로 인하여 부분적으로 '정서의 과잉'을 드러내기도 한다. 그러나 시적 대상으로서의 '민들레꽃'을 시인은 '가슴 한복판에 꽂아 놓은/사랑은 단 하나의/성스러운 깃발'이라고 규정한다. 이 시적 표상을 통하여 민들레는 단순한 야생의 들꽃이 아닌 새로운 의미를 획득한다. 특히 '당신의 맑은 눈물/내 땅에 떨어지면/바람에 날려 보낼/기쁨의 꽃씨'에서 느낄 수 있는 시적 긴장은 새로운 생명의 탄생을 기구하는 간절함까지 전달한다. 이 시를 좋아하는 독자들은 시 속에 담겨진 소박함의 정서 자체를 사랑할 수도 있고, 끈질긴 생명에 대한 경외와 그 창조의 깊은 뜻을 음미할 수도 있다. 시인이 발견한 생명의 의미와 그 창조의 과정 자체만으로도 이 시는 특이한 생태적 상상력 또는 생명주의의 의미를 지닌다. 단순히 '신앙시'라는 정해진 틀 속에만 가두어놓는다면 이 시의 상상력의 폭을 좁혀놓게 될 우려가 있다.

## 3

이해인 시인의 글쓰기는 세 번째의 시집 『오늘은 내가 반달로 떠도』(1983)를 펴낸 후부터 색다른 의미를 가지게 된다. 우선 이해인이라는 필명이 본명인 '이명숙'이라는 이름을 가려놓게 하였고, '이명숙 클라우디아 수녀'라는 수녀회에서의 정식 명칭보다도 더 많은 사람들이 기억하는 이름이 되고 말았다. 특히 이해인은 자신의 시집들이 모두 베스트셀러 목록에 오르면서 안팎으로 예기치 않은 갈등을 겪었다. 문단의 일부에서 '잘

분석과 해석

팔리는 시인'으로 자신을 지목하고 있는 빗나간 시선도 부담이었고, '소녀 취향적 감성의 시'라는 평가에는 엷은 상처를 입기도 하였다. 더구나 수도 생활을 하는 가운데 이른바 대중 독자로부터 사랑받는 베스트셀러 작가로 이름이 알려지게 되자 이해인이라는 이름을 상업적으로 이용하려는 사람들도 생겨났다. 당시에는 수녀회 안에서도 도와주는 사람이 없었기 때문에 혼자서 감당하기 어려운 일들이 일어났다.

1980년대 초기 서강대학교에서 대학원 과정을 이수하고 있던 이해인은 자신의 수도 생활과 글쓰기를 어떻게 조화시켜 나아가야 할지 판단하기조차 어려웠다. 수도 생활이라는 것 자체는 자신을 드러내지 않고 보이지 않는 곳에서 하나님의 뜻을 따르며 봉사함을 의미한다. 특히 베네딕도 수녀회는 철저하게 공동체 생활을 요구하는 곳으로 유명하다. 신문이나 잡지에 이해인 수녀라는 이름이 오르내리면서 이해인 시인은 정신적인 혼란을 겪기도 하였다. 어떤 여성지에서는 허락도 받지 않고 거짓으로 책을 낸 일까지 생겼다. 이런저런 구설수에도 오르게 되었고 법적인 문제들까지 일어나게 되었다. 그렇지만 이해인 시인은 이를 모두 이겨냈다. 이 고통의 세월을 이겨내는 동안 법정 스님을 만나뵙고 충고를 듣기도 했다. 그리고 자신의 신앙과 내적 의지를 더욱 강하게 다졌다.

"여러 가지 힘든 과정을 거치면서도 수도 생활 자체에 대한 회의나 갈등이나 어려움은 없었어요. 모태신앙이라서 그런지 어려움이 있다고 해서 이 생활을 포기해야겠다는 생각을 안 했던 것 같아요. 그것이 저 스스로도 대견스러워요. 어려움이 닥치면 '바다'를 보고 '파도'를 생각했지요. 그러면서 간절히 기도했고, 혼자서 글을 썼습니다. 이 수녀회를 보따리 싸가지고 나가야지 하는 생각은 안 했어요. 그렇게 마음 깊이 다지면서 써둔 글들이라서 독자들도 나의 진심을 알고 좋아해주는 것이 아닐까 생각해요. '눈물 속에 피운 꽃'을 독자들이 알아봐주는 것이 아닐까, 그것이 하나의 진주라는 것을 아는 것이 아닐까 하고 나 나름대로 생각해요. 어떤 일이 생기고 문제가 되면 언제가 하느님의 섭리 안에서 밝혀질 것이고, 이것이 헛된 것이 아니라 더 성숙한 내가 되기 위해서 하느님이 나를 교육하는 방법이라고 여겼어요. '고통을 이기고 스스로에게 겸손할 수 있는 기회로 삼으면 나중엔 분명 영롱한 구슬이 될 거야.'라고 스스로에게 다짐했던 것이죠."

이해인 시인의 시는 '영성'의 세계를 찬양하거나 '구원'을 기도하거나 '사랑'을 노래하는 간절한 언어로 가득 차 있다. 이런 특징들은 성직자로서의 이해인 수녀를 생각할 경우 커다란 의미를 지니는 것이다. 시인 이해인이라면 이 같은 종교적 의미와 그 맥락을 떠난 자리에서도 평가받을 수 있는 시적 성취가 드러나야 한다.

이해인 시인의 시를 읽어보면 '생명'이라는 새로운 주제가 떠오른다. 이해인 시인의 모든 시들은 생명과 그 창조의 순간에 대한 경외(敬畏)로 가득하다. 이해인 시인이 유별나게도 우리네 토속의 삶에 정겹게 이어져 있는 꽃들이 많다는 것은 흥미롭다. 이해인의 '꽃 시'를 따로 갈려낼 정도로 그 종류도 다양하다. 시인이 그려내고 있는 꽃들은 시골집 뜰 안에 피어 있는 분꽃, 백일홍, 채송화, 맨드라미, 나팔꽃 등이며 들판에 널려 있는 민들레, 달맞이꽃, 찔레꽃 등도 있다. 꽃은 모든 살아 있는 식물들이 스스로 드러내는 가장 화려한 자신의 모습이다. 싹을 틔워 줄기와 잎을 키우면서 식물들은 소중한 시기를 따라 꽃을 피운다. 꽃은 말없는 손짓이며, 행복의 웃음이다. 꽃은 천상을 향한 기도이며 그 희망이다. 꽃은 모든 생명의 절정이다. 그렇기 때문에 시인은 자신이 발견한 여러 가지 꽃들을 이렇게 노래한다. 예를 들면, 「채송화 꽃밭에서」의 경우를 보면 '말을 하기 전에/노래를 먼저 배워 행복한/꽃아기들의 세상'처럼 꽃은 순하고 천진난만하다. 그러나 '주체할 수 없는 웃음을/길게도/늘어뜨렸구나'(「개나리」)에서처럼 꽃은 환희작약이기도 하다. 그리고 '해마다 부활하는/사랑의 진한 빛깔'(「진달래」)로 채색된다. 시인의 눈에 의해 꽃은 순정의 의미를 담고, 사랑이 되

분석과 해석

고, 기도가 되고, 스스로 자기 희생을 드러내고 눈물의 이별을 보이기도
한다. 그러나 이보다 더 중요한 것은 그 절정의 개화의 순간에 잉태하게
되는 새로운 생명의 씨앗이다. 꽃이 피지 않으면 생명의 창조를 기대하기
어렵다. 꽃은 피어나서 시들어야만 거기 오롯하게 새로운 생명의 씨앗이
오롯하게 터잡는다. 이 생명 창조의 순간을 시인은 이렇게 노래한다.

    밤낮으로 틀림없이
    당신만 가리키는
    노란 꽃시계

    이제는 죽어서
    날개를 달았어요

    당신 목소리로 가득 찬 세상
    어디나 떠다니며 살고 싶어서
    당신이 사랑하는 모든 사람
    나도 사랑하며 살고 싶어서

    바람을 보면
    언제나 가슴이 뛰었어요

    주신 말씀
    하얗게 풀어내며
    당신 아닌 모든 것
    버리고 싶어
    당신과 함께 죽어서
    날개를 달았어요

                          — 「민들레」

이 시에서 시인은 민들레 노란 꽃이 시들고 난 후에 하얗게 날리는 꽃씨를 보고 있다. 살아서 영화로웠던 모습이지만, 죽은 뒤에 하얀 날개를 달고 더 큰 자유를 얻고 있는 민들레의 모습을 시인은 놓치지 않았던 것이다. 민들레의 작은 꽃씨를 두고 시인은 하얗게 날개를 달았다고 표현한다. 하얀 꽃씨는 바람에 날려 새로운 자유를 얻고 새로운 영토를 찾고 새로운 믿음으로 새 생명의 싹을 다시 틔운다. 이 순정의 꽃씨야말로 이해인 시인이 찾아낸 생명의 씨앗이다. 이해인 시인은 이 작고 가벼운 것에서 새로운 생명 창조의 아름다움을 발견한다. 그리고 더 큰 믿음을 찾아내는 것이다.

4

이해인 시인은 1985년 서강대학교 대학원을 마친 후에 수녀회에서 이루어지는 공동체 생활에 충실하기 위해 부산 본원으로 내려와서 여기 저기 흩어져 있는 공동체의 자료들을 모아 처음으로 홍보 자료를 만드는 데에 앞장섰다. 동료 수녀와 함께 수녀원 회보도 만들고 각지에서 보내오는 애독자들의 편지에 열심히 회신도 해주었다. 그리고 뒤에 수녀회 총비서직을 5년간 맡아 해냈다. 나름대로 소임에 충실하려고 애는 썼지만 마음 같지 않았다. 공동체 일에만 깊이 몰두해도 부족한데 그녀에게는 늘 해야 할 일들이 많아 업무에 지장을 주곤 했으니 마음이 편하지 못했다. 수녀회 비서실 일을 끝내기 전 총회에서 이해인 수녀는 '문서 선교에 대한 제언'을 한 바 있고 이 안이 통과되어 1997년 8월부터 원내 구 유치원 자리에 '해인글방'을 열어두고 본격적으로 문서 선교를 시작하였다. 이해인 수녀가 맡아 해야 하는 일은 수많은 신도들과 독자들이 보내오는 편지에 대한 회답 보내기, 수녀회의 소식지 만들기, 수녀회로 찾아오는 사람들을 상담하기 등이었다. 그리고 개인적으로 부탁해오는 외부 특강 등으로 그녀의 일정은 늘 빠듯하였다.

"저는 수도 생활을 하면서 주로 수녀회 본원에서 살았지요. 전에도 수녀회의 자료실 일을 보며 편지 쓰는 일을 겸해 오긴 했지만 1997년부터는 본격적으로 원내에 '해인글방'을 두고 문서선교를 할 수 있도록 공동체에서 배려해준 덕분에 저는 마음놓고 창작도 하고 번역도 하고 많은 편지를 보내오는 독자들에게 틈틈이 답신을 보내며 사랑을 나누는 일을 오늘까지 계속해오고 있습니다. '수녀님의 글을 읽으면 마음이 맑고 깨끗해진다', '다시 기도하고 싶게 만든다', '마음이 착해지고 편안해지고 어떤 시는 꼭 내가 쓴 것처럼 공감이 간다' 등등의 끝없이 이어지는 감사의 글귀들을 읽으면서 시가 위로와 치유의 역할을 하는 숨은 힘을 가지고 있구나 하고 새롭게 깨달았지요. 저는 수녀원 안에 있어도 날개 달린 천사로 희망의 심부름꾼 노릇을 하는구나 하고 혼자 즐거운데, 저의 동료들 역시 '시 덕분에 벗도 많고 분에 넘치는 사랑을 받네!' 하며 웃어줍니다. 나는 성당에 나가 선교하는 일은 안 해 봤어요. 짬짬이 교육받는 수련생들에게 교양 강좌나 문학 강의도 하고, 또 근래에는 부산 신라대학과 가톨릭대학 지산 교정에 가서 '생활 속에 시와 영성'이라는 제목으로 교양과목을 강의하기도 했죠. 그렇게 문학에서 멀어지지 않는 소임을 하니까 이것이 삶의 일부가 되어 버렸습니다."

이해인은 한동안 시집을 내지 않았다. 네 번째 시집 『시간의 얼굴』(1989)을 낸 후에는 10년 만에야 시집 『외딴 마을의 빈 집이 되고 싶다』를 낼 수 있었다. 그 이유는 왠지 시를 써서는 안 될 것 같은 강박관념 때문이었다. 그러나 이해인의 주변에 그녀를 사랑하고 그녀를 좋아하고 지지해주는 사람들이 늘어갔다. 첫 시집을 내는 데에 큰 힘이 되었던 홍윤숙 시인 이외에도 이해인의 시를 아끼던 구상 시인이나 김광균 시인과 같은 원로들의 격려가 이어졌다. 본격적인 문학 수업을 거치지 않은 그녀에게 시적 작업의 중요성을 깨우쳐주었기 때문이다.

"제가 자주 뵈었던 분은 구상 선생님과 김광균 선생님이세요. 저를 특별히 아껴주셨어요. 구상 선생님은 저에게 갑자기 일본말을 배우라고 하셨어요. 일본어 번역판 릴케 전집이 아주 훌륭한데 그것을 일본말로 읽었으면 좋겠다는 말씀이셨지요. 또 제가 스포츠신문 같은 데에 산문이나 수필 같은 글을 쓰면, 저를 나무라는 편지를 보내주셨지요. 시를 써야지 잡문을 쓰고 있다고 혼내셨어요. 김광균 선생님은 가톨릭 세례를 받는데 제가 도와드리기도 했답니다. 저는 학창 시절에 박두진, 조지훈, 박목월 같은 청록파 시인을 좋아했어요. 그 후에는 개인적인 친분이 생긴 김용택, 정호승, 안도현 시인을 좋아하게 되었지요. 이분들의 글이 별로 어렵지 않아서 좋았어요. 그런데 근래에는 함민복 시인에게 흠뻑 빠졌어요. 시가 절제미가 있으면서 깊이도 있어 좋더라고요. 그래서 함민복 시인에게 팬레터까지 보냈어요. 나희덕 시인의 시도 좋아서 찾아 읽지요. 정현종 시인, 마종기 시인, 천양희 시인, 유홍준 시인 등의 시도 좋아요. 좋은 시인들의 시가 많은 것 같아요. 오랫동안 서로 만나지 못했지만 개인적으로는 문학평론가 이숭원 교수(서울여대)가 제 이종사촌이에요. 그 부친이신 이태극 시조 시인이 이모부지요."

이해인 시인과의 만남을 처음 약속한 후 나는 속으로 걱정을 많이 했었다. 수녀님이 암 투병 중이라는 소식을 알고 있었기 때문이다. 혹시 몸이 불편한데 약속 때문에 무리하시게 하는 것이 아닐까 걱정도 했다. 그러나 두 시간이 넘는 동안 이해인 시인은 그 맑은 목소리에 피로의 기색이라곤 없었다. 나는 "편찮으시다는 말씀 때문에 굉장히 걱정했었는데 아주 좋아 보이시네요."라고 했다. 이해인 수녀는 이렇게 대답했다. "제가 암 환자라니까 모두가 창백하고 야윈 모습을 상상하지요. 대장암 수술을 받고 4년이 됐는데 이제는 병색을 스스로도 느끼지 못할 정도가 되었고, 외모로도 초췌해 보이지도 않아요. 원래부터 건강이 좋았는데, 암

수술 후 더욱 마음 편하고 모든 것을 긍정적으로 받아들이며 즐겁게 생활하자고 결심을 했지요. 제 스스로 자기 관리를 위해 하반기에 잡혀 있던 해외 특강이나 국내 강의와 인터뷰를 모두 취소했어요. 오래전에 약속했던 교수님과의 인터뷰만 남겨 놓았답니다." 나는 이 말씀에 그저 고마워할 수밖에 없었다.

나는 수녀원 구경을 청했다. 수녀원 한 켠에 자리하고 있는 해인글방을 나서니 창 밑 꽃밭에 가지런히 백일홍이 빨간 꽃 자랑을 하고 서 있다. "이 꽃들은 우리나라 토종 백일홍과는 좀 다르지요. 독일에 다녀온 수녀님이 씨앗을 얻어오셔서 여기 심었더니 이렇게 꽃을 피웠어요." 여름 햇살이 수녀원 뜰안에 가득하지만 간간이 불어오는 바람이 소나무 그늘에 서늘하다.

"사람들이 수녀원 하면 닫힌 공간을 상상하는데, 구조적으로 아늑하고, 정원도, 장독대도 있고 그래서 사람들 사는 곳하고 다 같아요. 그리고 일년에 세 번 정도 스케줄을 자유롭게 지내는 날이 있는데, 크리스마스하고, 부활절이 있지요. 그리고 어제는 베네딕도라고 우리로 말하면 아버지 축일이어서 오늘은 모두가 하루를 쉬지요. 그래서 어제 예비 수녀들이 〈지저스 크라이스트 슈퍼스타〉라는 뮤지컬을 대강당에서 공연했죠. 굉장히 고단한 일정이기 때문에 오늘은 점심도 밖에서 먹고 저녁 미사를 올릴 때까지는 자유롭게 시간을 보낼 수 있습니다.

여기 수녀원은 철저하게 공동체 생활로 이루어지는데, 학교에도 학년이 있듯이 여기에도 지원기, 청원기, 수련기처럼 연륜에 따라 일정한 과정이 정해져 있어요. 4년 동안에는 수련기를 지내고 난 후 다시 만 5년을 지내고 나서 종신서원하고 반지를 낀 수도자가 되죠. 한 사람의 완전한 수도자가 되기 위해서는 최소한 9년 이상이 걸려요. 그 안에는 적성에 안 맞으면 그만둘 수도 있지만, 보통 종신서원을 하면 완전한 수도자가 되는 거죠."

시의 대중성 혹은 기도로서의 시

이해인 수녀는 우리를 수녀님 개인 사무실로 안내했다. 자기만의 방 안에서 이해인 시인은 시를 쓰면서도 문학사에 이름을 남기는 시인으로 사는 것보다 수도자로서 끝까지 살지 못할까 봐 그걸 더 걱정했다고 말했다. 자신의 이름이 언론에 자꾸 나오다 보니 이상한 오해들도 생겼고, 주변에는 그런 것을 못마땅하게 생각하는 사람들도 생겼다. 그러나 이해인 시인은 글쓰기를 포기하지 않았다. 그녀에게는 시를 쓰고 글을 짓는 것이 곧 수도 생활이었다. 이해인은 자신의 생활에서 시를 쓰는 일과 기도하는 일이 서로 다른 것이 아니라고 했다. 시가 곧 기도이고 기도가 그대로 시가 되었다.

이해인 시인은 수녀복 옆구리 호주머니에서 작은 노트와 연필을 꺼내 보였다. 그녀는 늘 그렇게 글을 쓸 채비를 차렸다. 산보하면서도, 잠자리에서도, 늘 시와 기도가 함께했다. 시인이 내게 내밀어 보이는 그 수첩에는 깨알 같은 글씨가 가득했다. 각 장의 앞면에는 수녀원에서의 일들이 빼곡하게 메모되어 있었다. 그리고 그 뒷면에는 떠오르는 시상을 적었다. 심지어는 기도 시간이나, 묵상 시간에도 떠오른 생각들을 잊어버리지 않기 위해 메모를 한다고 했다. 그렇게 생각을 정리하여 적어두고 뒤에 다시 컴퓨터에 입력한다는 것이다. 그리고 주일날 마음에 여유가 생기면 그것들을 모두 정리한다는 것이다.

이해인 시인은 그동안 정리해둔 책자며 수많은 독자로부터 받은 서신들을 정리해놓은 자료실도 보여주었다. 보내온 이들의 이름을 적은 서류 정리용 파일 형태의 봉투가 벽 한쪽 가득히 정리되어 있었다.

"최근에 내 건강이 좋지 않다 보니 건강식품도 챙겨 보내주시고 그런 애정을 가진 독자분들이 많이 생긴다는 것이 기뻐요. 법정 스님 돌아가신 뒤에는 수녀님 꼭 오래 사셔야 한다고 이메일을 보내는 불자들도 있고, 그런 독자들이 있어 격려가 되더라고요. 저기 쌓아둔 수많은 편지 중에 기억에 남는 게 있는데, 어떤 어린 소녀가 저한테 편지를 하면서 수녀님의 글을

분석과 해석

읽고 있으면 한 집에 살다가 멀리 떠나가 헤어져 있는 친언니처럼 낯설지 않은 느낌이 든다는 고백을 했어요. 내가 수도자인데도 어린 소녀가 나를 이렇게 친근하게 생각하는구나 하고 기뻤어요. 나는 시인이라는 이름으로 문학이라는 울타리 안에서 외부적으로 드러나 있지만 사실 이 방에서 내가 만나는 사람들은 삶에 지친 분들이었지요. 자녀가 자살하고, 남편이 바람을 피우고, 자신이 돌이킬 수 없는 말기 암으로 죽어가고 있는 아프고 슬픈 이야기를 가진 사람들이었어요. 물론 내가 그 사람들의 문제를 근본적으로 해결해주지는 못하지만, 이야기를 들어주고 위로를 주기 위해 노력해요. 나의 시가 위로 천사의 노릇을 하는 것이죠. 그렇게 되니 별별 사연을 가진 분들이 다 나를 찾아오시지요. 키울 수 없는 아기를 낳고 그 아기를 어디 입양시켜달라고 찾아오기도 하고, 오갈 곳이 마땅치 않은 가출 청소년들이 찾아오기도 했어요. 나는 기도의 의미로 시를 썼는데, 그 시라는 것이 하나의 인연으로 맺어지는 연결고리가 되었던 것이죠. 이제는 암 환자들까지 나를 보고 기댈 언덕으로 생각하니까 그들에게 좋은 본보기가 되기 위해서라도 더 명랑하게 투병 생활을 해야 하겠구나 하고 있어요. 나도 아프고 힘들지만, 사명감을 가지고 의지를 가지고 이겨내요. 그러니 더욱 남은 시간이 소중하게 느껴져요. 살아온 날보다 살아갈 날이 얼마 안 남았다는 것이 초조한 것이 아니라 순간순간을 충만하게 살게 되고, 더 감사하며 살게 되는 것이지요. 누구든지 사람을 대할 때도 혹시 마지막이 될지 모른다는 생각 때문에 더 정성스럽게 대해요. 고통이라는 것이 아무 의미 없는 것이 아니에요. 내가 암에 안 걸렸다면 느슨하게 덜 깨어 있었을 텐데, 내 병까지 축복으로 삼으니까 좋더라고요. 아프더라도 아픈 사람을 위로하는 몫이 있으니까."

우리는 수녀원 정원을 돌아 나무 숲 사이에 서 있는 마리아상 앞에 섰다. 이해인 수녀가 매일 찾아와 기도하고 묵상하는 자리였다. 거기 햇빛이 비치는 뜨락에 보라색 도라지꽃이 지천으로 피었다. 나는 묻는다. "수많은 사람들을 위해 기도하고 기도로서의 시를 쓰면서 수녀님은 정작 어디서 위로를 받으세요?" 이해인 수녀는 마리아상을 가리킨다. "여기서 숱하게 마음속 통곡을 했지요. 수도 생활은 자기를 이기는 것이지만 저도 한계를 느낄 때가 있어요. 힘들고 우울하고 요즘같이 건강에도 신경을 쓰자니 일상생활 자체가 힘이 들 때가 많아요. 그럴 때는 이렇게 수녀원 뜰을 거닐다가 이 자리에 서서 하나님을 향해 기도합니다. 이렇게 거닐면서 햇빛을 받고 바람을 쐬이면서 자연과 교감하는 것이 정신적으로 위로가 되고 치유가 돼요." 하면서 이해인 수녀는 웃는다.

"수도 생활은 항상 교육 자체가 감정 표현을 많이 안 하고 절제된 편이기 때문에 사람을 엄격하게 키운다고 할까요. 그러므로 일일이 희희비비할 수는 없지요. 그래도 나는 많은 기쁨으로 살고 있답니다. 독자들이 제 글을 읽고 용서하지 못했던 사람을 용서하였다든지, 힘든 일에 내몰려 자살까지 생각했다가 모든 것을 극복하고 살아가게 되었다든지, 남을 미워하고 우울증에 시달리다가 수녀님 글을 보고 삶에 대한 희망을 가졌다든가 하는 편지가 올 때마다 내가 살아가며 하는 일이 모두 축복이구나 하고 기뻐합니다.

내 생애에서 가장 스스로 감격스러웠던 일은 지난 2005년이었어요. 내 삶과 기도로써 시를 써야지 하며 자신에게 타이르다 보니 첫 시집 나온 지 삼십 년이 됐어요. 총장 수녀님이 자축하는 의미에서 은인 백 명을 모시고 잔치를 해야 하지 않을까 하고 제게 말씀하셨어요. 그래서 2005년도에 친지 몇 분을 모셨어요. 때마침 내가 회갑을 맞았고, 시집 『민들레 영토』가 출간된 지 30년이 되는 때와 맞물려 강당에서 조촐한 축하연을 열었죠. 그날 헛된 세월이 아니구나, 오래 버티기를 잘했구나, 힘들다고 도중하차했으면 느끼지 못했을 기쁨과 환희를 맛보고 있구나 하고 감격했지요. 그래서 나의 수도 생활이라는 것도, 글이라는 것도 수행을 통해 익었을 때 빛이 나는구나 하고 깨달았어요."

나는 문득 이런 생각이 떠올랐다. 이분은 무엇으로 기쁨을 느낄까?

## 5

이해인 시인이 펴낸 시집은 여덟 권이 넘지만, 시선집과 산문집까지 모두 합치면 20여 종 가까이 책을 냈다. 그 가운데에는 동시집도 한 권 있다. 첫 작품이 『소년』지에 발표한 동시였는데 생각보다 아동문학이라는 것이 쉽지 않다. 그래서 최근에 자신의 동시를 직접 낭송한 「이해인 수녀가 읽어주는 '엄마와 분꽃'」도 펴냈다. 이름난 성우들이 목소리가 좋긴 하지만, 또 자신이 세상 떠나면 목소리는 없어지는 거니까 한두 개 정도 자기 목소리로 자신의 글을 읽는 것도 괜찮겠구나 생각했다는 것이다. 그렇게 하여 예쁘게 동시 낭송 음반을 만들었다. 얼마전 세상을 떠난 소설가 최인호는 병중에서도 '수녀님의 동시는 영혼의 자장가'라고 추천사를 적었고, 영화배우 이영애는 '우리 천사들이 잠잘 때 좋은 꿈꾸도록 들려주겠다.'라고 적었다.

이해인 시인은 자기 스스로에게 부여하는 글 쓰는 일이 마치 생에서 피할 수 없는 업같이 되었다고 말한다. 글로써 이름이 나면서부터 이런저런 심부름들이 많아졌다는 것이다. 남들이 쉬는 동안에도 제대로 쉬지 못하고 글에 매달린다. 똑같은 시간 안에서 다른 수녀님들은 안 해도 되는 일을 해야 한다. 기도 시간도 많이 부족한 것 같아서 본연의 수도자의 모습으로 살아야 하는데 늘 쫓기듯 살아가는 데서 오는 갈등이 없지 않다는 것이다.

더구나 요즘은 페이스북이나 SNS 같은 유혹도 많이 받는다고 했다. 더 많은 독자들과 소통하기 위해, 그리고 더 젊은 사람들과 만나기 위해 그런 것이 필요할지 모른다고 생각하기도 했다는 것이다. 그러나 그녀에게는 지금 이메일 하나 확인하는 것만도 벅차다. 그런 것까지 손대면 수도원에

시의 대중성 혹은 기도로서의 시

서 쫓겨나든가 다른 삶을 살아야 할지도 모른다고 했다. 그러면서도 더 많은 사람들과 만나고 더 많은 사람들의 이야기를 들어주고 서로 위로할 수 이는 기회를 가질 수 있도록 늘 노력한다고 말했다.

나는 수녀님과의 만남을 정리하기 위해 '수녀님이 쓰고 계시는 작은 위로로서의 시, 기도로서의 시가 문학적으로 어떻게 평가되었으면 하시는지요?' 하고 마무리 질문을 했다.

"서울에서 신앙 강좌가 아니라 문학에 대해서 얘기를 하라고 해서 두어 번 공개 강연을 했지요. 그 제목을 '민들레 영토에서 꽃피운 작은 위로의 영성'이라고 붙였어요. 나는 그 강연에서 이렇게 결론을 내렸지요. 꽃밭에는 백일홍도 있고, 장미도 있고, 해바라기도 있고, 채송화도 있는데, 각각의 꽃들이 모양도 색깔도 향기도 다 다르다. 한국의 문학사에는 수많은 문인들이 있는데, 한 수도자가 있어서 시대의 아픔을 위로하는 역할을 하는 시를 쓰다가 세상을 떠났다고 기억해주길 바란다고 말했어요.

이제는 나이도 들고 쓸 만큼 글을 썼지요. 또 쓸 것이 남아 있을까요? 내가 어떤 신문에 남은 생애에 할 수 있다면 동화를 쓰고 싶다고 했더니, 그거 언제 나오느냐고 자꾸 물어봐요. 어른과 아이가 함께 읽을 수 있는 동화, 생각만 해도 너무 멋있지요. 짧은 그림책 있잖아요. 그림이 있으면서 시가 있고 이야기가 있는 그런 책 말이지요. 너무 거창하지 않고 어린 시절을 떠올릴 수 있는 그런 것. 그런데 청탁받아도 겁이 나는 거예요. 나 아니어도 할 사람 많은데 하는 생각도 들고."

나는 이해인 시인의 건강을 걱정했다. 수녀원을 나서는데 우리를 함께 차에 태워 황령산 드라이브 코스를 한 바퀴 돌자고 한다. 그리고 최근의 투병 생활을 설명한다. 매일 매일이 즐겁단다. 내일 어떻게 될지 모르니까 순간순간 최선을 다하고 성실하게 살아서 그렇다는 것이다. '오늘은 내 남은 생애에 첫날이다'라는 말이 실감 난다고도 했다. 나는 그 말씀에 가슴

분석과 해석

이 시리다. 하지만 이해인 시인은 새로 사는 것처럼, 새로 태어난 것 같은 기쁨을 아픔을 통해서 느낀다고 했다. 투병의 고통이 자신에게 많은 것을 주는구나 생각한다는 것이다. 그렇기 때문에 아프기 전과 달라진 것이 있다면 자신을 그전보다 객관화시켜 볼 수 있는 여유와 포용의 안목을 갖게 되었단다. 다른 사람의 약점이나 실수에 대해 너그러워졌고, 모든 일에서 초연해졌고 욕심도 없어졌다는 것이다.

"버려야 할 것도 많은데 이제는 예쁜 소품 좋아하는 것과도 이별하는 연습을 해야겠구나 생각하죠. 내 한 몸이 있는 것이 내 것이 아닌 그런 느낌이지요. 세상 사람들이 피를 나눈 형제는 아니지만 어디선가 한 번 본 것 같고, 일가친척처럼 느껴져요. 가끔은 수도자로서 듣기 어려운 고민 상담을 하기도 하지만, 모든 인간에 대한 연민을 갖게 된 것 같아요. 모든 사람의 연인이 되는 게 힘든 일이지요. 그러나 지금 나는 내게 주어진 역할이 내 나이에 맞게 있다고 생각해요. 내가 삶을 마쳤을 때 내가 쓴 글에 책임을 지고 한 편의 시처럼 살다가 세상을 떠났다고 기억해 주면 참 행복하겠다는 생각을 하죠. 물론 나는 인간이니까 내 이름에 연연할 수도 있어요. 특별한 대우를 바랄 수도 있고. 그런데 마더 테레사가 병상에서 죽기 전에 나를 특별 대우하지 말라고 하셨지요. 가난한 사람들과 똑같이 나를 대해 달라고 말했다는 것이 나한테 신선한 충격이었어요. 그 후는 나는 내 안에서 대접받길 원하는 마음이 생기면 내가 아직도 가난하지 못하구나 하고 반성을 하죠. 마더 테레사 수녀님 같은 롤 모델이 있다는 것이 좋아요. 마음 가난한 자들을 손잡아 주셨던 김수환 추기경님, 법정 스님, 이태석 신부님처럼 나도 그렇게 할 수만 있다면 하고 소망하지요."

이해인 시인은 릴케가 젊은 시인에게 보내는 편지의 한 구절을 떠올린다. '나는 나의 가슴속에 수백 년을 기다릴 참을성을 갖고 나의 짧은 시간을 영원한 듯이 살겠습니다. 산만함에서 정신을 집중하겠으며 성급한 응용을 버리고 내 것을 다시 불러올 것이며 그것들을 비축하겠습니다. 사물들이 내게 말을 건네옵니다. 인간들에게서도 많은 것을 경험합니다. 나는 이 모든 것을 조용히, 보다 큰 정직성을 갖고 관조하고 있습니다. 그러나 나는 아직도 수련이 모자랍니다.' 나는 릴케의 이 구절보다 이해인 수녀의 시 「살아있는 날은」을 다시 생각한다. 멀리 광안리 해변에 저녁노을이 가볍게 내려앉기 시작하였다. 이해인 시인의 모습이 그 속에 그윽하게 자리 잡았다. 나는 시인을 위해 속으로 읊조린다.

마른 향내 나는
갈색 연필을 깎아
글을 쓰겠습니다

사각사각 소리나는
연하고 부드러운 연필 글씨를
몇 번이고 지우며
다시 쓰는 나의 하루

예리한 칼끝으로 몸을 깎이어도
단정하고 꼿꼿한 한 자루의 연필처럼
정직하게 살고 싶습니다

나는 당신의 살아있는 연필
어둠 속에서도 빛나는 말로
당신이 원하시는 글을 쓰겠습니다

정결한 몸짓으로 일어나는 향내처럼
당신을 위하여 소멸하겠습니다

— 「살아있는 날은」

분석과 해석

## 용어 및 인명

## 작품 및 도서